Als ich meinen Vater zum letztenmal sah, lag er still auf dem Rücken im Sarg, die Augen geschlossen, das markante Gesicht ungewohnt mild, das dichte Haar und die schweren Brauen sorgfältig gebürstet. Ich stand dort in der Stille der Begräbniskapelle und starrte ihn an. Irgend etwas stimmte nicht. Stimmte ganz und gar nicht.

Dann wurde mir bewußt, was es war. Mein Vater hatte nie auf dem Rücken geschlafen. Kein einziges Mal, soweit ich zurückdenken konnte.

Für gewöhnlich schlief er auf der Seite, der üppige Brustkasten und der massige Bauch tief in die Matratze einsinkend, während der gekrümmte Arm die Augen gegen Licht abschirmte und das Gesicht, selbst im Schlaf, einen Ausdruck grimmiger Konzentration trug. Jetzt fand sich davon nichts. Nicht einmal der Haß auf den Morgen, der kommen würde, um ihn aus seiner privaten Welt zu reißen. Dann schloß sich der Sargdeckel, und ich sah ihn nicht mehr.

Ein Gefühl der Erleichterung durchströmte mich. Es war vorüber. Ich war frei. Den Blick vom glänzenden Mahagoni-und-Kupfer-Sarg lösend, hob ich den Kopf.

Der Geistliche forderte uns mit einer Handbewegung zum Verlassen der Kapelle auf. Ich wandte mich zum Gehen. Mein Bruder D. J. — die Abkürzung für Daniel junior — hielt mich zurück.

»Nimm den Arm deiner Mutter«, flüsterte er rauh. »Und wisch dir das dämliche Grinsen vom Gesicht. Draußen wimmelt's von Fotografen.«

Ich starrte ihn an. Er war siebenunddreißig — zwanzig Jahre älter als ich —, und Welten trennten uns. Er stammte aus der ersten Ehe meines Vaters, ich aus der letzten. Dazwischen hatte mein Vater andere Frauen gehabt, jedoch keine Kinder. Ich befreite meinen Arm. »Kannst mich«, sagte ich.

Ich ging hinaus in den kleinen Vorraum der Kapelle, wo die Familienangehörigen warten sollten, bis die Bestattungswagen bereit waren, und steckte mir eine Zigarette an. In dem Raum befanden sich bereits mehrere enge Freunde und Mitarbeiter meines Vaters.
Moses Barrington, der sein persönlicher Assistent gewesen war, trat auf mich zu. Sein schwarzes Gesicht glänzte vor Hitze. »Wie trägt es Ihre Mutter?«
Ich sog den Rauch der Zigarette tief in die Lunge, erwiderte dann: »Okay.«
Er beobachtete, wie sich der Zigarettenrauch aus meinen Nasenlöchern kräuselte. »Von solchem Zeug können Sie Krebs kriegen.«
»Jaah«, sagte ich. »Hab die Warnung auf dem Päckchen gelesen.«
Die Tür ging auf, und alle drehten die Köpfe. Meine Mutter trat ein, auf den Arm von D. J. gelehnt. Den anderen Arm hatte er um ihre Schultern gelegt, als müsse er sie stützen. Wie ein Stiefsohn sah er wirklich nicht aus, eher wie ein großer Bruder. Und das schien auch durchaus in Ordnung. Schließlich war er drei Jahre älter als sie.
Das Witwenschwarz meiner Mutter ließ sie noch jünger wirken. Es verlieh ihrer hellen Haut einen fast durchsichtigen Schein und ihrem blonden Haar eine lichtere Tönung. Kaum hatte sich die Tür hinter beiden geschlossen, da verschwand die Hinfälligkeit der Witwe. Sie löste sich von D. J.s Arm und kam zu mir. »Jonathan, mein Baby. Du bist das einzige, was mir noch geblieben ist.«
Es gelang mir, ihrem Griff auszuweichen. Das konnte nicht wahr sein. Nicht, wenn ich auch nur die Hälfte von dem Scheiß glauben konnte, der über meinen Vater in den Zeitungen stand. Mann, der hatte gehörig abgesahnt und ihr bestimmt ein hübsches Sümmchen hinterlassen. Gewerkschaft hin, Gewerkschaft her. Justiz hin, Justiz her. Vom Knast gar nicht zu reden.
Da stand meine Mutter, und ihre Hände griffen ins Leere. Dann ließ sie die Arme an der Seite baumeln. »Gib mir eine Zigarette.«
Ich hielt ihr das Päckchen hin, zündete dann eine für sie an. Sie machte einen Zug.
»Schon besser«, sagte sie.
In ihr Gesicht kehrte jetzt ein bißchen Farbe zurück. War schon eine hübsche Frau, meine Mutter, und das wußte sie auch.

»Wenn wir wieder zu Hause sind, werden wir uns miteinander unterhalten müssen.«
»Okay.« Ich drückte meine Zigarette in einem der Sandbehälter aus. »Ich werde dort auf dich warten.«
»Du wirst dort auf mich warten?« Ihre Stimme war ein Echo. Ich nickte. »Zum Friedhof komme ich nicht mit.«
»Was soll das heißen: Du kommst nicht mit?« Hinter ihr war D. J. aufgetaucht. »Was glaubst du denn, wie das aussieht?«
»Mir doch scheißegal, wie das aussieht«, sagte ich.
»Aber es ist wichtig«, erklärte D. J. »Das Begräbnis wird von Küste zu Küste über die Sender gehen. Und überall im Land wird es von Gewerkschaftsmitgliedern verfolgt werden.«
»Na, dann sorge bloß dafür, daß du immer richtig ins Bild kommst, damit dich auch alle sehen. Nur darauf kommt's an. Schließlich wirst du ihr nächster Präsident sein, nicht ich.«
Er blickte zu meiner Mutter. »Margaret, versuche du, ihn zur Vernunft zu bringen.«
»Jonathan...«
Ich unterbrach sie. »Nein, Mutter. Das wäre reine Zeitverschwendung. Ich mochte ihn nicht, solange er lebte, und weshalb sollte ich *jetzt* wohl so tun, als hätte ich ihn gemocht? Das ist eine barbarische und verlogene Sitte, und ich will nichts damit zu tun haben.«
Als ich hinausging, herrschte bleiernes Schweigen im Raum. Ich drehte mich um, wollte die Tür hinter mir schließen und sah, wie sich die anderen um meine Mutter scharten. Nur Jack Haney hielt sich zurück und beobachtete das Ganze. Er übereilte nichts. Er würde sie später haben. Im Bett. Sofern ihm daran noch lag: jetzt, wo sie ja nicht mehr die Frau des Präsidenten war und ihm also kaum noch von Nutzen sein konnte. Sein Blick fand meinen Blick, und er nickte. Ich nickte zurück und schloß leise die Tür.
Gar so übel war er eigentlich nicht. Jedenfalls nicht schlimmer als die anderen rings um meinen Vater. Wie hätte ich ihm irgend etwas vorwerfen sollen, ohne auch meiner Mutter etwas vorzuwerfen. Mein Vater hatte die Welt rund um sich korrumpiert.
Durch einen Seiteneingang gelangte ich hinaus, vermied auf diese Weise die draußen harrende Menschenmenge. D. J. hatte recht. Da waren Hunderte. Und die Fernsehkameras befanden sich in vorderster Linie, mit den Zeitungsleuten unmittelbar dahinter. Ich lehnte mich gegen die Mauer und sah zu.
Die Trauernden kamen jetzt aus der Kapelle und stiegen in die großen, schwarzen Limousinen. Als erster erschien der Vizeprä-

sident der Vereinigten Staaten. Er blieb vor den TV-Kameras stehen und gab seinem Falkengesicht den angemessenen feierlichen Ausdruck. Seine Lippen bewegten sich. Was er sagte, verstand ich zwar nicht, doch konnte es nicht den leisesten Zweifel geben, daß er völlig Angemessenes äußerte. Schließlich besaßen Gewerkschaftsmitglieder noch immer das Wahlrecht. Hinter ihm kamen die Gouverneure, die Senatoren, die Kongreßabgeordneten, die Bürgermeister, weitere »Offizielle« und Gewerkschaftsführer. Einer nach dem anderen drängten sie sich in den Mittelpunkt in der Hoffnung, sich bei ihren lokalen Fernsehstationen — wie hieß das schöne Wort noch gleich? — »profilieren« zu können.
In der engen Zufahrt hinter mir hielt ein Laster. Ich hörte Schritte, und noch bevor ich den Mann sah, roch ich ihn. Die Müllabfuhr — brauchte mir wirklich keiner erst zu sagen.
»Ist wohl das Begräbnis von Big Dan, wie?«
Ich betrachtete ihn. An seiner fleckigen, dreckigen Jacke sah ich das Gewerkschaftsabzeichen, blau-weiß. »Ja«, erwiderte ich.
»Eine Menge Leute.«
»Stimmt.«
»Auch ein paar hübsche Weiber dabei?«
»Warum fragen Sie?«
»Na«, sagte er. »Big Dan soll doch ein großer Weiberheld gewesen sein. Unser Vertrauensmann war ein paarmal mit ihm aus. Wo Big Dan war, hat er uns erzählt, da war auch immer ein Haufen Mösen und eine Menge Whisky.«
»Nicht daß ich wüßte«, erklärte ich.
»Oh.« Er schien enttäuscht. Dann klang seine Stimme heller. »Und was ist mit dem jungen Mädchen, das beim Flugzeugabsturz bei ihm gewesen sein soll?«
Ich betrachtete ihn und nahm mir vor, ihn zumindest an diesem Tag nicht länger zu enttäuschen. Obwohl es nicht den geringsten Grund dafür gab (in einem Umkreis von gut dreißig Metern war außer uns niemand), senkte ich meine Stimme zum Flüstern. »Ich weiß echt, was da passiert ist.«
Er fischte ein Päckchen Zigaretten hervor, hielt es mir hin. Wir steckten uns beide eine an. Dann suchte mich sein erwartungsvoller Blick.
»Schon mal vom Himmelhoch-Club gehört?« fragte ich.
Er schüttelte den Kopf. »Was ist das?«
»Wer in einem Flugzeug eine Mieze bumst, wird automatisch Mitglied.«

»Himmelarsch«, sagte er anerkennend. »Und dabei war er gerade?«
»Noch besser«, erklärte ich. »Sie war so eine dicktittige Blondine, und sie kniete vor ihm, und die Titten hingen auf seine Knie, und dazwischen stand sein Schwanz hoch, und sie blies ihm einen, und plötzlich tauchten sie aus den Wolken raus, und vor ihnen war der Berg. Er versuchte, den Steuerknüppel zurückzuziehen, um das Flugzeug hochzureißen, hatte aber keinen Zweck. Ihr Kopf blockierte das Ganze, und der Steuerknüppel bewegte sich nicht.«
»Herr im Himmel«, sagte er. »Was für ein Abgang!«
Ich schwieg.
Er blickte hinüber zur Menschenmenge. »Menge Volk.«
»Jaah.«
»Er war ja auch wohl der Größte«, sagte er bewundernd. »Mein Alter hat mir erzählt, daß er während der Depression für dieselbe Arbeit, die ich jetzt mache, pro Woche neun Dollar bekam. Na, und ich kriege so meine hundertundfünfundneunzig. Er war wirklich der beste Freund, den der Arbeiter je hatte.«
»Ein Scheißkerl war er«, sagte ich. »Der Arbeiter hatte für ihn nur eine Bedeutung: Macht.«
»Nun mal langsam.« Drohend ballte er die Fäuste. »Du hast kein Recht, so etwas zu sagen.«
»Ich habe jedes Recht«, erwiderte ich. »Er war mein Vater.«
Er starrte verdutzt. Dann öffnete er seine Fäuste. »Tut mir leid, Junge«, sagte er und ging zu seinem Laster zurück.
Ich sah, wie er ins Fahrerhaus stieg und den Motor anließ. Dann drehte er den Kopf und blickte über den Zaun. Ich tat dasselbe. Sah, wie Mutter und D. J. hervortauchten. Sofort brandeten die Fotografen heran, um ihre Bilder zu schießen. Ich drehte mich um und ging, während sich die Trauergäste in die Limousinen quetschten, die schmale Zufahrt entlang.

»So spricht man nicht zu seinem Vater.«
»Verschwinde, Alter. Du bist tot.«
»Ich bin nicht tot. Ich werde leben, solange du lebst, solange deine Kinder leben, solange deren Kinder leben. Etwas von mir steckt in jeder Zelle deines Körpers, und wie du dich auch drehst und wendest, du kannst mich nicht loswerden.«
»Du bist tot, tot, tot.«
»Mit deinen siebzehn Jahren glaubst du wohl an nichts, wie?«
»Nein.«

»Möchtest du wissen, was in dem Flugzeug vor dem Absturz wirklich passiert ist?«
»Ja.«
»Du weißt es bereits. Hast es ja dem Müllmann erzählt.«
»Hab ich mir doch aus den Fingern gesogen.«
»Hast du nicht. Ich legte dir die Worte in den Mund. Vergiß nicht, daß auch dein Gehirn aus Zellen besteht.«
»Ich glaube dir nicht. Du belügst mich. Hast mich immer belogen.«
»Ich hab dich niemals belogen. Ich konnte dich gar nicht belügen. Du warst meine Wahrheit. Du warst nicht wie dein Bruder. Er ist ein Abklatsch von mir. Aber du — du bist du selbst.«
»Lügen, Lügen, Lügen. Nicht mal das Grab hält dich davon ab.«
»Was sie zum Grab tragen, ist nichts. Ein toter Körper, eine leere Hülle. Ich bin hier. In dir.«
»Ich spüre dich nicht, Vater. Ich habe dich nie gespürt. Ich spüre dich auch jetzt nicht.«
»Das wirst du schon. Wenn die Zeit kommt.«
»Niemals.«
»Jonathan, mein Sohn.«
»Verschwinde, Alter. Du bist tot.«

Ich bog in meine Straße ein. Das erste, was ich sah, war ein vor meinem Haus geparktes Auto. Im Schatten der Bäume standen einige Männer. Reporter, was sonst. Ich hatte angenommen, sie würden inzwischen verschwunden sein. Doch sie warteten. Big Dan besaß offenbar auch nach seinem Tode — und seinem Begräbnis — Nachrichtenwert.
Also schlängelte ich mich durch die Straße hinter meinem Haus und ging dann den Fahrweg der Forbes' hinauf. Unsere Hintertür befand sich unmittelbar hinter dem Zaun, der die beiden Häuser voneinander trennte.
Vorsichtig überquerte ich das Blumenbeet am Zaun (Mrs. Forbes stellte sich wegen ihrer Blumen manchmal ziemlich hysterisch an) und wollte mich schon auf die andere Seite hinüberschwingen, als Anne mir plötzlich etwas zurief. Behutsam zog ich einen Fuß zurück und drehte mich um. Sie saß auf der Hinterveranda, in der Hand ein Glas Wein.
»Ich dachte, du bist beim Begräbnis«, sagte sie.
»War beim Trauergottesdienst«, erwiderte ich. »Aber zum Friedhof bin ich dann nicht mit. Viel zu lang — äh — langwierig. Vorn warten noch Reporter, und da ich nicht mit ihnen reden will, versuch ich's von dieser Seite.«

»Ich weiß«, sagte sie. »Die sind schon heute früh hier aufgetaucht. Wollten wissen, was für eine Art Nachbar dein Vater war.«
»Was hast du ihnen gesagt?«
»Ich habe nicht mit ihnen gesprochen. Das haben meine Mutter und mein Vater getan.« Sie kicherte. »Sie sagten denen, was für ein großer Mann er war. Weißt schon.«
Ich mußte grinsen. Zwischen den Forbes' und meinem Vater hatte es nie so etwas wie »verlorene Liebe« gegeben. Als wir in dieses Viertel zogen, waren sie es, die den Kampf gegen ihn anführten: Sie wollten nicht, daß ein Gewerkschaftsgangster (der in ihren Augen natürlich Kommunist war) ihre reine Westchester-Luft verpestete. »Wo ist denn deine Familie?« fragte ich.
Sie kicherte wieder. »Na, beim Begräbnis, was glaubst denn du?«
Ich lachte. Die ganze Welt war voller Scheißer und Heuchler.
»Möchtest du ein Glas Wein?« fragte sie.
»Nein. Aber gegen eine Dose Bier hätte ich nichts, falls du eine hast.«
»Hab ich.« Während ich mich auf die Veranda schwang, verschwand sie durch die Küchentür. Gleich darauf kam sie mit einer kalten Dose Miller-Bier zurück.
Ich riß die Büchse auf, und kalter Schaum rann mir über die Hand. Rasch hob ich das Bier an den Mund. Verdammt, ich hatte wirklich nicht gewußt, daß ich so durstig war. Eisig spülte es meine Kehle hinab, und erst als die Dose halbleer war, schnappte ich nach Luft. Ich lehnte mich mit dem Rücken gegen das Geländer.
»Bist ganz schön mit den Nerven fertig«, sagte sie.
»Ach was, halb so wild.«
»Schlimm genug.« Ihr Blick schien sich auf die Bierdose zu heften. »Dir zittern die Hände.«
Ich hob die Bierdose höher. Sie hatte recht. »Hab letzte Nacht nicht viel geschlafen«, sagte ich.
»Möchtest du 'n Valium?« fragte sie.
Ich schüttelte den Kopf. Tablettensüchtig war ich nicht.
»Ich hab echt guten Shit«, sagte sie. »Kann dir einen Joint drehen.«
»Nein, danke«, erklärte ich. »Bin dafür nicht in Stimmung.«
»Hast nichts dagegen, wenn ich einen durchziehe?«
»Woher denn.«
Sie griff nach einem kleinen Beutel und rollte behende eine

Wumme. Die Enden drehte sie säuberlich zu, dann zündete sie den Joint an. Sie sog heftig, nahm einen Schluck Wein, sog wieder.
Helles Glänzen trat ihr in die Augen. Sie brauchte nicht viel, um high zu werden — war's dauernd. »Ich habe an deinen Vater gedacht.«
»Ja?«
»War richtig heiß den ganzen Nachmittag, wenn ich so an ihn dachte. Am Tod, also da ist was, das macht einen an.«
Ich trank wieder einen Schluck. »Na, ich weiß nicht.«
»Also ehrlich«, sagte sie. »Ich hab mal gelesen, wie das im letzten Krieg war, wenn die Bomben fielen — machte alle an. Hat wohl was mit Unsterblichkeit zu tun oder so.«
»Mir zu hoch. Und wenn du mich fragst — Menschen ficken nun mal gern. Ist doch nur logisch, daß sie jeden Vorwand benutzen, um die Scheißmoral über Bord gehen zu lassen. So wie die damals — oder?«
»Es ist mehr als nur das«, erklärte sie. »Heute morgen beim Aufwachen dachte ich, wie traurig das doch war: Er ist tot und hat nie mehr die Möglichkeit, noch etwas von sich zurückzulassen. Und dann dachte ich, wie hübsch es doch gewesen wäre, wenn wir's wenigstens einmal miteinander gemacht hätten, so daß ich jetzt vielleicht ein Baby von ihm haben könnte. Und da wurde ich dann so scharf, daß ich's mir dreimal selber machte.«
Ich lachte. »Na, wenn das nicht scharf ist.«
Sie musterte mich ärgerlich. »Du kapierst nicht.«
»Mein Vater war vierundsiebzig«, sagte ich. »Du bist neunzehn.«
»Das Alter spielt doch keine Rolle«, behauptete sie. »Du bist siebzehn. Als wir's das erste Mal getrieben haben, warst du vierzehn. Hat uns ja nicht gehindert, oder?«
»Das war was anderes.«
»Nein, war's nicht. Ich hab's mit älteren Männern gemacht. Ist genau das gleiche. Kommt nur darauf an, was man fühlt.« Sie zog wieder am Joint, trank wieder einen Schluck Wein. »Aber jetzt ist er tot, und ich kann nur bedauern, daß es für uns nun zu spät ist.«
Ich leerte die Dose, zerdrückte sie in der Hand.
»Schönen Dank fürs Bier.«
»Okay.«
Ich wandte mich zum Gehen. Sie rief mich zurück. »Was willst du jetzt tun? In diesem Sommer, meine ich.«

»Bis zum Schulanfang im Herbst wollte ich eigentlich ein bißchen trampen. Aber jetzt weiß ich nicht.«
»Du wirst bald achtzehn«, sagte sie.
»Sicher. So mit Wahlrecht und all dem Scheiß. Noch zwei Monate und ich bin richtig erwachsen. Nur noch sieben Wochen.«
Ich beobachtete den Rauch, der sich aus ihrer Nase kräuselte.
»Sag mal ...«
»Ja?«
»Wenn du so scharf warst auf meinen Vater, warum hast du da nichts unternommen?«
»Hatte wohl Angst oder so.«
»Wovor?«
Sie sah mich nachdenklich an. »Davor, zurückgewiesen zu werden. Ich fürchtete, er würde mich auslachen. Mich für eine alberne junge Gans halten.« Sie zögerte einen Augenblick. »Das war mir schon einmal passiert. Bei einem anderen Mann. Ich habe einen Monat gebraucht, um damit fertig zu werden.«
»Mit meinem Vater wäre dir das nicht passiert«, sagte ich. Mit einer Flanke schwang ich mich über die Brüstung und landete vor der Veranda auf der weichen Erde.
»Jonathan.« Sie kam zur Brüstung und blickte zu mir herab. »Fühlst du dich allein? Schrecklich allein?«
»Hab ich immer«, sagte ich. »Auch als er noch lebte.«
Der Schlüssel lag unter der Türmatte. Ich nahm ihn und schloß auf. Durch den hinteren Gang gelangte ich in die Küche. Nichts war im Haus zu hören außer meinen Schritten. Auf dem Herd sah ich Töpfe, auf dem Tisch beim Ausguß stand Geschirr. Natürlich. Nicht einmal der bevorstehende Weltuntergang hätte Mamie davon abhalten können, alles fürs Abendessen um sieben Uhr bereit zu haben. Um diese Zeit hatte mein Vater am liebsten gegessen. Ob sich das jetzt ändern würde?
Plötzlich hatte ich Hunger. Im Kühlschrank fand ich Schinken und Käse. Ich machte mir ein Sandwich. Dann nahm ich eine Dose Bier und setzte mich an den Küchentisch. Als ich ins Sandwich biß, begriff ich plötzlich, was mich störte: daß es im Haus so still war.
Ich stand auf und schaltete den Küchenfernseher ein. Leises Surren war zu hören. Ich ging zu meinem Stuhl zurück und sah dann, wie der Bildschirm zum Leben erwachte. Das Gesicht meines Vaters — seine Augen starrten mich an —, seine rauhe Stimme erfüllte die Küche.
Es war seine berühmteste Rede. Die Herausforderung an die De-

mokratie. »Ein Mensch kommt zur Welt; er arbeitet und er stirbt. Und dann ist da nichts . . .«
Ich stand wieder auf und schaltete auf einen anderen Kanal um. Die Rede kannte ich. Auf Kanal 11 gab es eine Wiederholung von *Star Trek*. Ich ließ es dabei. Die Ungeheuer einer anderen Welt ließen sich besser verkraften als die Monster unserer Welt.
Ich verdrückte das Sandwich und verließ die Küche. Den Fernseher ließ ich laufen. Die Geräusche folgten mir durchs Haus. Bevor ich hinauf ging auf mein Zimmer, warf ich einen Blick durchs Fenster. Draußen lauerten noch immer die Reporter.
Ich zog mir den Anzug aus, schlüpfte in Jeans und T-Shirt. Statt der schwarzen Lederschuhe hatte ich jetzt Turnschuhe an den Füßen. Ich ging ins Bad und bürstete mir den Spray und all den Scheiß aus dem Haar. Dann betrachtete ich mich aufmerksam im Spiegel. Meine Augen starrten kritisch zurück.
Gar nicht so übel. Keine Pickel.
Ich nickte mir zu, ging dann nach unten. Die Tür zum Arbeitszimmer meines Vaters stand offen. Ich zögerte einen Augenblick, trat dann ein.
Irgendwie war da bereits etwas Schimmeliges. Als sei dies plötzlich ein Zimmer ganz von gestern. Man konnte direkt fühlen, daß dies nicht mehr sein Zimmer war.
Ich ging zu seinem Schreibtisch, starrte darauf. Alle möglichen Dokumente und Berichte lagen dort. Mehrere Aschenbecher waren mit Zigarrenenden gefüllt, und der Papierkorb schien bis obenhin vollgestopft. Ich trat hinter den Schreibtisch, setzte mich in den übergroßen Ledersessel. Gebaut war der für den Riesenarsch meines Vaters, und so versank ich darin. Dann beugte ich mich vor und fing an, mir ein paar Papiere auf der Schreibtischplatte anzusehen.
In der Hauptsache handelte es sich um Berichte verschiedener Sektionen aus dem ganzen Land. Da ging es um Beitragszahlungen, um Schuldtilgungen, um Vertragsaufkündigungen. Lauter langweiliges Zeug. Unwillkürlich fragte ich mich, weshalb mein Vater seine Zeit damit vergeudet hatte, sich mit diesen Dingen so genau zu beschäftigen, wo es für ihn doch so viel anderes zu tun gab.
Plötzlich fiel mir ein, daß ich ihm diese Frage ja einmal gestellt hatte. Und ich entsann mich auch noch seiner Antwort. »Big Business, mein Sohn, kann man nur betreiben, wenn man sich in jeder Minute über die finanzielle Lage im klaren ist. Und vergiß

nicht: Diese Gewerkschaft ist eine der größten im ganzen Land. Allein unser Pensionsfonds weist einen Überschuß von nahezu zweihundert Millionen Dollar auf, und wir haben Investitionen in allem und jedem, in Regierungsanleihen ebenso wie in Las Vegas.«
»Dann bist du ja nicht die Spur anders als die Firmen, gegen die du kämpfst«, sagte ich. »Das einzige, was dich interessiert, ist der Profit.«
»Wir haben ganz verschiedene Motivationen, Sohn.«
»Ich kann da keinen Unterschied sehen«, sagte ich. »Wenn's ums Geld geht, bist du genauso reaktionär wie alle andern.«
Mein Vater nahm seine schwere Lesebrille ab und legte sie auf den Schreibtisch. »Ist mir ja neu, daß du dich für unsere Aktivitäten interessierst.«
»Tu ich gar nicht«, erwiderte ich rasch. »Es ist nur — also nach allem, was ich sehe, läuft es beim Big Business und bei den Gewerkschaften letzten Endes aufs selbe hinaus — nämlich aufs Geld.«
Die durchdringenden blauen Augen meines Vaters suchten in meinem Gesicht. Schließlich sagte er: »Wenn ich mal mehr Zeit habe, werden wir uns darüber unterhalten. Ich glaube, ich werde dich davon überzeugen können, daß du dich irrst.«
Wie vorauszusehen, zeigte sich, daß er niemals »mehr Zeit« hatte. Und jetzt war es zu spät. Ich legte die Papiere auf die Schreibtischplatte zurück, öffnete die Schubladen. In der mittleren Schublade befanden sich weitere Papiere. In der Schublade auf der linken Seite sah es ähnlich aus. Doch in der Schublade rechts fand ich nichts. Absolut nichts. Sie war leer.
Irgendwie wollte sich das nicht zusammenreimen. Auf der einen Seite Fülle fast zum Platzen, auf der anderen Seite gähnende Leere. Ich schob meine Hand in die scheinbar leere Schublade und tastete herum. Noch immer nichts. Dann spürte ich eine Art kleinen Knopf. Ich drückte darauf, und der untere Teil der Schublade glitt vor.
Ich blickte in den falschen Boden. Und dort — blauschwarz, ölig und tödlich — lag ein großer Colt, *Government Model Automatic.* Zögernd hob ich ihn hoch. Eine Tonne wog er in meiner Hand. Ein Spielzeug war dies ganz sicher nicht; es war eine tödliche Waffe. Irgendwo hatte ich gelesen, daß eine Kugel aus einem Colt vom 45er-Kaliber Automatic ein Loch von der Größe eines Silberdollars hinterläßt, wenn sie auf der anderen Seite herauskommt.

Ich legte das Ding zurück, schloß die Schublade. Dann saß ich und starrte auf die geschlossene Schublade. Nach einer Weile stand ich auf und verließ das Zimmer. Aus dem Kühlschrank nahm ich eine weitere Dose Bier und ging hinaus auf die hintere Veranda.
Anne saß noch genau dort, wo ich mich von ihr getrennt hatte. Sie winkte mir zu. Ich winkte zurück, setzte mich dann in den Schaukelstuhl. Während ich mein Bier kippte, blickten wir einander wortlos an — hinweg über den Zaun, der die Grundstücke voneinander trennte.

»Warum hast du meinen Schreibtisch durchsucht?«
»Weiß nicht. Er war eben dort, das ist alles.«
»Hab nichts dagegen. War bloß neugierig.«
»Du bist tot. Da sollte dir doch alles egal sein. Tote haben kein Recht auf Sonderbehandlung.«
»Ich bin nicht tot. Ich hatte gehofft, das würdest du allmählich begreifen.«
»Ist doch ein Haufen Scheiße. Tot ist tot.«
»Den Tod gibt's überhaupt nicht. Du lebst doch noch.«
»Aber du nicht.«
»Warum hast du ›Star Trek‹ eingeschaltet? Hattest du Angst, mich zu sehen?«
»Es war ein besseres Programm.«
»Weshalb sitzt du hier? Ich dachte, du wolltest fort.«
»Darüber bin ich mir noch nicht im klaren.«
»Du wirst gehen.«
»Wieso bist du da so sicher?«
»Das Mädchen dort drüben. Mit der bin ich noch nicht fertig.«
»Du änderst dich wohl nie, was?«
»Warum sollte ich? Du lebst ja noch.«

Die Bierdose war leer. Ich stand auf und schleuderte sie in den Plastikmüllsack bei der Küchentür. Dann machte ich Anstalten, ins Haus zurückzugehen. Und blickte, bevor ich's tat, hinüber zu ihr.
Sie schien sich überhaupt nicht gerührt zu haben. Rings um ihr Gesicht kräuselte sich Zigarettenrauch, während sie mich unentwegt beobachtete. Inzwischen mußte sie, daran gab es für mich keinen Zweifel, total high sein. Ich sah, wie sie nickte und sich langsam hochraffte. Dann verschwand sie in der Tür, die hinter ihr zuklickte. Das Geräusch schwebte irgendwie in der Luft, bis

ich meinerseits die Tür hinter mir schloß. Ich ging nach oben auf mein Zimmer, warf mich aufs Bett und schlief fast sofort ein.

Stimmengewirr weckte mich auf. Ich öffnete die Augen. Die Nachmittagssonne lag nicht mehr in den Fenstern. Ich starrte zur Zimmerdecke, während von unten her das Stimmengewirr heraufklang.
Das hatte etwas Vertrautes, wirkte irgendwie beschwichtigend. Wie oft hatte ich abends so gelegen — war in Schlaf gefallen, das gedämpfte Gemurmel aus dem Arbeitszimmer meines Vaters in den Ohren. Ja, es klang vertraut. Doch war da gleichzeitig auch etwas Grundverschiedenes — irgend etwas fehlte. Natürlich: seine Stimme. Die hatte sich stets von den anderen unterscheiden lassen.
Ich stand auf und ging nach unten. Die Tür des Arbeitszimmers war geschlossen, und die Stimmen drangen durch das Holz. Ich öffnete die Tür und blickte hinein. Plötzlich war dort alles still.
Auf dem Sessel hinter dem Schreibtisch saß D. J. Neben ihm stand Moses, genau wie er neben meinem Vater zu stehen pflegte. Jack saß, rechts von D. J., seitlich am Schreibtisch, und weitere drei Männer, mir den Rücken zukehrend, hatten vor dem Schreibtisch Platz genommen. Sie drehten die Köpfe, betrachteten mich stumm. Ich kannte sie nicht.
»Mein Bruder Jonathan«, sagte D. J., und es klang weniger nach Vorstellung als nach Erklärung.
Die Männer nickten vorsichtig. Ihre Augen blieben ausdruckslos.
D. J. machte sich nicht die Mühe, mir ihre Namen zu nennen.
»Ich wußte nicht, daß du zu Hause warst«, sagte er nur.
»Ich bin von der Friedhofskapelle direkt hierher.« Ich blieb in der offenen Tür stehen. »Wo ist meine Mutter?«
»Der Arzt hat ihr eine Tablette gegeben und sie dann ins Bett geschickt. Sie hat einen schlimmen Tag hinter sich.«
Ich nickte.
»Ich dachte, wir sollten hierherkommen. Es sind da ein paar Dinge klarzustellen, ehe ich wieder nach Hause reise. Meine Maschine geht um acht Uhr, und gleich am Vormittag haben wir eine Vorstandssitzung.«
Ich trat ins Zimmer. »Wollt euch wohl einig werden, wie?«
Dan sah mich an. »Was willst du damit sagen?«
»Na, die Welt aufteilen und so.« Ich trat zum Schreibtisch, blickte auf die Platte. Dort schienen jetzt alle Papiere zu liegen, die ich in

den Schubladen gesehen hatte. Die Pistole war nicht zu sehen. Ob die sie gefunden hatten?
»Die Arbeit muß weitergehen, auch wenn . . .« D. J. brach plötzlich ab.
Ich nahm sein Stichwort auf. »Der König ist tot. Lang lebe der König.«
D. J. wurde rot. Dann erklang Moses' Stimme, voll Nachsicht: »Jonathan, es gibt für uns wirklich einen Haufen Arbeit zu tun.«
Ich sah ihn an. In seinen Augen war etwas, das ich bei ihm nicht kannte. Anspannung, Unsicherheit. Ich blickte zu den anderen. Plötzlich wußte ich, was es war. Das Fundament, das gab es jetzt sozusagen nicht mehr; und sie hatten Angst, das ganze Gebäude werde zusammenkrachen.
Sie taten mir leid. Jetzt waren sie auf sich allein gestellt. Sonst hatte ihnen mein Vater gesagt, was sie tun sollten. Nun gab es ihn nicht mehr.
»Will nicht weiter stören«, sagte ich und blickte zu meinem Bruder. »Mach dir keine Sorgen, wird schon alles klappen.«
Er schwieg.
»Viel Gück.« Ich streckte meine Hand aus.
Sein Blick fiel darauf, dann hob er die Augen zu meinem Gesicht. Als er dann meine Hand nahm und sie schüttelte, klang seine Stimme heiser, und irgendwie schien er den Tränen nah. »Dank dir, Jonathan.« Er blinkerte heftig. »Dank dir.«
»Wirst es schon schaffen.«
»Ich hoffe es«, sagte er. »Aber leicht wird's nicht sein. Und so, wie's mal war, wird's nie wieder.«
»Das ist ja nie anders«, sagte ich und ging hinaus. Ich schloß die Tür hinter mir, lehnte mich einen Augenblick dagegen. Wieder wurden die Stimmen laut. Ich lauschte angespannt, lauschte vergebens auf die Stimme meines Vaters.
D. J. hatte ihn geliebt. Ich nicht. Warum? Weshalb empfanden wir so verschieden? Wir waren doch beide seine Söhne? Was hatte D. J. in ihm gesehen, das ich nicht sehen konnte?
Ich ging zur Küche. Jetzt war Mamie dort und fuhrwerkte mit ihren Töpfen und Pfannen herum; murmelte irgendwas für sich.
»Wann gibt's Abendessen?« fragte ich.
»Weiß nicht«, erwiderte sie. »Weiß überhaupt nicht, was in diesem Haus los ist. Geht ja alles drunter und drüber. Dein Bruder will kein Abendessen, und deine Mutter heult sich oben die Augen aus dem Kopf.«
»Ich dachte, der Arzt hätte ihr eine Schlaftablette gegeben.«

»Kann schon sein. Wirkt bloß nicht. Das ist alles, was ich weiß.«
Sie tauchte die Schöpfkelle in einen Topf, hielt sie mir dann hin.
»Schmeck mal«, befahl sie. »Aber puste erst. Ist heiß.«
Ich pustete und schmeckte. Gutes Rinderstew. »Kann noch ein bißchen Salz vertragen.«
Sie lachte. »Hätte ich mir denken können. Genau wie dein Papi. Hat der auch immer gesagt.«
Ich musterte sie. »Hast du meinen Vater gemocht?«
Sie tat die Kelle beiseite, sah mich an. »So was von einer dummen Frage hab ich überhaupt noch nicht gehört, Jonathan. Ich habe ihn verehrt und bewundert, deinen Papi. Er war der größte Mann, der je gelebt hat.«
»Warum sagst du das?«
»Na, weil's stimmt, weshalb denn sonst. Frag nur mal rundum. Werden dir alle dasselbe sagen. Er hat Nigger wie Menschen behandelt, bevor sie als Schwarze anerkannt wurden.« Sie ging zum Herd zurück, hob den Deckel vom Topf, blickte hinein. »Mehr Salz, sagst du?«
»Ja«, bestätigte ich und verließ die Küche. Dann ging ich hinauf und stand vor der Tür meiner Mutter.
Doch Mamie hatte sich geirrt.
Nicht der leiseste Laut war zu hören.

Jack Haney kam in die Küche, wo ich allein beim Abendessen saß. »Setz mich dazu, auf eine Tasse Kaffee«, sagte er und zog einen Stuhl heran.
»Wie wär's mit etwas Stew?« fragte ich. »Ist genug da, um eine ganze Armee zu versorgen.«
»Nein, danke«, erklärte er, während Mamie den Kaffee vor ihn hinstellte. »Wir kriegen ja im Flugzeug was serviert.«
Ich sah, wie er die Kaffeetasse zum Mund hob. »Sie fliegen nach Washington?«
Er nickte. »Dan möchte, daß ich morgen bei der Sitzung dabei bin. Könnte ja sein, daß juristische Fragen auftauchen.«
Dan hieß es jetzt also. Nicht mehr D. J. oder Daniel junior. Nein: Dan. »Irgendwelche Probleme?«
»Rechne nicht damit«, versicherte er. »Dein Vater hat alles ziemlich gut vorbereitet.«
»Und warum macht D. J. sich dann Sorgen?«
»Nun, da gibt's eine Menge Veteranen, und denen paßt's womöglich nicht, wenn ein junger Mann wie er die Führung übernimmt.«

»Wieso denn nicht? Das haben die doch schon lange gewußt.«
»Sicher. Aber als dein Vater noch am Leben war, hat sich keiner getraut, wider den Stachel zu löcken. Jetzt ist das eine andere Geschichte. Was die nicht kapieren, ist vor allem dies: Zum erstenmal kriegen sie jemanden, der auf den Job vorbereitet ist, der sich da nicht erst Stück für Stück zurechtfinden muß. Und es fällt ihnen schwer zu begreifen, daß es überhaupt nicht darauf ankommt, ob er vor Ort schon mal einen Streik organisiert oder gar Streikposten gestanden hat. Die Führung einer Gewerkschaft ähnelt in vielem dem Management von Big Business. Man braucht Leute, die was vom Fach verstehen. Aus eben diesem Grund schlagen sich ja die großen Firmen um die Spitzenleute, die von den Universitäten abgehen. Dein Vater war seit jeher der Meinung, das müsse auch für uns die Richtschnur sein. Aus diesem Grund hat er Dan zum Studium gedrängt.«
Ich wußte, wovon die Rede war. Auch mir hatte er ja im Nacken gesessen. Zuerst Jura in Harvard, dann die *Business School*. Ganz genau hatte er sich das auskalkuliert. Bloß, daß ich nun mal nicht der Typ war, der sich drängen ließ. Mit einem Stück Brot wischte ich meinen Teller sauber.
Neben mir tauchte Mamie auf. »Mehr?« Ich schüttelte den Kopf. Sie nahm den Teller. »War's genug Salz?«
»Aber genau.«
Sie lachte, stellte den Kaffee vor mich hin. »Ganz wie dein Papi. Erst das Gemeckere: nicht genug Salz. Und dann: prima, prima; auch wenn ich gar nichts hinzugetan habe.«
Ich blickte zu Jack. »Was genau soll morgen über die Bühne gehen?«
»Der Vorstand soll Dan zum geschäftsführenden Präsidenten ernennen, bis zur nächsten allgemeinen Wahl. Die ist in neun Monaten fällig, im kommenden Frühjahr. Bis dahin hoffen wir, alles unter Kontrolle zu haben.«
Ich nickte. Wenn mein Vater das so geplant hatte, würde es auch klappen. Mit Vaters Plänen klappte es immer.
Jack leerte seine Tasse und stand auf. »Erkläre deiner Mutter doch, warum ich fort mußte. Und sag ihr auch, daß ich sie morgen früh anrufe — ja?«
Ich nickte. »Okay.«
»Danke«, sagte er und verschwand. Einige Minuten später hörte ich draußen auf dem Fahrweg das Knallen einer Autotür. Ich trat ans Fenster. Die große, schwarze Cadillac-Limousine setzte sich gerade in Bewegung. Ich folgte ihr mit den Augen, bis die roten

Rücklichter verschwanden. Dann ging ich nach oben und horchte wieder an der Tür meiner Mutter. Noch immer war nichts zu hören.
Leise drehte ich den Türknopf und spähte hinein. Im Dämmerlicht erkannte ich auf dem Bett die Umrisse ihrer Gestalt. Lautlos trat ich ins Zimmer und betrachtete sie.
Etwas eigentümlich Hilfloses, fast Hinfälliges haftete ihr an, jetzt im Schlaf. Im Wachzustand hatte ich das bei ihr noch nie bemerkt. Sacht strich ich die Decke zurecht. Sie rührte sich nicht.
Ich verließ das Zimmer, ging durch den Korridor. Aus dem Wandschrank holte ich meinen Rucksack und begann zu packen. In zehn Minuten war ich damit fertig. Viel mitzunehmen hatte ich nicht.

Ich erwachte kurz bevor der Wecker losrasseln konnte und stellte ihn ab. Wozu das ganze Haus aufwecken? Rasch zog ich mich an und ging nach unten.
Die Korridore waren dunkel, doch in die Küche, die nach Osten lag, fiel erstes Morgenlicht. Ich schaltete die Kaffeemaschine ein. Wie gewöhnlich hatte Mamie alles bereitgestellt.
Mein Vater war ein Frühaufsteher gewesen. Allein kam er morgens die Treppe herunter und saß und trank Kaffee, bis der Rest des Hauses wach wurde. Das waren seine Denkstunden, wie er's nannte. Die Zeit zum Alleinsein. Und was auch immer sein Problem sein mochte, ob es groß war oder klein, bis der Rest des Hauses wach war, hatte er es so weit durchdacht, daß es kein Problem mehr darstellte, sondern nur noch eine Aufgabe, die es zu erledigen galt.
Ich ging in mein Zimmer zurück, holte den Rucksack. Die Tür zum Arbeitszimmer stand offen. Einem Impuls folgend, trat ich ein und zog die Schublade auf.
Die Pistole lag noch dort. Den falschen Boden hatten die nicht entdeckt. Ich nahm sie heraus und betrachtete sie. Eine gut geölte Waffe, mit vollem Magazin. Aber das machte überhaupt keinen Sinn. Pistolen waren etwas für Leute, die Angst hatten, und Angst kannte mein Vater nicht.
Ich zog den Reißverschluß einer Rucksacktasche auf und schob die Pistole hinein, zwischen Hemden und Unterwäsche. Die Schublade drückte ich mit dem Knie zu. Inzwischen würde der Kaffee wohl fertig sein.
»Jonathan.« In der Türöffnung stand meine Mutter. »Was tust du da?«

»Nichts.« Die klassische Antwort des Kindes, das beim Plündern der Keksdose erwischt wird. Wie lange mochte sie dort schon stehen?
Sie kam herein. »Ich kann noch seine Zigarren riechen«, sagte sie wie für sich.
»Laut Werbung entfernt Airwick den Geruch aus diesem Raum«, sagte ich.
Sie sah mich an. »Wird das so einfach sein?«
Ich antwortete nicht sofort. »Nein«, sagte ich dann. »Da müssen sie schon was erfinden, was auch gleich deinen Kopf richtig lüftet.«
Sie blickte auf den Rucksack. »Du willst fort, so bald schon?«
»Warum soll ich länger hierbleiben? Sind nur noch sieben Wochen übrig vom Sommer.«
»Kannst du nicht ein bißchen warten?« fragte sie. »Da ist soviel, worüber wir sprechen müßten.«
»Was denn, zum Beispiel?«
»Die Schule. Auf welches College möchtest du, was für Pläne hast du für dein Leben?«
Ich lachte. »Keine Qual der Wahl. Dafür sorgt schon die Musterungskommission.«
»Dein Vater sagt . . .« Sie verbesserte sich: »Dein Vater sagte, man würde dich nicht einziehen.«
»Sicher. Das hatte er arrangiert. Wie alles andere auch.«
»Ist es nicht an der Zeit, Jonathan, daß du aufhörst, gegen ihn anzukämpfen? Er ist jetzt tot, und es gibt nichts, was er noch tun kann.« Sie stockte.
»Wirklich?« fragte ich. »Nun, das glaubst du doch selbst nicht, genausowenig wie ich. Denn er hat ja bereits alles getan, hat für alles Vorsorge getroffen, sogar für den Tod.«
Sie schwieg, und ich sah, daß ihr die Tränen über die Wangen liefen.
Rasch trat ich auf sie zu, legte ihr linkisch den Arm um die Schultern. Sie preßte ihr Gesicht gegen meine Brust. »Jonathan, Jonathan.«
»Nur ruhig, Mutter.« Ich strich ihr übers Haar. »Ist ja vorbei.«
»Ich fühle mich so schuldig.« Ihre Stimme klang undeutlich, wie verwischt. »Ich habe ihn nie geliebt. Ich habe ihn bewundert, aber nie geliebt. Kannst du das verstehen?«
»Weshalb hast du ihn dann geheiratet?« fragte ich.
»Deinetwegen.«
»Meinetwegen? Ich war doch noch gar nicht geboren.«

»Ich war siebzehn und schwanger«, kam ihre leise Stimme.
»Auch damals hätte sich da doch schon was machen lassen«, sagte ich.
Sie löste sich aus meinen Armen. »Gib mir eine Zigarette.«
Ich nahm eine, steckte sie für sie an. »Hast du die Kaffeemaschine eingeschaltet?« fragte sie.
Ich nickte und folgte ihr in die Küche. Sie füllte zwei Tassen, und wir setzten uns an den Tisch.
»Du hast meine Frage nicht beantwortet. Du brauchtest ihn doch nicht zu heiraten.«
»Davon wollte er nichts wissen. Er wünschte sich einen Sohn.«
»Weshalb? Er hatte doch schon einen.«
»Dan war ihm nicht genug. Das wußte er, und manchmal, glaube ich, wußte es auch Dan. Darum hat er sich ja immer soviel Mühe gegeben, seinem Vater zu gefallen. Aber Dan war weich, und dein Vater war es nicht.« Auch Mutter nannte ihn jetzt nicht mehr D. J. »Dein Vater bekam, was er wollte. Ob dir das nun gefällt oder nicht, du bist genau wie er.«
Ich stand auf und holte die Kaffeemaschine. »Noch ein bißchen?«
Sie schüttelte den Kopf. Ich füllte mir nach. »Du trinkst zuviel Kaffee«, sagte sie.
Ich lachte. »Wird mein Wachstum hemmen, wie?« Ich maß ein Stück über einsachtzig. Auch sie mußte lächeln. »Weißt du, Mutter, du bist eine sehr hübsche Frau.«
Sie schüttelte wieder den Kopf. »So komme ich mir im Augenblick wirklich nicht vor.«
»Wirst du aber wieder«, sagte ich. »Braucht halt etwas Zeit.«
Sie zögerte kurz, sah mich dann an. »Du weißt Bescheid über Jack und mich?«
Ich nickte.
»Dacht's mir schon. Aber du hast nie was gesagt.«
»Stand mir nicht zu.«
»Jetzt denkt er an Heirat«, sagte sie. »Aber ich weiß nicht recht.«
»Du brauchst nichts zu überstürzen. Diesmal drängt ja keiner.«
Ein eigentümlicher Ausdruck trat in ihre Augen wie ein Verwundern.
»Als du das eben sagtest, sahst du genauso aus wie dein Vater.«
Ich lachte. »Ausgeschlossen. Denn wenn ich so wäre wie mein Vater, hätte ich überhaupt kein Verständnis dafür, daß du als Witwe dich nicht zusammen mit meiner Leiche verbrennen ließest.«

»Das ist schauderhaft«, sagte sie.
»Ich bin immer schauderhaft, wenn ich Hunger habe«, erklärte ich. »Ist das auch wie bei ihm?«
»Genau«, erwiderte sie und stand auf. »Darum werde ich auch genauso darauf reagieren, wie ich bei ihm darauf reagiert habe. Ich werde dir ein Riesenfrühstück machen.«

»Ist genug«, sagte ich. »Jetzt brauche ich eine Woche lang nichts zu essen.«
Sie lächelte. »So war's auch gedacht.« Sie stellte die leeren Teller in den Ausguß und füllte die Tassen mit frischem Kaffee. »Weißt du schon, wo du hinwillst?«
Ich schüttelte den Kopf. »Eigentlich nicht. Zuerst nach Süden, dann vielleicht nach Westen. Kommt ganz darauf an, wohin mich die Autos mitnehmen.«
»Du wirst doch vorsichtig sein.«
Ich nickte.
»Du kannst nie wissen, an was für Menschen du gerätst.«
»Mir passiert nichts.«
»Wirst du mir schreiben und mich wissen lassen, wo du bist?«
»Sicher. Aber mach dir keine Sorgen.«
»Natürlich mach ich mir welche«, sagte sie. »Wirst du mich anrufen, falls du irgendwie in Schwierigkeiten kommst?«
»Okay, R-Gespräch.«
»Okay, R-Gespräch.« Sie lächelte. »Da ist mir etwas leichter zumute.«
Ich blickte zur Küchenuhr. Es war Viertel vor sieben. »Wird Zeit für mich«, sagte ich.
Aufmerksam sah sie mich an. »Ich bin zu jung. Ich bin immer zu jung gewesen.«
»Wie meinst du das?« fragte ich, während ich aufstand.
»Damals war ich zu jung, um Ehefrau und Mutter zu werden. Jetzt bin ich zu jung, um Witwe und allein zu sein.«
»Irgendwann muß jeder mal erwachsen werden«, sagte ich. »Vielleicht ist das jetzt für dich die richtige Zeit.«
»Das ist dein Vater, der da aus dir spricht. Er hatte die gleiche kalte, klinische Art, sich gegen seine Gefühle abzuschirmen.« Sie musterte mich mit einem sonderbaren Blick. »Bist du wirklich mein Sohn, Jonathan? Oder bist du nur, was er in mich einpflanzte, eine Art Verlängerung von ihm — so ungefähr nannte er's.«
»Ich bin ich. Ich bin dein Sohn. Und seiner. Nichts sonst.«

»Liebst du mich?«
Ich schwieg einen Augenblick. Dann nahm ich ihre Hand und küßte sie. »Ja, Mutter.«
»Hast du genug Geld?«
Ich lachte. Fast hundert Dollar besaß ich. Bei zehn Dollar pro Woche gab's da keine Probleme. »Ja, Mutter.«

Ich schulterte den Rucksack und ging den Fahrweg hinunter. Als ich die Straße erreichte, drehte ich mich um. Im Eingang sah ich Mutter. Sie winkte. Ich winkte zurück und ging die Straße entlang.
Schon jetzt, in der Morgenfrühe, kündigte sich an, daß es ein heißer Tag werden würde. Auf dem Rasen wimmelte es von Spatzen, die auf der Jagd nach Würmern waren, und in ihr Geschwätz mischte sich ab und zu das Zwitschern eines Rotkehlchens. Die Luft roch grün. Die US-Landstraße Nummer eins, der Highway — gut zwei Kilometer waren es bis dort, und ich hatte die Brücke über den Schuylkill Creek zu überqueren.
Als ich um die Ecke bog, kam von der anderen Seite her der Milchwagen. Pete sah mich und hielt sofort an. »Jonathan!«
Er kletterte herunter, in der einen Hand einen Becher mit Orangensaft, in der anderen eine Bierdose. »Der Wanderer hat die Wahl«, sagte er.
Ich nahm das Bier. War so der richtige Morgen dafür. Schon jetzt konnte ich die Hitze spüren. Auch für Pete schien Orangensaft nicht das Richtige zu sein. Statt dessen holte er für sich eine zweite Dose Bier. Gleichzeitig rissen wir die Dinger auf, und leises Zischen war das einzige, was man weit und breit hörte.
Er nahm einen ordentlichen Schluck und wischte sich mit dem Handrücken über den Mund. »Tut mir leid, all der Kummer für dich«, sagte er. Pete war irischer Abstammung.
Ich nickte.
»Wo geht's hin?«
»Weiß noch nicht genau. Erst mal weg.«
Er nickte. »Gute Sache. Aber was ist mit deiner Mutter, wie geht's ihr?«
»Gut«, sagte ich. »Die kommt schon klar. Kann was vertragen.«
Er beobachtete mich aufmerksam, schien über meine Antwort nachzudenken. Pete kannte uns schon lange, sehr lange. Ungefähr fünfzehn Jahre. Schließlich sagte er: »Ja.«
Ich trank aus und zerdrückte die Dose. Er nahm sie mir aus der Hand. »Wie lange wirst du weg sein?«

»Sieben Wochen.«
»Scheiße!« Er grinste. »Macht vierundachtzig Liter. Da ist meine Milchprämie im Eimer.«
Ich lachte. »Liefere die zwei Liter ruhig. Mutter merkt da gar nichts.«
»Na, sie vielleicht nicht. Aber ich möchte wetten, daß Mamie einen Zettel in eine Flasche gesteckt hat, bevor ich dort aufkreuze.«
Er stieg ins Lieferauto. Einen Augenblick kramte er irgendwo. Dann reichte er mir einen Sechserpack. »Nimm das mal. Wird 'n heißer Tag werden.«
»Danke.«
Er sah mich an. »Wird uns fehlen, dein Vater.« Er tippte gegen das Gewerkschaftsabzeichen an seinem weißen Overall. »Er hat dafür gesorgt, daß dies eine Menge bedeutet. Hoffentlich kann's dein Bruder wenigstens halb so gut.«
»Mehr als nur das«, sagte ich.
Wieder sah er mich an. »Wir werden ja sehen. Aber er ist nun mal nicht wie dein Vater.«
»Wer wäre schon so?«
»Du«, sagte er.
Ich starrte ihn an. »Aber ich bin nicht alt genug.«
»Eines Tages wirst du's sein«, sagte er. »Und wir werden warten.«
Er fuhr weiter, bog in den Fahrweg ein. Und dann sah ich ihn nicht mehr und überquerte die Straße.

»Glaubst du mir jetzt?«
»Nein. Du wolltest, daß die Leute so denken, und natürlich hast du's verstanden, ihnen den Gedanken einzublasen.«
»Aus welchem Grund sollte ich so etwas tun?«
»Weil du ein Aas bist. Und weil du auf D. J. eifersüchtig warst. Du wußtest, daß er besser sein wird, als du's jemals gewesen bist.«
»Plötzlich liebst du deinen Bruder?«
»Nicht die Spur. Aber ich sehe schließlich, wie er ist. Dem bedeutet das was. Der ist innerlich dabei.«
»War ich auch.«
»Wann denn? Vor wie vielen Jahren? Bevor ich geboren wurde, bevor dich die Leidenschaft packte — für Geld und Macht?«
»Du willst noch immer nicht begreifen.«
»Ich begreife. Nur zu gut.«
»Das bildest du dir ein. Aber du wirst schon noch begreifen. Rechtzeitig.«

»Verschwinde! Du ödest mich an. Jetzt, wo du tot bist, genauso wie früher.«
»Ich lebe noch. Lebe weiter, solange du und deine Kinder leben werden. Ich bin in deinen Genen, deinen Zellen, deiner Persönlichkeit. Laß dir nur Zeit. Du wirst dich schon erinnern.«
»Erinnern? Woran?«
»An mich.«
»Ich will mich nicht an dich erinnern.«
»Wirst du aber. Auf tausenderlei Art. Du kannst gar nicht anders.«
»Jedenfalls nicht jetzt, Vater. Jetzt sind Ferien.«

Sie saß auf den Betonblöcken vorn an der Brücke, neben sich den Rucksack, während sie ihre Beine zur anderen Seite, zum Fluß hin, baumeln ließ. Sie blickte aufs Wasser, und von ihren Lippen hob sich wie eine Wolke dicker, grauer Rauch. »Guten Morgen, Jonathan«, sagte sie, ohne sich umzudrehen.
Ich blieb stehen, gab jedoch keine Antwort.
»Ich habe auf dich gewartet«, sagte sie und drehte sich noch immer nicht um. »Sei mir nicht böse.«
»Ich bin nicht böse«, versicherte ich.
Jetzt drehte sie sich um: schwang ganz herum. Und lächelte.
»Dann wirst du mich mitnehmen?«
Ich kannte den Ausdruck in ihren Augen. »Du bist high.«
»Nur ein bißchen.« Sie hielt mir den Joint hin. »Willst 'n Zug. Ist echt guter Shit.«
»Nein, danke«, sagte ich. »US-Highway Nummer eins ist keine Straße, an die man sich mit benebeltem Hirn hinstellt.«
»Bist doch böse auf mich.« Ihre Stimme klang etwas gekränkt.
»Hab dir doch gesagt: nicht die Spur.«
»Hast's aber nicht so gemeint.«
»Hab ich doch.«
»Und warum willst du mich dann nicht mitnehmen?«
»Weil ich allein sein will. Kapierst du das nicht?«
»Ich würde dir überhaupt nicht im Wege sein. Ich würde mich abseits halten.«
»Geh nach Hause«, sagte ich. »Damit wird's nichts.« Ich begann, die Treppe zur Brücke hinaufzusteigen.
»Warum hast du dich dann hier mit mir verabredet?« rief sie hinter mir her.
Ich drehte mich zu ihr um und sah sie an: »Wann soll ich das denn gemacht haben?«
»Gestern nachmittag«, sagte sie, und in ihren verschleierten Au-

gen glänzte plötzlich eine eigentümliche Intensität. »Gleich nachdem du aufhörtest, mit deinem Vater zu sprechen.«
»Mein Vater ist tot«, sagte ich.
»Das weiß ich.«
»Wie hätte ich dann mit ihm sprechen können? Der Shit, den du kiffst, scheint dich völlig benebelt zu haben.«
»Ich hab gesehen, wie du mit ihm gesprochen hast«, behauptete sie. »Danach bist du aufgestanden, zur Fliegentür getreten und hast mich angesehen. Und ich habe gehört, wie du gesagt hast: ›Triff dich mit mir am Morgen an der Brücke.‹ Ich habe genickt und bin ins Haus gegangen.«
Ich schwieg.
»Deine Stimme klang genauso wie die Stimme deines Vaters«, sagte sie.
Ich sah sie an. Schon jetzt, am Morgen, war es so warm, daß auf ihrem Gesicht Schweißperlen glänzten. Im frühen Sonnenlicht sah ich, daß sich auch im Blusenausschnitt zwischen ihren Brüsten Feuchtigkeit sammelte. Auch unter ihren Achseln zeichneten sich dunkle Flecken ab. »Habe ich sonst noch was gesagt?«
»Ja. Doch das klang undeutlich. Ich hab's nicht ganz verstanden. Aber es war irgendwas wie: ›Ich bin mit dir noch nicht fertig.‹ Ich weiß nur, daß es mich ziemlich scharf machte. Ich ging nach oben, zog mich aus, legte mich nackt aufs Bett, und ohne mir's irgendwie zu machen, kam ich und kam und kam, bis ich völlig erschöpft war.«
Ich streckte die Hand vor. »Gib mir den Joint.«
Anne reichte ihn herüber. Die Berührung ihrer Finger war heiß und trocken. Ich schnippte den Joint in den Fluß. »Hast du noch mehr Shit?«
Sie wühlte in ihrem Rucksack, fischte einen großen Beutel hervor.
Ich nahm ihn. »Das wär's?«
Sie nickte.
Ich schleuderte ihn in den Fluß. Sie drehte den Kopf und sah, wie der Beutel einen Augenblick auf der Oberfläche trieb, bevor er in der Strömung unterhalb der Brücke untersank.
»So was von Shit«, sagte sie bedauernd, »kriegst du doch gar nicht mehr. Warum hast du das getan?«
»Weil ich keine Lust habe, mich hopsnehmen zu lassen und die nächsten sieben Wochen irgendwo im Knast zu verbringen.«
Plötzlich füllten sich ihre Augen mit Tränen. »Berühre mich, streichle mich«, sagte sie.

Sie nahm meine Hand, legte sie auf ihre Brüste. Dann schloß sie die Augen, und ich sah, wie unter ihren Wimpern Tränen hervorquollen. »Gott, ist das ein schönes Gefühl«, flüsterte sie.
Sie schwang sich vom Betonblock herab. Wir bogen um die Ecke, verschwanden unterhalb der Brücke. Und dort machten wir es, während die Laster über uns hinwegdonnerten. Das Dröhnen verschluckte ihre Schreie, ihr Stöhnen. Später war sie sehr still; und sie lag dort und sah mich an, während ich meine Jeans hochzog und zuknöpfte. Aus ihrem Rucksack zog sie ein paar Kleenex, stopfte sie sich in die Möse. Dann stand sie auf und zog sich die Jeans hoch.
»Fühlt sich so gut an hier drin«, sagte sie. »Möchte nichts davon verlieren. Ist besser als alles, was ich mir in der Phantasie ausmalen kann.«
Ich schwieg.
Sie griff nach meiner Hand. »Jonathan. Meinst du, ich könnte in dich verliebt sein?«
Ich blickte ihr in die Augen. Fand dort ein tiefes Gefühl der Befriedigung. »Nein«, erwiderte ich kurz. »Du bist nicht in mich verliebt, sondern in meinen Vater.«

US-Highway Nummer eins. Ich schwitzte, fühlte mich schon richtig verdreckt. Über die Straße schwebten Auspuffgase wie ein schwerer graublauer Schleier. Wir warteten auf eine Lücke im Verkehrsstrom, gingen dann hinüber zu der Seite in Richtung Süden. Dort standen wir und hörten, wie der Verkehr vorüberdröhnte.
Sie strich sich das lange, feuchte Haar aus dem Gesicht. »Muß ja schon an die dreißig Grad sein.«
Ich nickte.
»Vielleicht können wir ein bißchen Schatten finden. Uns erst mal ein bißchen abkühlen.«
Ich führte sie zu einer Baumgruppe, und wir setzten uns dort auf den Boden. Ich brach das Sechserpack an, das Pete mir gegeben hatte. »Dies wird helfen.«
Sie nahm einen langen Zug. »Gras dehydriert mich. Ficken auch.«
Ich lachte. »Dann wirst du's dir verdammt genau einteilen müssen.«
Sie lächelte mich an. Ich schluckte mein Bier, blickte zur Straße. Vom Strom der frühen Laster fand sich jetzt nichts mehr. Was sich dort voranbewegte, war die Flut der Pendler in Richtung

New York. Große Autos, durch Klimaanlagen geschützt gegen Hitze und üble Gerüche, mit fest geschlossenen Fenstern. Aber es gab auch kleine Autos, mit weitgeöffneten Fenstern; und die Insassen versuchten, der Hitze mit Hilfe des Fahrtwindes zu entgehen. Allerdings war die Hoffnung in der Morgenhetze wohl nicht allzu groß. Immer wieder gab es Stockungen, Stauungen.
»Wohin wollen wir?« fragte sie.
»Westvirginia«, sagte ich, ohne weiter zu überlegen.
»Warum Westvirginia?«
»Warum nicht? Erstens ist es scheißegal, und zweitens war ich noch nie dort.«
Was ich ihr nicht verriet, war dies: Mein Vater stammte von dort, aus der Nähe einer Stadt mit dem Namen Fichtville, die ich auf einer großen Landkarte aufgespürt hatte. Was mochte das wohl für ein Nest sein? fragte ich mich unwillkürlich. Nie hatte er davon gesprochen. Jetzt, urplötzlich, wußte ich, daß ich unbedingt dorthin mußte. Als ich am Morgen unser Haus verließ, war mir das noch ganz und gar nicht klar gewesen.
Ich leerte mein Bier auf einen Zug und stand auf. Dann schulterte ich meinen Rucksack und blickte sie an. »Fertig?«
Sie zog eine Art Schlapphut aus ihrem Rucksack hervor, stülpte ihn sich auf. »Wie macht er sich?«
»Prächtig.«
Sie erhob sich. »Na, dann mal los.«

Eine Stunde später waren wir noch immer dabei, den vorüberflitzenden Autos mit dem Daumen Stoppsignale zu geben. Sie hockte jetzt auf ihrem Rucksack, und ihr Gesicht war erhitzt. Ich zündete eine Zigarette an, reichte sie ihr.
»Ist gar nicht so leicht, wie das in den Filmen immer aussieht«, sagte sie.
Ich grinste, steckte mir selber eine Zigarette an. »Ist es ja nie.«
»Ich müßte mal Pipi«, erklärte sie.
»Dort drüben.« Ich deutete auf eine Baumgruppe.
Sie sah mich fragend an.
»Ist besser, du gewöhnst dich langsam dran«, sagte ich.
Sie zog ein paar Kleenex aus ihrem Rucksack und verschwand zwischen den Bäumen. Ich drehte den Kopf und blickte zur Straße. Der Verkehr war nicht mehr so stark, die Morgenstoßzeit schien vorüber. Weniger Personenautos, wieder mehr Laster. Die Straße begann im Hitzedunst zu schimmern.
Während ich noch die Augen gegen die Sonne zusammenkniff,

hörte ich, wie sie sich von hinten näherte. Ja, das mußte sie sein: Anne. Ein mächtiger Fruchauf-Trailer kam von der Anhöhe her auf uns zu. Automatisch hob ich die Hand, machte das gewohnte Zeichen. Und dann hörte ich das Zischen der gewaltigen Vakuumbremsen. Langsam rollte er aus, und der riesige Schatten des Fahrzeugs schützte uns vor der Sonne.
Leise öffnete sich, etwa einen Meter über dem Boden, die Tür des Fahrerhauses. Dann ertönte die Stimme eines Mannes, den ich nicht sehen konnte. »Was ist, wollt ihr in die Stadt mitfahren, ihr junges Volk?«
Auf meinem Arm fühlte ich ihre Hand, die mich offensichtlich zurückhalten wollte. Doch die Stimme, die ich hörte, war nicht ihre Stimme. »*Daniel. Pa hat gesagt, wir soll'n zu Fuß gehen.*«
Ärgerlich schüttelte ich ihre Hand ab. »Na und ob, Mister«, versicherte ich.

Erstes Buch
Damals

1

Auf dem kleinen Feld am Hügelhang gab es nichts außer spärlichen Büschen, die der Dürre und der Sommerhitze widerstanden. Jetzt, in der schwächeren Nachmittagssonne, begann der Boden allmählich abzukühlen, und vorsichtig hob ein Kaninchen aus einem Loch hinter einem Busch den Kopf und schnüffelte in der stillen Luft. Eine Sekunde später tauchte es hervor, ließ die Löffel spielen, vernahm nichts Beunruhigendes. Die Welt schien in Ordnung.
Dennoch bewegte es sich überaus vorsichtig. Mit flach angelegten Lauschern hielt es seinen Körper dicht auf dem Boden, so daß sich sein weißgeflecktes, sandgraues Fell kaum von seiner kahlen, sonnengebleichten Umgebung unterschied. Mit kurzen, raschen Sprüngen gelangte es von Busch zu Busch, sicherte jedesmal erneut und bewegte sich hügelabwärts auf den kleinen Wald am Ufer des fast ausgetrockneten Bachs zu.
Die letzten hundert Meter legte es im wilden Galopp zurück. Dann verharrte es im Schatten kleiner Bäume, und sein Herz hämmerte vor Furcht. Doch es wurde vom Hunger getrieben, und die Witterung des frischen, wilden Fenchels, der dort bei den Akazien wuchs, erwies sich als unwiderstehlich, ließ das Tier schließlich alle Vorsicht vergessen.
Doch jetzt kehrte der Urinstinkt der Selbsterhaltung zurück. Tief duckte das Kaninchen sich auf den Boden, und sein Fell schien mit den Schatten zu verschmelzen. Immer stärker wurde die Witterung, doch das Tier wußte den Fenchel jetzt in unmittelbarer Nähe, und so beherrschte es seine Gier. Wichtiger war die Sicherheit. Das Kaninchen wartete, bis sein Herz wieder ruhiger schlug, und bewegte sich dann sehr langsam auf die Akazien zu.
Wenige Meter vom träge dahinsickernden Bach entfernt fand es den Fenchel. Hastig begann es zu scharren, um an die saftigeren und zarteren Pflanzenteile zu gelangen. Bald darauf hielt es, sich

ein Stück aufrichtend, einen Stiel zwischen den Vorderpfoten. Behutsam, fast zaghaft, begann es, daran zu nagen. Es war das erste Mal, daß es etwas so Wunderbares kostete. Und es war auch das letzte Mal. Denn im selben Augenblick erspähte es den Jungen, der keine fünfzehn Meter entfernt stand. Kurz trafen sich ihre Augen, und noch bevor das Tier reagieren konnte, knallte der Schuß, und die zweiundzwanziger Kugel zerschmetterte dem Kaninchen die Wirbelsäule, drang ihm ins Gehirn. Das Tier schien einen Rückwärtssalto zu schlagen und klatschte dann, tot, zu Boden.
Daniel Boone Huggins wartete, bis das Echo des Schusses verklungen war, bis aus dem Lauf kein Rauch mehr kräuselte. Dann trat er zu der Stelle, wo das tote Kaninchen lag, und hob es an den Löffeln hoch. Die Lichter waren bereits glasig und leer. Sorgfältig befestigte er es mit einer Schlinge an seinem Gürtel. Dann kniete er nieder und betrachtete aufmerksam die Spur des Tieres. Rasch nahm er eine Handvoll Fenchelstiele und folgte dann der Kaninchenfährte. Bald befand er sich auf dem Feld am Hügelhang, gegenüber den Büschen, aus denen das Kaninchen gekommen war. Er fand das kleine Loch im Boden. Vorsichtig lockerte er den Riemen, legte das Tier lautlos vor das Loch, inmitten von Fenchel.
Sekunden später kauerte er etwa zwanzig Meter entfernt auf der Lauer. Es war nur eine Frage der Zeit: Irgendwann würde die Witterung unwiderstehlich das Weibchen hochlocken.

Jeb Stuart Huggins saß auf den wackligen Vorderstufen seines Hauses, einen Krug voll seines Abendtrunks neben sich, und er beobachtete seinen ältesten Sohn, der sich gerade näherte. »Irgendwas erwischt?« Seine Stimme klang rostig, schien das Reden kaum gewohnt.
»Zwei Kaninchen«, erwiderte Daniel.
»Laß mal sehen«, befahl sein Vater.
Daniel lockerte den Riemen und hielt dem älteren Mann die Tiere hin. Dieser wog sie in den Händen, reichte sie zurück.
»Mächtig mager«, sagte er. »Taugen höchstens zum Stew.«
»War fürs Wild auch nicht gut, die Dürre«, erklärte Daniel, als müsse er sich rechtfertigen.
»Beklag mich ja nicht«, sagte sein Vater. »Wir nehmen vorlieb mit dem, was uns der Herrgott gibt.«
Daniel nickte. Immerhin war es über eine Woche her, daß sie Fleisch gegessen hatten.

»Bring's zu deiner Ma und sag ihr, sie soll's für den Topf fertig machen.«
Daniel nickte wieder und wandte sich zum Gehen.
»Wieviel Kugeln hast du gebraucht?« wollte sein Vater wissen.
Daniel blieb stehen. »Zwei.«
Jeb nickte anerkennend. »Daß du ja nicht vergißt, die Flinte ordentlich zu reinigen.«
»Natürlich nicht, Pa.«
Jeb beobachtete seinen Sohn, während dieser um das Haus entschwand. War ein ziemlich großer Junge jetzt, der Daniel. Fast schon vierzehn und mächtig gewachsen, mächtig entwickelt. Wurde langsam Zeit, ihn aus dem Zimmer auszuquartieren, das er sich mit seinen Geschwistern teilte. War gar nicht gut, wenn die jüngeren Kinder so etwas zu Gesicht kriegten. Das brachte die bloß auf falsche Gedanken, und er hatte so schon genug Probleme, mit Molly Ann.
Molly Ann war seine Älteste, ein gutes Jahr älter als Daniel, eine vollentwickelte Frau, die seit über zwei Jahren ihre Tage hatte. Wurde allmählich Zeit, an ihre Verheiratung zu denken. Bloß gab's hier keine jungen Männer. Die waren aus den Hügeln in die Stadt gewandert, wo's in den Glas- und Textilwerken Arbeit gab.
Er seufzte, griff nach dem Krug und trank einen Schluck. Heiß lief ihm der scharfe Alkohol durch die Kehle. Dann spürte er ihn im Magen: spürte die Wärme. Probleme, bei sieben Kindern gab's immer Probleme. Und hätten sie nicht die drei Totgeburten gehabt, so wären's sogar zehn gewesen. Nun, der Herrgott wußte schon, wozu das gut war. Sicher hatte er sich gedacht, daß es Jeb Stuart Huggins schwer genug fallen würde, die sieben zu ernähren. Trotzdem war's irgendwie nicht fair. Vor allem, seit Ma die Beine zusammenpreßte und ihn aussperrte. Keine Kinder mehr. Kam einen Mann verdammt hart an. Besonders einen Mann wie ihn, der es gewohnt war, ans Ziel zu kommen. Und jetzt stolzierte da Molly Ann umher, reife junge Titten und prächtiger, mächtiger Arsch. Kein Wunder, daß ihn dauernd sündige Gedanken überkamen. Er trank wieder einen Schluck und überlegte, wann wohl der Prediger auf seiner Rundtour wieder mal vorbeikommen würde. So eine Wiedererweckungsandacht, ganz nach guter, alter Art, das wäre wohl gerade das Richtige, um die sündigen, lästerlichen Vorstellungen zu bannen, die ihm der Teufel eingab. Er seufzte wieder. War wirklich nicht leicht, in diesen schweren Zeiten Familienvater zu sein.

Marylou Higgins blickte in den rußgeschwärzten Eisentopf auf dem uralten Herd. Das Wasser begann zu brodeln, und auf der Oberfläche schwollen und platzten große gelbe Fettklumpen. Mit einer langstieligen Gabel fischte sie das lange Rückenstück heraus. Sie ließ es abtropfen und legte es mit zufriedenem Blick auf den Teller. Wenn man's richtig einteilte, konnte das noch für zwei weitere Mahlzeiten reichen. Rasch tat sie geschabte Kartoffeln, Rüben und Gemüse in den Topf und begann zu rühren.
Sie hörte, daß jemand in die Küche trat. Ohne sich umzudrehen, wußte sie, daß es Daniel war.
»Ma.« Wie stets gab es ihr einen Stich, als sie die schon erstaunlich tiefe Stimme des Jungen vernahm. Erst gestern, so schien ihr, war er doch noch ein Baby gewesen.
»Ja, Dan'l.«
»Hab zwei Kaninchen, Ma. Pa sagt, du sollst sie für'n Topf fertig machen.«
Sie drehte sich zu ihm um. Vierunddreißig war sie erst, doch ihr dünner, ausgemergelter Körper und ihr gefurchtes Gesicht ließen sie wesentlich älter wirken. Sie nahm die Kaninchen, die er ihr entgegenstreckte. »Ist doch mal was andres als die Eichhörnchen«, sagte sie.
»Eichhörnchen, Ma? Haben wir doch seit über einem Monat nicht mehr gehabt!«
Über ihr Gesicht huschte ein Lächeln. War wirklich viel zu ernst für sein Alter, der Daniel. »Sollte auch nur ein Scherz sein, Sohn.«
In seinen Augen leuchtete es auf. »Ja, Ma.«
»Geh und sag Molly Ann, sie soll mir bei den Kaninchen helfen. Sie ist hinten. Paßt auf die Kinder auf.«
»Ja, Ma.« Er zögerte einen Augenblick, sog die Luft ein. »Riecht wirklicht gut, Ma.«
»Is man bloß ausgekochtes Fett und Gemüse«, sagte sie. »Hast Hunger?«
Er nickte.
Sie nahm ein Stück hartes Brot vom Bord neben dem Herd und strich mit der triefenden Fettschwarte drüber.
Hastig nahm er; biß ab, kaute, schluckte. »Is prima. Danke, Ma.«
Sie lächelte. »Dann geh man und hol deine Schwester.«
Er verließ die Küche, und sie nahm ein Schlachtmesser und begann, es am Wetzstein zu schärfen.
Langsam ging Daniel zum hinteren Teil des Hauses, blieb dann

an der Ecke stehen. Wenn die anderen das Stück Brot sahen, würden sie alle was abhaben wollen. Er wartete, bis er den Rest verdrückt hatte, ging dann weiter.
Die Kinder lärmten wie verrückt. Zwei jagten an ihm vorbei, aufs offene Feld zu. Mase, der Kleinste, anderthalb Jahre alt, baumelte in einer Art Traggestell von der kahlen alten Kiefer beim Holzhaufen und kreischte laut. Molly Ann richtete sich auf. In der Hand hielt sie das Beil, mit dem sie Kleinholz hackte. »Richard, Jane, kommt zurück. Wenn Pa euch hört, gibt's 'ne Tracht.«
Die Kinder scherten sich nicht um ihre Warnung. Molly Ann blickte zu Rachel, ihrer zehnjährigen Schwester, die mit einem Bilderbuch auf einem Holzklotz saß. »Rachel, nun renn schon und hol die wieder her.«
Rachel, der Bücherwurm der Familie, tat ein Lesezeichen zwischen die Seiten und rannte dann hinter den Kindern her, die sich inzwischen irgendwo im hohen Gras herumtrieben.
Molly Ann strich sich das lange, braune Haar aus dem erhitzten Gesicht. Dann hob sie einen Zweig vom Boden auf und schob ihn dem Kleinen in den Mund. Sofort war Mase ruhig. Er kaute auf dem Holz.
»Machen mich reinweg verrückt, die Gören«, sagte Molly Ann. Sie blickte zu ihrem Bruder. »Wo warst 'n ganzen Tag?«
»Jagen.«
»Was erwischt?«
»Zwei Kaninchen. Ma sagt, du sollst kommen und ihr helfen — die Karnickel ausnehmen.«
Um beim Holzhacken mehr Bewegungsfreiheit zu haben, hatte sie die beiden obersten Knöpfe ihres Kleides geöffnet, und ihre Brüste waren kaum bedeckt. Jetzt sah sie, daß er darauf starrte. »Was glotzt du?« fragte sie, machte jedoch keine Anstalten, die Knöpfe zu schließen.
»Nichts.« Schuldbewußt blickte er zur Seite, während seine Wangen zu brennen begannen.
»Auf meine Titties hast du geglotzt«, sagte sie tadelnd und begann, sich das Kleid zuzuknöpfen. »Hab's gleich gemerkt. Wo du so geglotzt hast.«
»Hab ich nich«, murmelte er und starrte zu Boden.
»Hast du doch.« Sie war mit dem letzten Knopf fertig und trat auf ihn zu. »Wenn ich Ma helfen soll, mußt du dich ums Kleinholz kümmern.«
»'türlich.« Noch immer mied er ihren Blick.

»Deine Hose«, sagte sie. »Ganz schön stramm is es da.«
Sein Gesicht brannte noch heftiger. Er brachte kein Wort hervor.
Sie lachte. »Du bist genau wie Pa.«
Jetzt sah er sie an. »Wie meinst du das?«
Sie lachte wieder. »Heute nachmittag war ich am Bach, um mich zu waschen. Und da hab ich gesehn, wie Pa mich beobachtet hat. Hinterm Baum stand er.«
Seine Stimme klang ungläubig. »Hat er gewußt, daß du ihn gesehen hast?«
»Nein.« Sie schüttelte den Kopf. »Ich hab so getan, als ob ich überhaupt nichts merkte. Aber unauffällig hab ich ihn doch beobachtet. Er hat sich's selbst gemacht, genau wie du. Bloß, daß seiner größer ist. Sah aus, als wär er 'nen halben Meter lang.«
Er starrte sie mit offenem Mund an. »Allmächtiger!«
»Is nich richtig, den Namen Gottes im Munde zu führen!« sagte sie scharf.
Er schwieg.
»Ma hat recht«, sagte sie. »Ihr Männer seid alle gleich. Ihr denkt immer nur an das eine. Das ist der Teufel, der in euch steckt, sagt Ma.«
Rachel kam zurück. Hinter ihr trotteten die beiden kleineren Kinder. »Sorg dafür, daß die sich saubermachen«, befahl Molly Ann. »Und dann hol Alice aus dem Gemüsegarten. Die solln sehn, daß sie ihre Hausarbeiten fertig kriegen.«
Gehorsam entfernten sich die Kinder in Richtung Haus. Molly Ann streckte die Arme hoch und hob Mase herab. Er ließ ein zufriedenes Glucksen hören. An seinen Lippen hafteten winzige Stückchen Rinde. Molly Ann wischte sie mit der Hand ab. Die Hand scheuerte sie dann gegen ihr Kleid.
»Hack ja schön Holz«, sagte sie. »Heut abend kommt Mr. Fitch, und Ma möchte, daß da 'n schönes Feuer prasselt. Pa will ihm was vom Selbstgebrannten verkaufen.«
Daniel blickte hinter seiner Schwester her. Das Baby in den Armen, bewegte sie sich mühelos und in einem eigentümlich aufreizenden Rhythmus. Üppig und kräftig wirkte der Körper unter dem Baumwollkleid. Er starrte ihr nach, ging dann zum Holzhaufen und nahm das Beil.
Unmittelbar darauf war nichts zu hören als das Krachen der Metallschneide, die die Holzklötze aufspaltete.

2

Sie wollten sich gerade an den Tisch setzen, als im Vorderhof das Quietschen der Wagenräder erklang. Jeb hob die Hand. »Leg ein weiteres Gedeck auf, Ma«, erklärte er ein wenig hochtrabend und erhob sich, um zur Vordertür zu gehen.
Er war bereits halb im Hof, als das Maultier endlich zum Stehen kam.
»'n Abend, Mr. Fitch«, rief er. »Kommen gerade rechtzeitig zum Abendessen bei uns.«
»'n Abend, Jeb«, erwiderte Mr. Fitch. »Will euch ehrlich nicht zur Last fallen.«
»Kann doch gar keine Rede von sein. Meine Frau hat ein prächtiges Kaninchen-Stew. Wäre doch schade drum, oder?«
»Karnickel-Stew«, sagte Fitch nachdenklich. »Gegen ein gutes Karnickel-Stew hätte ich wirklich nichts, ganz ehrlich.« Schwer atmend schwang er sich von seinem Wagen. Er besaß ein gewaltiges Format, der Mr. Fitch, zumal um die Leibesmitte. »Bin gleich bei euch. Muß bloß erst mein Maultier versorgen.«
»Da kann Dan sich ja drum kümmern«, erklärte Jeb. Er rief seinen Sohn, der gerade aus dem Haus trat. »Kennst Mr. Fitch hier?«
Daniel nickte. »'n Abend, Mr. Fitch.«
Der üppige Mann lächelte. »'n Abend, Dan'l.«
»Kümmre dich um das Maultier von Mr. Fitch, Sohn.«
»Hinten auf dem Wagen ist der Futtersack«, erklärte Mr. Fitch. »Aber das Tier soll nicht zuviel Wasser trinken. Sonst gibt das eine furchtbare Forzerei, und ich muß heute abend noch über dreißig Kilometer zurücklegen.«
Jeb griff nach dem Krug mit dem Abendtrunk. »Nehmen Sie 'n Schluck, nur mal so zur Probe, Mr. Fitch. Fühlen Sie sich gleich ganz anders. Spült Ihnen den Reisestaub aus dem Mund.«
»Ist aber mächtig nett von euch, Jeb«, versicherte Fitch. Mit der flachen Hand wischte er über den Rand des Kruges, machte einen langen Zug. Dann schmatzte er mit den Lippen und ließ den Krug lächelnd sinken. »Scheinst bei diesem Maultier auch nicht gerade gepanscht zu haben, Jeb.«
Zehn Minuten später saßen sie alle um den Tisch. Marylou stellte den großen Eisentopf voll Stew direkt vor ihren Mann. Unmittelbar hinter ihr kam Molly Ann, die einen großen Teller voll frisch gebackenem Maisbrot mitten auf den Tisch plazierte.
Jeb verschränkte die Hände und blickte vor sich hin. Alle folgten

seinem Beispiel. »Wir bitten Dich um Deinen Segen, Herr, für diese Tafel, für dieses Haus, für all seine Bewohner und für unseren Gast, Mr. Fitch. Und für die Überfülle und die Nahrung, die wir jetzt empfangen, danken wir Dir, o Herr. Amen.«
»Amen«, erschallte es rings im Chor, und hungrig hoben die Kinder den Kopf. Jeb füllte rasch den Teller von Mr. Fitch, dann seinen eigenen. Er nickte Marylou zu. Sie nahm den Löffel und begann, die Teller der Kinder zu füllen. Bis sie zu ihrem eigenen Teller gelangte, war vom Fleisch kaum noch etwas übrig, doch das machte ihr nichts weiter aus. Sie aß ohnehin nicht viel.
Außerdem tat es ihr gut zu wissen, was Mr. Fitch den Nachbarn erzählen würde: daß die Huggins ihm zum Abendessen Kaninchen-Stew vorgesetzt hatten; daß sie sich keineswegs dauernd mit ausgekochtem Fett und Gemüse begnügen mußten, worauf andere ja wohl doch meistens angewiesen waren.
Sie aßen hastig, kein Gespräch wollte aufkommen. Zufrieden klopfte er sich auf den Bauch. »Das beste Kaninchen-Stew, das ich je gekostet habe, Mrs. Huggins.«
Marylou wurde rot. »Danke, Mr. Fitch.«
Der massige Mann polkte zwischen seinen Zähnen. Dann zog er seine Taschenuhr hervor und warf einen Blick drauf. »Fast schon halb sieben, Jeb«, sagte er. »Wie wär's, wenn wir nach draußen gingen, um übers Geschäft zu reden?«
Jeb nickte und erhob sich. »Komm mit, Dan'l.«
Daniel folgte den beiden Männern in den Hof. Sein Vater schritt voraus: führte Fitch und Daniel zur Destillieranlage am Hügelhang. Einer hinter dem anderen gingen sie.
»Wieviel hast du für mich, Jeb?« wollte Fitch wissen.
»So an die achtzig Liter. Erstklassiger Gebrannter.«
Mr. Fitch schwieg, bis sie am Ziel waren. »Ist nicht sehr viel.«
»Liegt an der Dürre. Die macht das Getreide kaputt, Mr. Fitch«, sagte Jeb entschuldigend.
»Hat sich kaum gelohnt, der Weg hier herauf.« Das war nicht mehr Mr. Fitch, der nette Mensch, der gemeinsam mit ihnen an der Abendtafel gesessen hatte. Nein, dies war Mr. Fitch, der Händler, bei dem jeder zweite im Tal in der Kreide stand: In seinem *General Store* gab er ihnen Kredit, und er bestimmte praktisch die Preise für ihren Schwarzgebrannten — und auch für alles sonst, was sie ihm verkauften.
Hinter dichten Zweigen verborgen waren große Kupferkessel und allerlei Rohre und Röhren. Auf der einen Seite türmte sich ein Haufen Holz.

»Hol mal 'n Krug, Dan'l«, befahl sein Vater.
Daniel suchte unter dem Holz. Gleich darauf hatte er ein Gefäß freigescharrt. Jeb hob es hoch. Mit den Zähnen zog er den Korken.
»Riechen Sie ihn nur mal, den Gebrannten, Mr. Fitch«, sagte er.
Fitch nahm das Gefäß und begann zu schnüffeln.
»Kosten Sie nur«, forderte Jeb ihn auf.
Der massige Mann kippte den Krug, schluckte.
»Is Qualität, Mr. Fitch«, sagte Jeb. »Is wirklich Klasse. Nix von irgendwelchen Beimengungen. Nein! So natürlich, daß er wie Honig die Kehle runterrutscht. Kann man einem Baby geben.«
»Nicht übel«, räumte Mr. Fitch ein. Seine Augen verengten sich. »Was verlangst du dafür?«
Jeb mied seinen Blick. »Wenigstens einen Dollar für vier Liter, dachte ich.«
Fitch schwieg. Jeb wurde nervös. »Weniger, wie?«
»Höchstens die Hälfte«, erklärte Mr. Fitch.
»Na, das ist aber zuwenig, Mr. Fitch, ganz bestimmt. Ich meine, das zahlen die ja für die schnellen Sachen. Und dies is doch Schwarzgebrannter, wo 'ne Menge Zeit gebraucht hat«, protestierte Jeb.
»Gehen schlecht, die Geschäfte«, sagte Mr. Fitch. »Kauft ja keiner mehr was. In Europa is Krieg, und alles steht kopf.«
»Is aber wirklich nich viel, 'n halber Dollar pro Gallone«, sagte Jeb fast flehend. »Sollten Sie mir noch 'n Stück entgegenkommen, Mr. Fitch.«
Mr. Fitch betrachtete ihn aufmerksam. »Wieviel schuldest du mir, Jeb?«
Jeb blickte zu Boden. »So vier Dollar, schätz ich.«
»Vier Dollar und fünfundfünfzig Cents«, erklärte Mr. Fitch.
»Wird schon stimmen«, meinte Jeb. Noch immer hielt er den Kopf gesenkt.
Daniel vermied es, zu seinem Vater hochzublicken. Er schämte sich zu sehr. Schien nicht richtig, daß sich ein Mann so unterwürfig benahm, bloß weil er arm war. Er drehte den Kopf zur Seite, blickte zu den Feldern.
»Will dir mal was sagen, Jeb«, versicherte Mr. Fitch. »Bin in guter Stimmung. In großzügiger Stimmung, alles, was recht ist. Da kannst deiner Frau für danken, wo sie mir so'n prächtiges Kaninchen-Stew vorgesetzt hat. Hab ja immer gesagt: Is man gar nich mehr so scharf, bei 'n Geschäften, mit 'm vollen Bauch. Also: Ich werd dir pro Gallone sechzig Cents zahlen.«

Jeb hob den Kopf. »Mehr is nich drin?«
»Großzügig, hab ich gesagt. Und genauso mein' ich's auch.« Es konnte keinen Zweifel geben: Mr. Fitch hatte sein letztes Wort gesprochen.
Jeb schluckte hart. Er hatte einen bitteren Geschmack auf der Zunge: den Geschmack der Niederlage. Drei Monate Arbeit, bei Tag, bei Nacht, bei Regen, bei Sonne: unentwegtes Überwachen der Destillieranlage, wobei man praktisch jeden einzelnen Tropfen überprüfte, damit er sozusagen kristallklar war, absolut perfekt. Er zwang sich zu einem Lächeln. »Dank Ihnen, Mr. Fitch«, sagte er. Dann drehte er sich zu seinem Sohn herum. »Bring die Krüge runter zu Mr. Fitchs Wagen.«
Daniel nickte. Und er schwieg, sicherheitshalber. Denn in ihm steckte ein Zorn, wie er ihn noch nie empfunden hatte. Eine Wut, die ihn den Magen zusammenschnürte — so straff wie den Knoten an der Schlinge eines Gehenkten.
Jeb sah den massigen Mann an. »Kommen Sie mit zum Haus, Mr. Fitch«, sagte er. »Inzwischen hat meine Frau bestimmt den Kaffee bereit.«
»Möcht bloß mal wissen, wie weit es noch kommen wird mit diesem Land«, sagte Mr. Fitch, als er die Tasse mit dem dampfenden Zichorienkaffee in der Hand hielt. »So wie die Geschäfte gehen, ziehen doch alle vom Land weg, weil sie die Pacht nicht zahlen können. Du weißt ja gar nicht, was für'n Glück du hast, Jeb, daß du eignes Land besitzt, wo du keinem drüber Rechenschaft ablegen mußt.«
Jeb nickte. »Da danken wir auch dem Herrgott für. Bloß — ich weiß nicht so recht. Muß sieben Mäuler füttern. Is nicht grad leicht, bei der Dürre und den schlechten Ernten.«
»Schon mal dran gedacht, zur Arbeit in die Stadt zu kommen?« fragte Mr. Fitch.
Jeb schüttelte den Kopf. »Bin kein Stadtmensch. Werd's auch nie sein. Wenn ich morgens nach dem Aufstehen nicht mein eigenes Land sehen kann, also da wär ich lieber tot. Außerdem: Was könnte ich denn da schon tun? Das einzige, wo ich mich auskenne, ist die Farmerei.«
Marylou trat ein, um im Kamin Feuer zu machen. »Is ganz schön kühl draußen.«
»Mrs. Huggins.« Fitch lächelte. »Sie wissen's, wie man's macht, daß sich ein Mann gemütlich fühlt.«
Marylou wurde rot, lächelte, blickte zu Boden. »Danke, Mr. Fitch«, sagte sie und ging hinaus. Doch draußen blieb sie dann

gar nicht weit entfernt stehen, um sich möglichst kein Wort entgehen zu lassen.
Fitch trank wieder einen Schluck vom heißen Kaffee. »Und was ist mit euren beiden Ältesten? Wie wär's, wenn ihr die zum Arbeiten in die Stadt schicken würdet?«
Jeb musterte ihn verdutzt.
»Dan'l und Molly Ann?«
Fitch nickte. »Der Junge ist vierzehn, und seine Schwester — wenn ich mich richtig erinnere — ist älter.«
»Fünfzehn.«
»Steh mich gut mit den Leuten, die dort die Fabriken und Glaswerke leiten. Die sind immer auf der Suche nach arbeitswilligen jungen Leuten. Da könnte ich ein gutes Wort einlegen.«
»Ich weiß nicht recht«, sagte Jeb zweifelnd. »Sind mir doch noch arg jung, um außer Haus zu gehen.«
»Na, pro Woche könnten sie so ihre vier oder fünf Dollar verdienen. Logis und Kost in einem guten Haus kostet sie nur 'n Dollar und fünfzig Cents. Da blieben doch einige hübsche Dollars übrig, die sie nach Hause schicken könnten. Was weiß ich, vielleicht fünf, vielleicht sogar sieben. Wär doch ein ganz schöner Zuschuß, um die andern zu ernähren.« Fitch musterte sein Gegenüber. »Da würdet ihr sogar am Haus hier ein paar Verbesserungen vornehmen können. Soviel ich weiß, legt die Elektrizitätsgesellschaft Licht, wenn man denen pro Monat fünf Dollar garantiert.«
»Mag ich nich, so elektrisches Licht«, erklärte Jeb. »Is nich natürlich. Viel zu hell. Längst nich so sanft wie die Petroleumlampen.« Gleichzeitig jedoch empfand er eine starke Versuchung. Schließlich wäre sein Haus in den Hügeln das erste mit elektrischem Licht.
Daniel kam herein. »Alles fertig, Pa.«
Mr. Fitch steckte eine Hand in die Tasche, fischte ein glänzendes Fünf-Cent-Stück hervor. »Bist ein guter Junge, Daniel. Hier, das ist für dich.«
Daniel schüttelte den Kopf. »Nein, danke, Mr. Fitch. Is wirklich nich nötig.« Er eilte hinaus.
»Wirklich 'n guter Junge, den ihr da habt, Jeb«, versicherte Fitch.
»Danke, Mr. Fitch.«
Der massige Mann bewegte sich auf die Tür zu. »Muß mich auf den Weg machen. Sieht im Dunkeln auf diesen Landstraßen nicht mehr so gut, das alte Maultier.«

»Bleibt Ihnen noch 'ne Stunde bis zum Sonnenuntergang«, erklärte Jeb. »Bis dahin sind Sie längst im Tal. Da gibt's keine Probleme.«
Fitch nickte. Dann hob er seine Stimme (wohl wissend, daß Marylou in der Küchentür ihn bestimmt hören würde). »Daß du ja nicht vergißt, Mrs. Huggins meinen Dank auszurichten — für die Gastfreundschaft und das köstliche Kaninchen-Stew.«
»Könn'n Sie sich drauf verlassen, Mr. Fitch.«
Fitch stieg die Stufen hinab und kletterte dann auf seinen Wagen. Er beugte sich seitlich vor und sprach laut genug, daß Marylou ihn hören konnte. »Denk an das, was ich dir gesagt habe. Vier, fünf Dollar pro Woche pro Kind, das ist ja nicht zu verachten. Wenn du willst, kannst du sie jederzeit zu mir schicken. Ich werde schon einen Job für sie finden.«
Jeb nickte wieder. »Danke, Mr. Fitch. Schönen Abend noch, Mr. Fitch.«
»'n Abend, Jeb.« Mr. Fitch schnalzte mit der Zunge und ruckte mit den Zügeln. Langsam trottete das Maultier aus dem Hof. Mr. Fitch summte zufrieden vor sich hin. Jeb hatte recht. Besseren Gebrannten hatte er noch nie gekippt. Da ließ sich pro Liter sicher ein Dollar rausschlagen. Machte summa summarum einen Profit von achtundsechzig Dollar.
Noch etwas: Ein Instinkt sagte ihm, daß bald schon die Huggins-Kinder an seiner Türschwelle auftauchen würden. Und das bedeutete gleichfalls Geld.
Weshalb wohl hätte er Jeb auf die Nase binden sollen, daß ihm die Firmen 20 Dollar Anwerbungsgeld für jeden Jugendlichen zahlten, den er ihnen schickte?

3

Flackernd fiel das gelbliche Licht der Petroleumlampe über den Tisch, und es schien den Haufen der Silbermünzen vor Jeb in Gold zu verwandeln. Langsam, umständlich zählte er sie. Nach einer Weile kam Marylou herein und setzte sich ihm leise gegenüber. Sie wartete, bis er mit dem Zählen fertig war, fragte dann: »Wieviel ist es?«
»Sieben Dollar und fünfundvierzig Cents.«
»Is nich viel«, sagte sie, doch es war keine Klage, nur eine traurige Feststellung.

»Vier fünfundvierzig haben wir ihm geschuldet«, erklärte Jeb, und er schien sich zu rechtfertigen. »Zahlt keiner nich viel. Sind schlechte Zeiten, sagt Mr. Fitch. In Europa is Krieg.«
»Wie kann 'n Krieg, wo so weit weg is, was mit uns zu tun haben? Das kapier ich nich.«
»Ich auch nich«, gestand Jeb. »Aber wenn 'n Mann wie Mr. Fitch so was sagt, wird's schon stimmen. Woll'n bloß hoffen, daß Mr. Präsident Wilson alles in Ordnung bringt. Wenn's einer kann, dann der. Is nämlich ein richtig gebildeter College-Professor, weißt du.«
»Weiß ich«, sagte sie. »Is aber nix nich besser geworden, seit er Präsident is. 1914 ham wir, und es is so schlimm wie noch nie.«
»Braucht eben alles seine Zeit«, sagte Jeb. »So was kapieren Frauen nich. Die haben auch nich die Geduld.«
Marylou schwieg. Sie nahm die Zurechtweisung wortlos hin. Manchmal fragte sie sich, wozu der Herrgott den Frauen überhaupt einen Verstand gegeben hatte, wenn sie ihn nicht gebrauchen sollten. Doch behielt sie den Gedanken für sich. War wohl der Teufel, der ihr so was eingab. Solche Gedanken gehörten sich nicht.
»Kaum genug Geld, um Samen zu kaufen«, sagte er.
Sie nickte. Wann war es schon mal anders gewesen? Von Jahr zu Jahr schienen sie tiefer in Schulden zu geraten. »Ich brauch Stoff, damit ich Kleider machen kann für die Kinder. Die wachsen so schnell aus allem raus. Bald is Herbst, und da brauchen sie Schuhe für die Schule. Wird zu kalt zum Barfußgehen. Auch sieht das nich — nich anständig aus.«
»Ich hab Schuhe erst gekriegt, wo ich sechzehn war«, sagte Jeb. »Hat mir nich geschadet.«
»Bist ja auch nich zur Schule gegangen«, erwiderte sie. »Is jetzt anders damit. Kinder müssen 'ne Schulbildung haben.«
»Alles, was ich hab wissen müssen, hab ich von meinem Pa gelernt«, sagte er. »Und wird Dan'l vielleicht 'n besserer Farmer werden, wo er lesen kann? Was hat er nu von seiner ganzen Bildung? Is nich besser dran, wie ich gewesen bin.«
Sie schwieg.
»Und bei Molly Ann is es nich anders. Mit all ihre Schulbildung hat sie noch keinen Mann gefunden. Aber du warst mit sechzehn schon verheiratet.«
»Is nich ihre Schuld«, sagte Marylou. »Sie wär schon bereit zum Heiraten. Is man bloß so: Die jungen Männer sind alle unten in der Stadt, zum Arbeiten.«

Er sah sie an. »Mr. Fitch sagt, er kann ihnen gute Jobs besorgen, wenn wir nur wollen.«
Wieder schwieg sie. Es kam ihr nicht zu, sich zu Mr. Fitchs Angebot zu äußern; nicht jetzt.
»Er sagt, sie könnten so vier, fünf Dollar verdienen. Pro Woche.«
»Is gutes Geld«, sagte sie.
Er nickte. »Und vielleicht kann Molly da auch einen Mann finden. Is ja nich zu glauben, wie das Mädchen so heranreift.«
Marylou nickte. Sehr genau hatte sie beobachtet, wie Jebs Augen seiner Tochter überallhin folgten. Sie kannte ihren Mann. War ein guter Kerl, der Jeb, aber er war eben auch nur ein Mensch; und so steckte in ihm eine Menge von des Teufels Sinnenlust. Konnte für einen Mann manchmal unerträglich werden, dieser Stachel des Fleisches. Sie wußte es. Schließlich gab's in den Hügeln genügend Beweise dafür. So manches Mädchen wurde für längere Zeit zu Verwandten geschickt, weil ihr Pa dem Teufel erlegen war. Und es war schon lange her, daß der Prediger bei seiner Rundreise alle geläutert hatte von bösen Gedanken. »Könnte eine gute Sache sein für die Kinder«, sagte sie.
»Hab für Dan'l hier gar nichts weiter zu tun«, erklärte er. »Bei der Dürre, und wo die Erde so wenig hergibt. Auf dem Nordfeld wächst ja kaum was.«
»Rachel könnte mir mit den Kleinen helfen, wenn sie von der Schule nach Hause kommt«, meinte Marylou.
Er blickte auf die Münzen auf dem Tisch. »Vielleicht könnten wir hier sogar Elektrizität haben.«
Sie beobachtete seine Hände, als sie das Geld berührten. »Und vielleicht auch noch 'n paar Hühner und ein oder zwei Säue und sogar eine Kuh. Die Kleinen, die könnten ein bißchen Milch gut gebrauchen.«
»Da is dieser Callendar, auf der anderen Hügelseite«, sagte Jeb nachdenklich. »Der würde mir sein zweites Maultier für fünf Dollar lassen. Wär schon 'ne Hilfe beim Pflügen. Und sonntags könnten wir das Tier vorspannen und Verwandte besuchen.«
Er verstummte, und sie saßen beide schweigend, jeder in seine eigenen Gedanken vertieft. Schließlich begann er, die Münzen zusammenzuklauben. Er tat sie in einen Lederbeutel. »Vielleicht sollten wir's tun«, sagte er, fast wie zur Probe.
»Vielleicht«, bestätigte sie, ohne ihn anzusehen.
Er stand auf und legte den Beutel mit dem Geld auf das oberste Bord über dem Ofen. Dann drehte er sich um und sah sie an.

»Kannst zwei Dollar nehmen für das, was du brauchst«, erklärte er.
»Danke, Jeb«, sagte sie. Natürlich würde das bei weitem nicht reichen, aber es war doch besser als nichts. »Und jetzt werde ich mich wohl besser um die Kinder kümmern, bevor ich zu Bett geh.«
Sie ging zur Tür. »Kommst du auch bald ins Bett?«
Er sah sie nicht an. »Werd wohl erst mal ein bißchen Pfeife rauchen.«
»Laß es man nich zu spät werden«, sagte sie. »Wo du mit Dan'l morgen doch zum Westfeld willst.«
Schwerfällig ließ er sich nieder; stopfte aus der Dose auf dem Tisch Tabak in seine Pfeife. Beide wußten sie, daß er erst spät ins Bett kommen würde. Auf diese Weise war es für sie leichter, sich schlafend zu stellen; und er brauchte nicht zu bitten, und sie brauchte ihn nicht zurückzuweisen.

Ruhig lag Daniel in dem Bett, das er sich mit seinem Bruder Richard teilte. Richard schlief auf der Innenseite, an der Wand; wie eine Kugel pflegte er sich auf dem rauhen Baumwollaken zusammenzurollen. Von der anderen Seite des Raums konnte man das leise Atmen der Mädchen hören. Molly Ann teilte ihr Bett mit Alice, dem jüngsten Mädchen. Außerdem mußten sich Rachel und Jane ein Bett teilen. Mase, das Baby, schlief noch in einer Wiege im Schlafzimmer der Eltern.
Er schloß die Augen, doch der Schlaf wollte nicht kommen. Irgendwo in ihm rührte sich leises Unbehagen. Vage schien es, noch ohne Gestalt; und er wußte auch nicht, woher es kam; doch es war dort, und es beunruhigte ihn.
Daß sie arm waren? — Nein, das war es nicht. Das hatte er schon immer gewußt, und es ging ihnen nicht schlechter als den anderen Familien, die er kannte. Allerdings erschien ihm dies alles plötzlich gar nicht mehr so harmlos. Wie sicher und selbstgewiß hatte Mr. Fitchs Stimme doch geklungen. Nein, so wie's war, war's offenbar nicht richtig.
Durch die Fenster glotzte der Mond. Der Mond über den weißen Bergen. Daniel drehte den Kopf, starrte. Mußte so um neun Uhr sein, seiner Schätzung nach. Er hörte Schritte, durch die Wand hindurch, im Schlafzimmer seiner Eltern. Die Schritte seines Vaters. Und er vernahm auch, wie die Stiefel zu Boden fielen. Dann quietschte das Bett, während sein Vater sich darauf ausstreckte. Anschließend wieder Stille. Eine sonderbare Stille.

Früher hatte es das nicht gegeben. Das war erst so seit der Geburt von Mase. Davor hatte man allerlei »raschelnde« Nachtgeräusche hören können. Warme und liebevolle Laute; manchmal auch Schreie der Lust und Gelächter. Jetzt jedoch war da immer nur dies: Schweigen, Stille. Fast hätte man meinen können, da sei gar kein Zimmer neben diesem hier.
Molly Ann hatte ihm das einmal erklärt. Sein Vater und seine Mutter wollten kein Baby mehr. Aber das wollte ihm auch nicht so recht in den Kopf. Hieß das, sie würden keinen Spaß mehr miteinander haben? Warum denn bloß nicht? Sex war für ihn kein Geheimnis. War ja dauernd um ihn herum. Die Tiere auf der Farm schienen da dauernd im Gange. Und seine Eltern? Na, die wohl auch. Jedenfalls fand er's ganz und gar nicht natürlich, daß zwischen beiden auf einmal überhaupt nichts mehr sein sollte.
Er wälzte sich herum, befand sich auf einmal Spitz auf Knopf in unmittelbarer Nähe seines Bruders. Dann lag er auf dem Rücken und betrachtete den Mond. Der Nachtwind trug von fern her ein schwaches Geräusch herbei, das Geräusch laufender Hunde. Unwillkürlich fragte er sich, wer da wohl unterwegs sein mochte, um Waschbären zu jagen. Aber wußte denn nicht jeder, daß die Coons inzwischen weiter nach Norden gezogen waren, um nahe beim Wasser zu sein?
Leise stieg er aus dem Bett und trat ans Fenster. Das Gekläffe der Hunde, kam es nicht vom Hügel westlich vom Haus? Wenn er sich nicht völlig täuschte, so erkannte er das Gebell eines bestimmten Hundes. So ein mächtiges, gelbes Tier, das Mr. Callendar gehörte, auf der anderen Talseite.
Hinter sich hörte er das leise Rascheln von Stoff. Er drehte sich um.
»Kannst wohl auch nicht schlafen?« fragte Molly Ann.
»Nein«, flüsterte er.
Sie stellte sich neben ihn ans Fenster und blickte hinaus.
»Hab nachgedacht«, sagte sie. »Hast ja sicher gehört, was Mr. Fitch zu Pa gesagt hat.« Er nickte.
»Hab immer schon wissen wollen, wie das so ist in der Stadt«, sagte sie leise. »Und hab da gehört, daß . . .«
Von einem der Betten kam ein Quietschen. »Pssst«, befahl er. »Weckst noch die Kinder auf.«
»Wolln wir nach draußen gehen?«
Er nickte. Leise gingen sie hinaus in den Hof; schlossen behutsam hinter sich die Tür. Der helle Mond schien die Nacht fast zum Tag zu machen.

»Riecht so süß, die Nacht«, sagte sie.
»Riecht wirklich gut«, stimmte er zu.
»Und so ruhig ist es«, fuhr sie fort. »Die Nacht ist doch ganz anders als der Tag. Alles wirkt so still und so friedlich.«
Er ging zum Brunnen voraus. Sie füllten den Schöpfeimer mit Wasser und tranken. Er jedenfalls. Als er ihr das Gefäß hinhielt, schüttelte sie den Kopf. Er stellte den Eimer auf den Boden. Das Bellen der Hunde wurde zum dünnen Gekläff.
»Glaubst du, die haben was aufgespürt?« fragte sie.
»Scheißköter«, sagte er verächtlich. »Vielleicht haben sie eine Eule gestellt, mehr sicher nicht.«
»Hast gehört, was Ma gesagt hat«, erklärte sie. »Wenn wir in die Stadt gehen, können sie sich Hühner leisten und vielleicht sogar 'ne Kuh. Pa meint, er könnte von Callendar 'n Maultier kriegen, für fünf Dollar.«
Daniel gab keine Antwort.
»Was meinst du?« fragte sie.
Zögernd, fast widerstrebend glitten ihm die Wörter über die Lippen. »Gefällt mir nich, der Mr. Fitch. Da is was an ihm, das mir überhaupt nich gefällt.«
»Heißt das, du willst nicht gehen, außer wenn Pa dich schickt?«
»Hab ich nich gesagt«, erwiderte er. »Is man bloß: der Mann gefällt mir nich.«
»Ich find ihn ziemlich nett«, sagte sie.
»Laß dich von dem bloß nich einwickeln«, drängte er. »Is'n harter Kerl, auch wenn er sich noch so freundlich gibt.«
»Meinst du, Pa wird uns in die Stadt schicken?«
Er drehte sich um, musterte sie aufmerksam.
Dann nickte er. »Glaub schon. Pa bleibt ja gar keine Wahl. Wir brauchen Geld, und auf andre Weise können wir's nicht kriegen.«
Ihre Stimme klang plötzlich leicht erregt. »Die soll'n in der Stadt ja jeden Samstag nach der Arbeit Tanz haben.«
Er betrachtete sie einen Augenblick. »Is'n Teufelsgedanke, wo du da hast.«
Sie lachte und deutete mit dem Zeigefinger auf seinen Schoß. »Du hast gut reden, wo dir der Steife so steht, daß man's gar nicht übersehen kann.«
Hitzige Röte stieg in sein Gesicht. Er hatte gehofft, in der Nacht würde sie davon nichts bemerken. »Is ja immer so, wenn ich im Dunkeln mal pissen muß«, erklärte er.
»Na, dann geh mal pissen«, sagte sie und warf den Kopf zurück.

»Laß dir dabei aber nicht zuviel Zeit, sonst weiß ich genau, was du tust.«
»Molly Ann!«
Sie drehte den Kopf und sah ihn an.
»Warum willst du denn so schnell von hier weg?« fragte er.
»Weißt du das wirklich nicht?« fragte sie und starrte ihn an.
Er schüttelte den Kopf.
»Hier gibt's nichts für mich, Dan'l«, sagte sie ruhig. »Außer, daß ich nach und nach zur alten Jungfer versaure. Aber dort unten in der Stadt, da hätte ich vielleicht eine Chance. Würde mir vielleicht nicht mehr so leer und nutzlos vorkommen.«
Er schwieg.
»Is für Jungs nun mal anders«, erklärte sie. »Die können tun, was sie wollen. Müssen nicht mal heiraten, wenn's ihnen nicht paßt.«
Sie trat auf ihn zu. »Dan'l, ich bin kein schlechtes Mädchen, wirklich nicht. Aber eigentlich bin ich auch gar kein Mädchen mehr. Ich bin eine erwachsene Frau, gehe auf sechzehn, und was ich so in mir fühle, das sind so Sachen wie — na, daß ich 'ne eigne Familie haben sollte, bevor ich zu alt bin.«
Sie griff nach seiner Hand. Ihre Finger fühlten sich kühl an. »Ich liebe Ma und Pa und dich und die Kinder, aber ich muß nun mal mein eignes Leben leben. Verstehst du das, Dan'l?«
Er betrachtete sie einen langen Augenblick. »Glaub schon«, sagte er zögernd.
Sie ließ seine Hand los. »Geh mal bald wieder ins Bett«, sagte sie. »Mußt ja früh wieder raus, um Pa auf dem Westfeld zu helfen.«
»Sicher«, sagte er und sah, wie sie zum Haus zurückging. Er seinerseits verschwand hinter dem Holzhaufen, um sich zu erleichtern. Als er dann wieder ins Zimmer trat, hörte er dort nichts als leise, kaum wahrnehmbare Schlafgeräusche.

Als er in die Küche trat, roch er sofort die leicht gerösteten Haferflocken. »War draußen auf dem Westfeld«, erklärte er. »Pa ist aber nicht gekommen.«
Marylou drehte den Kopf, sah ihn an. »Dein Pa is heute in aller Frühe los, um zu sehen, ob er Callendars Maultier zum Helfen kriegen könnte. Müßte jetzt jede Minute zurück sein.« Sie reichte ihm einen Teller. »Setz dich und iß mal'n bißchen was zum Frühstück.«
Er schob einen Stuhl an den Tisch und fing an, in sich hineinzulöffeln.
»Dein Pa und ich haben drüber nachgedacht, wie's wäre, wenn

ihr in die Stadt zum Arbeiten geht. Hättest wohl nix dagegen, oder?«
Er zuckte die Achseln. »Hab nicht weiter drüber nachgedacht.«
»Mr. Fitch sagt, ihr könntet pro Woche eure vier, fünf Dollar verdienen.«
Er sah sie an. »Was springt für den dabei raus?«
Sie musterte ihn überrascht. »Von wem sprichst du?«
»Von Mr. Fitch.«
Marylou schien verblüfft. »Nichts. Wie kannst du so was auch nur denken!? Mr. Fitch is 'n feiner Mensch. Er sieht, wie schlimm es steht, und da will er bloß helfen.«
»Und warum bezahlt er Pa dann für sein Getreide keinen anständigen Preis?« wollte Daniel wissen.
»Is doch was andres«, sagte seine Mutter. »Das is Geschäft.«
»Für mich ist das ein und dasselbe«, erklärte er.
Er war mit dem Frühstück fertig und stand auf. »Scheint mir, daß ein Mann nicht beides sein kann — in der einen Sache so und in der anderen Sache so.«
Marylou war zornig. »Hast kein Recht, so zu reden über einen feinen Menschen wie Mr. Fitch. Der is doch immer so gut gewesen zu uns. Hat er uns nich Kredit eingeräumt in seinem Laden, wenn wir kein Geld hatten?«
»Da hält er sich schadlos, wenn er unsern Gebrannten holt. Is jedenfalls kein Risiko für ihn.«
»Red nich so Sachen, Dan'l«, sagte sie scharf. »Wird deinem Pa gar nich gefallen, wenn ich ihm erzähle, was du so denkst. Mr. Fitch hat hier schon so mancher Familie geholfen. Auch hat er für die jungen Leute schon so manchen Job gefunden. Halte also deine Zunge im Zaum und benimm dich.«
Wortlos trat Daniel hinaus. Er ging die Vorderstufen hinunter und setzte sich. Dann starrte er zur Straße, wo sein Vater auftauchen mußte. War vielleicht ganz gut, wenn er in die Stadt ging. Molly Ann hatte sicher recht. Was erwartete ihn schon hier?

4

»Wenn ihr nich zu sehr trödelt, könnt ihr noch vor Sonnenuntergang bei Mr. Fitchs Laden sein.« Jeb blinzelte der Morgensonne entgegen. »Wird heute wohl nich so heiß werden, is also nich so schlimm.«

Daniel blickte zu seinem Vater auf. »Sicher nicht.«
»Hast die Extrahose und das Extrahemd schön sauber«, sagte seine Mutter. »Vergiß man nich, jeden Tag das Unterzeug zu waschen.«
»Vergeß ich sicher nicht«, sagte Daniel.
»Wollen ja nich, daß keiner denkt, wir sind Schweine, bloß weil wir in den Hügeln leben. Wir haben einen wirklich guten Namen, alt und stolz, und wir wolln nich, daß die das vergessen.«
Daniel scharrte unbehaglich. Die Schuhe an seinen Füßen saßen viel zu stramm. Sonst trug er ja nie Schuhe, bevor der Winterfrost einsetzte.
Molly Ann sprach zu ihrer Mutter. »Ich werd mich schon um ihn kümmern, Ma. Mach dir da nur keine Sorgen.«
Marylou blickte zu ihrer Tochter. »Sei ein gutes Mädchen. Und vergiß nich, was ich dir gelernt habe. Laß dich bloß nich einwikkeln von diesen Kerlen, so 'ne Tunichtguts.«
»Ich weiß schon, was ich tun muß, Ma«, versicherte Molly Ann. »Ich bin ja kein Baby mehr.«
Marylou musterte ihre Tochter. Sie schwieg.
Molly Ann wurde rot. Sie wußte, was ihre Mutter dachte. »Ich werd' gut sein, Ma«, versicherte sie.
Jeb fischte ein paar Münzen aus seiner Tasche. »Is 'n Dollar hier, für euch beide. Damit müßt ihr auskommen für Kost und Logis, bis ihr Arbeit kriegt. Laßt euch von keinem was schenken. Soll nich heißen, sie nehmen von irgendwem Almosen, die Huggins.«
Daniel nahm die Münzen und steckte sie wortlos ein.
»Is 'n Haufen Geld«, sagte Jeb. »Daß du's nich leichtsinnig ausgibst.«
»Tu ich nicht, Pa«, versicherte Daniel.
Jeb blickte wieder zum Himmel. »Is wohl besser, ihr geht los.«
Daniel nickte. Er blickte zu seinen Eltern, dann zu seinen Geschwistern, die alle im Hof versammelt waren. »Denk ich auch.«
Die Kinder blickten stumm. Dies war so etwas wie ein feierlicher Augenblick, doch zu sagen gab's für sie nichts.
Daniel machte eine kurze, fahrige Handbewegung; ein halbes Winken war es.
Dann griff er nach dem Bündel, in dem seine Ersatzsachen steckten: Hemd, Hosen, Unterzeug. Unter den Knoten im Bündel schob er einen kleinen Stock, dann schulterte er das Ganze.
»Komm, Molly Ann.«
Das Mädchen starrte ihn einen Augenblick an, dann lief sie zu

ihrer Mutter. Eine lange Minute hielten die beiden einander umschlungen. Anschließend gab Molly Ann jedem der Kinder noch einen Kuß auf die Wange. Gleich darauf stand sie wieder bei Daniel. Langsam schritten die beiden Geschwister auf die Straße zu.
»Dan'l!« Jebs Stimme klang heiser.
Sie blieben stehen. »Ja, Pa?«
Er ging zu ihnen. »Wenn's nix wird«, sagte er unbeholfen, »ganz gleich, aus welchem Grund. Dann kommt wieder nach Hause. Dürft ihr nie nich vergessen. Daß ihr eine Familie habt, die euch lieb hat und stolz auf euch is.«
Daniel fühlte, wie es ihm die Kehle zuschnürte. Das Gesicht seines Vaters wirkte steif und beherrscht. Doch in den fahlen Augen schien es zu schimmern. »Das wissen wir doch, Pa«, erwiderte er. »Aber mach dir man keine Sorgen. Wird schon gutgehen mit uns.«
Jeb betrachtete ihn einen Augenblick wortlos, nickte dann. »Weiß ich ja«, sagte er und zwinkerte heftig. »Paß gut auf deine Schwester auf, Sohn.«
»Mach ich, Pa.«
Mit rauhem Griff nahm Jeb Daniels Hand und schüttelte sie. Abrupt ließ er sie los, drehte sich um, ging davon.
Daniel sah seinem Vater nach, bis dieser ums Haus entschwand. Dann blickte er zu seiner Schwester.
»Komm, Molly Ann«, sagte er. »Wir haben noch einen langen Weg vor uns.«
Über fünfzig Kilometer, um's wenigstens ungefähr zu umreißen.

Der Tag wurde heiß; viel heißer, als Jeb vorausgesehen hatte. Von hoch oben glühte die Sonne herab, gnadenlos sengten ihre Strahlen. »Wieviel, meinst du, haben wir geschafft?« fragte Molly Ann.
Daniel schob sich den breitkrempigen Hut aus der Stirn und wischte sich mit dem Unterarm übers Gesicht. »Na, so siebzehn, achtzehn Kilometer.«
»Die Füße tun mir weh«, klagte sie. »Können wir nicht mal ein paar Minuten Pause machen?«
Er überlegte kurz, nickte dann. »Glaub schon.«
Sie fanden einen Baum, ein kurzes Stück abseits der Straße. Dort lagerten sie. Molly Ann zog sich die Schuhe aus, er tat es ihr nach. Sie lagen lang auf dem Rücken, bewegten die Zehen: fühl-

ten sich in Freiheit. »Hab ja nichts gegen die Stadt«, sagte sie. »Bloß diese Schuhe, die machen mich noch verrückt.«
»Geht mir genauso«, erklärte er und massierte sich die Füße. »Aber wir werden uns schon dran gewöhnen.«
»Mein Mund ist so trocken«, sagte sie. »Ich wünschte, wir hätten ein bißchen Wasser.«
»Da gibt's 'n Bach«, sagte er. »Ist aber noch 'n Stück. So fünf Kilometer. Da können wir trinken und auch was von unserem Proviant essen.«
»Auch unsere Füße waschen?«
Er lachte. »Na, sicher.« Er raffte sich hoch. »Gehen wir.«
Sie blickte auf seine Füße. »Hast dir ja nicht die Schuhe angezogen.«
»Die sollten wir vielleicht schonen«, erklärte er. »Sonst sind die hin, bis wir in die Stadt kommen.«
Sie lächelte. »Hast du dir richtig gut überlegt.«
Sie nahmen ihre Schuhe, marschierten barfuß den Hügelhang hinunter. Nach ein paar Minuten sagte sie: »Dan'l.«
»Ja?«
»Glaubst du, Mr. Fitch war es Ernst mit dem, was er zu Pa gesagt hat?«
»Glaub ich schon.«
»Aber du magst ihn nicht, oder?«
Daniel schwieg.
»Ist ja auch egal. Ich meine, Hauptsache ist doch, daß er uns so Jobs verschaffen kann, wie er gesagt hat.«
Daniel überlegte einen Augenblick. »Mag ihn wohl wirklich nicht.«
»Dan'l.« Ihre Stimme klang eigentümlich überanstrengt. »Dan'l, mir ist gar nicht gut.«
Er warf ihr einen hastigen Blick zu. Ihr Gesicht wirkte plötzlich ganz blaß, auf ihrer Stirn standen Schweißperlen. Rasch nahm er seinen Hut vom Kopf, setzte ihn seiner Schwester auf. Unter seinen Fingern spürte er ihr hellbraunes Haar; irgendwie heiß. Er nahm ihren Arm. »Komm mal hierher und setz dich«, sagte er. »Hast zuviel Sonne abgekriegt.«
Er führte sie zu einem anderen Baum und half ihr sacht, während sie sich im Schatten niederließ. »Ruh dich 'n bißchen.«
Matt schüttelte sie den Kopf. »Nein. Wir müssen weiter, oder wir schaffen's nicht.«
Seine Stimme hatte plötzlich etwas Befehlendes. »Jetzt sitzt du erst mal. Wenn du 'n richtigen Sonnenstich kriegst, hilft uns das

auch nicht. Bleib also dort, während ich versuche, Wasser für uns zu finden.«
Sie lehnte sich zurück, schloß die Augen. »In Ordnung, Dan'l«, sagte sie erschöpft.
Er knüpfte sein Bündel auf, fand zwischen seinen Kleidern den Metallbecher. Dann lief er hügelabwärts auf eine größere Baumgruppe zu. Wo es viele Bäume gab, gab es meistens auch Wasser. Er kniete nieder, schaufelte mit einer Hand Erdboden hoch, roch daran. Die Erde war feucht.
Jetzt kroch er auf allen vieren weiter, der Feuchtigkeit auf der Spur. Als er mit der Hand wieder Erdreich heraushob und zwischen den Fingern diesmal Nässe spürte, scharrte er weiter. Bald war das Loch etwa dreißig Zentimeter tief, und jetzt zeigte sich ein Rinnsal.
Rasch schaufelte er den Sand rund ums Loch, klopfte die Erde dann fest. Jetzt preßte er, sein ganzes Körpergewicht nutzend, mit flachen Händen die Erde unten im Loch fest. Wenig später sammelte sich Wasser rund um seine Finger. Er ließ nicht nach, und bald stieg das Wasser bis zu seinen Handgelenken. Als er dann mit der einen Hand nach dem Becher griff, während die andere unten den Druck aufrechterhielt, konnte er ihn mühelos mit Wasser füllen.
Vorsichtig hielt er das Gefäß; rannte damit zurück zu seiner Schwester. Molly Ann lag still, mit geschlossenen Augen. Sie wirkte nicht mehr so bleich wie vorhin. Matt öffnete sie die Augen, versuchte sich aufzusetzen.
»Ganz ruhig«, sagte er, während er neben ihr kniete. Aus seinem Bündel zog er ein kleines Taschentuch. Er befeuchtete es, legte es auf ihre Stirn und wischte ihr sacht übers Gesicht.
»Tut gut«, flüsterte sie.
Er wrang das Tuch aus, befeuchtete es erneut. Diesmal preßte er über ihren borkigen Lippen ein paar Tropfen aus. Ihr Mund bewegte sich, und ihre Zunge leckte nach der Feuchtigkeit. »Besser?« fragte er.
Sie nickte. »Bin so durstig. Kann ich was trinken?«
»Nur'n bißchen.« Er legte einen Arm um ihre Schulter und richtete sie höher. Dann hielt er ihr den Becher an die Lippen. »Nur'n bißchen, jetzt«, warnte er. »Nur so probieren.«
Sie trank einen kleinen Schluck, seufzte dann. »Weiß gar nicht, was über mich gekommen ist«, sagte sie und blickte ihn an.
»Hätt'st 'n Hut aufhaben sollen«, sagte er. »Ist mächtig stark, die Sonne.«

»Kann ich noch 'n bißchen ruhen?« fragte sie. »Dann bin ich bald wieder beieinander, und wir können weiter.«
»Gar keine Eile«, versicherte er. »Mr. Fitch werden wir bestimmt nicht verpassen.«
Sie lehnte sich zurück und schloß die Augen. Wenige Sekunden später schlief sie. Er tupfte ihr mit dem Taschentuch sorgfältig das Gesicht ab, überließ sie dann sich selbst. Ein bißchen Schlaf konnte nicht schaden.
Er setzte sich, blickte zuerst zur Sonne, dann zur wabernden Hitze über der Straße. Mußte jetzt ungefähr zwölf Uhr mittags sein. Um diese Zeit weiterzuwandern, nein, das hatte keinen Zweck. Wie in einem Backofen war's dort, auf der Straße, mehrere Stunden lang. Wenigstens bis nach zwei Uhr würden sie warten müssen. Dann war die Sonne schon ein Stück über die westlichen Hügel hinweg, und die Landstraße würde sich allmählich abkühlen. Er streckte sich lang aus, verschränkte die Arme unter dem Kopf und schloß die Augen. Gleich darauf war er eingeschlafen.
Vogelzwitschern weckte ihn auf. Durch die belaubten Zweige blickte er hoch zum blauen Himmel, erspähte für einen kurzen Augenblick den Singvogel. Dann setzte er sich auf. Der Vogel, durch die plötzliche Bewegung erschreckt, flatterte davon. Er blickte zu seiner Schwester. Ihre Augen waren geöffnet. »Wie fühlst du dich?« fragte er.
»Besser«, erwiderte sie.
Er gelangte auf die Füße. »Na, dann können wir ja weiter.«
Sie setzte sich auf. »Ist mir noch nie passiert, so was.«
Er lächelte. »Bist ja auch noch nie vier Stunden in der Sonne gewesen, ohne was auf'm Kopf.«
»Stimmt schon, ja.« Sie erhob sich und stand dann einen Augenblick, sah ihn an. »Jetzt geht's mir wieder gut.«
Er nickte und schnürte sein Bündel zusammen. »Kriegst richtig was zu trinken, wenn wir unten am Bach sind.« Diesmal nahm er außer seinem eigenen Bündel auch ihr Bündel an sich. Dann wanderten sie weiter die Straße entlang.
Sie wollte ihm seinen Hut zurückgeben. »Nein, behalt ihn nur«, sagte er. »Ich bin die Sonne ja mehr gewohnt als du.«
Wortlos trotteten sie dahin, bis sie nach ungefähr einer halben Stunde beim Bach waren. Rasch bogen sie von der Straße ab, wuschen sich behaglich die Gesichter, tranken sich richtig satt.
»Na, wenn das kein gutes Wasser ist«, sagte er.
Sie lächelte zustimmend. »Schmeckt süß, zuckersüß.«

»Wir müssen weiter«, sagte er.
»Bin bereit.«
Als sie wieder auf der Straße waren, tauchte hinter ihnen, aus einer Kurve, die von Bäumen fast völlig verdeckt war, ein Maultier mit Karren auf. Daniel blieb am Rande der schmalen Straße stehen, um das Gefährt vorbeizulassen. Unmittelbar neben ihm stand seine Schwester.
Auf dem Fahrersitz saß ein schlaksiger junger Mann, dessen Gesicht unter dem breitkrempigen Gebirglerhut nur undeutlich zu erkennen war. Zwischen seinen Fingern baumelten lose die Zügel. »He, mach schon!« rief er dem unwilligen Tier zu, das sich in der Hitze dahinschleppte.
Das Maultier hielt unbeirrt das gleiche gemächliche Tempo bei. »Verdammtes Vieh!« fluchte der junge Mann, doch es klang eher gutmütig als bösartig.
Der Wagen hielt abrupt auf der anderen Straßenseite, ein kurzes Stück vor den Geschwistern. »Was is? Wollt ihr in die Stadt mit?«
Rasch legte Molly Ann ihre Hand auf den Arm ihres Bruders. »Dan'l. Pa hat uns gesagt, wir sollen zu Fuß gehen.«
Fast zornig schüttelte er ihre Hand von sich ab. Dummes Mädchen. Kapierte sie denn nicht, daß sie's in ihrer Verfassung niemals schaffen würde? Er blickte zu dem schlaksigen jungen Mann hoch. »Sicher wollen wir mit, Mister«, sagte er.

5

Jimmy Simpson hatte rotblondes Haar, blaue Augen und ein strahlendes Lächeln. In den zwanzig Jahren seines Lebens war es ihm noch nie eingefallen, sich ernstlich um einen Job zu kümmern. Er brauchte keinen. Zu Geld konnte man auch auf andere Weise kommen. Beim Klab-Spiel mit polnischen Bergleuten zum Beispiel. Oder beim Stud-Poker mit den Gebirglern. Auch beim Billard mit Neunmalklugen aus der Stadt. Und wenn's hart auf hart kam, war da immer noch das *Bootlegging* — der Schwarzhandel mit Schnaps.
Den ganzen Tag hatte er in den Hügeln zugebracht, wirklich keine leichte Sache. Denn vierundzwanzig Stunden vor ihm war bereits der alte Fitch dort gewesen; hatte seine Runde gemacht und natürlich den »Rahm« abgeschöpft. Um nicht mit leerem

Karren zurückzukehren, zahlte Jimmy doppelt soviel wie Fitch. Und das lohnte sich. Bei einem so guten Preis rückten die Schwarzbrenner mit ihrer »Spitzenmarke« heraus: mit dem, was sie eigentlich für sich selbst reserviert hatten.
Er sah, wie der Junge die beiden Bündel auf den Karren warf und dann seiner Schwester auf die Bank half, bevor er selbst auf den Karren kletterte. Mit dem Zeigefinger schob er sich den Hut aus der Stirn, in die sofort eine blonde Haarsträhne fiel. »Ich bin Jimmy Simpson«, sagte er.
Der Junge musterte ihn ernst. »Habe die Ehre.« Seine Stimme klang erstaunlich tief. »Ich bin Dan'l Boone Huggins, und dies ist meine Schwester Molly Ann.«
»Freut mich«, erwiderte er lächelnd. Er blickte zu dem Mädchen. Unter dem breitkrempigen Hut (der augenscheinlich ihrem Bruder gehörte) war ihr Gesicht zwar kaum zu erkennen, doch schien sie sehr hübsch zu sein. »Seid wohl schon 'ne ganze Strecke zu Fuß, wie?«
Daniel nickte. »So zwanzig oder fünfundzwanzig Kilometer seit heute früh. Bei der Hitze, da kommt man nicht so schnell voran.«
»Wo soll's denn hingehn?«
»Fitchville.«
Jimmy lächelte wieder. »Da fahr ich auch hin. Wollt ihr wen besuchen?«
Daniel schüttelte den Kopf. »Nein. Wir woll'n arbeiten.«
»Habt ihr schon Jobs?«
»Noch nicht. Aber Mr. Fitch hat zu meinem Pa gesagt, er will sich drum kümmern.«
»Für euch beide?«
»Ja.«
Jimmy schwieg. War wirklich ein ausgekochter Hund, dieser Fitch. So eine Art geheimer Herrscher über die Hügelregion. In allem, was von dort kam, hatte er seine langen, raffgierigen Finger, selbst wenn es um Menschen ging. Und natürlich lag er richtig, immer richtig, dieser Scheißkerl. Was Wunder, wo eine ganze Stadt nach seinem Ururgroßvater benannt worden war.
Daniel warf einen Blick in den Karren. Die Krüge waren zwar mit Zuckersäcken bedeckt, doch er erkannte genau, worum es sich handelte. Rasch sah er wieder zur Straße. Ging ihn nichts weiter an.
Jimmy betrachtete das Mädchen. Sie saß an ihren Bruder gelehnt, und ihr Körper schwankte im Rhythmus des rollenden Karrens. Mit geschlossenen Augen schien sie zu dösen. »Ist wohl mords-

müde, deine Schwester«, sagte er. »Da könn'n wir ihr doch 'n Plätzchen schaffen, wo sie sich ausstrecken kann.«
Molly Ann straffte sich. »Will nicht, daß es Umstände gibt wegen mir«, sagte sie hastig.
Er brachte das Maultier zum Stehen. »Sind doch keine Umstände. Schon gar nich für so'n hübsches Mädchen.« Er kletterte über den Sitz nach hinten und räumte ein paar Krüge beiseite. Aus leeren Baumwollsäcken bereitete er ein Lager, darüber spannte er eine Art Sonnenschutzdach. »Is nich übel«, sagte er. »Hab da selber geschlafen, letzte Nacht.« Er hatte sich aufgerichtet. Jetzt hielt er Molly Ann eine Hand hin.
Fragend blickte sie zu ihrem Bruder. Daniel nickte. Sie nahm Jimmys Hand, stieg über die Bank hinweg, sah ihn an. »Is richtig nett von Ihnen, Mr. Simpson.«
Er grinste. »Jimmy. Jeder nennt mich Jimmy.«
»Jimmy«, sagte sie.
Plötzlich wurde ihm bewußt, daß er noch immer ihre Hand hielt. Hastig ließ er sie los. »Mach dir's bequem«, sagte er linkisch.
Sie spürte, wie wild ihr Herz hämmerte, und sie fühlte auch die brennende Röte in ihrem Gesicht. Offenbar hatte sie doch mehr Sonne abgekriegt, als sie bisher wahrhaben wollte. Sie nickte wortlos.
Er kletterte auf seinen Sitz zurück, griff wieder nach den Zügeln. Ein rascher Blick über die Schulter zeigte ihm, daß sie sich bereits hinlegte. Er ließ die Zügel knallen. »Los doch, verdammtes Biest!« fluchte er; aber es war ein leiser, fast nur geflüsterter Fluch, so daß er das Mädchen nicht störte.

Es war wohl die kühle Abendluft, die Molly Ann aufweckte. Während sie sich höher richtete, schob sie die rauhe Baumwolldecke zurück. Jetzt fühlte sie sich besser.
Sie drehte den Kopf und sah ihren Bruder und den jungen Mann, die mit dem Rücken zu ihr saßen. Beider Umrisse zeichneten sich gegen den Abendhimmel ab. Wie lange mochte sie geschlafen haben. Der junge Mann schüttelte die Zügel. Wieder spürte sie die Wärme im Gesicht. Er war nett.
»Du bist wach?« Daniel hatte sie gehört.
»Ja.«
Jimmy drehte ihr das Gesicht zu. »Willst du hier rauf?«
Sie nickte. Er zügelte das Maultier, streckte ihr die Hand hin. Sie nahm die Hand, fühlte wieder das Hämmern in der Brust. Verwirrt ließ sie die Hand los. »Wie weit ist es denn noch?«

»Ein paar Stunden brauchen wir schon noch«, erklärte Jimmy. »Krieg dieses Biest einfach nicht dazu, sich zu bewegen. Das faulste Stück weit und breit.«
Sie blickte zu Daniel. »Da kommen wir aber erst spät an. Was machen wir, wenn Mr. Fitchs Laden zu ist?«
»Dann fragen wir ihn halt morgen früh«, erwiderte Daniel.
»Habt ihr was, wo ihr übernachten könnt?« fragte Jimmy. »Verwandte oder so?«
»Nein«, erklärte Daniel.
»Ich kann euch bei mir unterbringen«, sagte Jimmy. »Die olle Witwe Carroll führt ein feines Logierhaus.«
Die Geschwister sahen einander zweifelnd an.
»Die verlangt nix für die Nacht«, versicherte Jimmy hastig. »Is ja klar — wo ihr meine Gäste seid.«
»Wir könn' bezahlen«, erklärte Daniel nicht weniger hastig. »Wir hab'n Geld. Is nur, daß wir so bald wie möglich Arbeit wollen.«
»Wo wollt ihr'n arbeiten?« fragte Jimmy. »In der Fabrik?«
Wieder blickte Molly Ann zu ihrem Bruder. »Wissen wir noch nich richtig«, gestand Daniel. »Er hat zu unserm Pa bloß gesagt, wir sollten herkommen, und er würde sich schon drum kümmern.«
»Und Fitch hat nicht davon gesprochen, was für 'ne Arbeit ihr tun solltet?«
»Ne, hat er nich. Hat bloß gesagt, wir würden gutes Geld verdienen. Vier Dollar in der Woche, vielleicht sogar fünf.«
Jimmy lachte, doch es war kein lustiges Lachen. »Das sieht ihm ähnlich, dem Fitch. So ein öliger Schwätzer.«
»Ja, gibt's denn keine Arbeit?« fragte Molly Ann fast ängstlich.
»Doch, doch, Arbeit gibt's schon. Aber bei sieben Cents pro Stunde muß man wenigstens zwölf Stunden schuften, um soviel Geld zu verdienen.«
»Wir haben nichts gegen harte Arbeit«, erklärte Molly Ann.
Er sah sie an. »Schon mal in 'ner Fabrik gearbeitet?«
»Nein.«
»Da mußt du den ganzen Tag stehen. Zwölf Stunden lang wechselst du Spulen, bis du das Gefühl hast, der Rücken bricht dir entzwei. Is keine leichte Sache.«
»Gibt nix, was leicht is«, sagte sie. »Rechnen wir auch gar nich mit — daß die Arbeit leicht is, wenn's gute Bezahlung gibt.«
»Gute Bezahlung!« Er lachte wieder. »Das nennt ihr gute Bezahlung? Ja, was glaubt ihr wohl, warum die da Kinder einsetzen? Weil sie euch pro Stunde sieben Cents zahlen können, wo es für

Erwachsene fünfzehn Cents wären. Die Differenz is für die reiner Profit.«
»Kann uns nich interessieren, was andre tun«, sagte Daniel. »Uns interessiert bloß, was wir durch ehrliche Arbeit verdienen.«
Am liebsten hätte Jimmy laut aufgelacht. Doch irgend etwas hielt ihn zurück. Im Gesichtsausdruck des Jungen, da war etwas, das ... nein, ein gewöhnlicher Hinterwäldler schien dies nicht zu sein. Irgendwo in der Tiefe der Augen fand sich ein Ausdruck, der weit hinausging über die Reife seiner Jahre.
Nach einem Augenblick sagte er: »Der Mensch muß nun mal tun, was er tun muß.«
Doch in seinem Herzen wußte Jimmy das besser.
Dort draußen taten die Menschen keineswegs, was sie tun mußten. Wie an Schnüren hängende Marionetten tanzten sie: bewegt von anderen Menschen, die nichts im Auge hatten als ihren eigenen Zweck und Nutzen.

Als sie die Hauptstraße erreichten, war es bereits nach neun Uhr. Der Karren hielt vor Mr. Fitchs Laden. Doch die Fenster waren dunkel, die Tür abgeschlossen. Für einen Augenblick saßen sie stumm da.
Jimmy hatte das Gefühl, sich entschuldigen zu müssen. »Tut mir leid. Wär dieses Maultier nicht so stur, dann hätten wir eine Stunde früher hier sein können.«
»Is ja nich Ihre Schuld«, sagte Daniel. Er blickte zu seiner Schwester. »Vielleicht sollten wir hier aussteigen.«
»Wär nicht gerade das Klügste«, versicherte Jimmy hastig. »Kommt man lieber mit zu mir — das heißt zur Widdy. Da kriegt ihr 'n Abendessen und 'n Bett, und gleich morgen früh könnt ihr ja wieder her.«
Daniel musterte ihn. »Wir wollen nich, daß sich unsretwegen irgendwer Umstände macht. Wir sind Ihnen sowieso schon enorm zu Dank verpflichtet.«
»Wer macht sich denn Umstände?« fragte Jimmy. »Widdys Geschäft ist doch eben Kost und Logis.«

Die Witwe Carroll war eine eckige Frau mit scharfgeschnittenem Gesicht und einer gleichermaßen scharfen Zunge: ihr erprobtes Instrument, um ihre Mieter im Zaum zu halten. Eine sonderbare und überaus rauhe Mischung von Menschen war es, die hier wohnte: Aus den Fabriken und den Bergwerken kamen sie, die Menschen, die hier logierten; und sie stammten aus allen, selbst weit entfernten Weltteilen. Da gab es Slawen aus Mitteleuropa, und sie waren zusammengepfercht mit dünnlippigen, schweigsamen Gebirglern, die unter Bedingungen arbeiteten, die für sie genauso fremdartig waren wie für die Immigranten. Aber wie dem auch sein mochte: Die Witwe hielt sie sozusagen auf Vordermann. Streit oder gar Schlägereien wurden bei ihr nicht geduldet; und wer sich bei ihr an die Tafel setzen wollte, mußte schon reine Finger und ein sauberes Gesicht haben, oder er konnte mit seiner Verbannung rechnen. Jeder ihrer Mieter empfand so etwas wie einen heiligen Schrecken vor ihr. War sie in der Nähe, sprach man nur mit gedämpfter Stimme, weil es keiner riskieren wollte, kurzerhand von ihr an die frische Luft gesetzt zu werden. Was die Kost betraf, so war sie gewiß nicht üppig, aber immer noch die beste weit und breit.

»Sie sind spät dran zum Abendessen«, fauchte sie Jimmy an. »Sie wissen doch ganz genau, daß wir uns bereits um halb sieben zu Tisch setzen.«

»Das alte Maultier ist schuld«, erklärte Jimmy und knipste seinen Charme an. »Wollte einfach nicht voran, dieses Biest. Und dann las ich in der Hitze diese beiden Kinder vom Wege auf, und die konnte ich ja nicht einfach stehen lassen, nicht wahr?«

Die Witwe Carroll musterte stumm Daniel und Molly Ann. Schnüffelnd sog sie die Luft ein. Unter ihrem giftigen Blick bewegten sich die Kinder unruhig.

»Die wollten zu Mr. Fitch, um irgendwo unterzukommen«, erklärte er. »Aber der Laden war zu.«

»Keine Frauen«, fauchte sie und blickte zu Jimmy. »Sie kennen sie doch, die Vorschriften, die in diesem Hause gelten.«

Daniel nahm seine Schwester bei der Hand. »Komm, Molly Ann«, sagte er. »Wir wollen Ihnen keine Umstände machen, Mr. Simpson. Vielen Dank für Ihre Freundlichkeit!«

Irgend etwas in seiner Stimme schien tief im Gedächtnis der Witwe Carroll eine Verbindung herzustellen. Ihr Mann war ein Gebirgler gewesen, und viele Jahre zuvor, als sie beide noch jung waren, hatte es aus seinem Mund geklungen wie aus dem Mund dieses Jungen — stark und voll Stolz. Aber das war schon lange her, noch bevor die Bergwerksstollen seine Lunge zerstörten. Gestorben war er, gestorben, schwarzes Blut spuckend auf ihre weißen Laken. »Außerdem habe ich auch nur ein Zimmer frei«, sagte sie.

Daniel begegnete ihrem Blick ohne ein Schwanken. »Ist schon in Ordnung, Ma'am. Meine Schwester und ich sind's von klein auf

gewohnt, im selben Zimmer zu schlafen, zusammen mit unseren Geschwistern.«
»Mir doch egal, wie das bei euch war«, sagte sie scharf. »In diesem Haus teilen sich Mann und Frau nicht dasselbe Zimmer, selbst wenn sie Bruder und Schwester sind.«
»Ich könnte auf der Veranda schlafen, mit Ihrer Erlaubnis, Ma'am«, sagte Daniel. »Das Zimmer kann Molly Anny für sich haben.«
»Er könnte die Pritsche in meinem Zimmer benutzen«, sagte Jimmy hastig, während die Witwe noch nachdenklich murmelte: »Schickt sich nicht, daß wer auf der Veranda schläft.«
Jetzt schien sie zu einer Entscheidung zu gelangen. Offenbar handelte es sich um gutezogene Kinder aus einer ordentlichen Familie. »Also gut«, erklärte sie. »Fürs Abendessen bleibt allerdings keine große Wahl. Nur noch kaltes Schweinefleisch und Brot.«
»Ist mächtig nett von Ihnen, Ma'am«, beteuerte Daniel.
Sie musterte ihn. »Macht zehn Cents für jeden von euch«, sagte sie. Nach kurzem Zögern fügte sie hinzu: »Inklusive Frühstück, das um Punkt halb sechs serviert wird.«
Daniel fischte ein paar Münzen hervor. Dann gab er ihr zwei Fünfer und einen Zehner. »Dank Ihnen, Ma'am. Wir wissen es zu schätzen, daß Sie sich soviel Umstände machen.«
Sie nickte und wandte sich zu Molly Ann. »Und nu komm'n Sie mal mit, Miß. Ich will Ihnen Ihr Zimmer zeigen.«

Molly Ann lag in dem kleinen dunklen Raum auf dem Bett, und sie lauschte auf die Stille. War schon sonderbar. Es gab überhaupt kein Geräusch. Zum erstenmal in ihrem Leben schlief sie allein in einem Zimmer, ganz ohne das altvertraute Atmen der Geschwister. Daran mußte sie sich erst einmal gewöhnen.
Unwillkürlich fragte sie sich, wie es den anderen wohl ging und ob sie die Älteste wohl vermißten. Plötzlich rollten ihr Tränen über die Wangen. Sie verstand das nicht. Und dann klopfte es leise gegen die Tür. Sie glitt aus dem Bett und durchquerte das Zimmer. »Ja?« fragte sie.
»Ich bin's, Dan'l.« Sacht drang die Stimme durch die Tür. »Fühlst du dich gut?«
»Ja, gut«, erwiderte sie.
Er zögerte einen Augenblick. »Na . . . dann gute Nacht.«
Sie hörte, wie sich seine sachten Schritte von der Tür entfernten, und kroch wieder in ihr Bett. In der kurzen Zeitspanne eines ein-

zigen Tages hatte sich so viel geändert. Alles hatte sich geändert.
Bis jetzt war Daniel ihr jüngerer Bruder gewesen. Aber nun — seit heute — war das anders; war er anders, urplötzlich. Da war eine Kraft in ihm, von der sie zuvor nichts gewußt hatte: In einem kurzen, geradezu blitzartigen Augenblick schien er sich verwandelt zu haben, vom Jungen zum Mann.
Ein eigentümliches Gefühl überkam sie, ein Gefühl tröstlicher Sicherheit. Ihre Tränen versiegten, und sie fiel in tiefen, traumlosen Schlaf.

6

Kurz nach sechs am nächsten Morgen warteten Daniel und Molly Ann vor dem Laden in der Hauptstraße. Die Tür ging auf, und ein alter Neger, Besen in der Hand, trat hervor. Neugierig musterte er die Geschwister, blieb jedoch stumm, während er den hölzernen Gehsteig vor dem Eingang zu fegen begann. Daniel trat zur Tür und blickte in den Laden.
»Is noch keiner nich da«, sagte der Neger. »Wenn Sie vielleicht was kaufen wolln — also wird jeden Augenblick hier sein, der Mister Harry.«
»Wir werd'n warten auf Mr. Fitch«, erklärte Daniel.
»Na, der kommt man erst um acht«, sagte der Neger.
»Wir werd'n warten«, wiederholte Daniel. Er trat zu seiner Schwester. Vor einem der Fenster stand eine kleine Bank. Sie setzten sich.
Ein paar Minuten später tauchte ein kleiner, nervöser Mann auf. Er trug eine abgewetzte Jacke und einen gestärkten Kragen samt Binder. Hastig trat er in den Laden. »Schon irgendwelche Kunden, Jackson?« fragte er mit spitzer, gleichsam amtlicher Stimme.
Der Neger trat höflich beiseite, um den kleinen Mann vorbeizulassen. »Nein, Sir, Mister Harry.«
Der Mann blieb stehen und blickte zu Daniel und Molly Ann, doch er sprach sie nicht an. »Was wollen die?«
»Sie wolln zu Mister Fitch.«
»Sucht ihr vielleicht Jobs?« Jetzt fragte der kleine Mann die Geschwister direkt.
Daniel stand auf. »Ja, Sir.«

»Na, dort könnt ihr nicht sitzen«, sagte der Kleine. »Die Bank ist für die Kunden reserviert.«
»Tut mir leid«, fing Daniel an, doch der Kleine war bereits im Laden verschwunden. Er blickte zu Molly Ann, die sich inzwischen gleichfalls erhoben hatte. Unschlüssig standen die beiden Geschwister da.
»Gleich um die Ecke«, sagte der alte Neger, »da is 'ne Bank, die jeder benutzen darf.«
»Danke.« Daniel ging voraus, und unmittelbar hinter der Ecke setzten sie sich wieder.
Nach und nach begann die kleine Stadt rings um sie zum Leben zu erwachen. Auf der Straße erschienen Menschen, Läden wurden geöffnet, ein paar Karren rollten. Dann wurden es immer mehr, und kurz nach sieben hatte der Tag schon seinen gewohnten Rhythmus. Sie beobachteten alles, neugierig, wortlos. Die vorübergehenden Menschen schienen sie nicht weiter zu beachten. Jeder schien in seine eigenen Gedanken versunken. Männer gingen zur Arbeit, Frauen zum Einkauf; Kinder spielten. Alle waren ganz mit sich beschäftigt.
»Wie lange noch?« wollte Molly Ann wissen.
Mit zusammengekniffenen Augen blickte Daniel zur Sonne. »'ne halbe Stunde oder so.«
»Hast du heute früh Mr. Simpson gesehen?« fragte sie.
»Der hat noch geschlafen, als ich weg bin«, erklärte Daniel.
»Is nich zum Frühstück runtergekommen«, sagte sie.
»Hat er mir noch vorm Schlafengehen gesagt«, behauptete Daniel. »Daß er nie nich frühstückt. Wo die Wirtin doch 'n richtig gutes Frühstück serviert. Eier mit Tunke, Maisbrot mit Butter und echten Kaffee. Kapier ich überhaupt nicht, daß er sich so 'ne gute Mahlzeit entgehen läßt.«
»Ich möchte mich bei ihm bedanken, wo er doch so nett war.«
»Da mach dir man keine Gedanken«, erklärte Daniel. »Ich habe mich bei ihm gleich für uns beide bedankt.«
»Er war richtig nett«, sagte sie leise.
Daniel musterte seine Schwester. »Hast dich in ihn 'n bißchen verschossen, wie?« Er grinste.
Sie wurde rot. »Sei nich albern. Kann 'n Mädchen nich mal sagen, daß 'n Mann nett war — ohne daß sie wer falsch versteht?«
Daniel lächelte. Natürlich hätte er ihr sagen können, daß Jimmy sich schon sehr angelegentlich für sie interessierte. Aber das wäre ihr vielleicht zu Kopf gestiegen.

Der alte Neger tauchte um die Ecke auf. »Mister Fitch is grad gekomm'n — falls ihr zu ihm wollt.«
Sie folgten ihm in den Laden. Nach der Sonnenhelle mußten sie sich erst ans Dunkel gewöhnen, doch das war im Handumdrehen geschehen; und jetzt erkannten sie rings um sich die Fässer und Säcke, die mit allen möglichen Sachen vollgestopften Regale: Konservendosen und Stoffballen und ... und ... und ... eine Überfülle.
Er führte sie am Ladentisch entlang, vorbei an dem kleinen Mann, schließlich in ein kleines, umglastes Büro.
Hinter einem Schreibtisch saß Mr. Fitch, auf dem Kopf seinen breitkrempigen Hut. Gar kein Zweifel: Die Gesichter der Kinder erkannte er nicht wieder. »Was wollt ihr?« fragte er rauh.
»Pa hat uns gesagt, wir solln hierherkommen«, erklärte Daniel. »Und er hat auch gesagt, Sie würden uns Jobs verschaffen.«
Fitchs Gesicht war noch immer ausdruckslos. »Euer Pa?«
»Ja«, erwiderte Daniel. »Jeb Huggins.«
Fitch stand auf. Seine Stimme hatte plötzlich einen jovialen Klang. »Die Huggins-Kinder seid ihr also. Hab euch verdammt noch mal überhaupt nicht erkannt in euern feinen Kleidern. Aber sicher. Genau das hab ich euerm Daddy gesagt.«
Ein Gefühl der Erlösung überkam Daniel. Für den Bruchteil einer Sekunde hatte er befürchtet, irgendwie habe es ein Mißverständnis gegeben. »Ganz richtig, Mr. Fitch.«
Fitch musterte ihn. »Du bist Dan'l.« Daniel nickte.
Er blickte zu Molly Ann. »Und du bist Molly Ann?«
Sie lächelte. »Ja, Mr. Fitch.«
»War wirklich 'n prächtiges Kaninchen-Stew, das eure Mutter zum Abendbrot serviert hat«, sagte er. »Werd's nie vergessen.«
Sie schwiegen.
Er setzte sich wieder, kramte in irgendwelchen Papieren. »Nun laßt mich mal sehen ... Ah, hier sind sie ja.« Er nahm sie, hielt sie Daniel hin. »Das muß euer Daddy erst mal unterschreiben, dann könn'n wir darangehen, euch einen Job zu besorgen.«
Daniel starrte ihn an. »Da hat Pa uns nix von gesagt. Von Papieren, wo er erst unterschreiben muß.«
»Is nu mal so«, erklärte Mr. Fitch. »Gibt immer irgendwelche Papiere zu unterschreiben. Ihr seid noch minderjährig, und bis ihr einundzwanzig — und damit großjährig — werdet, muß immer irgendeiner für euch unterschreiben.«
»Aber Mr. Fitch«, protestierte Daniel. »Das sind ja rund hundert Kilometer hin und zurück. Dafür würden wir ja mindestens zwei

Tage brauchen.« — »Daran kann auch ich nichts ändern«, erklärte Mr. Fitch. »Gesetz ist Gesetz.«
Daniel spürte den aufsteigenden Zorn. »Und warum haben Sie das nicht unserem Pa erzählt, als Sie ihm sagten, er sollte uns man ruhig hierherschicken?«
Über seinen Schreibtisch hinweg blickte Mr. Fitch den Jungen an. Daniels Augen wirkten plötzlich sehr dunkel. Verdammt, dieser Bursche schien zum Jähzorn zu neigen. Da paßte er von vornherein nicht in die Textil- und Glasfabriken hier. Aber dreißig Kilometer südlich, in den Kohlenbergwerken von Grafton, da mochte es einen Platz für ihn geben. Kontrolliert atmete er aus.
»Hatte ich ganz vergessen«, erklärte er. »Und da das meine Schuld ist, werde ich euch sofort Arbeit beschaffen und dafür sorgen, daß euer Daddy die Papiere zum Unterschreiben kriegt.«
Daniel nickte. Er fühlte sich erleichtert.
»Wie groß bist du, Sohn?« Fitchs Stimme klang jetzt freundlicher.
»Na, so an die einsachtzig«, erwiderte Daniel. »Pa meint, ich hätt' schon früh 'n Schuß bekommen.«
»Ja, du bist ziemlich groß«, stimmte Fitch zu und schien zu überlegen. »Für die Arbeit in den Glasfabriken bist du zu groß. Die suchen kleinere Jungs, wegen der Röhren, wo die runter wegducken müssen. Hättest was gegen die Arbeit in der Zeche?«
»Zeche?« fragte Daniel. »Was ist das?«
»Kohlenbergwerk«, erwiderte Fitch. »Du könntest ja erst mal über Tage anfangen. Später wär's dann unter Tage.«
»Hab nix dagegen«, erklärte Daniel.
»Gut.« Fitch nickte. »Da ist was frei in einer neuen Zeche bei Grafton. Ich werde dir einen Brief mitgeben, und du ziehst sofort los.«
»Aber bis Grafton, das sind ja über dreißig Kilometer«, protestierte Daniel.
Fitch betrachtete ihn mit hartem Blick. »Willst du nun Arbeit, Junge, oder willst du nicht?«
»Doch.« Daniel nickte.
»Euer Daddy hat genug Vertrauen zu mir, um euch herzuschikken. Aber ihr, ihr wollt nicht glauben, daß ich euch die bestmöglichen Jobs besorge?«
»Is ja bloß — Molly Ann und ich, wir haben gemeint, wir könnten zusammenbleiben.«

»Du kannst ja hier bleiben, wenn du willst, aber 'n Job gibt's hier für dich nicht. Nur in Grafton.«
»Und was is mit Molly Ann?« fragte Daniel.
Fitch blickte zu dem Mädchen. »Ich kann ihr in der Fabrik hier 'n guten Job beschaffen.«
Daniels Augen suchten seine Schwester. »Ich weiß nicht recht.« Er stockte.
»Mach dir keine Sorgen, Dan'l«, sagte Molly Ann hastig. »Bei mir, das geht bestimmt gut.«
»Werd mich persönlich um sie kümmern, Junge«, erklärte Fitch. »Meine Frau wird dafür sorgen, daß sie anständig unterkommt.«
Daniel blickte zu dem vierschrötigen Mann hinter dem Schreibtisch, dann zu seiner Schwester. Die Sache gefiel ihm nicht. Aber welche Wahl blieb ihm schon? Pa hatte ihn zum Arbeiten hergeschickt. Sollte er jetzt etwa zurückmarschieren und verkünden: nein, das paßt mir nicht? Rasch faßte er einen Entschluß; er würde noch einmal zum Hause der Witwe Carroll gehen und Jimmy bitten, ein wachsames Auge auf seine Schwester zu haben. Irgend etwas an dem jungen Mann wirkte vertrauenswürdig. Ganz anders als bei Mr. Fitch.
»Na gut«, sagte er widerstrebend.
»Schon besser.« Fitch lächelte. »Heut nachmittag schick ich 'nen Wagen nach Grafton. Da kannst du mitfahren.« Er ging zur Tür des kleinen Büros. »Ihr könnt beide hier drin warten, während ich ein paar Sachen erledige.«
Er verschwand, und sie sahen einander an. »Mag ihn nicht«, sagte Daniel.
Molly Ann griff nach seiner Hand. »Wirst zu schnell erwachsen, Dan'l«, sagte sie. »Aber vergiß nicht, ich werd auch erwachsen.«

Kurz nach zehn waren Daniel und Molly Ann wieder im Boardinghouse. Die Witwe Carroll öffnete ihnen. »Is Mr. Simpson noch da, Mrs. Carroll?« fragte Daniel.
»Der ist hinten im Stall bei seinem Maultier«, sagte sie kurz. Sie sah ihn prüfend an. »Wollt ihr hier wieder übernachten?«
»Nein, Ma'am«, erwiderte er. »Ich fahre heute nachmittag nach Grafton.«
»Deine Schwester auch?«
»Nein, Ma'am. Die kriegt 'n Job hier in der Fabrik.«
»Na, bei mir kann sie jedenfalls nicht bleiben«, sagte sie scharf. »Letzte Nacht, das war eine Ausnahme. Dürfen keine Mädchen

hier wohnen. Gestatte ich nicht. Früher oder später gibt's Ärger.«
Daniel sah ihr direkt in die Augen. »Wir danken Ihnen für Ihre Gastfreundschaft, Ma'am«, sagte er ruhig. »Und wir wollen sie auch nicht mißbrauchen.«
Sein Blick irritierte sie. Unwillkürlich schaute sie zur Seite. »Natürlich, falls sie . . .«
Er unterbrach sie: »Ich bin sicher, das wird nicht nötig sein, Ma'am. Vielen Dank.«
Sie sah ihm nach, als er die Verandastufen hinunterging und dann um die Ecke bog. Die Tür schließend, kehrte sie zu ihrer Arbeit zurück. Sie hatte recht. Sie wußte ganz genau, daß sie recht hatte. Wo Mädchen waren, gab's auch Ärger. Früher oder später würden die Männer ihretwegen aneinandergeraten. Allerdings war dies ein gutes Mädchen aus einer anständigen Familie. Keines von den Flittchen, wie sie für gewöhnlich in den Fabriken arbeiteten. Womöglich war sie da also ein bißchen voreilig gewesen. Wenn sie doch nur mal ihre Zunge im Zaum halten könnte. Damit hatte es schon immer gehapert. Ärgerlich fuchtelte sie mit ihrem Besen wie mit einem Staubwedel.

Daniel und Molly Ann fanden Jimmy im Stall. Allerdings war er nicht mit seinem Maultier beschäftigt, das von der Futterkrippe zufrieden Heu zupfte, sondern mit dem Umfüllen der Krüge. Auf einer Holzbank stand eine Reihe von Literflaschen, und vor der Bank stand Jimmy, unter dem einen Arm einen Krug, in der anderen Hand einen Trichter. Rasch und geschickt — und offensichtlich sehr erfahren — bewegte er sich von Flasche zu Flasche; steckte zunächst den Trichter hinein, kippte sodann den Krug und ließ die helle Flüssigkeit in eine Flasche gluckern. Kaum war sie voll, so begann die gleiche Prozedur bei der nächsten Flasche. Daniel war fasziniert. Allerdings weniger von dem Umfüllen auf Flaschen. Da war etwas anderes, etwas, das er so noch nie hatte beobachten können. In demselben Augenblick, wo der helle Gebrannte in die Flasche floß, nahm er eine rauchige braune Farbe an.
Schweigend standen sie da, bis Jimmy einen Krug geleert hatte und nach einem anderen griff. »Mr. Simpson«, sagte Daniel.
Jimmy drehte sich um und lächelte. Er setzte den leeren Krug zu Boden. »Alles okay?«
Daniel nickte. »Glaub schon.« Er blickte zur Bank. »Wir wollten Sie nicht stören.«

Jimmy lachte. »Na, wer solange auf Simpsons Whisky gewartet hat, kann auch noch ein bißchen länger warten.«
»Whisky?« fragte Daniel verwirrt.
Jimmy nickte. »Genau — ich mach Whisky. Ein paar Tropfen Sarsaparilla und Geschmacksessenz, und man kann meine Marke von echtem Whisky nicht unterscheiden. Bringt natürlich mehr Geld als klarer Gebrannter.«
Daniel zögerte. »Will Sie um 'n Gefallen bitten. Bloß, wo Sie schon so mächtig nett waren . . .«
»Schieß nur los«, sagte Jimmy rasch. »Wenn es irgendwas gibt, das ich tun kann . . .«
»Mr. Fitch meint, ich bin zu groß, um hier in der Glasfabrik zu arbeiten. Er beschafft mir 'n Job unten bei Grafton.«
Jimmy machte keinen Kommentar. »Und deine Schwester?«
»Die soll hier in die Fabrik.« Daniel blickte zu Molly Ann. »Hatten wir uns eigentlich anders vorgestellt. Wir dachten, wir könnten zusammenbleiben. Mr. Fitch hat gesagt, er will sich um sie kümmern.« Er verstummte.
Jimmys Blick glitt zu Molly Ann. Sofort wich sie seinen Augen aus. Er sah die leichte Röte in ihren Wangen. »Was meinst du?« fragte er. Sie gab keine Antwort.
Er blickte wieder zu Daniel. »Magst ihn nicht, den Mr. Fitch.« Es war eher eine Feststellung als eine Frage.
»Kann ihn nicht besonders leiden, stimmt. Und wenn Sie sich ein bißchen um sie kümmern würden statt Mr. Fitch — also da wär mir wohler.« Jimmy nickte. »Versteh schon.« Er sprach wieder zu ihr. »Wie denkst du darüber, Miß Molly Ann?«
Ihre Stimme klang sehr leise, und sie hielt den Kopf noch immer gesenkt. »Würd ich mich bestimmt ruhiger fühlen, wenn Sie die Freundlichkeit hätten.«
Er lächelte. »Dann will ich gern helfen. Erst mal müssen wir eine gute Unterkunft finden. Ich hab da Freunde, eine gute Familie. Die älteste Tochter hat grad geheiratet, und da ist also ein leeres Zimmer, und ein bißchen Geld für die Miete können die auch brauchen. Gehen wir doch mal gleich hin, um zu sehen, ob's da klappt.« Er legte den Trichter auf die Bank und wandte sich zum Gehen.
»Und was wird mit dem Whiskymachen?« fragte Daniel.
Jimmy lachte. »Den überlassen wir erst mal sich selbst. Oder weißt du nicht, daß Whisky besser wird, je länger er lagert?«

7

Im Schlaf hörte Daniel das ferne Schrillen der Zechensirene, Signal für den ersten Schichtwechsel. Er wälzte sich auf dem schmalen Bett, öffnete die Augen. Die anderen drei Jungen, mit denen er sich den kleinen Raum teilte, lagen noch reglos unter ihren rauhen Decken.

Leise stand er auf und ging mit bloßen Füßen zum Waschgestell. Dort nahm er den Stöpsel, steckte ihn ins Becken, goß dann aus dem riesigen Krug Wasser hinein. Kalt ließ er es über sein Gesicht rinnen. Erst jetzt wurde er richtig wach. Er blickte in den trüben, gesprungenen Spiegel über dem Becken.

Das Gesicht, das er dort sah, war nicht mehr das gleiche Gesicht, das derselbe Spiegel ihm vor fast drei Monaten gezeigt hatte. Schon lange fand sich dort von Sonnenbräune keine Spur mehr. Die Haut besaß jetzt eine eigentümlich bläulichweiße Tönung, und sie spannte sich straff von den Jochbögen zum Kinn. Die Augen saßen in tiefen, dunklen Höhlen, und sie sahen aus wie Stücke von jenem Anthrazit, mit dem er bei seiner Arbeit Stunde für Stunde zu tun hatte.

Er strich sich über die Wangen. Ja, das war ein leichter Stoppelbart, bläulichschwarz. Erst die tastenden Finger verrieten ihm, daß es sich wirklich um Stoppeln handelte: es konnte auch der Kohlenstaub sein, eingefressen in die Poren und inzwischen fast so etwas wie ein fester Bestandteil seiner Haut. Er langte in die Dose mit dem Gresolvent und rieb sich das schmierige Zeug ins Gesicht. Rieb und rieb. Aber auch als er es dann weggewaschen und die Haut mit dem rauhen Handtuch abgetrocknet hatte, war kein Unterschied zu bemerken. Nur das Gesicht tat ihm weh, von den harten, sandartigen Körnern in dem seifenähnlichen Zeug. Kohlenstaub, ja — der krallte sich in die Haut wie Unkraut in die Erde. Ganz egal, was man versuchte, los wurde man ihn nicht.

Er befeuchtete sein Haar, kämmte es straff über seinen Schädel. Dann ging er zum Bett und kleidete sich an. Sein blaues Arbeitshemd und die Overalls waren steif vom Kohlenstaub, seine schweren Arbeitsstiefel auch. Jetzt nahm er den sogenannten Schachthut und prüfte die Lampe, die oben befestigt war. Der Docht schien in Ordnung, auch befand sich im Behälter genügend Petroleum für den ganzen Tag. Leise ging er zur Tür. Dort wendete er den Kopf, blickte kurz noch einmal zu den anderen; doch er machte keine Anstalten, sie aufzuwecken. Sie waren Kohlenbrecher, und ihre Arbeit begann eine halbe Stunde später

als seine, um sieben Uhr. Er zog die Tür hinter sich zu und stieg die enge Treppe hinab. Durch einen Gang gelangte er zur Küche des Boardinghauses. Die dicke Köchin sah ihn an. Ihr schwarzes Gesicht glänzte vor Schweiß: Die Herde strahlten eine mörderische Hitze aus.
Sie lächelte. »Morgen, Mister Daniel.«
»Morgen, Carrie.«
»Wie jeden Morgen, Mister Daniel?«
»Ja, bitte. Und nicht vergessen . . .«
Sie grinste. »Bestimmt nicht, Sir. Eier, hart gekocht. Un' 'n Haufen Salz un' Pfeffer.«
Er setzte sich an den Tisch und goß sich aus der großen Eisenkanne dampfenden Kaffee in eine Tasse. Dann tat er Milch und drei gehäufte Löffel Zucker hinein und begann zu rühren.
»Hätt auch noch extraguten Speck«, erklärte sie. »Brat ich Ihn' mit Eier, wenn Sie woll'n.«
»Is richtig nett von dir, Carrie«, sagte er. »Hab wirklich nix dagegen.« Dick strich er sich die Butter auf das noch warme, selbstgebackene Brot und biß dann ab. »Also ehrlich, Carrie — von meiner Ma mal abgesehen, backst du das beste Brot in ganz Westvirginia.«
»Oh, Mister Daniel, nu übertreiben Sie man nich.« Doch auf ihrem Gesicht zeigte sich ein erfreutes Lächeln. Sie brachte die Eier und den Speck, und er langte nach dem Salz. »Nur nich so hastig«, warnte sie. »Hab schon 'ne Menge Salz drin.«
Er kostete, nickte dann. »Is gut.« Doch sobald sie ihm den Rücken kehrte, fügte er noch Salz hinzu.
Er aß rasch, doch auch sorgfältig. Mit einem Stück Brot wischte er das Eigelb vom Teller. Schließlich leerte er seine Tasse und stand auf.
Sie brachte ihm sein metallenes Eßgeschirr. »Hab für Sie noch extra 'n Apfel und 'ne Orange reingetan«, erklärte sie. »Isses nämlich, wo Ihn' fehlt — frisches Obst.«
»Danke, Carrie.« Er nahm das Eßgeschirr und ging zur Tür. »Bis heute abend.«
»Daß Sie ja schön vorsichtig sind, Mister Daniel«, sagte sie. »Gehn Sie nich zu nah an die Dynamitladungen.«
»Woher denn«, versicherte er mit einem Lächeln und ging hinaus. Dabei war er der sogenannte Luntenmann, hatte also die Aufgabe, die Zündschnur zu legen und anzuzünden. Brachte pro Woche immerhin einen Dollar extra, und er dachte nicht im Traum daran, sich so etwas entgehen zu lassen. Sieben Dollar in

der Woche — das war fast soviel, wie ein ausgewachsener Mann verdiente.
Er trottete die regennasse, verschlammte Straße entlang. Die Reihen der Häuser, die alle der Gesellschaft gehörten, waren vor lauter Kohlenstaub alle grauschwarz. Er bog in die Straße ein, die zur Mine führte. Hier traf er auf eine Menge Männer. Manche kamen von der Arbeit, andere wollten zu ihrer Schicht. Nicht wenige würden sich in Betten legen, die gerade von den Leuten der Tagschicht geräumt worden waren. Schlafgelegenheiten waren nun mal mehr als knapp, und in so manchem Boardinghouse fanden zwei Schichten Quartier. Sonntags waren die Minen geschlossen, und stets gab es eine Menge Durcheinander. Oft gerieten die Männer miteinander in Streit darüber, welche Schicht als erste Anspruch auf die Betten hatte. Laut Hausvorschrift sollte man sich am Sonntag abwechseln, doch eine Hilfe war das kaum, denn jeder war müde und überreizt. Daniel fand, daß er glücklich dran war, weil er sich mit anderen einen Raum teilte. Doch die Erwachsenen schienen nicht zum Teilen mit anderen bereit.
Er erreichte den Eingang zur Zeche. Wie gewöhnlich war er der erste seiner Gruppe. Er setzte sich auf eine Holzkiste und beobachtete die Männer, die von der Schicht kamen.
Ihre Gesichter waren schwarz und ihre Kleidung noch schlimmer verdreckt als seine eigene. Heftig zwinkerten sie, um die Augen ans Morgenlicht zu gewöhnen. Und sie bewegten sich langsam, geradezu schmerzhaft langsam, während sie aufrecht gingen, statt in der gekrümmten Haltung, in der sie sich durch die niedrigen Stollen bewegen mußten.
Einer der Männer blieb vor Daniel stehen. Ein vierschrötiger Kerl mit breiten Schultern, dessen weißblondes Haar voll Kohlenstaub war. »Andy schon hier?« fragte er.
»Nein, Sir.« Daniel schüttelte den Kopf. Andy war der Vorarbeiter seiner Schicht. Und der Mann, der vor ihm stand, war der Vorarbeiter der Nachtschicht.
Der Vierschrötige drehte kurz den Kopf. »Dann sag ihm, daß der Weststollen Abstützung braucht, bevor's an weitere Sprengungen geht. Viel halten die Verstrebungen nicht mehr aus.«
Daniel nickte. »Werd's ihm sagen.«
»Bloß nicht vergessen«, warnte der Mann. »Sonst könnte es sein, daß ihr alle Dreck fressen müßt.«
»Werd's nicht vergessen«, versicherte Daniel. »Schönen Dank auch.«

Der Mann schüttelte den Kopf und trottete müde weiter. Daniel kramte in seiner Tasche, fischte ein Stück Kautabak hervor. Er biß ein Stück ab und kaute in einem Mundwinkel darauf herum. Half einem, den Dreck aus der Lunge zu spucken. Eine Wasserwanze krabbelte an seinen Füßen vorbei, und er traf sie zielsicher mit einem Strahl aus seinem Mund. Die Wanze ertrank in einem bräunlichen Giftstrom.
Daniel blickte zu dem Vierschrötigen. Besonders beunruhigt war er nicht. Die Warnung — eine alte Leier. War immer dasselbe: Jede Schicht versuchte, der nächsten die Abstützerei aufzuhalsen, denn natürlich ging so was auf Kosten der eigenen Kohlenförderung: Während man Stollen abstützte, konnte man nun mal keine Kohle fördern.

Die Luft in der Zeche war schwer. Offenbar besaß sie einen hohen Feuchtigkeitsgehalt. Was allerdings die Feuchtigkeit betraf, die ließ sich überall finden: in den Stollenwänden ebenso wie am Boden, der weich und schwammig schien. Während sie sich voranbewegten, gluckerte Wasser in den Abdrücken, die ihre Stiefel hinterließen.
»Verdammt!« fluchte der Vorarbeiter. »Wir sollten ein paar Pumpen herschaffen. Sonst stehen wir im Handumdrehen bis zum Arsch im Wasser.«
»Die Pumpen sind alle im Oststollen im Einsatz«, erwiderte einer der Männer.
Der Vorarbeiter blickte zu Daniel. »Mach, daß du hochkommst zum Direktor. Sag ihm, wir brauchen ein paar Pumpen, weil unsre Maultiere bis zum Bauch im Wasser stehen — und also keine Kohle schleppen können.«
Daniel nickte und drehte sich um. Durch den Stollen gelangte er zum Haupteingang. Er kam an einer Gruppe von Kumpels vorüber, die Geleise legten, für die Kohlenkarren.
»Wie sieht's denn aus dort unten?« rief einer der Männer.
»Jedenfalls ist es ziemlich feucht«, erwiderte Daniel. »Darum suche ich auch ein paar Pumpen.«
»Wenn du schon dabei bist, bring doch gleich ein Vögelchen mit. Ich mag den Gestank dort unten nun mal nicht«, sagte der Mann.
Daniel lächelte unwillkürlich. Solche Dinge hatte man ihm schon früher aufgetragen. Kanarienvögel galten als eine Art Talisman gegen ausströmendes Gas, auch gegen Sauerstoffknappheit. Allerdings hatte er, solange er in der Zeche arbeitete, noch keinen

gesehen. »Wenn ich den Nachmittag frei hätte, könnte ich vielleicht 'n Adler fangen«, erklärte er.
Lautes Gelächter folgte ihm. Er bog um die Ecke. Zwanzig Meter von ihm entfernt war das Ende des Stollens. Er starrte hinaus, blickte in einen dunkelblauen Himmel, wo zahllose Sterne flimmerten. Ein Gefühl des Verwunderns erfüllte ihn. Draußen war es taghell. Doch wenn man den Himmel wie durch einen langen, engen Schacht sah, so wirkte er wie Nachthimmel. Die Sterne befanden sich stets hinter der Sonne. Sie verblichen, verschwanden mehr und mehr, je weiter er sich dem Ausgang — oder Eingang — näherte.
Am Ausgang hielt ihn der Zeitkontrolleur zurück. »Wo willst du hin, Junge?«
»Andy schickt mich. Soll zum Büro des Direktors. Pumpen holen.«
»Vergeudest bloß deine Zeit«, erklärte der Zeitkontrolleur. »Sieh zu, daß du wieder zur Arbeit kommst.«
»Andy hat gesagt, wo die Maultiere bis zum Bauch im Wasser stehen, können sie keine Kohle schleppen.«
Der Zeitkontrolleur musterte ihn, zuckte dann mit den Schultern. »Von mir aus«, erklärte er widerstrebend. »Wird euch aber nicht helfen.«
Daniel näherte sich dem Büro. Er klopfte und trat ein. Über seinen Schreibtisch hinweg betrachtete ihn der Angestellte. »Was woll'n Sie?«
»Andy sagt, wir brauchen im Weststollen Pumpen. Sonst können wir keine Kohle fördern.«
»Wieso nicht?«
Daniel starrte ihn an. Genau wie die anderen Kumpels empfand er inzwischen tiefen Abscheu vor diesen Bürohengsten. »Weiß doch jeder, daß man nicht zur selben Zeit schwimmen und Kohle fördern kann«, sagte er.
Der Angestellte starrte zurück. »Schlaues Kerlchen.« Er blickte auf seinen Schreibtisch. »Geh zurück und melde Andy: Is nix mit Pumpen.«
Daniel blieb hartnäckig. »Er hat mir gesagt, ich soll zum Direktor.«
»Is nich da, der Direktor.«
»Wart ich eben.« Daniel suchte nach einem Stuhl.
»Nein«, sagte der Angestellte. »Tust du nich. Du gehst zurück zu deiner Arbeit — oder du kriegst was aufs Dach, gewaltig.«
»Okay«, erklärte Daniel entschlossen. »Ich geh also zurück und

meld's ihm. Aber ihr kennt Andy. Der macht keine langen Umstände. Im Handumdrehen ist er selber hier.«
Der Angestellte wich zurück. Über Andy war jeder im Bilde. Sein Leben lang hatte er in Zechen geschuftet, und er neigte gewaltig zum Jähzorn. Wer sich mit ihm einließ, mußte bereit sein, mit ihm zu kämpfen. »Okay«, sagte er. »Richte ihm aus, ich werde ein paar Pumpen runterschaffen lassen.«
Daniel nickte, wandte sich zum Gehen. Der Buchhalter rief hinter ihm her. »Bist wohl neu hier, wie?«
»Nicht direkt.«
»Wie heißt du?«
»Dan'l Boone Huggins.«
Der Clerk kritzelte auf ein Blatt Papier. »Okay«, sagte er, »werd's mir merken.«
»Hast dir 'ne Menge Zeit gelassen«, kommentierte der Zeitkontrolleur säuerlich, als Daniel an ihm vorüberging.
Der Junge gab keine Antwort. Er tauchte hinab in die Tiefe. Andy trat auf ihn zu. »Na, was ist mit den Pumpen?«
»Der Direktor war nicht da. Aber der Büromensch sagt, er wird sie zu uns runterschaffen lassen.«
Andy nickte grimmig und stampfte mit dem Fuß auf. Wasser spritzte. »Da solln die sich mal verdammt beeilen«, sagte er. »Hab so das Gefühl, daß wir auf Grundwasser gestoßen sind — oder irgend so was.« Er blickte zu Daniel. »Bring mal von den Stützbalken.«
»Okay«, erwiderte Daniel. Er ging den Stollen entlang und schleppte dann, eine nach der anderen, die Stützen herbei; durch den dicken Schlamm zerrte er die drei Meter langen Hölzer.
Nach etwa einer halben Stunde hatte er fast dreißig dieser Hölzer bewegt, als der Hauer plötzlich rief: »He, Vormann! Bin auf Wasser gestoßen!«
Für einen Augenblick erstarrten alle, und ihre Augen suchten Andy. Der Vorarbeiter wirkte ruhig. Er schien die Situation abzuschätzen. Aus der entfernten Wand stürzte Wasser, spülte Erde fort.
»Gafft nicht so dämlich, ihr Esel!« rief Andy. »Packt zu!«
Sofort setzte sich ein Dutzend Schaufeln in Bewegung. Sand flog gegen die Wand, um das Wasser zurückzudämmen. »Stützbalken her!« schrie Andy. »Ich brauch einen Halb-Meter-Wall!« Er blickte zu einem der Männer. »Schaufelt einen Abflußgraben.«
Wie besessen arbeiteten sie alle, doch es dauerte über eine Stunde, bis sie das Wasser unter Kontrolle hatten, und sie keuch-

ten und schwitzten. Einer nach dem anderen ließen sie sich vor Erschöpfung zu Boden fallen.
Andy lehnte sich gegen eine der Streben und blickte zu ihnen hinab. Er fuhr sich mit dem Unterarm über die Stirn, wischte den Schweiß fort. Dann holte er tief Luft. »Auf die Füße«, sagte er. »Los mit der Kohle. Wir sind schon über zwanzig Tonnen im Rückstand.«
Daniel raffte sich hoch. Er war bis auf die Haut durchnäßt. »Was ist mit den Pumpen?« fragte er.
Andy starrte ihn an. »Scheiß drauf«, sagte er. »Wir sind jetzt okay. Soll sich die Nachtschicht drum kümmern. Hätten die gleich tun sollen.«
»Aber...«, begann Daniel.
Der Vorarbeiter fixierte ihn hart. »Fangt ja an, die Loren mit Kohle vollzuladen«, sagte er. »Oder ich pack euch beim Arsch und hiev euch hier raus.«
Daniel schien zu zögern.
»Mach schon!« fauchte Andy ihn an. »Ist doch wohl nicht deine Sache, daß du dir um die mehr Sorgen machst als die sich um uns.«
Wortlos ging Daniel an die Arbeit. Der Vorarbeiter hatte recht: Jeder war sich selbst der Nächste.

So stand es oder schien es zu stehen, als die Zechensirene um drei Uhr nachts ihr klagendes Gellen, das tief eindrang in seinen Schlaf, vernehmen ließ.
Er setzte sich hoch, rieb sich die Augen. Die anderen Jungen in seinem Zimmer waren bereits wach. »Möcht bloß mal wissen, was das soll«, sagte einer von ihnen.
Von draußen kam das Geräusch rennender Menschen. Er trat zum Fenster und blickte hinaus. Von überall her strömten Männer auf die nächtliche Straße. Er ließ das Fenster hochgleiten und beugte sich hinaus. »Was ist los?« rief er hinunter.
Ein Mann blieb stehen und blickte hoch. In der Nacht wirkte sein Gesicht bleich, ja fahl. »Einsturz!« schrie er. »Der Weststollen ist eingestürzt!«

8

»He, Junge! Bring mir eine Lampe!« Es war die Stimme des Direktors. Sie hallte von der Stollenmündung her.
Daniel stapfte durch den Schlamm und griff nach einer der Lampen in der Halterung. Dann bahnte er sich den Weg zurück zu jenem Erdwall, wo der Einsturz zum Stillstand gekommen war. Er blickte zum Direktor. »Stell dich auf die Planken dort und halte die Lampe ruhig«, befahl der Mann.
Daniel gehorchte. Er kletterte auf die Planken und stand dort, bis sein Gesicht nur noch wenige Zentimeter von dem Wall feuchter Erde entfernt war. Und er streckte eine Hand vor, um die Balance zu halten.
Der Chef winkte Andy zu, und die beiden Männer kletterten zu Daniel und starrten hinunter auf die feuchte Erde. Unter dem Schlamm, sie sahen es deutlich, quoll ein steter Wasserstrom hoch; und sie hörten das Zischen und das Glucksen der Pumpen. Stumm starrten sie nach unten auf den Boden.
Fasziniert beobachtete Daniel die beiden Männer. Sie waren so völlig verschieden voneinander. Andy — mächtig und kraftvoll und grob, ein Riesenkerl in total verdreckten Klamotten. Der Direktor hingegen, klein, eher zart, wirkte fast unberührt durch den Schmutz rundum. Ein weißes Hemd mit gestärktem Kragen hatte er an, einen Binder trug er, und auf seinem grauen Anzug schien sich auch nicht das leiseste Fleckchen abzuzeichnen. Seine Augen glitzerten hinter einem Monokel, und Daniel folgte dem Blick des Mannes: In den wenigen Minuten, seit sie sich auf den Planken befanden, war die schlammig-trübe Wasserlinie um gut zwei Zentimeter gestiegen.
»Strömt noch immer.« Die Stimme des Direktors klang ausdruckslos.
»Jawohl, Sir.« Andys sonst so dröhnendes Organ wirkte irgendwie gedämpft.
»Wieso haben Sie keine Pumpen hergeschafft?« wollte der Chef wissen.
»Hab Daniel danach geschickt«, erwiderte Andy. »Er kam ohne zurück.«
Der Boß blickte zu Daniel. »Warum hast du sie nicht mitgebracht?«
Daniel räusperte sich. »Der Buchhalter hat gesagt, er würde sie runterschicken.«
Der Direktor blickte wieder zu Andy. »Ist wohl besser, wir gehen

hinauf zum Büro.« Er schien sich zum Gehen zu wenden, hielt dann jedoch inne. »Bringen Sie den Jungen mit.« Er ließ sich von den oberen Planken herab. Sorgfältig, so daß seine Schuhe nicht naß wurden, bewegte er sich über die tieferen Holzbretter und verließ den Stollen.
Andy blickte ihm kurz nach, spie dann einen Strahl Tabaksaft auf den Boden. Er schaute zu dem Jungen. »Hast du wirklich mit dem Buchhalter gesprochen, Daniel?«
»Is nich meine Art zu lügen, Mr. Androjewicz«, erwiderte Daniel ruhig.
Andy schwieg. Er kletterte von den Planken herunter und wartete, bis Daniel ihm gefolgt war. Seiner Gruppe rief er zu: »Weiterpumpen. Versucht man, mehr von dem Schlamm wegzukriegen.«
Die Männer nickten, machten sich an die Arbeit. Doch so besessen sie auch schaufelten, stets sickerten Wasser und Schlamm nach. Andy sah einen Augenblick zu, ging dann weiter. »Komm, Daniel«, rief er über die Schulter zurück.
Das Tageslicht draußen tat Daniel in den Augen weh, und das sonderbare Schweigen der wartenden Menschenmenge hatte für ihn etwas Bedrückendes. Als sich seine Augen an die neue Umgebung gewöhnt hatten, sah er die Frauen: halbverschlissene Tücher um die Köpfe, angstvoll zusammengepreßte Lippen. Und er sah die Kinder mit ihren großen, dunklen, stummen Augen; und die Männer, in deren geduldigen Mienen sich die Vertrautheit mit dem Tod in den Zechen widerspiegelte.
Einer der älteren Männer sagte zu Andy: »Wie ist es dort unten?«
Andy schüttelte nur stumm den Kopf. Ein Seufzen wurde laut, ein schmerzliches Seufzen der Menge. Dann herrschte wieder Schweigen, die furchtbare Stille der Resignation.
»Is nu schon zwei Tage«, sagte ein anderer Mann. »Seid ihr inzwischen näher an die rangekommen?«
»Nein«, erwiderte Andy. »Der Boden ist zu naß, bewegt sich auch noch.«
Eine Frau begann zu weinen. Sofort wurde sie von ihren Nachbarn umdrängt und fortgeführt. Es gab ein altes Gebot. Keine Tränen am Schacht. Nie durfte man zeigen, daß alle Hoffnung vergeblich war.
Daniel folgte Andy ins Büro. Der Buchhalter hinter seinem Schreibtisch hob den Kopf. Dann deutete er auf die Tür hinter sich. »Mr. Smathers hat gesagt, ihr sollt gleich eintreten.«

Im Büro beim Direktor befanden sich noch zwei Männer. Sie saßen nicht weit von Mr. Smathers, der sich hinter seinem Schreibtisch befand. Augenscheinlich waren sie in das Studium einer Skizze vertieft gewesen: Es handelte sich um einen Grundriß der Zechenanlage.
»Dies«, sagte Mr. Smathers, »ist Mr. Androjewicz, Vorarbeiter der Tagschicht im Weststollen. Andy, dies sind Mr. Carter und Mr. Riordan, Sicherheitsspezialisten der Regierung.«
Die beiden Männer nickten. Keiner machte Anstalten, Andy die Hand zu schütteln. Andy seinerseits blieb gleichfalls stur.
»Diese Gentlemen versuchen, die Ursache für den Einsturz zu entdecken«, sagte Mr. Smathers.
Andy nickte. Doch er blieb stumm. Wußte doch jeder Schwachkopf, was der Grund war für den Einsturz. Zuviel Wasser. Mit Pumpen hätte sich die Katastrophe vielleicht abwenden lassen. Aber Pumpen hatten nicht zur Verfügung gestanden, und jetzt war da nichts mehr zu tun.
Als erster sprach Mr. Carter. »Wie ich höre, hatten Sie bei Ihrer Schicht einen Wassereinbruch, den Sie zurückzudämmen versuchten. Wieso haben Sie nicht auch Pumpen eingesetzt?«
»Hab ja welche angefordert. Sind bloß nicht runtergeschickt worden«, erklärte Andy.
»Sie persönlich haben sie angefordert?«
»Nein, Sir. Ich hab den Jungen hier geschickt, den Daniel.«
Die beiden Männer blickten zu Daniel. »Wen hast du gefragt?«
Daniel starrte sie an. »Den Angestellten draußen.«
Wortlos tauschten sie einen Blick.
»Wenn Sie mir nicht glauben«, sagte Daniel, »dann können Sie ihn ja reinrufen und fragen.«
Mr. Smathers' Stimme klang fast besänftigend. »Haben wir bereits getan, Junge. Er sagt, du hast dich hier nie blicken lassen. Wie wär's also, wenn du uns die Wahrheit berichten würdest? Wir werden's vielleicht nicht gar so streng nehmen.«
Daniel spürte, wie der Zorn in ihm hochstieg. »Ich sage die Wahrheit, Mr. Smathers. Siebenundzwanzig Männer sind tot, dort unten. Ich hab ein paar davon gekannt. Glauben Sie, ich würde lügen, wenn ich schuld wär an ihrem Tod?«
»Er beharrt also auf seiner Behauptung, er sei hier gewesen«, erklärte Mr. Smathers, »während der Buchhalter bei seiner Darstellung bleibt, daß niemand kam, um Pumpen anzufordern.«
»Aber ich war hier«, sagte Daniel hitzig. »Sogar der Zeitkontrolleur hat gecheckt, wie ich rauskam.«

»In seinem Bericht findet sich davon nichts«, erklärte der Chef. »Wir haben das bereits überprüft.«
Daniel fühlte, wie die Farbe aus seinem Gesicht entwich. Die steckten offenbar alle unter einer Decke. Um die eigene Haut zu retten, würden sie ihn ans Messer liefern. Er blickte von einem zum anderen, überlegte blitzschnell. »Mr. Smathers, als Sie ihn fragten, haben Sie da meinen Namen genannt?«
»Wie konnte ich, Junge?« erwiderte der Boß spitz. »Ich kenne deinen Namen ja gar nicht.«
»Glauben Sie, der Angestellte könnte ihn kennen?«
»Wozu? Mit der Belegschaft hat er ja nichts weiter zu tun.«
»Er hat meinen Namen in ein Buch eingetragen, das auf seinem Pult lag«, sagte Daniel. »Er war wütend, weil ich erklärte, Andy würde ihn sich vorknöpfen, falls er uns keine Pumpen schickte. Und da hat er dann ganz ausdrücklich nach meinem Namen gefragt.«
»Selbst wenn er deinen Namen kennt«, behauptete Smathers, »so beweist das noch gar nichts.«
»Es würde beweisen, daß ich hier oben war, genau, wie ich's gesagt habe«, erklärte Daniel.
Plötzlich sprach Andy. »Leg ich meine Hand ins Feuer, für den Daniel. Der ist kein Lügner.«
»Ich fürchte, daß Sie sich da irren«, behauptete Smathers glattzüngig. »Ganz egal, was der Junge sagt.«
»Ist ja doch wohl keine Mühe nicht, mal in dem Buch auf dem Pult nachzusehen«, sagte Andy. Röte stieg in sein Gesicht.
Einige Sekunden blickte Smathers ihn schweigend an. Dann erhob er sich. »Kommen Sie, Gentlemen.«
Sie folgten ihm ins vordere Büro. Der Clerk hob den Kopf. »Hatch«, fragte der Direktor, »kennen Sie diesen Jungen hier?«
›Nein, Sir«, erwiderte Hatch.
»Haben Sie ihn schon mal früher gesehen?«
»Nein, Sir.«
Smathers blickte zu den beiden Männern. »Zufrieden?«
Sie nickten.
Smathers ging zu seinem Büro zurück. An der Tür blieb er stehen, drehte sich um. »Hatch, bringen Sie mir die Personalakte des Jungen.«
Sie folgten ihm in sein Büro, und er schloß die Tür hinter sich. Dann setzte er sich an seinen Schreibtisch. Daniel fixierte ihn. »Wie soll er denn meine Akte finden, wenn er meinen Namen nicht kennt?«

Smathers musterte ihn mit einem Ausdruck, aus dem unverkennbar Respekt sprach. »Du denkst ja nach, Junge«, sagte er.
Kurz darauf trat der Clerk ein. In der Hand hielt er ein Aktenstück, das er vor Mr. Smathers auf den Schreibtisch legte. Er wandte sich zum Gehen.
»Hatch.« Mr. Smathers nahm das Papier und blickte darauf. »Sie haben mir eine falsche Akte gebracht.«
Hatch drehte sich herum. Auf seinem Gesicht malte sich Verwirrung. »Oh, nein, Sir. Das ist die richtige Akte. Daniel Boone Huggins. Das steht auch dort auf...« Plötzlich brach er ab; wurde sich bewußt, daß ihn alle anstarrten.

»Was werden die mit ihm machen?« fragte Daniel.
Sie saßen auf dem Baumstamm vor dem Büro des Direktors. Andy bewegte sich unruhig. Aus verengten Augen blickte er zum Schachteingang. »Nichts.«
Daniel starrte ihn fassungslos an. »Aber es war doch seine Schuld...«
»Halt's Maul!« sagte Andy scharf. »Mußt du vergessen, schleunigst. Die Gesellschaft wäscht ihre Hände garantiert in Unschuld. Sei bloß froh, daß sie's nicht dir angehängt haben.«
»Aber irgendeine Erklärung müssen sie doch geben.«
»Werden sie auch«, versicherte Andy. »Da kannst du Gift drauf nehmen.«
Hinter ihnen ging die Tür auf, Smathers erschien. »Kommt rein.«
Sie gingen in das Gebäude. Hatch saß an seinem Pult, beugte den Kopf über irgendwelche Papiere. Auch als sie dicht an ihm vorbeigingen, schaute er nicht hoch.
Wieder befanden sie sich in Smathers' Büro. Wieder nahm der Chef, nachdem er die Tür hinter sich geschlossen hatte, an seinem Schreibtisch Platz. Die beiden Fachleute von der Regierung standen lässig gegen die Wand gelehnt.
Smathers blickte zu Andy. »Wir haben die Ursache für den Einsturz festgestellt und möchten gern wissen, ob Sie mit uns übereinstimmen.« Andy schwieg.
Smathers räusperte sich. »Wir haben herausgefunden, daß die Tagschicht zwecks Lockerung der Kohle mehrere Sprengungen vornahm, ohne zuvor Stützen und Streben zu überprüfen. Dort liegt die Schuld. Denn das war eine verdammte Fahrlässigkeit.«
Andy begegnete dem Blick des Chefs ohne Wimpernzucken. »Verdammte Fahrlässigkeit«, sagte er.

Smathers schien beruhigt. »Das werden diese Gentlemen in ihrem Bericht schreiben.«
Andy blickte zu den beiden Ingenieuren, dann wieder zu Smathers. »Die sollten's wissen«, bemerkte er trocken. »Sind ja Experten.«
Sekundenlang herrschte ein unbehagliches Schweigen. Smathers durchbrach es. »Aber die Gesellschaft wird sich großzügig zeigen. Trotz der Tatsache, daß an dem Unglücksfall die Männer schuld waren, werden wir jeder der betroffenen Bergmannsfamilien hundert Dollar Sterbegeld zahlen. Überdies gewähren wir in den firmeneigenen Häusern für ein halbes Jahr Mietfreiheit.«
Andy sagte nichts.
Smathers erhob sich. »Jetzt müssen wir dafür sorgen, daß die Zeche bald wieder in Betrieb ist. Wenn wir keine Kohle fördern, gibt's für keinen von uns Geld.«
»Wird 'n Monat dauern, bis der Weststollen wieder soweit ist«, erklärte Andy.
»Das weiß ich.« Smathers' Stimme klang sachlich-nüchtern. »Deshalb werden wir ihn auch aufgeben und statt dessen einen neuen Stollen an der Südader vortreiben.«
»Aber was ist mit den Männern dort?« fragte Andy.
»Was für Männer?« Smathers' Stimme klang unbewegt. »Ihre Leichen, meinen Sie? Nun, die sind bereits begraben. Wir können es uns nicht leisten, das Leben weiterer Menschen aufs Spiel zu setzen, nur um sie herauszuholen und erneut zu bestatten.«
Andy schwieg. Er blickte zu Daniel. Der Junge sah in den Augen des Vorarbeiters Zorn und Verzweiflung. Andy richtete seinen Blick wieder auf den Boß. »Sie haben wohl recht, Mr. Smathers.«
Der Direktor lächelte. »Sie können Ihren Leuten auch ausrichten, daß ihnen die Gesellschaft nichts abziehen wird für die zwei Tage, obwohl wir ja keine Kohle gefördert haben. Die Gesellschaft sorgt für ihre Leute.«
Andy nickte. »Ja, Mr. Smathers.«
Der Chef blickte zu Daniel. »Wie alt bist du, Junge?«
»Sechzehn«, log Daniel — in Übereinstimmung mit der falschen Altersangabe auf seiner Bewerbung.
»Kannst du lesen und schreiben?«
»Ja, Sir. Bin meine sechs Jahre zur Landschule gegangen.«
»Mr. Hatch wird uns noch heute verlassen«, erklärte Smathers. »Ich möchte, daß du morgen hierherkommst und als mein Büroangestellter arbeitest.«

Daniel starrte verblüfft. Dann blickte er unschlüssig zu Andy. Fast unmerklich und nur kurz senkte der Vorarbeiter die Augen: ein knappes Nicken. Daniel sah wieder zu Smathers. »Wär ich Ihnen richtig dankbar für die Chance, Mr. Smathers.«
Plötzlich schien die Atmosphäre sehr entspannt. Sogar die beiden Regierungsingenieure lächelten. Diesmal gab es ein allgemeines Händeschütteln.
Als sie dann zur Zeche zurückgingen, blickte Daniel zu Andy. Der Vorarbeiter schien in Gedanken verloren. Schließlich sagte er: »Haste Kautabak?«
Daniel fischte sein Stück hervor und gab's ihm. Andy biß kräftig davon ab. Er kaute eine Weile, spie dann aus. »Raffinierter Hund!« sagte er plötzlich.
»Wer?«
»Na, der Smathers. Hat er so gedreht, daß alle fein raus sind. Auch die Gesellschaft. Und uns hat er so reingezogen, daß wir's Maul nicht aufmachen dürfen. Sogar die Familien von den armen Schweinen, die da krepiert sind — die müssen ihm obendrein noch dankbar sein!«

9

Um sechs Uhr erscholl ein schrilles Pfeifen, die Feierabendsirene. Auf ihrer schmalen Plattform trat Molly Ann ein kurzes Stück zurück von den rasch rotierenden Spindeln. Sorgfältig schätzte sie den Faden bis zum Ende der Spule ab und schaltete die Maschine dann genau im richtigen Augenblick aus. Zufrieden nickte sie: Als die Spule zum Stillstand kam, war sie voll. Rasch nahm sie die Garnrolle herunter und tat sie in den Transportkorb. Mit einem letzten vergewissernden Blick stieg sie von der Plattform herunter. Zischen erfüllte die Luft, als die großen Dampfmaschinen, die die Energie lieferten, ihr Stampfen einstellten. Es war Samstag, und während der ganzen Woche blieb die Textilfabrik nur in dieser Nacht still.
Mit den anderen Mädchen ging sie vorbei an den riesigen, jetzt stummen Maschinen. Alle waren auf dem Weg zum Schalterfenster beim Tor, wo der Lohn ausgezahlt wurde. Eine fröhliche, entspannte Stimmung herrschte. Es war Samstag abend. Und es gab Geld. Die Stimmen, noch schrill, weil sie den ganzen Tag gegen den Lärm hatten ankämpfen müssen, klangen erregt durch-

einander. Pläne wurden gemacht, für den Abend, für den nächsten Tag.
»Gehst du heute abend zum Baptist-Church-Tanz, Molly Ann?« fragte eines der Mädchen.
»Auf den Fairgrounds gibt's morgen ein Picknick«, sagte ein anderes Mädchen.
»Die Holiness Church hat morgen eine Erweckungsversammlung«, erklärte ein drittes Mädchen. »'nen ganzen Haufen neue Klapper- und Mokassinschlangen solln die hab'n, und von den Heiligen sind welche bereit, den Heiligen Geist über sich kommen zu lassen.«
Molly Ann lächelte, blieb jedoch stumm. Vieles hatte sich geändert in dem halben Jahr, seit sie hier war. In ihrem Gesicht fand sich nichts mehr von jenen leichten Spuren von Babyspeck, und es wirkte eigentümlich exotisch. Da waren die hohen Jochbögen, die das Grün ihrer Augen noch intensiver erscheinen ließen, und da war der volllippige Mund mit dem sachten Übergang zu einem Kinn, das man energisch oder doch zumindest ausdrucksvoll nennen mußte. Auch ihr Körper hatte sich verändert. Üppiger waren die Brüste, schlanker die Taille, und die Wölbung der Hüften ging über in die Linie der langen und sehr geraden Beine.
»Molly Ann weiß nie, was sie tun wird«, stichelte das erste Mädchen. »Sie wartet immer darauf, daß Jimmy ihr das sagt.«
»Geht ihr nur«, erwiderte Molly Ann mit einem Lächeln.
»Bist in ihn verschossen«, stichelte das Mädchen weiter.
Wieder gab Molly Ann keine Antwort. Das waren doch Kinder. Wie konnten die verstehen, was sie für Jimmy empfand und er für sie? Das einzige, was die interessierte, waren die Tänze und die Vergnügungen am Samstagabend und am Sonntag, wonach dann wieder das lange Warten kam bis zum nächsten Wochenende.
Sie fand ihren Platz in der Schlange vor dem Zahlschalter. Es ging rasch voran, und bald war sie an der Reihe.
Der ältliche Buchhalter spähte durch die Scheibe. »'n Abend, Molly Ann«, sagte er und schob ihr unter dem Gitter den Zettel zu, den sie zu unterschreiben hatte.
»'n Abend, Mr. Thatcher«, erwiderte sie, unterschrieb und schob den Zettel zurück.
Er warf einen Blick darauf und suchte dann in dem Kasten voll Kuverts, bis er den Umschlag mit ihrem Namen fand. »Besser nachzählen«, riet er. »Wo's doch 'n Haufen Geld ist mit all den

Überstunden. In der vergangenen Woche haben Sie achtzig Stunden gearbeitet.«
Sie nickte und nahm den Umschlag. Rasch riß sie ihn auf. Das Geld fiel fast heraus. Sie zählte schnell. »Sechs Dollar und vierzig Cents«, sagte sie und sah den Angestellten an.
»Stimmt.« Er nickte. »Acht Cents pro Stunde. Aber ja schön aufpassen aufs Geld. Daß Sie's bloß nicht auf einmal ausgeben.«
»Bestimmt nicht, Mr. Thatcher«, versicherte sie. Das Geld wieder in den Umschlag steckend, ging sie in Richtung Tor. Wie gewöhnlich warteten draußen auf der Straße ältere und jüngere Männer. Väter warteten auf ihre Töchter, Ehemänner auf ihre Frauen, junge Burschen auf ihre Freundinnen. Und alle hatten denselben Gedanken: heute war Zahltag.
Die kühle Abendluft drang durch ihr Kleid, das ihr schweißfeucht am Körper saß. Sie fröstelte leicht und hüllte sich enger in den großen Schal. Als sie an der vordersten Reihe der jungen Männer vorbeikam, hörte sie Rufe und Pfiffe. Sie drehte den Kopf zur Seite und ging rascher.
Einer der Burschen rief hinter ihr her: »Was hast du für heute abend vor, Molly Ann? Jimmy ist ja wohl nicht hier!«
Sie antwortete nicht. Jimmy konnte sie an diesem Abend kaum hier erwarten. Er war in die Hügel gefahren, um Schwarzgebrannten zu kaufen, also konnte er erst später kommen.
Ein Mädchen schluchzte laut, und Molly Ann fuhr herum. Im selben Augenblick schlug ein Mann zu, traf das Kind. Er war ein großer Kerl, bereits halb betrunken. Das Mädchen strauchelte, fiel zu Boden, in den Dreck. Furchtsam starrte sie empor zu dem Mann.
Die gelbe Lohntüte in der Hand, stand er schwankend. »Kapierste wohl endlich, wer wo 'n Recht hat auf dein'n Lohn, wie?« brüllte er. »Ich bin dein Vater, und da haste zu parier'n. Geh und sag's deiner Mutter. Der werd ich so viel geben, wie's mir grad in 'n Kram paßt, verdammt!«
Er drehte sich um und ging mit unsicheren Schritten davon. Die anderen Männer standen stumm, bewegungslos. Molly Ann trat zu dem Mädchen, half ihr hoch.
Das Kind konnte kaum älter sein als elf Jahre. Es wimmerte vor Angst. »Nu, nu«, versuchte Molly Ann zu beschwichtigen. »Wird schon alles gutgehen.«
»Nein«, schrie das Mädchen. »Meine Mutter hat gesagt, sie prügelt mich durch, wenn ich die Lohntüte nicht nach Hause bringe.«

»Erzähl ihr einfach, was passiert ist«, riet Molly Ann.
»Hilft doch nix«, sagte das Kind. Mit der flachen Hand versuchte es, sich den Straßendreck vom Kleid zu streichen. Die Augen, noch voll Tränen, suchten nach Molly Ann. »Kann's gar nicht erwarten, bis ich so groß bin wie du. Dann ist es ja meine Sache, was ich mit dem Geld tu.« Noch einmal strich sie sich übers Kleid. »Dank dir auch schön.«
Molly Ann sah dem Kind nach, das wie verloren die Straße entlangging. Sie atmete tief. In dieser Stadt, da stimmte so vieles nicht. Welches Recht hatten die Eltern, ihre eigenen Kinder zu behandeln, als seien sie Sklaven? Sie dankte Gott dafür, daß sie selbst gute Eltern hatte. Neben ihr tauchte plötzlich ein junger Bursche auf. »Hättest du Lust, heute abend mit mir zum Tanz zu gehen, Molly Ann?«
Sie drehte den Kopf. Er war hochgewachsen. Das Haar trug er nach der neuesten Mode glatt zurückgekämmt. In seinem Atem roch sie Bierdunst. Sie schüttelte den Kopf.
»Nein.«
Er griff nach ihrem Arm. »Komm schon, Molly Ann«, sagte er. »Sei bloß nicht so hochnäsig. Jimmy ist nicht der einzige Mann in der Stadt. Du bist ein hübsches Mädchen. Da solltest du öfter ausgehen, um dich zu amüsieren.«
Ihre Stimme klang sehr beherrscht. »Nimm die Hand weg. Oder Jimmy erfährt davon.«
Sofort gab er ihren Arm frei. »Bist richtig dämlich«, sagte er. »Glaubst, das einzige Mädchen zu sein, das Jimmy hat. Biste aber nicht. Jimmy hat in der Stadt mehr Mädchen als irgendwer sonst.«
»Du lügst«, erwiderte sie. »Und jetzt scher dich fort.«
Er blieb stehen, doch sie ging weiter. »Warte nur, Molly Ann«, rief er hinter ihr her. »Wirst es schon herausfinden.«
Sie erreichte die Ecke und bog in die Hauptstraße ein, ging in Richtung von Mr. Fitchs Laden.

»Is 'ne gute Stadt, Mr. Cahill.« Fitchs Stimme klang warm, voll Anteilnahme. »Gute Menschen — einfach, arbeitsam, gottesfürchtig, ehrlich. Gibt 'n Haufen zu tun. Überall große Familien. Acht oder zehn Gören im Haus, is überhaupt nix Besondres. Früher oder später brauchen sie natürlich alle 'nen Job. Kinder sind weiter kein Problem. Die tun ihre Arbeit und verlangen nicht viel. Is hier ja nich so wie an der Ostküste oder im Norden. Gewerkschaften gibt's nich. Will sie keiner, braucht sie keiner. Sind

alle viel zu unabhängig. Gebirgler, verstehn Sie. Die vertrauen keinen Fremden.«
»Und — vertrauen Sie Ihnen?« wollte Mr. Cahill wissen.
Fitch lachte. »Ja, weshalb denn nicht? Bin doch einer von ihnen. Hier geboren, hier aufgewachsen. Mein Ururgroßvater hat diese Stadt gegründet. Weiß jeder, daß Sam Fitch sein Freund ist.«
Er fuhr fort: »Können Sie auch Ihren Leuten in Philadelphia sagen, Ihren Kompagnons. Sam Fitch garantiert, daß sie genügend Arbeitskräfte zum gewünschten Preis haben werden, wenn sie hier eine weitere Fabrik bauen. Und was die städtischen Steuern betrifft: die brauchen sie in Fitchville mindestens fünfundzwanzig Jahre lang nicht zu zahlen.«
»Wenn man Sie so hört, Mr. Fitch«, sagte Cahill lächelnd, »dann scheint Fitchville ja ein mächtig interessanter Ort zu sein.«
»Ist es auch«, behauptete Fitch. »Ist es wirklich. Was die eine Fabrik betrifft, so könnt ihr euch doch wirklich nicht beklagen. Bei der nächsten werdet ihr noch zufriedener sein.«
»Und die Bedingungen wären die gleichen?« fragte Cahill.
»Ja, die gleichen. Sam Fitch ist nicht gierig. Er will nur was Gutes tun für seine Stadt.«
Cahill nickte. »Also gut, Mr. Fitch. Ich werde das mit meinen Kollegen besprechen, und ich bin sicher, daß sie sehr beeindruckt sein werden. Im übrigen können Sie sicher sein, daß ich auf Ihrer Seite bin.«
»Danke, Mr. Cahill, danke.« Fitch erhob sich, und sein mächtiger Bauch schien das kleine Büro auszufüllen. Er quetschte sich am Schreibtisch vorbei und ging dann mit Mr. Cahill durch den Laden auf die Straße. Dort schüttelten sie einander die Hände, bevor Mr. Cahill in seine Kutsche stieg.
Fitch sah dem davonschwankenden Gefährt nach. Dann drehte er sich um und ging in den Laden zurück. Sein Gesicht hatte einen nachdenklichen Ausdruck. Eine neue Fabrik, das bedeutete mindestens zweihundert weitere Arbeitsplätze. Ganz egal, wie man das betrachtete: Für ihn bedeutete das jedenfalls mehr Geld, und das nicht zu knapp.
»Mr. Fitch.«
Ihre Stimme klang leise.
Überrascht drehte er sich um. Er hatte überhaupt nicht bemerkt, daß sie in den Laden getreten war. Allzu sehr hatte er sich mit Mr. Cahill beschäftigt. »Na, was sagt man, Molly Ann.«
»Es ist Samstag abend, Mr. Fitch«, sagte sie.
Er hatte sich sofort wieder in der Gewalt. »Natürlich.« Auf sei-

nem Gesicht erschien ein breites Lächeln. »Komm nur in mein Büro.«
Schwerfällig nahm er hinter seinem Schreibtisch Platz, musterte sie dann abschätzend. Hatte sich wirklich in ein Prachtweib verwandelt, die Molly Ann. Unwillkürlich lief ihm das Wasser im Mund zusammen, als er sie mit seiner Frau verglich. »Wie geht's denn so, meine Liebe?« fragte er.
»Gut, danke, Mr. Fitch«, erwiderte sie. Aus ihrer Lohntüte nahm sie drei Dollar. »Ich möchte, daß Sie das aufs Konto von meinem Pa tun.«
»Aber mit dem allergrößten Vergnügen«, versicherte er. Er nahm das Geld, legte es ins oberste Schubfach. »Wie geht's deiner Familie?«
»Na, große Briefeschreiber sind das ja nicht«, erwiderte sie. »Aber wo ich sie besucht hab, im vorigen Monat, da waren sie alle wohlauf. Pa freut sich mächtig über sein neues Maultier. Damit kann er viermal soviel schaffen wie sonst, meint er.«
»Muß doch richtig stolz sein auf dich und deinen Bruder«, sagte Fitch. »Mr. Smathers hat mir erzählt, daß er noch nie 'n bessern Büromenschen gehabt hat als Dan'l.«
Molly Ann nickte. »Danke, Mr. Fitch.«
Er erhob sich. »Solltest öfter herkommen, Molly Ann. Nicht nur das eine Mal in der Woche, am Samstagabend, geschäftlich. Würde dich auch so mal gern sehen.«
»Sie sind ein vielbeschäftigter Mann, Mr. Fitch«, erwiderte sie. »Da möcht ich Sie nicht stören.«
Er näherte sich, nahm ihre Hand. »Ein so hübsches Mädchen wie du, Molly Ann, wie könnte ich mich da jemals gestört fühlen?«
Verlegen zog sie ihre Hand zurück. Und wußte nicht, was sie sagen sollte.
»Kennst du den Mann, der soeben hier raus ist?« fragte er plötzlich.
Sie schüttelte den Kopf. »Nein.«
»Das war Mr. J. R. Cahill. Und er war hier, um sich mit Sam Fitch zu besprechen, wegen einer weiteren Fabrik. Begreifst du, was das bedeutet?«
Wieder schüttelte sie den Kopf. »Nein.«
»Das bedeutet, wenn du nett zu mir bist, dann kann ich dir den Job einer Vorarbeiterin besorgen in der neuen Fabrik.«
Sie lächelte plötzlich. Jetzt begriff sie. Aufmerksam betrachtete sie sein Gesicht. »Is richtig freundlich von Ihnen, Mr. Fitch.«
Wieder griff er nach ihrer Hand. »Bist 'n wirklich hübsches Mäd-

chen, Molly Ann. Was sollst du deine Zeit verschwenden mit einem Tunichtgut wie Jimmy Simpson, wo du doch nur 'n Wort zu sagen brauchst, um einen richtigen Freund zu haben.«
»Weiß das zu schätzen, Mr. Fitch, wirklich.« Sie lächelte. »Und wenn's mit der neuen Fabrik soweit ist, dann wundern Sie sich man nicht, wenn ich auf einmal da bin und an Ihre Türe klopfe.«
Er sah sie sekundenlang an, ließ dann ihre Hand los. »Das tu man«, sagte er mit schwerer Stimme. »Ja, das tu man.«
An der Tür seines Büros drehte sie noch einmal den Kopf. »'n Abend, Mr. Fitch.«
Er nickte. Unter den herabhängenden Lidern war der Ausdruck seiner Augen nicht zu erkennen. »'n Abend, Molly Ann.« Noch lange, nachdem sie verschwunden war, starrte er hinter ihr her. Dann steckte er sich einen Stumpen zwischen die Lippen und kaute darauf herum. Schließlich steckte er ihn an. Junge Mädchen waren ja so dumm. Tief inhalierte er den schweren grauen Rauch, blies ihn dann langsam von sich. Träge hob sich das Gewölk zur Zimmerdecke. Nun ja, war wirklich nicht weiter wichtig. Früher oder später würde er bei ihr ans Ziel gelangen. Er war ein sehr geduldiger Mensch.

Mitten in der Küche saß sie in der tragbaren Metallwanne. Die Wirtin nahm einen großen Kessel vom Herd und näherte sich. »Noch heißes Wasser?«
Molly Ann nickte. »Ja, danke, Miß Wagner.« Sie beugte sich vor, so daß die Wirtin das Wasser in die Wanne schütten konnte, ohne sie zu verbrühen. Dampfwolken stiegen hoch, hüllten ihr Gesicht ein. Gleich darauf lehnte sie sich mit geschlossenen Augen zurück. Was sie jetzt empfand, war eine tiefe, schmerzende Müdigkeit: Folge des überlangen Stehens an der Maschine. Doch schien die Mattigkeit aus ihr hinauszufließen. »Miß Wagner«, sagte sie.
»Ja, Molly Ann?«
»Sind Badewannen sehr teuer?«
»Na, so drei, vier Dollar, schätz ich.«
Molly Ann seufzte. »Wenn ich mal genügend Geld übrig habe, möchte ich eine für meine Ma kaufen. Ich wette, die wär ganz wild drauf.«

10

Der Sonntag war hell und sonnig, und im sanften Märzwind kündigte sich schon der Frühling an. Im Gezweig der Bäume zeigten sich Knospen, und sie verliehen den kahlen Kronen einen gelbgrünen Schimmer. Molly Ann stieg die Verandastufen hinab und ging zu Jimmy, der mit seinem Karren und seinem Maultier auf sie wartete.
Er blickte ihr entgegen, und seine Augen schienen alles in sich aufzunehmen: das weiße, flutende Kleid, die gelben Bänder um ihre Taille und um ihren Hut. Er stieß einen Pfiff aus. »Bist du das wirklich, Molly Ann?«
Sie wurde rot, lächelte. »Gefällt's dir?«
Er grinste. »Du bist schön. Es ist schön.«
»Hab ich selbst gemacht«, erklärte sie. »Das Material hab ich in dem französischen Laden bekommen. Ist echt Paris, Frankreich, wirklich.«
Er nahm ihre Hand. »Na, ich weiß nicht«, sagte er zweifelnd.
»Was meinst du?«
»Dieser olle Karren und dieses olle Maultier. Ist eigentlich 'ne Schande, wenn du dir da das schöne neue Kleid dreckig machst.«
»Brauchst doch nur 'ne Decke auf'n Sitz zu legen«, sagte sie, »und red man bloß nich so 'n Zeug.«
Er lachte und half ihr hinauf. Dann stand er und blickte zu ihr empor. »Siehst aber wirklich hübsch aus, Molly Ann.«
»Danke«, sagte sie. »Und jetzt geh in die Küche. Hab'n Picknickkorb für uns gemacht.«
»Wirklich? Woher hast du denn gewußt, daß es 'n schöner Tag werden würde?«
Sie lachte. »Hab aus 'm Fenster geguckt, Dummkopf. Und jetzt beeil dich. Wird mit jeder Minute kürzer, der Tag.«
Wenige Minuten später saß er neben ihr auf dem Sitz, und das Maultier trottete die Landstraße entlang. »Kannst dein Vergnügen haben«, sagte er. »Auf den Fairgrounds gibt's 'n Picknick und bei Woodfield Brook eine Erweckungsversammlung der Holiness Church.«
»Bei Woodfield Brook?« fragte sie. »Was passiert denn da so?«
»Passieren tut überhaupt nichts«, erwiderte er. »Außer uns.«
Lächelnd hakte sie sich bei ihm ein. »Siehst du. Das ist mein Vergnügen.«

Er verdrückte das letzte Stück Apfelpastete, stützte sich dann auf einen Ellbogen und sah sie an. »Also so was Gutes hab ich überhaupt noch nie gegessen.«
Sie lächelte. »War doch nix weiter. Bloß 'n bißchen Brathuhn und Maisbrot und Apfelpastete.«
»Die rosa Limonade hast du vergessen«, sagte er. »Solltest nicht soviel Geld ausgeben. Mußt viel zu schwer arbeiten dafür.«
Sie sah ihn an. »Wie soll ich dir'n sonst zeigen, daß ich kochen kann?«
Er lachte. »Vielleicht hast du recht.«
»Bist oben gewesen, bei meinem Pa?« fragte sie.
»Ja«, erwiderte er. »Geht allen gut, und sie lassen dich schön grüßen.«
»Der kleine Mase, der kann ja nun nicht mehr so klein sein«, sagte sie.
»Ist er auch nicht. Solltest nur mal sehen, wie er auf seinen stämmigen Beinchen rumrennt.«
Aus ihrer Stimme klang Sehnsucht. »Wenn ich sie nur mal besuchen könnte. Aber es ist so weit.«
»Vielleicht kann dir deine Vorarbeiterin den nächsten Samstag freigeben. Dann könnten wir hinfahren und am Sonntag wieder zurückkommen.«
Ihr Gesicht hellte sich auf. »Das wär schön.« Doch sofort fiel es wie ein Schatten über ihr Gesicht. »Das tut sie bestimmt nicht. Die sind im Verzug, und wir müssen alle Überstunden machen.«
Einen Augenblick schwiegen beide. Dann sagte sie: »Vielleicht wird's besser, wenn die neue Fabrik in Betrieb ist.«
»Neue Fabrik?« fragte er. »Was für eine neue Fabrik?«
»Na die, von der Mr. Fitch gesprochen hat. Ich war gestern in seinem Laden, um was auf Pas Konto zu zahlen, und da hat er gesagt, vielleicht könnte er mir 'n Job als Vorarbeiterin verschaffen, wenn die neue Fabrik in Betrieb ist.«
»So? Hat er?« Jimmys Stimme klang plötzlich sonderbar hart. »Solltest du vielleicht irgendwas Besondres tun, um den Job zu kriegen?«
Sie sah ihn an. Sehr genau begriff sie, was er meinte; doch hielt sie es für ratsam, diesen Teil ihres Gesprächs mit Mr. Fitch unerwähnt zu lassen. »Nein. Er hat bloß gesagt, wenn's soweit ist, soll ich zu ihm kommen.«
Jimmy schwieg und starrte vor sich hin. Eine neue Fabrik. Wo sollte die wohl gebaut werden? Vermutlich hatte der alte Fitch

bereits Land aufgekauft. Von irgendeinem verarmten Farmer, der nicht mehr weiter wußte. Er schwieg so lange, daß es schließlich Molly Ann war, die sprach.
»Stimmt irgendwas nicht, Jimmy?«
Er schüttelte den Kopf. »Ach was.« Doch plötzlich klang seine Stimme bitter. »Wann kapieren die Leute in dieser Stadt endlich, wie sie mit diesem Kerl dran sind? Wann begreifen sie, daß er ein richtiggehender Blutsauger ist?«
»Jimmy!« Sie war entsetzt. »Wie kannst du so was Schreckliches sagen?«
»Weil's wahr ist«, erwiderte er hitzig. »Hör zu — du gibst ihm doch jede Woche Geld fürs Konto von deinem Pa, nicht?«
Sie nickte.
»Hast du ihn schon mal gefragt, wieviel inzwischen drauf ist auf dem Konto?«
»Nein. Ist ja nicht meine Sache. Das geht nur Pa was an.«
»Wenn du das Geld in eine Bank einzahlen würdest«, sagte er, »so würde es dafür Zinsen geben. Aber der? Der gibt dir gar nichts. Und ich möchte wetten, daß er sich das Geld untern Nagel reißt. Wen dein Pa mal fragt, wie's denn aussieht mit dem Kontostand, so wird der ihm sagen: Is überhaupt nich.«
Sie schwieg.
»Was glaubst du, wie viele Leute es gibt, die bei ihm genau das tun, was du tust? Vielleicht über hundert. Ist 'n Haufen Geld, das Sam Fitch vereinnahmt, ohne was dafür zu tun.« Er lachte rauh. »Und all ihr Hillbillies seid ihm auch noch dankbar dafür, daß er euch Jobs beschafft, wo ihr euch zu Tode hungern könnt, während ihr bei ihm in der Kreide steht. Will dir was sagen: Wer nicht so pariert, wie's ihm paßt, der wird sehr schnell kapieren, was für 'n großartiger Freund Sam Fitch ist. Kein Geld. Kein Kredit. Kein gar nichts. Und dann kommt der Sheriff mit 'm Schrieb, und schon hast du kein Land mehr und kein Haus und keinen Platz zum Wohnen. Genauso ist es den Craigs an der Flußbiegung gegangen. Vierzig Acres besaßen sie. Und dann plötzlich — nichts.« Er brach ab; schien sich jetzt erst bewußt zu werden, was er gesagt hatte. »Verdammt!« explodierte er. »So ist es!«
»Fluche nicht!« tadelte sie scharf.
Er starrte sie an. »Genau das ist passiert. Verstehst du nicht? Über 'n Jahr hatte er das geplant. All die Craig-Kinder verloren ihre Jobs in der Textil- und in der Glasfabrik — ohne irgendeinen besonderen Grund. Von heute auf morgen waren sie auf einmal so was wie schwarze Schafe. Und ein paar Monate später kreuzte

der alte Fitch dann bei den Craigs auf und kaufte den ganzen Besitz für'n Appel und 'n Ei, und sie zogen fort.«
»Ich verstehe nicht«, sagte sie.
»Die neue Fabrik«, erklärte er. »Dort wird man sie bauen. Auf dem früheren Grundbesitz von den Craigs. Ist ja alles da. Wasser. Also Energie. Und ' ne Menge Platz. Sehr viel Platz.«
»Was regst du dich nur so auf?« fragte sie. »Hat doch nichts mit uns zu tun.«
Er sah sie an. »Vielleicht nicht. Noch nicht. Aber es wird schon noch was mit uns zu tun haben. Der kriegt immer mehr Macht, und bald wird ihm im Tal alles gehören, auch die Menschen.«
Ihre Antwort war ein eigentümlich starrer Blick. Dann beugte sie sich zur Seite. »Hier, trink ein bißchen Limonade. Regst dich so sehr auf, für nichts und wieder nichts.«
Er nahm das Glas, das sie ihm reichte. Sein Gesicht entspannte sich. Der grimmige Ausdruck verschwand, ein Lächeln erschien. Er hob das Glas, spähte hindurch, zur Sonne. »Du bist ein reizendes, argloses Kind, Molly Ann«, sagte er. »Und eines Tages wirst du einem Mann eine feine Ehefrau sein.«
Das Glas flog ihm aus der Hand, und die rosa Limonade sprühte über sein Hemd. Wütend war sie aufgesprungen. »Ich bin kein Kind!« fauchte sie. »Ich bin über sechzehn, und ich bin eine Frau! Und hoffentlich bist du Manns genug, um mich zu fragen — denn wenn nicht, kannst du mich gleich wieder nach Hause bringen!«
Verdutzt starrte er sie an. Ihr Zorn ließ sie noch schöner erscheinen. Plötzlich hatte er das Gefühl, sein Herz werde zerspringen — ihn ganz buchstäblich zerreißen. Seine eigene Stimme klang ihm fremd in den Ohren. »Ich frage dich, Molly Ann«, sagte er.
Jetzt war sie verblüfft, und sie brachte kein Wort hervor.
»Ich frage dich, Molly Ann«, wiederholte er. »Frage dich, ob du mich willst. Wie lautet deine Antwort?«
»Oh, Jimmy!« rief sie und warf sich in seine Arme, die Augen voll Tränen. »Ja, ja, ja!«

Gut einen Monat später, am 1. Mai 1915, wurden sie in der Baptistenkirche in Fitchville getraut. Die ganze Huggins-Familie war dort, und jeder trug seinen Sonntagsstaat. Einer allerdings fehlte. Daniel. Es war ihm nicht gelungen, an diesem Tag freizubekommen.
Es war derselbe Tag, an dem auf dem Gelände der alten Craig-Farm die Räumarbeiten für die neue Fabrik begannen.

Molly Ann trat ins Schlafzimmer. Ihr Gesicht war vor Erregung gerötet. »Wach auf!« sagte sie und schüttelte ihn an der Schulter. »Wach auf!«
Jimmy wehrte sie ab. »Laß mich schlafen, Frau«, murmelte er. »Ist doch Sonntag morgen.«
»Mr. Fitch ist hier und will dich sprechen«, sagte sie.
»Mr. Fitch!?« Urplötzlich war er hellwach. »Will mich sprechen?«
Sie nickte.
»Möchte bloß wissen, was er will.«
»Keine Ahnung«, erwiderte sie. »Da war ein Klopfen an der Tür, und ich machte auf, und dort stand er. Is sehr wichtig, hat er zu mir gesagt.«
»Sehr wichtig?« Plötzlich streckte er die Arme vor, zog sie zu sich. »Ist Sonntag morgen, und ich hab mein frühes Stück noch gar nicht gehabt.«
Sie versuchte, ihn zurückzuschieben. »Hast ja geschlafen wie'n Murmeltier.« Er preßte seinen Mund auf ihre Lippen. »Bitte, Jimmy, was soll der denken?« murmelte sie.
»Mir doch egal«, sagte er. »Verdammt noch mal!«
Sie stützte sich hoch. »Sollst doch nicht fluchen!« tadelte sie scharf. »Und jetzt zieh dich an und komm nach unten.« Sie ging zur Tür. »Ich werd frischen Kaffee machen.«
Als sie in die Küche trat, saß Mr. Fitch bereits am Tisch. Vor ihm stand ein Teller mit Schinken und Ei, dazu warme Brötchen und Butter sowie eine Tasse mit dampfendem Kaffee. Er schien das Essen geradezu in sich hineinzuschaufeln — als seien Jahre seit seiner letzten Mahlzeit vergangen.
»Morgen, Mr. Fitch«, sagte Jimmy.
Fitch kaute, schluckte. Dann erwiderte er: »Morgen, Jimmy. Muß wirklich sagen, Ihre kleine Frau ist eine genauso gute Köchin wie ihre Mutter. Könn'n sich wirklich glücklich schätzen.«
Jimmy nickte. Er ging zum Tisch, setzte sich. Molly Ann stellte eine große Tasse mit Kaffee vor ihn hin und trat dann zum Herd. Jimmy griff nach der Tasse. Der Kaffee dampfte, duftete. »Weiß ich«, sagte er.
Fitch wischte mit dem Rest des Brötchens Eigelb von seinem Teller. Dann steckte er sich den Bissen in den Mund, spülte mit Kaffee nach. Sich zurücklehnend, klopfte er sich auf seinen Bauch. »Is'n mächtig feines Frühstück, Mrs. Simpson.«
Molly Ann wurde rot, ähnlich wie ihre Mutter. Natürlich war ihr

nicht entgangen, daß er sie, statt mit ihrem Vornamen, mit Mrs. Simpson angeredet hatte.
»Danke, Mr. Fitch.« Sie blickte zu Jimmy. »Möchtest du jetzt Frühstück?«
»Noch nicht«, erwiderte Jimmy. »Im Augenblick genügt mir der Kaffee.«
»Dann werd ich die Herren ihren Geschäften überlassen«, sagte sie höflich und ging hinaus. Doch genau wie ihre Mutter hielt sie sich dicht bei der Tür, um zu hören, was gesprochen wurde.
»Was führt Sie am Sonntagmorgen hierher?« fragte Jimmy ohne Fitchs Einleitung abzuwarten.
Fitch lächelte. »Hab Sie während der letzten Sonntage beim Kirchgang vermißt.«
Jimmy gab keine Antwort. Nun schön, ein großer Kirchgänger war er nicht, und das wußte also auch Fitch.
»Hab mir natürlich meine Gedanken gemacht«, fuhr Fitch glattzüngig fort. »Junger Mann, neuvermählt, schöne junge Frau. Was sollte der schon am Sonntagmorgen in der Kirche suchen?«
Jimmy nahm seine Kaffeetasse, starrte drauf. »Molly Ann hat mir erzählt, Sie hätten gesagt, es handelt sich um was Wichtiges.«
»Ist auch so«, versicherte Mr. Fitch ernst. »Um was sehr Wichtiges.« Er schwieg effektvoll. »Hab Sie schon seit langem beobachtet, junger Mann. Und was ich gesehen habe, gefällt mir. Sie erinnern mich sehr an mich, als ich in Ihrem Alter war. Voll Energie und Unternehmungsgeist.«
Jimmy nickte wortlos.
»Und ich habe mir so meine Gedanken gemacht«, fuhr Mr. Fitch fort. »Ich werd ja nicht grad jünger, und ein junger Mann wie Sie kann's geschäftlich mit mir weit bringen. Ich hab niemanden, auf den ich viel vertrauen würde.«
»Bieten Sie mir einen Job an?« fragte Jimmy ungläubig.
»Nun, gewissermaßen«, erwiderte Fitch. »Aber es handelt sich um mehr als nur das. Ich möchte, daß Sie sich für mich vollständig um einige Sachen kümmern, damit ich mich ausschließlich auf andere konzentrieren kann.«
»Und worum handelt es sich's dabei, Mr. Fitch?«
»Nennen Sie mich Sam«, sagte Fitch.
»Okay, Sam. Worum geht's also?«
»Die Menschen hier kennen Sie und mögen Sie«, sagte Fitch. »Sie können im Laden aushelfen, den Schwarzgebrannten kaufen und mit den guten Leuten verhandeln. Sie wissen schon, was ich meine.«

»Weiß ich nicht«, erwiderte Jimmy.
»Bei Geschäften gibt's doch immer Probleme«, sagte Fitch. »Manchmal verstehn die Leute nicht, daß es zu ihrem eigenen Besten ist, was man tut.«
Wieder nickte Jimmy wortlos. Gewiß, darüber brauchte man nicht zu streiten. War wirklich nicht immer einfach, die Leute davon zu überzeugen, daß man sie zu ihrem eigenen Nutzen über den Löffel balbierte.
Fitch legte Jimmys Nicken als Zustimmung aus. »Hab immer mein Bestes getan für diese Stadt. Aber jetzt gibt's da so ein Gerede — ich wollt mich nur gesundstoßen. Bei der neuen Fabrik zum Beispiel. Dabei geht's doch um zweihundert Arbeitsplätze für die guten Leute hier. Trotzdem wird geklatscht, ich tät's nur aus Eigeninteresse.«
»Sie ziehen für sich keinen Nutzen draus?« fragte Jimmy mit gespielter Arglosigkeit.
»Aber natürlich hab ich auch meinen Nutzen dabei«, erklärte Fitch. »Ist 'n gutes Geschäft, kein Zweifel. Aber nicht nur für mich, sondern für die ganze Stadt. Ich bringe mehr Industrie und Arbeit her, muß aber immer noch hören, ich hätte die Craigs von ihrem Land verjagt, um es als Fabrikgelände zu verkaufen. Jetzt behaupten die sogar, sieben Acres am Fluß gehörten ihnen noch. Die hätte ihnen ihr Großvater vermacht, als er noch lebte.«
»Aber das Gelände am Fluß wird doch bereits geräumt«, sagte Jimmy. »Wie kann man das tun, wenn man noch gar nicht weiß, ob einem das Land gehört?«
»Darum geht's ja gerade«, erklärte Fitch. »Die Craigs sind im Unrecht. Bloß, wenn die Sache vor Gericht geht, dann kann sich das endlos hinschleppen. Bis es soweit wäre, gäb's keine neue Fabrik und auch keine weiteren Arbeitsplätze. Also hab ich denen ein großzügiges Angebot gemacht. Aber sie haben es ausgeschlagen.«
»Wieviel haben Sie ihnen denn geboten?« fragte Jimmy.
»Zehnmal soviel, wie das Land wert ist. Fünfzig Dollar pro Acre. Dreihundertundfünfzig fürs Ganze. Und das für Land, wo deren Besitzansprüche noch ganz und gar nicht geklärt sind.«
»Dasselbe gilt aber auch für die Fabrik, wenn die mit ihren Ansprüchen vor Gericht ziehen«, sagte Jimmy.
»Ach was. Gibt doch im ganzen Land kein Gericht, das den Craigs recht geben würde. Hab grad mit Richter Hanley gesprochen, und genau das hat er mir gesagt.«
»Worüber machen Sie sich dann Sorgen?« fragte Jimmy.

»Will nun mal keine Unannehmlichkeiten. Ich meine, die Leute sollen sehen, daß es zu ihrem Besten ist, was ich tu.«
»Kapier noch immer nicht, wie ich Ihnen dabei helfen könnte«, sagte Jimmy.
»Die Craigs kennen Sie. Und sie mögen Sie gut leiden«, erklärte Fitch. »Die würden auf Sie hören.«
Jimmy nickte. »Schon möglich.« Er stand auf, goß sich frischen Kaffee in die Tasse. »Und was ist dabei für mich drin?«
Fitch sah ihn an. »Sie werden auf meiner Seite sein, Junge. Ich werde Sie reich machen. Ihr Anfangsgehalt bei mir wäre fünfundzwanzig Dollar pro Woche.«
Das waren mindestens fünf Dollar mehr, als irgendwer sonst in der Stadt verdiente. Jimmy wußte das sehr genau. Im übrigen waren es zehn Dollar mehr, als er selbst bei allerbestem Geschäftsgang einstrich. »Weiß nicht recht«, sagte er vorsichtig. »Wär man bloß 'n Job, und ich bin nun mal gern selbständig.«
»Soviel Geld sacken Sie doch längst nicht ein.«
»Nun ja«, sagte Jimmy. »Aber da muß ich ja auch nicht jeden Tag zur Arbeit.«
»Das war in Ordnung, solange Sie allein waren. Aber jetzt sind Sie verheiratet, und da gibt's Pflichten. Bald werden Sie eine Familie haben. Daran müssen Sie jetzt schon denken.«
Jimmy nahm Platz. »Weiß nicht recht«, sagte er.
Fitch lächelte. Er hatte das Gefühl, den jungen Mann im Sack zu haben. »Besprechen Sie das nur mit Ihrer Frau.« Er stand auf. »Die wird mir zustimmen. Ist ja ein kluges, vernünftiges Mädchen. Sie können mir morgen Bescheid geben.«
Kaum war er verschwunden, da kam Molly Ann in die Küche gestürzt. »Ist das nicht phantastisch?«
Er musterte sie. »Du kapierst wohl überhaupt nix, wie?«
»Was?« Sie wirkte völlig verwirrt.
»Daß er mich zu einem Halunken machen will, wie er selber einer ist. Um Familien wie deine oder wie die Craigs zu betrügen und zu bestehlen.«
Sie schwieg einen Augenblick. »Was willst du dann tun?«
»Genau dasselbe wie bisher«, erwiderte er. »Mich um meine eigenen Geschäfte kümmern und meinen Whisky verkaufen.«
Doch es kam anders als gedacht. Denn zwei Tage, nachdem Jimmy Mr. Fitchs Angebot ausgeschlagen hatte, schob irgendwer eine Flinte in das offene Fenster des halbverfallenen Hauses, wo die Craigs, knapp zwanzig Kilometer von der Stadt, jetzt wohnten; und ein Schuß krachte, und er tötete Großvater Craig.

Mr. Fitch zeigte sich genauso empört wie die anderen Städter über diesen sinnlosen Mord an dem alten Mann, und er setzte eine Belohnung in Höhe von fünfzig Dollar aus für die Festnahme und Inhaftierung des Mörders. Und obwohl der Tod des alten Mannes die Besitzansprüche noch unklarer und verworrener machte, ließ er es sich nicht nehmen, sein Angebot — als Hilfeleistung für die arme Familie — auf fünfhundert Dollar zu erhöhen. Außerdem versprach er, sich für sie einzusetzen, indem er den Craig-Kindern Jobs in der Textil- wie in der Glasfabrik beschaffte.
War ein überaus großzügiges Angebot, fand er. Nur eines paßte nicht dazu. Die Craigs lehnten es ab. Und ein paar Tage nach dem Begräbnis tötete ein Schuß, abgefeuert aus dem ans Craig-Land grenzenden Wald, den Bauleiter, als er seinen Leuten Anweisung gab, das Gelände am Fluß weiter freizuräumen.
Sofort kam alle Arbeit zum Stillstand. Wer von den Männern würde der nächste sein? — eine nicht zu beantwortende Frage. Und sie weigerten sich, wieder an die Arbeit zu gehen, bis dann bewaffnete Wächter herbeigeschafft wurden, um in der Umgebung zu patrouillieren. Einen Tag nach ihrer Ankunft wurde einer von ihnen von seiner Ablösung tot aufgefunden. Eine Kugel aus einer Smith & Wesson, Kaliber 44, war aus kurzer Entfernung in seinen Hinterkopf gedrungen.
Als Sam Fitch am Nachmittag die Meldung von dem Mord hörte, preßte er grimmig die Lippen aufeinander, und plötzlich war es vorbei mit seiner gewohnten Freundlichkeit. Zum erstenmal in seinem Leben sah er seine Herrschaft bedroht. Und so reagierte er, wie er — unausweichlich — reagieren mußte. Mit Gewalt. Noch in derselben Nacht wurde der 19jährige John, Craigs ältester Sohn, durch einen Schuß getötet, als er mit seinem Maultier zur Tränke ging.
Und so kam es zu dem Krieg, der unter dem Namen Craigs-Krieg bekannt werden sollte und in Fitchville seinen Anfang nahm. Fast zwei Jahre lang sollte er dauern, und er kostete noch viele Menschen das Leben, darunter auch Frauen und Kindern. Er ging in die Annalen ein als die blutigste Gebirgsfehde in der Geschichte von Westvirginia.

Daniel hörte das Knurren in seinem Bauch und warf einen Blick auf die Wanduhr. Halb eins war es, und Mr. Smathers und seine Besucher saßen noch immer beisammen. Mußte sich schon um eine sehr wichtige Unterredung handeln, denn für gewöhnlich machte Mr. Smathers um Punkt zwölf Uhr Mittagspause. Vielleicht war ja etwas dran an den Gerüchten, die schon seit Monaten umgingen: daß die Zeche verkauft werden sollte.
Die Tür des inneren Büros ging auf, und Mr. Smathers erschien. »Du bist noch hier, Daniel?« fragte er überrascht.
»Ja, Sir«, erwiderte Daniel höflich. »Ich wollte warten, bis Sie zum Lunch gehen.«
»Ist schon gut, Daniel. Du brauchst nicht zu warten. Geh nur zum Essen.«
Daniel klappte das Geschäftsbuch zu, in das er Eintragungen gemacht hatte, und erhob sich. »Danke, Mr. Smathers.« Er griff unter sein Pult, fand die Lunchbüchse und ging hinaus.
Draußen setzte er sich auf die Bank und öffnete die Büchse. Unwillkürlich mußte er lächeln. Carrie hatte es besonders gut mit ihm gemeint. Da war eine frische Banane, zusätzlich zu dem Apfel, und außerdem gab es ein Sandwich mit Leberwurst und Kartoffelsalat, und das selbstgebackene Brot roch ganz unverschämt gut.
Er lehnte den Rücken gegen die Hausmauer und saß, zufrieden kauend, mit halbgeschlossenen Augen da. Dann lockerte er, weil der Kragen ein wenig zu stramm saß, seine Krawatte und öffnete den Kragenknopf. Vieles hatte sich geändert in dem Jahr, seit er als Angestellter arbeitete.
Das wichtigste dabei war wohl, daß er sich ein eigenes Zimmer leisten konnte, ein Zimmer ganz für sich. Aber wichtig war auch: Seine Augen schmerzten nicht mehr bei Tageslicht. Daß er nun jeden Tag Kragen und Krawatte tragen mußte, fiel dagegen kaum ins Gewicht.
Er schraubte die Thermosflasche auf und trank vom heißen, süßen Kaffee. Die Carrie war wirklich ein Schatz. Hatte schon seinen Sinn, daß er ihr jede Woche einen halben Dollar extra zusteckte.
Er hörte Schritte und drehte den Kopf. Es war Andy, der gerade um die Ecke bog und dann vor ihm stehenblieb. »Muß mit dir reden, Daniel«, sagte er abrupt.
»Na, schieß nur los, Andy. Worum geht's denn?« Mußte schon

was ungeheuer Wichtiges sein, daß Andy in der Mittagspause heraufkam. Sonst aß er genau wie die anderen unten beim Schacht.
»Nicht hier«, sagte Andy. »Zuviel Leute.«
Daniel konnte zwar niemanden sehen, doch er erhob sich bereitwillig. »Okay«, sagte er. »Wo?«
»Hinter dem Werkzeugschuppen«, erwiderte Andy, schon halb im Gehen. »Ich warte dort auf dich.«
Daniel nickte. Er aß sein Sandwich auf und ging dann langsam zum Werkzeugschuppen. Andy lehnte an der hinteren Wand und kaute mit mächtig arbeitendem Kiefer. Dann ließ er mit Urgewalt einen braunen Strahl spritzen. Dieser traf präzise einen drei Meter entfernten Stein, und es knallte wie ein Schuß.
Daniel sah ihn an. Benahm sich merkwürdig, der Andy. So kannte er ihn jedenfalls nicht.
Andy blickte nach links, nach rechts. Dann fragte er: »Hat dich irgendwer gesehen, wie du hergekommen bist?«
»Nein, glaub ich nicht.« Er musterte Andy verwirrt. »Und wenn schon — was wär dabei?«
Andy antwortete nicht darauf. Statt dessen fragte er: »Wird die Zeche verkauft?«
»Weiß ich nicht«, erwiderte Daniel wahrheitsgemäß.
»Wird davon geredet«, sagte Andy. »Dachte mir, du wüßtest vielleicht was.«
»Das Gerede hab ich auch gehört. Aber ich weiß nicht mehr als irgendwer sonst.«
»Diese Männer bei Smathers. Die kommen alle aus Detroit.«
»Weiß ich nicht«, erklärte Daniel. »Mir hat keiner was gesagt.«
»Es heißt, eine Automobilfirma wird die Zeche übernehmen. Und das erste, was sie tun wollen, soll sein — statt richtigem Geld gibt's *Script Money:* so 'ne Art Berechtigungsscheine, genau wie drüben in Parlee.«
»Dazu kann ich überhaupt nichts sagen«, erklärte Daniel. »Da müßtest du schon Mr. Smathers fragen, nicht mich. Ich bin ja nur 'n Angestellter.«
»Ich dachte, du hättest vielleicht was gehört«, sagte Andy.
»Woher denn?« fragte Daniel. »Ich lausche doch nicht an Schlüssellöchern.«
»Behaupte ich ja auch nicht«, versicherte Andy hastig.
»Warum regst du dich nur so auf?« sagte Daniel. »Solange wir unsern Lohn kriegen, kann's uns doch egal sein, wem die Zeche gehört.«

»Da bist du mächtig auf dem Holzweg«, erklärte Andy verdrossen. »Wenn sie dich mit *Script Money* bezahlen statt mit richtigem Geld, dann bist du am Arsch. Mußt nämlich alles in ihren Läden kaufen. Und auf einmal sitzt du bis zu den Ohren in Schulden, und aus der Scheiße kommst du auch nie mehr raus.«
»Bloß — wenn die Zeche wirklich verkauft wird, kannst du ja nichts weiter tun, außer du kündigst.«
»Das würde denen genau in den Kram passen«, sagte Andy. »Dann könnten sie uns durch Leute ersetzen, denen sie weniger zahlen. Nein, es gibt eine andere Möglichkeit. Eine bessere Möglichkeit.«
»Was für eine denn?« fragte Daniel neugierig.
Auf Andys Gesicht erschien ein eigentümlich wachsamer Ausdruck. »Kann darüber jetzt nicht reden. Weiß nicht, auf wessen Seite du stehst.«
Daniel musterte ihn verwirrt.
»Seite? Ja, was für Seiten denn?«
»Auf der Seite von der Direktion oder auf unserer.«
»Unserer?«
»Auf der Seite der Kumpels«, sagte Andy. »Is nu mal anders, wenn man nicht dort unten malochen muß.«
»Ich seh da keinen Unterschied«, erklärte Daniel. »Genau wie ihr arbeite ich für Lohn, um leben zu können.«
Andy betrachtete ihn einen Augenblick. »Bist n sonderbarer Kerl.«
Daniel schwieg.
»Würdest du's mir sagen, wenn du irgendwas aufschnappst?« fragte Andy.
»Nein«, erwiderte Daniel knapp. »Ich tauge nicht zum Spitzel. Egal, für wen.«
»Auch nicht, wenn's um eine gute und gerechte Sache geht?«
»Die Sache müßte ich erst ganz klar und deutlich erkennen«, sagte Daniel. »Dann könnte ich mich entscheiden.«
Andy grinste plötzlich. Auf einmal war er wieder ganz jener Mann, wie Daniel ihn kannte. »Was treibst du eigentlich so abends, Junge?«
»Nichts Besonderes.«
»Sollst da ja oft mit Miß Andrews, der neuen Schullehrerin, zusammenstecken.«
Daniel spürte, wie er rot wurde. In dieser Zechenstadt gab's doch wahrhaftig keine Geheimnisse. »Die fördert mich mit meinem Schulkram.«

»Ist das das einzige, wo sie dich fördert?« erkundigte Andy sich zwinkernd.
Daniel fühlte, wie die Röte auf seinen Wangen brannte. »Hab 'n Haufen zu lernen.«
»Das will ich meinen.« Andy lachte. Abrupt wurde er wieder ernst. »Kann sein, daß ich dich in ein paar Tagen noch mal sprechen will.«
»Weißt ja, wo du mich finden kannst«, sagte Daniel.
Der Vorarbeiter drehte sich um und verschwand. Daniel sah ihm nach und ging dann zu seiner Bank vor dem Gebäude. Dort setzte er sich, nahm die Banane aus der Lunchbüchse und begann, sie zu schälen. Sehr langsam aß er, genoß den süßen Geschmack. War wirklich eine Perle, die Carrie.
Das letzte Apfelstück spülte er mit dem Rest des Kaffees herunter.
Dann schloß er sorgfältig die Lunchbüchse und ging ins Büro zurück. Mr. Smathers' Tür war noch immer zu. Während er die Lunchbüchse unter sein Pult tat, warf er einen Blick zur Wanduhr. Es blieb ihm genügend Zeit, sich an Ort und Stelle umzusehen, um herauszufinden, was eigentlich los war.

Am Ende der Gleisspur, die aus dem Schacht herausführte, befand sich ein Förderband, auf das die Kohle gekippt wurde. Von dort gelangte sie über eine Rutsche — oder Schurre — ein Stück tiefer. Eine Reihe von Jungen verlas sie per Hand: trennte die eigentliche Kohle von der Schlacke. Die Kohle lud man auf eine große Lore, während der unbrauchbare Rest zu einer Halde gekarrt wurde.
Daniel betrat den Schuppen über dem Sortierraum. Der lag unmittelbar am Berghang. Der junge Angestellte ging weiter zur Plattform, von wo man hinabblicken konnte auf die Kohlenbrecher. Die Mittagspause war vorbei, und nach und nach nahm man das alte Tempo wieder auf. Ganz zum Erliegen kam der Betrieb allerdings nie, denn während die eine Hälfte der Arbeiter ihr Essen verdrückte, blieb die andere Hälfte auf dem Posten. Jetzt waren sie alle wieder da, und die Kohle rutschte die Schurre herunter, während mächtige, grauschwarze Staubwolken aufstiegen und die Sicht verdunkelten, zumindest von oben, von der Plattform her. Doch gewöhnten sich Daniels Augen nach kurzer Zeit daran, und er konnte die Jungen dort unten erkennen.
Sie saßen in Reihen, beiderseits der Schurre. Auf ihren schmalen Bänken zusammengekrümmt, beugten sie sich über die Sortier-

kästen, während sie mit fliegenden Händen Kohle von Schlacke trennten, mehr nach tastendem Gefühl als nach prüfendem Blick. Das Arbeitstempo wurde von Aufsehern kontrolliert, und diese erhöhten die Geschwindigkeit oft, indem sie die Schurre einen Gang höher schalteten. Wenn einer der Jungen nicht mithalten konnte, fand er seine Arme bald unter einem Haufen Kohle begraben.
Durch das Rumpeln der herabfallenden Kohle hörte Daniel die Stimmen der Aufseher, die auf den schmalen Stufen neben der Rutsche hin und her gingen und die Jungen antrieben: schneller, schneller, Kästen leeren. Dreizehn oder vierzehn Jahre waren sie erst alt, doch mit ihren ewig geschwärzten, wie eingeschrumpften Gesichtern und den ewig krummen Rücken sahen sie aus wie Greise.
Einer der Aufseher stieg zur Plattform hoch. Er warf Daniel einen Blick zu und nickte dann, während er zum Eimer trat und dann, die Schöpfkelle eintunkend, trank und trank. Schließlich sagte er: »Faule kleine Hunde!«
Daniel gab keine Antwort. Der Aufseher trat zu ihm, blickte an seiner Seite hinunter. »Möcht nur mal wissen, ob denen oben klar ist, wie hart wir arbeiten müssen, damit die Jungs die Kohle sortieren.«
Daniel sah ihn an.
»Die sind doch ganz schön fleißig.«
»Ach was«, sagte der Aufseher. »Sieht nur so aus. Die tun bloß so. War ganz was andres, als ich jung war. Da konnte man noch sortieren.«
Daniel hob die Schultern.
»Wird die Zeche verkauft?« fragte der Aufseher.
»Keine Ahnung«, erwiderte Daniel kurz.
»Kannst mir's ruhig sagen«, versicherte der Aufseher.
»Ich hab doch gesagt, ich weiß es nicht.« Daniels Stimme hatte einen harten Klang.
»Okay, okay«, sagte der Aufseher hastig. »Werd man bloß nicht gleich komisch — weil du jetzt im Büro arbeitest. Bist auch nichts Besseres als wir.«
Daniel sah ihn an, und plötzlich waren seine Augen ganz kalt.
»Was willst du damit sagen?«
»Meinst du, wir wissen nicht, weshalb du hergekommen bist? Doch bestimmt nicht, um die Zeit totzuschlagen — oder?«
Daniel preßte die Lippen aufeinander, und er spürte die aufsteigende Wut. Er machte auf den Mann einen Schritt zu — und

blieb abrupt stehen, weil von unten ein gellender Schrei erscholl. Es war der Schrei eines Jungen in furchtbaren Schmerzen.
»Kohle anhalten!« schrie der Aufseher.
Tatsächlich kam die Schurre fast umgehend zum Stillstand. »Verdammt! Was jetzt?« fragte der Mann und starrte über das Geländer hinab.
Noch immer hörten sie die Schreie des Jungen, doch sehen konnten sie ihn erst, als die Wolken aus Kohlenstaub sich nach und nach legten. Ein sehr kleiner Junge war es, unmittelbar am unteren Ende der Schurre. Offenbar hatte er sich die Hand zwischen dem Förderband und seinem Sortierkasten eingeklemmt.
»Verdammter kleiner Idiot!« fauchte der Aufseher und stürzte zur Treppe. Er nahm jeweils drei Stufen auf einmal. Als er unten anlangte, sah er sich von einer Traube von Kindern umgeben. Was den Jungen betraf, der war inzwischen bewußtlos.
»Zurück an eure Plätze!« brüllte er. Ein weiterer Aufseher gesellte sich zu ihm. Gemeinsam befreiten sie die Hand des Jungen aus der Schurre. Der erste Mann hob den Jungen hoch, wenn auch nicht übermäßig rücksichtsvoll. Er hielt ihn in den Armen und stieg mit seiner Last die Stufen hoch. Als er oben auf der Plattform anlangte, hob er den Arm, betätigte einen Schalter — und setzte damit die Schurre unten wieder in Bewegung.
Daniel betrachtete den Jungen. Konnte kaum älter sein als zehn. Verkniffenes, leichenblasses Gesicht, blutende Hände, wie zerfleischt: so lag er schlaff in den Armen des Aufsehers.
Der Aufseher fing Daniels Blick ab. »Könn' Sie man gleich oben melden: Unsre Schuld war's nich. Konnte eben nich mithalten, dieser Scheißer.«
Daniel schwieg.
»War nich unsre Schuld«, wiederholte der Aufseher.
»Sorgen Sie lieber dafür, daß die Hand des Jungen verarztet wird«, sagte Daniel.
Er sah, wie der Aufseher den Jungen eilig hinaustrug. So etwas wie eine Kranken- oder Verbandsstation gab es nicht, doch der Alte, der für den Werkzeugschuppen zuständig war, kannte sich mit dergleichen Unfällen aus. Also würde man den Jungen dorthin schaffen, würde ihm die Hand bandagieren — und ihn sodann nach Hause schicken. Was seinen Lohn betraf, so war damit allerdings erst wieder zu rechnen, wenn er arbeitsfähig war. Genauer: Sofern er je wieder in der Lage sein sollte, als Kohlenbrecher zu arbeiten.
Daniel bilckte hinunter in den Schuppen. Kohle stürzte die

Schurre hinab. Staub flog, die Aufseher brüllten. Die Jungen sortierten Kohle. Es war, als sei überhaupt nichts geschehen.
Plötzlich wurde ihm bewußt, daß seine Hände mit hartem Griff das Geländer der Plattform gepackt hielten. Er starrte hinunter zu den Jungen. Stellte sich vor, daß es seine Hände waren, so zerrissen und blutig. Irgendwas stimmte nicht, konnte nicht stimmen. Ein Paar Hände mußte doch mehr wert sein als die drei Dollar, die sie den Jungs pro Woche zahlten.

12

Als er um neun immer noch nicht da war, befand Sarah Andrews, daß er an diesem Abend wohl nicht kommen würde, und so schickte sie sich an, zu Bett zu gehen. Für gewöhnlich kam er um halb acht, unmittelbar nach dem Abendessen. Sie verschloß und verriegelte die Eingangstür des kleinen Hauses neben der Schule, wo sie unterrichtete. Dann ging sie in ihr Schlafzimmer, winziger noch als das Wohnzimmer, und begann sich auszuziehen.
Sonderbar, daß er ihr nicht schon gestern Bescheid gesagt hatte. Wenn er verhindert war, so meldete er ihr das in der Regel am Abend davor. Sollte ihm vielleicht etwas zugestoßen sein? Soweit sie wußte, hatte es heute in der Zeche einen Unfall gegeben. Glühend heiß durchfuhr sie Angst. Doch nur für einen kurzen Augenblick.
Dann besann sie sich. Er arbeitete ja nicht in der Zeche, er arbeitete im Büro.
Säuberlich hängte sie ihr Kleid auf. Dann entledigte sie sich ihres Unterrocks und zog die Haarnadeln aus dem Haar. Es fiel ihr über die Schultern herab, langes, dunkelbraunes Haar. Im Spiegel sah sie ihr Gesicht; tiefe, dunkle Augenhöhlen. Sie verharrte, betrachtete sich aufmerksamer. Ihre Mutter hatte recht gehabt wie immer.
»Sarah Andrews«, hatte ihre Mutter gesagt. »Wo du deine Nase Tag und Nacht in Büchern vergräbst, wirst du eine alte Jungfer werden.«
Und genau das war sie. Dreißig Jahre alt. Unverheiratet. Auch keine Aussichten auf eine Ehe. Eine alte Jungfer. Genau wie ihre Mutter das vorhergesagt hatte.
Sie löste sich aus ihrem Mieder, und plötzlich schienen ihre Brü-

ste den ganzen Spiegel auszufüllen. Fasziniert starrte sie darauf. Und während sie noch starrte, schienen sich ihre Brustwarzen zu vergrößern, während die Brüste selbst zu schmerzen begannen. Sie wölbte die Hände um die Rundungen und preßte. Das schien den Schmerz zu lindern. Sie schloß die Augen. Es waren seine Hände.
Aber nein, sie waren es nicht. Fünf Jahre war es her, seit er sie berührt hatte, bevor er dann verschwand. Ihre Mutter behauptete, es sei nie seine Absicht gewesen, sie zu heiraten. Aber »nie«, das war so ein großes Wort. Er gehörte ganz einfach nicht zu den Männern, die sich einer Ehe gewachsen fühlten. Vor Verantwortung schrak er zurück. Das hatte sie erst erkannt, als es bereits zu spät war.
Dennoch hatte sie es nie bereut, ihn gekannt und geliebt zu haben. Zum erstenmal war sie sich bewußt geworden, eine Frau zu sein, und sie hatte ihre Weiblichkeit genossen. Ihre Mutter meinte zwar, sie triebe es doch allzu bunt, die Nachbarn tuschelten schon, und man könnte ja kaum noch den Kopf hochhalten. Nun gut, von diesem Zeitpunkt an hatte es für sie nur noch eine Frage gegeben: Wann kommst du endlich weg von hier? Und dann war es fast jedes Jahr eine andere Schule gewesen. In insgesamt fünf Jahren war sie kein einziges Mal nach Hause gereist.
Es hatte in ihrem Leben weitere Männer gegeben. Kurze, flüchtige Affären, zu denen sie sich gedrängt fühlte durch den harten, unbarmherzigen Trieb in ihrem Körper. Waren die Sinne befriedigt, so trat an die Stelle der Sehnsucht abgrundtiefer Ekel. Und jedesmal gelobte sie sich, es werde niemals wieder geschehen. Doch es geschah wieder. Und so trieb es sie von Stadt zu Stadt, wechselte sie von Schule zu Schule, weil sie immer deutlicher spürte, daß die Leute Bescheid wußten. Vor allem die Männer. Wie die sie anstarrten. Wie die sich angezogen fühlten. Wie Rüden von einer läufigen Hündin. In einer Kleinstadt gab's nun mal keine Geheimnisse.
Vor sieben Monaten war sie in dieses Bergarbeiternest bei Grafton gekommen. Und kaum daß sie das kleine Haus bei der Schule sah, wußte sie: diesmal würde es anders sein. Hier war sie allein. Das übliche Boardinghouse mit der verlockenden Nähe und den Gerüchen von Männern würde es für sie nicht geben. Ja, ja, allein würde sie sein, ohne irgendwelche Versuchungen. In ihrer Arbeit aufgehend und davon befriedigt. Nun gut, sie würde sich durch nichts beirren lassen in ihrer Aufgabe, die da lautete: Wissen einzuhämmern in die Köpfe der Kinder. Wobei selbige

Kinder nur allzu genau wußten, daß sie nur so lange die Schulbank drückten, bis es für sie Arbeit gab, irgendwo in einer Fabrik oder in einer Zeche. Still fand sie sich damit ab. Die Jungen würden verschwinden, wenn sie so zehn oder elf Jahre alt waren. Bei den Mädchen würde es ein bißchen länger dauern. Aber wenn sie zwölf waren, dreizehn oder vierzehn, verschwanden auch sie. Trotzdem mangelte es in der Schule nie an Kindern. Mochte es ein gutes oder ein schlechtes Jahr sein, dies war die einzige Ernte, auf die man sich mit Sicherheit verlassen konnte.
Eigentlich fand sich eben hierin der Grund, daß sie ihn, in der Mittagspause überrascht von ihrem Pult aufschauend, so verwirrt gemustert hatte. Am anderen Ende des Zimmers stand er, und im ersten Augenblick meinte sie, er sei vielleicht einer der Väter, wie sie von Zeit zu Zeit kamen, um ihr Kind von der Schule abzumelden, weil es für ihn — oder sie — plötzlich einen Arbeitsplatz gab. Groß, wie er war — über einsachtzig, mit breiten Schultern und breiter Brust —, schien er den Türrahmen auszufüllen. Eine ungebändigte Haarsträhne fiel ihm in die Stirn, über die dichten Brauen und die blauen Augen. Und der breite Mund und das starke Kinn wurden gleichsam umrahmt von dem blauschwarzen Bartschatten. Dann trat er ins Klassenzimmer, und auf einmal wußte sie, daß er keineswegs so alt war, wie sie zunächst geglaubt hatte.
»Miß Andrews?« Seine Stimme war tief, klang jedoch sanft.
»Ja?«
Zögernd machte er ein paar Schritte auf sie zu. »Tut mir leid, Sie zu stören, Ma'am. Ich bin Dan'l Boone Huggins.«
Sie unterdrückte ein Lächeln. Seine Verlegenheit war geradezu mit Händen greifbar. »Sie stören mich keineswegs, Mr. Huggins. Was kann ich für Sie tun?«
Er kam keinen Schritt näher. »Ich bin der Angestellte im Büro von Mr. Smathers, auf der Zeche.«
Sie nickte wortlos.
»Seit 'm Jahr arbeite ich inzwischen bei ihm, und langsam wird mir klar, wie dämlich ich bin. Ich muß 'n Haufen lernen.«
Überrascht musterte sie ihn. Zum erstenmal, seit sie Lehrerin war, hatte ihr jemand ein solches Geständnis gemacht. Schulwissen nannten es alle, und sie hielten es für reine Zeitvergeudung.
»Was genau möchten Sie denn lernen, Mr. Huggins?« fragte sie.
»Weiß ich nicht«, erwiderte er. Und dann, nach einer Pause: »So ziemlich alles, glaub ich.«

Sie lächelte. »Das ist ein recht umfassender Auftrag.«
Er blieb völlig ernst. »Da gibt's soviel, wovon ich keine Ahnung habe. Seit ich in dem Büro arbeite, habe ich eine Menge Leute reden hören. Über Business und Ökonomie und Politik. Bloß — von solchen Sachen versteh ich nix. Ich kann lesen und schreiben und auch 'n bißchen rechnen. Aber da gibt's 'n Haufen Wörter, wo ich überhaupt nicht verstehe, was gemeint ist, und wenn's ans Multiplizieren und Dividieren geht, komm ich ganz schön durcheinander.«
»Haben Sie überhaupt die Schule besucht?«
Er nickte. »Ja, Ma'am. Sechs Jahre Landschule. Bloß — wo ich dann vierzehn wurde, war damit Schluß, und weiter was kam dann auch nicht nach.«
Sie musterte ihn nachdenklich. »Haben Sie schon mal daran gedacht, zur Bibliothek zu gehen?«
»Ja, Ma'am. Is man bloß — die nächste befindet sich in Grafton, und ich arbeite sechs Tage in der Woche, und am Sonntag ist sie zu.«
Sie nickte. Grafton lag über zwanzig Kilometer entfernt, wie hätte er da also unter der Woche hinkommen sollen? »Ich weiß nicht, was ich für Sie tun kann«, sagte sie.
»Was immer Sie tun können, ich würde es zu schätzen wissen«, versicherte er sehr ernst. »Es ist mehr, als was ich selbst tun kann.«
Sie überlegte einen Augenblick. Die Kinder begannen, wieder ins Klassenzimmer zu strömen. Die Mittagspause war vorbei. Neugierig blickten sie zu Daniel. Ihre Gesichter, sonst ausdruckslos, wirkten plötzlich verändert.
Sie sah ihn an. »Gibt sehr wenig, was wir tun können«, sagte sie. »Jedenfalls jetzt. Der Unterricht fängt wieder an. Könnten Sie später zurückkommen?«
»Ich arbeite bis sechs, Ma'am«, erwiderte er. »Gleich anschließend kann ich herkommen.«
Sie nickte. »Das ist mir recht, Mr. Huggins.«
»Vielen Dank auch, Ma'am.«
Sie sah ihm nach, während er den Klassenraum verließ und die Tür hinter sich zuzog. Die Augen der Kinder wanderten jetzt zu ihr. Einige der größeren in den hinteren Bänken kicherten. Hart schlug sie mit dem Zeigestock auf ihr Pult. »Ihr dort«, sagte sie scharf. »Buch aufschlagen. Seite dreißig. Geographielektion Nummer zwei.«
Erst als die Kinder nach vier Uhr das Klassenzimmer verlassen

hatten, dachte sie wieder an ihn. Und sie begann zu überlegen, was sie wohl für ihn tun könne. Nun, zunächst einmal galt es herauszufinden, wie's denn überhaupt bestellt war um sein Wissen, um seine Schulbildung. Das war auf jeden Fall ein Anfang, und dann konnte man weitersehen. Sie trat zum Schrank und nahm die Prüfungspapiere für den sechsjährigen Schulabschluß heraus, die sie dann auf ihrem Pult ausbreitete.

Ein halbes Jahr war das inzwischen her. Inzwischen hatte sich zu ihrer Überraschung herausgestellt, daß dieser große, ruhige Junge einen ebenso hellen wie aufnahmefähigen Kopf besaß. So wie fruchtbarer Boden Regen in sich aufsaugte, schien er Wissen in sich aufzusaugen. Drei Abende verbrachten sie in der Woche miteinander und außerdem die Sonntagnachmittage. Daniel verschlang, was immer ihm an Gedrucktem vor Augen kam, und er stellte endlose Fragen. Schließlich hatte sie ihrer Mutter geschrieben und sie gebeten, ihr ihre alten College-Bücher zu schicken. Zum erstenmal empfand sie eine tiefe Freude, jemanden etwas lehren zu können, und irgendwo in ihrem Unterbewußtsein hatte sie seit jeher gewußt: genauso sollte es sein.
Dankbar bot er ihr an, sie für den Unterricht zu bezahlen. Doch sie lehnte ab. Sie war froh, in ihrer freien Zeit etwas zu tun zu haben. Dennoch beharrte er darauf, irgend etwas für sie zu tun. Schließlich gab sie nach. Er könne ja sonntags für den wöchentlichen Bedarf der Schule wie auch ihren eigenen Holz hauen.
Seither freute sie sich auf den Sonntagmorgen: Wenn sie erwachte, weil draußen hinter dem Haus der Rhythmus der herabsausenden Axt erklang. Irgendwie hatte das etwas Anheimelndes, Tröstliches. Erinnerte an daheim. Ein Echo aus ihrer Jugendzeit, als ihr ältester Bruder zu Hause Holz hackte. Plötzlich fühlte sie sich hier gar nicht mehr so fremd. Fühlte sich nicht länger allein. Ein einfaches, wunderbar wärmendes Gefühl war es für sie, und es währte den ganzen Winter hindurch und bis ins beginnende Frühjahr. Dann, an einem sonnigen Morgen, glitt sie aus dem Bett und trat ans Fenster.
Er arbeitete mit nacktem Oberkörper. Schweiß strömte ihm über die Haut, die rötlich im Sonnenlicht schimmerte. Im Rhythmus der hoch- und niederschwingenden Axt ballten und entspannten sich die Muskeln. Starr heftete sie ihren Blick auf die Schweißflecken, die sich bei ihm auf dem Hinterteil und vorn im Schritt abzeichneten.

Überrascht spürte sie in ihrem Unterleib die Hitze und in ihrem Schoß die Feuchtigkeit. Die Beine schienen unter ihr einzuknikken, und wie zur Sicherheit hielt sie sich am Fensterbrett fest. Dann schüttelte sie ärgerlich, fast wütend den Kopf. Nein, so sollte, so durfte das nicht sein. Fest schloß sie die Augen, und sie hielt sie geschlossen, bis sie sich wieder in der Gewalt hatte.
Von diesem Tage an war sie sich ihrer vorsorglichen Maßnahmen noch stärker bewußt. Achtsam hielt sie auf Abstand von ihm, achtsam kleidete sie sich, achtsam gebrauchte sie im Umgang mit ihm die Sprache. Merkte er etwas? Ahnte er, wieso und warum? Er blieb unergründlich, nichts war ihm anzumerken. Manchmal, wenn er ihren Blick überraschend auf sich spürte, wurde er rot. Doch das schrieb sie seiner völlig normalen Schüchternheit zu. Und so war es auch am vergangenen Abend gewesen. Als sie ihn über den Küchentisch hinweg anblickte und ihn dabei ertappte, daß er sie beobachtete. Sofort begann Röte in seine Wangen zu steigen.
»Daniel«, fragte sie, ohne weiter zu überlegen, »wie alt sind Sie?«
Die Röte auf seinen Wangen vertiefte sich. Er zögerte. »Achtzehn, Ma'am«, log er.
Sie schwieg einen Augenblick. »Sie sehen älter aus.« Auch sie log. »Ich bin fünfundzwanzig.«
Er nickte.
»Haben Sie Freunde?« fragte sie.
»Ein paar.«
»Und auch Freundinnen?«
»Nein, Ma'am.«
»Auch nicht daheim? Eine besondere Freundin?«
Er schüttelte den Kopf.
»Was tun Sie so in Ihrer freien Zeit? Gehen Sie denn nicht zu den Versammlungen und den Samstagabendtänzen?«
»Hab nie viel übrig gehabt fürs Tanzen, Ma'am.«
»Finde ich irgendwie nicht richtig«, versicherte sie. »Sie sind jung und hübsch und —«
»Miß Andrews«, unterbrach er sie.
Überrascht blickte sie ihn an. Es war wohl das erste Mal, daß er so etwas tat.
Sein Gesicht wirkte scharlachrot. »Hab nix übrig für so Spielchen. Die Mädchen wolln ein' doch immer nur zum Heiraten kriegen, und da denk ich noch nich dran. Hab ja 'ne Familie, wo ich mich drum kümmern muß.«

»Tut mir leid«, entschuldigte sie sich. »Ich wollte mich da wirklich in nichts einmischen.«
Er erhob sich. »Is schon spät. Muß jetzt gehen.«
Auch sie stand auf. Und beugte sich vor und klappte das Buch zu, das er auf dem Tisch hatte liegen lassen. »Diese Lektion werden wir morgen abend abschließen.«
Doch jetzt war es neun Uhr, und er war immer noch nicht erschienen. Langsam glitt sie in ihr Bett. Und als sie das Licht ausknipste, war ihr letzter Gedanke, daß sie ihn verloren hatte. Er würde nie mehr kommen.

13

In Andys winziger Wohnstube drängten sich die Männer, und die Luft war geschwängert vom Rauch ihrer schwarzen Zigarren. Von der Ecke aus, wo er Platz genommen hatte, beobachtete Daniel alles genau. Angespannte Erwartung herrschte, und die Männer sprachen so leise, daß es fast wie ein Raunen klang.
Andy war zu Daniel ins Boardinghouse gekommen, als der junge Mann gerade zum Unterricht bei Miß Andrews wollte. Die Aufforderung des Vorarbeiters klang knapp: »Komm mit.«
Daniel musterte ihn. »Warum?«
»Wirst schon sehen«, erwiderte Andy kurz. Er stieg die Verandastufen hinab, drehte sich um. »Nun?«
Daniel nickte und folgte ihm. Wortlos schritten sie Seite an Seite. Schließlich sagte Andy: »Is 'n großes Risiko, daß ich dich mitbringe. Wo doch die meisten Kumpel glauben, du stehst jetzt auf der andern Seite — hältst zu den Bossen.«
»Warum machst du dir dann die Mühe?« fragte Daniel.
Der untersetzte Vorarbeiter blieb stehen, sah ihn an. Im Licht der Gaslaterne schimmerte sein weißes Haar. »Hat mir einer gesagt, ich soll dich mitbringen, unbedingt.«
»Wer denn?«
»Wirst schon sehen«, erwiderte Andy ausweichend. Er ging weiter. »Außerdem glaub ich, daß du zu uns hältst. Kenn' dich ja vom Malochen vor Ort, und wer so was in den Knochen hat, der hört nie mehr auf, 'n Kumpel zu sein, auch wenn er 'n ganz andern Job hat.«
Schweigend legten sie den Rest des Weges zurück, erreichten Andys Haus. Bald trafen auch die anderen Männer ein. Sie mu-

sterten Daniel, sprachen jedoch nicht mit ihm. Er blieb in seiner Ecke, rauchte eine Zigarre. Über ein Dutzend Männer stand in kleinen Gruppen beisammen.
Von draußen kamen Motorengeräusche. Offenbar näherte sich ein Automobil. Einer der Männer unmittelbar beim Fenster blickte hinaus. »Das sind sie!« rief er.
Alle schienen zur Tür zu drängen. Andy war es, der sie öffnete. Von seinem Platz aus konnte Daniel sehen, wie draußen ein schwarzer Ford bremste, das berühmte *Model T*. Die Männer drängten hinaus. Daniel blieb zurück.
Gleich darauf trat Andy wieder ein, neben sich einen überaus breitschultrigen und massigen Mann. Groß war er nicht, wirkte eher gedrungen mit seinem unverkennbaren Bauchansatz. Dichtes schwarzes Haar fiel ihm störrisch in die Stirn und über die buschigen Augenbrauen. Sein Blick hatte etwas Durchdringendes, und seine blauen Augen lagen eigentümlich tief. Mit festem Griff schüttelte er die Hände und blickte dabei jeden der Männer sehr direkt an. Die Art, in der er sich zwischen ihnen bewegte, verriet unverkennbar, daß er sich seiner Bedeutung bewußt war. Er strahlte Selbstvertrauen und Sicherheit aus. Die Zähne hinter den dicken, fleischigen Lippen wirkten überraschend klein.
Zusammen mit Andy trat er auf Daniel zu.
»Dies ist Daniel«, sagte der Vorarbeiter, als sei damit alles erklärt. Der Mann griff nach Daniels Hand. »John L. Lewis, stellvertretender Vorsitzender der Bergarbeitergewerkschaft.«
Mr. Lewis sah Daniel an, und sein Händedruck war sehr kräftig. »Sie sind Jimmy Simpsons Schwager«, sagte er. »Jimmy hat mir viel von Ihnen erzählt.«
Daniel versuchte, sich von seiner Verblüffung nichts anmerken zu lassen. »Sie kennen Jimmy?«
Mr. Lewis nickte. »Und auch Ihre Schwester, Molly Ann. Ein prachtvolles Mädchen. Jimmy leistet in der Fitchville-Gegend für uns ausgezeichnete Arbeit. Wollen nur hoffen, daß wir hier ähnliche Fortschritte erzielen können.«
Bevor Daniel antworten konnte, trat er zu einer Stelle, von der er den ganzen Raum im Auge hatte. Ohne auch nur eine Sekunde zu vergeuden, hob er die Hand. Die Männer verstummten.
»Zunächst«, sagte er, »muß ich den guten Andy korrigieren. Ich bin keineswegs Vizepräsident der Gewerkschaft. Besten Dank für die Beförderung, aber diese Funktion bekleidet noch immer Frank Hayes.« — Ein ganzer Chor schien ihn zu unterbrechen. »Nicht mehr lange, John. Du bist unser Mann.«

Lewis lächelte. Wieder hielt er die Hand hoch, und wieder verstummten sie. »Das muß sich in der Zukunft entscheiden. Ich habe keine Ambitionen. Ich will nur für euch Männer gute Arbeit leisten. Will dafür sorgen, daß ihr keine Angst haben müßt um eure Jobs; daß an eurem Arbeitsplatz die notwendigen Sicherheitsvorkehrungen getroffen werden; daß ihr den höchsten Lohn erhaltet, der in der ganzen Industrie gezahlt wird.«
Die Männer hielten mit ihrer Beifallskundgebung nicht zurück. Lewis wartete, bis die Rufe abklangen. Dann sagte er: »Wie ihr wißt, ist die UMW — *die United Mine Workers* — bereits eine der größten Gewerkschaften im Land. Über eine Viertelmillion zahlende Mitglieder verfügen wir bei Jahresanfang, und daß uns die Regierung der Vereinigten Staaten anerkennt, geht schon aus der Tatsache hervor, daß es einer der Unseren war, den Präsident Wilson zum Arbeitsminister ernannte: William B. Wallace.«
Wieder sparten die Männer nicht mit Beifall. Diesmal sprach Lewis sofort weiter. »Voriges Jahr habe ich mich in Washington abmühen müssen. Da war ich richtig froh, in diesem Jahr nach Indianapolis zurückkehren zu können. Endlich kann ich mich wieder um meine Kumpel kümmern. Nun gut — vor zwei Monaten haben wir nach langem Überlegen beschlossen, uns mit dem Landesteil zu befassen, wo es noch keine gewerkschaftlichen Organisationen gibt. Und das ist das Bergarbeitergebiet in Westvirginia und Kentucky. Will euch jetzt keine langen Erklärungen geben, warum wir hier nicht schon früher richtig aktiv geworden sind. Ein paarmal haben wir schon versucht, uns in diesem Gebiet gewerkschaftlich durchzusetzen. Ist bloß jedesmal schiefgegangen. Eure Schuld war das nicht. Ihr Männer wolltet die Gewerkschaft. Doch gegen die Korruption und die Terrortaktik der Unternehmer kamen wir nicht an. Aus Rücksicht auf euer Leben und eure Sicherheit wichen wir zurück. War das eine richtige Entscheidung oder eine falsche? Nun, darüber wollen wir nicht diskutieren. Acht Jahre liegt sie inzwischen zurück, und vielleicht war sie richtig, um Blutvergießen zu vermeiden. Seither haben sich die Bedingungen nicht verbessert. Im Gegenteil: Sie sind schlechter geworden. Heute erhaltet ihr Kumpel für eure Arbeit weniger Lohn als damals. Dabei müßt ihr härter und immer risikoreicher arbeiten. Und wo die Automobilfirmen von Detroit jetzt die zwanzig größten Zechen übernehmen wollen, sieht die Lage wahrhaftig nicht besser aus: Es scheint noch schlimmer zu werden.«
Die Männer schweigen. Lewis drehte den Kopf, sah sich im

Raum um. »Jetzt ist es Zeit zur Entscheidung. In ein paar Monaten kann es dafür zu spät sein. Wenn nämlich erst mal das Konsortium das Sagen hat. Bis dahin haben die euch in ihrer Gewalt. Und da werden wir euch wohl kaum noch helfen können.
Nun gut. Um mit dieser Notsituation fertig zu werden, hat die UMW dieses Gebiet neu eingeteilt. Distrikt 100 wird die Bezeichnung lauten. Fünftausend Dollar stecken wir rein in die sofortige Organisation, und es wird eure Aufgabe sein, dafür zu sorgen, daß sich jeder Kumpel der Gewerkschaft anschließt. Wär gut, wenn ihr das schafft, bevor die Zechen offiziell in andere Hände übergehen. Dann befänden wir uns in einer guten Verhandlungsposition. Sind bereits überall im Distrikt Männer am Werk. Jetzt muß jeder beweisen, daß er mit den anderen — mit seinen Brüdern — solidarisch ist. Und nicht bloß theoretisch, sondern praktisch. Jeder von euch muß sich voll einsetzen.«
»Ist das wirklich wahr? Daß die Zechen von anderen übernommen werden?« fragte einer der Männer.
Lewis nickte. »Ja, ohne jeden Zweifel. Und alles deutet darauf hin, daß die Besitzer eine gewaltige Kampagne starten werden, um die Gewerkschaft in die Knie zu zwingen und die Arbeiter noch mehr zu versklaven.«
»Hier auf der Zeche haben wir nie irgendwelchen Ärger gehabt«, sagte ein anderer Mann.
»Nie Ärger gehabt? Nun, ich finde, die vierunddreißig Toten und die über einhundert Dauerversehrten, die es hier in den letzten zwei Jahren gegeben hat, sprechen eine andere Sprache. Nirgendwo sonst nimmt man es mit den Sicherheitsvorkehrungen so wenig genau, und nirgends zahlt man einen so niedrigen Lohn. Wer von euch steht denn nicht bereits in der Kreide? Und mal angenommen, ihr hättet einen Unfall und könntet nicht arbeiten — ja, wie lange wärt ihr dann noch in der Lage, die Überpreise der Gesellschaft zu bezahlen — für die Miete oder was immer sonst? Und jetzt wird die Zeche also von Leuten übernommen werden, die nicht mal mit richtigen Dollars zahlen, sondern mit sogenanntem *Script Money*. Das stößt euch noch tiefer in den Dreck, und da werdet ihr auch nie wieder rauskommen — außer ins Grab.«
Lewis wartete einen Augenblick, bevor er weitersprach. »Eure einzige Hoffnung heißt Eile. Ihr müßt euch organisieren, ehe eure Bosse das mitkriegen. Kann sein, daß es nächste Woche bereits zu spät ist. Gleich morgen müßt ihr los, damit eure Brüder sich bei uns einschreiben. Denn im selben Augenblick, wo das

rauskommt, bricht die Hölle los. Überstehen können wir das nur, wenn inzwischen praktisch alle in der Gewerkschaft sind.«
Er öffnete seine Aktenmappe, holte ein Dokument hervor. »Hier habe ich alles Notwendige beisammen. Von Distrikt 100 habe ich euch bereits erzählt. Andy Androjewicz wird euer provisorischer Präsident, euer Vorsitzender sein, bis die notwendige Anzahl von Mitgliedern beisammen ist und ihr euch eure eigenen Vertreter wählt.« Er zog einen Stapel Formulare hervor. »Hier sind die Mitgliedschaftsanträge. Ich darf wohl annehmen, daß jeder hier ein solches Blatt ausfüllt. Später wird jeder einzelne von euch alle Kumpel anwerben, die er kennt. Wer uns hilft, dem helfen wir . . .« Er reichte Andy einen Haufen Formulare, dieser reichte sie weiter. Zusammen mit seinem dreizehnjährigen Sohn verteilte er die Blätter und auch gleich Bleistifte.
Daniel nahm ein Formular und betrachtete es. Nach einer Weile ging Andy wieder zu Mr. Lewis zurück. Er hob die Hand. »Wenn einer von euch noch Fragen hat — Mr. Lewis wird sie beantworten.«
Daniel hob die Hand. »Ja, Daniel?«
»Ich bin Angestellter im Büro vom Direktor. Im Bergwerk arbeite ich also nicht. Ist es da richtig, wenn ich dies unterschreibe?«
Lewis blickte zu Andy. Andy nickte. Lewis sah wieder zu Daniel. »Sie arbeiten für die Zeche?« — »Ja, Sir.«
»Da sehe ich keine Schwierigkeiten. Was Ihnen passieren kann, kann jedem passieren. Sie brauchen den Schutz des Arbeitsplatzes nicht weniger als die übrigen.«
»Das mag schon sein, Mr. Lewis. Aber in meinem Job erfahre ich so manches, was die Kumpel betrifft. Es ist mir nicht klar, wie ich für Mr. Smathers ehrliche Arbeit leisten soll, während ich gleichzeitig Gewerkschaftsmitglied bin. Ich meine, da kann's doch 'ne Menge Widersprüche geben.«
Lewis schwieg einen Augenblick. »Da handelt es sich«, sagte er schließlich, »in der Tat um ein recht heikles moralisches Problem. Und Sie müssen schon Ihre ganz eigene Gewissensentscheidung treffen.«
Daniel musterte ihn. »Da bin ich ganz Ihrer Meinung, was Sie über Zechen gesagt haben. Aber wenn ich mir's richtig überlege, dann muß ich wohl kündigen bei dem Job, den ich jetzt habe. Zwei Herren kann ich nicht zu gleicher Zeit dienen, und den Spitzel, also nein, den mach ich nicht. Mein Pa hat mir immer gesagt, daß es nur die Ehre ist, so zwischen einem selbst und all den andern.«

»Soll das heißen, daß Sie den Mitgliedsantrag nicht unterschreiben werden?«
»Ganz recht, Sir. Ich habe nicht das Gefühl, daß ich das mit gutem Gewissen tun kann.«
Leises, zorniges Gemurmel wurde laut. Drohend traten einige Männer auf Daniel zu. Lewis hielt sie mit einer Handbewegung zurück. »Daniel!« sagte er scharf. »Ich respektiere Ihre Aufrichtigkeit. Ich habe doch wohl Ihr Wort, daß von dem, was Sie hier gehört haben, nichts nach draußen verlauten wird, ja?«
Daniel hielt seinem dunkelforschenden Blick stand. »Hab ja schon gesagt — zum Spitzel tauge ich nicht. Wenn denen was zu Ohren kommt, so bestimmt nicht von mir.«
Lewis sah sich im Zimmer um. »Also mir ist Daniels Wort gut genug. Ich kenne Jimmy Simpson, seinen Schwager, oben im Fitchville-Gebiet. Der hilft uns bei der Vertretung der Textilarbeiter und auch beim Organisieren der Zechen. Jimmy sagt, er hat noch keinen getroffen, der ehrlicher wär als Daniel. Was mich betrifft — ich finde, wir sollten Daniel die Möglichkeit geben, sich aus dieser Versammlung zurückzuziehen, wobei wir hoffen wollen, daß uns die Zukunft die Möglichkeit zur Zusammenarbeit läßt. Irgendwelche Einwände?«
Einen Augenblick herrschte Stille. Dann meldete sich Andy zu Wort. »Also ich bin ganz auf Ihrer Seite, Mr. Lewis. Ich meine, ist ja sozusagen meine Schuld, daß Daniel hier ist. Wo ich heut nachmittag mit ihm gesprochen habe, hat er genau dasselbe gesagt, wie er jetzt sagt. Hätt's gleich richtig ernst nehmen sollen. Aber ich vertrau ihm. Hab mit Daniel schließlich Seite an Seite vor Ort gearbeitet, und da weiß ich, daß er mit dem Herzen bei uns ist und uns nicht schaden will. Laßt ihn also gehen.«
Kurz blickten die Männer einander an, dann murmelten sie zustimmend. Daniel legte das Formular aus der Hand und ging langsam zur Tür. Deutlich spürte er die Blicke auf seinem Rücken. Er zog die Tür hinter sich zu und hörte, wie drinnen die Stimmen wieder anschwollen. Fröstelnd ging er die Straße entlang und blickte zum Himmel. Der Mond stand ziemlich hoch. Es mußte etwa neun Uhr sein.
Einen Augenblick zögerte er, dann schritt er rasch aus. Sein Entschluß war gefaßt: Wenn um diese Zeit hinter Miß Andrews' Fenstern noch Licht schimmerte, würde er zu ihr gehen, um ihr zu erklären, warum er an diesem Abend nicht gekommen war.

14

Wortlos beobachtete Molly Ann, wie er nachprüfte, ob auch jede Kammer des Revolvers geladen war. Zufrieden steckte er die Waffe schließlich in seinen Gürtel. Dann sah er den Ausdruck auf ihrem Gesicht.
»Nur keine Angst«, sagte er.
»Kann nichts dafür«, erwiderte sie. »Solche Schießdinger, die sind zum Totmachen, und daß du so was jeden Tag mit dir rumschleppst — also ich darf nicht dran denken, oder es schüttelt mich.«
»Zweimal haben die schon auf mich geschossen«, sagte er. »Was soll ich tun? Einfach da stehen und mich umbringen lassen?«
Sie schwieg.
»Mehr als zehn Männer haben die umgebracht. Männer, die keine Waffe hatten, mit der sie hätten zurückschießen können.«
»Was wird heute passieren?«
»Das weißt du so gut wie ich. Sie werden versuchen, die Fabrik zu eröffnen. Fitch hat eine ganze Armee von Privatdetektiven um sich geschart, mit denen er die Arbeitswilligen ins Werk begleiten will. Wenn wir nichts dagegen unternehmen, ist alles aus. Da halten die die Festung, bis wir ausgehungert sind und kapitulieren.«
»Werden die Kumpel kommen, um dir zu helfen?« fragte sie.
Er schüttelte den Kopf. »Nein. Die Bergleute sind in die Falle gegangen. Sie haben sich mit einer zehnprozentigen Lohnerhöhung abspeisen lassen, ohne auch nur einen Augenblick zu überlegen, daß ihnen das doch gleich wieder flötengeht, wenn sie ihr *Script Money* in echtes Geld umtauschen. Möchte wetten, daß die Gewerkschaft im ganzen Tal höchstens noch zehn Mitglieder hat.«
Ihre Stimme klang bitter. »Hab dir doch gleich gesagt, einem Mann wie dem Lewis ist nicht zu trauen.«
»Ist doch nicht seine Schuld. Wie heißt es doch noch: Kannst 'n Gaul zur Tränke führen, doch saufen muß er selber.«
»Dan'l war klüger als ihr alle«, sagte sie. »Der hat sich rausgehalten.«
Er gab keine Antwort, doch sie wußte, wie tief es ihn getroffen hatte, als Daniel nicht mitzumachen schien.
»Oh, Jimmy, ich hab ja solche Angst«, sagte sie und warf sich in seine Arme, legte den Kopf gegen seine Brust. »Wie glücklich sind wir gewesen, und wie gut hast du verdient mit dem *Bootleg-*

ging und so. Warum mußtest du dich bloß in so was einlassen?«
Er drückte sie an sich. Seine Stimme klang sehr nüchtern. »Kommt halt eine Zeit, wo'n Mann aufhörn muß zu reden und statt dem was tun. Diese Leute — die Farmer, die Fabrikarbeiter — das sind alles meine Freunde. Bin mit ihnen aufgewachsen. Sollte ich etwa zusehen, bis Sam Fitch sie alle in Sklaven verwandelt, für seine eigenen Zwecke?«
Sie begann zu weinen. Sacht strich er ihr über den Kopf. »Hör schon auf mit so was«, sagte er. »Is nich gut für 'ne Schwangere.«
Sie hob den Kopf, sah ihn an. »Wirst du gut auf dich aufpassen? Ich würd's nicht ertragen, wenn dir was zustößt.«
»Ich paß auf mich auf«, gelobte er. »Will ja selbst nicht, daß mir was zustößt.«

Noch vor Morgenanbruch erreichte er den Laden in der Front Street, der als Gewerkschaftszentrale diente. Eine Anzahl von Männern war bereits dort. Sie warteten auf der Straße auf ihn. Er zog die Schlüssel hervor und schloß die Eingangstür auf. Sie folgten ihm in den Raum. Es war feucht und dunkel. Rasch wurden ein paar Petroleumlampen entzündet. Die Elektrizitätsgesellschaft hatte sich bisher geweigert, sie an ihr Netz anzuschließen. Das flackernde Licht fiel auf allerlei Schilder und Transparente an der Wand: Streikparolen. Jimmy trat hinter den zerstoßenen Tisch, der ihm als Schreibtisch diente, und setzte sich. »Okay, Roscoe«, sagte er. »Erst mal du. Was geht draußen bei der neuen Fabrik vor?«
Roscoe Craig schob das Stück Kautabak von der einen Wange in die andere. »So an die fünfzig Privatdetektive wimmeln dort draußen rum und außerdem rund hundert Streikbrecher.«
Jimmy nickte und sah zu einem anderen Mann. »Wie steht's mit der Stadtfabrik?«
Der Mann räusperte sich. »Dort haben sie eine regelrechte Armee. Über einhundert Detektive und rund dreihundert Streikbrecher. Sind die ganze Nacht hindurch in Lastwagen herbeigeschafft worden.«
Jimmy schwieg einen Augenblick. Offensichtlich waren sie an Zahl hoffnungslos unterlegen. Er konnte mit höchstens siebzig Männern rechnen. Außerdem standen ihm als Streikposten notfalls mehrere hundert Frauen und Mädchen zur Verfügung; doch an einem Tag wie diesem zögerte er mit ihrem Einsatz: Sie konnten leicht zu Schaden kommen. Die Detektive waren be-

waffnet und hatten zweifellos den Befehl, sich durch nichts vom Betreten der Fabrik abhalten zu lassen. Er atmete tief, fürchtete den heraufdämmernden Tag.
»Wann werden unsere Männer dort sein?« fragte er.
»Na, so jede Minute«, erwiderte Roscoe. »Um sechs Uhr sind alle dort.«
»Und bereit?«
Roscoe nickte. »Die kommen mit Flinten und Gewehren. Ein Spaziergang wird das für diese Detektive mit Sicherheit nicht.«
»Wir werden zu einem Entschluß kommen müssen«, sagte Jimmy. »An beiden Stellen können wir sie mit Sicherheit nicht abwehren. Wir müssen uns entscheiden, wo wir ihnen eine Schlappe verpassen wollen.«
Die Männer schwiegen.
»Ich bin dafür, daß wir ihnen die neue Fabrik überlassen. Dort stehen höchstens zehn Prozent der Maschinerie. Sieht mit der Produktion also nicht so rosig aus.«
»Gefällt mir nicht«, erklärte Roscoe tonlos. »Zwei von meiner Familie haben ins Gras beißen müssen, weil wir die von unserm Land weghalten wollten ...«
»Na, von 'nem Spaziergang kann für die jedenfalls nicht die Rede sein, wenn du das meinst«, erklärte Jimmy. »In dem Wald auf dem Hügel rund um den Zugang haben wir zehn Scharfschützen postiert, und da werden sie es sich wohl zwei- oder dreimal überlegen, bevor sie die Straße dort entlangspazieren.« Er schwieg einen Augenblick. »Aber bei der Stadtfabrik ist das was andres. Wenn's ihnen gelingt, dort hineinzukommen, dann können sie auf Hochtouren produzieren. Und dann sind wir am Arsch. Wenn die Fabrik in Schwung kommt, bleibt uns nichts als das große Jammern.«

Jimmy stand an der Ecke und blickte zu der Fabrik auf der anderen Seite der Straße. In Viererreihen marschierten die Streikposten, zumeist Frauen, vor dem geschlossenen Tor auf und ab. Hinter dem Drahtzaun, der das Fabrikgelände von der Straße trennte, stand die Reihe der Wächter; stumm starrten sie auf die Schilder, die die Streikposten trugen: die Streikposten mit ihren Sprechchören.
»Lincoln hat die Sklaven befreit. Und was ist mit uns?«
Sie beantworteten die Frage selbst: »Wen in der Fabrik schert das schon 'n Dreck!?«
Und eine Stimme rief: »Freiheit!«

Ein Mann kam die Straße entlanggerannt. Gerade als das Sieben-Uhr-Zeichen ertönte, stürzte er auf Jimmy zu. Im selben Augenblick begann es zu regnen. »Drei Wagen voll Streikbrecher!« rief er. »Kommen gerade die High Street runter!«
Jimmy blickte zur anderen Straßenseite. Die Streikposten marschierten unaufhörlich auf und ab. Die Wächter drinnen, die sogenannten Detektive, bewegten sich aufs Tor zu. Man hörte das Rasseln der Eisenkette, und das Tor schwang auf.
Jimmy spürte, wie es in seinem Magen krampfte. Er fühlte Schmerzen, echte, grelle Schmerzen. Er drehte sich um zu dem Mann hinter ihm.
Und plötzlich begriff er. Sie beobachteten ihn alle. Sie warteten auf ihn. Inmitten all dieses Wahnsinns warteten sie auf ein Führungszeichen von seiner Seite. Sonderbar kam er sich vor; fühlte sich plötzlich so alt. Molly Ann hatte recht. Was wollte er hier? Er war doch kein Held.
Doch abrupt verschwand dieses Gefühl. Er hob die Hand und ging auf die Streikpostenkette zu. Schweigend folgten ihm die Männer.
»Alles in Ordnung, meine Damen«, rief er mit starker Stimme. »Sie können jetzt nach Hause gehen.«
Sie standen, beobachteten ihn, bewegten sich nicht.
Er sprach wieder, und diesmal klang seine Stimme drängender. »Habt ja wohl verstanden, meine Damen. Ist Zeit, nach Hause zu gehen!«
Einen Augenblick herrschte völlige Stille. Dann rief eine der Frauen: »Wir werden hierbleiben, Jimmy. Das ist auch unser Kampf!«
»Aber hört doch«, rief er, »vielleicht gibt's eine Schießerei!«
»Dann müssen die eben auch auf uns schießen!« rief eine andere Frau. »Wir gehen nicht nach Hause!«
Die Frauen begannen, einander unterzuhaken, und Sekunden später bildeten sie eine lebende Kette vor dem offenen Tor. Wieder erhoben sich Sprechchöre: »Freiheit. Brot und Butter. Schluß mit der Sklaverei.«
Ein Stück entfernt bogen die Lastwagen um die Ecke, und sie strebten der Fabrik entgegen. In zügiger Fahrt kamen sie die Straße herab. Jimmy drehte sich um und sah ihnen entgegen. Plötzlich herrschte ringsum Schweigen. Zu hören waren nur die Motorengeräusche der Laster.
»Aus dem Weg!« schrie einer der Wächter hinter dem Drahtzaun. »Ihr werdet alle überfahren!«

Keiner rührte sich von der Stelle.
Mit kreischenden Bremsen kam der vorderste Laster wenige Zentimeter vor der Streikpostenkette zum Halt. Von der Ladefläche hinten sprangen Männer herab. Pinkertons, wie sie genannt wurden: große, brutale und gefährliche Kerle, für ihre speziellen Aufgaben gedrillt. Die Melone gleichsam eckig auf dem Kopf, bildeten sie, mit Knüppeln und Eisenstangen bewaffnet, eine Art Parallelkette. Auf ein Signal begannen sie sich voranzubewegen.
Jimmy hob die Hand. »Ich warne euch, Männer. Hier sind Frauen. Und wenn auch nur einer von ihnen was geschieht, so garantiere ich für nichts!«
Die Pinkertons hielten unsicher an. »Versteckt euch nicht hinter Weiberröcken — kann euch auch nicht retten!« rief einer. »Kommt her und kämpft wie Männer!«
»Wir werden hier bleiben, ob es euch Streikbrechern nun paßt oder nicht!« rief eine Frau inmitten der Kette.
Die anderen Frauen nahmen den Ruf auf. »Streikbrecher! Streikbrecher! Streikbrecher!«
Eine Eisenstange wirbelte durch die Luft. Hinter sich hörte Jimmy den Schrei einer Frau. Schnell drehte er den Kopf; sah, wie eine Frau fiel; sah das Blut, das von ihrem Schädel strömte. Er blickte wieder zu den Pinkertons. »Der nächste, der das tut, wird's nicht überleben!« schrie er und zog seine Pistole.
Im selben Augenblick sah er den Mann oben auf dem Laster, und noch bevor er recht begriff, pfiff eine Kugel an seinem Ohr vorbei. Wieder schrie jemand. Diesmal drehte Jimmy sich nicht um. Er schoß. Und der Mann dort oben taumelte wie verrückt herab und schlug auf die Straße. Und dort lag er, während aus dem runden Loch in seiner Melone Blut quoll. Aus einem unerfindlichen Grund saß ihm der Hut noch immer korrekt auf dem Schädel.
»Den schnappen wir uns!« schrie einer der Pinkertons. Er zog eine Pistole und feuerte auf Jimmy.
Doch es war Jimmys Schuß, der ihn erwischte, mitten in die Brust. Er taumelte zurück, und ein anderer Pinkerton feuerte die beiden Läufe eines Gewehrs ab. Wieder hörte Jimmy Schreie, und wieder schoß er. Das Gewehr fiel dem Mann aus der Hand, und er griff sich an die Kehle. Er schien auf Jimmy losstürzen zu wollen. Zwischen seinen Fingern quoll Blut hervor, und aus seiner Kehle drang ein furchtbares röhrendes Geräusch. Dann fiel er vornüber auf die Straße und rollte herum und lag mit dem Ge-

sicht nach unten, während das Blut aus der zerrissenen Halsader hervorspritzte wie eine Fontäne.
Wortlos starrten sie einander an, die Streikposten und die Streikbrecher. Jimmy machte eine Handbewegung. Hinter ihm erschienen die Männer, und sie nahmen links und rechts von ihm Aufstellung, in langer Kette vor den Frauen. Plötzlich hielten sie Flinten und Gewehre in den Händen: Männer mit grimmigen Gesichtern, Gebirgler und Farmer, und es waren ihre Frauen, auf die man geschossen und die man verwundet hatte.
Mit ruhigen Bewegungen ersetzte Jimmy die drei aus seiner Pistole verfeuerten Kugeln. Schließlich schien er zufrieden. Er blickte zu den Pinkertons. Seine Stimme klang leise. Trotzdem konnten sie ihn deutlich hören im fallenden Regen. »Zahlt Pinkerton euch 'ne Prämie fürs Sterben?«
Eine Antwort erhielt er nicht. Doch langsam begannen die Pinkertons zurückzuweichen. Ein paar Minuten später fuhren die Laster die Straße zurück. Bis auf die drei toten Männer auf dem Pflaster war die Straße leer — und sie hörten, wie sich hinter ihnen quietschend das große Eisentor schloß.
Aus den Reihen der Streikenden scholl ein Jubel. »Wir haben sie in die Flucht geschlagen! Wir haben gesiegt!«
Jimmys Gesicht war tiefernst. Er blickte zu den Toten auf der Straße, dann zu den Streikenden, die hinter ihm jubelten. »Nein«, sagte er, von düsterer Vorahnung erfüllt. »Wir haben verloren.«
Und er behielt recht. Zwei Tage später marschierte in Fitchville die Nationalgarde ein, und die Leute konnten nur ohnmächtig zusehen, wie die Streikbrecher — unter Regierungsschutz — die Fabrik betraten.

15

In Samt Fitchs winzigem Büro im hinteren Teil seines Ladens befanden sich drei Besucher: Mr. Cahill, der Beauftragte der Fabrikbesitzer, sein Kollege aus Philadelphia und Jason Carter, der County-Sheriff.
Cahill stand vor dem Schreibtisch und starrte wütend auf den dahinterhockenden Fitch.
»Vor einem Monat haben wir die Fabriken in Betrieb genommen«, sagte er. »Und was ist passiert? Die neue Fabrik hat die Lä-

den dicht, die Maschinen verrotten, und die Fabrik in der Stadt arbeitet nur mit zehn Prozent ihrer Kapazität. Der Grund? Nun, die Arbeiter sind keineswegs in hellen Scharen wiedererschienen, wie Sie das prophezeit hatten. Außerdem haben sich von denen, die wir mitbrachten, viele davongemacht. Vierhundert brauchen wir, verfügen jedoch kaum über neunzig.«
Sam Fitch nickte. »Ich weiß«, sagte er und gab sich alle Mühe, seine Stimme teilnahmsvoll klingen zu lassen.
»Sie wissen?« Cahill musterte ihn sarkastisch. »Nun, wir wissen, daß Sie das wissen. Was wir wissen wollen, ist — was gedenken Sie zu unternehmen?«
»Wir tun unser Bestes, der Sheriff und ich«, versicherte Fitch. »Sie kenn' die Leute hier nich. Is für die kein Streik, sondern praktisch so was wie Krieg. Die gegen die Firma. Hab Ihn' ja gleich gesagt, Sie sollten keine Pinkertons einsetzen. Hätten Sie die Sache man bloß dem Sheriff und mir überlassen. Wäre vielleicht 'n bißchen langwieriger gewesen. Aber wir hätten's garantiert geschafft, die Leute wieder zur Fabrik zu kriegen. Inzwischen haben die Hilfe von der Textil-Gewerkschaft im Norden, und sie schau'n zu Jimmy Simpson hoch, als ob er 'n Gott wär oder so was.«
»Aber er ist ein Mörder!« rief Cahill empört. »Er hat drei Männer getötet.«
»Pinkertons, meinen Sie«, korrigierte Fitch. »Und erst, nachdem die auf die Frauen schossen. Haben wir nich so gern, wir Gebirgsleute, wenn man auf unsre Frauen schießt.«
»Sie verteidigen ihn auch noch! Ja, auf wessen Seite stehen Sie eigentlich?«
»Auf Ihrer Seite, Mr. Cahill«, erwiderte Fitch sofort. »Glauben Sie nur nicht, ich hätt keinen Schaden dadurch. Hab ja kaum noch Umsatz in meinem Laden.«
»Dann reden Sie nicht so daher!« fauchte Cahill. »Sorgen Sie lieber dafür, daß uns der Simpson keinen Ärger macht und daß die Leute wieder zur Arbeit gehen, sonst sind wir hier erledigt. Vierzigtausend Dollar Verlust hat die Firma im Monat gehabt, und man hat mir eine Frist von genau einem Monat gesetzt. Bis dahin müssen die Fabriken wieder richtig arbeiten. Sonst wird hier endgültig dichtgemacht, und wir versuchen's woanders.«
Fitch schwieg einen Augenblick. Er blickte zu dem Mann aus Philadelphia. »Übernächste Woche kommt Jimmy wegen der toten Pinkertons vor Gericht. Kann sein, daß wir ihn damit vom Halse haben. Richter Harlan steht auf unsrer Seite.«

Cahill lachte höhnisch. »Und die Jury? Die besteht aus lauter Einheimischen. Und so wird Simpson den Gerichtssaal nicht nur als freier Mann verlassen, er wird für die Leute ein noch größerer Held sein als bisher schon. Wenn Sie also was unternehmen wollen, dann tun sie das, bevor er das Gericht betritt. Denn in dem Augenblick, wo er wieder herauskommt, machen wir die Fabriken dicht und sehen uns woanders um.«
Nachdem Cahill und sein Kollege verschwunden waren, steckte sich Sam Fitch eine Zigarre an. Dann blickte er zum Sheriff, der die ganze Zeit über kein einziges Wort von sich gegeben hatte.
»Was meinst du, Jase?«
»Ist 'n harter Mann«, sagte der Sheriff.
Fitch nickte. »Werden uns nie verstehen, die aus der Stadt.«
»Nie«, stimmte der Sheriff zu.
»Was is mit Jimmy? Habt ihr 'n Auge auf ihn?«
»Komm'n nich in seine Nähe«, sagte der Sheriff. »Hat immer so sechs oder sieben bewaffnete Leute um sich. Und dieser jüdische Anwalt aus New York macht uns das Leben nicht leichter. Immer wenn wir einen von denen beim Wickel haben, kommt der uns mit ›Haftprüfung‹ dazwischen und holt seinen Mann aus der Zelle, kaum daß der drin war.«
»Ach, Scheiiiiße«, fluchte Fitch. »Hab doch immer gewußt, daß dieser Jimmy Simpson nichts taugt.«

Durch das schmutzige Ladenfenster fiel die Nachmittagssonne, und sie tupfte ein paar Flecken ins Halbdunkel. Die Eingangstür schwang auf, und die Glocke darüber läutete scharf. Hastig drehte Jimmy den Kopf. Genauso reagierten die anderen Männer im Laden. Automatisch schoben sich ihre Hände näher zur Schußwaffe. Als sie sahen, wer es war, entspannten sich ihre Körper sofort.
Morris Bernstein trat herein, und die Art, in der er sich voranbewegte, mußte man wohl ein Stampfen nennen — kein Wunder bei seiner Größe von über einsneunzig und seinem Körpergewicht von rund zweihundert Pfund. Nach seinem Aussehen hätte ihn gewiß niemand für einen Anwalt gehalten — Boxernase, Blumenkohlohren, vernarbtes Gewebe unter den Augen. Doch diese Merkmale hatte er sich erworben, als er sich während des Studiums das hierfür notwendige Geld verdiente — indem er sich als halbprofessioneller *Fighter* verdingte.
Er trat auf den Tisch zu, hinter dem Jimmy saß.
»Nun?« fragte Jimmy.

»Nichts. Die haben abgelehnt«, lautete die Antwort.
Jimmy ließ sich von seiner Enttäuschung nichts anmerken. »Hast du denen erklärt, 's wär ja nur noch für einen Monat?«
»Hab die richtig bekniet«, erwiderte Morris. »Hatte trotzdem keinen Zweck.«
»Haben sie dir eine Begründung gegeben?«
Morris sah ihn aufmerksam an. »Möchte mit dir unter vier Augen reden.«
Jimmy schwieg einen Augenblick. Dann erhob er sich. »Gehen wir nach hinten auf die Gasse.«
Er wollte zur Tür, doch einer der Männer blockierte ihm den Weg. »Moment. Laß uns da erst mal nachsehen.«
Zwei Männer schlüpften durch die Hintertür hinaus, während der Wächter Jimmy nach wie vor den Weg blockierte. »Ihr seid übervorsichtig«, sagte Jimmy.
»Wir können gar nicht vorsichtig genug sein«, lautete die Antwort. »Viermal haben sie dich schon umlegen wollen. Soll ich vielleicht zulassen, daß die beim fünftenmal Erfolg haben?«
Die beiden Männer kamen in den Laden zurück. »Ist okay«, sagte der eine.
Der Mann vor Jimmy gab den Weg frei. Jimmy machte einen Schritt, blieb dann stehen.
»Dank dir, Roscoe«, sagte er.
Roscoe Craig lächelte mit schmalen Lippen. »Meinen Großvater haben die auf diese Weise erwischt und meinen Bruder auch. Das ist ja wohl genug.«
Bernstein folgte Jimmy auf die Gasse. Nach dem Halbdunkel im Laden wirkten die Sonnenstrahlen fast grell. Einen Augenblick standen sie, dann blickte Jimmy zu Bernstein.
»Okay«, sagte er. »Schieß los.«
Bernstein sah ihm in die Augen. »Mit dem Streik ist Schluß.«
Jimmy schwieg.
»Die ziehen mich von hier ab. Und sie schicken kein Geld mehr.« Seine Stimme klang fast tonlos. »Der Vorstand hat befunden, für hoffnungslose Sachen gibt's kein Geld. Das muß dort eingesetzt werden, wo man sich was versprechen kann.«
»Und wie«, fragte Jimmy, »sind die zu der Überzeugung gekommen, daß die Sache hoffnungslos ist?«
»Sie haben gestern in Philadelphia erfahren, daß die Firma ihre Werke weiter nach Süden verlegen will. Cahill ist entsprechend angewiesen worden. Entweder sind die Fabriken hier in einem Monat richtig in Betrieb — oder sie werden verlegt.«

Wieder schwieg Jimmy.
Morris sah ihn an. »Tut mir leid.«
Jimmys Stimme klang bitter. »So sieht's also aus. Ein Jahr lang lassen wir uns verheizen. Mancher von uns muß ins Gras beißen. Wird umgelegt oder verhungert oder wird aus seinem Haus gejagt. Und ein paar Männer, die noch nie hier waren, sitzen irgendwo anders behaglich an einem Tisch und beschließen, daß es mit uns aus ist.«
»So sieht die Wirklichkeit nun mal aus, Jimmy«, sagte Morris. »Wir können halt nicht bei jedem Kampf gewinnen.«
»Was interessiert mich jeder Kampf!« erwiderte Jimmy hitzig. »Dieser hier ist für mich wichtig. Es geht um meine Freunde, um meine Leute, um meine Stadt.« Er musterte den Anwalt. »Was soll ich denen jetzt sagen?«
Der Anwalt sah den Schmerz in seinen Augen. »Sag ihnen, sie sollen wieder zur Arbeit gehen.« Seine Stimme klang jetzt weicher. »Sag ihnen, daß wieder eine Zeit kommen wird. Eine verlorene Schlacht ist längst noch kein verlorener Krieg. Eines Tages wird sich hier die Gewerkschaft festsetzen.«
Jimmy betrachtete ihn. »Die Gewerkschaft? Die ist für die Leute hier kaum mehr als ein Stück Scheiße. Sie haben den Streik ohne die Gewerkschaft angefangen. Und sie werden ihn auch ohne die Gewerkschaft weiterführen.« Er drehte sich um, wollte ins Haus zurück.
»Jimmy!« rief der Anwalt. »Ich habe von denen die Erlaubnis, für die Dauer deines Prozesses hierzubleiben.«
Jimmy nickte müde.
»Dank dir, Morris.« Er zögerte, fügte dann hinzu: »Du hast alles getan, was in deiner Macht stand. Das weiß ich. Und eben dafür bin ich dir dankbar.«
»Und was ist mit dir, Jimmy?« fragte der Anwalt. »Was wirst du tun, wenn alles vorbei ist?«
Jimmy grinste. »Hab mich ja wirklich nicht schlecht gestanden im Whiskygeschäft, als die Sache losging. Und da kann ich ja jederzeit weitermachen.«
»Männer wie dich können wir in der Gewerkschaft gebrauchen«, erklärte Morris. »Kannst mit mir nach New York kommen. Würden für dich schon 'ne Funktion finden, haben die gesagt.«
Jimmy schüttelte den Kopf. »Is nix für mich. Ich gehör hierher zu meinen Leuten. Bin ja nur 'n Kleinstadt-Junge. Trotzdem, vielen Dank.«
Er ging ins Haus zurück. Der Anwalt folgte ihm. Wenig später

trat Roscoe Craig hinaus auf die Gasse. Er blickte zu den Dächern auf der anderen Seite und winkte mit der Hand.
Die Wächter, die er dort oben postiert hatte, winkten zurück. Dann klemmten sich die Männer ihre Gewehre unter den Arm und stiegen zur Straße hinunter.
Bei der allgemeinen Versammlung am Abend war die Abstimmung eindeutig: Fortsetzung des Streiks — auch für den Fall, daß dies eine Verlegung der Fabriken bedeutete, mit der Konsequenz, daß sie ihre Arbeitsstellen für immer verloren.

Hell und klar zog der Prozeßtag herauf. In der Luft lag jetzt, Anfang Mai, ein frischer Frühlingshauch, und er strich auch durch das offene Fenster der Küche, wo sie beim Frühstück saßen.
Morris Bernstein zog seine Uhr hervor und warf einen Blick darauf. »Zeit zum Aufbruch«, sagte er. »Im Gericht geht's um zehn los.« — »Ich bin bereit«, erklärte Jimmy und erhob sich. Sofort standen auch Roscoe Craig und Morris auf.
»Ich hol dir deine Jacke und deinen Binder«, sagte Molly Ann.
Als sie draußen war, blickte Jimmy zu Morris. »Wie lange wird der Prozeß voraussichtlich dauern?«
»Ein paar Tage«, erwiderte Morris. »Ein oder zwei Tage braucht's für die Auswahl der Jury — und etwa ebenso lange wird der Prozeß selbst dauern — und dann bist du ein freier Mann.«
»Hoffentlich«, sagte Molly Ann, die in diesem Augenblick wieder eintrat.
»Kann gar nicht anders ausgehen«, versicherte Morris zuversichtlich. »Wir können hundert Zeugen aufbieten, die aussagen werden, daß es sich um Notwehr handelte.«
»Die haben gleichfalls ihre Zeugen.«
»Pinkertons«, befand Roscoe verächtlich. »Denen glaubt hier doch keiner.«
Jimmy band sich seinen Binder und schlüpfte in seinen Rock. Dann trat er vor den Spiegel in der Halle und betrachtete sich. »Seh gar nicht so übel aus in diesen Sachen von der Stange«, sagte er.
»Richtig stattlich siehst du aus, Liebling«, versicherte Molly Ann.
Er ging wieder in die Küche, nahm aus einem Schubfach seinen Revolver — wollte ihn sich in den Gürtel stecken.
»Nein«, sagte Morris. »Leg das Ding zurück.«
Jimmy sah ihn an. »Fühl mich gar nicht glücklich ohne mein bestes Stück.«

»Kannst mit so 'nem Ding nicht in den Gerichtssaal«, sagte Morris. »Wär keine respektvolle Haltung. Außerdem würden die's nie wagen, vor all den Leuten was zu unternehmen. Und natürlich wird die ganze Stadt dort sein.«
Jimmy blickte unsicher zu Roscoe.
»Was meinst du?«
»Vielleicht hat er recht«, erwiderte Roscoe, doch schien er von seiner eigenen Behauptung wenig überzeugt.
»Ich habe recht«, behauptete Morris. »Du weißt doch sicher, daß du wegen Mißachtung des Gerichts bestraft werden kannst, wenn du dort mit einer Waffe erscheinst.«
»Und was ist mit mir? Muß ich auch meine Pistole zu Hause lassen?« fragte Roscoe.
»Das geht mich nichts weiter an«, erwiderte Morris. »Ich muß mich um meinen Mandanten kümmern, weiter nichts.«
»Dann lassen wir die Dinger wohl besser hier«, meinte Roscoe. »Jedenfalls werden ich und die Jungs dort sein. Und es wird nix passieren.«
Jimmy legte die Waffe ins Schubfach zurück. Molly Ann band sich die Schürze ab, legte sie säuberlich zusammen. »Ich bin fertig«, sagte sie.
Jimmy betrachtete seine Frau. Sie war im sechsten Monat, und man sah es ihr an. »Meinst du nicht, es ist besser, wenn du zu Hause bleibst?« fragte er. »Kann doch sein, daß zuviel Aufregung dem Baby gar nicht guttut.«
»Ich bin dabei«, erwiderte sie unbeirrbar. »Eine Frau gehört zu ihrem Mann.«
»Na, dann gehen wir«, sagte Morris. »Sonst kommen wir noch zu spät.«

Der Courthouse Square, der Gerichtsplatz, lag genau im Zentrum der Stadt. Als Jimmy und Molly Ann dort eintrafen, wimmelte es nur so vor Menschen, die sämtlich Sonntagsstaat trugen. So etwas Ähnliches wie eine Picknickstimmung schien zu herrschen. Kreischend rannten Kinder umher, spielten; Erwachsene unterhielten sich aufgeregt. Traubengleich ballten sie sich um Jimmy und Molly Ann, während diese aufs Gerichtsgebäude zusteuerten. Alle schienen sie Jimmy berühren zu wollen: ihm auf die Schulter schlagen, ihm Glück wünschen. Darüber, auf wessen Seite sie standen, konnte es keinen Zweifel geben.
Sam Fitch stand mit dem Sheriff im Eingang zu seinem Laden. Gemeinsam beobachteten sie die Menschenmenge auf der ande-

ren Seite. Der Sheriff schüttelte den Kopf. »Also ich weiß nicht«, sagte er. »Gefällt mir nicht.«
Fitch musterte ihn kurz. »Gefällt mir auch nicht«, erklärte er. »Aber was kann man schon tun?«
Der Sheriff atmete tief. »Zu viele Menschen. Könnte 'n Aufruhr geben.«
»Bleibt uns keine Wahl«, meinte Fitch. »Sie haben ja selber gehört, was der Mann gesagt hat. Oder woll'n Sie lieber Sheriff in 'ner Geisterstadt sein?«
Der Sheriff blickte über den Platz hinweg. »Gefällt mir trotzdem nicht«, beharrte er. »Seh'n Sie mal hin. Er hat Roscoe Craig und dessen Leute und 'n Haufen Menschen um sich. An den ist überhaupt kein Rankommen.«
Fitch folgte dem Blick des Sheriffs. »Früher oder später wird er für sich allein stehen. Selbst wenn's nur für einen Augenblick ist. Will nur hoffen, daß die Jungs dann einsatzbereit sind.«
»Wenn sich so 'ne Chance bietet«, erklärte der Sheriff grimmig, »sind meine Jungs garantiert einsatzbereit.«
Fast zwanzig Minuten brauchten Jimmy und seine Begleiter, um die Treppe des Gerichtsgebäudes zu erreichen — erst dann gelang es ihnen, sich aus der jubelnden Menge mit den vielen tastenden Händen und den zahllosen anfeuernden Rufen zu befreien. Im selben Moment, da sie bei den Stufen waren, öffneten sich die Türen. Bevor die Menge wie mit Urgewalt hineinstürmen konnte, wurde sie von den vier Hilfssheriffs zurückgehalten, die jeden der eintretenden Männer nach Waffen durchsuchten.
Die großen Holzkästen zu beiden Seiten des Eingangs füllten sich nach und nach mit Pistolen. Die Hilfssheriffs waren höflich, doch unerbittlich. »Keine Waffen im Gericht«, erklärten sie. »Könnt sie euch hinterher im Büro vom Sheriff wieder abholen.«
Ein paar Männer murrten, doch es blieb ihnen keine Wahl: Wollten sie ins Gericht, so mußten sie ihre Waffen abliefern. Roscoe stieg die Stufen hinauf. »Gefällt mir nicht«, sagte er.
Morris sah ihn an. »Passiert nix, wenn wir erst mal drin sind.«
»Darüber mach ich mir auch keine Sorgen«, erwiderte Roscoe. »Aber was ist, wenn wir wieder rauskommen?«
»Wir werden drinnen warten, bis du unsere Waffen geholt hast und zu uns zurückkommst«, meinte Jimmy.
»Kein schlechter Gedanke. Fühl ich mich gleich besser«, erklärte Roscoe.

Jimmy betrachtete die Menge, die ins Gerichtsgebäude drängte. »Geh mit den Jungs nur weiter, sonst gibt's keinen Platz für euch alle.«
Roscoe umfaßte mit einem Blick den ganzen Courthouse Square. »Komm die Stufen mit uns hoch«, sagte er. »Ist mir lieber, wenn wir von der Straße wegkommen.«
Roscoe und seine Leute waren bereits durch die Kontrolle, als die Hilfssheriffs Jimmy anhielten. »Für dich geht's nicht hier lang, Jimmy«, sagte einer. »Du mußt durch die Seitentür beim Gerichtsschreiber.«
»Wieso denn?« fragte Jimmy und starrte ihn an.
»Hat irgendwas mit der Bescheinigung für deine Kaution zu tun. Willst doch nicht, daß die fünfhundert Dollar verfallen, wie?« sagte der Hilfssheriff.
Roscoe hatte das Gespräch mit angehört. »Werde dich begleiten«, erklärte er.
»Laß nur«, sagte Jimmy. »Wir sehen uns im Saal.« Molly Ann hatte das Gebäude unmittelbar vor ihm betreten. Jetzt drehte sie sich herum. »Kümmre dich um Molly Ann und folge mir«, sagte Jimmy zu Morris und ging los.
»Moment«, protestierte Morris und drehte sich zu Molly Ann um. Als er sich mit ihr endlich aus der Menschenmenge befreit hatte, war Jimmy bereits zehn oder fünfzehn Meter entfernt, an der Ecke des Säulenganges.
Und genau in diesem Augenblick kamen sie ihm von der anderen Seite entgegen: zwei Pinkertons und Clinton Richfield, einer der Hilfssheriffs. Er trug keine Uniform.
Jimmy nahm die Männer überhaupt nicht wahr, denn sie schossen sofort. Sieben Kugeln schlugen in seinen Körper und ließen ihn gegen eine Säule sacken. Von dort fiel er, tot, halb auf den Flur, halb auf die Stufen.
Wieder schossen die drei Männer, und Jimmys Leiche zuckte unter der Wucht der Einschläge und glitt weiter die Stufen hinab.
»Jimmy!« schrie Molly Ann. Sie riß sich von Morris los und stürzte zu dem Toten, warf sich über ihn. Und sie drehte ihn zu sich herum, während sein Blut ihr Kleid durchtränkte. Dann starrte sie zu den Männern, die Augen voll Entsetzen, voll Tränen.
»Bitte!« flehte sie. »Bitte, schießt nicht mehr auf meinen Jimmy!«
Wie ein letzter konvulsivischer Kampf ging es durch Jimmys Körper. Automatisch schossen die Männer wieder. Die Kugeln

rissen Molly Ann von der Leiche ihres Mannes fort und ließen sie die Zementstufen hinunterrollen. Tot war sie, und ihr Blut mischte sich mit Jimmys Blut: Das frisch gewaschene und frisch gebügelte Kleid war rot verfleckt.
»Mein Gott! Was habt ihr getan?« schrie Morris und starrte die Männer an.
»Er ist mit einer Pistole auf uns los«, sagte Richfield.
»Mit was für einer Pistole?« rief Morris. »Er hatte ja keine. Ich habe dafür gesorgt, daß er sie zu Hause ließ.«
Richfield hob seine Waffe, richtete sie auf Morris. »Judenbengel — nennst du mich etwa einen Lügner?«
»Ja, verdammt noch mal!« brüllte Morris, und sein Zorn und sein Ekel verdrängten die Angst tief in ihm. »Sie sind ein Lügner und ein Mörder!«
Die Kugel aus der 38er des Hilfssheriffs schlug in Morris' Schulter und schleuderte ihn auf den Steinfußboden. Vor Schmerzen halb benommen, sah Morris, wie der Hilfssheriff zum zweitenmal die Pistole hob und sorgfältig zielte. Ein Entkommen gab es nicht. Es war vorbei, und er hatte nichts mehr zu verlieren. »Lügner! Mörder!« schrie er trotzig.
Doch der Schuß kam nicht. Plötzlich war der Sheriff mit seinen Leuten dort, und sie hielten die herbeidrängenden Menschen zurück. Dann trat der Sheriff dicht zu ihm heran. »Judenbengel«, sagte er mit kalter Stimme, »in einer Stunde fährt ein Zug. Und weil wir gute Christen sind, werde ich dich von einem Arzt zusammenflicken lassen, bevor wir dich dort hineinverfrachten. Nimm diese Botschaft mit nach Norden: Wenn du oder ein anderer jüdischer Agitator oder Anarchist hier aufkreuzt, dann knallen wir euch sofort ab.«
Er blickte zum Hilfssheriff. »Du und Mike, schafft ihn rüber zu Dr. Johns und steckt ihn dann in den Zug.«
Als die Hilfssheriffs ihn grob hochzerrten, verlor Morris vor Schmerzen fast das Bewußtsein. Sie stiegen die Stufen hinab, und die Menge starrte ihn neugierig an, machte jedoch Platz.
Hinter sich hörte er die Stimme des Sheriffs. »Und jetzt, liebe Leute, räumt den Platz und geht nach Hause. Überlaßt es dem Gesetz, daß es seinen rechtmäßigen Gang geht.«

16

Jeb hatte auf dem Westfeld gerade das Maultier vor den Pflug gespannt, als er den Karren sah, der unten auf der Straße aus dem Wald auftauchte. Zwei Männer waren dort hinter dem müde dahintrottenden Maultier zu sehen, doch ließ sich auf diese Entfernung nichts Genaueres erkennen. Er schnalzte laut, und sein Zugtier setzte sich in Bewegung. Die erste Furche wurde in Angriff genommen. Bis die mit ihrem Karren hier waren, würde mindestens eine halbe Stunde vergehen.
Wie sich zeigte, verging sogar fast eine Stunde, und inzwischen war Jeb bei der dritten Furche. Er hielt sein Maultier an, gab die Zügel aus der Hand und ging zur Straße. Einen der beiden Männer erkannte er an dem schwarzen, breitkrempigen Hut. Es handelte sich um Prediger Dan, den Geistlichen, der mehr oder minder regelmäßig im Gebiet von Fitchville die Runde machte. Was mochte der jetzt hier wollen? Für gewöhnlich ließ er sich doch bloß bei Hochzeiten und Taufen und Beerdigungen sehen.
Als der Wagen auf der anderen Seite zum Halt kam, erkannte er auch den zweiten Mann. Roscoe Craig. Er nahm seinen Hut ab und fuhr sich mit dem nackten Arm über die Stirn. War ganz schön warm in der Morgensonne. Er trat auf den haltenden Wagen zu, lächelte. »Prediger Dan«, begann er und brach abrupt ab, während sein Lächeln verschwand.
Der Geistliche, ein großer, schwerer Mann, kletterte herunter und trat auf ihn zu. »Ich habe schlechte Nachrichten für Sie, Jeb.«
Jeb musterte ihn, blickte dann zu Roscoe. Roscoes Gesicht wirkte grau und erschöpft. Wortlos ging Jeb zum hinteren Teil des Wagens. Dort sah er unter einer Art Plane zwei Särge.
Er hörte die schweren Schritte des Geistlichen. Ohne den Kopf zu drehen, fragte er: »Molly Ann und Jimmy?« Doch er brauchte keine Antwort, er wußte es.
Auf die billigen Särge aus Kiefernholz starrend, fragte er mit dumpfer Stimme:
»Wie ist es passiert?«
Der Geistliche schwieg. Es war Roscoe, der vom Kutschbock her antwortete. »Vorm Gericht haben die sie erschossen. Zwei Tage ist es her.« Seine Stimme klang verbittert. »Wir hätten sie schon früher gebracht. Aber eher haben sie die Leichen nicht freigegeben, von Amts wegen. Wir dachten uns, daß Sie die beiden lieber hier bestattet haben wollen als in der Stadt.«

Jeb nickte. »Ja, natürlich. Dank euch auch.« Er hob den Kopf, blickte zu Roscoe. »Wer hat's getan?«
»Clinton Richfield und zwei Pinkertons«, erwiderte Roscoe. »Die haben ihm aufgelauert, an der Ecke vom Säulengang. Er hatte nicht die Spur einer Chance — hatte ja nicht mal 'ne Pistole bei sich. Molly Ann rannte zu ihm, um ihm zu helfen, und da schossen die auch auf sie.«
Die Furchen in Jebs Gesicht wirkten wie aus Stein. Er kletterte auf den Wagen, hob die Plane. Und dann hob er auch die Sargdeckel, erst den einen, dann den anderen, und schaute hinein. Er atmete tief, sein Mund war sehr trocken. Langsam, mit zitternden Händen, schloß er die Särge. Er blickte wieder zu Roscoe. »Der Sheriff, der dies getan hat — er sitzt im Gefängnis?«
Roscoe schüttelte den Kopf. »War Notwehr, sagten die. Er ist auf freiem Fuß.«
»Aber Sie haben doch gesagt, Jimmy hatte gar keine Pistole.«
»Hatte er auch nicht. Ich war ja selbst dabei, wie er sie in der Küche in die Schublade zurücklegte«, sagte Roscoe. »Die haben gelogen.«
Jebs fahle Augen wirkten kalt. »Wo sind sie jetzt?«
»Die Pinkertons sind inzwischen weg«, erwiderte Roscoe. »Nur Clint ist noch irgendwo hier.«
Jeb nickte. Dann drehte er den Kopf und blickte zu Prediger Dan. »Kommen Sie mit zum Haus, um's meiner Frau zu sagen. Während Sie sie trösten, können Roscoe und ich uns um die Gräber kümmern.«
Prediger Dan erwiderte seinen Blick. »Ich möchte nicht, daß Sie böse Gedanken denken, Jeb. Es ist schon zuviel getötet worden. Vergessen Sie nicht: ›Mein ist die Rache, sagt der Herr.‹«
Jeb stieg vom Wagen. Eine Antwort gab er nicht. »Werd mein Maultier holen«, sagte er. »Dann können wir zum Haus.« Er setzte sich in Bewegung, blieb dann am Feldrand stehen. »Nagelt die Särge zu«, bat er. »Ich möchte nicht, daß meine Frau Molly Ann so zerschossen sieht.« Seine Stimme brach. »Wo sie doch so ein hübsches Mädchen war.«

Die letzte Schaufel Erde fiel auf die Gräber. Langsam nahm Jeb die beiden Kreuze und drückte sie, jeweils am Kopfende, in den Boden. Dann trat er zurück und betrachtete sie.
Die Inschriften dort, mit heißem Eisen eingebrannt, lauteten: MOLLY ANN SIMPSON, unsere Tochter, und JIMMY SIMPSON, ihr Mann.

Er blickte zu Marylou, die mit den Kindern am Fußende der Gräber stand. Ihr Gesicht war von Schmerz gezeichnet. Unbewußt breitete sie die Arme, schien ihre Kinder näher an sich ziehen zu wollen. Sie hob die Augen, begegnete seinem Blick. »Ich werd für Mr. Craig und den Prediger was zu essen machen, bevor sie zurückfahren.«
Jeb nickte.
»Kommt, Kinder«, sagte sie. Gemeinsam entfernten sie sich. Sehr still hatten sich die Kinder während der Zeremonie verhalten. Ob sie wohl wirklich verstanden, was überhaupt geschehen war? Jeb blickte ihnen nach, als sie jetzt, praktisch alle zur selben Zeit, zu schwatzen begannen.
Eine einzige Frage war ihm im Gedächtnis haftengeblieben. Alice, mit ihren acht Jahren die Jüngste, hatte sie gestellt: »Wo Molly Ann jetzt im Himmel ist, kann sie uns da nicht länger besuchen kommen?«
Mit der Überlegenheit seiner elf Jahre hatte Richard geantwortet: »Wenn einer tot ist, kommt er nicht mehr wieder, außer als Gespenst, als Geist.«
»Wird sie ein guter Geist sein oder ein böser?« wollte Alice wissen.
Rachel, jetzt die Älteste, erwiderte gereizt: »Gibt's gar nicht, solche Gespenster. Molly Ann ist jetzt ein Engel im Himmel, an Gottes Seite. Und da läßt er sie sowieso nicht zurückkehren.«
Als Marylou und die Kinder außer Hörweite waren, sagte Jeb zu den beiden Männern:
»Ein bißchen was vom Gebrannten könnte jetzt vielleicht nicht schaden.«
Prediger Dan nickte. »Könnte wirklich nicht schaden. Bin trocken wie ein Schwamm.«
»Kommt«, sagte Jeb. »Ich führ euch zu meiner Brennerei.«

Nach dem Mittagessen blieb Prediger Dan in der Küche, um mit Marylou zu sprechen. Jeb und Roscoe setzten sich vor dem Haus auf die Stufen und steckten sich kleine, schwarze Zigarren an.
»Ich kapier nich«, sagte Jeb.
Roscoe starrte vor sich hin. »Nur so konnten die den Streik brechen. Jeder vertraute auf Jimmy. Jetzt, wo er tot ist, gibt's da keinen. Manche gehen schon wieder zur Fabrik.«
»Von alldem weiß ich nix«, sagte Jeb. »Aber ich weiß, daß die Richfields immer gute Freunde gewesen sind. Warum sollte Clint so was tun?«

»Sein Vater ist Vorarbeiter in der Fabrik. Und die ganze Familie hat zu den Streikbrechern gehalten.«
»Is doch kein Grund, ein' umzubringen«, sagte Jeb. »Wir hab'n den'n ja nie was getan.«
Roscoe warf Jeb einen Blick zu. Nein, von dem, was da zwischen Arbeitern und Fabrikbesitzern vor sich ging, hatte dieser Gebirgler nicht die leiseste Ahnung. Für Jeb gab es zwischen Menschen nur persönliche Beziehungen, gute oder schlechte. Eine Fehde, das war für ihn ein Begriff, damit war er aufgewachsen. Aber ein Streik? So etwas paßte nicht in seine Vorstellungen; er würde es nie verstehen. Aber wie hätte man Jeb das zum Vorwurf machen können. Auch Roscoe hatte ja nicht begriffen. Bis dann sein Vater und sein ältester Sohn umgebracht worden waren. Zuerst hatte auch er einen sehr persönlichen Kampf gehabt. Doch dann erkannte er, worum es in Wirklichkeit ging. Jetzt lag für ihn klar auf der Hand, daß Macht und Geld sich sattfraßen an menschlicher Arbeit, um für sich noch mehr Macht und noch mehr Geld zu schaffen.
»Ich weiß, wie dir zumute ist, Jeb«, sagte er. »Die haben mir ja meinen Pa und meinen Ältesten genommen.«
Jeb sah ihn an. »Und was hast du getan?«
»Du weißt, was ich getan habe«, erwiderte Roscoe. »Ich hab mich gewehrt. Aber jetzt weiß ich nicht.«
»Was weißt du nicht?«
»Wir haben gesprochen, meine Frau und ich«, sagte Roscoe. »Wir sehen hier jetzt keine Chance mehr. Vielleicht ziehen wir nach Detroit. In den Autofabriken sollen sie Leute einstellen.«
Einige Sekunden blieb Jeb stumm. Dann sagte er: »Weiß nicht, ob euch das gefallen wird. Ihr seid Ackerleute, die nich taugen für die Stadt.«
»Bleibt uns man bloß keine Wahl, oder?« fragte Roscoe. »Entweder hier verhungern — oder dort arbeiten. Meine Frau hat Briefe gekriegt. Und ihre Verwandten schreiben, daß sie da gutes Geld verdienen. Drei Dollar am Tag, manchmal mehr.«
Beide schwiegen minutenlang. Schließlich sagte Jeb: »Ich werd in die Stadt kommen.«
Roscoe musterte ihn. Jebs Gesicht blieb ausdruckslos. »Wann?« fragte er.
»Morgen früh.« Jeb blickte zu Roscoe. »Kann ich auf dich zählen?« Roscoe antwortete nicht sofort. Dann nickte er. »Natürlich kannst du das.«

In der Nacht hörte sie, wie er sich bewegte und dann leise aufstand und das Zimmer verließ. Eine Weile lag sie, schließlich hielt sie es nicht länger aus. Sie erhob sich und ging in die Küche. Die Küche war leer.
Sie öffnete die Tür und blickte hinaus auf den Hof. Auch dort war er nicht. Schritt für Schritt ging sie durch die kühle Nachtluft und spähte zu der Anhöhe mit dem kleinen Friedhof. Und dort sah sie ihn. Im fahlen Mondlicht stand er, starrte auf die Gräber. Ein Frösteln durchfuhr sie.
Rasch ging sie ins Haus zurück, hüllte sich in einen breiten Schal und ging dann die Anhöhe hinauf, zu ihm. Er hörte ihre Schritte, hob jedoch nicht den Kopf. Wie Silber schimmerte der Nachttau auf den kleinen Holzkreuzen.
Nach einer Weile sagte er: »Clint Richfield hatte keinen Grund, sie zu erschießen. Sie war doch man bloß 'n Mädchen, hatte mit dem Kampf überhaupt nichts zu tun.«
»Mußt nich drüber nachdenken«, sagte sie. »Ich versuch, nich so zu grübeln.«
»Die Richfields und wir sind immer Freunde gewesen. Irgendwie stimmt das doch einfach nicht.«
»Des Herren Wille geschehe«, sagte sie. »Wir dürfen nicht undankbar sein, sonst versündigen wir uns. Wir haben die anderen Kinder, und auf Dan'l können wir richtig stolz sein.«
Er drehte sich zu ihr herum. »Du redest schon wie Prediger Dan.«
Sie sah ihm sehr direkt ins Gesicht. »Und der red't vernünftig. Blickt in die Zukunft, nicht in die Vergangenheit, sagt er.«
»Der hat leicht reden«, sagte Jeb tonlos. »War ja nicht seine Tochter dort im Loch.« Abrupt ging er in Richtung Haus zurück.
Sie sah ihm nach und blickte noch kurz zum Grab, ehe sie ihm in einigem Abstand folgte. Als sie in die Küche trat, saß er am Tisch und lud das schwarze, glänzende Winchester-Gewehr. Sie spürte, wie eiskalte Furcht in ihr aufstieg.
»Nein, Jeb«, sagte sie. »Tu's nicht.«
Er gab keine Antwort, sah sie nur an, mit dem fernen Blick eines Fremden.
»Nicht noch mehr Tote, Jeb. Das bringt sie nicht zurück.«
»Du verstehst nicht«, sagte er. »Das ist eine Sache der Ehre. Wie würde es aussehen, wenn ich Clint so davonkommen lasse?«
»Was interessiert mich das!« rief sie leidenschaftlich. »Eine Blutfehde mit den Richfields, das ist doch Wahnsinn! Sie werden sich sofort rächen und einen von uns umbringen. Und dann sind

wir wieder an der Reihe — und so weiter, bis keiner mehr am Leben ist.«
»Ich hab damit nicht angefangen«, sagte er starrsinnig.
»Das ist doch jetzt nicht wichtig. Aber daß du damit weitermachst, das ist furchtbar! Wir haben Kinder, an die wir denken müssen. Ich will nicht, daß die ohne Vater aufwachsen müssen.«
»Mich bringt keiner um«, sagte er.
»Wie kannst du so sicher sein?« rief sie.
Er schwieg eine Weile, stand dann auf. »Lieber tot sein und neben meiner Tochter im Grab liegen, als daß mich alle verachten und meinen, ich bin feige.«
Sie trat auf ihn zu und zog ihn an sich. Ihre Finger krallten sich in sein Hemd. »Wir könn'n wieder 'n Baby haben, Jeb«, flüsterte sie. »Eine neue Molly Ann.«
Er atmete tief, löste sich sacht aus ihrer Umarmung. »Nein, Marylou«, sagte er leise. »Das ist nicht die Antwort, und du weißt es.«
Durch die Tränen hindurch sah sie undeutlich, wie er zur Tür ging. Dort blieb er kurz stehen und blickte zurück. »Morgen abend, wenn's dunkel wird, bin ich wieder da.«
»Zieh dir«, sagte sie und beherrschte mit aller Anstrengung ihre Stimme, »zieh dir etwas Warmes an. Die Nachtluft ist kalt.« Er nickte. »Die Joppe aus Schaffell, ja.«
Dann war er fort, und sie sackte auf einen Stuhl, wo sie wie gelähmt saß. Wenig später hörte sie, wie er mit einem Schnalzen das Maultier antrieb. Und dann klapperte leise der Wagen, fuhr vom Hof hinaus auf die dunkle, nächtliche Straße.

17

Wütend stampfte Sheriff Jason Carter durch das Büro im hinteren Teil des Gerichtsgebäudes. Vom benachbarten Zellentrakt drangen Geräusche herbei: Der Gehilfe verteilte an die Inhaftierten Kaffee. Nur vier Zellen waren an diesem Morgen belegt. Die übliche nächtliche Ausbeute — Betrunkene und Krawallmacher. Zum erstenmal seit über einem Jahr wirkte die Stadt wieder normal und friedlich. Streikdemonstrationen hatte es nicht mehr gegeben. Ein Teil der Leute ging bereits wieder zur Arbeit. Also hätte der Sheriff eigentlich allen Grund gehabt, zufrieden zu

sein. Doch er war es nicht, ganz im Gegenteil. Irgendwie schien ihm, er könne eine Gefahr wittern. Und dieses Gefühl machte ihn so nervös und so störrisch wie ein Maultier.
Der Gehilfe kam von den Zellen zurück. »Alle abgefüttert, Jase«, sagte er. »Was soll nu werd'n mit den Kameraden?«
Carter blickte mürrisch zu den Zellen. »Haben die Geld bei sich?«
Der Gehilfe hob die Schultern.
»Wenn sie was haben, soll'n sie 'n Dollar Strafe zahlen. Dann schmeißt du sie raus«, sagte der Sheriff.
»Und wenn sie nix haben?«
»Schmeißt du sie trotzdem raus. Sonst müssen wir ihnen zu Mittag noch was zu essen kaufen.«
Der Gehilfe verschwand, und Carter holte einen Stapel Papiere aus einem Schrank und setzte sich damit an seinen Schreibtisch. Leise fluchend nahm er einen Bleistift zur Hand und begann, mühselig Buchstaben zu malen. Dies war das Schlimmste bei seinem Job, das Schreiben von Berichten, das Ausfüllen von Formularen. Steckten verdammt noch mal überall ihre Nase rein, die hohen Behörden des Staates. Was, zum Teufel, ging es sie an, was hier in diesem Bezirk passierte? Konzentriert begann er zu arbeiten — und fuhr unwillkürlich zusammen, als plötzlich die Eingangstür aufflog und Clint Richfield hereinstürzte.
Sein Gesicht war blaß, voll Schweiß. »Jeb Huggins soll in der Stadt sein«, sagte er.
Der Sheriff explodierte vor Wut. »Gottverdammt noch mal, Clint!« brüllte er. »Warum bist du nicht raus aus der Stadt, wie ich's dir gesagt hab?«
»Ja, warum sollte ich denn — wo ich doch nix getan habe als meine Pflicht?«
»War ja wohl nicht deine Pflicht, das Mädchen totzuschießen«, sagte der Sheriff sarkastisch.
»Ich hab doch bloß gesehen, wie der 'n Colt ziehen wollte, und da...«
Der Sheriff sah ihn starr an. »Wie kann 'n Toter 'n Colt ziehen?«
»Woher sollte ich wissen, daß er tot war?«
»Gott im Himmel!« fluchte der Sheriff. Er blickte auf seinen Schreibtisch. Offenbar glaubte Clint inzwischen selbst diese Geschichte, die ihm buchstäblich eingepaukt worden war. Der Sheriff schob die Papiere auf seinem Schreibtisch zurück und hob den Kopf. »Woher weißt du, daß Jeb in der Stadt ist?« Er erhob sich schwerfällig. »Hat ihn wer gesehen?«
»Als mein kleiner Bruder heute früh zur Schule wollte, da sah er

bei den Craigs 'n Karren und 'n Maultier, wo er nicht kannte. Er kam gleich zurück, um's mir zu sagen.«
»Muß ja nicht unbedingt Jebs Fuhrwerk sein«, meinte der Sheriff, doch überzeugend klang das nicht. Er holte tief Luft, nahm dann seinen Pistolengurt vom Haken an der Wand und band ihn um. Sorgfältig prüfte er die Waffe, eine große Ingersoll. »In einer halben Stunde ist ein Zug fällig. In den verfrachte ich dich.«
Clint starrte ihn an. »Ich muß erst nach Hause und 'n paar Sachen packen.«
»Die schicken wir dir nach«, erklärte der Sheriff. »Noch 'ne Blutfehde hier, das fehlte mir gerade noch.«
Der Gehilfe kam von den Zellen zurück. »Die sind weg«, meldete er und legte drei zusammengeknüllte Dollarscheine auf den Schreibtisch. »Haben alle was ausgespuckt, außer Tut. Der hatte nix.«
»Tut hat nie Geld«, sagte der Sheriff. Er nahm die Scheine, steckte sie ein. »Sind die Zellen sauber?«
Der Gehilfe nickte. »Die haben ordentlich schrubben müssen, bevor sie raus durften.«
»Gut. Dann übernimm jetzt den Laden hier. Clint und ich haben was zu erledigen.«
»Willst du keine Hilfssheriffs mobilisieren?« fragte Clint nervös.
Der Sheriff schüttelte den Kopf. »Bloß keine Aufmerksamkeit erregen. Ich kenne Jeb Huggins. Wir sind praktisch zusammen aufgewachsen. Da genügt keine Armee, um dir den vom Hals zu halten. Will dir sagen, wie wir's am besten halten. Wir verdrükken uns durch die Nebenstraßen und versuchen, von der anderen Seite her zum Bahnhof zu kommen.«
Schweiß lief Clint übers Gesicht. »Und wenn er uns trotzdem findet?«
Die Stimme des Sheriffs hatte einen grimmigen Klang. »Dann fang schleunigst an, darum zu beten, daß ich's ihm ausreden kann. Jeb ist der beste Schütze weit und breit.« Er brach ab. Als er Clints Furcht sah, fügte er noch hinzu: »Aber keine Sorge — er wird uns nicht finden.«
Clint nickte. Ruckartig bewegte sich sein Adamsapfel.
Der Sheriff griff nach seinem Hut. »Okay, gehen wir.«
Clint steuerte auf den Ausgang zu. »Halt«, sagte der Sheriff. »Nicht dort. Es ist besser, wenn wir den Ausgang hinten bei den Zellen benutzen.«

Genau wie geplant, näherten sie sich dem Bahnhof von der anderen Seite. In der Ferne hörten sie das Pfeifen des Zuges. »Warte hier«, sagte der Sheriff. »Ich geh zum Bahnhof und seh mich dort mal um. Nur wenn ich dir 'n Zeichen gebe, kommst du, klar?«
»Ja, Jase.«
»Bleib schön in Deckung«, warnte der Sheriff. »Darf dich keiner sehen.«
»In Ordnung, Jase.« Clint Richfield tauchte in den Schatten des Signalturms.
Der Sheriff warf ihm einen kurzen Blick zu. Dann begann er, in Richtung Bahnhof die Geleise zu überqueren. Soweit er sehen konnte, befand sich niemand dort, der nicht dorthin gehörte. Da war Pokey, der Bahnhofsvorsteher, der wichtig tat, obwohl er nichts weiter zu tun hatte. Und da waren ein paar alte Männer und George, der Gepäckträger. Sie warteten auf den Zug. Pokey sah ihn als erster, als er auf der hölzernen Plattform vor dem Bahnhof erschien. »Hallo, Sheriff«, rief er in jenem Singsang, in den er sozusagen von Berufs wegen eingeübt war. »Was führt Sie denn heute morgen hierher? Wollen Sie etwa aus der Stadt verduften?« Schallend lachte er über den eigenen Witz.
Der Sheriff lachte nicht. »Nicht direkt«, sagte er.
Dann hörte er hinter sich eine Stimme, aus einer Türöffnung. »Und was führt dich her, Jase?«
Der Sheriff fuhr herum. Jeb war es, der dort stand, in der Armbeuge seine Winchester 30-30. »Hallo, Jeb«, sagte er.
Jeb erwiderte den Gruß nicht. Seine Stimme klang kalt. »Hast meine Frage nicht beantwortet, Jase.«
Der Sheriff behielt ihn wachsam im Auge. »Hab nur so'n Morgenspaziergang gemacht. Reiner Zufall, daß ich hierhergekommen bin.«
»Was du nicht sagst! Und ist dir dabei vielleicht zufällig Clint Richfield über den Weg gelaufen?«
»Nu mach mal langsam, Jeb. Willst doch in so was nicht verwikkelt werden. Der Streik und du, ihr habt überhaupt nichts miteinander zu schaffen.«
»Mit Molly Ann hatte der Streik auch nichts zu schaffen. Trotzdem hat der Kerl sie abgeknallt.«
»War 'n unglücklicher Zufall. Die dachten, Jimmy wollte 'n Colt ziehen.«
»Jimmy hatte gar keine Waffe bei sich«, sagte Roscoe, der jetzt hinter Jeb auftauchte. »Außerdem konnte jeder sehen, daß er schon tot war.«

»Nein, das konnten die nicht wissen«, behauptete der Sheriff. Er blickte zu Jeb. »Mußt du mir einfach glauben, Jeb. Keiner wollte deiner Molly Ann was tun. Außerdem haben sie auf den Stufen dicht bei Jimmys Hand eine Pistole gefunden.«
»Die haben sie da hingetan — später«, sagte Roscoe.
»Also davon weiß ich nix«, versicherte der Sheriff hastig. »Du kennst mich von klein auf, Jeb. Und du weißt, daß ich so was nie mitmachen würde.«
Jeb trat auf den Bahnsteig. Vergewissernd schaute er sich um. Der Sheriff beobachtete ihn wachsam. Wieder war das Pfeifen des Zuges zu hören, diesmal wesentlich näher. Pokey und die anderen starrten stumm, und der Sheriff dachte: Hoffentlich ist Clint so vernünftig, sich vorerst nicht von der Stelle zu rühren. Das Beste wär's natürlich, wenn er, sobald der Zug hält, von der anderen Seite einsteigt; aber darauf darf man wohl nicht hoffen.
Wieder erklang das Pfeifen, noch näher, noch lauter. Jeb trat an den Rand des Bahnsteigs, und er blickte die Geleise entlang: dorthin, wo der Zug beim Signalturm erscheinen würde. Er wechselte das Gewehr von der einen Hand in die andere über, und instinktiv begann der Sheriff zurückzuweichen. Keinesfalls wollte er in die Schußlinie geraten, und wenn Jeb sein Gewehr bewegte, würde Clint wohl annehmen, er sei entdeckt. Der Sheriff hatte recht. Nur reagierte er nicht schnell genug. Und so erwischte ihn Clints erster Schuß im Bein, und er stürzte auf den Perron.
Jeb überquerte bereits die Geleise und rannte auf den Signalturm zu. Roscoe folgte ihm. »Dort ist er, dort hinter dem Turm!« rief er.
Der Sheriff wälzte sich herum und stützte sich auf die Hände. »Gottverdammt, Jeb!« brüllte er. »Tu's nicht! Dann geht doch bloß wieder so 'ne Fehde los. Sie werden hinter dir her sein und hinter Dan'l...«
Mehr war nicht zu verstehen, denn schnaufend fuhr der Zug ein, und er verschluckte nicht nur die Stimmen, er versperrte auch die Sicht.
Er drehte den Kopf und sah zwei starrende Augenpaare: der Bahnhofsvorsteher und George, der Gepäckträger.
Der Neger reagierte als erster. »Hab'n Sie was abgekriegt, Sheriff?«
»Und ob ich was abgekriegt hab!« schrie Carter. »Der Scheißkerl hat mich ins Bein geschossen!«

»Wenn ich Ihnen helfen darf, Sheriff«, sagte George und näherte sich.
»Pokey kann mir helfen!« rief der Sheriff. »Setz deinen schwarzen Arsch in Bewegung und hol aus meinem Büro alle Hilfssheriffs, die sich auftreiben lassen!«
George zögerte einen Augenblick. Dann sprang er vom Bahnsteig herunter und rannte, während der Zug zum Stehen kam, die Straße entlang. Wie gewöhnlich plumpsten zwei Postsäcke auf den Perron, doch niemand stieg aus, und niemand stieg ein.
»Pokey, komm her und hilf mir!« schrie der Sheriff.
Der Bahnhofsvorsteher blickte zum Zug, zu ihm, wieder zum Zug. »Muß doch erst das Zeichen zur Abfahrt geben«, sagte er mit dünner, zittriger Stimme.
»Scheiß drauf!« fluchte der Sheriff. »Ich verblute!« Vom Signalturm klangen Schüsse. Dann, urplötzlich, herrschte Stille.
»Himmelarsch!« fluchte der Sheriff. Er hob die Arme, und es gelang ihm, ein halblockeres Brett zu packen, an dem er sich hochziehen konnte, auf die Füße. Mit einer Hand löste er den Gürtel seiner Hose; versuchte dann, sein Bein damit abzubinden, um den starken Blutverlust endlich zu stoppen.
Der Zug setzte sich wieder in Bewegung. Langsam verließ er den Bahnhof. Von der anderen Seite der Geleise kam ein Schrei: »Sher'f!?«
Er hob den Kopf. Dort stand Clint, das Hemd voll Blut. »Alles in Ordnung, Clint?« schrie er und vergaß für den Augenblick seine eigene Verwundung.
Clint stand dort, und er schien sich seine Antwort sehr genau zu überlegen. »Umgebracht haben die mich, Sher'f!« schrie er und fiel, Gesicht voran, quer über die Geleise.

»Himmelherrgott, nu mal langsam, Doc«, ächzte der Sheriff, während er sich auf dem Tisch in Dr. Johns Behandlungsraum wand.
»Stellen Sie sich nicht so an«, sagte der Arzt. »Wie soll ich denn die Kugel rauskriegen?«
»Tut weh, Doc«, jammerte der Sheriff und starrte auf die Zange, die der Arzt in der Hand hielt.
»Natürlich tut's weh«, sagte Dr. John in beschwichtigendem Tonfall. »Aber Sie haben Glück, daß die Kugel im Fleisch sitzt. Die Knochen haben nichts abbekommen.« Er drehte sich herum, nahm die Flasche Whisky vom Tisch. »Hier, nehmen Sie noch 'n Schluck.«

Der Sheriff gehorchte; ließ die Flüssigkeit in sich hineingluckern.
»Und jetzt packen Sie ganz fest die Tischkante«, befahl der Arzt.
Wieder gehorchte der Sheriff. Was da eigentlich vor sich ging, wußte er nicht so genau; dafür handelte der Arzt viel zu schnell. Heißglühend zuckte ein Blitz durch sein Bein, und er schrie.
»Hören Sie endlich auf zu brüllen«, sagte der Arzt. »Ist ja schon vorbei.« Er hob sein Instrument, so daß der Sheriff die Kugel sehen konnte. »Das ist das kleine Scheißding.«
Der Sheriff streckte sich lang auf dem Tisch aus. Sein Gesicht war kalkweiß, er schwitzte. »Oh, Mann«, sagte er.
Der Arzt legte das Instrument aus der Hand. »Jetzt werden wir Sie verbinden, und in ein paar Tagen sind Sie so gut wie neu.« Er griff nach einer Rolle Verbandsstoff und begann mit der Arbeit.
Sam Fitch und Mike Richfield, Clints Vater, traten zum Tisch und betrachteten ihn. Bis zu diesem Augenblick hatten sie auf der anderen Seite des Zimmers gewartet. »Sie werden einen Verfolgertrupp hinter denen herschicken, wo meinen Jungen umgebracht haben, Sheriff?« wollte Richfield wissen.
Carter musterte ihn kurz. »Nein.«
Richfield starrte ihn an. »Die hab'n meinen Jung' umgebracht, Sher'f.«
»Clint war 'n saudummer Hund«, erklärte der Sheriff ohne Umschweife. »Hab ihm von vornherein gesagt, er sollte nichts anfangen. Aber er war ja so unheimlich schlau und mußte ballern. In der ganzen Welt gibt's keine Jury, wo die verurteilen würde. War 'n klarer Fall von Notwehr — wofür die Kugel in meinem Bein wohl genügend Beweis ist.«
»Aber die war'n doch hinter ihm her.«
»Die wußten überhaupt nicht, daß er dort war — bis er schoß. Er hätte sich bloß heimlich zum Zug schleichen müssen, und schon wär alles glattgegangen.«
»Sie müssen die verfolgen, Sher'f«, sagte Sam Fitch. »Das ist Ihre Pflicht, und darauf haben Sie einen Eid geleistet.«
Der Sheriff hielt mit seinem Blick stand. »Meine Pflicht«, sagte er, »reicht genau bis zu den Grenzen unsres Bezirks. Und die Huggins-Farm liegt über fünfzehn Kilometer außerhalb.«
»Das spielt doch keine Rolle«, erklärte Fitch. »Wenn die ungeschoren davonkommen, hat die ganze Bande neue Helden. Und dann geht's mit dem Streik womöglich von vorn los.«
»Ist ja nicht mein Problem«, betonte der Sheriff. »Gibt schon genug, was mir gegen den Strich und gegen das Gewissen geht. Da

oben bei Huggins wimmelt 'n Haufen Kinder rum, und ich denk nicht dran, mir noch mehr Tote auf 'n Buckel zu laden.«
»Das Blut meines Sohnes schreit nach Rache«, sagte Richfield.
Der Sheriff musterte ihn. »Dann kannst du vielleicht verstehen, wie Jeb zumute gewesen ist, als er die Leiche seiner Tochter sah.« Er stützte sich auf die Ellenbogen. »Hör auf meinen Rat und laß die Dinge auf sich beruhen.«
»Was werden Sie also unternehmen?« wollte Fitch wissen.
»Meldung machen werd' ich«, erklärte der Sheriff. »An die Polizeibehörden von unserm Staat. Vielleicht fällt denen mal was andres ein, als mir die Formulare zurückschicken, weil sie nicht richtig ausgefüllt sind.«
»Sie wissen doch genau, daß die nichts weiter unternehmen werden«, sagte Fitch. Der Sheriff gab keine Antwort.
»Das wär's«, erklärte der Arzt. »Sie können jetzt Ihre Beine vom Tisch schwenken.« Er half dem Sheriff, als dieser sich hochrichtete und dann aufstand. »Na, wie fühlt sich's an?«
»Tut weh«, sagte der Sheriff.
»Wird auch noch 'ne ganze Weile weh tun«, versicherte der Arzt. »Bloß schön aufpassen, daß Sie das Bein nicht überlasten.«
»Könn'n wir nicht zulassen, daß es wieder losgeht mit dem Streik«, sagte Fitch.
Der Sheriff blieb stumm. Einer seiner Gehilfen, der bis jetzt an der Wand gelehnt hatte, kam herbei, um zu helfen. Humpelnd bewegte Carter sich in Richtung Tür.
»Sie zwingen mich, wieder auf die Pinkertons zurückzugreifen«, sagte Fitch. »Sie machen einen großen Fehler, Jase.«
Bei der Tür blieb der Sheriff stehen. Er stützte sich auf seinen Gehilfen.
»Nicht ich mache den Fehler, Sam«, sagte er kalt. »Sie sind's, der den größten Fehler in seinem Leben macht.«
Er ging hinaus. Schweigend sahen sie ihm nach. Von draußen hallten seine Flüche, während er die Treppe hinabzusteigen versuchte.
Sam Fitch blickte zu Richfield. »Ich kann die Pinkertons mit dem Mittagszug hier haben.« Richfield schwieg.
»Eine Kugel hat genügt, um aus dem Sheriff einen feigen Hund zu machen«, sagte Fitch. »Wir treffen uns um ein Uhr in meinem Laden.«
Richfield mied seinen Blick. »Da werde ich nicht dabei sein, Mr. Fitch. Der Sheriff hat recht. Es ist genug Blut vergossen worden. Noch eine Blutfehde — nein, das wäre verrückt.«

Voll Verachtung sagte Fitch: »Ihr seid alle Memmen. Aber ich brauche eure Hilfe nicht. Bloß — kommt mir nicht geschlichen, wenn's vorüber ist. Denn da habt ihr nichts von mir zu erwarten.« Wütend stampfte er hinaus.
Sekundenlang herrschte im Zimmer Schweigen. Dann blickte Richfield zum Arzt. »Sie werden sich um meinen Jungen kümmern?«
Der Arzt, der überdies Leichenbeschauer und Leichenbestatter war, nickte.
»Werd ihn richtig gut herrichten.«
»Danke, Dr. John«, sagte Richfield.

18

Sarah Andrews öffnete die Augen und sah, wie er aus dem Bett glitt. Erstes Morgenlicht fiel herein, und weiß schimmerte sein nackter Körper, als er barfuß zu dem Stuhl trat, über dessen Lehne seine Hose hing. Sie sah das Spiel seiner Muskeln und spürte die Erregung, die in ihr aufkeimte. Unwillkürlich hielt sie den Atem an. Nie zuvor hatte sie so etwas empfunden. Doch so war es vom erstenmal an gewesen: seit jener Nacht, als Mr. Lewis hergekommen war, um die Bergleute in der Gewerkschaft zu organisieren — über ein Vierteljahr war das inzwischen her.
Halb im Schlaf hatte sie gelegen, als sie das Klopfen hörte. Rasch stand sie auf, warf sich den Morgenrock über und ging zur Tür.
»Wer ist dort?« fragte sie.
Die Stimme, die an ihr Ohr klang, schien durch die dicken Bretter eigentümlich gedämpft, gemildert. »Ich bin's, Miß Andrews.«
»Ich liege bereits im Bett«, erwiderte sie.
»Tut mir leid, Miß Andrews. Will Sie nicht weiter belästigen. Wollte Ihnen nur erklären, warum ich mich so verspätet habe.«
Kurzes Schweigen folgte. Dann erklang noch einmal seine Stimme. »Seh Sie morgen früh.«
Überraschend wurde ihr bewußt, daß morgen ja Sonntag war. Und am Sonntag kam er immer, um Holz zu hauen. Nun ja, da es am Sonntag keine Schule gab, machte es auch nichts weiter, wenn sie ein wenig länger aufblieb. »Moment«, sagte sie hastig.
»Ich bin jetzt sowieso wach. Da können Sie auch hereinkommen. Ein wenig Kaffee steht wohl noch bereit.«

Sie zog den Riegel zurück, öffnete die Tür. Und dort stand er, zögernd, zaudernd. »Ist es auch wirklich keine Mühe für Sie?« fragte er.
»Nein«, lautete ihre Antwort. »Kommen Sie.«
Er trat ein, und sie schloß die Tür hinter ihm. »Warten Sie hier. Ich werde die Lampe anzünden.«
Sanftes Licht erhellte den Raum. Sie blickte zu ihm. »Ich habe mich schon gefragt, ob Ihnen vielleicht irgend etwas zugestoßen ist.«
»Mußte zu einer Versammlung«, erwiderte er kurz.
»Zu einer Versammlung? Zu was für einer Versammlung denn?«
Er zögerte. »Weiß nicht, ob ich Ihnen das verraten darf«, sagte er. »Hab versprochen, keinem was zu erzählen?«
»War doch nichts Ungesetzliches, oder?« fragte sie, und aus ihrer Stimme klang plötzlich Besorgnis.
»Nein, Ma'am, so was war's nicht.«
»Nun, dann müssen Sie mir gar nichts weiter erzählen«, versicherte sie. »Nehmen Sie nur Platz. Ich werde rasch den Kaffee aufsetzen.«
Als sie zurückkam, stand er noch immer. Sie stellte die Kaffeekanne und die Tassen auf den Tisch. »Ja, warum haben Sie sich denn nicht gesetzt?« fragte sie.
»Hab grad Ihre Uhr dort gesehen«, erwiderte er. »Ist ja schon nach zehn. Hab gar nicht gewußt, daß es bereits so spät ist. Da sollte ich wohl besser gehen.«
»Nun seien Sie nicht albern«, sagte sie und schenkte ihm Kaffee ein.
Als sie dann die Tasse nahm, um sie ihm zu reichen, verrutschte ihr Morgenrock. Sie sah, daß er rot wurde. Mit abgewandtem Blick griff er nach der Tasse. Sie blickte an sich herunter. Was war da eigentlich...? Nun, das dünne Baumwollnachthemd wirkte fast durchsichtig. Und plötzlich brandete es in ihr empor wie eine Hitzewelle. Steif stießen ihre Brustwarzen gegen das kaum spürbare Gewebe.
Sie spürte die Schwäche in den Knien und stützte sich gegen den Tisch. Doch machte sie keinerlei Anstalten, ihren Morgenrock in Ordnung zu bringen. Als sie sprach, hielt er die Augen noch immer abgewandt. »Daniel.«
Er blickte auf seine Kaffeetasse. »Ja, Miß Andrews?«
Sie spürte, wie es in ihrer Brust hämmerte. »Warum sehen Sie mich so an?«

Sekundenlang konnte er nicht antworten. »Ihr Morgenrock...« begann er — und brach wieder ab.
»Sie möchten mich sehen«, sagte sie, und der Klang ihrer Stimme klang in ihren Ohren irgendwie fremd.
Langsam hoben sich seine Augenbrauen. Und sie sah die Schwellung in seiner Hose, dort im Schritt. Die Kaffeetasse zitterte ihm in der Hand.
Sie trat auf ihn zu, nahm ihm die Tasse aus der Hand, stellte sie auf den Tisch. »Hast du schon mal ein Mädchen gehabt?«
Wieder starrte er zu Boden. »Nein, Ma'am«, flüsterte er.
»Was tust du dann, wenn du erregt bist?« fragte sie.
Er gab keine Antwort.
»Mußt doch irgendwas tun«, sagte sie. »So kannst du doch nicht herumlaufen.«
Er mied ihren Blick. »Ich mach's mir selber.«
»Oft?«
Er schüttelte den Kopf. Sein Gesicht war rot. »Morgens und abends. Manchmal auch mittags — wenn's zu schlimm wird.«
Sie spürte, wie ihr Schoß feucht wurde. »Woran denkst du, wenn du's tust?«
Plötzlich hob er den Kopf, sah sie an.
»An Sie.«
»Ich möchte dich sehen«, sagte sie.
Er bewegte sich nicht.
Sie tastete über seine Schenkel. Selbst durch den Stoff war das starke Pulsen zu spüren. Rasch knöpfte sie seinen Hosenschlitz auf. Der stramme Phallus sprang ihr gleichsam entgegen. Sacht zog sie die Vorhaut zurück und blickte dann darauf.
Die pralle, blutgefüllte Eichel schien im Begriff zu platzen. Noch während sie darauf starrte, durchtobte ein Orgasmus seinen Körper, und dicker, weißer Samen schoß hervor.
»Mein Gott!« flüsterte sie, unfähig, sich länger aufrecht zu halten. Sie sank vor ihm in die Knie und spürte, wie ihre Orgasmen in ihrem Schoß wühlten. Wild zog sie mit der freien Hand den Ausschnitt des Morgenrocks tiefer, entblößte ihr Brüste. Der Samen klatschte gegen ihr Fleisch. »Oh, mein Gott!«
Eine halbe Stunde später lagen sie nackt auf dem Bett, und ihr Schoß war von ihm erfüllt. Sie hatte das Gefühl dahinzutreiben in Erinnerung, in Empfindung. So war es noch nie gewesen, nein, nie. Zuvor hatte sie stets gemeint, mißbraucht zu werden; jetzt hatte sie das Gefühl, zu empfangen und zu geben. Wieder spürte sie, wie er sich in ihr bewegte, und das eigentümliche Vi-

brieren kündigte ihr seinen bevorstehenden Orgasmus an. Rasch ließ sie ihre Hand tiefer gleiten, tastete nach seinen großen, festen Hoden, während sie mit der anderen Hand sein Gesicht zu ihren Brüsten zog. »Noch nicht, Daniel«, flüsterte sie. »Langsam. Ganz, ganz langsam.«
Für einen langen Augenblick blieb er völlig unbeweglich. Als er sich dann wieder rührte, geschah es mit jenen sachten Stößen, die sie so liebte.
»Besser, viel besser«, flüsterte sie und paßte sich ganz seinem Körperrhythmus an.
Seine Lippen glitten über ihre Brüste. »Sagen Sie mir nur, was ich tun soll, Miß Andrews«, murmelte er. »Ich lerne.«
Wie sich zeigte, war Daniel ein unermüdlicher — und unermüdbarer — Liebhaber, der geborene Erotiker, der — sobald er aus seinen Ketten gelöst wurde — das Wörtchen Erschöpfung überhaupt nicht zu kennen schien. Ohne die geringste Mühe brachte er es im Laufe einer Liebesnacht auf vier, fünf oder auch mehr Orgasmen. Mehr als nur einmal wurde sie von seiner permanenten Bereitschaft überrascht. Irgendwann berührte sie ihn rein zufällig und entdeckte, daß er steif war. Sie lachte. »Mein Gott. Daniel, läufst du denn dauernd so rum?«
Wieder einmal wurde er rot, lächelte dann. »Is manchmal wirklich so, Miß Andrews. Oder?«
Diese Anrede — Miß Andrews —, das war ihm einfach nicht auszutreiben gewesen. Selbst in den intimsten Augenblicken, wenn er wie ein Bulle brüllte und sie in höchsten Tönen schrillte, wenn sie beide gemeinsam zum Orgasmus kamen — nie nannte er sie Sarah. Dazu hatte sie ihn nicht bewegen können. Schließlich gab sie es auf. Irgendwo in seinem Unterbewußtsein blieb sie wohl seine Lehrerin.
Außerhalb des Schlafzimmers überschritt er ohnedies nie die »Linie«. Genau hielt er sich an das Pensum, das sie ihm jeweils aufgab, und seine zunehmende Lernfähigkeit erstaunte sie kaum weniger als seine wachsenden Liebeskünste. Sie waren inzwischen bereits bei dem Stoff, mit dem sie sich in ihren frühen Collegejahren beschäftigt hatte. Nicht mehr lange, und sie würden an jenen Grenzen angelangt sein, die ihr gesetzt waren. Doch die Monate, seit sie ein Liebespaar waren, flogen vorbei wie Tage, und sie hatte schon längst aufgehört, sich zu fragen, was wohl werden sollte mit dem Unterricht. Auf Ende Mai ging es inzwischen zu; und bald schon würde die Schule schließen und sie nach Hause fahren — vielleicht, um nie mehr wiederzukehren.

Weder zur Schule noch zu ihm. Aber auch diesen Gedanken versuchte sie zu verdrängen.
Sie schloß die Augen und hörte, wie er in seine Hosen schlüpfte und nach draußen ging. Wenige Minuten später vernahm sie das rhythmische Geräusch der Axt — und ließ sich dahintreiben im warmen und wärmenden Schlaf.

Es war nicht das durchs offene Fenster fallende Sonnenlicht, das sie weckte. Es war die Stille. Reglos lag sie einen Augenblick, bevor ihr klar wurde, daß der Rhythmus der hackenden Axt nicht mehr da war. Sie blickte zur Uhr beim Bett. Es war erst wenige Minuten nach acht. Für gewöhnlich wurde er erst gegen zehn Uhr fertig.
Sie glitt aus dem Bett und blickte durch das Fenster. Daniel, die Axt noch in der Hand, sprach mit einem Fremden. Da ihr der Mann den Rücken zukehrte, konnte sie sein Gesicht nicht sehen, doch waren seine Kleider zerrissen und voll Schmutz. Daniel legte die Axt aus der Hand und ging auf das Haus zu. Der Fremde folgte ihm. Rasch griff sie nach ihrem Morgenrock und ging dann ins andere Zimmer, um sie zu empfangen.
Kaum war sie dort, da ging auch schon die Tür auf. Daniel trat ein, unmittelbar hinter sich den Fremden. Kurz blickte Daniel zu ihr. Seine Augen wirkten eigentümlich verschleiert. Fast hätte man meinen können, er habe sie überhaupt nicht wahrgenommen. Seine Haut hatte eine sonderbar graue Tönung.
»Daniel«, sagte sie und empfand plötzlich eine bis dahin unbekannte Furcht.
Er zwinkerte ein paarmal. »Miß Andrews.« Seine Stimme klang völlig hohl. »Miß Andrews, dies ist mein Freund Roscoe Craig.«
Sie betrachtete den Mann. Er war fast so groß wie Daniel, doch viel dünner. Ein zwei oder drei Tage alter Stoppelbart bedeckte sein Gesicht, und unter seinen Augen waren tiefe Schatten. Was seine Kleidung betraf, die Hosen und das Hemd, sie schienen völlig zerfetzt und dreckig. Mit seinen Schuhen war es praktisch dasselbe. Er nahm den Hut vom Kopf — den schweißverfleckten Hut des Gebirglers. Dünnes Haar bedeckte ein weitgehend kahles Haupt. »Ma'am«, sagte er.
»Mr. Craig«, lautete die Antwort. Sie blickte zu Daniel. »Stimmt irgendwas nicht?«
Er beantwortete ihre Frage nicht. »Mr. Craig ist schon drei Tage und zwei Nächte unterwegs. Wär ja wohl nix dagegen zu sagen, wenn wir ihm was zu essen anrichten, wie?«

»Natürlich nicht«, erwiderte sie hastig. »Ich werde mich sofort darum kümmern.«
»Danke Ihnen, Miß Andrews«, versicherte er, doch seine Stimme klang genauso leer wie zuvor. Und dann war er plötzlich durch die offene Tür verschwunden.
»Daniel!« rief sie und wollte hinter ihm her.
Es war der ausgestreckte Arm des Fremden, der sie zurückhielt.
»Lassen Sie ihn nur gehen, Ma'am«, sagte er ruhig. »Er kommt schon wieder zurück.«
Verwirrt blickte sie ihn an. »Was ist passiert?«
»Seine ganze Familie ist tot, Ma'am«, erwiderte Roscoe auf seine ruhige Art. »Ermordet!«

Es war bereits nach Mitternacht gewesen, als Roscoe, der in der Scheune schlief, die Stimmen hörte. Langsam hob er den Kopf und lauschte. Ein scharfes Zischeln war es: so wie Männer miteinander sprechen, die es nicht gewohnt sind, ihre Stimmen zu dämpfen. Rasch schlüpfte er in seine Schuhe und stand auf. Seine Hand glitt automatisch zum Gürtel, tastete nach der Pistole. Dann fiel ihm ein, daß er die Waffe drüben im Huggins-Haus gelassen hatte, auf dem Küchentisch.
Die Stimmen kamen näher. Hastig blickte er sich nach einem Versteck um. Hinter dem Maultier sah er einen Heuhaufen, und er zögerte nicht: Flink wühlte er sich hinein. Dem Tier paßte das offenbar nicht. Schnaubend stießen die Nüstern gegen das Heu.
»Verdammtes Biest!« fluchte er und kroch noch tiefer. Dann hörte er Schritte. Mehrere Männer waren in die Scheune getreten. Durch das Heu hindurch sah er undeutlich ihre Schuhe. Er hielt den Atem an.
Für einen Augenblick standen die Männer dort. Dann näherte sich ein Paar Schuhe. Roscoe hatte das Gefühl, zu erstarren. Der Mann blieb stehen, ging zu den andern zurück. Leise sagte er: »Is nix hinterm Verschlag. Bloß n' Maultier.«
»Melde das Fitch«, sagte eine andere Stimme. »Wir werden uns auf den kleinen Hügel hinterm Haus zurückziehen. Genau wie er's uns eingeschärft hat.«
Die Männer verließen die Scheune. Sacht blies Roscoe einen Luftstrom von sich und kroch aus dem Heu. Dann spähte er zwischen zwei Brettern in der Scheunenwand hindurch.
Zwei Männer standen dort — Pinkertons, wie ihre Kopfbedeckung, die Melone, eindeutig verriet. Jeder hielt ein Gewehr in den Händen. Roscoe blickte an ihnen vorbei, zum Haus.

Dort befanden sich weitere Männer. Mindestens neun zählte er, und vermutlich waren es noch mehr, auf der anderen Seite des Hauses. Sie schienen gleichsam Stellung zu beziehen. Nach einigen Minuten hob einer von ihnen die Hand — offenbar ein Signal.
Aus den Schatten tauchte Sam Fitch hervor. Trotz seines beträchtlichen Körperumfangs bewegte er sich sehr behende. »Alle Mann bereit?« Sein heiseres Flüstern klang bis zur Scheune.
Der Pinkerton, der das Zeichen gegeben hatte, nickte.
»Fackeln zur Veranda — und anzünden!« befahl Fitch.
Sofort rannten zwei Männer in Richtung Eingang. Neben den Stufen rammten sie die Fackeln in den Boden und zündeten sie an. Gelbe Flammen schlugen hoch.
Sam Fitch blickte zum Haus. »Jeb!« brüllte er. »Komm mit Roscoe in einer Minute aus dem Haus — sonst holen wir euch!«
Sekunden vergingen. Dann öffnete sich die Tür einen Spalt.
»Roscoe ist nicht hier«, rief Jeb. »Ich komme, aber ich will keine Schießerei. Sind ja alle im Haus — meine Frau und die Kinder.«
»Komm raus — mit erhobenen Armen — und es gibt keine Schießerei«, sagte Fitch.
Langsam schwang die Tür auf. Und dort stand Jeb, nur mit einer Hose bekleidet. Im Schein der gelblich flackernden Fackeln wirkte sein Oberkörper sonderbar fahl. Er hielt die Hände über den Kopf gestreckt. Zwinkernd versuchte er, vorbeizuspähen am Fackellicht. Und trat weiter heraus. Stand jetzt auf der Veranda und begann, die Stufen herabzusteigen.
Roscoe sah, wie Sam Fitch den Arm nach unten schwenkte: das Zeichen gab. »Jetzt!«
»Geh zurück, Jeb!« schrie er. Doch in der dröhnenden Salve war seine Stimme nicht zu verstehen.
Die Kugeln rissen Jeb herum. Von der obersten Stufe stürzte er auf eine der Fackeln, die sofort unter die Holzveranda fiel. Kaum eine Sekunde später brannte sie lichterloh, und das Feuer züngelte die Wände hoch.
Und dann sprang es sozusagen durch die offene Tür ins Haus; loderte empor als rotglühender Wall. Das Maultier, durch den Brandgeruch zur Panik getrieben, brach aus seinem Verschlag und jagte an Roscoe vorbei auf den Hof. Es stürmte mitten zwischen die Pinkertons, die entsetzt auseinanderstoben. Dann galoppierte das Tier wie besessen die Straße entlang.
Die Pinkertons sammelten sich wieder zur Gruppe. »Wir müssen versuchen, die rauszuholen!« sagte einer.

»Red keinen Blödsinn!« erwiderte ein anderer. »Von denen lebt doch keiner mehr.«
»Was sollen wir also tun?« fragte der erste.
»Machen, daß wir fortkommen«, sagte der andere. »Hab wirklich keine Lust, mich hier sehen zu lassen, wenn die spitzkriegen, was hier passiert ist.« Er trat zu Sam Fitch, der wie fasziniert ins Feuer starrte. »Mr. Fitch.«
»Ja?« Die Stimme klang dumpf. Noch immer konnte Fitch den Blick nicht vom Feuer lösen.
»Ich meine, wir sollten machen, daß wir davonkommen«, sagte der Pinkerton.
Fitch drehte sich zu ihm herum. »War 'n Unfall. Habt ihr alle gesehen. War 'n Unfall.«
»Wird bloß keiner glauben, wenn sie die Leiche finden, mit Kugeln vollgepumpt«, sagte der Pinkerton.
Plötzlich schüttelte Fitch seine Erstarrung ab. »Das bringen wir schon in Ordnung. Kommt, Männer, und helft mir. Wir werden seine Leiche in die Flammen werfen.«
Die Pinkertons rührten sich nicht.
Fitch starrte sie an. »Ihr hängt da genauso drin wie ich. Wollt ihr Beweismaterial zurücklassen — und so, daß man euch aufknüpfen kann?«
Wortlos lösten sich einige der Männer aus der Gruppe und traten zu ihm. Sie packten den toten Jeb bei den Händen und bei den Füßen und schleuderten ihn in hohem Bogen mitten ins brennende Haus.
Fitch stand noch einen Augenblick und starrte. »Und jetzt wird's Zeit, daß wir von hier verschwinden«, sagte er und drehte sich um.
Wenige Minuten später war von den Männern nichts mehr zu sehen. Müde raffte sich Roscoe hoch und ging dann hinaus, auf jene noch immer brennenden Trümmer zu, die die Überreste des Huggins-Hauses bildeten. Einen Augenblick stand er starr. Dann fiel er auf die Knie und begann zu beten, während Tränen über seine Wangen strömten. »Oh, Gott«, schluchzte er. »Warum mußten diese schönen Kinder ein solches Ende finden? Warum hast du das bloß zugelassen?«

19

»Nach Sonnenaufgang bin ich ins Tal runter zu den Callendars«, sagte Roscoe. »Der alte Callendar und seine Jungs sind dann mit mir auf dem Karren wieder rauf, und wir haben ihnen ein christliches Begräbnis gegeben. Callendar hatte seine Bibel bei, und daraus hat er vorgelesen und so.«
Daniels Gesicht wirkte ausdruckslos. »Ich danke euch dafür.«
Sarah beobachtete ihn aufmerksam. Fast fünf Stunden war er fort gewesen. In dieser Zeit schien er um zehn Jahre gealtert zu sein. Sein Gesicht wirkte wie gezeichnet von Furchen, die seine Jugend zerstörten. Er war kein Jüngling mehr, er war ein Mann. Doch mehr als nur das. Da war etwas Fremdartiges, etwas Unversöhnliches. Unwiederbringlich schien ein Teil dessen verloren, was bisher unabdingbar zu ihm gehört hatte.
»Hab getan, was ich nur tun konnte«, sagte Roscoe. »Hab beinahe drei Tage gebraucht, um hierherzukommen. Bei Tage bin ich hübsch weg von den Straßen, und um Fitchville hab ich 'n großen Bogen gemacht. Wollte mich ja nicht erwischen lassen von diesem Sam Fitch.«
»Wo wollen Sie jetzt hin, Mr. Craig?« fragte Daniel.
»Meine Frau und ich, wir sind uns eigentlich einig. In Detroit gibt's Arbeit. Und da haben wir Verwandte, wo uns erst mal aufnehmen. Also werd ich wohl hinfahren. Und wenn ich 'n Job hab, hol ich die Familie nach.«
Daniel schwieg.
»Gibt hier für mich nix weiter zu tun«, sagte Roscoe. »Hat ja alles keinen Zweck mehr. Ich mein' — wo uns die Gerichte unser Land genommen haben, um's der Fabrik zu geben.«
»Kann Sie schon verstehen, Mr. Craig«, sagte Daniel. »Sie haben Ihr Bestes getan, und mehr kann man von einem Mann nicht verlangen. Bloß — ist 'n ganz schön weiter Weg bis Detroit.«
»Werd schon hinkommen«, sagte Roscoe.
»Haben Sie Geld?« fragte Daniel.
»Hab genug«, erwiderte Roscoe. »Komm schon zurecht.«
»Wieviel?« wollte Daniel wissen.
Roscoe mied seinen Blick. »Na, so ein, zwei Dollar.«
»Da brauchen Sie mehr«, erklärte Daniel. »Ich habe zwanzig Dollar, die ich nicht mehr brauche. Wollte sie meiner Familie schikken. Und ich glaube, mein Pa hätte sich gefreut, wenn Sie's zulassen würden, daß ich Ihnen das Geld leihe.«
»Geht nicht«, sagte Roscoe hastig.

Sarah schwieg. Der Stolz der Menschen hier war etwas, das sie oft nicht im mindesten verstand. Sofern irgend etwas auch nur von fern nach Wohltätigkeit aussah, wurde es entschieden zurückgewiesen.
»Sie können's mir doch zurückgeben, wenn Sie 'n Job haben«, sagte Daniel.
Roscoe überlegte. Dann nickte er. »Also gut, Dan'l«, räumte er ein. »So gesehen, kann ich's wohl nicht gut ausschlagen.«
»Wann wollen Sie wieder aufbrechen, Mr. Craig?« fragte sie.
Er sah sie an. »Sobald es dunkel wird, Ma'am«, erwiderte er.
»Dann darf ich Ihnen vielleicht ein heißes Bad bereiten«, sagte sie hastig. »Anschließend können Sie ein bißchen ruhen, und währenddessen kann ich Ihre Kleider bürsten und säubern.«
»Ist mächtig nett von Ihnen, Ma'am«, erklärte Roscoe, und seine Augen folgten ihr, während sie den Raum verließ. Er drehte den Kopf, blickte zu Daniel. »Is 'ne richtig feine Frau. Würd nie einer draufkommen, daß sie 'ne Lehrerin is. Sie ist genauso wie eine von den unsern.«
Daniel nickte. Doch seine Gedanken waren woanders. Er riß sich zusammen, rief sich in die Gegenwart zurück. »Heute nacht geht von der Zeche ein Kohlenzug ab«, sagte er. »Der fährt nach Detroit, und der Bremser ist 'n Freund von mir. Vielleicht läßt der Sie im Bremserhäuschen mitfahren.«
»Wär sicher nicht schlecht«, meinte Roscoe.
»So gegen elf ist der Zug da, und dann können wir hin«, erklärte Daniel.
Roscoe musterte ihn. »Und du, Dan'l — was wirst du tun?«
Daniel erwiderte seinen Blick. »Weiß noch nicht, Mr. Craig«, sagte er langsam. »Erst mal möchte ich nach Hause und die Gräber besuchen. Was dann wird — ich weiß es einfach nicht.«
Doch Roscoe hatte seine eigenen Gedanken. Denn diese Augen glichen genau jenen, welche er — wenige Tage erst war es her — in Jebs Gesicht gesehen hatte; voll tiefer Entschlossenheit.
Den Rest des Nachmittags verbrachte Daniel draußen beim Holzhaufen. Mit gleichbleibendem Rhythmus schwang er die Axt. Schließlich begann er, das kleingehackte Holz an einer Hauswand zu stapeln. Schicht häufte sich auf Schicht, unabsehbar fast. Als er wieder ins Haus trat, dunkelte es bereits.
»Hunger?« fragte sie.
Er schüttelte den Kopf.
»Du mußt etwas essen«, sagte sie. »Hast ja noch kein Abendbrot gehabt.«

»Bin nicht hungrig«, beharrte er. Und gewahrte dann ihren Gesichtsausdruck. »Tut mir leid, Miß Andrews. Will wirklich keine Ungelegenheiten machen.«
»Schon gut«, sagte sie. »Trinkst du eine Tasse Kaffee mit mir?«
Er nickte.
Wenig später kam sie mit einer Kanne Kaffee ins Zimmer zurück. Er tat sich drei Teelöffel Zucker in die Tasse und rührte langsam. »Schläft noch, der Mr. Craig«, sagte sie.
Er trank einen Schluck. »Er ist über hundert Kilometer gelaufen, um hierherzukommen.«
»Kennst du ihn schon lange?« fragte sie.
»Von klein auf. Er und mein Pa, die sind schon als Jungens Freunde gewesen; aber oft gesehen haben wir uns nicht. Die hatten am Fluß, außerhalb von Fitchville, eine Farm, und wir lebten in den Hügeln. Bevor die Fabriken kamen, schien jeder jeden zu kennen. Doch dann wurde das anders. War nix mehr los mit den Farmen, und die Fabriken übernahmen das Land. Die Leute wanderten ab. So wie er jetzt weg will von hier.«
»Was wurde mit seiner Farm?« fragte sie.
»Die hatten ihre Juristen, und Juristen finden ja immer Mittel und Wege. Sieben Acres direkt am Fluß gehörten ihm oder seinem Vater. Und deswegen gab's Streit. Zwischen der Fabrik und der Familie.«
»Und was passierte?«
Seine Augen wirkten plötzlich sehr kalt. »Sein Vater und der älteste Sohn wurden getötet, und die Gerichte nahmen ihnen das Land weg. Jetzt weiß er nicht, wo er hin soll. Außer nach Detroit.«
»Gott sei Dank ist das bei dir anders«, sagte sie. »Du hast deinen Platz.«
»Wirklich?« forschte er.
»Ja«, erwiderte sie. »Du hast hier einen Job. Und eine Zukunft. Du brauchst dir keine Sorgen zu machen.«
Seine Stimme war ohne Ausdruck. »Ein guter Job? Vierzig im Monat. Ist das ein guter Job?«
»Es gibt Männer, die nicht soviel verdienen«, erwiderte sie.
»Das stimmt«, sagte er. »Und eigentlich läuft alles nur auf die Frage raus: Wieviel Hunger kann ein Mensch ertragen? Die Bergleute und die Farmer und die Fabrikarbeiter sitzen alle im selben Boot. Denen bleibt nur die Wahl — mit dem Hunger fertig zu werden.«
Sie schwieg.

Er sah sie an. »Ich kapier das alles nicht so richtig, Miß Andrews. Hab gesehen, wie mein Pa ins Schwitzen geriet, weil Mr. Fitch ihm für'n Krug vom Gebrannten nicht 'n paar Pennies mehr zahlen wollte. Und ich hab mit ansehen müssen, wie Kumpels im Schacht krepiert sind, bei einem Lohn von anderthalb Dollar pro Tag. Auch weiß ich, daß in den Fabriken Mädchen mit den Armen in die Maschinen geraten sind — Krüppel bis ans Lebensende, für einen Lohn von fünf Cents pro Stunde. Da gibt's noch viele Beispiele. Ich versteh einfach nicht, warum die Leute, die zu entscheiden haben, ihren Arbeitern nicht 'n bißchen mehr Lohn geben, damit die zurechtkommen können.«
Noch nie hatte sie ihn eine so lange Rede halten hören; und zum erstenmal vertraute er ihr seine Gedanken an. Doch sie hatte keine Antwort für ihn. Schmerzlich wurde ihr die eigene Unzulänglichkeit bewußt. »Es ist schon immer so gewesen«, sagte sie.
»Aber es muß nicht so sein«, erwiderte er ruhig. »Und eines Tages wird es auch nicht mehr so sein.«
Wieder schwieg sie.
»Ich habe nachgedacht«, sagte er. »Es muß doch einen Grund geben. Einen Grund für das alles. Was mit meiner Familie passiert ist. Jimmy verstand das. Ich nicht. Es gibt bloß zwei Sorten von Menschen auf der Welt. Den einen gehört alles, und die andern machen die Arbeit. Jetzt weiß ich, wohin ich gehöre.«
Sie sah ihn an. »Daniel, hast du schon einmal daran gedacht, mit der Schule weiterzumachen? Aufs College gehen, studieren — es zu etwas bringen?«
»Hab schon dran gedacht«, sagte er. »Als mir klar wurde, wie wenig ich weiß. Aber dazu gehört viel Geld.«
»Vielleicht nicht soviel, wie du glaubst«, erklärte sie hastig. »Ich habe an der Universität Freunde. Bestimmt könntest du wenigstens ein Teilstipendium bekommen.«
»Auch dann braucht's noch Geld«, sagte er.
»Vielleicht könntest du die Farm deines Vaters verkaufen.«
»Wer sollte die kaufen?« fragte er. »Das Land ist ausgepowert, nix wert. Wenn Pa und die andern dort leben konnten, dann doch bloß, weil Molly Ann und ich ihnen Geld schickten. Sonst wären die alle verhungert.«
Sie schob ihre Hand über seine Hand. »Daniel«, sagte sie leise, »ich weiß, wie dir zumute ist. Es tut mir so leid.«
Er blickte auf ihre Hand, dann zu ihrem Gesicht. »Vielen Dank für die Anteilnahme, Miß Andrews.« Er stand auf. »Ich werd

jetzt zum Boardinghouse gehen und das Geld für Mr. Craig holen. Bin bald wieder zurück.«

Gegen acht Uhr kam Roscoe aus dem Schlafzimmer. Er hatte den ausgeblichenen Morgenmantel an, den Daniel sonst trug, wenn er über Nacht blieb. Er rieb sich den Schlaf aus den Augen. »Ist ja schon dunkel«, sagte er leicht überrascht. »Wo ist Dan'l?«
»Zu seinem Boardinghouse, um ein paar Sachen zu holen«, erwiderte sie. »Er wird bald wieder hier sein.« Sie ging in die Küche, kam mit seinen Kleidern zurück, reichte sie ihm. »Hab mein Bestes getan, Mr. Craig.«
»Ist richtig prächtig, Ma'am«, versicherte er, während sein Blick über das geplättete Hemd und die gebügelten Hosen glitt. Sogar die Stiefel waren auf Hochglanz poliert.
»Während Sie sich anziehen, werde ich Ihnen etwas zu essen machen«, sagte sie. »Und auch ein paar Sandwiches als Proviant für die Reise.«
»Soviel Mühe, Ma'am — wirklich nicht nötig.«
»Ist keine Mühe, Mr. Craig.« Wieder wandte sie sich zur Küche, doch dann drehte sie sich noch einmal herum. »Mr. Craig, was wird jetzt mit Daniel werden?«
Er sah sie nachdenklich an. »Weiß es nicht«, sagte er, »weiß es wirklich nicht. Er ist jetzt ganz auf sich allein gestellt, und er wird seine eigenen Entscheidungen treffen.«
Während sie noch das Abendessen vorbereitete, kehrte Daniel zurück. Doch es war ein Daniel, wie sie ihn noch nie gesehen hatte. Das weiße Hemd und die Krawatte, die gebügelte Hose und die glänzenden schwarzen Schuhe, nichts davon fand sich mehr. Statt dessen trug er alte, ausgeblichene Overalls, unter deren gekreuzten Trägern ein sauberes, doch verwaschenes blaues Baumwollhemd zu sehen war. Auf seinem Kopf saß ein breitkrempiger Hut, wie ihn die Gebirgler trugen. Dies war wirklich kein Jüngling, sondern ein Mann, und zwar ein verbitterter, tief verwundeter Mann.
Sie sah ihn, und sie spürte den Schmerz. Und in diesem Augenblick akzeptierte sie innerlich, was sie schon die ganze Zeit wußte. Er würde fortgehen.
Schweigend aßen sie. Später nahm sie das Geschirr und brachte es in die Küche, wo sie es in den Spülstein stellte. Zum Abwaschen war immer noch Zeit. Sie ging ins Zimmer zurück.
Daniel erhob sich. »Es ist schon fast zehn«, sagte er. »Wir müssen los.«

Ein oder zwei Sekunden lang sah sie ihn an. »Ich habe ein paar Sandwiches fertig gemacht«, sagte sie. Rasch ging sie in die Küche und holte eine große Papiertüte, die sie Roscoe gab.
Der Farmer zeigte sich erfreut. »Dank Ihnen auch vielmals, Ma'am.«
Doch sie sah ihn gar nicht an. Ihre Augen waren auf Daniel gerichtet.
»Ich werde draußen warten, Daniel«, sagte Roscoe verständnisvoll und ging durch die Vordertür hinaus.
Für einen Augenblick standen sie schweigend, sahen einander nur an. Dann holte sie ganz tief Luft und fragte: »Wirst du mit ihm nach Detroit fahren?«
Er schüttelte den Kopf. »Ich will nach Hause. Mit dem Zug kann ich bis Turner's Pass. Das ist nur so zwölf Kilometer von unserer Farm.«
»Und später?«
»Weiß ich nicht«, sagte er.
»Wirst du zurückkommen?« Sie spürte das Zucken in der Brust.
Er blickte ihr in die Augen. »Glaub nicht, Miß Andrews.«
Ihre Augen füllten sich mit Tränen. »Bitte, Daniel, nenn mich Sarah — dieses eine Mal.«
Er zögerte kurz, nickte dann. »Ja — Sarah.«
Sie drängte in seine Arme, preßte ihren Kopf gegen seine Brust. »Werde ich dich jemals wiedersehen?« flüsterte sie.
Er hielt sie, gab jedoch keine Antwort.
Sie hob den Kopf, sah ihn an. »Daniel, liebst du mich? Nur ein bißchen?«
Er erwiderte ihren Blick. »Ja«, sagte er. »Aber wie sehr, das weiß ich nicht. Ist ja das erste Mal, daß ich ein Mädchen liebe.«
»Vergiß mich nicht«, schluchzte sie. »Vergiß mich nicht, Daniel.«
»Bestimmt nicht«, versicherte er. »Ich werde dich nie vergessen. Soviel bin ich dir schuldig.«
Sie preßte ihn an sich; und als er dann fort war und sie allein in ihrem Bett lag und sie um Mitternacht das Pfeifen des Zuges hörte, drückte sie ihr Gesicht tief in die Kissen und spürte noch seine Arme um sich.
»Ich habe dich geliebt, Daniel«, schluchzte sie und stieß jetzt die Worte hervor, die sie ihm nie hatte sagen können. »Oh, Gott, du wirst niemals wissen, wie sehr ich dich geliebt habe.«

20

Kurz nach acht Uhr früh dampfte die Lokomotive die Anhöhe in Richtung Turner's Pass hinauf. Zweiundzwanzig Wagen schleppte sie hinter sich her. Ursprünglich waren es nur acht gewesen. Während der Stopps bei drei weiteren Zechen kamen dann die übrigen hinzu. Ganz hinten am Zug schwankte sacht das kleine Bremserhäuschen.
Der Bremser steckte den Kopf durch das Fenster, zog ihn wieder zurück. »Sind gleich bei Turner's Pass, Daniel.«
Daniel stand auf. »Vielen Dank für Ihre Freundlichkeit, Mr. Small.«
»Ist schon recht«, sagte der Bremser mit einem Lächeln.
Daniel blickte zu Roscoe. »Alles Gute, Mr. Craig. Hoffentlich klappt's bei Ihnen.«
Roscoe reichte ihm die Hand. »Auch dir alles Gute, Dan'l.«
Daniel nickte. Als er zur Tür treten wollte, hörte er noch einmal Roscoes Stimme. Er drehte sich zu ihm um.
Der ältere Mann sprach schwerfällig, schleppend. »Nur du bist noch übrig, Dan'l. Würd dein Vater bestimmt nicht wollen, daß dir was zustößt.« Daniel sah ihn wortlos an.
»Was ich sagen will«, fuhr Roscoe fort, »also — wenn dir was zustoßen würde, dann wär's eigentlich umsonst gewesen, das Leben von deinem Vater.«
Daniel nickte. »Werd dran denken, Mr. Craig.«
»Der Zug fährt jetzt langsamer«, sagte der Bremser. »Mach man zu, Dan'l.«
Daniel trat hinaus auf die winzige Plattform und wartete dann auf dem untersten Trittbrett, bis der Zug nur noch zu kriechen schien. Oben auf der Plattform standen jetzt Roscoe und der Bremser. Daniel sprang, lief ein paar Schritt und rutschte dann die Böschung neben den Geleisen hinunter. Unten raffte er sich sofort hoch und winkte: zum Zeichen, daß alles in Ordnung war. Sie winkten zurück, und der Zug beschleunigte seine Fahrt wieder. Wenige Minuten später entschwand er um die Kurve, und Daniel wanderte über die Hügel in Richtung Huggins-Farm.
Er fand die alten Wege, und es war, als sei er nie fort gewesen. Hier kannte er sich aus, hier war er aufgewachsen. Er erinnerte sich, wie ihn sein Vater zum erstenmal auf die Jagd mitgenommen hatte. So stolz war er gewesen, so stolz. Weil er als Beute ein Kaninchen nach Hause bringen konnte, gut für Topf und Pfanne.

Zwei Stunden brauchte er für die zwölf Kilometer bis zur Farm, doch sie kamen ihm vor wie zwei Minuten, weil er unentwegt mit Erinnerungen beschäftigt war. Und so traf ihn der Schock völlig unvorbereitet: Als er zu der Stelle bei der Straße kam, wo das Haus gestanden hatte.
Starr blieb er stehen. Nur verkohlte Reste gab es noch — und den Schornstein. In der Morgensonne schien die Luft über der Brandstätte zu wabern. Weiter hinten sah er die Scheune, unzerstört, doch ohne Leben. Er atmete tief; zwang sich dann, in den früheren Vorderhof zu treten.
Hinter sich hörte er ein Geräusch. Hastig fuhr er herum. Aus dem Gebüsch auf der anderen Straßenseite tauchte das Maultier auf. Aus großen, runden Augen starrte es Daniel fragend an.
Es trottete auf ihn zu und stieß ihn sacht mit dem Maul. Er trat beiseite, und es trottete weiter, quer durch den Hof in die Scheune.
Daniel folgte dem Tier. Mit dem Maul wühlte es im Heu. Der Wassertrog war leer, völlig trocken. Rasch ging er hinaus zum Brunnen mit der Pumpe. Der große Eimer hing nach wie vor dort. Er bewegte den Pumpenschwengel. Nach einer Weile spürte er stärkeren Widerstand. Wasser strömte hervor, füllte den Eimer. Er trug ihn in die Scheune.
Das Maultier hob den Kopf und beobachtete ihn. Langsam schüttete er das Wasser in den Trog. Wie prüfend kam das Tier näher, das Maul noch voll Heu.
Daniel nickte. »Ja, dummes Biest, ist wirklich Wasser. Sauf schon!«
Fast schien es, als ob das Tier zufrieden grinste.
Sacht schob es sein Maul dem Wasser entgegen und begann zu saufen.
Daniel verließ die Scheune. Ohne auch nur einen einzigen Blick zur Brandstätte zu werfen, stieg er die Anhöhe zum Friedhof empor. Er blickte auf die Gräber, die noch immer aussahen, als seien sie frisch aufgeworfen. Dann nahm er seinen Hut ab und stand mit bloßem Kopf. Noch nie war er bei einer Beerdigung gewesen, und so wußte er auch nicht, was für ein Gebet er sprechen sollte. Er erinnerte sich an das eine, das ihm seine Mutter beigebracht hatte, als er noch klein gewesen war. Sacht bewegten sich seine Lippen.
Seine Stimme erstickte, und zum erstenmal kamen ihm Tränen in die Augen, so daß er die Gräber nur noch undeutlich sah. Reglos stand er, und die Tränen liefen ihm die Wangen hinab. Nach ei-

ner Weile hörten sie auf, doch er blieb stehen, und die Gräber und die kleinen Holzkreuze brannten sich in sein Hirn, und der Schmerz und die Leere erschöpften ihn. Doch dann war es auf einmal vorbei. Der Schmerz hörte auf. Sekundenlang hielt er die Augen geschlossen. Er wußte, was er zu tun hatte.
Ohne ein einziges Mal den Kopf zu wenden, stieg er den Pfad hinauf zur Hügelhöhe. Er folgte der Biegung, und dort lag sie, die Brennerei seines Vaters. Ein kleiner Schuppen, eine Menge Kupferröhren, die irdenen Krüge. Sozusagen unberührt lag sie, und es war, als sei überhaupt nichts geschehen.
Er öffnete die Tür, trat ein. Dämmrig war es hier, von draußen drang nur wenig Licht ein. Rasch tastete er mit den Fingern über das oberste Bord — und fand, was er suchte: weshalb er gekommen war. Erneut tasteten seine Finger, und sie stießen gegen die kleine Schachtel, die in unmittelbarer Nähe lag, wie er genau wußte. Er verließ den Schuppen. Draußen streifte er die Schutzhülle von dem doppelläufigen Gewehr. Er spannte, drückte probeweise ab, prüfte die beiden Schlagbolzen. Das klickende Geräusch verriet ihm, daß sie einwandfrei funktionierten. Sein Vater hatte stets darauf gedrungen, die Schußwaffen sauber und einsatzbereit zu halten. Er öffnete die Schachtel mit den Patronen. Sie war fast voll.
Wieder verschwand er im Schuppen. Diesmal kam er mit einer Metallsäge und einer Feile zurück. Er trug das Gewehr zur Werkbank und spannte es in den Schraubstock. Dann begann er zu sägen. Die Doppelläufe wurden auf fast ein Viertel gekürzt. Anschließend feilte er die Öffnungen glatt und fuhr sacht mit einem alten, öligen Lappen darüber. Mit einem zweiten Lappen wischte er die Ölspuren ab, dann löste er das Gewehr aus dem Schraubstock. Für einen Augenblick wog er es gleichsam in der Hand. Die Waffe war jetzt nur noch gut einen halben Meter lang.
Er legte sie aus der Hand, nahm dann zwei Tonkrüge und befestigte sie draußen in der Sonne auf dem Zaun. Bald waren es zehn Tonkrüge, die sich — in einem Abstand von jeweils einem halben Meter — oben auf dem Zaun befanden. Er nahm das Gewehr, lud beide Läufe.
Dann drehte er sich um und schätzte die Entfernung zum Zaun. Ungefähr anderthalb Meter. Genau richtig. Er hielt das Gewehr in Hüfthöhe, preßte es gegen den Beckenknochen und feuerte beide Läufe ab. Der Rückstoß war so stark, daß es ihn ein Stück herumwirbelte, und der Lärm schien ihm die Ohren zu zerrei-

ßen. Er drehte den Kopf, blickte zu seinem Ziel. Er hatte es verfehlt. Der Krug, auf den die beiden Läufe gerichtet gewesen waren, zeigte nicht die geringsten Schußspuren.
Er trat zum Zaun. Seine Augen forschten in den Bäumen dahinter. Irgendwo mußte die Schrotladung doch Spuren hinterlassen haben. Und er entdeckte sie, die Spuren. Mehr nach oben und nach links, weit gestreut. Der Baum stand etwa einen Meter hinter dem Zaun. Das hieß, daß die Entfernung zwischen ihm und seinem Ziel geringer sein mußte, sollten die Schüsse Wirkung haben. Ruhig und bedächtig bewegte er sich. Zu hetzen brauchte er sich nicht. Er hatte den ganzen Nachmittag.
Als er schließlich zufrieden war, blieben nur noch vier Patronen. Zwei davon steckte er ins Gewehr, die beiden übrigen in die Tasche.
Während im Westen die Sonne unterging, stieg er den Pfad hinab. Ohne auch nur eine Sekunde stehenzubleiben, ging er am Friedhof vorbei, zur Scheune unten. Zufrieden stand das Maultier in seinem Verschlag.
Von einem Haken an der Wand nahm er Zaumzeug und Zügel und näherte sich dem Tier. Es behielt ihn achtsam im Auge.
»Komm schon«, sagte Daniel. »Es wird Zeit, daß du dir dein Fressen verdienst.«

Um sieben Uhr früh begann Jackson den hölzernen Gehsteig vor Fitchs Laden zu fegen. Auf den Mann, der auf der anderen Straßenseite auf der Bank saß, achtete er nicht. Schien ein Farmer zu sein, der vor sich hin döste, den Hut zum Schutz gegen die Morgenhelle ins Gesicht gezogen. Auch das alte Maultier, das in der Nähe an einen Baum gebunden war, lohnte keinen zweiten Blick.
Wenig später erschien Harry, der überpedantische Hauptbuchhalter. Er machte sich bei der Tür mit einer Schaufensterauslage zu schaffen. Bald tauchte auch Mr. Fitch auf. Harry warf einen Blick auf die Wanduhr. Acht war es. Der Chef schien die Pünktlichkeit in Person.
Und er war ausgesprochen guter Laune. »Alles in Ordnung, Harry?«
Der kleine Clerk hüpfte vor lauter Beflissenheit auf und ab. »Jawohl, Mr. Fitch. Alles in bester Ordnung.«
Fitch ließ eine Art Glucksen hören und trat in den Laden. Harry folgte ihm. »Die neuen Bohnenkonserven, Mr. Fitch — sollen die als Sonderangebot offeriert werden?«

Fitch blieb kurz stehen, nickte dann.
»Für wieviel, Mr. Fitch?«
»Drei für 'n Vierteldollar, Harry. Das ist billig genug, und es läßt sich trotzdem noch was dran verdienen. Uns kosten sie pro Stück ja nur zwei Cents.«
»Werd mich sofort drum kümmern, Mr. Fitch«, sagte Harry. Und während Fitch auf sein Büro im hinteren Teil des Ladens zusteuerte, rief er Jackson zu, er solle die Bohnenkonserven aus dem Keller heraufholen.
Auf der anderen Straßenseite erhob sich der Mann von der Bank. Sein Blick glitt über die Straße. Viel zu viele Menschen. Langsam ging er hinüber zum Laden. Die Arme hielt er gegen den Körper gepreßt, den Hut hatte er tief ins Gesicht gezogen. Er betrat den Laden.
Sofort tauchte Harry auf. »Kann ich irgendwas für Sie tun, Sir?«
Der Farmer schien ihn überhaupt nicht anzusehen. »Ist Mr. Fitch da?«
»Hinten in seinem Büro.«
»Danke«, sagte der Mann höflich und bewegte sich bereits weiter. Hinter hochgestapelten Holzkisten bei der Bürotür verschwand er.
Als der Mann eintrat, hob Sam Fitch hinter seinem Schreibtisch den Kopf. »Morgen, Freund«, sagte er mit seiner Kundenstimme. »Kann ich irgendwie helfen?«
Der Mann blieb vor dem Schreibtisch stehen. Er schob sich den Hut aus dem Gesicht. Seine Stimme klang unbewegt. »Glaub schon.«
Sam Fitch wurde blaß. »Dan'l.«
Daniel schwieg.
»Hab dich nicht erkannt, Junge. Bist so groß geworden«, sagte Fitch.
Daniel behielt ihn starr im Auge. »Warum haben Sie's getan, Mr. Fitch?«
»Getan? Ja, was denn?« Fitch spielte den Verwirrten. »Wovon sprichst du?«
Daniels Augen waren kalt. »Das wissen Sie genau. Was haben wir Ihnen je getan, daß Sie alle umbringen mußten?«
»Ich weiß immer noch nicht, wovon du redest«, behauptete Fitch.
»Roscoe Craig war dort, in der Scheune versteckt, und er hat alles gesehen. Und es mir erzählt.« Noch immer wirkte Daniels Stimme ausdruckslos.

Fitch starrte ihn an. Er gab die Lüge auf, versuchte es mit Ausreden. »Es war ein Unglücksfall, das mußt du mir glauben. Wir hatten nie die Absicht, ein Feuer zu legen.«
»Und meinen Pa haben Sie wohl auch nie umbringen wollen, wie? Bloß, daß Sie 's Signal gegeben haben, ihn abzuknallen, als er aus dem Haus kam.«
»Nicht doch. Ich wollte die daran hindern. Ja, genau das wollte ich.« Seine Augen weiteten sich, als Daniel seine Joppe öffnete und darunter das abgesägte, doppelläufige Gewehr sichtbar wurde. Unentwegt weiterredend, zog er die Schublade seines Schreibtischs auf und griff nach der Pistole dort. »Wollte sie zurückhalten. Aber sie haben nicht auf mich gehört. Verrückt waren sie.«
»Sie lügen, Mr. Fitch.« Daniels Stimme hatte einen harten, entschiedenen Klang.
Fitch berührte die Waffe in der Schublade. Und für einen Mann seines Körperumfangs bewegte er sich überaus schnell, als er die Pistole packte und von seinem Stuhl hochsprang — in seitlicher Richtung auf die Glasscheiben zu, die sein Büro vom Laden trennten. Und doch bewegte er sich nicht schnell genug.
In dem winzigen Büro krachten die Schüsse aus den beiden Läufen wie Donnerschläge. Und Fitchs Körper wurde von der Brust bis zum Bauch aufgerissen, während ihn die Wucht der Schüsse rücklings durch die Glasscheiben schleuderte. Blut und Eingeweide klatschten gegen die rings um ihn herabstürzenden Holzkisten.
Langsam trat Daniel auf den Liegenden zu, und er starrte auf den zerrissenen Körper. So stand er noch, als der Sheriff, von einem Gehilfen gefolgt, in den Laden gestürzt kam.
Der Sheriff warf einen kurzen Blick auf Sam Fitch. Dann wanderten seine Augen zu Daniel. Er steckte seine Pistole zurück. Dann streckte er Daniel die Hand hin. »Ich meine, du solltest mir das Schießeisen da geben, Dan'l.«
Daniel hob den Kopf. »Sher'f«, sagte er, »der hat meine ganze Familie umgebracht.«
»Gib mir das Ding, Daniel«, wiederholte der Sheriff behutsam.
Daniel nickte langsam. »Ja, Sir.«
Der Sheriff nahm die Waffe und reichte sie seinem Gehilfen. »Komm, Dan'l.«
Daniel trat aus dem Büro. Noch einmal blickte er kurz zu Sam Fitch. Dann sah er den Sheriff an, und in seinen Augen spiegelte sich ein sonderbarer Schmerz. »Sher'f«, fügte er hinzu, und seine

Stimme klang leise, sehr verletzlich. »Gab's denn in der ganzen Stadt keinen, der ihn zurückgehalten hätte?«

Der Richter vorn hob den Kopf. Vor ihm stand Daniel. Der Gerichtssaal war nahezu leer. »Daniel Boone Huggins«, sagte der Richter mit feierlicher Stimme. »In Anbetracht mildernder Umstände — dem Tod Ihrer Familie und Ihrer großen Jugend sowie in der Hoffnung, daß die Gewalttätigkeiten in diesem Bezirk ein Ende gefunden haben mögen — befindet dieses Gericht nach reiflicher Überlegung, daß Sie für zwei Jahre der Besserungsanstalt für Knaben überantwortet werden mögen, respektive bis Sie achtzehn Jahre alt sind. Überdies hofft das Gericht, daß Sie Ihre ganze Mühe darauf verwenden werden, dort einen Beruf zu erlernen und sich auch der übrigen vielfältigen Möglichkeiten zu bedienen, damit Sie ein nützliches Mitglied der Gesellschaft werden.«
Zweimal schlug er mit seinem Hammer auf den Tisch, dann erhob er sich. »Die Verhandlung ist geschlossen.« Er stieg von seinem Podium herab. Im selben Augenblick trat der Sheriff auf Daniel zu.
Er zog Handschellen hervor. »Tut mir leid, Dan'l«, sagte er. »Aber das ist nun mal so Vorschrift bei Verurteilten.«
Daniel sah ihn an, hielt ihm dann wortlos die Hände hin. Die Handschellen schnappten zu. Fest schlossen sie sich um seine Gelenke.
Der Sheriff musterte ihn. »Bist doch nicht wütend, Dan'l, wie?«
Daniel schüttelte den Kopf. »Nein, Sher'f. Warum sollte ich? Ist ja vorbei. Vielleicht kann ich jetzt vergessen.«
Doch er vergaß nie.

Jetzt

Laut zischte die Luftdruckbremse, als der große Trailer am Rand des Highways zum Halten kam. Die Tür schwang auf, und der Fahrer glotzte, als ich hinaussprang. Ich streckte die Hand hoch, um Anne herunterzuhelfen.
»Meschugge seid ihr, Kinder«, sagte er. »Steigt hier aus, wo's überhaupt nichts gibt. Bis Fitchville sind's über fünfzig Kilometer, und bis zu der Stadt in der anderen Richtung mindestens siebzig oder achtzig. Und dazwischen gibt's nichts — außer vielleicht 'n paar Pächter.«
Anne sprang herunter. Ich griff nach den Rucksäcken. »Vielen Dank fürs Mitnehmen«, sagte ich.
Er sah mich an. »Okay. Seid bloß vorsichtig. Die Leute hier sind zu Fremden nicht gerade übermäßig freundlich. Manchmal schießen sie, bevor sie irgendwelche Fragen stellen.«
»Wird uns schon nichts passieren«, versicherte ich.
Er nickte und schloß die Tür. Rasch gewann der Laster Fahrt und verlor sich im Verkehr auf dem Highway. Ich blickte zu Anne. Bis jetzt hatte sie kein Wort gesagt.
»Hast du überhaupt 'ne Vorstellung, wo wir hinwollen?« fragte sie.
Ich nickte.
Ihre Stimme klang sarkastisch. »Wie wär's denn, wenn du's mir sagen würdest?«
Ich ließ meinen Blick über die Landschaft gleiten. Dann deutete ich auf einen kleinen Hügel, der sich etwa anderthalb Kilometer von der Straße entfernt hinter den Bäumen erhob. »Dorthin.«
Sie blickte zum Hügel, dann zu mir. »Warum?«
»Das werde ich wissen, wenn wir dort sind«, erwiderte ich. Langsam glitt ich die Böschung neben dem Highway hinunter. Und sah, daß sie oben stehengeblieben war. »Kommst du nicht?«
Sie nickte, folgte mir. Auf halbem Wege rutschte sie aus. Ich fing sie auf und hielt sie fest. Ihr Kopf lag an meiner Brust, und ich

spürte, daß sie zitterte. Nach Sekunden hob sie den Kopf, sah mir ins Gesicht. »Ich habe Angst.«
Ich forschte in ihren Augen. »Brauchst keine Angst zu haben«, sagte ich. »Bist ja bei mir.«
Fast zwei Stunden brauchten wir bis zum Gipfel des Hügels. Und eine weitere halbe Stunde dauerte es bis zur Kuppe auf der anderen Seite. Dort warf ich meinen Rucksack auf den Boden und setzte mich. Tief atmete ich durch; und tastete dann auf den Knien die Erde unter dem hohen, wilden Gras ab.
»Was tust du?« fragte sie.
»Ich such nach was«, sagte ich. Und im selben Augenblick spürte meine Hand einen Stein. Vorsichtig berührte ich ihn. Er war rechteckig, und die Oberfläche schien sich mir zuzuneigen. Hastig rupfte ich Gras und Unkraut aus. Es handelte sich um einen Quader, der ungefähr einen halben Meter lang und vielleicht dreißig Zentimeter breit war. Mit der Hand wischte ich die Erde beiseite, bis deutlich und klar die Buchstaben zu erkennen waren.
HUGGINS.
Leise klang hinter mir ihre Stimme. »Was hast du gefunden?«
Noch einmal blickte ich zum Grab, dann zu ihr. »Das Grab meines Großvaters.«
»Wußtest du, daß es hier war?«
Ich schüttelte den Kopf. »Nein.«
»Aber wie hast du dann . . .?«
»Weiß ich nicht«, sagte ich.

»Sag ihr, Sohn, daß ich's dir gesagt hab.«
»Du bist tot. Du hast mir nie was gesagt. Nicht mal, während du am Leben warst.«
»Ich hab dir alles gesagt. Nur hast du mir nie zugehört.«
»Und wieso glaubst du, daß ich dir jetzt zuhöre?«
Sein Lachen: das tiefe, dunkle Glucksen, das ich mein Leben lang hatte ertragen müssen. »Bleibt dir ja keine Wahl. Ich bin in deinem Kopf.«
»Hör auf, Vater. Du bist tot. Und ich habe mein eigenes Leben zu leben.«
»Du bist noch jung. Du hast Zeit. Zunächst wirst du mein Leben leben. Erst dann wirst du dein Leben leben können.«
»Scheiße.«
»Genau.« Wieder das tiefe, dunkle Glucksen. »Aber bevor man rennen kann, muß man erst mal laufen lernen.«
»Und das wirst du mir beibringen?«

»Ganz recht.«
»Wie willst du das wohl anstellen, wo du dort in Scarsdale klaftertief unter der Erde liegst?«
»Hab's dir doch gesagt. Ich bin in jeder Zelle deines Körpers. Ich bin du, und du bist ich. Und ich werde dort sein, solange du lebst.«
»Aber eines Tages werde auch ich tot sein. Wo bist du dann?«
»Bei dir. In deinem Kind.«

Es war eine Männerstimme, und sie erklang hinter uns. »Langsam umdrehen, und ja keine plötzlichen Bewegungen.«
Ich stand auf; fühlte Annes Hand in meiner Hand, und langsam drehten wir uns um. Der Mann war groß und dünn. Er hatte verwaschene Overalls an und ein verschossenes Arbeitshemd. Um seine Augen waren tiefe Falten, wie bei einem, der dauernd gegen die Sonne starrt. Er trug einen breitkrempigen Strohhut, und in der Ellbogenbeuge hielt er eine doppelläufige Flinte. »Habt ihr nicht die Schilder am Weg gesehen: Durchgang verboten!?«
»Nein. Wir waren auch gar nicht auf dem Weg. Wir sind vom Highway her gekommen.«
»Okay. Dann seht zu, daß ihr schleunigst wieder dort landet, wo ihr hergekommen seid. Denn hier werdet ihr ganz bestimmt nicht finden, was ihr sucht — egal, was es ist.«
»Ich habe bereits gefunden, was ich gesucht habe«, sagte ich und deutete auf den Grabstein.
Er trat ein oder zwei Schritt zur Seite, um besser sehen zu können. »Huggins«, sagte er leise und sprach den Namen mit einem sehr weichen G aus. »Was hat das mit Ihnen zu tun?«
»Er war mein Großvater.«
Er schwieg einen Augenblick. Seine Augen forschten in meinem Gesicht. »Wie heißen Sie?«
»Jonathan Huggins.«
»Der Sohn von Big Dan?«
Ich nickte.
Plötzlich war die doppelläufige Flinte nicht mehr auf uns gerichtet. Auch klang seine Stimme jetzt freundlicher. »Kommt mit, ihr beiden. Meine Frau hat 'ne feine Limonade. Hängt schön kühl im Brunnen.«
Wir folgten ihm. Über einen Weg ging es zwischen Bäumen den Hügelhang hinab. Wir kamen zu einem Maisfeld, und hinter dem Maisfeld lag sein Haus. Wenn man es denn ein Haus nennen wollte. Glich eher einem windschiefen Schuppen. Hier und da und dort wurde es von quergenagelten Brettern zusammenge-

halten. Für Löcher und Risse gab es überall irgendwelche Behelfslösungen, und vielfach mußten einfache Plastikplanen aushelfen. Vor dem Haus stand ein verbeulter alter Kleinlaster. Die Nachmittagssonne ergoß sich auf Schmutz und Dreck, und was von der ursprünglichen Lackierung noch zu erkennen war, hatte längst alle Farbe verloren.
Er führte uns zur Eingangstür, öffnete sie und rief: »Betty May, wir haben Besuch.«
Gleich darauf tauchte im Eingang ein Mädchen auf. Älter als sechzehn konnte sie kaum sein. Ein rundes Gesicht hatte sie, runde blaue Augen, lange blonde Haare, und außerdem war sie unverkennbar schwanger. Vorsichtig musterte sie uns, und aus ihrem Blick sprach so etwas wie Furcht.
»Ist schon gut«, beschwichtigte er sie. »Die sind vom Norden.«
»Tag.« Ihre Stimme war die Stimme eines Kindes.
»Hallo«, sagte ich.
Er drehte sich zu mir herum, streckte die Hand aus. »Ich bin Jeb Stuart Randall. Mein Weib, Betty May.«
»Freut mich, Jeb Stuart.« Ich schüttelte ihm die Hand.
»Dies ist Anne.«
Er machte eine Verbeugung, so richtig altmodisch. »Bin geehrt, Ma'am.«
»Nicht Ma'am — Miß.«
»Entschuldigen Sie schon, Miß«, sagte er.
Sie lächelte. »Nett, Sie kennenzulernen, Mr. Randall, Mrs. Randall.«
»Hol die Limonade aus dem Brunnen, Betty May. Unsere Gäste müssen ja 'n mächtigen Durst haben von der Nachmittagshitze.«
Während Betty May davonglitt, betraten wir den Schuppen. Drinnen war es dunkel und kühl — sehr angenehm nach der Hitze draußen. Wir setzten uns um einen kleinen Tisch im einzigen Zimmer. An der einen Seite stand ein altmodischer Kohlenherd. Über dem Spülstein gab es eine Art Regal, und auf der anderen Seite standen ein Schrank, eine Kommode und ein Bett mit einer vielfach geflickten Schlafdecke.
Jeb Stuart zog eine halbgeraucht Zigarette hervor. Ohne sie anzuzünden, steckte er sie sich in den Mund. Betty May kam mit einem Krug voll Limonade ins Haus zurück. Wortlos goß sie drei Gläser voll und stellte sie vor uns hin. Sich selbst bedachte sie nicht. Auch setzte sie sich nicht zu uns an den Tisch. Sie ging zum Herd; dort blieb sie stehen und beobachtete uns.

Ich kostete die Limonade. Sie war dünn und wäßrig und sehr süß. Doch sie war auch kühl. »Sehr gut, Ma'am.«
»Danke«, sagte sie, und ihre Kinderstimme klang beglückt.
»Hab gehört, daß Ihr Papi verschieden ist«, erklärte Jeb Stuart. »Mein Beileid.«
Ich nickte.
»Hab ihn einmal gesehen, Ihr'n Papi. Hat 'ne gute Figur gemacht. Ein Mann, der reden konnte. Gott, was konnte der reden! Weiß noch, wie ich ihm zuhörte und dachte — der kann dem Teufel die Hörner abschwatzen.«
Ich lachte. »Kann sein, daß er das genau in diesem Augenblick versucht.«
Er schien nicht so recht zu wissen, ob er darüber grinsen sollte oder nicht. »Ihr Papi«, versicherte er, »war 'n gottesfürchtiger Mann. Der wird's wohl eher mit den Engeln zu tun haben.«
Ich nickte. Bloß nicht vergessen, daß wir nicht dieselbe Sprache sprechen.
»Ja, Ihr Papi war einer von uns. Hier geboren, hier aufgewachsen. Und er machte sich 'n Namen, wo im ganzen Land respektiert wurde.« Aus seinen Taschen fischte er ein Gewerkschaftsabzeichen hervor. »Als er damit anfing, waren wir unter den ersten, die Mitglieder wurden.«
»Welche Gewerkschaft war das?« — »Die SFWU.«
Ja, das machte Sinn. Die *Southern Farm Workers Union,* die Farmarbeitergewerkschaft der Südstaaten, so etwa der letzte Dreck der Arbeiterbewegung. Da hatten die großen Bosse mal gerade die Mitgliedsbeiträge eingezogen, sonst kümmerten sie sich nicht darum. Was war da auch schon zu holen? Doch mein Vater wußte es besser. Irgendwo mußte man anfangen, soviel war ihm klar. Wichtiger als das Geld waren ihm die Mitglieder, und da war gerade der Süden reif.
Er sollte recht behalten. Im Laufe eines Jahres gelang es ihm, sämtliche südlichen Gewerkschaften auf seine Seite zu ziehen, und mit dieser »Ausgangsposition« faßte er auch im Norden, Osten und Westen rasch Fuß. Drei Jahre später war er in der Lage, sich auf insgesamt siebenhundert Einzelgewerkschaften zu stützen, mit einer Mitgliederzahl von über zwanzig Millionen.
Jeb Stuart gab seiner Frau einen knappen Wink, und sofort füllte sie mein leeres Glas.
»Ich erinnere mich noch an jedes Wort von ihm. ›Ich bin einer von euch‹, sagte er. ›Hier in diesen Hügeln bin ich geboren worden. Ich half meinem Pa beim Pflügen und Putzen. Der erste Job,

den ich mit vierzehn Jahren kriegte, war in einer Kohlenzeche. In Texas bin ich Cowboy gewesen, in Oklahoma habe ich auf Ölfeldern gearbeitet. Bei Natchez mußte ich Flußkähne beladen, in Georgia Müllwagen fahren, in Florida Orangen verfrachten. Und ich bin aus mehr Jobs rausgeflogen, als ihr euch überhaupt träumen lassen könnt.‹
Und dann blickte er sich in der großen Halle um, starrte uns unter seinen mächtigen, dichten Augenbrauen an. Wir lachten. Er hatte uns rübergezogen. Er wußte es, und wir wußten es. Aber er grinste nicht mal. Er war ganz ernst — ganz Geschäft.
›Ich verlange von euch gar nicht, daß ihr aus dem CIO austreten sollt, um euch uns anzuschließen. Die haben gute Arbeit für euch geleistet, auch wenn John L. langsam 'n bißchen alt zu werden scheint. Und ich will auch gar nicht, daß ihr sonst 'n Haufen Verpflichtungen eingeht. Nein — aber der Konföderation sollt ihr beitreten. Is ja 'n Wort, das keinem im Süden fremd ist. Eine Konföderation? Die Vereinigung von Menschen, die aus freien Stücken zusammenfinden, um ihre Rechte als freie Menschen zu wahren.
Und das ist denn auch der Zweck der Arbeiterkonföderation — jede Einzelgewerkschaft soll ihre Unabhängigkeit bewahren und die besten Ergebnisse für ihre Mitglieder erzielen. Die CALL — die *Confederated Alliance of Living Labor* — liefert euch jede notwendige Hilfeleistung. Wir bieten Beratung, Planung, Organisation. Damit ihr selbst entscheiden könnt, was für euch das Beste ist. Die großen Gewerkschaften und das große Busineß rufen immer Spezialisten zu Hilfe, wenn's darum geht, besondere Probleme zu lösen. Zu bezahlen braucht ihr uns nur, wenn und solange wir für euch arbeiten. Im übrigen kosten wir euch keinen Cent — an regelmäßigen Beiträgen oder so.‹«
Er nahm sein Glas, trank einen Schluck Limonade. »Wovon er sprach, kapierte ich überhaupt nicht. Die andern im Saal wohl genausowenig. Aber das spielte auch gar keine Rolle. Er hatte uns auf seiner Seite.«
Ich verkniff mir ein Grinsen. Was die Rede betraf — die kannte ich auswendig. Schließlich hatte er sie tausendmal und öfter hergebetet. Mein Vater, ja, der verstand's. Wenn er loslegte, dann hörte sich das an, als riefe er den Süden wie anno dunnemals wieder zu den Fahnen. Sobald eine Gewerkschaft beigetreten war, kam die Sache erst richtig in Schwung. Der wurde ein Programm verkauft, daß die Leute kaum noch Luft holen konnten. Die hatten ja nicht mal geahnt, wie viele Hilfeleistungen sie

brauchten. Wenn sie meinten, sie hätten ein Problem, so bewies ihnen CALL haarscharf, daß sie mindestens zehn hatten. Damit lief die Sache dann, und es gab höchstens noch einen Haufen Geschrei. Das Schönste bei der ganzen Sache war, daß die großen Gewerkschaftsverbände — AFL oder CIO — nicht gut dagegen anstinken konnten: CALL war schließlich da, um auch ihnen zu helfen. »Wie ging's weiter?« fragte ich.
»In dem Sommer wurde später viel von Streik geredet, weil nämlich mit 'ner Rekordernte zu rechnen war. Aber CALL erklärte, wir würden uns selbst mehr schaden als den großen Farmern. Zum erstenmal seit drei Jahren hätte jeder Aussicht, Arbeit zu kriegen. Und wenn wir uns die Ernte entgehen ließen, würden wir — trotz Lohnerhöhung — über sechs Jahre brauchen, um den Verlust wettzumachen. Fürs nächste Jahr rechnete man mit 'ner miesen Ernte. War 'ne heikle Sache, auf Messers Schneide. Auf den richtigen Zeitpunkt kam's an, das war entscheidend. Wir mußten zuschlagen, wenn uns die Farmer mehr brauchten als wir sie. Und die Sache klappte. In zwei Wochen war der Streik vorbei. Die Farmer gaben klein bei, 'nen Totalverlust konnten die sich nicht leisten.«
Ich musterte ihn. »Und von da an war im Gewerkschaftsbüro immer irgendwer von CALL, der an einem wichtigen Projekt arbeitete.«
Er starrte mich an. »Woher wissen Sie das?«
Ich lächelte. »Bin damit aufgewachsen. Und kannte ihn ganz gut, meinen Vater.«
»Er war ein großer Mann«, sagte er ehrfürchtig.
»Glauben Sie das noch immer, wo Sie jetzt doch selber Farmer sind?«
Er schien verwirrt. »Ich versteh nicht ganz.«
»Hab draußen 'n Maisfeld gesehen«, sagte ich.
»Nicht der Rede wert«, versicherte er. »Bloß drei Acres. Damit werd ich ganz allein fertig.«
»Und wenn jetzt wer von der Gewerkschaft kommt und Ihnen sagt, daß Sie 'n paar Leute zur Hilfe brauchen?«
»Kommt keiner. Kommt schon lange niemand mehr hier herauf. Weiß auch keiner, daß ich hier Land bebaue. Liegt ja ringsum alles brach.«
Mir fiel der Satz ein, den er aus der Rede meines Vaters zitiert hatte: »Ich half meinem Pa beim Pflügen und Putzen.«
Und plötzlich wußte ich, was damit gemeint war: »Putzen« und »Brennen« bedeutete so ziemlich dasselbe.

»Die Brennerei von meinem Großvater.«
Unter der sonnenverbrannten Haut schien er blaß zu werden.
»Was sagen Sie da?«
»Die Brennerei von meinem Großvater«, wiederholte ich. »Haben Sie sie gefunden?«
Er zögerte einen Augenblick, nickte dann.
Auf einmal begriff ich. Drei Acres voll Getreide als »Rohstoff« für den Schwarzgebrannten — damit ließ sich ein kleines Vermögen verdienen. »Ich möchte sie sehen.«
»Jetzt?« fragte er.
»Jetzt.«
Er stand auf, nahm sein Gewehr und ging zur Tür. Ich folgte ihm.
Plötzlich klang Betty Mays Stimme ganz und gar nicht mehr wie die eines Kindes. »Nein, Jeb Stuart, nein. Tu's nicht.«
Ich blickte zu ihm, dann zu ihr. »Keine Sorge, Ma'am. Er wird nichts tun.«
Jeb Stuart nickte und ging hinaus. Ich blickte zu Anne. »Warte hier, bis ich zurückkomme.« Anne nickte.
»Bis dahin habe ich 's Abendbrot fertig«, sagte Betty May.
»Danke, Ma'am.« Ich folgte Jeb Stuart durch die Tür.
Mit raschen Schritten ging er voraus, schweigend und ohne sich auch nur ein einziges Mal umzusehen. Der verwucherte Pfad führte durch den kleinen Wald am Hügelhang. Plötzlich blieb er stehen. »Dort ist es.«
Ich sah nichts außer einem schier undurchdringlichen Wall aus Bäumen und Unterholz. Trotzdem nickte ich und sagte: »Ja.«
»Woher haben Sie's gewußt?« fragte er.
»Sie selbst haben's mir gesagt«, erklärte ich.
»Wie? Ich versteh nicht.«
»Macht nichts«, sagte ich.
Er ging weiter, schob Gesträuch beiseite, drängte sich hindurch. Ich folgte ihm dichtauf. Unmittelbar hinter uns schloß sich das Buschwerk wieder. Die Brennerei befand sich auf einer kleinen Lichtung und schmiegte sich an eine Einbuchtung am Hügelhang. Über das Dach breitete sich verwuchertes Gezweig. Der schwarze Metallkessel glänzte innen, unberührt von Zeit und Verschleiß, und die kupfernen Röhren wirkten wie neu. Neben dem Destillationsapparat standen zehn Fässer zu jeweils etwa hundertfünfzig Liter, und auf der anderen Seite war säuberlich Brennholz hochgestapelt. Ich hörte das leise Rieseln eines Baches und folgte dem Geräusch. Im dämmrigen Licht sah ich die

glitzernde Bewegung über Geröll, Felsgestein. Ich streckte die Hand ins Wasser, hielt sie dann an meine Lippen. Frisch und süß schmeckte es.
»Das Wasser läuft nach unten, in unseren Brunnen«, erklärte er.
»Wie haben Sie das hier gefunden?« fragte ich.
»Beim Jagen. Vor zwei Jahren. Mein Hund hatte einen Waschbären gestellt. Ich schoß das Tier und folgte dann dem Bach bis zu der Stelle, wo der alte Schuppen stand. War mir sofort klar, was ich tun mußte. Drei gute Jahre, und ich würde reich sein. Schluß mit dieser beschissenen Kleinfarmerei. Endlich würde ich leben können wie ein Mensch.«
Ich blickte zur Destillieranlage, zum glänzenden Kupfergewirr.
»Das ist wohl neu, wie?«
Er nickte. »Mußte ja alles erst wieder instand gesetzt werden. Ein ganzes Jahr haben wir zu tun gehabt, Betty May und ich. Das Land mußte vorbereitet werden für die Aussaat, und den Schuppen mußten wir praktisch neu bauen. All unser Erspartes haben wir reingesteckt für Material und so. Über sechshundert Dollar. Erst als dann im letzten Frühjahr die Saat aufging, trauten wir uns überhaupt zu glauben, daß es keine Spinnerei war. Soweit ist alles gutgegangen. Wußte überhaupt keiner, daß wir hier waren. Nie sind wir runter nach Fitchville, um was zu kaufen. Einmal in der Woche fuhren wir nach Grafton, was so achtzig Kilometer entfernt liegt. Von dort haben wir geholt, was wir brauchten. Lief alles prächtig. Bloß — auf einmal kreuzen Sie hier auf.«
Ich musterte ihn wortlos.
Er legte sein Gewehr auf den Boden und sah sich, in der Hemdentasche nach einer Zigarette fischend, aufmerksam um. Die Zigarette war krumm und verkrumpelt, hatte offenbar schon ewig dort drin gesteckt. Er strich sie glatt, zündete sie an. Langsam blies er den Rauch von sich, sah mich dann an. »Irgendwie haben wir wohl immer gewußt, daß es viel zu schön war, um wahr zu sein. Daß nie was draus werden würde.« Er schwieg einen Augenblick. Seine Stimme klang angespannt. »Viel haben wir hier nicht. Wir können schon morgen früh von hier fort sein.«
»Wieso glauben Sie, daß ich das von Ihnen verlange?«
»Na, ist ja doch Ihr Eigentum, nicht?« Er sah mich an. »Hab Ihren Namen im Grundbuch gefunden, wo ich mal nachguckte, weil's mich natürlich interessierte. Ist so drei Jahre her, wo Ihr Vater Ihren Namen hat eintragen lassen. Bloß — im Amt unten sagten alle, daß dreißig Jahre lang keiner hier gewesen war außer dem

Anwalt, der auf einmal aufkreuzte, um's überschreiben zu lassen.«
Rasch drehte ich den Kopf zur Seite. Plötzlich hatte ich alle Mühe, die Tränen zu unterdrücken; und ich wollte nicht, daß er was merkte. War wieder so was, wovon mir mein Vater nie was gesagt hatte. »Gehen Sie zum Haus zurück und sagen Sie Betty May, daß ihr von mir aus hier bleiben könnt. Ich werd nach einer Weile nachkommen.«
Ich hörte, wie er aufstand. »Sind Sie auch sicher, daß Sie 'n Weg zurückfinden?« — »Ja, bin ich.«
Vom Buschwerk kam ein Rascheln, und als ich mich umdrehte, war er verschwunden. Eine Zeitlang hörte ich noch Schritte und Knacken. Dann war alles still, bis auf das sachte Rauschen in den Bäumen. Ich hockte mich auf den Boden, der sich unter meinen Fingern kühl und feucht anfühlte. Mit der Hand schaufelte ich Erde hervor. Schwarz war sie und fast naß. Ich preßte sie gegen mein Gesicht und ließ meinen Tränen freien Lauf. Zum erstenmal seit dem Tod meines Vaters weinte ich.

Während wir aßen, war es draußen noch hell. Geräuchertes Schweinefleisch gab es und außerdem Bohnen und anderes Gemüse und dünne braune Soße — mit selbstgebackenem Maisbrot und dampfendem Kaffee. Ich sah, daß mich Betty May aus den Augenwinkeln beobachtete. »Schmeckt wirklich gut«, versicherte ich und tunkte die Soße auf meinem Teller mit dem Brot auf.
Sie lächelte zufrieden. »Ist ja nicht viel, aber echte Hausmacherkost.«
»Und das ist die beste Kost, Betty May«, erklärte ich.
»Sag ich auch immer«, meinte Jeb Stuart hastig. »Betty May, also die liest immer so hochgestochene Rezepte in Magazinen, bloß — so richtig fürs Essen sind die ja nicht, nur zum Lesen.«
Anne lachte. »Na, da soll Betty May sich man keine Gedanken machen. Ich glaub, sie kann so ziemlich alles hinzaubern, wenn sie nur will.«
»Danke, Anne«, sagte Betty May und wurde rot.
Jeb Stuart schob seinen Teller zurück. »Viel Platz haben wir hier ja nicht, seht ihr selbst. Aber ihr könnt das Bett haben. Wir schlafen hinten auf dem Kleinlaster.«
»Nicht nötig«, fiel ich ihm hastig ins Wort. »Anne und ich haben Schlafsäcke. Außerdem schlafen wir gern im Freien.«
»Der beste Platz ist beim Maisfeld. Dort werden euch die Moski-

tos nicht plagen. Weil ich da nämlich immer tüchtig spritze.« Er stand auf. »Kommt, ich werde euch ein gutes Plätzchen suchen, wo ihr vor dem Nachtwind geschützt seid.«
Ich stand auf, um ihm zu folgen. Auch Anne erhob sich. »Ich werde Ihnen beim Geschirrspülen helfen«, sagte sie.
Betty May schüttelte den Kopf. »Ist ja nicht viel. Bleiben Sie nur sitzen und machen Sie's sich bequem.«

Die Dunkelheit fiel rasch. Als Jeb Stuart und ich zehn Minuten später vom Maisfeld zurückkehrten, brannte auf dem Tisch eine Petroleumlampe. Zuckend tanzte das gelbe Licht über die Wände.
Ich warf einen Blick auf meine Armbanduhr. Es war fast acht. »Haben Sie ein Radio?« fragte ich.
Jeb Stuart schüttelte den Kopf. »Nein. Hätten auch gar keine Zeit dafür. Gewöhnlich gehen wir gleich nach dem Abendessen ins Bett.«
»Wollte bloß die Nachrichten hören«, sagte ich. »Mein Bruder sollte heute nachmittag Präsident von CALL werden.«
»Tut mir leid.«
»Schon gut.« Ich blickte zu Anne. »Komm mit zu den Schlafsäcken.« Wir gingen zur Tür. »Vielen Dank fürs Abendessen, Betty May. Bis morgen früh also.«
Schweigend gingen wir zu der Stelle, wo die Schlafsäcke lagen. Inzwischen war es fast völlig dunkel. Während wir hineinschlüpften, schien das allerletzte Licht zu weichen.
»Elektrizität gibt's hier nicht«, sagte Anne.
»Wollen die nicht.«
»Ihr fehlt 's Fernsehen. Hat sie mir selbst gesagt.«
Ich schwieg.
»Wirst du sie hier wohnen lassen, Jonathan?« fragte sie.
»Ja.«
»Da bin ich froh. Sie hatte nämlich Angst, du würdest sie wegjagen.«
»Hat sie dir das gesagt?«
»Ja. Sie hatten deinen Namen im Grundbuch gefunden. Wußtest du nicht, daß dieses Land von deinem Vater auf dich überschrieben worden war?« — »Nein.«
»Warum bist du dann hergekommen?«
»Weiß ich nicht«, sagte ich. »Und stell mir keine weiteren Fragen. Ich weiß überhaupt nichts. Nicht, warum wir heute hier sind. Und auch nicht, warum wir morgen hier sein werden.«

Ihre Finger suchten nach meiner Hand, hielten sie dann ganz fest. Ich drehte ihr den Kopf zu. Inzwischen war der Mond aufgegangen, und ich konnte ihr Gesicht erkennen. »Du bist sonderbar, Jonathan«, sagte sie. »Immer mehr gleicht alles an dir deinem Vater, selbst deine Stimme.«
»Scheiße«, erwiderte ich. Eine Weile schwiegen wir. »Schade, daß ich dir gesagt habe, du solltest das ganze Gras wegwerfen. Könnte jetzt 'n Joint gebrauchen.«
Sie kicherte. »Ehrlich?«
»Ehrlich.«
Sie wand sich aus ihrem Schlafsack und setzte sich auf. Eine Sekunde später hielt sie einen kleinen Beutel und Papier in der Hand. »Mein Notvorrat«, erklärte sie. »Hab ich immer bei mir.«
Wortlos sah ich zu, wie sie mit geschickten Bewegungen einen Joint rollte. Flink fuhr ihre Zunge übers Papier, sie zog ein Streichholz hervor.
»Laß das lieber mich machen«, sagte ich. »Daß es ja kein Feuer gibt.« Ich riß das Streichholz an, machte einen langen Zug; und reichte ihr dann den Stengel, während ich das Streichholz in den Boden drückte. Zweimal zog sie, ganz tief, und stützte sich dann auf die Ellenbogen zurück, mit zufriedenem Seufzen. Dann war ich wieder an der Reihe; und überließ ihr noch einmal den Joint; und drückte ihn dann aus und steckte ihn in meine Hemdtasche.
»Hast du schon jemals so viele Sterne gesehen?« fragte sie.
Ich blickte zum Himmel. »Nein.« Dann drehte ich mich zu ihr herum: Unter ihrem Schlafsack spürte, nein, witterte ich Bewegungen.
Ihr Gesicht hatte den unverkennbar konzentrierten Ausdruck. Dann ließ sie aus straff gespannten Lippen die Luft ab. »Oh, Gott«, murmelte sie. Und wurde sich plötzlich bewußt, daß ich sie beobachtete. »Konnte einfach nicht anders. Wurde auf einmal so unheimlich geil.«
Sie streckte die Hände nach mir, zog mich zu sich. Ich fühlte, wie sich ihre Lippen unter meinem Mund bewegten. »Daniel!« flüsterte sie.
Wütend stieß ich sie zurück. »Nicht ich bin meschugge«, sagte ich, »sondern du. Du versuchst, einen Geist zu ficken.«
Plötzlich weinte sie. »Tut mir leid, Jonathan.«
Jetzt wurde ich auf mich selbst wütend. »Braucht dir nicht leid zu tun.« Ich zog ihren Kopf an meine Schulter. »Ist ja nicht deine Schuld.«

Sie wandte mir ihr Gesicht zu. »Du hast mit ihm gesprochen, nicht wahr, Jonathan?« fragte sie flüsternd.
»Nicht wirklich«, erwiderte ich. »Das ist nur so — in meinem Kopf.«
»Du sprichst mit ihm«, sagte sie. »Ich fühl's. Über solche Dinge weiß ich Bescheid.«
»Ich nicht.«
Sie lachte. Ihre Lippen strichen über meine Lippen. Sacht und zart. »Jonathan Huggins.«
»So heiße ich.«
»Eines Tages wirst du begreifen.«
»Was begreifen?«
»Daß du genauso bist wie dein Vater.«
»Nein. Bin ich nicht.«
Sie starrte mir in die Augen. »Jonathan Huggins.« Sie schob ihren Mund zu meinen Lippen. »Ich möchte, daß du mich liebst. Bitte.«
»Und wer wird's sein, der dich liebt? Ich oder mein Vater?«
»Du, Jonathan.« Noch immer starrte sie mir in die Augen. »Mit einem Geist läßt sich nun mal nicht ficken.«

Ich stand in der Telefonzelle beim Parkplatz und wartete darauf, daß mein Anruf endlich durchkam. Über dem Supermarkt auf der anderen Seite sah ich die riesigen roten Buchstaben im weißen Kreis. Sie fügten sich zu einem einfachen Wort: FITCH's. Darunter stand, kleiner natürlich: seit 1868.
Vom anderen Ende der Leitung kam ein Klicken, dann hörte ich die Stimme meiner Mutter. Ich begann zu sprechen, doch eine weibliche Stimme — das Telefonfräulein — unterbrach mich.
»Ich habe hier ein R-Gespräch für Mrs. Huggins von ihrem Sohn Jonathan.«
Die Antwort meiner Mutter konnte ich nicht verstehen. Deutlich jedoch klang die Stimme der Vermittlung an mein Ohr. »Bitte, sprechen Sie.«
»Hallo, Mutter«, sagte ich.
Ihre Stimme wirkte sehr angespannt. »Jonathan! Wo bist du?«
»In Westvirginia, bei einer kleinen Stadt namens Fitchville. Schon mal davon gehört?«
»Nein.« Noch immer klang ihre Stimme wie zum Zerreißen gespannt. »Ich fing schon an überzuschnappen. Vier Tage ist es her, seit du fort bist.«
»Bei mir ist alles okay.«

»Hättest schon längst anrufen sollen. Annes Eltern sind außer sich. Nicht mal einen Zettel hat sie hinterlassen. Aber wir haben uns gedacht, daß sie zusammen mit dir fort ist.«
»Da habt ihr richtig gedacht.«
»Ihre Mutter möchte, daß sie anruft.«
»Werd's ihr sagen.«
»Hoffentlich stellt ihr beiden nichts Verrücktes an.«
Ich lachte. »Nur keine Sorge, Mutter. Sie nimmt die Pille.«
»Das meine ich ja gar nicht.« Jetzt klang ihre Stimme gereizt.
»Dann sage ihnen, daß sie auch keine Drogen nimmt. Ich habe sie dazu gebracht, das ganze Gras wegzuwerfen.« Ich wechselte das Thema. »Ich bin überhaupt nicht auf dem laufenden. Was ist mit Dan?«
»Sie haben ihn zum Präsidenten gewählt. Ist alles genauso gelaufen, wie es dein Vater vorausgesagt hat.«
»Freut mich«, versicherte ich. »Und übermittle ihm meinen Glückwunsch, wenn du ihn siehst.« Sie schwieg.
»Mutter.«
Auch jetzt blieb es stumm am anderen Ende der Leitung.
»Mutter, was ist denn?«
Ihre Stimme brach. »Das Haus ist leer. So still. Niemand kommt mehr her.«
»Der König ist tot«, sagte ich.
Jetzt weinte sie. »Jonathan, bitte komm nach Hause. Ich fühle mich so allein.«
»Auch wenn ich dort wäre, Mutter — dagegen könnte ich nichts tun.«
»Sonst war hier doch immer jemand. Dauernd war was los. Und jetzt? Jetzt starren Mamie und ich uns nur den ganzen Tag lang an. Oder hocken vorm Fernseher.«
»Wo ist Jack?« fragte ich.
Sie antwortete erst nach einem Zögern. Daß ich über sie beide im Bilde war, wollte ihr offenbar noch immer nicht in den Kopf. »Er wird erst am nächsten Wochenende kommen können. Dan möchte ihn bei sich in Washington haben.«
»Warum fliegst du nicht dorthin? Das Appartement ist noch immer verfügbar.«
»Nicht mehr für uns. Es gehört dem Präsidenten der Konföderation.«
»Dan hätte bestimmt nichts dagegen.«
»Es würde nicht richtig aussehen. Die Leute würden reden.«
»Dann heirate ihn, wenn's das ist, was dir Sorgen macht.«

»Ich will nicht.« Sie schwieg einen Augenblick. »Ich war mit deinem Vater verheiratet. Und ich bin jetzt noch nicht bereit, mich mit einem geringeren Mann zufriedenzugeben.«
»Gut, Mutter. Aber es ist an der Zeit, daß du dir dein Leben selbst gestaltest. Er ist tot. Und du mußt ja nicht bis ans Ende deiner Tage Witwenkleidung tragen.«
Ihre Stimme klang plötzlich gedämpft. »Jonathan, bist du mein Sohn oder deines Vaters Sohn? Du sagst genau das, was er sagen würde.«
»Ich bin dein Sohn. Und seiner. Denk drüber nach, Mutter. Irgendwann müssen wir alle erwachsen werden. Solange er am Leben war, brauchten wir das nicht, konnten wir das nicht. Er nahm uns alle Entscheidungen ab. Jetzt müssen wir uns selbst zurechtfinden.«
»Ist es das, was du jetzt versuchst, Jonathan?«
»Ja, Mutter, ich versuch's. Und ich werd's auch schaffen, wenn er mich nur läßt.«
»Er hat niemals was leicht hergegeben«, sagte sie.
»Ich weiß.«
»Ja — ich auch.« Eine kurze Pause entstand. »Wo bist du jetzt? Kann ich dich irgendwie erreichen?«
»Nein, Mutter. Ich bin ständig in Bewegung. Und so weiß ich auch nicht im voraus, wo ich zu erreichen sein werde.«
»Rufst du mich wieder an? Bald?«
»So Mitte der nächsten Woche«, sagte ich.
»Brauchst du Geld?«
»Soweit alles okay. Aber falls es knapp wird, weiß ich ja, wo ich anrufen muß.«
»Paß gut auf dich auf, Jonathan«, sagte sie. »Ich liebe dich.«
»Ich liebe dich auch, Mutter«, versicherte ich und hängte auf. Mein Vierteldollar klickte in den Rückgabeteller. Ich fischte ihn heraus und verließ die Telefonzelle.
Vor dem Eingang zum Supermarkt wartete Anne. Sie öffnete eine Tüte. »Sind diese Samen okay?«
Ich betrachtete die Etikette. Veilchen, Stiefmütterchen, Rosen. »Ja, ist wohl okay. Kenn mich mit Blumen nicht aus.«
»Ich auch nicht. Aber ich dachte mir, könnte doch ganz hübsch aussehen, so um den kleinen Friedhof. Der Verkäufer meinte, die wachsen praktisch ganz allein.«
»Na, gut. Ist mir recht.«
»Jeb Stuart hat gesagt, er wird bei der Exxon-Tankstelle am Stadtrand auf uns warten.«

»Okay«, sagte ich. »Deine Mutter möchte, daß du sie anrufst.«
Sie sah mich an. »Hast du deiner Mutter gesagt, daß ich okay bin?«
Ich nickte. »Das genügt«, erklärte sie.
»Also gut, gehen wir«, sagte ich.
»Moment noch. Drinnen gleich hinter der Tür steht ein Einkaufskarren, und auf dem hab ich zwei große Tüten zurückgelassen. Irgendwie hatte ich das Gefühl, daß wir doch nicht ganz so versessen waren auf die Bohnen und das übrige Gemüse.«
Ich lachte. »Und das alles hast du bloß für mich getan, wie?«
Sie lächelte. »Na, Betty Mays Baby kann ein bißchen Abwechslung auch nicht schaden.«

»Zwölf Gräber sind dort«, sagte Jeb Stuart.
Ich blickte auf die frisch umgegrabene Erde. Schwarz und feucht sah sie aus. »Nein«, erwiderte ich. »Nur elf.«
»Woher woll'n Sie das wissen?« fragte er. »Gibt doch keine Grabsteine — oder sonstige Kennzeichen.«
»Aber ich weiß es«, versicherte ich. »Ist noch 'n Platz frei für meinen Vater. Nur liegt er woanders.« Ich zog die Hacke über den Boden, kerbte an einer Ecke des kleinen Friedhofs ein Rechteck. »Hier hätte er hinkommen sollen.«
Jeb Stuart blickte zum Himmel. »Wird spät. Wir können morgen fertig werden.«
»Ja«, sagte ich.
Er lehnte seine Harke gegen einen Baum. »Ich werde Betty May Bescheid geben, daß wir kommen.«
Ich nickte und drehte mich zu Anne herum. Sie saß auf dem Boden, lehnte sich an einen Baum. »Hast du eine Zigarette?«
Sie nickte.
Dann zündete sie eine an, gab sie mir. Erst als sich Jeb Stuart außer Hörweite befand, begannen wir zu sprechen. »Ich habe Angst«, sagte sie.
»Wovor?« — »Vor dem Tod.«
Ich gab keine Antwort. Saugte nur an meiner Zigarette.
»Der Tod ist hier«, sagte sie. »Hier an diesem Ort. Wer hier lebt, wird sterben.«
»Alle Menschen sterben«, erklärte ich.
»Ich weiß, wovon ich rede«, beharrte sie. Dann stand sie auf und kam auf mich zu. »Jonathan, sehen wir zu, daß wir fortkommen. Auf der Stelle. Heute abend noch.«
»Nein«, erwiderte ich. »Morgen. Wenn ich hiermit fertig bin.«

»Versprichst du mir das?«
»Ja. Tu ich.«
»Okay«, sagte sie. »Und jetzt werde ich hinuntergehen, um zu sehen, ob Betty May vielleicht Hilfe braucht.«
»Paß schön auf, daß die Steaks nicht anbrennen«, ermunterte ich sie.
»Aber sicher.« Sie lachte und begann, den Hang hinabzusteigen.
Ich wandte mich wieder der Begräbnisstätte zu und kerbte mit der Hacke den Namen meines Vaters auf seinen leeren Grabplatz.

»Dank dir, mein Sohn.«
»Wie hießen all die andern, Vater?«
»Ihre Namen zählen nicht mehr. Sie waren Tanten und Onkels, meine Schwestern und Brüder. Doch jetzt sind sie tot und existieren nicht mehr.«
»Anders als du?«
»Ja. Denn, siehst du, ich habe dich. Die aber haben niemanden.«
»Das ergibt keinen Sinn.«
»Ist auch nicht nötig. Nichts muß einen Sinn ergeben. Zum Beispiel dein Mädchen.«
»Was ist mit ihr?«
»Sie ist schwanger.« Ich hörte sein gepreßtes Lachen. *»Gestern abend war sie so richtig offen für dich. Nahm deinen Samen in sich auf und behielt ihn.«*
»Scheiße.«
»Wird nur für kurze Zeit sein. Dann will sie nichts mehr davon wissen. Aber noch ist es nicht soweit. Für euch beide nicht.«
»Für einen Toten weißt du eine Menge.«
»Nur die Toten kennen die Wahrheit.«

Als ich näher kam, hörte ich Musik. Jeb Stuart saß auf dem Trittbrett des Kleinlasters. »Wußte gar nicht, daß Sie 'n Radio haben«, sagte ich.
Er hob den Kopf. »Ich dachte, Sie wüßten's. Anne hat's gekauft, und Betty May ist überglücklich.«
»Ich brauche jemanden, der mir mit dem Samen hilft. Ich habe da ja keine Ahnung.«
»Betty May wird helfen. Sie ist verrückt nach Blumen und hat 'ne gute Nase dafür.«
»Ich wäre sehr dankbar«, betonte ich.

Er blickte an mir vorbei, zum Maisfeld. »Fünf, sechs Wochen. Dann geht's mit der Ernte los.«
»Brauchen Sie Hilfe?«
Er schüttelte den Kopf. »Wir kommen schon zurecht.«
»Wann wird Betty May — äh — niederkommen?«
»So ungefähr in zwei Monaten. Wo wir schon mitten beim Brennen sind.«
»Und dann werden Sie den Gebrannten verkaufen?«
»Aber nicht doch. Da taugt er noch gar nichts. Ich werd ihn über Winter lagern. Dann ist er gut — und ich kann Spitzenpreise erzielen. Rohwhisky ist doch überhaupt nichts wert.«
Die Haustür ging auf, und Anne erschien. »Abendessen ist fertig.« Jeb Stuart erhob sich. »Wir kommen schon.«
Gar so übel waren die Steaks nicht. Dennoch schien Anne enttäuscht. Wenn nicht alles täuschte, hatten Betty May und Jeb Stuart für die Steaks nicht allzuviel übrig. Entsetzt starrten sie auf das Blut, das aus dem Fleisch quoll. Und sofort legten sie ihre Stücke zurück aufs Feuer, bis sie fast zu Kohle verbrannt waren. Jetzt erst schienen sie zufrieden zu sein. Sie aßen, tranken unseren Kaffee — und plötzlich hörten wir rhythmische Geräusche: eine Art Dröhnen, das sich näherte.
»Was ist denn das?« sagte Betty May, die Kaffeetasse in der Hand.
Ich hob nicht einmal den Kopf. »Ein Hubschrauber.« Die Geräusche kannte ich nur allzu gut. Bei seinen vielen Blitzreisen hatte sich mein Vater häufig eines Helikopters bedient. Ich sah die Verwirrung auf Jebs Gesicht. »Ein Hubschrauber«, wiederholte ich. »Ein Helikopter.«
Das Dröhnen näherte sich immer mehr. »Ist nicht mehr weit über uns.«
»Sollte vielleicht mal nachsehen.« Jeb erhob sich, nahm seine Flinte und ging hinaus.
Wir folgten ihm. Der Hubschrauber schwebte dicht über dem Maisfeld herbei; und er schien eine kleine Lichtung nicht weit vom Haus anzufliegen. Im Augenblick der Landung ließen sich die großen Buchstaben auf der Seite besonders gut erkennen: POLIZEI.
Zwei Männer in Khakiuniformen und Schutzhelmen sprangen heraus. Der Pilot blieb auf seinem Platz. Auch er trug Uniform, jedoch keinen Helm. Auf den Silbersternen an den Hemden glitzerte die späte Sonne, während sich die Männer zu uns umdrehten.

»Hallo, Sher'f«, sagte Jeb.
Überrascht erwiderte der größere der beiden Männer: »Bist du das, Jeb?«
»Aber sicher.«
Lächelnd und mit vorgestreckter Hand trat der Sheriff auf Jeb zu. Der andere Polizist hielt sich in der Nähe des Hubschraubers.
»Freu mich, dich zu sehen, Jeb.«
Jeb schüttelte dem Sheriff die Hand, nickte. »Ihr kommt grad zur Zeit, um mit uns — nach dem Abendbrot — eine Tasse Kaffee zu trinken.«
»Danke. Käm mir grad zupaß.« Er blickte zu dem Polizisten hinter ihm. »Alles okay. Bin gleich wieder da.«
Er folgte uns in das verfallene Haus. Diesmal setzte sich Betty May nicht zu uns an den Tisch. Hastig stellte sie eine Tasse mit dampfendem Kaffee vor den Sheriff.
Der Sheriff trank einen Schluck. »Prächtiger Kaffee, Betty May.«
Sie lächelte, gab keine Antwort.
»Freu mich ehrlich, euch hier zu finden«, versicherte der Sheriff. »Da gab es nämlich so Berichte: daß sich hier seit über einem Jahr illegale Siedler niedergelassen hätten. Nun, bis wir letzte Woche den neuen Helikopter bekamen, konnten wir das überhaupt nicht nachprüfen. Allerdings machten wir uns schon darauf gefaßt, 'n paar Nigger von hier zu verjagen.«
Jeb nickte wortlos.
»Hatten uns schon lange gefragt, wo ihr wohl stecken mochtet«, sagte der Sheriff. »Ist schließlich über anderthalb Jahre her, daß ihr euch in der Stadt habt blicken lassen.«
»Hatte hier jede Menge zu tun«, sagte Jeb.
»Das kann man sehen. Müssen ja so drei Acres Mais sein dort.« Er musterte Jeb aufmerksam. »Hast ja sicher 'n gültigen Pachtvertrag für das Grundstück hier.«
Jeb zögerte, warf mir einen Blick zu. Ich nickte. »Ja«, erwiderte er.
»Abgeschlossen mit dem rechtmäßigen Besitzer?«
Zum erstenmal meldete ich mich zu Wort. »Jawohl, Sheriff.«
Fragend blickte der Sheriff zu Jeb. »Dies hier ist Jonathan Huggins«, sagte Jeb. »Der Sohn von Big Dan. Jonathan, dies ist Sher'f Clay, Fitch-County.«
Wir schüttelten uns die Hände. »Sheriff Clay.«
Der Sheriff nickte. »Ihr Daddy war einer von uns. Wir haben ihn alle sehr geachtet. Mein Beileid.«

»Danke, Sheriff«, sagte ich.
»Sie sind der rechtmäßige Besitzer?« fragte er.
»Ja. Wie Ihnen eigentlich bekannt sein sollte.« Doch plötzlich begriff ich. Woher sollte er's wissen? »Die Unterlagen befinden sich im Bezirkszentralamt.«
Er musterte mich unbehaglich. »Natürlich.«
»In Sentryville also«, sagte ich. »Dieser Grund und Boden gehört zu Sentry-County.« Der Sheriff nickte.
»Nun, die Stadt liegt rund hundert Kilometer von hier entfernt«, sagte ich. »Und wo Sie ein beträchtliches Stück näher sind, helfen Sie wohl nur dem Sheriff dort — leisten Amtshilfe, wie's wohl offiziell heißt. Stimmt's?«
»Ja, das stimmt«, erwiderte er hastig.
Ich nahm Jebs Gewehr, das an der Wand lehnte, und legte es auf den Tisch, so daß es auf den Bauch des Sheriffs gerichtet war. Mit ruhigem Griff entsicherte ich es. »Sie wissen doch sicher, Sheriff, daß Ihre Aktion unbefugtem Betreten gleichkommt«, sagte ich. »Folglich könnte ich hier abdrücken und Sie in zwei Teile pusten, ohne daß irgendein Gericht in diesem Land mein Recht anzweifeln würde, eben dies zu tun. Sie haben hier absolut nichts verloren.«
Er starrte auf das Gewehr. Plötzlich wirkte sein Gesicht sehr weiß. Die anderen waren wie erstarrt. Jeb wollte aufstehen.
»Nicht bewegen, Jeb!« fuhr ich ihn an. Und blickte dann wieder zum Sheriff. »Okay, nun erzählen Sie uns mal, was Sie hergeführt hat.«
Er schluckte hart. »Jebs Frau hat Klage gegen ihn eingereicht. Weil er und Betty May miteinander in unsittlichem Verhältnis leben.«
»Wirklich kein Grund«, sagte ich, »um so mir nichts, dir nichts über die County-Grenzen hinwegzuhüpfen. Lassen Sie sich was Besseres einfallen.«
Er schwieg.
»Könnte es vielleicht sein, daß Ihnen von hoch oben drei Acres Mais ins Auge gestochen haben, so inmitten von lauter Öde? Könnte es vielleicht das sein?«
Wieder schwieg er.
»Vielleicht haben Sie darauf gehofft, ein paar Schwarze von hier verjagen zu können. Drei Acres Mais, die könnten einen Haufen Geld wert sein. Sie sind der Sheriff. Sie kennen die Leute, die darüber zu befinden hätten.«
Aus der Stimme des Sheriffs klang eine Art widerwilliger Ach-

tung. »Sie haben recht«, räumte er ein, »was hier oben vor sich geht, hat mich im Grunde überhaupt nicht zu interessieren.«
Ich nahm das Gewehr vom Tisch, lehnte es wieder gegen die Wand. »Da irren Sie sich«, sagte ich. »Sie und Jeb haben Wichtiges miteinander zu besprechen.« Ich stand auf. »Anne und ich werden hinausgehen, damit die Herren sich ungestört unterhalten können.«
Der Sheriff musterte mich. »Nach allem, was ich von Ihrem Daddy weiß, scheinen Sie ihm ja aus dem Gesicht geschnitten zu sein.«
»Aber nicht die Spur«, protestierte ich und ging hinaus.
Anne folgte mir. Ich lehnte mich gegen den Kleinlaster, steckte mir eine Zigarette an, gab sie ihr. Anschließend genehmigte ich mir selbst eine. »Morgen früh dampfen wir ab«, sagte ich. »Gleich, nachdem die Blumensamen im Boden sind.«
»Und wo geht's hin?« wollte sie wissen.
Ich schloß die Augen und starrte durch Zeit und Raum hindurch. »Weiter nach Süden.«
Sie blieb lange stumm. »Wirst du wieder hierher zurückkommen?«
»Ja. Auf dem Weg nach Hause.«
»Ich werde morgen nach Hause zurückkehren«, sagte sie.
Die Zeit hatte ein Loch. Ich öffnete die Augen und sah den Hubschrauber. Der Pilot war ausgestiegen. Er trat auf den Hilfssheriff zu. Beide starrten uns an. Ich blickte zu Anne.
»Irgendwann möchte ich mit dir wieder hierherkommen. Darf ich?« In ihren Augen standen Tränen.
»Na, sicher«, sagte ich. »Weißt du doch.«
Ihre Finger umklammerten meine Hand. »Der Sheriff. Er hatte recht. Du bist wie dein Vater.«
»So hat's der Sheriff nicht gesagt.« — »Aber ich sag's so.«
Ich erzählte ihr nicht, daß auch mein Vater mir das gleiche gesagt hatte.
»Seit wir hier sind, habe ich soviel von ihm gesehen. Deshalb möchte ich auch nach Hause. Mehr könnte ich nicht ertragen. Ich habe Angst. Fast fürchte ich, den Verstand zu verlieren.«
Ich hob ihre Hand an meine Lippen, küßte sie.
»Du bist mir doch nicht böse?« fragte sie.
»Nein.« Ich sah sie an. »Ist schon in Ordnung.«
Hinter uns öffnete sich die Tür. Jeb und der Sheriff kamen heraus. Sie näherten sich dem Kleinlaster, kamen auf uns zu. Jeb lächelte. »Der Sher'f und ich sind uns einig geworden.«

»Gut«, sagte ich.
»Wird jetzt keinen Ärger geben«, versicherte er.
Ich blickte zum Sheriff. Hastig sagte er: »Allein könnte Jeb das nie schaffen. Die Niggers und die Itaker, die hatten ihn doch längst auf 'm Korn. Die haben doch bloß darauf gelauert, daß er die Arbeit leistet, bevor sie kommen und absahnen.«
Ich nickte.
»Bleibst noch länger, Sohn?« fragte der Sheriff.
»Morgen dampf ich wieder los.«
Er schielte zum Himmel. Im Westen sackte die Sonne in Richtung Horizont. »Ist wohl besser, wir schwirren ab. Nachts kann man den Dingern nicht trauen.« Er blickte zu Jeb. »Kommst Samstag also in die Stadt, okay? Werd diesen Räumungsbefehl gegen dich kurz mal abwürgen.«
»Danke, Sher'f.«
Der Sheriff blickte wieder zu mir. »Wie alt bist du, Sohn?«
»Siebzehn.«
Er nickte. »Daran mußte ich die ganze Zeit denken, wo du das Gewehr auf mich gerichtet hast. Siebzehn. Dieser Ausdruck auf deinem Gesicht. So ungefähr muß es bei deinem Daddy gewesen sein, als er den alten Fitch so vor fünfzig Jahren in dessen Laden in Stücke schoß. Damals war auch er siebzehn. Und dann schickten sie ihn auf die Besserungsanstalt, bis er achtzehn war. Doch er blieb nicht. Es gab 'n Krieg, er meldete sich freiwillig, und er kam nach Europa. Nach Fitchville kam er erst zwanzig Jahre nach dem Krieg zurück. Eines Tages tauchte er auf dem Bahnhof auf, in einem Rollstuhl. Er schien nicht mehr Herr seiner selbst zu sein. Konnte nicht gehen. Eine Frau begleitete ihn. War aber nicht seine Ehefrau. Irgendwo im Westen hieß es, er hätte 'n kleinen Sohn. Die Frau kaufte vom Dodge-Händler für bares Geld 'n Auto und fuhr in die Hügel hoch. Danach sah ihn keiner mehr. Nur die Frau kam ab und zu zum Einkaufen in die Stadt. Und so'n halbes Jahr später ist er auf einmal auf dem Bahnhof, gibt der Frau 'n Abschiedskuß und steigt in den Zug nach New York. Und das war denn auch das letzte, was irgendwer in der Stadt von ihm gesehen hat.«
»Und die Frau?« fragte ich.
»Die wartete, bis der Zug abfuhr; und dann verschwand sie, und niemand sah mehr was von ihr.«
»Sie haben meinen Vater also nicht mehr wiedergesehen?« fragte ich.
»Nein. Aber ich blieb trotzdem auf dem laufenden, weil mein Va-

ter mir die Geschichte erzählte. 1917 war er Hilfssheriff und später, 1937, Sheriff. Sicher habe ich die Geschichte so an die tausendmal gehört, weil Vater immer sofort loslegte, wenn der Name deines Vaters zur Sprache kam.« Er musterte mich: »Muß schon sagen, daß er ziemlich stolz auf deinen Vater zu sein schien: einer von unseren Jungs, der's enorm weit gebracht hatte in der Welt.« Wieder blickte er aus verengten Augen zum Himmel, streckte plötzlich die Hand aus. »Wenn du darüber nachlesen willst — in der Stadtbücherei sind all die alten Nummern vom *Fitchville Journal* aufbewahrt, zurück bis zum Bürgerkrieg.« Wir schüttelten einander die Hände. »Falls du irgendwas brauchst, melde dich nur bei mir.«
»Danke, Sheriff«, sagte ich.
In der sinkenden Sonne hob der Hubschrauber ab. Wir beobachteten die Kurve, die er beschrieb. Als er hinter dem Hügel verschwand und der Lärm verklang, gingen wir zum Haus zurück.
Ich nahm unsere Schlafsäcke. »War ein langer Tag«, sagte ich.
»Da wollen wir euch beide nicht hindern, früh zu Bett zu gehen.«
Als wir unseren Platz beim Maisfeld aufsuchten, war der Himmel noch golden. »Wußte gar nicht, daß die nicht verheiratet sind«, sagte Anne.
»Ich auch nicht.«
Schweigend drehte sie einen Joint, zündete ihn an, reichte ihn mir. Ich machte ein paar Züge und lehnte mich auf einen Ellenbogen zurück. Eine wunderbare Ruhe durchströmte mich. Ich reichte Anne wieder den Joint.
»Jonathan«, sagte sie, während aus ihren Nasenlöchern Rauch kräuselte.
»Ja?« — »Komm mit mir nach Hause.«
Ich sah sie an. »Kann ich nicht. Noch nicht.«
»Warum nicht?«
»Du stellst immer dieselbe Frage, und ich gebe dir immer dieselbe Antwort: Ich weiß es nicht.«
Wieder reichte sie mir den Joint. Ich machte noch ein paar Züge und streckte mich dann aus. Durch die Dunkelheit starrte ich zum Himmel empor. Sie kiffte weiter, drückte den Stengel dann aus, sehr sorgfältig, und verscharrte ihn im Boden. Dann schob sie sich näher und legte ihren Kopf auf meine Schulter. »Du wirst mir fehlen.« Ich gab keine Antwort.
»Du weißt, wo ich zu finden bin. Ich werde auf der hinteren Veranda sitzen und zu deinem Haus hinüberstarren.«

»Jaja, ich weiß schon«, sagte ich.
»Bleib nicht zu lange fort«, sagte sie. »Ich möchte noch eine kleine Weile mit dir jung bleiben. Wir werden viel zu schnell erwachsen.«

Ich stand vor dem halbverfallenen Haus und beobachtete, wie der Kleinlaster die Landstraße hinunterrumpelte. Am hinteren Fenster sah ich Annes Gesicht. Sie starrte mich an. Und in einer Art Abschiedsgruß hob sie die Hand. Ich winkte zurück. Dann waren sie verschwunden, und ich nahm meinen Rucksack über die Schulter. Es war fast schon elf Uhr, und die Sonne begann heiß zu brennen. Um halb eins würde sie in dem Bus sitzen, der gegen sechs Uhr in New York eintraf. Hatte sie Glück, so erwischte sie im Grand-Central-Bahnhof noch den Anschlußzug und war gegen sieben Uhr zu Hause.
Ich begann, den Hügel hinaufzusteigen. Der Pfad zum Highway führte mich am kleinen Friedhof vorbei.
Kurz blieb ich stehen, blickte auf die frisch umgegrabene Erde, auf die säuberlich in den Boden gedrückten Samen rund um die Gräber.
»Nur keine Sorge, Jonathan«, versprach Betty May. »Ich werd mich darum kümmern, daß sie täglich begossen werden. Und da sprießen im Handumdrehen Blumen.«
Ich blickte zu dem halbverfallenen Haus und fragte mich, ob ich wohl je zurückkommen würde.

»Frag dich nicht, mein Sohn. Du wirst zurückkommen.«
»Bist du sicher, Vater. Du bist doch niemals zurückgekommen.«
»Doch — einmal, Jonathan. Das hat dir der Sheriff ja erzählt.«
»Aber du bist nicht geblieben.«
»Auch du wirst nicht bleiben.«
»Was soll das dann? Was für einen Zweck hat es? Da kann ich doch genausogut von vornherein fortbleiben.«
»Du wirst zurückkommen müssen. Aus demselben Grund wie ich. Um wieder ganz du selbst zu werden.«
»Ich verstehe nicht, Vater.«
»Du wirst es verstehen, Jonathan. Wenn die Zeit dafür reif ist. Du wirst zurückkommen wegen deinem Kind.«
»Meinem Kind, Vater?«
»Ja, mein Sohn. Dem Kind, das du gar nicht gemacht hast.«

Zweites Buch
Damals

1

Es war zwei Uhr nachts, und eine dünne Eisschicht bedeckte den Highway. Am Tag hatte die warme Sonne den letzten Schnee schmelzen lassen, bis die einsetzende Nachtkälte die Fahrbahn dann in eine eisige Fläche verwandelte. Treibende Wolken verdunkelten den Mond, und im trüben Licht ließ sich nicht einmal der Boden am Straßenrand unmittelbar vor seinen Füßen erkennen.
Immer wieder geriet er ins Rutschen, drohte zu stürzen. Fluchend marschierte er weiter, die Arme um den Oberkörper, den nur einen dünne Jacke schützte, geschlungen.
Fünfzehn Kilometer westlich von St. Louis. Highway 66. Nur immer stramm weiter, und er würde schon irgendwann nach Kalifornien kommen. Falls er nicht vorher erfror. Angestrengt spähte er durch die Dunkelheit. Seit fast einer Stunde war er zu Fuß unterwegs. Irgendwo hier sollte es eine Raststelle für Laster geben. Das jedenfalls hatten die zu ihm gesagt, als sie ihn aus dem Auto warfen. Drei Kilometer weiter westlich an der Straße. Ein Truck Stop.
Unwillkürlich blieb er einen Augenblick stehen. Und wenn die ihn nun angelogen hatten? Wenn es da gar nichts gab? Durchgefroren war er jetzt schon. Noch so ein paar Stunden in der Kälte, und — und irgendwer würde ihn später, steif wie ein Brett, im Straßengraben finden. Zweifellos zur Freude so mancher Gewerkschaftsbosse: John L. Lewis von den Bergarbeitern, Big Bill von den Zimmerleuten, Murray und Green von der AFL.-Zentrale; selbst Hillman und Dubinsky, die einander haßten, würden ihm keine Träne nachweinen.
»Geh nach Kansas City«, hatten sie gesagt. »Wenn's einer schaffen kann, die Fleischarbeiter dort zu vereinigen, dann bist du das.«
Ein Himmelfahrtskommando. Von den drei Männern, die vor ihm hingeschickt worden waren, lebte offenbar keiner mehr.

Vielleicht würde er schon bald der vierte sein in dieser Reihe, steifgefroren am Straßenrand. Da hätten sie ihn auch gleich auf einem Fleischerhaken in den Kühlraum hängen können wie den armen Sam Masters.
Drei Tage im Auto mit diesen Italianos. Zu dritt waren sie gewesen und bis an die Zähne bewaffnet, mit Pistolen, mit Messern. Drei Tage dieser Gestank von der Knoblauchwurst auf ihren Sandwiches. Drei Tage Angst, wann's denn nun soweit ist und sie dir 'n Genickschuß verpassen. Drei Tage Warterei bei irgendwelchen Telefonzellen, während die neue Instruktionen einholten.
Als sie dann, am Abend zuvor, von einer Zelle zurückgekommen waren, hatte er sofort gewußt, daß er nicht mehr würde warten müssen. Plötzlich wirkten sie sehr schweigsam. Das Auto fuhr auf dem Highway 66 in westlicher Richtung. Um Mitternacht kamen sie durch St. Louis. Zwanzig Minuten später hielten sie am Rand der leeren Straße.
Die Tür schwang auf. Ein harter Tritt traf ihn, er segelte hinaus auf die vereiste Fahrbahn und landete auf dem Rücken mit ausgestreckten Händen. Über ihm beugte sich der Mann durch die offene Tür, in der Hand eine Pistole, die riesige Ausmaße zu besitzen schien. Instinktiv rollte er sich zusammen, um ein möglichst kleines Ziel zu bieten. Dann dröhnte ein Schuß, dröhnte eine Serie von Schüssen. Fast schien es, als ginge Kugel auf Kugel durch ihn hindurch. Dann war es auf einmal still. Nichts. Er konnte es nicht glauben. Er wendete den Kopf und starrte zu dem Revolverhelden empor.
Der Italiener grinste breit. »Hast dir in die Hosen geschissen. Kann's riechen.«
»Jaah«, sagte er.
»Hast Glück«, sagte der Gunman. »Komm nicht wieder nach Kansas City. Sonst wirst du das nächste Mal nicht deine eigene Scheiße riechen. Dann bist du tot.«
Die Wagentür knallte zu, der Motor brüllte auf. Das Auto wendete kurz und jagte die Straße zurück, in Richtung Kansas City.
Dann bremste es plötzlich. Der Fahrer legte den Rückwärtsgang ein und stieß zurück.
Inzwischen war er auf die Beine gekommen. Während er noch stand, hielt das Auto neben ihm, der Fahrer beugte sich heraus.
»Geh da lang. Drei Kilometer. Da ist 'ne Raststätte. Für Laster.«
Wieder setzte sich das Auto in Bewegung. Bald waren nicht einmal die Rücklichter zu sehen.

Er ging zum Straßenrand. Dort säuberte er sich mit ein bißchen Schnee und mit Zeitungspapier, das der Wind hier hergeweht hatte. Dann nahm er den Marsch ins Ungewisse auf. Ein, zwei Stunden vergingen. Endlich sah er Licht. Doch es war noch ein gutes Stück entfernt, und er brauchte eine weitere halbe Stunde.
Die roten und die weißen Glühbirnen schienen das Himmelstor zu beleuchten. TRUCK STOP. BENZIN. MAHLZEITEN. BETTEN. BÄDER. Sechs riesige Laster parkten auf dem Platz. Statt sofort das Gebäude zu betreten, machte er vorsichtshalber eine Runde: überzeugte sich, daß nirgends Personenautos standen. Bloß nichts riskieren bei solchen Kerlen wie diesen Italienern. Wer wollte wissen, ob die sich's nicht anders überlegten? Auch hätte das Ganze nur 'ne Finte sein können. Also ließ sich nicht ausschließen, daß ihm hier wer auflauerte.
Leise trat er an ein Fenster und spähte hinein. Das Restaurant war praktisch leer. Er sah nur eine Kellnerin, die damit beschäftigt war, die Tische fürs Frühstück zu decken. Außerdem saß da ein Mann an der Kasse, ein Kerl mit mächtigem Bauch, der Zeitung las.
Nach einem letzten vergewissernden Blick ging er zur Eingangstür und öffnete sie. Aber er trat nicht ein. Er stand in der offenen Tür. Der Wind fuhr ins Restaurant, und die beiden drehten die Köpfe und starrten ihn an.
»Machen Sie die Scheißtür zu«, sagte der Mann an der Kasse. »Es ist arschkalt.«
»Herein!« rief die Kellnerin.
»Ich brauch zuerst mal 'n Bad«, sagte er und hörte dann, wie seine Zähne aufeinanderschlugen.
Die Kellnerin musterte ihn. »Sie brauchen was Warmes im Bauch. Ich werde Ihnen eine Tasse Kaffee holen.«
»Wo ist das Bad?« fragte er. »Bringen Sie den Kaffee dorthin.« Er blickte zu dem Mann an der Kasse. »Haben Sie vielleicht ein Paar Hosen, die Sie mir verkaufen könnten?«
Der Mann starrte ihn an. »Was ist denn?«
»Ein paar Itaker haben mich durch die Mangel gedreht und aus dem Auto auf die Straße geworfen«, erklärte er. »Und da hab ich am Arsch sozusagen — äh — Grundeis.«
Der Mann schwieg einen Augenblick. »Ein Paar Arbeitshosen hätte ich, die könnten Ihnen passen. Kosten aber zwei Dollar. Sind fast neu.«
Er nickte kurz. Dann zog er einen Geldschein hervor, den er der Kellnerin reichte. »Hier sind fünf Dollar. Bringen Sie den Kaffee

und die Hosen ins Bad. Und möglichst auch einen Rasierapparat, wenn Sie einen auftreiben können.«
Die Kellnerin nahm den Schein. »Das Bad ist in dem Gebäude da drüben. Gleich neben der Schlafbaracke.«
»Danke, Ma'am«, sagte er höflich.
Hinter ihm schloß sich die Tür, und sie sahen, wie er draußen an den Fenstern vorbeiging. Die Kellnerin trat zur Kasse und reichte dem Mann den Geldschein.
»Die Hosen sind doch kaum 'nen Dollar wert, und das weißt du auch«, sagte sie vorwurfsvoll.
»Vielleicht. Für dich oder mich. Aber für den sind sie mindestens zwei Dollar wert.« Er drückte die Summe von 25 Cents in die Kasse. Dann nahm er das Wechselgeld heraus, behielt zwei Dollar für sich und gab ihr den Rest. »Für Bad und Rasierapparat hab ich abgezogen.«
»Okay.«
»Die Hosen hängen in dem Spind hinter der Tür.«
»Weiß schon, wo sie sind«, sagte sie und ging an ihm vorbei in Richtung Küche.
Er gab ihr einen Klaps auf den Hintern. »Wenn du schlau bist«, lachte er, »bringst du's leicht fertig, daß er von dem Geld nichts wiedersieht.«
Sie warf ihm einen giftigen Blick zu. »Ist doch keiner wie du, du Schwachkopf«, sagte sie sarkastisch. »Der kann's umsonst haben.«

Als sie ins Badehaus kam, lag er lang ausgestreckt in der Wanne und ließ sich, bei geschlossenen Augen, von der Wärme des Wassers durchströmen. Das erste, was sie bemerkte, waren die blauen — oder eher blauschwarzen — Flecken auf seinem Körper. Aber dann sah sie auch sein verschwollenes Gesicht: Augen, Wangenknochen und Kiefer.
»Die haben Sie wirklich durch die Mangel gedreht«, sagte sie leise.
Er öffnete die Augen. »Ich kann von Glück sagen, daß sie mich nicht umgebracht haben«, erklärte er, und seine Stimme klang sehr sachlich. Er deutete auf den Boden neben der Wanne. Dort lagen, zusammengekrumpelt, seine Hosen. Hemd und Jacke hatte er dicht bei einem Heizgerät über die Rücklehne eines Stuhls gehängt zum Trocknen. »Schmeißen Sie die Hosen in den Müll. Das Hemd habe ich bereits gewaschen.«
»Okay«, sagte sie und wollte die Hose aufheben.

»Holen Sie lieber erst 'n Stück Zeitung«, erklärte er. »Die gehören auf den Müll, ist wirklich kein Witz.«
Sie ging hinaus, kam mit Zeitungspapier zurück. Vorsichtig — und ohne sie direkt zu berühren — hob sie die Hose hoch und wickelte sie in das Papier. Den Rasierapparat und die frische Hose legte sie auf den Stuhl, über dessen Lehne seine Jacke hing. »Werd' dies erst mal wegwerfen. Dann komm ich und helfe Ihnen.«
»Danke, Ma'am«, versicherte er, »ich komme schon allein zurecht.«
»Seien Sie nicht albern«, sagte sie scharf. »Ich bin mit fünf Brüdern aufgewachsen, außerdem war ich zweimal verheiratet. Ich weiß, wann ein Mann Hilfe braucht und wann nicht.«
Er sah sie an. Trotz des verschwollenen Gesichts spürte sie die Kraft, die von ihm ausging. »Und Sie glauben also, daß ich Hilfe brauche.«
»Ich weiß es«, sagte sie.
Er nickte. »Dann danke ich Ihnen, Ma'am — und erkläre mich bereit, Ihr Angebot anzunehmen.«
Sie verschwand; war bald wieder da. Rückte einen Stuhl dicht an die Wanne und begann, ihn mit einem Seifenlappen sacht abzuwaschen. Überall an seinem Körper waren blaue, wunde Flecken, und so sehr er sich auch zusammenzunehmen versuchte, er zuckte immer und immer wieder zusammen. Zweimal ließ sie für ihn frisches Wasser in die Wanne einlaufen; schließlich wusch sie ihm Gesicht und Haar, rasierte ihn dann sorgfältig. Aus einer Wunde über seinen dichten Augenbrauen floß Blut.
»Schlimme Sache«, murmelte sie. »Da müssen wir gleich heute früh 'nen Arzt rufen, daß der's zusammennäht. Sonst gibt's garantiert 'ne mächtige Narbe.« Von einem sauberen Tuch riß sie einen Streifen ab, drückte den Stoff auf die Wunde. »Halten Sie mal. Ich werde sehen, daß ich was zum Verbinden finde.«
Gleich darauf war sie mit einer breiten Rolle wieder da. Geschickt riß sie den breiten Streifen in der Mitte auseinander und verklebte die Wunde über seinem Auge. »Okay, jetzt können Sie aufstehen und sich abtrocknen.«
Er raffte sich hoch und hüllte sich in das dargebotene Handtuch. Auf ihre Hand gestützt, stieg er aus der Wanne.
»Alles okay?« fragte sie.
Er nickte.
»Vielleicht möchten Sie sich erst mal 'n bißchen hinlegen. Ich bring Ihnen was zu essen.«

»Schon in Ordnung«, sagte er, während er sich abtrocknete. »Gibt's im Restaurant ein Telefon?«
Sie nickte.
»Ich muß erst mal 'n Anruf machen.« Mit einem Finger fuhr er sich über die Wange, während er in den Spiegel blickte. Dann drehte er sich zu ihr um. »Wissen Sie«, sagte er fast schüchtern, »dies ist das erste Mal, daß mich eine Dame rasiert hat.«
»Aber es ist doch wohl in Ordnung?«
Er lächelte sie an, und plötzlich wirkte er geradezu jung. »Sehr in Ordnung. Also wenn man so verwöhnt wird — daran kann man sich als Mann direkt gewöhnen.«
Sie lachte. »Ich geh jetzt wohl besser zurück, um Ihnen Ihr Frühstück zu machen. Weizenpfannkuchen, Würstchen und Eier — okay?«
»Völlig okay«, versicherte er. »Lassen Sie mir nur zehn Minuten Zeit, um fertig zu werden.«

2

Die gekaufte Hose war ihm mindestens zwei Nummern zu groß. Immerhin hatte er ja den Gürtel, um sie an Ort und Stelle zu halten. Und so stürzte er sich unbekümmert auf sein Frühstück, auf die Pfannkuchen und die Eier und die Würstchen; und sehr bald war er auch bei der zweiten Tasse Kaffee. Schließlich lehnte er sich mit einem zufriedenen Seufzer auf seinem Stuhl zurück. »War wirklich gut«, versicherte er.
Die Kellnerin lächelte ihn an. »Dachte schon fast, Sie wollten sich in Ihre weiten Hosen so richtig reinfuttern.«
Er lächelte verlegen. »Ich wußte ja gar nicht, was für einen Kohldampf ich hatte. Haben Sie vielleicht Zigarren?«
»Na, sicher. Tampa Specials. Echte Havanna. Fünf Cents pro Stück.«
Er grinste. »Genau das, was das Land braucht. Eine Fünf-Cent-Zigarre von guter Qualität. Ich nehme zwei.«
Sie verschwand hinter der Theke und kam mit einem Kistchen zurück. Er wählte zwei Zigarren aus, steckte sich eine in den Mund. Sie riß ein Streichholz an und hielt es ihm hin. Tief sog er den Rauch in sich ein. Seine Augen, unter buschigen Brauen, spähten durch Wolken aus Rauch. »Danke. Aber jetzt — wo ist das Telefon?«

Sie deutete auf den Münzfernsprecher an der Wand. Er trank noch einen Schluck Kaffee und ging dann zum Telefon. Währenddessen räumte sie den Tisch ab und trat hinter die Theke, wo der Kassierer an seiner Kasse lehnte. Sie stellte das Geschirr in die Abwaschrinne. Noch eine halbe Stunde, und der Tellerspüler würde auftauchen. Sollte der sich doch darum kümmern. Sie trat zu dem Kassierer. »Herrgott, bin ich fertig«, sagte sie. »Wenn ich doch bloß erst zu Hause wäre.«
»Möchte wirklich wissen, was dich so geschlaucht hat«, erwiderte er. »War heute abend doch gar kein Betrieb hier.«
»Solche Nächte sind die schlimmsten«, sagte sie. »Wenn man zu tun hat, kommt einem die Zeit nicht so lang vor.«
»Nur noch eine halbe Stunde, dann ist Schluß.« Sie hörten, wie die Münze in den Telefonapparat eingeworfen wurde, und drehten die Köpfe.
Seine Stimme war leise, aber dennoch deutlich zu verstehen. »R-Gespräch nach Washington D.C. Die Nummer ist Capitol 2437.«
Klappern, Klirren. Die Münze fiel in den Rückgabebecher. Er fischte sie heraus und stand dort, wartend, in der Hand die qualmende Zigarre. »Versuchen Sie's nur immer wieder, Fräulein«, sagte er. »Es ist bestimmt jemand dort. Und die werden sich auch melden.«
Ruhig sog er an seiner Zigarre. Wieder meldete sich das Fräulein vom Amt. Plötzlich klang aus seiner Stimme unverkennbare Autorität. »Versuchen Sie's weiter, meine Dame. Das Telefon befindet sich oben in der Diele, und die sind im andern Stockwerk und schlafen. Klingeln Sie weiter, und die werden's hören.«
Tatsächlich meldete sich jemand wenige Sekunden später. »Moses, ich bin's, Daniel B . . . Nein, ich bin nicht tot. Aus der Hölle kann man keine Telefonanrufe machen . . . Jaah, in Kansas City ist man wohl wieder zur Tagesordnung übergegangen, ich weiß. Sagt John L. und Phil, daß wir uns wie ein Haufen Amateure angestellt haben. Alles lauerte nur auf uns — die Bullen und die Italianos. Wir hatten überhaupt keine Chance. Drei Tage habe ich in einem Auto gesteckt, wo die dauernd Knoblauch fraßen. Und ich hab genau kapiert — in der Minute, wo die mich aus ihrem Auto warfen, war's mit dem Streik vorbei. Sonst hätten die mich bestimmt nicht am Leben gelassen. Bei St. Louis auf dem Highway 66 haben sie mich rausgeschmissen. Ich rufe hier von so 'ner Raststätte an. Für Laster. Muß schon sagen — die Zentrale schuldet mir 'nen neuen Anzug.«

Er verstummte, qualmte seine Zigarre. Jetzt war offenbar die Stimme am anderen Ende der Leitung an der Reihe. Als er dann wieder sprach, klang er ein wenig heiser. »Mit mir ist soweit alles in Ordnung. Ein bißchen verbeult, aber da habe ich ja schon Härteres hinter mir . . . Nein, vorläufig komme ich nicht zurück. Vier Jahre lang habe ich keinen Urlaub und keine Erholung gehabt. Wird also Zeit, daß ich mir was gönne. Brauche Gelegenheit für meine eigenen Gedanken. Hab's allmählich satt, nach jedermanns Pfeife zu tanzen.«
Wieder sprach die Stimme am anderen Ende der Leitung, während er ruhig zuhörte. Diesmal klang seine Entgegnung endgültig. »Nicht mehr . . . mir doch scheißegal, was die für mich geplant haben. Wahrscheinlich wieder so ein Himmelfahrtskommando . . . in Kalifornien vermutlich. Bin schon auf halbem Wege dorthin. Vielleicht kann ich ein paar Orangen von den Bäumen pflücken und sie selber essen, sonnenreife Früchte oder so . . . Ja, ich werde in Verbindung mit euch bleiben . . . Nein, ich habe Geld . . . Ich denke nicht dran, hier herumzuhängen, bis John L. möglicherweise zurückruft. Vielleicht haben diese Knoblauchfresser sich's plötzlich doch anders überlegt. Ich mache, daß ich fortkomme, solange ich eine Chance dazu habe . . . Jaah, weiß schon — wird alles besser werden, bloß, daß ich nicht weiß, ob uns das was nützt. John L. unterstützt Landon, und damit wird er bei Roosevelt nicht unbedingt lieb Kind . . . Kannst du deinen Arsch drauf verwetten, daß Franklin Delano Roosevelt zum zweitenmal zum Präsidenten gewählt werden wird . . . Okay, ich melde mich wieder telefonisch, wenn ich in Kalifornien bin.«
Er hängte auf und ging zu seinem Tisch zurück. Dann hob er die Hand, und die Kellnerin brachte ihm eine dritte Tasse Kaffee. »Gibt's hier irgendwo ein Hotel, wo ich mir ein Zimmer nehmen könnte?« fragte er.
»Das nächste befindet sich in St. Louis«, lautete die Antwort.
Er schüttelte den Kopf. »Liegt in der falschen Richtung. Ich will nach Westen, nicht nach Osten.« Er trank einen Schluck Kaffee. »Ob mich wohl einer von den Lastern in Richtung Westen mitnehmen würde?«
»Könn'n Sie ja selber fragen«, erwiderte sie. »Die müssen bald weiter.« — »Okay, werd ich tun, danke.«
Sie wandte sich zur Kasse, drehte sich dann zurück. »War es Ihnen ehrlich damit? Ich meine, daß Sie nach Kalifornien wollen?«
Er nickte.

»Bin auch noch nie dort gewesen«, erklärte sie. »Soll dort aber wirklich schön sein. Immerzu scheint die Sonne, und nie ist es kalt.« Er musterte sie, blieb jedoch stumm.
»Ich hab ein Auto«, sagte sie. »Ist nicht viel. Ein alter Jewett. Immerhin läuft er. Wir könnten uns das teilen, die Kosten und die Fahrerei.«
Sekundenlang schmauchte er seine Zigarre. »Und was ist mit Ihrem Job?«
»Solche Jobs kriege ich überall. Die zahlen mir ja kein Gehalt. Ich lebe von Trinkgeldern.«
»Familie?«
»Keine. Was meinen letzten Mann betrifft — der dampfte ab, als er entdeckte, daß er was gegen das Bezahlen von Rechnungen hatte. Hab mich von ihm scheiden lassen, voriges Jahr.«
»Aber Sie haben doch was von Brüdern erzählt?«
»Keiner mehr übrig. In alle Winde zerstreut. Viel Arbeit gibt's hier ja nicht.«
Er nickte nachdenklich. »Und was ist mit Bargeld?«
»Na, so ungefähr zwohundert. Da ist einer, der mein Haus kaufen will. Für vierhundert Dollar bar kann er auch gleich die Möbel haben.«
Wieder schwieg er. Betrachtete sie. »Wie alt sind Sie?« fragte er.
»Sechsundzwanzig.«
»Ein Filmstar werden Sie nicht werden«, sagte er.
Sie lächelte. »Erwarte ich auch nicht. Mir geht's nur darum, einen Platz zu finden, wo ich anständig leben kann.«
Er lehnte sich auf seinem Stuhl zurück. »Wann könnten Sie zum Aufbruch fertig sein?«
»Noch heute«, erwiderte sie. »Ich packe meine Sachen, treffe mich mit dem Mann, laß mir mein Geld geben; und heute nachmittag können wir schon auf Achse sein. Motorisiert, versteht sich.« Plötzlich lächelte er. Sein ganzes Gesicht schien sich aufzuhellen. Er streckte ihr die Hand entgegen. »Okay, Kalifornien, hier kommen wir.«
Sie lachte. Die Berührung seiner Hand durchflutete sie wie ein elektrischer Strom, und plötzlich spürte sie, wie sie rot wurde. »Kalifornien, hier kommen wir.«
Noch immer hielt er ihre Hand; und sah sie an. »Ich kenne ja nicht mal deinen Namen.«
»Tess Rollins.« — »Erfreut, deine Bekanntschaft zu machen, Tess. Mein Name ist Daniel. Daniel B. Huggins.«

Der Arzt richtete sich auf. Mit einem kurzen Schnitt trennte er die Wundnaht. »Prächtige Arbeit. Keinen Deut schlechter, als meine Frau auf ihrer Singer steppt. Sehen Sie doch selbst.«
Daniel spähte in den Spiegel, den ihm der Arzt hinhielt. Der einstmals breite Spalt hatte sich zur bleistiftdünnen Linie geschlossen. Darunter und darüber erkannte der scharfe Blick winzige schwarze Punkte. Doch das einzig Auffällige war eigentlich, daß die Augenbraue scheinbar sacht angehoben war. Er berührte sie. »Wird das so bleiben?«
»Nach Entfernung der Nähte senkt es sich ein bißchen. Es kann etwa ein Jahr dauern, bis sie sich von der anderen nicht mehr unterscheiden läßt.«
Daniel erhob sich aus dem Stuhl.
»Moment«, sagte der Arzt, »ich möchte das verbinden.« Er arbeitete flink. »Muß saubergehalten werden, das ist sehr wichtig. Alle zwei Tage den Verband wechseln. In sechs Tagen können wir die Nähte ziehen.«
»Da werde ich nicht mehr hier sein«, erwiderte Daniel.
Der Arzt ließ sich beim Anlegen des Verbandes nicht weiter stören. Er befestigte ihn mit ein paar Streifen Hansaplast. »Sie können sich jederzeit an ein Krankenhaus oder eine Klinik wenden«, betonte er. »Geben Sie nur gut darauf acht, daß der Verband bis dahin nicht schmutzig wird.«
Daniel langte in seine Tasche. »Wieviel schulde ich Ihnen, Doc?«
»Wären zwei Dollar zuviel?« fragte der Arzt zögernd.
»Zwei Dollar sind völlig in Ordnung«, beteuerte Daniel. Er zog ein Bündel Geldscheine hervor, löste daraus zwei Ein-Dollar-Noten. »Danke, Doc.« Er sah, wie der Arzt auf die Scheine starrte. »Stimmt irgendwas nicht, Doc?«
Der Arzt lächelte und schüttelte den Kopf. »Nein, nein. Ich mußte nur so denken — seit zwei Monaten sind Sie der erste Patient, der bar bezahlt.«
Daniel lachte. »Da werden Sie ja auf einmal mächtig reich werden.«
Auch der Arzt lachte. »Nur keine Sorge. Ist für mich eher wie ein Erinnerungsstück — wie wirkliches Geld aussieht.«
Daniel folgte ihm ins Wartezimmer, wo Tess saß. Sie erhob sich. »War es schlimm, Doc?«
Der Arzt lächelte. »Da habe ich nun wirklich Schlimmeres erlebt. Nur schön aufpassen, daß der Verband sauber bleibt.«
Sie nickte. »Darauf können Sie sich verlassen.«

Daniel ging hinaus, zu ihrem Auto. Es war ein Jewett-Touring-Modell mit einer Art Extra-Windschutzscheibe aus Zelluloid — noch vom Winter her. Er stieg ein. Sie ging zur anderen Seite, klemmte sich hinter das Steuer.
»Wohin jetzt?« fragte er, als sie saß.
»Na, erst mal zur Bank, damit ich die Papiere für den Besitzerwechsel unterschreiben kann. Danach fahren wir zum Haus und übergeben dem neuen Eigentümer die Schlüssel.«
Er steckte sich eine Zigarre in den Mund. »Willst du das auch wirklich tun?« fragte er. »Du kannst dir's noch immer anders überlegen. Aber wenn du erst mal unterschrieben hast, gibt's wohl kein Zurück.«
»Mein Entschluß ist gefaßt«, erklärte sie.
In der Bank wurde sie von dem Rechtsberater beschworen, ihr Geld doch vorerst hier zu lassen, um es später von Kalifornien aus ganz nach Belieben abrufen zu können. Fragend blickte sie zu Daniel.
»Ist eine gute Idee«, meinte er. »Wer weiß, was unterwegs alles passieren könnte, wenn du das Geld bei dir hättest.«
»Wieviel Bargeld wirst du wohl brauchen? Was glaubst du?«
»Na, vielleicht hundert Dollar. Vielleicht auch weniger. Hundert sollten uns auf jeden Fall reichen. Außerdem habe ich ja selber Geld. Da können wir hinterher abrechnen.«
»Okay«, sagte sie zu dem Anwalt.
Gleich nach dem Lunch brachen sie auf und fuhren den ganzen Nachmittag hindurch, bis in den späten Abend hinein. Als sie schließlich von der Straße abbogen, um ein Quartier für die Nacht zu finden, waren sie rund fünfhundert Kilometer von St. Louis entfernt.
Sie hielten vor einem alten Haus mit dem Schild: *Zimmer zu vermieten,* das von einer einsamen elektrischen Birne beleuchtet wurde. Sie stiegen aus, klopften an die Tür und traten ein.
Ein alter Mann sah ihnen entgegen. Er rauchte eine Pfeife.
»Hallo, meine Lieben, was kann ich für Sie tun?«
»Ein Zimmer für die Nacht«, sagte Daniel.
»Inklusive Frühstück?« Daniel nickte.
»Da hab ich was richtig Hübsches für Sie. Ein großes Doppelbett. Einen Dollar fünfzig mit Frühstück«, sagte er und fügte hinzu: »Im voraus zu zahlen.«
»Okay«, sagte Daniel und griff in seine Tasche. »Gibt's hier 'n Restaurant in der Nähe, wo man zu Abend essen könnte?«
»Also, wenn Sie keine besonderen Ansprüche stellen, dann

könnt' Ihnen meine Frau was herrichten. Wäre pro Nase fünfzig Cents extra.«
Daniel zählte das Geld ab. Der Alte erhob sich. »Brauchen Sie Hilfe bei Ihrem Gepäck?«
»Da komme ich schon zurecht«, versicherte Daniel.
Der Alte holte aus einer Schublade einen Schlüssel, den er Daniel reichte. »Ist das erste Zimmer oben bei der Treppe«, erklärte er. »Werde meiner Frau gleich Bescheid sagen, von wegen Abendessen. Wenn Sie sich erfrischt haben und wieder heruntergekommen, ist es bestimmt fertig.«
Es war ein einfaches Essen. Hühnchen und Kartoffeln, in der Bratpfanne aufgewärmt. Dazu grüne Bohnen und Mais aus der Konservendose. Und warmes Brot und Kaffee. »Frühstück gibt's um Punkt sieben Uhr«, sagte der Alte, als sie die Treppe hinaufstiegen.
Sie gingen in ihr Zimmer. Daniel blickte sich um; zog dann seine Jacke aus und legte sie über die Lehne eines Stuhls. »In der nächsten Stadt, durch die wir kommen«, sagte er, »kaufe ich mir ein paar Hemden, Unterwäsche und Socken; und einen Anzug und noch ein Paar Schuhe.« — »Okay«, sagte sie.
Er begann, sich das Hemd aufzuknöpfen; hielt dann jedoch inne und fragte sie: »Ziehst du dich nicht aus?«
Sie nickte. »Doch. Wollte damit nur warten, bis du ins Bad gehst. Ich komm dann hinter dir. Brauche mehr Zeit. Du weißt schon, abschminken und so.« — »Okay«, sagte er und verließ das Zimmer, um durch den Korridor zum Bad zu gehen. In weniger als zehn Minuten kam er zurück.
Sie hatte sich inzwischen ausgekleidet und war in einen weißen Morgenrock geschlüpft. »Streck dich doch auf dem Bett aus«, sagte sie. »Wird bei mir bestimmt nicht lange dauern.«
Er nickte, zog die Hose aus und legte sich in Unterwäsche aufs Bett. Dann starrte er zur Zimmerdecke. Das Leben hatte wirklich eine sonderbare Art, die Karten zu verteilen — sozusagen ganz von unten her. Vor einer Woche, in Kansas City, hatte er im besten Hotel die schönste Suite gehabt. Brauchte nur zum Telefonhörer zu greifen, und schon hatte er, was immer er wollte. Den feinsten Whisky, das tollste Weib. Und was das Frühstück betraf — das wurde ihm serviert, wann immer es ihm paßte.
Zwanzig Minuten später kam sie zurück. »Tut mir leid, daß es so lange gedauert hat«, sagte sie. Er gab keine Antwort. Dann sah sie, daß er fest schlief. »Daniel«, sagte sie.
Er rührte sich nicht.

Lautlos schälte sie sich aus ihrem Morgenrock und legte ihn ans Fußende des Bettes. Dann blickte sie an sich herab. Verdammt! Wozu war sie nun in ihr aufreizendstes Nachthemd geschlüpft?
Sie knipste das Licht aus. Dann glitt sie ins Bett. Vorsichtig streckte sie die Hand nach ihm aus.
Noch immer bewegte er sich nicht.
Sie zog die Hand zurück, starrte durch die Dunkelheit zu ihm. Sein Gesicht wirkte entspannt. Er sah jetzt viel jünger aus als sonst. Und verletzlicher.
Plötzlich lächelte sie. Hatte im Restaurant nicht alles, was Hosen trug, versucht, ihr an die Wäsche zu gehen? Und wie reagierte sie? Flog auf diesen jungen Dachs — der erste Kerl seit ihrem letzten Mann. Und prompt — wie auch anders? — pennte der ihr weg. Impulsiv beugte sie sich über das Bett und küßte ihn auf die Wange. »Hoffentlich hat's noch gut Weile, bis wir in Kalifornien sind«, flüsterte sie. Und dann streckte sie sich lang auf dem Rücken aus und schloß die Augen. Bevor sie es selbst recht wußte, war sie eingeschlafen.

3

Am nächsten Nachmittag gegen eins erreichten sie Tulsa. Der Sturm peitschte ein Gemisch aus Regen und Schnee gegen die Windschutzscheibe, die inzwischen so stark vereist war, daß die Scheibenwischer es nicht mehr schafften. Daniel setzte sie per Handbedienung in Gang, doch rutschten sie nur wirkungslos über die Eisschicht.
»Hier machen wir erst mal halt«, sagte er. »Weiterfahren hat bei dem Wetter keinen Zweck.«
Sie nickte. Trotz des dicken Pullovers unter dem Mantel fror sie so erbärmlich, daß ihre Zähne aufeinanderschlugen.
»Paß auf, ob du irgendwo ein Hotel siehst, das annehmbar sein könnte«, sagte er.
Langsam fuhren sie eine breite Straße entlang. Offenbar befanden sie sich hier im Geschäftsviertel der Stadt. Doch war kaum ein Mensch zu sehen, der Sturm hatte die meisten Fußgänger verjagt. In den Läden brannte jetzt um die Mittagszeit Licht, und sie wirkten eigentümlich verloren.
»Dort ist ein Schild«, sagte sie. »Brown's Tourist Hotel. Direkt vor uns.«

Er folgte einem Hinweiszeichen und fuhr auf den angrenzenden Parkplatz, dicht zum Seiteneingang des Hotels. Dann stellte er den Motor ab. »Sieht ganz ordentlich aus«, sagte er.
»Komm«, drängte sie. »Mir ist so kalt.«
Die Lobby war klein und einfach, wirkte aber sehr sauber. Über dem Schlüsselbrett bei der Rezeption hing ein Schild KEIN ZU-TRITT FÜR NIGGER UND INDIANER.
»Ja, Sir?« sagte der Rezeptionist.
»Haben Sie ein Doppelzimmer für uns?« fragte Daniel.
Der Portier warf einen Blick auf das Verzeichnis. »Hatten Sie etwas reserviert, Sir?«
Daniel gab keine Antwort. Er sah ihn nur an.
Der Mann wirkte plötzlich nervös. »Gewiß, Sir. Möchten Sie lieber ein Deluxe-Doppel mit Bad für einen Dollar oder ein normales Doppelzimmer mit Gemeinschaftsbad im Korridor für sechzig Cent?«
»Wir nehmen das Deluxe«, sagte Daniel.
»Danke, Sir«, erwiderte der Portier und schob ihm einen Block zu. »Bitte, tragen Sie sich hier ein.« Er klingelte nach dem Hoteldiener. »Macht einen Dollar, im voraus zu zahlen.«
Daniel warf Tess einen kurzen Blick zu. Dann schrieb er: *Mr. und Mrs. D. B. Huggins, Washington, D.C.* Der Portier gab dem Hoteldiener den Schlüssel. »Zimmer 405, Sir«, sagte er höflich und blickte auf die Eintragung. »Wird Ihnen bestimmt gefallen, Mr. Huggins. Ist ein hübsches Eckzimmer. Der Diener wird Ihnen mit dem Gepäck behilflich sein.«
Daniel sah den Hoteldiener an. »Bringen Sie uns erst zum Zimmer. Danach könnten Sie aus unserem Auto den Koffer holen. Es ist der Jewett gleich beim Eingang.«
Sie betraten den Fahrstuhl. Wenig später waren sie in ihrem Zimmer. Der Portier hatte nicht übertrieben. Tess verschwand sofort im Bad. Daniel blickte zum Hoteldiener. »Also gut, jetzt holen Sie erst mal den Koffer. Wie wär's danach mit einem großen Pott Kaffee — und einer Flasche Whisky?«
Das Gesicht des Dieners blieb ausdruckslos. »Sir, hier besteht Alkoholverbot.«
Daniel zog einen Ein-Dollar-Schein hervor, hielt ihn hoch. »Besteht's noch immer?«
Der Diener nickte. »Jawohl, Sir.«
Daniel fügte einen zweiten Dollar hinzu. »Auch jetzt noch?«
Der Diener grinste, nahm die zwei Dollar. »Mal sehen, was sich machen läßt. Bin gleich wieder da. Danke, Sir.«

Kaum war er verschwunden, da kam Tess aus dem Badezimmer zurück. »Himmel auch«, sagte sie, »ich dacht' schon, ich könnt's nicht mehr halten.«
Er lachte. »Weiß schon, was du meinst. Jetzt habe ich's verdammt eilig.«
In knapp zehn Minuten war der Diener wieder da. Mit Koffer und Kaffee und einer Halbliterflasche Whisky; auch Tassen und Untertassen sowie Gläser und Eiswasser fehlten nicht. »Sonst noch etwas, Sir?«
»Gibt's in der Nähe ein gutes Restaurant?«
»Unmittelbar nebenan. Bis halb drei bekommen Sie dort ein Lunch mit drei Gängen für fünfunddreißig Cent.«
Daniel gab ihm einen Vierteldollar. Dann nahm er die Whiskyflasche und öffnete sie, wobei er den Korken mit den Zähnen herauszog. Er blickte zu Tess. »Wird uns den Bauch wärmen.«
»Nur 'n kleinen Schuß«, sagte sie. »So 'n Zeug steigt mir rasch zu Kopf.«
Er goß für sie einen kleinen, für sich selbst einen kräftigen Schluck ein. »Runter damit«, sagte er und trank aus. Während sie noch nippte, schenkte er sich nach. Dann goß er Kaffee in die Tassen. Beide schlürften das braune Getränk.
»Fühlst du dich jetzt besser?« fragte er.
Sie nickte.
Er sah sich im Zimmer um. »Nicht übel.«
»Ist richtig nett«, sagte sie und sah ihn an. »Weißt du, in so einem feinen Hotel hab ich noch nie gewohnt.«
Er lachte und stand auf. »Komm, gehen wir essen. Anschließend muß ich ein paar Einkäufe machen.«

Er stand vor dem hohen Spiegel und betrachtete sich. Kleidete ihn wirklich gut, dieser Anzug, dunkles Grau mit dünnen Nadelstreifen. Er blickte zu Tess. »Wie gefällt's dir?«
Bevor sie antworten konnte, schaltete sich voll Eifer der Verkäufer ein. »Der allerneueste New Yorker Stil, Sir. Achten Sie bitte auf die Bügelfalte, und was den Stoff betrifft — reine Wolle, seidengefüttert. Und der Preis? Nur vierzehnfünfundneunzig mit einem Paar Hosen, siebzehnfünfzig mit zwei.«
»Sehr hübsch«, versicherte Tess.
»Ich nehm' ihn«, sagte Daniel. »Mit zwei Paar Hosen. Wie lange werden Sie für die Änderung brauchen?«
»Höchstens zehn Minuten, Sir.«
»Gut. Inzwischen möchte ich noch ein paar Sachen kaufen. Drei

Hemden, Arrows, zwei weiß, eins blau. Drei Paar Socken, schwarz. Unterwäsche, gleichfalls dreimal. Ein Paar Schuhe, schwarz. Und eine dunkle Krawatte mit grauen oder roten Schrägstreifen.«
Der Verkäufer lächelte breit. »Jawohl, Sir. Und es würde uns freuen, wenn Sie die Krawatte als Geschenk akzeptieren würden. Es ist uns ein Bedürfnis, unsere guten Kunden wirklich zufriedenzustellen.«
Eine Viertelstunde später band Daniel sich vor dem Spiegel die Krawatte. Dann schlüpfte er in das Jackett, das der Verkäufer für ihn bereithielt.
»Falls ich einen Vorschlag machen dürfte«, begann der Mann behutsam.
»Ja?« — »Nur eines fehlt noch — ein Hut. Wir führen hier exklusiv die Produkte von Adam-Hüte, New York, und haben auch das allerjüngste Modell im sogenannten Snap-Krempen-Stil. Nur fünfundneunzig — äh — einsfünfundneunzig.«
Als sie das Geschäft verließen, trug Daniel auch einen Hut. Vorsichtig bewegten sie sich unter dem Vorbau der Häuser; denn noch immer regnete es. Stolz hakte sich Tess bei ihm ein. Er war wirklich ein gutaussehender Mann.
Ein kurzes Stück entfernt befand sich ein Waffengeschäft. Abrupt blieb Daniel stehen und betrachtete das Schaufenster. Alle möglichen Schußwaffen lagen dort. »Gehen wir rein«, sagte er.
Sie folgte ihm. Er trat zu einem Mann, der hinten an einem Ladentisch stand. »Hallo«, sagte er, »was kann ich für Sie tun?«
»Ich interessiere mich für eine Pistole. Nicht zu groß.«
»Zweiundzwanziger Kaliber? Oder ... achtunddreißig ... fünfundvierzig?«
»Das Liebste wäre mir eine Achtunddreißiger. Kommt allerdings drauf an, wie groß sie ausfällt.«
Der Mann nickte. Dann zog er ein paar Schlüssel hervor und öffnete eine Schublade. Er legte einen langläufigen Colt auf den Ladentisch, einen sogenannten *Police Positive*. »Wie gefällt Ihnen der?«
Daniel schüttelte den Kopf. »Zu groß.«
Der Mann nahm die Waffe fort, legte statt dessen eine Smith & Wesson Military hin. Fragend sah er Daniel an. Dieser schüttelte wieder den Kopf. »Wie wär's mit einem Colt Government Automatic?«
»Mag die Dinger nicht«, sagte Daniel. »Wurden in der Army gebraucht. Nicht zielsicher, viel zu harter Rückstoß.«

»Da bleibt nur noch eine, bei Kaliber achtunddreißig. Sonst müssen Sie auf zwoundzwanzig umsteigen.«
»Zeigen Sie mal.« — Diesmal holte der Mann eine kleinere Lederhülle hervor. Vorsichtig, geradezu behutsam öffnete er sie. Bläulich-silbern blinkte Metall, der Griff war mit Perlmutt verziert. »Smith & Wesson, kurzläufig, achtunddreißig Terrier«, erläuterte er fast ehrfürchtig. »Schulterhalfter aus echtem Leder gehört noch dazu. Ist aber teuer.«
Daniel betrachtete die Waffe. »Wieviel?«
»Neununddreißigfünfzig.«
»Das ist wirklich teuer.« Daniel nahm die Pistole, wog sie in der Hand. »Fühlt sich nicht gerade enorm an.«
»Das täuscht. Sie ist kein bißchen schlechter als die größeren. Sogar besser.«
Daniel öffnete sie, drehte mit dem Daumen die Trommel. »Nennen Sie mir einen Preis.«
Der Mann zögerte einen Augenblick. »Fünfunddreißig.«
»Ist wohl nicht Ihr letztes Wort.«
»Zweiunddreißigfünfzig. Unterste Grenze.«
»Haben Sie einen Schießstand?«
»Unten im Keller.« Er drückte auf einen Knopf unter dem Ladentisch. Ein junger Mann in verfleckter Arbeitskleidung erschien. Er gab ihm die Pistole, außerdem eine Handvoll Patronen. »Führe den Gentleman nach unten. Er möchte die Pistole ausprobieren.«
Sie folgten dem jungen Mann. Es ging eine Treppe hinunter. Unten knipste er eine Lampe an. Dann sahen sie ganz am anderen Ende einen hellerleuchteten Schießstand: eine Zielscheibe, mit weißem Papier bespannt, und dahinter einen Haufen Sandsäcke. Der junge Mann gab Daniel die Pistole und sechs Patronen.
Rasch lud Daniel die Waffe. Er wirbelte die Trommel herum, prüfte den Abzug, spannte dann den Hahn. Ja, da schien alles zu stimmen. Mit vorgestreckten Händen hielt er die Pistole, zielte auf die Scheibe.
»Feinkorn nehmen«, sagte der junge Mann. »Die Abweichung nach oben beträgt auf sieben Meter etwa dreißig Zentimeter. Bis zur Zielscheibe sind's von hier zehn Meter.«
»Nicht gerade berauschend«, sagte Daniel.
»Ist nun mal so bei diesen kurzläufigen Dingern«, erklärte der junge Mann. »Muß man in Kauf nehmen, wenn sie nicht größer sein sollen. Ist aber alles nicht so wild. Gewöhnt man sich bald dran.«

Daniel zielte und schoß. Der Lauf hüpfte ein wenig nach oben. Er blickte zur Scheibe — und sah, daß er sie völlig verfehlt hatte.
»Tiefer halten«, sagte der junge Mann. »Mehr über den Hahn hinweg zielen.«
Wieder schoß Daniel. Diesmal traf er den Rand der Scheibe. Er nickte und feuerte in rascher Folge. Drei Schüsse saßen genau im Schwarzen, einer nur knapp daneben. Er gab die Waffe wieder dem jungen Mann.
»Okay«, sagte er.
Er blickte zu Tess. Sie starrte ihn an, ihr Gesicht war blaß. Er streckte die Hand vor, nahm ihren Arm; spürte, daß sie zitterte.
»Was ist denn?« fragte er.
Sie holte tief Luft. »Nichts weiter.«
Er ließ ihren Arm nicht los, als sie die Treppe hinaufstiegen. »Ich nehme die Pistole, wenn Sie noch eine Schachtel Patronen gratis dazugeben.«
»Ist nicht drin«, erwiderte der Mann hinter dem Ladentisch. »Aber 'n Putzlappen samt Stock und Reinigungsöl sollen Sie umsonst dazu haben.«
»Abgemacht«, sagte Daniel. »Aber was die Schachtel mit Patronen betrifft, die nehme ich auf jeden Fall.«
»Okay.« Der Mann zog ein Formular hervor. »Ist so Vorschrift«, sagte er entschuldigend. »Müssen Sie ausfüllen. Name, Anschrift, Ausweispapier.«
»Kein Problem.« Daniel entnahm seiner Brieftasche seinen Führerschein und legte ihn auf den Ladentisch. »Das genügt doch wohl?«
Der Mann nickte. »Erledigen wir erst mal die Formalitäten. Dann werde ich die Waffe für Sie reinigen.«
Bis der Mann mit dem Formular und dem Reinigen der Waffe fertig war, hatte Daniel längst das Schulterhalfter angelegt.
»Macht siebenunddreißigfünfzig, samt einer Fünfziger-Packung Patronen.«
Daniel zählte das Geld ab, nahm dann die Pistole. Rasch lud er sie und steckte sie in den Halfter; zog sich dann das Jackett an. Mit flachen Händen strich er über den Stoff. Fühlte sich völlig glatt an, als ob es da gar nichts weiter gäbe.
Sie verließen das Waffengeschäft. Er warf einen Blick auf seine Armbanduhr. »Ist noch früh. Wie wär's mit einem Film, bevor wir einschieben?«
Sie schüttelte den Kopf. »Nein«, erwiderte sie mit sonderbar an-

gestrengter Stimme. »Laß uns gleich zum Hotel zurückgehen.« Aus seiner Stimme klang Überraschung. »Ist bei dir wirklich alles in Ordnung?«
Ihre Antwort verriet Gereiztheit. »Na, sicher, du Dummkopf. Bloß — was glaubst du wohl, wie lange du eine Frau warten lassen kannst?«

4

Sie erwachte sehr langsam, und das erste, dessen sie sich bewußt wurde, war ein eigentümlich schweres Gefühl zwischen ihren Beinen. Wie geschwollen war es dort; irgendwie voll oder doch erfüllt. Ein gutes Gefühl. Sie öffnete die Augen.
Da stand er, nackt, ihr den Rücken zukehrend. Zwischen den Vorhängen spähte er aus dem Fenster. In der einen Hand hielt er eine Zigarre, in der anderen ein Glas Whisky. Ein mächtiger Mann mit breiten Schultern und kraftvollem Körper, auf stabilen Beinen ruhend. Ja, stark war er. Das wußte sie. Selbst jetzt noch spürte sie seine Kraft. Obschon sie selbst mit ihren fast hundertvierzig Pfund alles andere war als ein Püppchen, hatte er sie so mühelos bewegt, als sei sie eben dies: ein Püppchen aus Pappmaché. Nur — solche Püppchen empfanden mit Sicherheit niemals, was sie jetzt empfand.
»Wie spät ist es?« fragte sie. »Habe geschlafen.«
»Fast sechs«, erwiderte er und drehte sich zu ihr um. »Hat gerade aufgehört zu regnen.«
»Gut.« Sie setzte sich im Bett auf und bedeckte ihre vollen, nackten Brüste. Dann spürte sie, wie es feucht und warm ihre Oberschenkel hinablief. »Du kommst noch immer aus mir heraus«, sagte sie mit leichter Überraschung.
Er schwieg.
»Hol mir bitte ein Handtuch aus dem Bad«, sagte sie.
»Wozu?«
»Würde nicht nett aussehen, wenn das von dir überall auf dem Laken ist.«
»Ach was«, erwiderte er. »In Hotels rechnet man damit. Selbst Ehepaare ficken in einem Hotel mehr als zu Hause.«
»Klingt, als ob du's genau wüßtest. Warst du schon mal verheiratet?«
Er schüttelte den Kopf. »Noch nie.«

»Warum nicht?«
»War wohl niemals lange genug an ein und demselben Ort, um das Gefühl zu haben — ich möchte endlich seßhaft werden.«
»Hast du nie an Heirat gedacht?«
»Gedacht schon. Vielleicht — eines Tages.«
»Ich bin schon zweimal verheiratet gewesen.«
»Weiß ich«, sagte er. »Hast du mir ja erzählt.«
Sie fühlte, wie ihre Brustwarzen steif wurden und ihre Wangen brannten; bei dem Gedanken, wie es — vor kurzem — mit ihm gewesen war. »Aber mit denen war's nie so wie mit dir«, sagte sie.
»Wieso? Wie war's denn mit denen?«
»Weißt schon. Nur einfach so. Ficken. Reinstecken lassen. Mal von vorn, mal von hinten — weiter nichts. Aber daß ich einem Mann je einen geblasen hätte, also . . .«
Er lachte. »War doch nicht so übel, oder?«
Sie stimmte in sein Lachen ein. »Nein.« Sie blickte ihm in die Augen. »War ich gut?« fragte sie schüchtern.
»Ja, warst du«, erklärte er. »Und hättest du's mir nicht eben anders erzählt — also ich hätte geglaubt, daß du dein ganzes Leben nichts anderes getan hast.«
»Habe ich auch nicht«, erwiderte sie. »Jedenfalls nicht in meiner Phantasie. Bloß — bei meinen Ehemännern habe ich mich nie getraut. Weil ich Angst hatte, die würden mich für eine Hure halten.«
»Schade, daß du's nicht getan hast«, sagte er. »Vielleicht wärst du dann noch verheiratet.«
»Ganz gut, daß ich's nicht mehr bin«, erklärte sie hastig. »Keiner von beiden war ein Liebhaber so wie du. Das waren eben bloß — Ficker.«
Er trank einen Schluck aus seinem Glas. »Möchtest du einen Drink?«
»Nein, danke.« Sie glitt aus dem Bett, hob ihren Morgenrock vom Fußboden auf. Dann ging sie an ihm vorbei. »Ich werde ein Bad nehmen.«
Er hielt sie zurück. »Tu's nicht.« — »Warum nicht?«
»Weil ich das so mag — den Geruch von deiner Möse an deinem ganzen Körper.«
»Lieber Himmel.« Sie sah die Lust in seinen Augen. »Du machst mich wieder ganz feucht.«
Er lachte und griff nach ihrer Hand. »Und was richtest du bei mir an?«

Sie fühlte sein steifes Glied und glitt dann wie von selbst vor ihm auf den Teppich. Bereitwillig nahm ihr offener Mund den dick geschwollenen Penis auf. Mit einer Hand stützte er ihren Hinterkopf. »Nimm meine Eier und drück sie«, sagte er.
Sie tat es und hatte das Gefühl, harte Steine zwischen den Fingern zu halten. Dann spürte sie so etwas wie ein konvulsivisches Zucken, und schon spritzte Samen in ihren Mund und in ihre Kehle. Sie schluckte und schluckte, meinte fast, ersticken zu müssen. Und dann, als sie kaum noch konnte, war es vorüber.
Noch nach Atem ringend, in den Mundwinkeln und auf dem Kinn weißliche Flecken, hob sie den Kopf. »Einen Mann wie dich habe ich noch nie gekannt.«
Er sah sie an, gab jedoch keine Antwort. Dann nahm er den Whisky, ließ den Rest seine Kehle hinabrinnen; und streckte die Hand nach ihr aus, um ihr beim Aufstehen zu helfen.
»Nein.« Sie schüttelte den Kopf. »Schlag mich erst. Schlag mir ins Gesicht.« — »Warum?«
»Weil ich will, daß du mich wie eine Hure behandelst. Denn sonst — sonst werde ich mich, gottverdammt noch mal, in dich verlieben.«
Seine flache Hand klatschte gegen ihre Wange, und sie lag ausgestreckt auf dem Fußboden. Während eine ihrer schweren Brüste aus dem aufklaffenden Morgenrock quoll, strich sie sich mit den Fingern über die Wange, auf der der Abdruck seiner Hand noch zu erkennen war: Weiß wandelte sich zu Rot und dann zu Glutrot.
»Jedesmal«, sagte sie und starrte ihn fast wütend an.
Er sprach nicht.
»Ja«, betonte sie. »Immer wenn du mich fickst, mußt du das tun. Damit ich nicht vergesse, wie wir miteinander stehen.«
Einen Augenblick verharrte er reglos. Dann beugte er sich zu ihr und zog sie hoch. »Zieh dich an«, sagte er fast sanft. »Wenn wir früh los wollen, sollten wir unbedingt noch was essen.«

Er hatte gerade das Schulterhalfter angelegt, als sie aus dem Badezimmer kam. Sie blieb stehen und beobachtete ihn, während er die Waffe prüfte, ehe er sie ins Halfter steckte. Dann hob er den Kopf — und sah sie in dem Garderobenspiegel, vor dem er stand. Er nickte anerkennend. »Ist 'n richtig hübsches Kleid, das du da anhast.«
»Danke.« Es tat ihr wohl, daß er's bemerkt hatte. Schließlich war es ihr Lieblingskleid. Beige und schwarz. Ließ sie schlanker wir-

ken. Brüste und Hüften erschienen nicht so groß, so breit.
»Siehst auch nicht übel aus«, versicherte sie, während er seine Krawatte band.
Er tippte gegen den Verband an seiner Stirn. »Bis auf diesen Mist.«
»Ist ja in ein paar Tagen vorbei. Wir werden ein Krankenhaus finden, und dann bist du's los.« Während er in sein Jackett schlüpfte, griff sie nach ihrem Mantel. »Daniel?«
Er drehte sich zu ihr um. »Ja?«
»Vielleicht sollte ich dich nicht fragen, aber — wovor rennst du eigentlich davon?« Angestrengt versuchte sie, sich nichts von ihrer Nervosität anmerken zu lassen.
»Ich renne vor gar nichts davon.«
»Aber du hast dir doch eine Pistole gekauft.«
Er wandte sich ab, ohne eine Antwort zu geben. Ruhig knöpfte er sich das Jackett zu, griff dann nach seinem Hut. Sie trat dicht an ihn heran.
»Mußt mir ja nichts sagen, wenn du nicht willst. Aber falls du irgendwie in Schwierigkeiten bist — vielleicht kann ich dir helfen.«
Er nahm ihre Hand, drückte sie sacht. »Ich bin nicht in Schwierigkeiten. Nicht mit der Polizei, nicht mit irgendwem sonst. Und ich laufe auch vor niemandem davon. Ich brauche nur Zeit für mich — zum Nachdenken.«
»Und dabei, meinst du, könnte dir eine Pistole helfen?«
»Nein.« Er lachte. »Aber ich bin nun mal in einem harten Gewerbe. Ist erst ein paar Tage her, daß mir einige Männer in einem Auto auflauerten, als ich aus meinem Büro kam. Drei Tage lang fuhren sie mit mir in der Gegend herum, bevor sie wußten, was aus mir werden sollte. Sie hätten mich jederzeit umbringen können, ohne daß ich auch nur die Spur einer Chance gehabt hätte. Schließlich warfen sie mich aus dem Auto, und einer ballerte aus einer Pistole auf mich. Jedenfalls glaubte ich das, und ich hatte eine solche Angst, daß ich mir in die Hosen machte. War mir noch nie passiert, nicht mal im Krieg — ich war in Sergeant Yorks Truppe in Frankreich und sah dort viele Männer sterben. Jedenfalls — ich faßte sofort den Entschluß, daß mich niemand mehr so einfach ohne Gegenwehr erwischen sollte.«
»Ich verstehe das alles nicht. In was für einem Gewerbe bist du, daß Leute so mit dir umspringen. Solche Sachen passieren doch nur bei Gangstern.«
»Ich bin professioneller Gewerkschafter«, erklärte er.

»Weiß nicht, was das ist«, sagte sie.
»Die UMW haben mich dem CIO zugeteilt, um in den verschiedenen Industrien bei der Organisierung neuer Gewerkschaften zu helfen.«
»Dann bist du wohl einer von den Kommunisten, von denen man in der Zeitung liest, wie?«
Er lachte wieder und schüttelte den Kopf. »Nicht die Spur. Die meisten Leute, für die ich arbeite, sind Republikaner. Ich selbst neige allerdings mehr zu den Demokraten.«
»All so Sachen«, sagte sie. »Hab ich ja noch nie von gehört.«
»Komm.« Er nahm sie beim Arm und steuerte sie auf die Tür zu. »Ich werde versuchen, dir das beim Essen zu erklären.«

5

Als sie Los Angeles erreichten, wußte Tess eines genau: sie liebte ihn. Noch nie war sie einem solchen Mann begegnet. Meist ahnte sie nicht einmal, wovon er sprach, und seine Gedanken waren für sie ein Buch mit sieben Siegeln. Er kam aus einer Welt, die ihr völlig fremd war. Arbeiterorganisationen, gar Politik — was für sonderbare Begriffe! Sie wußte nur: Man versuchte, einen Job zu kriegen; dann ging man zur Arbeit und wurde dafür bezahlt. Manchmal bekam man mehr, manchmal weniger. Doch egal, wieviel es war, man mußte damit zurechtkommen, und man war dankbar dafür.
Als sie den Hollywood Boulevard entlangfuhren, war es später Nachmittag, und es regnete. Überall in Geschäften und Theatern brannte bereits Licht, und auf Gehsteigen und Fahrdamm spiegelten sich die Lampen.
»Hast du schon mal so viele Lichter gesehen?« fragte sie tief beeindruckt, während sie an Grauman's Chinese Theatre vorüberfuhren.
Er grunzte. »Gar kein Vergleich zu New York.« Sie musterte ihn. »Besonders glücklich klingst du nicht gerade.«
»Ich bin müde«, erwiderte er kurz angebunden. »Wir sollten sehen, daß wir was zum Übernachten finden.«
»Das scheint doch ein ganz nettes Hotel zu sein.« Sie deutete auf das Hollywood Roosevelt.
»Sieht zu teuer aus«, sagte er. »Wir versuchen es besser abseits der Hauptstraßen.«

Sie fanden ein kleines Hotel. Einen Dollar betrug der Zimmerpreis, Bad mit eingeschlossen. Es handelte sich um ein neuartiges Hotel, Motel wurde es genannt. Man parkte sein Auto direkt vor seinem Zimmer.
Das erste, was ihr auffiel, als sie ins Zimmer traten, war die Kitchenette mit Herd, Kühlschrank, Ausguß und Geschirr. »Na, wie wär's, wenn ich uns heute abend ein paar Steaks machte?«
Er öffnete seinen Koffer, holte eine Flasche Whisky hervor. Mit den Zähnen zog er den Korken, nahm dann einen langen Schluck. Ohne ein Wort stellte er die Flasche auf einen Tisch.
»Du mußt diesen ewigen Restaurant-Fraß doch genauso satt haben wie ich«, sagte sie hastig. »Übrigens bin ich eine wirklich gute Köchin, und ich würde dir gern was zum Abend machen.«
Er nahm einen zweiten Schluck, sprach immer noch nicht.
»Hab hier ganz in der Nähe ein Lebensmittelgeschäft gesehen«, erklärte sie. »Von dort kann ich alles holen, was wir brauchen. Steig du inzwischen nur in die Badewanne und erhole dich vom langen Sitzen hinterm Steuer.«
»Willst du wirklich los?« fragte er.
Sie nickte. Er steckte die Hand in die Tasche, kramte darin. Dann gab er ihr einen Zehn-Dollar-Schein und die Autoschlüssel. »Besorge mir noch eine Flasche Whisky und ein paar Zigarren, wenn du sowieso losziehst.«
Sie gab ihm den Geldschein zurück. »Diesmal bin ich an der Reihe. Du hast schon genug bezahlt.«
Rasch ging sie hinaus. Er stand einen Augenblick und lauschte auf das Motorengeräusch, das plötzlich aufdröhnte und sodann verklang. Er griff zur Flasche und nahm noch einen Schluck; dann begann er müde, sich auszuziehen. Die Kleider warf er über einen Stuhl, trat nackt ins Badezimmer und ließ Wasser in die Wanne laufen. Er ging ins Zimmer zurück, suchte und fand eine Zigarre, steckte sie an. Prüfend strich er sich über die Wange. Ganz schön große Stoppeln. Er nahm Rasierapparat und Rasierseife aus dem Koffer. Dann sah er die Tasche mit ihren Sachen, dicht beim Fenster. Er nahm sie, stellte sie auf den Gepäckständer. Dann blickte er hinaus durch die Scheibe. Der Regen schüttete nur so hernieder, und es war so dunkel, daß man meinen konnte, es sei Nacht und nicht Nachmittag. Sekundenlang stand er und starrte. Dann drehte er sich um, nahm die Whiskyflasche, ging damit ins Bad.
Die Wanne war inzwischen fast voll. Er zog einen Stuhl herbei, stellte Aschenbecher und Whiskyflasche darauf und stieg in die

Wanne. Das Wasser war heiß, und die Hitze, die Wärme durchströmte seinen Körper, drang regelrecht bis in die Knochen. Er nahm wieder einen Schluck, dann klemmte er sich die Zigarre zwischen die Lippen und lehnte den Kopf zurück, starrte empor zur Decke.
Kalifornien. Er mußte ja wohl verrückt sein. Was suchte er überhaupt hier? Wo es doch nichts, aber auch gar nichts für ihn zu tun gab. Denn was immer geschah, geschah im Osten. Erst gestern hatte er in der Zeitung gelesen, daß Lewis und Murray dabei waren, ein Stahlarbeiterorganisationskomitee zu gründen. Okay, genau dort gehörte er hin. Und wäre er jetzt dort, er würde mittendrin stecken. Wieder nahm er die Whiskyflasche, nahm einen langen Zug. Dann stellte er sie auf den Stuhl zurück und streckte sich mit einem Seufzer aus. Ja, verrückt war er garantiert, ob man's nun so nahm oder so. Allein diese Vorstellung, jetzt vielleicht im Osten zu sein. Mit ziemlicher Sicherheit würde er, wie gewöhnlich, auch dort wieder in der Scheiße sitzen, weil er sich ja immer solchen Mist aufhalsen ließ. Bis dann der Tritt kam — der unvermeidliche Tritt in den Arsch. Zwanzig Jahre lang war das so gegangen, und jetzt hatte er die Schnauze davon voll.
Angefangen hatte es, als er — 1919 war das gewesen — zum erstenmal mit Phil Murray und Bill Foster zusammentraf.

Er war gerade aus der Army entlassen worden und hatte, im Werk der *U.S. Steel* in Pittsburgh, einen Job als Wächter bekommen. Die Uniform, die er jetzt trug, unterschied sich kaum von denen, die es bei der Army gab, und bewaffnet war er mit Pistole und Schlagstock. Die zwanzigköpfige Gruppe, zu der er gehörte, unterstand dem Befehl eines ehemaligen Army-Sergeanten, einem knallharten Hund, der auf militärische Disziplin hielt.
In den ersten beiden Monaten war es leicht. Seine ganze Arbeit bestand darin, acht Stunden pro Tag am Tor zu stehen und die Arbeiter zu beobachten, wie sie kamen und gingen, je nach Schichtwechsel. Die meisten waren Polen oder Ungarn oder sonst irgendwelche Osteuropäer, und sie sprachen kaum englisch. Im übrigen schienen sie in Ordnung zu sein; machten nie irgendwelchen Ärger, wirkten allerdings meist ziemlich ernst. Dann, unmerklich fast, wandelte sich die Atmosphäre.
Jetzt sah er überhaupt kein Lächeln mehr bei ihnen. Aus den Blikken, die ihn trafen, sprach so etwas wie dumpfer Groll. Wenn er nach Dienstschluß auf einen Drink in seine Stammkneipe ging,

so verstummten dort die Gespräche, und man rückte von ihm fort.
Eines Tages nahm ihn der Besitzer beiseite: ein kleiner Italiener, der mit dickem Akzent sprach: »Du bist guter Kerl, Danny«, sagte er. »Ich weiß. Aber tu mir einen Gefallen. Komm nicht mehr hierher.«
»He, Tony«, fragte er verblüfft, »warum denn nicht?«
»Weil was in der Luft liegt — großer Ärger. Und die Männer sind sehr nervös. Sie denken, du kommst sie bespitzeln.«
»Scheiße«, sagte er. »Wie kann ich sie bespitzeln, wenn ich überhaupt nicht verstehe, was sie sagen?«
»Tu mir einen Gefallen, Danny. Komm nicht mehr hierher.« Der kleine Italiener entfernte sich.
Am Abend rief der Sergeant seine Gruppe zusammen. »Habt euch bisher kein Bein auszureißen brauchen, ihr Burschen. Aber bald werdet ihr euch eure Kohlen verdienen müssen. Jeden Tag ist damit zu rechnen, daß die Roten und die IWW* die Arbeiter zum Streik aufrufen. Die wollen, daß der Laden hier dichtgemacht werden muß. Und es ist unsere Aufgabe, das zu verhindern.«
»Wie sollen wir das denn machen, Sergeant?« rief einer der Männer. »Wir können doch nicht für die einspringen — haben ja keinen Dunst von der Arbeit in der Gießerei und so.«
»Wohl blöd, wie?« sagte der Sergeant sarkastisch. »Die legen die Arbeit nieder, und schon sind andere da, um ihre Plätze einzunehmen. Die Streikenden werden versuchen, diese Leute nicht ins Werk zu lassen. Und wir müssen dafür sorgen, daß die Arbeitswilligen herein können.«
»Das bedeutet, daß wir den Streikbrechern helfen«, sagte Daniel.
Der Sergeant fixierte ihn giftig. »Das bedeutet, daß Sie Ihre Arbeit tun. Wofür wohl, glauben Sie, bekommen Sie in der Woche fünfzehn Dollar sowie freie Unterkunft und Verpflegung? Diese Pollacken arbeiten täglich zwölf Stunden in der Gießerei und kriegen dafür in der Woche nicht mal zehn Dollar. Jetzt wollen sie mehr haben, mehr vielleicht als unsereiner. Dabei können die meisten nicht mal englisch sprechen, geschweige denn englisch lesen oder schreiben.«

---

* IWW, Abkürzung für *Industrial Workers of the World*, 1905 gegründete radikale Arbeiterorganisation, die sich gegen die berufsständische Ausrichtung der traditionellen Gewerkschaften wandte und führend an vielen Streiks beteiligt war.

Daniel erwiderte den harten Blick. »Und wie sollen wir die Streikbrecher durch die Streikpostenketten schaffen, wenn wir uns innerhalb der Tore befinden?«
»Ihr werdet Hilfe haben. Jede Menge Hilfe. Über zweihundert Männer werden vom Sheriff eingeschworen, und sie werden außerhalb der Tore sein, um einen Durchgang offenzuhalten.«
»Und wenn das nicht genügt?«
Der Sergeant lächelte. »Dann müssen wir zu ihnen stoßen und ihnen helfen.« Er hob seinen Schlagstock hoch. »Ist direkt verblüffend, wie überzeugend unser kleiner Freund hier wirken kann.«
Daniel schwieg.
Noch immer starrte der Sergeant ihn an. »Weitere Fragen?«
Daniel schüttelte den Kopf. »Nein, Sir. Aber . . .«
»Aber was?«
»Die Sache gefällt mir nicht. Ich habe mal erlebt, wie das sein kann bei einem Streik. Daheim gab's mal Ärger. In den Fabriken, in den Zechen. Da hat's so manchen schlimm erwischt. Auch solche, die gar nichts damit zu tun hatten.«
»Ach was. Wer sich nur um seinen eigenen Kram kümmert, dem passiert auch nix.«
Daniel dachte an seine Schwester. An Jimmy. Er atmete tief. »Die Sache gefällt mir nicht. Ich bin als Wächter eingestellt worden. Als Werkschutz. Aber nicht, um Menschen zusammenzuschlagen. Nicht als Streikbrecher.«
Der Sergeant explodierte. »Wenn's Ihnen nicht paßt, dann hieven Sie Ihren Arsch hier raus!«
Einen Augenblick stand Daniel bewegungslos. Dann nickte er langsam. Und drehte sich um, wollte den Raum verlassen. Die Stimme des Sergeanten hielt ihn zurück.
»Pistole und Schlagstock hier lassen!«
Daniel öffnete seinen Gürtel und legte die Pistole und den Schlagstock auf einen Tisch. Wieder ging er zur Tür, und wieder folgte ihm die Stimme des Sergeanten.
»Ich gebe Ihnen eine Viertelstunde Zeit, um das Quartier zu räumen. Sollten wir Sie nach Ablauf dieser Frist dort erwischen, dann gnade Ihnen Gott!«
Daniel öffnete die Tür, ging hinaus. Bevor er die Tür wieder schloß, hörte er die Stimme des Sergeanten, der diesmal zu den anderen sprach.
»Ich habe dem Hund nie über den Weg getraut. Es heißt sogar, daß er ein heimlicher Roter sein soll. Falls hier noch mehr kom-

munistische Arschlöcher sind — raus mit euch, solange ihr noch eine Chance habt.«
Durch den Korridor gelangte Daniel zu dem kasernenartigen Zimmer, das er sich mit fünf anderen Männern teilte. Rasch zog er sich die Uniform aus, legte sie säuberlich auf sein Bett. Dann schlüpfte er in die alte Armyhose und die Jacke, die er aus seinem Spind genommen hatte. Im Handumdrehen waren die wenigen Habseligkeiten in einer Art Seesack verstaut, den er sich über die Schulter warf.
Er verließ den Raum und gleich darauf auch das Gebäude. Wenig später war er beim vorderen Tor. Die Wächter dort ließen ihn wortlos passieren. Offenbar hatte man sie bereits verständigt.
Den Seesack auf der Schulter, überquerte er die Straße und bog um eine Ecke. Plötzlich hörte er hinter sich Schritte. Mehrere Leute schienen aus einem Hauseingang gestürzt zu sein. Hastig drehte er sich um, doch es war bereits zu spät. Ein harter Schlag — von einem Stock oder Knüppel — traf ihn seitlich am Kopf, und er fiel auf die Knie.
Verzweifelt versuchte er, sich wieder hochzuraffen. Und hörte die Stimme des Sergeanten: »Macht ihn fertig, den Schweinehund!«
Er schlug — schlug nach der Stimme. Doch seine Faust traf nichts als Luft. Auf ihn jedoch prasselten die Schläge nur so nieder, und er sackte auf die Knie, zum zweitenmal, und krümmte sich, um ein möglichst kleines Angriffsziel zu bieten. Knüttel waren es, Fäuste und Stiefel. Schwere Tritte trafen ihn, und er fiel zur Seite, rollte in die Gosse. Wieder versuchte er, sich zusammenzuraffen, doch es ging nicht. Jeder Knochen, jeder Muskel, alles in ihm schmerzte. Und es blieb kein Quentchen Kraft, um sich noch länger zu wehren.
Endlich hörten die Schläge auf. Er lag dort, halb bewußtlos, mit wirbelndem Gehirn. Wie aus weiter Entfernung vernahm er die Stimme des Sergeanten.
»Das wird dieses Kommunistenschwein lehren, nicht noch mal so 'ne Scheiße zu versuchen.«
Eine zweite Stimme erklang. Sie gehörte einem der Männer, und aus ihr sprach ein Hauch von Furcht. »Ich glaube, er ist tot, Sergeant.«
Er spürte einen Fuß, den Fuß des Sergeanten, der ihn auf den Rücken rollte. Angestrengt starrend, versuchte er etwas zu erkennen, doch er sah nichts. Nur den Atem des Sergeanten fühlte er auf seinem Gesicht.

»Nicht die Bohne ist der tot«, erklärte der Sergeant. »Aber falls er uns je wieder ins Gehege kommt, wird er wünschen, er wär's.«
Plötzlich war es wie eine Explosion, unmittelbar an seiner Schläfe. Der Fußtritt des Sergeanten. Und dann wurde alles ringsum schwarz. Lange Zeit war es sehr still.
Langsam kam er wieder zu sich. Sein Körper sandte nach und nach Schmerzsignale aus. Schließlich versuchte er sich zu bewegen. Unwillkürlich stöhnte er laut auf. Und versuchte mit aller Kraft, einen klaren Kopf zu bekommen. Es gelang ihm, sich hochzustützen auf die Knie. Sich an einem Laternenpfahl festhaltend, kam er auf die Füße. Er blickte an sich hinab. Im Schein der Laterne sah er alles ziemlich deutlich: das zerrissene Hemd, voll Blut, ein Hosenbein fast völlig aufgeschlitzt. Langsam drehte er den Kopf. Seine Sachen waren über die Straße verstreut. Der offene Seemannssack schien leer zu sein.
Tief holte er Luft, bewegte sich dann langsam. Bei jedem Schritt spürte er messerscharfe Schmerzen. Trotzdem gelang es ihm, seine Sachen aufzusammeln und wieder im Seesack zu verstauen. Dann hielt er inne, um wieder zu Atem zu kommen.
Er blickte zum Himmel. Der Mond stand ziemlich hoch. Mußte jetzt um Mitternacht sein. Um welche Zeit war er durch die Werktore gegangen? So gegen acht. Jetzt fand sich in den Häusern nirgendwo ein erleuchtetes Fenster. Langsam ging er zur Ecke zurück und blickte zu den Toren.
Die Wächter waren noch dort, in ihrem kleinen Häuschen. Durch das offene Fenster sah er, wie sie miteinander sprachen. Sie hatten gewußt, daß der Sergeant ihm draußen auflauerte; doch als er, Daniel, durch das Tor kam, war es ihnen nicht eingefallen, ihn zu warnen. Für einen kurzen Augenblick überkam ihn der Impuls, sie sich vorzuknöpfen, diese Schweine. Doch in derselben Sekunde war's mit diesem Gedanken auch schon vorbei. Für solche Heldenstücke befand er sich kaum in der richtigen Verfassung. Er konnte von Glück sagen, wenn er irgendwo ein Plätzchen fand, wo man sich um ihn kümmerte. Angestrengt versuchte er, sich den Seemannssack auf die Schulter zu laden. Doch das war schon zuviel. Und so schleifte er ihn hinter sich her — eine andere Möglichkeit gab es praktisch nicht.
Durch die dunklen Straßen gelangte er zu Tonys Kneipe. Doch da schien alles dunkel zu sein, die Tür war verschlossen. Er spähte hinein. Und sah den kleinen Italiener, der noch beim Aufräumen zu sein schien. Daniel hob die Hand und klopfte.
Tony hob den Kopf. Wer dort vor der Tür stand, das konnte er

nicht erkennen. Er kam näher, spähte durch die Scheibe in der Tür. »Wir sind geschlossen«, begann er und brach dann bestürzt ab. Rasch legte er die Kette zurück und öffnete die Tür. »Danny? Was ist passiert?«
Daniel fiel fast durch die Tür. Tony streckte die Hand vor, um ihn zu stützen. Daniel schleppte den Seemannssack hinter sich her und sackte auf einen Stuhl. Dann beugte er sich vor und stützte Arme und Kopf auf den Tisch.
Tony verschwand hinter der Theke und kam mit einer Flasche Whisky und einem Glas zurück. Er füllte das Glas. »Trink«, sagte er. »Wirst dich besser fühlen.«
Daniel hielt das Glas mit beiden Händen. Wie glühende Lava rann ihm der Whisky durch die Kehle. Und dies, die Siedeglut, schien plötzlich überall zu sein. Erneut schenkte Tony das Glas voll, und wieder trank Daniel. Allmählich kam er ein wenig zu Kräften. »Hab dich gewarnt«, sagte Tony, »daß sie dich beim Arsch kriegen, die Pollacken.«
»Waren nicht die Pollacken«, murmelte Daniel. »War der Sergeant. Hab ihm den Kram hingeschmissen, als ich kapierte, daß sie mich als Streikbrecher einsetzen wollten. Und dann haben sie mir aufgelauert, ein kurzes Stück vom Werk entfernt.«
Tony schwieg.
»Kann ich mich hier irgendwo saubermachen?«
»Du brauchst einen Arzt«, sagte Tony.
»Ach was, ich brauch keinen Arzt«, versicherte Daniel. »Aber säubern muß ich mich. Und dann habe ich jede Menge zu tun.« Er griff nach der Whiskyflasche. »Dies ist die ganze Medizin, die ich brauche.«
»Du kommst mit.« Tony führte ihn zu einem Waschraum, ganz nach hinten. Zweifellos handelte es sich um einen Teil der Privatwohnung — nichts, was den Gästen normalerweise zugänglich war. Er knipste das Licht an. »Hole rasch saubere Handtücher.«
Er verschwand, und Daniel starrte sich im Spiegel an. Seine Nase schien schief und völlig platt im Gesicht zu sitzen. Über seinen Wangenknochen war die Haut aufgeplatzt, und an den Schläfen sah es nicht anders aus. Schon jetzt glichen seine Augen dem, was man blaue Veilchen zu nennen pflegte. Seine Kinnlade war geschwollen, sein Gesicht mit Strömen aus getrocknetem Blut bedeckt.
»Himmelarsch!« fluchte er laut.
Tony kam zurück. Er nickte. »Die haben dich richtig durch die Mangel gedreht.«

Daniel drehte den Wasserhahn auf. »Dafür werden sie büßen«, sagte er ruhig. Dann zog er sich das Hemd aus und begann sich zu waschen. Als er den Oberkörper aufrichtete, sah er, daß seine Rippen grün und blau waren.
Rasch spülte er sich ab, trocknete sich mit einem Handtuch. Dann hielt er den Kopf unter den kalten Wasserstrahl, bis die Benommenheit zu weichen begann. Er rieb sich den Schädel trocken. »In dem Sack müßten noch ein Hemd und ein Paar Hosen sein«, sagte er.
»Ich hole sie.« Tony ging in den vorderen Raum zurück.
Daniel streifte seine Hosen ab. »Bring mir auch frische Unterwäsche«, rief er durch die offene Tür. Auf den Schenkeln und an den Seiten entdeckte er weitere Prellungen, doch zum Glück hatte ihn niemand direkt zwischen die Beine getreten. Irgendwie schien er glücklich gefallen zu sein; jedenfalls hatte er keine Erinnerung daran, sich bewußt vor dem Schlimmsten geschützt zu haben.
Er machte, daß er mit dem Abtrocknen fertig wurde. Als Tony zurückkam, trank er bereits Whisky aus der Flasche.
»Dein Seesack ist 'n einziges Durcheinander«, sagte Tony.
Daniel nickte. »Das Zeug war ja über die ganze Straße verstreut. Hab's einfach aufgehoben und wieder reingestopft.«
»Was soll ich damit machen?« fragte Tony. Mit der Hand wies er auf den Haufen völlig zerfetzter Kleider.
»Schmeiß es weg, das Zeug«, erwiderte Daniel. Und wirklich: es war zu absolut nichts mehr zu gebrauchen; ließ sich beim besten Willen nicht mehr flicken.
Rasch kleidete er sich an.
Tony musterte ihn. »Du mußt zu einem Arzt. Deine Nase ist gebrochen, und vielleicht mußt du noch genäht werden.«
Daniel drehte sich um und blickte in den Spiegel. »So schlimm ist es doch gar nicht. Was die Nase betrifft, da kann ein Doktor auch nichts machen, und das andere — ach was, das heilt von selbst. Da bin ich ja als Kind schon schlimmer zugerichtet gewesen.«
Wieder nahm er einen tiefen Schluck Whisky, dann brachte er die Flasche nach vorn zur Bar. Ruhig begann er, seinen Seemannssack umzupacken. Als er schließlich damit fertig war, blickte er Tony an. »Wo ist die Gewerkschaftszentrale?«
»State und Main«, erwiderte Tony, was soviel bedeutete wie: an der Ecke von State Street und Main Street. »Warum fragst du?«
»Weil ich dorthin will.«

»Bist du verrückt? Ist jetzt ein Uhr früh. Also ist da geschlossen. Niemand dort.«
»Dann werde ich dort sein, wenn jemand am Morgen aufkreuzt.«
»Warum hältst du dich da nicht raus?« fragte Tony. »Du bist ein netter Kerl. Du brauchst dich auf so was doch nicht einlassen.«
Daniel sah ihn an. »Steck ja schon mittendrin.« Er hielt einen Augenblick inne, überlegte. Jimmy, seine Schwester, seine Familie, die Zechen. »Vielleicht habe ich schon immer dringesteckt und es bloß nicht gewußt.«

6

Um zwei Uhr morgens erreichte er die Ecke von State und Main. Ja, das Schild hing noch über der Ladenfront. Nur — der Laden selbst war dunkel, wirkte völlig verödet; und als er sein Gesicht gegen die Scheibe preßte, konnte er drinnen nichts erkennen, nicht einmal einen Stuhl oder einen Schreibtisch. Bloß verstreutes Papier auf dem Fußboden. Er trat zur Tür. Dort fand sich eine kleine, mit Schreibmaschine geschriebene Notiz: Umgezogen nach 303 Magee Building.
Er atmete erst einmal tief durch. Das Magee Building lag wenigstens drei Kilometer von hier entfernt. Er ließ seine Augen über die Straße gleiten. Alle Fenster waren dunkel, und nirgends hier gab es ein Hotel oder etwas Ähnliches, wo er jetzt ein Zimmer und ein Bett hätte finden können. Er öffnete seinen Seemannssack und holte die Whiskyflasche hervor, die Tony ihm gegeben hatte. Nach einem langen Zug steckte er sie zurück, dann schwang er sich den Sack über die Schulter und marschierte weiter.
Es war fast drei, als er sein neues Ziel erreichte. Nirgendwo im Gebäude brannte Licht, und die Eingangstüren waren verschlossen. Er bewegte sich zur Mitte des Fahrdamms und blickte empor. Wenn nicht alles täuschte, so schimmerte dort im zweiten Stock etwas hinter den Scheiben. Er trat zur Leiste mit den Klingelknöpfen, fand den richtigen: den für den Nachtportier. Wieder und wieder drückte er, bis schließlich — etwa zehn Minuten später — ein verschlafener Neger erschien.
»Sehen Sie doch wohl selber, daß das Gebäude geschlossen ist, oder?« sagte der Schwarze.

»Ich muß unbedingt zum Gewerkschaftsbüro«, erklärte Daniel.
Widerstrebend öffnete der Neger die Tür. »Ihr Kerle habt sie wohl nicht mehr alle. Tag und Nacht wimmelt das nur so. Da kriegt ja kein Mensch mehr Ruhe.«
Daniel musterte ihn stumm.
»Die Treppe ist da links«, sagte der Neger hastig. »Zweite Etage, Nummer drei-null-drei.«
Daniel stieg die Stufen hinauf. Er hatte richtig beobachtet. Die erleuchteten Scheiben gehörten wirklich zum Gewerkschaftsbüro.
Er öffnete die Tür. Im Empfangsraum war niemand zu sehen. Durch eine weitere Tür gelangte er auf einen Korridor. Stimmengewirr zog ihn unwiderstehlich an. Er ging darauf zu. Vor einer geschlossenen Tür am Ende des Ganges blieb er stehen. Von dort kamen die Stimmen.
Er legte seinen Seesack auf den Fußboden, klopfte dann und öffnete die Tür. Um einen Schreibtisch im rauchgeschwängerten Zimmer saßen vier Männer. Überrascht starrten sie ihn an.
Einer sprang auf und näherte sich drohend. Er hatte die Fäuste geballt, schien bereit, Daniel zu schlagen.
»Lassen Sie das lieber bleiben«, sagte Daniel ruhig. »Das haben die heute schon mal mit mir gemacht, und den nächsten, der's versucht, bringe ich um.«
Der Mann blieb stehen. »Was, zum Teufel, wollen Sie? Wie kommen Sie dazu, hier so einfach einzudringen?«
»Die Tür war offen«, sagte Daniel. Er blickte zu den anderen, die noch immer am Schreibtisch saßen. »Ich bin gekommen, weil ich den Boß von dieser Gewerkschaft hier sprechen möchte. Ich habe nämlich wichtige Informationen für ihn.«
Diesmal sprach der Mann, der hinter dem Schreibtisch saß. Seine Stimme klang fast sanft. »Ich bin Bill Foster, Gewerkschaftssekretär.«
»Sind Sie der Boß?«
Foster blickte zu den Männern an seiner Seite. Dann nickte er mit einem leisen Lächeln. »So kann man mich vielleicht nennen. Worum geht's? Was wollen Sie mir mitteilen?«
Daniel trat dicht vor den Schreibtisch. »Mein Name ist Dan'l B. Huggins. Bis heute abend war ich Spezialwächter in Werk fünf, *U.S. Steel.*«
Einer der Männer schien Daniel unterbrechen zu wollen. Mit einer kurzen Handbewegung brachte Foster ihn zum Verstummen. »Ja?« fragte er leise.

»Heute — nein, gestern — abend sagten die uns, daß sie 'n Streik erwarten. Und daß wir ihnen dabei helfen sollten, die Streikbrecher durch die Streikpostenketten zu bringen, auch wenn wir dabei Schlagstöcke und Pistolen einsetzen müßten. Und wir würden dabei nicht allein sein. Der Sher'f würde uns mit 'm Haufen Männer zu Hilfe kommen.«
Noch immer klang Fosters Stimme sehr leise. »Das wissen wir bereits. Was können Sie uns sonst noch mitteilen?«
Daniel schüttelte den Kopf. »Weiß nicht. Nichts, glaube ich. Tut mir leid, daß ich Sie gestört habe.« Er drehte sich um, strebte zur Tür.
»Einen Augenblick noch.« Die Stimme klang befehlsgewohnt. Daniel drehte sich um. Es war ein Mann mit schmalem Gesicht und fast aristokratischer Nase. Dunkles Haar, tiefliegende Augen, schmale Lippen. »Warum sind Sie hergekommen?«
»Die haben mir gesagt, ich sollte mich zum Teufel scheren. Und wahrscheinlich hätte ich mir niemals einfallen lassen, hierher zu kommen. Ging mich ja nichts weiter an, euer Kampf. Bloß, die lauerten mir auf — gleich um die Ecke vom Werk. Und da habe ich dann kapiert, daß es mich doch was angeht.«
Die Männer schwiegen, betrachteten sein zerschlagenes Gesicht. Schließlich sagte der mit dem schmalen Gesicht: »Die haben Sie ja ganz schön zugerichtet.«
»Wenn ich den Sergeant in die Finger kriege, wird der noch ganz anders aussehen«, sagte Daniel. »Da, wo ich herkomme, zahlt man so was heim, doppelt und dreifach.«
»Und wo stammen Sie her?« — »Fitchville, Sir.«
»Fitchville.« Der Schmalgesichtige schien zu überlegen. Dann musterte er Daniel scharf. »Wie heißen Sie noch?«
»Huggins, Sir. Dan'l B.«
Der Mann nickte plötzlich. »Sie sind der Junge, der in der Zeche bei Grafton gearbeitet hat und ...«
»Jawohl, Sir«, bestätigte Daniel. »Der bin ich.«
Der Mann schwieg einen Augenblick. »Würde es Ihnen etwas ausmachen, draußen ein paar Minuten zu warten?« fragte er. »Ich möchte mit meinen Freunden sprechen.«
Daniel ging hinaus und schloß hinter sich die Tür. Gedämpft erklangen Stimmen, doch er machte sich nicht die Mühe zu lauschen. Statt dessen zog er die Flasche aus dem Seesack und nahm einen langen Zug. Nur — einer langte jetzt nicht mehr, dazu war er viel zu kaputt. Er trank noch einen zweiten.
Die Tür ging auf, und der Mann, der ihm so drohend entgegen-

getreten war, winkte ihn herein. Er folgte der Aufforderung, die Whiskyflasche noch in der Hand. Sie starrten auf die Flasche, dann hoben sich ihre Augen zu seinem Gesicht.
Er erwiderte die Blicke.
»Ist das einzige, was mich noch aufrecht hält«, sagte er, und jetzt klang das Lallen stärker durch. »Sonst würde ich schon längst auf der Schnauze liegen.«
Der Schmalgesichtige nahm das Wort. »Mein Name ist Philip Murray, Vereinigte Bergarbeitergewerkschaft in der AFL. Ich habe mit meinem Freund Mr. Foster über Sie gesprochen, und falls Sie mitmachen wollen, so hätte er wohl einen Platz für Sie.«
»Vielen Dank, Mr. Murray.« Er blickte zu Foster.
»Soviel wie im Werk können Sie bei uns nicht verdienen«, sagte Foster rasch. »Weil wir nicht über die entsprechenden Mittel verfügen. Acht Dollar pro Woche sowie Unterkunft und Verpflegung, mehr können wir nicht bieten.«
»Soll mir recht sein«, sagte Daniel. »Bloß — was hab ich da wohl zu tun dafür?«
»Sie kennen die Wächter. Sie kennen ihre Methoden, auf welche Weise sie arbeiten. Wenn's mit dem Streik soweit ist, müssen Sie mit uns bei den Streikposten sein, um uns zu sagen, wie wir mit denen am besten fertig werden.«
»Na, ob ich Ihnen da wirklich helfen kann, weiß ich nicht, Mr. Foster, aber ich will's versuchen«, versicherte Daniel. »Doch wenn ich was sagen darf — also wenn ihr euch nicht bald von euren Ärschen hochwälzt, dann haben die, bis ihr den Streik ausruft, die ganze US-Army gegen euch mobilisiert.«
Foster starrte ihn an. Seine Stimme klang scharf. »Das wissen wir so gut wie Sie. Der Streikaufruf geht morgen raus.«
Daniel betrachtete ihn wortlos.
»Und jetzt sehen Sie zu, daß Sie nach Hause kommen, und legen Sie sich hin«, sagte Murray rasch.
»Nach Hause?« fragte Daniel. »Wo soll ich da wohl hin? Ich hab auf dem Werksgelände gewohnt, in den Gemeinschaftsräumen.«
Er begann, leicht zu schwanken, und stützte sich gegen den Schreibtisch.
Foster erhob sich. Er winkte dem Mann, der zur Tür gekommen war. »Im Büro nebenan steht doch eine Liege. Dort kann er schlafen, und gleich am Morgen muß dafür gesorgt werden, daß der Arzt kommt und ihn untersucht.«
»Danke«, sagte Daniel. Das Zimmer begann sich um ihn zu dre-

hen. »Danke.« Er fühlte die Hand des Mannes an seinem Arm. Und er schaffte es bis zur Liege im Raum nebenan, bevor ihm schwarz vor Augen wurde. Das Datum war der 22. September 1919.
Eine Woche später standen über dreihunderttausend Menschen in insgesamt acht Bundesstaaten im Streik. Doch der entscheidende strategische Punkt war Pittsburgh, die Zentrale der größten Gesellschaft, der *United States Steel*.
Am Tag nach Streikbeginn gab Elbert Gary, Präsident der *U.S. Steel*, eine Verlautbarung heraus, die von vielen Zeitungen in Pittsburgh und auch anderswo im Land abgedruckt wurde.

> Die Roten, Anarchisten und Agitatoren haben einen Teil der amerikanischen Arbeiterschaft dazu verleitet, in den Streik zu treten, um die Stahlindustrie zu lähmen und die politische Stabilität in den Vereinigten Staaten zu unterminieren. Zum Glück für Amerika gibt es hier genug von uns, die sich nicht beirren lassen in ihrer vaterländischen Pflicht und in ihrer Bereitschaft zur Abwehr der Übergriffe dieses Natterngezüchts. Ich rufe hiermit alle Arbeiter, die sich zu diesem falschen Streik haben verführen lassen, zur Rückkehr an ihre Arbeitsplätze auf, und ich verpfände mein Wort als Präsident der *U.S. Steel*, daß Arbeitswillige mit keinerlei Maßregelungen oder Nachteilen irgendwelcher Art zu rechnen haben. Der Diktatur ausländischer kommunistischer Anarchisten wird sich keine der Stahlgesellschaften beugen, unter welchen Umständen auch immer. Der Streik ist schon jetzt sinnlos, eine verlorene Sache. Kehrt an eure Arbeitsplätze zurück und beweist euren Patriotismus und euren Glauben an unser ruhmreiches Land.

Zwei Tage später fanden sich in allen Zeitungen Anzeigen und überall in der Stadt Maueranschläge; und alle verkündeten sie im wesentlichen dieselbe Botschaft. Unter einer Zeichnung, die Uncle Sam zeigte, wie er mit gekrümmtem, muskelstarkem Arm die Faust ballte, fand sich die Aufforderung, zur Arbeit zurückzukehren, und zwar auf englisch sowie in sieben weiteren Sprachen, so daß es alle Arbeiter lesen konnten.
Tag für Tag stand Daniel auf der Straße vor dem Werk bei den Streikposten. Zuerst war alles sehr ruhig. Die Wachen blieben innerhalb der Tore. Die Polizei beobachtete die Streikposten, die

schweigend auf und ab marschierten. Ab und zu hoben die Streikenden die Köpfe und blickten zu den Essen, ob da noch immer Rauch hervorquoll. Ja, da war noch immer Rauch, dünn und grau, was nichts anderes hieß, als daß es sich um eine Notbefeuerung handelte. Wenn die Hochöfen voll in Betrieb waren, stieß der Rauch dick und schwarz hervor und bedeckte alles im weiten Rund unablässig mit Ruß.
Fast eine Woche war vergangen, als eines Tages ein Streikposten auf Daniel zutrat, der gegen eine Hausecke gelehnt stand, zwischen den Lippen eine Zigarre. »Ich glaube, wir werden gewinnen«, sagte der Streikposten. »Seit einer Woche arbeiten die Hochöfen nicht mehr.«
Daniel entfernte sich ein Stück von der Hausecke, bis er den Vorderhof des Werks besser sehen konnte. Dort standen mehr Wächter als gewöhnlich. Der Streikposten folgte ihm. »Was meinst du, Danny?«
»Ich weiß nicht«, sagte Daniel nachdenklich. »Irgendwas liegt in der Luft. Die haben lange genug gewartet, um zu sehen, ob wir wieder zur Arbeit kommen. Jetzt müssen sie den Betrieb bald aufnehmen.« — »Geht nicht«, sagte der Mann. »Ohne uns kommen sie mit dem Hochofen und so nicht klar.«
Daniel gab keine Antwort. Er wußte einfach nicht, was er sagen sollte. Aber er hatte das Gefühl, daß sich alles mehr und mehr zuspitzte. Daß es bald so etwas wie eine Explosion geben würde. Sehr bald sogar. Am Abend, in der Gewerkschaftszentrale, saß er sehr still und lauschte auf das Gewimmel ringsum. Per Telefon trafen Berichte ein von den diversen Streikzentren in anderen Staaten. Sie ließen sich alle auf den gleichen Nenner bringen: Ruhe an der Streikfront.
Aber dann kam ein Anruf, der dieses Bild von Grund auf änderte. Aus Southcarolina fuhren vierhundert Neger in einem Zug in Richtung Pittsburgh, und dieser Zug sollte am nächsten Morgen um acht Uhr eintreffen.

7

Um sechs Uhr früh erhielten die Streikposten, die die ganze Nacht vor dem Werk fünf Wache gehalten hatten, Verstärkung. Langsam machten die rund dreißig Männer ihren Kollegen Platz, die in stetem Zustrom die Straßen rundum zu füllen begannen.

Doch so müde sie nach der langen Nacht auch waren — die in der Luft liegende Spannung hielt sie davon ab, nach Hause zu gehen, um sich schlafen zu legen. Gegen acht Uhr wurden die Streikpostenketten von etwa vierhundert Männern gebildet, die mit langsamen Schritten vor dem Werktor hin und her gingen. Um neun Uhr waren es über siebenhundert Männer, und sie bildeten keine Ketten mehr, sondern einen Wall aus Leibern, der die Straße vor dem Werk in ihrer ganzen Breite einnahm. Sie mußten sich praktisch auf der Stelle bewegen.
Daniel befand sich, dem Werktor gegenüber, auf der anderen Straßenseite. Hinter ihm standen, auf den Eingangsstufen eines kleinen Gebäudes, die Gewerkschaftsführer, Bill Foster und einige seiner Gehilfen. Um besser sehen zu können, stieg Daniel ein paar Stufen empor. Hinter dem Werktor hatte der Sergeant alle ihm verfügbaren Leute Aufstellung nehmen lassen. Es waren zehn Gruppen zu je acht Mann, von denen jeder Uniform trug und mit Schlagstock und Pistole bewaffnet war.
Daniel beugte sich zu Foster herüber. »Die haben weitere vierzig Mann mobilisiert«, sagte er. »Als ich noch dazu gehörte, waren's nie mehr als vierzig insgesamt.«
Foster nickte grimmig. Zwischen schmalen Lippen hielt er eine Zigarre. Doch sie brannte nicht.
»Wenn die das Tor aufmachen, läßt der Sergeant seine Leute keilförmig vorstoßen, damit der Weg frei wird für die Streikbrecher.«
»Dachte ich mir«, erwiderte Foster kurz.
»Wenn wir die Streikposten bis ganz dicht ans Tor vorschieben«, sagte Daniel, »dann können die das gar nicht öffnen. Es geht nämlich zur Straße auf.«
Foster musterte ihn überrascht. »Wirklich? Das hat mir ja kein Mensch gesagt.«
»Bin ganz sicher«, erklärte Daniel.
Foster drehte den Kopf und flüsterte seinen Gehilfen zu: »Weitersagen: Bis dicht ans Tor vorrücken.«
Bis zu diesem Augenblick war vor Tor und Zaun ein nicht allzu breiter Streifen unbesetzt geblieben. Wenige Minuten später standen dort dicht an dicht wie überall auf der Straße die Streikposten. Daniel sah, daß der Sergeant sie wütend anstarrte. Dann blickte er zu seinen Leuten. Gleich darauf hielt jeder dieser Männer seinen Schlagstock in der Hand.
Ein Mann mit dem Gewerkschaftsabzeichen am Jackettaufschlag drängte herbei, zu Foster. Er sprach mit kehligem Akzent. »Die

haben die Streikbrecher auf acht Laster verfrachtet. Doch davor kommt ein Pulk von ungefähr vierzig Berittenen und die Masse von zweihundert Hilfssheriffs. An der Spitze fährt ein Auto, in dem der Sheriff mit einem Mann in Army-Uniform sitzt. Sie müssen jeden Augenblick in die Straße einbiegen.«
Fast war es wie ein Stichwort. Rufe wurden lauter, vielstimmig: »Sie kommen! Sie kommen!«
Die Masse der Streikposten schien vor dem Werktor zurückzuweichen. »Sagt denen, sie sollen die Stellung halten!« schrie Daniel.
Foster reckte sich, winkte mit beiden Armen. »Stehenbleiben, Leute! Nicht das Tor freigeben!«
Doch es war bereits zu spät. Um zu sehen, wer da von der anderen Seite kam, hatten die streikenden Stahlarbeiter ihre Posten verlassen; und sie bewegten sich weiter die Straße entlang, in die andere Richtung. Inzwischen war die erste Gruppe der berittenen Polizisten um die Ecke gebogen, jeder mit einem Knüppel in der Hand. Für einen Augenblick schienen die Fronten zu erstarren. Hier waren die Arbeiter, dort die Polizisten. Stumm starrten sie einander an. Auch das offene Auto hielt.
Der Sheriff und der Mann in Army-Uniform stiegen aus. Und sie gingen, an den Berittenen vorbei, auf die Streikenden zu. Der Sheriff zog ein Papier hervor und begann zu lesen. Seine laute Stimme trug bis zu Foster und den anderen. »Dies ist ein Gerichtsbeschluß, unterzeichnet von Richter Carter Glass vom Obersten Gerichtshof in Pennsylvanien. Alle Streikenden werden angewiesen, sich zu zerstreuen und diese Arbeitswilligen hier nicht zu behindern.«
Für einen Augenblick herrschte Stille. Dann brach es hervor wie ein einziger gutturaler Schrei, aus unzähligen Mündern. Zu verstehen war nichts, weil viele Sprachen wirr durcheinanderklangen. Dennoch war die Bedeutung klar genug: Sie dachten nicht daran, die Streikbrecher durchzulassen. Drohend bewegten sie sich auf den Sheriff zu.
Für einen Augenblick behauptete er noch das Feld. »Dies hier ist Brigadegeneral Standish von der Pennsylvania-Nationalgarde. Für den Fall, daß es Schwierigkeiten gibt, hat er vom Gouverneur den ausdrücklichen Befehl, seine Leute einzusetzen.«
»Wird keine Schwierigkeiten geben, wenn Sie keine machen, Sheriff«, brüllte jemand aus den hinteren Reihen der Streikenden. »Lassen Sie die Laster wenden und schicken Sie die Nigger dorthin zurück, wo sie hergekommen sind!«

Die Arbeiter nahmen den Ruf auf. »Schickt sie nach Hause, die Streikbrecher! Schickt sie nach Hause, die Streikbrecher!«
»Dies ist mein letzter Appell an euch!« schrie der Sheriff. »Zerstreut euch friedlich, und keinem wird was passieren.«
Als Antwort begannen die Arbeiter, die sich ihm unmittelbar gegenüber befanden, einander unterzuhaken. Sprechchöre wurden laut wie getragen von rhythmischer Bewegung. »Solidarität für immer! Solidarität für immer!«
Der Sheriff versuchte, sie zu überschreien, doch gegen die Masse der Stimmen kam er nicht an. So stand er da und starrte.
Daniel blickte zu Foster. Das Gesicht des Gewerkschaftsführers war blaß, seine Lippen bildeten einen schmalen Strich. »Ist wohl besser, Sie sagen den Leuten, sie sollen sich zurückziehen, Mr. Foster. Die Polizisten werden sie niederreiten.«
»Sie werden es nicht wagen«, widersprach Foster. »Damit würden sie vor der ganzen Welt beweisen, was sie in Wirklichkeit sind. Werkzeuge der Kapitalisten.«
»Das hilft den Arbeitern, die sie zusammenknüppeln, auch nicht viel«, sagte Daniel.
»Aber vielleicht wird unser Land endlich wach«, erwiderte Foster. »Vielleicht werden die Menschen endlich aufmerksam auf das, was vor ihren Augen geschieht.« Er rief den Streikenden zu: »Keinen Schritt zurückweichen, Männer! Solidarität für immer!« Und er hob die geballte Faust zum Arbeitergruß.
»Solidarität!« schrien die Arbeiter.
Der Sheriff drehte sich um. Zusammen mit dem General stieg er ins Auto. Aus den Reihen der Arbeiter scholl lautes, höhnisches Gelächter. Sie glaubten, sie hätten den Sheriff zum Rückzug gezwungen. Doch gleich darauf verstummte das Lachen. Furcht und Panik griffen Platz.
Ohne daß irgend jemand den Befehl gegeben zu haben schien, trieb die berittene Polizei ihre Pferde gegen die vorderste Reihe der Streikenden. Knüppel sausten nieder, wohin sie auch immer trafen. In kaum einer Minute lagen vierzehn Männer auf der Straße, blutend, halb bewußtlos. Unbekümmert trieben die Berittenen ihre Tiere tiefer in die Reihen der Streikenden. Und hinter ihnen kamen Hunderte von uniformierten Hilfssheriffs und schwangen ihre Knüppel. Immer mehr streikende Arbeiter wurden niedergeschlagen, und über dem allgemeinen Lärm erhoben sich gellende Schreie, aus Furcht, vor Schmerzen. Plötzlich brach die Front der Streikenden auseinander. Die Menschen drängten zur Seite, flüchteten in andere Straßen. Erbarmungslos wurden

sie von der Polizei verfolgt. Jetzt war der Weg zum Werktor frei.
Daniel sah, wie der Sergeant den Befehl gab. Dann schwang das Tor auf. Gleich darauf stieß seine Truppe gegen die Streikenden vor, die sich dort in der Nähe befanden. Die Wächter schwangen ihre Schlagstöcke.
Daniel blickte zu Foster. Der Gewerkschaftsführer wirkte gelähmt, schien keiner Bewegung fähig. »Wird Zeit, daß wir uns verdrücken«, sagte Daniel.
Foster reagierte nicht. Daniel blickte zu den anderen Männern. »Bringt ihn weg von hier!«
Zwei Männer packten Foster bei den Armen und führten ihn die Stufen hinab, schleiften ihn geradezu um die Ecke. Er wirkte völlig willenlos wie in Trance.
Daniel beobachtete alles genau. Der vorderste Laster rollte durchs Werktor. Oben standen, wie eine zusammengepferchte Schafherde, die Schwarzen, und ihre Gesichter waren grau vor Angst. Der Sergeant trat vor das Tor und begann, die übrigen Laster hereinzuwinken. Daniel stieg rasch die Stufen hinab. Und ebenso rasch gelangte er voran durch die Streikenden, die sich immer mehr zerstreuten. Sekunden später tauchte er unmittelbar hinter dem Sergeanten auf.
Dieser schwenkte seinen Schlagstock durch die Luft, dirigierte damit gleichsam die Laster. Daniel packte zu und riß ihm den Stock aus der Hand. Verdutzt fuhr der Sergeant herum. »Was, zum Teufel ...?«
»Hallo, Sergeant«, sagte Daniel, und er lächelte. Bevor der Sergeant auch nur die leiseste Chance zu irgendeiner Reaktion hatte, schmetterte er ihm den Stock quer übers Gesicht. Alles schien sich aufzulösen in einem Brei aus Blut und zerbrochenen Knochen — Mund, Nase, Kinn. Der Mann begann zu fallen, und während er stürzte, gab Daniel ihm noch einen Tritt. Rücklings fiel der Sergeant zu Boden, unter die Räder eines vorbeirollenden Lasters. Es gab eine Art Knall, fast wie beim Platzen eines Ballons, als die Räder über seine Brust fuhren und ihm die Rippen und auch die Wirbelsäule eindrückten; als der Laster ein Stück weiter war, wußte Daniel, daß er auf einen Toten blickte. Den Schlagstock noch in der Hand, drehte er sich um und ging langsam auf die Seitenstraße zu.
Ein Hilfssheriff rannte auf ihn zu. Er sah den Schlagstock in Daniels Hand und hielt ihn für einen Privatpolizisten. »Was ist denn dort passiert?«

Daniel sah ihn an. »Ich glaube, einer der Laster hat gerade eins von den Schweinen überfahren.«
»Himmelarsch!« fluchte der Hilfssheriff. »Hast du schon jemals so was erlebt?«
»Nein«, erwiderte Daniel und ging weiter. Als er die Nebenstraße erreichte, schleuderte er den Schlagstock weit von sich fort. Dann ging er noch ein Stück weiter, bis zur nächsten Kneipe. Dort bestellte er sich eine ganze Flasche Whisky. »Was ist mit dem Streik drüben im Werk?« fragte der Bartender. »Hast du irgend 'ne Ahnung?«
Daniel schenkte sich sein Glas wieder voll. »Streik? Was für 'n Streik?« fragte er zurück. »Bin hier selber fremd.«

8

Am Spätnachmittag war Daniel wieder im Gewerkschaftsbüro. Nach der schimpflichen Niederlage am Vormittag hatte er erwartet, hier eine Atmosphäre der Verzweiflung vorzufinden. Doch dem war nicht so.
Statt dessen herrschte hier Erregung, fast schon Überschwang. Geradezu hektisch bewegten Foster und seine Gehilfen sich zwischen den Telefonen hin und her, und überhastet sprachen sie mit den Streikzentren in anderen Städten. Von der Eingangstür hörte Daniel dem fieberhaft daherredenden Foster zu.
»Die Story geht über alle Nachrichtendienste im ganzen Land«, sagte er. »Und morgen ist die ganze Welt über uns im Bild. Bereits jetzt kommen Hilfsangebote von überall — aus New York, aus Chikago, selbst aus dem fernen San Francisco. Für übermorgen planen wir eine große Demonstration direkt vor dem Werk. Aus New York kommt Sidney Hillman, aus Washington kommen Lewis und Murray, auch Hutchinson von den Zimmerleuten. Mother Jones* hat uns ihr Kommen zugesagt, desgleichen Jim Maurer, Chef der AFL hier in Pennsylvanien. Die Stahlkonzerne werden schon sehr bald feststellen, daß man uns nicht einschüchtern kann, und im ganzen Land wird man wissen, daß sämtliche Gewerkschaften hinter uns stehen. Nicht nur das: Morgen kommen aus New York rund vierzig Freiwillige, um uns bei der Kampagne zu helfen und dafür zu sorgen, daß die Zeitungen einen nicht abreißenden Strom von Artikeln über uns erhalten.« Er schwieg einen Augenblick. »Gut. Die fünfhundert

Dollar werden eine große Hilfe sein. Ich wußte, daß ich auf euch zählen konnte. Danke.«
Er legte auf und entdeckte Daniel bei der Tür. »Wo, zum Teufel, haben Sie gesteckt?« fragte er wütend. »Den ganzen Tag über habe ich in alle Krankenhäuser Leute geschickt. Weil ich fürchtete, Ihnen sei was passiert.«
»Jetzt bin ich hier«, sagte Daniel.
»Sie hätten dafür sorgen müssen, daß wir besser vorbereitet waren«, behauptete Foster. »Denn genau darin bestand Ihre Aufgabe.«
»Ich hab Ihnen alles gesagt, so gut ich's wußte«, erklärte Daniel. »Sie hatten die Leute nicht unter Kontrolle. Gab ja keine Disziplin.«
»Disziplin?« Aus Fosters Stimme klang Verachtung. »Das sind Arbeiter und keine Soldaten. Was wollen Sie da erwarten?«
»Von denen nichts weiter«, sagte Daniel sehr deutlich. »Allerdings meine ich, die Führung könnte besser sein. Schien mir fast, als ob die armen Schweine von vornherein — und sehr bewußt — auf verlorenen Posten gestellt wurden.«
Foster erhob sich wütend. »Beschuldigen Sie mich, die Männer absichtlich geopfert zu haben?«
Daniels Stimme klang sehr ruhig. »Ich beschuldige Sie überhaupt nicht. Ich sage Ihnen nur, wie das für mich ausgesehen hat.«
Foster starrte ihm in die Augen. »Wo waren Sie, als der Chef der Werkswache unter die Räder des Lasters geriet?«
Daniel hielt seinem Blick stand. »Warum fragen Sie?«
»Einige der Männer sagen, Sie hätten unmittelbar bei ihm gestanden, kurz bevor es passierte.«
»Wer sagt das?«
»Einige der Männer«, wich Foster erneut aus.
»Eine Menge Scheiße reden die zusammen«, sagte Daniel. »Ich rannte die Straße entlang, direkt hinter Ihnen her. Aber ich kam mit Ihnen nicht mit. Sie waren viel schneller.«
»Es ist damit zu rechnen, daß die Polizei hier auftaucht und nach Ihnen sucht«, sagte Foster.
»Dann erklären Sie denen, sie sollten lieber nach den Leuten suchen, die die armen Schweine krankenhausreif geschlagen haben«, erwiderte Daniel. »Selbst jetzt ist die berittene Polizei noch

---

* Mary Jones, allseits nur als *Mother Jones* bekannt, war eine legendäre Führerin der Bergarbeitergewerkschaft, der *United Mine Workers*.

im Einwandererviertel unterwegs und schlägt jeden zusammen, der irgendwo an einer Straßenecke ganz harmlos mit einem Freund spricht. Bis es Nacht wird, gibt's keinen mehr, der sich ohne Angst aus seiner Behausung raustraut.«
»Woher wollen Sie das wissen?« fragte Foster scharf.
»Komm ja grad von dorther.«
»Und wieso habe ich bisher nichts davon gehört?«
»Weil Ihre Gehilfen — also die sind viel zu sehr damit beschäftigt, sich hier im Büro wichtig zu tun. Statt daß sie mal rausgehen und sich selber 'n Eindruck verschaffen.«
»Wenn man Sie so hört, muß man meinen, Sie könnten's garantiert besser«, sagte Foster giftig. »Sie sind wohl mächtig schlau, wie?«
»So ungeheuer schlau bin ich vielleicht gar nicht«, erwiderte Daniel. »Ehrlich — ich weiß wirklich nicht, wie man sich verhalten soll bei so was.«
Foster wirkte plötzlich viel entspannter. Er lehnte sich auf seinem Stuhl zurück. »Können Sie mir wirklich glauben — wir verhalten uns völlig richtig. Dies ist ein großer Streik. Erstreckt sich über ein Gebiet von praktisch acht Staaten. Und wird garantiert nicht durch einen vereinzelten Vorfall wie den hier in Pittsburgh bei dem Stahlwerk entschieden. Sie können mir glauben — wenn sich die Sache erst einmal herumspricht, sind wir stärker denn je.«
Daniel musterte ihn wortlos.
»Ich werde Ihnen zwei oder drei Männer zuteilen. Durchstreifen Sie mit denen die Straßen und erstatten Sie mir dann schriftlich Bericht, zumal was irgendwelche Aktionen der Polizei betrifft. Alles genau vermerken, Namen, Ort, Zeit. Ich will das noch heute abend über Draht rausschicken.«
Daniel nickte. »Jawohl, Sir.«
Doch zu dem Bericht kam es dann nicht. Denn die folgende Nacht verbrachte er mit dreihundert streikenden Arbeitern im Gefängnis. Die beiden Männer, die Foster ihm zugeteilt hatte, verdrückten sich beim ersten Blick auf die berittene Polizei. »Wir werden Hilfe holen«, versicherten sie, als die Bullen aus einem Friseursalon drei Kunden herausschleiften.
Verächtlich sah Daniel ihnen nach. Dann drehte er sich um und betrat das Friseurgeschäft. Und er versperrte einem der Polizisten, der einen halbeingeseiften Arbeiter — einen Einwanderer offenbar — hinter sich herschleppen wollte, den Weg.
»Wo, zum Teufel, willst du mit dem hin?« brüllte er.

Die Antwort klang noch lauter. »Du Arsch, was stellst du dich in den Weg!?«
»Will mich rasieren lassen. Und 'n Haarschnitt kann ich auch vertragen. Wozu is 'n Friseur denn wohl da?«
»Schlaukopf«, fauchte ihn der Polizist an.
Unmittelbar neben ihm tauchte ein zweiter Polizist auf. »Moment mal, Sam«, sagte er. »Dieser Bursche spricht ja wie 'n Amerikaner und nicht wie einer von diesen Kanacken.« Er blickte zu Daniel. »Hör zu, Junge, geh irgendwo zu einem anderen Friseur. Für einen Amerikaner ist das hier nicht das richtige Viertel.«
»Sind diese Männer hier denn keine Amerikaner?« fragte Daniel.
»Gottverdammte Kanacken sind sie«, sagte der Polizist, »und Kommunisten dazu. Denen verdanken wir den ganzen Ärger in den Stahlwerken.«
Daniel blickte zu dem Einwanderer, der dort stand, das Gesicht halb eingeseift. »Stimmt das?« fragte er.
Der Mann starrte ihn ausdruckslos an.
»Siehste, Mann«, sagte der Polizist. »Das Arschloch spricht nicht mal englisch.«
»Sieht mir nicht aus wie einer, der im Stahlwerk Ärger machen würde«, sagte Daniel. »Ich finde, er ist nichts als 'n armer Arsch, der 'ne Rasur und 'n Haarschnitt braucht.«
»Was soll das heißen, Freundchen? Willst du uns vielleicht Ärger machen?«
»Aber nein, nicht doch«, betonte Daniel. »Möchte nur die Tatsachen klarkriegen. Für 'n Report sozusagen.«
»Für 'n Report?« fragte der Polizist. »Sind Sie vielleicht Zeitungsreporter?«
Daniel sah ihn an. »So kann man's nennen. Ich bin hier, um herauszufinden, was eigentlich los ist.«
»Na, dann sehen Sie bloß zu, daß Sie wieder zu Ihrem Scheißblatt kommen. Und sagen Sie denen, die sollen sich um ihren eigenen Mist kümmern!«
»Ja, haben Sie denn noch nie was von Pressefreiheit gehört?« fragte Daniel sarkastisch.
Der Polizist schob ihm seinen Knüppel dicht unter die Nase. »Mach, daß du hier rauskommst, du Scheißkerl, sonst verpasse ich dir mal 'n Geschmack von dieser Freiheit.«
Daniel musterte ihn einen Augenblick. Mit bewußter Aufmerksamkeit betrachtete er die Uniformbluse des Mannes und das dort festgeheftete Schild. »Jawohl, Sir«, sagte er und entwich

durch den Ausgang. »Werde gleich zur Zeitung gehen und denen sagen, was ich gesehen habe.«
»Nichts hast du gesehen«, erklärte der Bulle.
»Natürlich nicht«, versicherte Daniel, noch immer im Rückwärtsgang.
Er sah, wie die beiden Polizisten blitzschnell einen Blick wechselten. Und er reagierte sehr rasch. Nur hatte er nicht an den dritten Bullen draußen auf der Straße gedacht. Der Knüppel krachte auf seinen Schädel, und als er wieder zu sich kam, saß er im Loch — zusammen mit rund sechzig Einwanderern.
Unmittelbar neben ihm hockte ein Mann, den er vom Friseurgeschäft kannte. Daniel drehte den Kopf, versuchte sich aufzurichten. Ein Stöhnen kam über seine Lippen.
Der Mann neben ihm legte ihm den Arm um die Schultern, und er half ihm höher, so daß er den Rücken gegen die Wand lehnen konnte. »Okay?« fragte er.
»Okay.« Daniel rieb sich den Hinterkopf. Dort war eine Beule von der Größe eines Enteneis. »Wie lange war ich weggetreten?«
Der Mann starrte ihn verständnislos an. Dann begriff Daniel: Dieser Mann, den man wie alle Immigranten einfach als Hunky bezeichnete, sprach überhaupt nicht englisch. Langsam wendete er den Kopf, blickte sich um. Die meisten Männer schienen zu schlafen. Zumindest versuchten sie's. Irgendwelche Gespräche gab es nirgends. »Wie spät?« fragte er und machte eine Bewegung, als blicke er auf seine Armbanduhr.
Der Hunky nickte, und er streckte zwei Finger in die Höhe. Zwei Uhr Früh hieß das. Als nächstes holte der Mann ein Zigarettenpäckchen hervor. Er zog eine heraus, bot sie Daniel an. Daniel nahm. Ein Streichholz flammte auf, die beiden Männer sogen den Rauch in sich ein.
Allmählich bekam Daniel einen klaren Kopf. »Am Morgen werden sie uns rauslassen«, sagte er.
Der Hunky gab keine Antwort. Nickte nur.
»Wo ist die Toilette?« fragte Daniel.
Offenbar war es ein Wort, das der Hunky verstand. Er deutete zur anderen Seite des Raums, hielt sich dann mit zwei Fingern die Nase zu und schüttelte den Kopf.
Daniel blickte zur anderen Seite. In der Ecke befand sich eine Toilette, und in die Zelle waren mindestens fünfzig Männer eingesperrt. Daniel begriff, was der Hunky meinte, und er machte sich nicht einmal die Mühe aufzustehen. Er konnte warten. In

Ruhe rauchte er die Zigarette auf, lehnte sich dann gegen die Wand und döste.
Als er die Augen wieder öffnete, strömte durch die Zellenfenster helles Tageslicht herein, und in der geöffneten Zellentür standen zwei Polizisten und brüllten: »Okay, ihr Hunky-Schweine, raus mit euch.«
Stumm gingen sie an den Polizisten vorbei. Ein enger Seitengang führte auf einen breiteren Korridor. Nein, eine Straße. Für einen Augenblick scharrten die Männer auf der Stelle, sahen einander an. Dann strebten sie wortlos davon, jeder in seine Richtung.
Daniel hielt dem Hunky die Hand hin. »Danke.«
Der Hunky lächelte, nahm die Hand. Er sagte irgend etwas in einer unbekannten Sprache und erwiderte das Händeschütteln.
Daniel verstand nicht, was der Mann sagte, doch er fühlte die Wärme; im Händedruck des Mannes und in seinem Lächeln. Er lächelte zurück. »Viel Glück.«
Wieder nickte der Hunky, dann eilte er davon. Daniel strebte zum Gewerkschaftsbüro. Er kam an einem Eßlokal vorüber, und plötzlich spürte er, wie hungrig er war. Er trat ein, setzte sich an die Theke, bestellte ein großes Frühstück.
Das Mädchen hinter der Theke musterte ihn lächelnd. »Falls Sie sich erst säubern wollen — mit den Eiern ließe es sich noch ein bißchen hinauszögern.«
»Okay«, sagte er und verschwand in Richtung Waschraum. Doch erst als er sein Gesicht im Spiegel gesehen hatte, verstand er wirklich, was sie meinte. Auf seiner Wange saß verkrustetes Blut. Aber nicht nur dort. Auch in seinem Haar und in seinem Nacken. Rasch säuberte er sich, tupfte sich trocken. Als er zurückkam, stand das Frühstück für ihn bereit.
Die Kellnerin lächelte ihn an. »Muß ein verteufelter Kampf gewesen sein.«
Er schüttelte wie bedauernd den Kopf. »Weiß überhaupt nicht, was mich erwischt hat.«
Sie stellte eine dampfende Tasse Kaffee vor ihn hin. »Wie wahr, wie wahr«, sagte sie. »Weiß man ja nie, oder?«

9

Im Gewerkschaftsbüro drängten sich die Menschen, die Daniel dort noch nie gesehen hatte. Sie schienen sich auf alle Räume zu verteilen. Männer und Frauen, die mit feinem Ostküstenakzent sprachen und sich unaufhörlich Notizen machten. Allerdings sahen sie aus, als hätten sie in ihrem ganzen Leben noch keinen einzigen Handschlag echte Arbeit geleistet.
Daniel blickte zu einem der altangestammten Gewerkschafter. »Was ist das für Volk?« fragte er.
»Die Tu-Gutes-Brigade. Die tauchen immer auf, wenn's was gibt, das für die Zeitungen taugt.«
»Wie Gewerkschaftsleute sehen die mir nicht aus«, sagte er.
»Sind sie ja auch nicht«, erwiderte der Organisator. »Aber es ist nun mal Mode, mit dabeizusein bei solchen fortschrittlichen Anliegen. Auf diese Weise glauben sie, sich zu beweisen, daß ihnen ihr Geld nicht in die Quere kommt, wenn's um soziale Gerechtigkeit geht.«
Der Sarkasmus entging Daniel nicht. »Taugen sie denn irgendwas?«
Der Mann hob die Schultern. »Weiß ich nicht, ehrlich gesagt. Aber Foster meint offenbar, es sei wichtig, sie hier zu haben. Schließlich kreuzen die nicht einfach so hier auf. Die sind sämtlich steinreich, da steckt eine Unmasse Geld dahinter.« Er zog eine Zigarette hervor, steckte sie an. Aufmerksam beobachtete er die jungen Mädchen, die mit allen möglichen Zetteln in den Händen vorübergingen. »Aber ich will mich nicht beklagen. Sind alle süße, handfeste Dinger, und sie setzen sich alle für die Sache ein. Nun gut, auf diese Weise bekunden sie sozusagen ihre Solidarität mit den Arbeitern.«
Daniel grinste. »Versteh schon«, sagte er, während er die Mädchen beobachtete. »Ist Foster in seinem Büro?«
»Müßte er eigentlich. Die wollen ja zur Streikpostenkette vorm Werk, um ein paar Fotos zu machen. Mother Jones und Maurer sind bereits dort.«
Durch den Korridor ging Daniel zu Fosters Büro und trat ein. Nur Foster und Phil Murray waren dort. Foster hob den Kopf. Auf seinem Gesicht zeigte sich ein gereizter Ausdruck.
»Bitte um Entschuldigung«, sagte Daniel und wich zurück. »Ich dachte, Sie sind allein.«
Es war Phil Murray, der die Antwort gab. »Kommen Sie herein«, sagte er. »Wir haben gerade von Ihnen gesprochen.«

Daniel zog die Tür hinter sich zu, und dann stand er stumm dort.
»Heute nacht — und auch heute früh — war die Polizei hier und hat nach Ihnen gesucht«, sagte Foster.
Daniel grinste. »Die hätten im Knast in der 5. Straße suchen sollen. Dort habe ich die ganze Nacht im Loch gesessen.«
»Waren Sie allein?«
Er schüttelte den Kopf. »Nicht die Spur. Außer mir waren noch fünfzig Männer dort. Die Bullen hatten die gestern abend zusammengetrieben. Mich hatten sie beim Arsch, als ich einen Friseurladen betrat. Zwei Hunkies, die dort saßen, nahmen sie gleich beim Schlafittchen.«
»Die Männer, die bei Ihnen waren, haben uns gemeldet, Sie seien verschwunden. Wohin, wußten sie nicht.«
»Will's glauben«, sagte Daniel sarkastisch. »Sind ja sofort getürmt, wo sie die Berittenen sahen. Angeblich wollten sie Hilfe holen.«
»Die Männer sagen, Sie hätten sich von ihnen getrennt und seien auf eigene Faust los.«
Daniel schwieg.
»Die Polizei will mit Ihnen über den Wächter sprechen, der getötet wurde. Die Zeitungen machen da einen Riesenwirbel.«
Daniel betrachtete Namen und Schlagzeilen. Es waren die *Times* und die *Herald Tribune* aus New York, der *Star* aus Washington und das *Bulletin* aus Philadelphia. Die Schlagzeilen und die Berichte glichen einander weitgehend. »Wächter von Streikenden bei Stahlwerk getötet« — so oder so ähnlich lautete die Überschrift, dann kam die Story, und ganz am Ende, unauffällig versteckt, fand sich die Mitteilung, daß fast dreißig streikende Arbeiter im Krankenhaus lagen. Wie das Ganze begonnen hatte — mit dem Angriff der Polizisten und der Hilfssheriffs —, wurde nicht einmal am Rande erwähnt.
»Die tun ja so, als ob wir mit der Sache angefangen hätten«, sagte Daniel.
»Die Stahlgesellschaft hat nur darauf gewartet, daß so etwas passiert«, erklärte Foster. »Das war für die das gefundene Fressen.«
»Scheint mir, die sind besser vorbereitet gewesen als wir. In jeder Hinsicht«, erwiderte Daniel.
Foster wußte, was er meinte.
»Nicht mehr«, sagte er hastig. »Wir haben jetzt die Hilfe, die wir brauchen, damit wir in Sachen Presse nicht wieder zweite Sieger sind.«
»Dann müssen Sie aber ganz schön Dampf aufmachen, wenn Sie

für diesmal noch was ausbügeln wollen. Bis Sie mit Ihren Stories soweit sind, ist die hier im ganzen Land rum«, sagte Daniel.
Foster wirkte gereizt. Er holte seine Uhr hervor, warf einen Blick darauf. »Wird langsam Zeit. Die Fotografen müßten inzwischen bereit sein. Gehen wir also, damit wir die Aufnahmen hinter uns bringen.« Murray erhob sich, und Foster blickte zu Daniel zurück. »Suchen Sie sich einen von den Reportern draußen und erzählen Sie ihm von der Nacht im Knast. Wir unterhalten uns weiter, wenn ich wieder hier bin.«
Daniel sah ihn an. »Aber ich werde nicht hier sein.«
Foster musterte ihn scharf. »So? Und warum nicht?«
»Weil ich verschwinden werde«, sagte Daniel. »Bin nämlich nicht scharf darauf, mich von den Bullen erwischen zu lassen. Irgendwie habe ich das Gefühl, daß ich von den Jungs hier nicht so ungeheuer viel Hilfe erwarten kann.«
»Wenn Sie türmen, dann kommt das einem Schuldgeständnis gleich.«
»Aber nicht die Spur«, erwiderte Daniel. »Gefällt mir bloß nicht, der Gedanke, zwischen euch beiden am Kreuz zu hängen.«
Foster schwieg einen Augenblick. »Okay, gehen Sie nach unten zur Kasse und lassen Sie sich das Geld auszahlen, das Ihnen bis zum Ende dieser Woche zusteht.«
»Danke«, sagte Daniel. Er ging zur Tür.
Dann hörte er Murrays Stimme und blieb stehen. Der Mann reichte ihm einen Schlüssel. »Der gehört zu meinem Zimmer drüben im Penn State Hotel. Treffen Sie mich dort, wenn Sie Ihre Sachen beisammen haben. Ich fahre heute nachmittag nach Washington. Sie können mitfahren.«
»Danke«, sagte Daniel. Er nahm den Schlüssel. »Ich werde auf Sie warten.«

Kurz nach vier Uhr nachmittags bog der große, schwarze Buick auf die Interstate fünf ein. Murray saß hinter dem Steuer, Daniel auf dem Beifahrersitz. Erst als die Stadt etwa eine halbe Stunde hinter ihnen lag, begann Murray zu sprechen.
Den Blick unverwandt auf die Straße gerichtet, fragte er: »Haben Sie den Wächter umgebracht?«
»Ja«, erwiderte Daniel, ohne zu zögern.
»War nicht gerade klug«, sagte Murray. »Wenn die Polizei Ihnen das anhängen kann, könnte uns das ernstlich schaden. Vielleicht würden wir dadurch sogar den Streik verlieren.«
»Der Streik ist bereits verloren«, erwiderte Daniel. »Wußte ich

gleich, wo ich sah, wie Foster seine Leute nicht mehr unter Kontrolle hatte. War ja direkt gelähmt, und von da an ist dann nichts mehr richtig gelaufen. Ich dachte schon fast, daß er ihm scheißegal ist, dieser ganze Streik. Daß es ihm um ganz was andres geht.« — »Nämlich?«
»Keine Ahnung«, sagte Daniel. »Da müßte ich wohl eine Menge mehr wissen über Streiks und Politik — aber ich hab 'n Riecher dafür, wenn was nicht so ist, wie's sein sollte.«
»Glauben Sie, die Straßenschlacht hätte vermieden werden können?«
»Nein, Sir. Bloß — es war nicht nötig, daß die Männer so verheizt wurden. Ich meine, wenn ich Foster gewesen wäre, ich hätte mit dem Sheriff erst mal 'n ruhiges Wort geredet, damit der nicht gleich so auf scharf machte. Schien mir nämlich gar nicht so wild zu sein, der Sheriff. Dem wäre so halbwegs jeder Vorwand recht gewesen, um zum Rückzug zu blasen. Aber eine Chance dazu haben wir ihm nie gegeben.«
»Ist das Ihre ehrliche Meinung — daß der Streik verloren ist?«
»Ja, Sir«, erwiderte Daniel ernst. »Die Stahlwerke haben alles unheimlich gut organisiert. Soviel ich weiß, sind im ganzen Land über achttausend Hilfssheriffs mobilisiert worden, um die streikenden Arbeiter in Schach zu halten. Und im Einwandererviertel terrorisieren die Bullen die Hunkies, und damit werden sie auch nicht aufhören, bevor die Sache nicht vorbei ist. Kann mir wirklich nicht vorstellen, daß Foster das nicht weiß. Wenn er trotzdem weitermacht, muß er sich davon doch irgendwie was versprechen.«
Murray warf ihm einen Blick zu. »Was für Pläne haben Sie?«
»Weiß noch nicht«, erklärte Daniel. »Mich 'n bißchen umtun. 'nen Job suchen.«
»Wie wär's mit einem Job bei der Bergarbeitergewerkschaft?«
»Was hätte ich da zu tun?«
»Erst mal zwei Jahre lang zur Schule gehen. Und sich die Bildung und das Wissen aneignen, das Sie befähigen würde, Arbeits- und Gewerkschaftsprobleme auf intelligente Weise anzugehen.«
»Was für 'ne Schule denn?«
»College in New York. Samt Abschlußdiplom. Wir kommen für alles auf.«
»Und wo ist der Haken dabei?«
»Da gibt es keinen Haken«, versicherte Murray. »Wenn Sie mit dem College fertig sind, erwartet Sie bei uns ein Job. Sollte Ihnen der Job nicht gefallen, können Sie jederzeit aufhören.«

Daniel überlegte einen Augenblick. »Meinen Sie denn, ich könnt's überhaupt schaffen? Wo's bei mir doch nicht so toll ist mit Schulbildung.«
»Glaub schon. Allerdings — da gibt es eine Lektion, die Sie lernen müssen, noch bevor Sie anfangen.«
»Und die wäre?« fragte Daniel.
»Was immer wir tun, soll dem Arbeiter dienen, der uns damit betraut hat, ihn und seine Interessen zu vertreten. Den Luxus einer privaten Rache gegenüber Menschen, die wir — berechtigter- oder unberechtigterweise — für unsere persönlichen Feinde halten, können wir uns einfach nicht leisten. Weil das auf Kosten der von uns vertretenen Arbeiter geht.«
Daniel schwieg einen Augenblick. »Sie meinen — so wie ich's getan habe?«
Murrays Stimme klang plötzlich hart. »Ja. So etwas darf niemals wieder vorkommen.«
»Warum wollen Sie's denn überhaupt mit mir riskieren?«
Murray musterte ihn kurz von der Seite, blickte dann wieder auf die Straße. »Weil ich glaube, mit Ihnen richtig zu liegen. Sie haben unheimlich viel Instinkt bewiesen. Ohne zu wissen, was hinter allem steckt, haben Sie mit Ihren Vermutungen den Nagel jedesmal auf den Kopf getroffen. Ich habe so das Gefühl, Sie könnten eines Tages in der Gewerkschaftsbewegung ein wichtiger Mann sein. In gewisser Weise erinnern Sie mich an John L. Lewis, als ich ihn zum erstenmal traf. Eine Menge Mumm und instinktives Wissen.«
»Er ist ein großer Mann«, sagte Daniel voll Respekt. »Ich glaub nicht, daß ich jemals so sein könnte wie er.«
»Man kann nie wissen«, erwiderte Murray. »Aber Sie müssen ja auch nicht so sein wie er. Wenn Sie ganz Sie selbst sind, werden Sie vielleicht noch größer als irgendeiner von uns.«
»Ich bin noch nicht mal zwanzig.«
»Das weiß ich«, sagte Murray. »Wenn Sie mit der Schule fertig sind, werden Sie zweiundzwanzig sein. Gerade das richtige Alter, um anzufangen.«
»Meinen Sie das wirklich?«
»Allerdings. Sonst hätte ich Ihnen das Angebot bestimmt nicht gemacht.«
»Okay, ich bin dabei«, sagte Daniel und hielt seine Hand hin. »Hoffentlich enttäusche ich Sie nicht.«
Murray löste eine Hand vom Lenkrad, um nach Daniels Hand zu greifen. »Bestimmt nicht.«

»Danke«, sagte Daniel.
»Sie brauchen mir nicht zu danken«, versicherte Murray. »Hauptsache, Sie sind voll dabei.« Er packte das Lenkrad wieder mit beiden Händen. »Verdammt! Es fängt an zu regnen!«

Unendlich lange war das inzwischen her. Rund siebzehn Jahre. Jetzt saß Daniel in einem Motel in Kalifornien in der Badewanne, schlürfte Whisky und wartete darauf, daß Tess mit zwei Steaks vom Einkauf zurückkam. Drüben an der Ostküste ging es sozusagen von vorne los. Streik in den Stahlwerken. Aber diesmal war's anders. Mit den großen Stahlgesellschaften hatte Lewis vor einem Jahr abgeschlossen. Nun wollte sich Phil Murray die kleineren vornehmen. Allerdings hatte Daniel das fatale Gefühl, daß Murray in die gleiche Katastrophe marschierte wie Foster vor siebzehn Jahren.

10

»Drei Monate sind wir jetzt hier«, sagte sie, während sie das letzte Geschirr abräumte. »Ich finde, es wird Zeit, daß wir uns eine Wohnung suchen.«
Daniel ließ die Abendzeitung sinken. »Wozu? Mir gefällt's hier.«
»Für das Geld, das wir in diesem Hotel zahlen, könnten wir uns was wirklich Feines leisten.«
Er hob die Zeitung wieder; las weiter, ohne eine Antwort zu geben. Sie nahm ihm gegenüber Platz und drehte das Radio an. Sie lauschte einen Augenblick, drehte dann ungeduldig weiter. Nichts schien für sie von Interesse. Schließlich schaltete sie ärgerlich ab. »Daniel«, sagte sie.
Wieder ließ er die Zeitung sinken. Sah sie über den Rand hinweg an.
»Willst du dir nicht einen Job besorgen?« fragte sie.
»Hab ja 'n Job«, sagte er.
»Ich meine einen Job, wo du zur Arbeit mußt«, erklärte sie. Über den Scheck, der allwöchentlich von der Ostküste kam, war sie im Bilde.
»Ich arbeite ja«, erwiderte er. »Diese Woche hatte ich drei Versammlungen bei drei verschiedenen Gewerkschaften.«
»Das ist doch keine Arbeit«, sagte sie.

Er faltete die Zeitung zusammen und legte sie auf den Tisch. Doch er sprach nicht.
»Andere Männer gehen jeden Morgen zur Arbeit und kommen abends wieder heim. Du nicht. Statt dessen marschiere ich jeden Morgen los und komme abends wieder nach Hause. Und Tag für Tag ist es dasselbe. Wenn ich gehe, sitzt du dort und liest Zeitung. Und wenn ich zurückkomme, sitzt du auch dort und liest Zeitung, die Abendzeitung. Das ist doch nicht normal.«
Er griff nach der Whiskyflasche und schenkte sich ein. Sofort leerte er das Glas, goß nach.
»Und das kommt noch dazu«, sagte sie. »Daß du jeden Tag eine ganze Flasche Whisky trinkst.«
»Hast du mich schon jemals betrunken gesehen?« wollte er wissen.
»Das ist doch gar nicht der springende Punkt. Soviel Whisky kann dir unmöglich guttun.«
»Ich fühle mich ausgezeichnet«, versicherte er.
»Eines Tages wird dich der Alkohol schaffen«, sagte sie. »Wär nicht das erste Mal, daß ich so was sehe.«
Er kippte den zweiten Drink, starrte sie dann sekundenlang an. Schließlich sagte er: »Okay, heraus mit der Sprache. Was hast du auf dem Herzen?«
Sie begann zu weinen. Und wenn sie zu sprechen versuchte, so erstickte Schluchzen ihre Stimme. Tränen liefen ihr über die Wangen.
Er stand auf, hob sie empor, setzte sie sich dann, ganz buchstäblich auf den Schoß. Ihr Gesicht gegen seine Schulter lehnend, strich er ihr übers Haar.
»Nur schön ruhig, Baby«, sagte er sanft. »So schlimm kann doch gar nichts sein.«
»Nein?« Tränenüberströmt sah sie ihn an. »Ist schlimm genug. Ich bin schwanger.«
Seine Stimme klang beherrscht, und sie verriet keinerlei Überraschung. »Wie weit ist es denn damit?«
»Der Arzt meint, so zehn oder zwölf Wochen. Genaueres kann er erst bei der nächsten Untersuchung sagen.«
Er schwieg, strich ihr wie abwesend über den Kopf. »Falls er recht hat, ist es wohl zu spät für eine Abtreibung?« Es klang wie eine Frage und war doch eher eine Feststellung.
»Das war das erste, was ich ihn fragte. Er meinte, es sei jedenfalls besser, nichts zu riskieren. Zwar sprach er von einem Arzt in Tijuana, der's tun würde, aber er riet keinesfalls dazu.«

Er sah sie an. »Wie kommt's, daß dir vorher nichts aufgefallen ist?«
Sie wich seinem Blick nicht aus. »Das war bei mir schon immer unregelmäßig. Manchmal sind zwei Monate vergangen, bis es bei mir wieder soweit war. Vor allem, wenn ich viel gefickt habe.«
»Und wir haben eine Menge gefickt«, pflichtete er bei.
Sie stand auf, ging zur Kitchenette und kam mit einem Glas zurück. »Ich glaube, ich kann einen Drink vertragen«, sagte sie und hielt es ihm hin.
»Irgendwo«, sagte er und musterte sie, »habe ich gelesen, daß es nicht gut ist fürs Baby, wenn die Mutter trinkt.«
»Ein bißchen wird schon nicht schaden«, erklärte sie.
Er schenkte ihr knapp einen Fingerbreit ein, während er sein eigenes Glas fast bis zum Rand füllte. Sie stießen an. »Auf Daniel Boone Huggins junior.«
Sie hob das Glas an ihre Lippen. Erst jetzt begriff sie, was er da gesagt hatte. »Ist es dir Ernst damit?« Er nickte.
»Muß aber nicht sein«, sagte sie. »Ich gebe dir da keine Schuld. Nur mir selbst.«
»Von Schuld kann überhaupt nicht die Rede sein«, versicherte er. »Ich hab schon dran gedacht, bevor du mir davon was gesagt hast.« — »Ehrlich?« fragte sie ungläubig.
»Ehrlich. Du bist eine gute Frau. Von meinem Schlag. Zusammen kommen wir schon klar.«
Sie sank vor ihm auf die Knie, legte ihren Kopf auf seinen Schoß. Wieder quollen Tränen aus ihren Augen. »Ich hatte solche Angst, Daniel. Ich liebe dich so sehr.«
Er hob ihr Gesicht zu sich hoch. »Brauchtest keine Angst zu haben. Ich liebe dich auch«, sagte er und küßte sie.
Am nächsten Morgen ließen sie sich in Santa Monica vom Friedensrichter trauen.

Es war ein kleines Haus nördlich vom Santa Monica Boulevard in Hollywood. Zwei Schlafzimmer (mit angrenzendem Bad), ein Wohnzimmer und eine große Küche mit einer Art Eßnische. Ein schmaler Fahrweg führte herauf zur einen Seite des Hauses. Die freien Flächen vor und hinter dem Gebäude schienen etwa gleich groß zu sein: jeweils zehn mal acht Meter.
Der Immobilienmakler hatte sie im Wohnzimmer diskret sich selbst überlassen, damit sie die Sache in Ruhe durchsprechen konnten. »Was meinst du?« fragte Daniel.

»Gefällt mir«, erwiderte sie. »Zumal mit dem Raum auf der anderen Seite des Badezimmers. Den können wir so richtig nett fürs Baby herrichten. Auch das übrige läßt sich wohl ganz gut instand setzen — die Möbel. Und sonst wirkt ein bißchen Farbe ja immer Wunder. Bloß die Kosten. Tausendvierhundert Dollar, das ist ein Haufen Geld.«
»Dafür ist auch gleich alles dabei. Mobiliar, Küchenherd, Kühlschrank.«
»So was müßte sich auch billiger kriegen lassen.«
»Ach was. Sicher ist sicher. Was man hat, das hat man.«
»Wieviel Kredit wird uns die Bank geben?«
»Mir wird überhaupt keine Bank Kredit geben. Für Gewerkschaftsleute haben die nicht viel übrig.«
Sie sah ihn an. »Ich hab noch Geld vom Verkauf meines Hauses im Osten«, sagte sie. »Vierhundert. Könnte ein bißchen helfen.«
Er lächelte. »Ich brauche dein Geld nicht. Ich komme auch so zurecht. Das heißt, wenn es dir gefällt.«
»Es gefällt mir«, sagte sie.
»Okay, dann werde ich ihm ein Angebot machen«, erklärte er und rief den Agenten ins Zimmer zurück.
Man einigte sich auf 1275 Dollar. Ende des Monats zogen sie ein. Und dann brauchten sie noch einen guten Monat, um sich nach ihrem Geschmack einzurichten. Daniel versah praktisch alles mit einem neuen Anstrich, und Tess nähte auf einer alten Nähmaschine, die sie auf dem Dachboden fand, alle möglichen Vorhänge und ... und ... und ...

Als sie von der Arbeit nach Hause kam, war er wie gewöhnlich beim Lesen der Abendzeitung. Er legte das Blatt aus der Hand und sah sie an. Sie war im fünften Monat, und deutlich zeichnete sich ihr dicker Bauch ab. Ihr Gesicht wirkte müde und erschöpft.
»Wir hatten soviel zu tun«, sagte sie. »Und der Boß ließ mich nicht früher weg. Werde uns gleich was zu essen machen.«
»Laß nur«, erwiderte er. »Nimm lieber ein Bad und ruh dich ein bißchen aus. Wir können ja essen gehen. Vielleicht chinesisch.«
»Nicht nötig«, behauptete sie. »Mach's ja gern, das Essen. Ist weiter keine Mühe.«
Doch besonders überzeugend klang das nicht. »Tu, was ich dir gesagt habe«, beharrte er.
Als sie dann später im chinesischen Restaurant beim Hühnchen-Chow-Mein saßen, sagte er betont beiläufig: »Ich finde, du soll-

test deinen Job aufgeben. Schon, weil's nicht gut ist für den Junior, wenn du so den ganzen Tag auf den Beinen sein mußt.«
»Aber das Geld, das kommt mir sehr zupaß«, erklärte sie. »Zwölf, vierzehn Dollar pro Woche, damit lassen sich schon eine Menge Rechnungen bezahlen.«
»Ich gebe mehr als das für Whisky und Zigarren aus«, sagte er.
Sie schwieg.
»Außerdem will ich wieder zu arbeiten anfangen. Und wenn's damit was wird, kommt mehr Geld rein als bisher.«
Sie musterte ihn. »Und was für eine Arbeit wäre das?«
»Genau das, was ich immer getan habe«, erwiderte er. »Als Gewerkschafter.«
»Wußte ich gar nicht, daß du hier so 'nen Job kriegen kannst.«
»Wird auch nicht hier sein«, sagte er. »Sondern drüben im Osten. Phil Murray hat mich angerufen. Er möchte, daß ich in Chikago den Vorsitz vom Organisationskomitee der Stahlarbeiter übernehme. Dafür zahlen die mir pro Woche fünfundfünfzig plus Spesen.«
Aus ihrer Stimme klang Unwillen. »Kaum daß wir uns hier eingerichtet haben, müssen wir also wieder los?«
»Nein«, sagte er. »Ist ja nur eine vorübergehende Sache. Wird höchstens ein paar Monate dauern. Dann bin ich wieder hier.«
»Und ich werde einsam sein«, erklärte sie. »Ganz allein. Was soll werden, wenn's mit mir soweit ist — und du noch nicht wieder hier bist?«
Er lachte.
»Bis dahin bin ich längst wieder zurück«, sagte er zuversichtlich.
»Würdest du dich nicht besser stehen, wenn du irgendwo hier einen Job annimmst?«
»Du weißt doch, was die hier zahlen. Nicht mal die Hälfte von dem, was die mir bieten, könnte ich verdienen. Und wo jetzt das Baby unterwegs ist — also, je mehr wir zusammenkratzen, desto besser. Ich meine, wo die mir die Spesen zahlen, können wir praktisch mein gesamtes Gehalt auf die hohe Kante legen.«
Sie sah ihn an. »Dein Entschluß steht so gut wie fest, wie?«
»Ja«, erwiderte er.
Sie atmete tief. »Nun gut. Aber du wirst mir fehlen.«
Er lächelte, beugte sich über den Tisch, streichelte ihre Wange. »Du wirst mir auch fehlen«, sagte er. »Aber glaub mir — wird gar nicht so lange dauern, dann bin ich wieder da.«
Sie griff nach seiner Hand, preßte sie gegen ihre Wange. Ja, sie

wollte ihm glauben, nur zu gern; doch insgeheim wußte sie, daß es länger dauern würde, als er dachte.
»Ist es gefährlich?« fragte sie.
Er zuckte mit den Schultern. »Nicht mehr als sonst auch.«
»Ich möchte nicht, daß dir etwas zustößt.«
Mit der flachen Hand schlug er gegen eine Stelle unterhalb seiner Schulter, wo unter dem Jackett griffbereit seine Pistole steckte. »Da mach dir nur keine Sorgen. So wie's mal war, kann's nicht mehr sein. Ich habe einen guten Freund bei mir.«
Sie blickte ihm in die Augen. »Das ist okay. Nur solltest du dabei eines nicht vergessen. Du hast auch eine Frau.«

11

Zwei Tage später stand er auf dem Bahnsteig. Der Zug in Richtung Osten war bereits eingelaufen. Er wandte sich an Tess. »Paß gut auf dich auf. Halte dich genau an das, was dir der Doktor sagt. In sechs Wochen bin ich wieder da.«
Sie schlang die Arme um seinen Hals. »Sei ja vorsichtig. Daß dir bloß nichts zustößt — so wie damals, als wir uns kennenlernten.«
»Wird mir bestimmt nichts passieren«, versicherte er und küßte sie. »Aber daß du ja auf dich selbst aufpaßt.«
»Ich liebe dich«, sagte sie.
»Ich liebe dich auch«, erwiderte er und stieg in den Zug. Und dort stand er, auf einem Trittbrett, und winkte, während sich der Zug in Bewegung setzte. Sie warf ihm noch eine Kußhand zu, doch dann bog der Zug bereits um eine Kurve, und nichts war mehr zu sehen vom Bahnsteig und von ihr.
Er stieg ganz hinauf und griff nach seinem Koffer, als der Steward aus dem Wagen kam.
»Wenn ich Ihnen helfen darf, Sir«, sagte er mit breitem Lächeln. Er nahm Daniels Koffer. »Ihre Fahrkarte, Sir.«
Daniel gab sie ihm. Der Steward warf einen Blick darauf und nickte. »Folgen Sie mir, Sir.«
Daniel folgte ihm durch den Gang — und schwankte dabei leicht im Rhythmus des Zuges, der immer mehr an Fahrt gewann. Wieder warf der Steward einen Blick auf die Fahrkarte. Schließlich blieb er neben einem Sitz stehen, deutete darauf und verstaute den Koffer oben im Gepäcknetz. »Sie können beide Sitze für sich

haben, Sir«, sagte er. »Ist ja genug Platz da, und ich werde dafür sorgen, daß sich keiner neben Sie setzt. Dann können Sie sich in der Nacht 'n bißchen ausstrecken.«
»Danke«, erwiderte Daniel und gab ihm einen halben Dollar.
»Ich danke Ihnen, Sir«, versicherte der Steward hocherfreut. »Falls Sie irgendwas brauchen, rufen Sie mich nur. George heiße ich.«
Daniel sah ihn an. »Ist die Bar geöffnet?«
»Jawohl, Sir. Und der Salonwagen befindet sich drei Wagen weiter hinten, direkt hinter den Schlafwagen.« Er wandte sich zum Gehen. »Schöne Reise auch, Sir.«
Daniel sah das Mädchen, als er durch den zweiten Schlafwagen ging. Aus einem der Abteile kam gerade ein Steward. Automatisch blickte Daniel durch die offene Tür. Und dort stand sie, die Hand am obersten Blusenknopf. Für den Bruchteil einer Sekunde begegneten sich ihre Blicke. Dann drückte sie, während ein halbes Lächeln über ihr Gesicht glitt, mit der freien Hand die Tür zu. Er ging weiter zum Salonwagen.
Die Bar war bereits überfüllt. Doch an einem Fenster entdeckte er noch einen kleinen Tisch mit zwei Stühlen. Er setzte sich. Der Kellner kam. »Ja, Sir?«
»Wieviel kostet eine Flasche Bourbon?« fragte Daniel.
»Die Halbliterflasche einsfünfzig, die Literflasche zweisechzig, Sir.«
»Ein Liter ist mir gerade recht.«
»Jawohl, Sir. Eis und Ginger, Sir?« — »Nur Wasser, danke.«
Er war beim zweiten Drink, als das Mädchen plötzlich im Wagen erschien. Ihre Augen suchten nach einem freien Tisch. Doch es gab keinen. Sie zögerte, schien wieder hinausgehen zu wollen. Dann entdeckte sie den leeren Platz an seinem Tisch und trat auf ihn zu.
»Dürfte ich mich hier setzen?« Sie sprach leise, wohlerzogen.
Er erhob sich. »Es wäre mir ein Vergnügen, Ma'am.«
Sie nahm Platz, und der Kellner näherte sich. »Was trinken Sie da?« fragte sie Daniel.
»Bourbon und Wasser«, erwiderte er. »Soll ich uns noch ein Glas bringen lassen?«
Sie schüttelte den Kopf. »Einen Martini, sehr dry«, sagte sie zum Kellner. Dann blickte sie wieder zu Daniel. »Behagte mir nicht, der Gedanke, allein in meinem Abteil zu trinken.«
Daniel lächelte.
Sie hielt ihm ihre Hand hin. »Ich heiße Christina Girdler.«

Der Kellner brachte den Martini. Sie hob ihr Glas. »Auf eine angenehme Reise.«
Er kippte einen Schluck Bourbon. »Eine angenehme Reise, Miß Girdler.«
»Meine Freunde nennen mich Chris«, sagte sie.
»Daniel.«
»Ich fahre nach Chikago«, sagte sie. »Will nur ein paar Freunde im Osten besuchen.«
»Ich steige in Chikago um«, erklärte er, »und fahre weiter nach Pittsburgh. Aber so in zwei oder drei Wochen werde ich wieder in Chikago sein.«
»Was tun Sie denn so, Daniel?«
»Ich bin Gewerkschafter. Zur Zeit für einen Spezialjob beim Stahlarbeiter-Organisationskomitee abgestellt.«
»Beim SWOC?«
»Sie haben von uns gehört?« fragte er verblüfft. Angehörige ihrer Gesellschaftsschicht hatten von Gewerkschaften für gewöhnlich nicht den leisesten Dunst.
Sie kicherte. »Wenn mein Onkel Tom wüßte, daß ich hier mit Ihnen sitze und rede — er würde garantiert einen Anfall bekommen. Die bloße Erwähnung des SWOC genügt, um ihn explodieren zu lassen.«
Girdler. Auf einmal fiel es ihm wie Schuppen von den Augen. Präsident der *Republic Steel*. Mit an der Spitze der antigewerkschaftlichen Bewegung jener Gruppe von Firmen, die man unter dem Namen *Little Steel* zusammenfaßte.
»*Der* Girdler?«
Sie lachte wieder. »*Der* Girdler. Möchten Sie, daß ich jetzt den Tisch verlasse?«
Leise stimmte er in ihr Lachen ein. »Aber woher denn!«
»Auch nicht, wenn ich Ihnen sage, daß ich in der Public-Relations-Abteilung seiner Gesellschaft arbeite und zu jenen Leuten gehöre, die das antigewerkschaftliche Informationsmaterial hinausschicken?«
Er schüttelte den Kopf. »Spielt keine Rolle. Im Augenblick arbeiten wir ja beide nicht.«
»Ihre Seite wird nicht gewinnen. Das muß Ihnen doch wohl klar sein, nicht?«
»Wie schon gesagt: Im Augenblick arbeite ich nicht.«
»Worüber wollen Sie dann reden?« fragte sie.
»Über Sie«, sagte er.
»Über mich? Aber wieso denn?« Sie schien verwirrt.

»Seit du hier sitzt, hab ich 'nen Steifen«, sagte er rauh. »Ich will dich ficken.«
Sie hielt den Atem an. Eine leichte Schweißschicht bedeckte ihr Gesicht, dann glitt ein Hauch von Röte darüber. Sie starrte ihn an.
»Alles in Ordnung?« fragte er.
Sie befeuchtete sich die Lippen mit der Zunge. »Bin gerade gekommen.«
Er lachte. »Damit bist du mir eins voraus.«
Auch sie lachte. »Könnte ich noch einen Drink haben, bitte?«
Er winkte den Kellner herbei. Der Mann brachte das Gewünschte und verschwand. Daniel sagte: »Wir werden erst mal was essen. Dann gehen wir in dein Abteil.«
»Warum nicht in deins?«
Er lachte. »Hab keins. Schlafwagen — das ist für einen von der Gewerkschaft nicht drin.«
Fast vierzig Stunden dauerte die Fahrt von Los Angeles nach Chikago, und das Abteil verließen sie nur zu den Mahlzeiten. In Chikago klammerte sie sich an ihn und ließ ihn erst gehen, als er ihr versprach, sie sofort nach seiner Rückkehr aus Pittsburgh in Chikago anzurufen.
Wie sie es herausgefunden hatte, wußte er nicht, aber als er vierzehn Tage später wieder in Chikago war und aus dem Zug stieg, wartete sie bereits auf ihn; und sie ließ ihn praktisch nicht mehr aus den Augen bis zu dem Tag, an dem er sich zur Rückkehr nach Westen rüstete.
Einmal während der Rückfahrt von Gary, Indiana (wo er sich eine »Lageübersicht« verschafft hatte), nach Chikago legte sie ihm plötzlich die Hand auf den Arm.
»Ich liebe dich«, sagte sie. »Ich möchte dich heiraten.«
Mit einem Ruck drehte er den Kopf. Unwillkürlich schlossen sich seine Finger fester ums Lenkrad. »Bist verrückt.«
»Ist mir Ernst damit«, betonte sie.
»Du weißt, daß ich verheiratet bin. In knapp einem Monat wird Tess niederkommen.«
»Ich kann warten, bis du dich scheiden läßt.«
»Du vergißt, wieviel — oder wie wenig — ich verdiene. Da kann ich's mir nicht leisten, für Tess und das Baby zu zahlen und eine neue Frau zu nehmen.«
»Ich habe Geld.«
»Nein, danke«, sagte er.
»Du brauchst doch nicht bei der Gewerkschaft zu bleiben«, er-

klärte sie. »Mit Onkel Tom würdest du dich großartig verstehen. Bestimmt würde er dir jederzeit einen Job geben. Und da würdest du viel mehr verdienen als jetzt.«
Wieder warf er ihr einen Blick zu. »Es ist doch phantastisch zwischen uns beiden. Warum daran rühren und vielleicht alles verderben?«
»Ich liebe dich«, sagte sie. »Noch nie habe ich einen Mann gekannt, der in mir Gefühle weckt wie du.«
»Du verwechselst Liebe mit Ficken. Bloß weil wir großartig miteinander ficken, müssen wir uns doch nicht lieben.«
»Aber ich liebe dich«, sagte sie halsstarrig wie ein Kind.
»Na, gut«, gab er nach, »sagen wir, du bist in mich verliebt. Bloß, bitte — mit der ›großen Liebe‹, da nimm's mal ein bißchen langsam.«
»Bist du in mich verliebt?« fragte sie.
»Ja«, erwiderte er. »Aber ich liebe dich nicht.«
»Ich sehe da keinen Unterschied. Was empfindest du für deine Frau?«
»Vielleicht nicht die große Liebe. Aber ich liebe sie.«
»Dann verstehe ich den Unterschied noch weniger.«
»Laß dir Zeit«, sagte er. »Wirst schon noch verstehen.«
Sie schwieg sekundenlang. »Warum bleibst du mit ihr zusammen, wenn's nicht die große Liebe ist?«
»Weil wir vom gleichen Schlag sind«, erklärte er. »Von der gleichen Herkunft, mit den gleichen Vorstellungen. Macht das Zusammenleben leichter. In deine Gesellschaftsschicht würde ich nie reinpassen, genausowenig wie du in meine. Und da wir den Rest unseres Lebens nun mal nicht nur im Bett verbringen können, klappt es also nicht.«
»Du irrst dich«, sagte sie. »Du würdest überall gut hineinpassen. Onkel Tom ist gar nicht anders als du. Er hat mit nichts angefangen und sich nach oben gearbeitet. Der paßt hinein.«
»Wir unterscheiden uns in unseren Grundüberzeugungen«, erwiderte Daniel. »Ich habe es erlebt, wie meine ganze Familie umkam — wegen solcher Männer, wie dein Onkel Tom einer ist. Und ich habe oft genug mit ansehen müssen, daß man Menschen wie Vieh behandelt hat wegen einer Sache, die sich hochtrabend Firmenpolitik nennt. Nein, auf die Seite könnte ich mich niemals schlagen.«
»Aber wenn du dort wärst, könntest du's vielleicht ändern.«
Er lachte. »Jetzt tust du naiv, und das weißt du auch. Es ist ja nicht nur dein Onkel Tom — oder sonst irgendein einzelner —,

der diese Politik bestimmt. Da kommen eine Menge Einflüsse zusammen. Banken, Wall Street, das Profitinteresse der Aktienbesitzer. Und da wird der Druck dann so groß, daß du spuren mußt, ob du willst oder nicht. Denn sonst finden sie im Handumdrehen einen anderen für dich. Wenn dein Onkel versuchen wollte, die Politik zu ändern, so würde er sich keine Woche in seinem Job halten können. Er hat in seinen Entscheidungen — mal angenommen, er wünschte überhaupt, etwas zu ändern — genausowenig Freiheit wie der Mann im Mond.«
»Ich möchte dich dennoch heiraten«, sagte sie.
Er löste eine Hand vom Lenkrad, schob sie über ihre Hand. »Es ist wunderschön, so wie's ist«, sagte er ruhig. »Lassen wir es so.«
Plötzlich klang ihre Stimme sehr angespannt. »Ich will ficken. Ein Stück zurück habe ich ein Schild gesehen. So zehn Kilometer von hier gibt's ein Hotel. Laß uns dort übernachten.«
»Aber ich muß morgen früh in Chikago sein.«
»Mir egal«, sagte sie rauh. »Ich will deinen Schwanz in mir haben.«
Er sah sie an, nickte schließlich. Bald darauf bogen sie von der Straße ab, und erst spät am nächsten Nachmittag war er in Chikago.

12

Fünf Monate später betrat Daniel, einen Koffer in der Hand, das Büro von Philip Murray, Präsident der Vereinigten Stahlarbeiter im CIO. Bei Murray befanden sich mehrere Männer, die er jedoch sofort hinausschickte. Dann drehte er sich herum und sah Daniel an. »Was haben Sie herausgefunden?« fragte er ohne Vorrede.
Daniel setzte seinen Koffer auf den Boden. Seine Antwort war nicht weniger direkt. »Wird Ihnen nicht gefallen, mein Bericht.« Er schwieg einen Augenblick. »Hätten Sie 'n Whisky für mich?«
Murray holte ein Flasche Bourbon und ein Glas hervor. Beides stellte er auf die Schreibtischplatte. Ruhig wartete er, bis Daniel getrunken und nachgegossen hatte. Dann sagte er: »Erzählen Sie.«
»Sechs Wochen bin ich unterwegs gewesen — in vierzehn Städten in acht Staaten. Und was ich dort gesehen habe, hat mir ver-

dammt gestunken. Die wollen uns in eine Falle locken. Die lauern schon auf uns. Girdler von *Republic Steel* hat praktisch 'ne Art Armee, die auf uns wartet, und wo nicht seine eigenen Leute in Stellung sind, dort tut die Polizei für ihn die Schmutzarbeit. Arbeiter und Gewerkschaftsmitglieder werden bis zum äußersten terrorisiert. Jetzt wartet er auf einen Streikaufruf, um der Gewerkschaft einen Denkzettel zu verpassen.«
»So schlimm steht es?« fragte Murray.
Daniel nickte, trank wieder. »Vielleicht noch schlimmer.«
»Woher wissen Sie soviel über seine Aktivitäten?«
»Von einem Mitglied seiner Familie.«
»Ein weibliches Mitglied?«
Daniel nickte. »Sie arbeitet auch in seinem Büro.«
»Weiß sie, wer Sie sind?« — »Ja.«
»Wie kommt sie dann dazu, Sie sozusagen einzuweihen?«
Daniel schwieg. Er nahm wieder einen Schluck.
Murray musterte ihn sekundenlang. »Könnte doch sein, daß sie Ihnen was vorlügt.«
»Glaube ich nicht«, sagte Daniel. »Sie will mich heiraten.«
»Weiß sie denn nicht, daß Sie verheiratet sind?«
»Doch. Aber das kümmert sie nicht weiter. Eine Scheidung findet sie, ist eher ein Kinderspiel.«
»Und was finden Sie?«
Daniel schüttelte den Kopf. »Ich bin verheiratet, und in einer Woche oder so werde ich Vater. Das habe ich ihr auch gesagt. Ihre Antwort: Sie kann warten, bis ich soweit bin.«
Murray schwieg.
Daniel fuhr fort. »Sie haben gesagt, wenn das Baby ankommt, kann ich nach Hause. Ich werde morgen abreisen.«
»Ich weiß nicht, ob ich Sie gerade jetzt entbehren kann«, erklärte Murray.
»Sie haben mir Ihr Wort gegeben.«
Murray nickte. »Das stimmt.«
»Dann fahre ich.«
Wieder schwieg Murray. Sein Gesicht wirkte blaß, abgespannt. Wie von allein begann der Bleistift in seiner Hand auf die Schreibtischplatte zu pochen. »Ich werde von allen Seiten unter Druck gesetzt, diesen Streik auszurufen.«
»Tun Sie's nicht«, riet Daniel. »Denken Sie an das, was Sie mir vor langer Zeit über Bill Foster gesagt haben. Einen Streik beginnt man nur, wenn man weiß, daß man ihn gewinnen kann. Und diesen können Sie nicht gewinnen.«

»Ist das Ihre ehrliche Meinung?«
Daniel nickte stumm.
»Verdammt!« Der Bleistift zerbrach zwischen Murrays Fingern. »Alle sitzen sie mir an der Kehle. Vor einem Jahr hat Lewis mit *Big Steel* abgeschlossen. Und weil ich — mit *Little Steel* — noch nicht nachgezogen habe, bin ich für alle das schwarze Schaf. Auch neue Mitglieder lassen sich nicht mehr so leicht gewinnen. Die Männer wollen Aktionen.«
»Wenn sie unbedingt Aktion wollen, werden sie auch Aktion kriegen«, sagte Daniel. »Bloß — damit ist der Streik nicht gewonnen. Im Knast und in den Krankenhäusern werden sie sich wiederfinden.«
»Walter Reuther von den Automobilarbeitern hat sich mit *General Motors* geeinigt, eine große Sache. Jetzt heißt es, das müßten wir doch auch schaffen.«
»Aber bei Ford ist Reuther noch längst nicht am Ziel«, sagte Daniel. »Und Girdler ist genauso gut organisiert wie Ford.«
Murray sah ihn starr an. »Was soll ich tun?«
»Was sagt Lewis?«
»Der sagt gar nichts. Ganz bewußt nicht. Der wartet in aller Ruhe wie eine dicke, fette Katze. Darauf, daß ich etwas unternehme. Und sollten wir gewinnen, wird er ganz obenauf sein.«
»Und wenn wir verlieren?«
Murray hob die Schultern. »Dann kann er immer sagen, wir hätten ihn ja nicht gefragt.«
»Warum fragen Sie ihn dann nicht direkt.«
»Hab's versucht. Aber Sie kennen ihn ja. Wenn er nicht reden will, kriegt man ihn auch nicht dazu, selbst wenn man sich auf den Kopf stellt.«
Die Flasche war jetzt halbleer. Wieder schenkte Daniel sich nach.
»Bleibt nur eins: Hinhaltemanöver.«
»Geht nicht mehr viel länger«, erwiderte Murray.
»Zwei Wochen noch«, sagte Daniel. »Dann bin ich von der Westküste zurück. Wenn's losgeht, möchte ich in Chikago sein. Vielleicht wird's nicht so schlimm, falls es mir gelingt, die Sache dort auf Sparflamme zu halten.«
»Wie können Sie wissen, daß Sie in zwei Wochen wieder zurück sind? Babys verspäten sich manchmal ganz beträchtlich.«
»Dieses bestimmt nicht«, sagte Daniel. »Und für den Fall eines Falles kriege ich den Arzt ran, daß er einen Kaiserschnitt macht. Mitte März bin ich wieder hier.«

Murray starrte ihn an. »Zwei Wochen also?«
Daniel nickte.
»Okay. Aber das ist wohl auch das äußerste, was sich zur Not machen läßt. Die Kommunisten agitieren bereits, um mich aus meinem Job zu jagen.«
»Darüber muß Lewis doch im Bilde sein«, sagte Daniel.
»Natürlich ist er darüber im Bilde«, erwiderte Murray zornig. »Aber Sie kennen ja seine Taktik. Hände weg. Solange das neue Mitglieder verspricht, ist es ihm egal, von welcher Seite die Hilfe kommt. Inzwischen haben die sich ganz schön eingenistet.«
»Besonders bei den Textilarbeitern haben sie ja wohl eine Menge Einfluß, wie?«
Murray nickte. »Momentan sind sie ganz obenauf.«
Daniel erhob sich. »In zwei Wochen bin ich wieder da. Besten Dank für den Drink, Boß.«
Murray stützte sich hinter seinem Schreibtisch hoch. »Sie glauben also wirklich, daß dieser Streik für uns nicht zu gewinnen wäre?« — »Wir haben nicht die Spur einer Chance.«
Murray reichte ihm die Hand. »Hoffentlich läuft bei Ihnen daheim alles nach Wunsch.«
»Danke«, sagte Daniel, während er die Hand nahm. »Sobald es soweit ist, rufe ich Sie an.«

Als er, den Koffer in der Hand, aus dem Gebäude trat, herrschte übles Wetter: Schneeregen. Bevor er nach einem Taxi Ausschau halten konnte, sah er an der Bordschwelle eine schwarze Chrysler-Limousine. Die Tür schwang auf, und eine weibliche Stimme rief: »Daniel!«
Er starrte einen Augenblick, trat dann darauf zu. »Wie, zum Teufel, kommst du hierher?«
»Steig ein«, sagte sie. »Bei dem Wetter kannst du dir leicht was wegholen.«
Er folgte der Aufforderung. Die Tür schlug zu, und das Auto setzte sich in Bewegung. Er blickte zu Chris. »Ich denke, du bist in Chikago.«
»War mir so langweilig dort«, sagte sie. Und beugte sich zu ihm, um ihn zu küssen. »Überrascht?«
»Wie bist du hergekommen? Im Zug warst du doch nicht.«
»Flugzeug«, erwiderte sie. »Die haben jetzt so 'ne Art Pendelverkehr zwischen Chikago und dem Osten.«
»Setz mich beim Chelsea ab«, sagte er. »Ich brauche unbedingt etwas Schlaf.«

»Ich habe eine Suite im Mayfair. Du kannst bei mir wohnen.«
»Ich brauche Schlaf, habe ich gesagt.«
»Wenn du morgen abreist, hast du zwei Tage Fahrt vor dir. Da kannst du den Schlaf nachholen.«
Er schwieg. »Du bist meschugge«, sagte er dann. »Das weißt du ja wohl, wie?«
»Ich liebe dich. Das weißt du ja wohl, wie?«
»Hör zu, Chris. Es war wirklich eine schöne Sache. Aber mit Gewalt läßt sich doch nichts erreichen. Wir leben in verschiedenen Welten. Wir können nie zusammenkommen.«
»Ich kann in deiner Welt leben. Ich brauche das Geld der Familie nicht.«
Er sah sie an. »Und was ist mit diesem Auto? Und mit dem Mayfair?«
»Wir können das Auto irgendwo stehenlassen, uns ein Taxi nehmen und zum Chelsea fahren. Das ist mir egal. Solange ich nur bei dir bin.«
Langsam schüttelte er den Kopf. »Du hättest nicht kommen sollen. Wenn dein Onkel davon erfährt, wird er einen Riesenkrach schlagen.«
»Mir doch verdammt egal, wie das Onkel Tom gefällt. Der soll bei seinen Stahlfirmen rumkommandieren. Aber nicht bei mir.«
Das Auto hielt vor dem Hotel. Ein Portier öffnete die Tür. Er nahm Daniels Koffer an sich und trat dann zurück, während die beiden ausstiegen. »Schicken Sie den Koffer hinauf zu meiner Suite«, sagte Chris.
»Selbstverständlich, Miß Girdler«, erwiderte der Portier.
Daniel folgte ihr ins Hotel. Im Fahrstuhl fuhren sie zum vierzehnten Stock hinauf. Sie drückte auf die Türglocke. Ein Butler öffnete. »Miß Girdler.« Er verbeugte sich.
»Man wird einen Koffer heraufschicken«, sagte Chris. »Stellen Sie ihn ins Gästezimmer.«
»Sehr wohl, Miß Girdler.«
»Und ich möchte einen Martini, dry.« Sie blickte zu Daniel. »Das übliche?« Er nickte.
»Eine Flasche Bourbon für Mr. Huggins.«
Sehr wohl, Miß Girdler.« Wieder verbeugte sich der Butler.
»Danke, Quincy«, sagte sie und ging voraus ins Wohnzimmer. Dort wies sie mit einer kurzen Handbewegung auf die Couch. »Mach's dir bequem. Bald wird man uns ein Lunch servieren.«
Daniel blickte sich um. Er hatte schon viele Hotels kennengelernt, aber so etwas wie diese Suite, das war für ihn neu. Man

hätte meinen können, sich in einem Privathaus zu befinden, und das mitten in einem Hotel. »Nicht übel«, sagte er.
»Es ist Onkel Toms Appartement«, erklärte sie. »Er hat's auf Dauer gemietet.«
»Natürlich«, sagte Daniel. »Wie denn auch anders.«
»Er behauptet, so ist es billiger, als wenn man jeweils eine gute Suite zu bekommen versucht.«
»Was für ein sparsamer Geist, dein Onkel«, sagte er. »Hätte ich gar nicht von ihm gedacht.«
»Sei nicht so sarkastisch.«
»Sarkastisch? Ich? Aber woher denn! Wenn man sich's richtig überlegt, paßt dies hier ja auch genau ins Bild. Im Durchschnitt verdient ein Stahlarbeiter im Jahr weniger als fünfhundertsechzig Dollar, bei einer Sechzigstundenwoche. Viel mehr kann dies hier ja auch nicht kosten. Pro Tag.«
»Du bist nicht gerade liebenswürdig«, sagte sie.
Der Butler brachte die Drinks auf einem Silbertablett, das er auf den Couchtisch stellte. »Darf ich einschenken, Sir?«
»Das besorge ich schon selbst«, erwiderte Daniel.
»Danke, Sir«, sagte der Butler und ging hinaus.
Daniel füllte sein Glas. Und hob es, den Blick auf Chris gerichtet. »Ich möchte mich entschuldigen. Es ist wirklich nicht anständig von mir, so über diesen Mann zu sprechen, während ich zur selben Zeit seinen Whisky trinke.«
»Wobei es ja wohl noch etwas gibt, das du nicht vergessen solltest«, sagte sie mit einem Grinsen.
»Und was wäre das?« fragte er.
»Daß du zu allem auch noch seine Lieblingsnichte fickst«, lautete die Antwort.
Er lachte und kippte seinen Drink. »Kapier schon, worauf du hinauswillst.«
Mit einem Zug leerte sie ihr Glas mit dem Martini. Er sah, wie Röte in ihre Wangen stieg. Und griff nach der Flasche, um sich wieder nachzuschenken. Sie hob die Hand. »Meine Möse ist triefend naß. Was meinst du zu einem Fick noch vorm Lunch?«
»Hast du was dagegen, wenn ich mich erst mal dusche? Ich stinke ja noch von der Nachtfahrt im Zug.«
»Nein, laß nur«, sagte sie. »Bin ganz verrückt nach dem Geruch von Schweiß, der von deinen Eiern kommt.«

13

Der Zug ließ den Bahnhof von Pasadena hinter sich, und er starrte durch das Fenster. In vierzig Minuten würden sie in Los Angeles sein. Schon jetzt begannen die Passagiere, ihr Gepäck bereitzustellen. Ein Schaffner erschien. »Nächste Station Los Angeles. Nächste Station Los Angeles.«
Grell stach ihm die Sonne in die Augen, und er schloß sie und lehnte sich gegen die Rücklehne. Zwei Monate lang war er nicht zu Hause gewesen, zwei Monate lang hatte er Tess nicht gesehen.
Damals war sie am Ende des sechsten Monats gewesen, mit mächtigem Leib und riesenhaften Brüsten, die überreifen Früchten glichen. Unmäßig fett wirkte sie auf ihn, nicht nur ihr Körper, auch ihr Gesicht.
Fast fünf Tage war er damals zu Hause gewesen. Und er sprach davon, daß es doch ganz gut wäre, wenn sie zu ihrem Arzt ginge, wegen des unverkennbaren Übergewichts. Ach was, hatte sie erwidert, das spiele jetzt doch keine Rolle. Sobald sie sich wieder richtig bewegen könne, werde sie die überflüssigen Pfunde auch wieder verlieren. Im übrigen habe sie ja nur zugenommen, weil sich die Zeit bloß auf zweierlei Weise totschlagen ließe: indem sie sich mit allem möglichen vollstopfte — oder aber ins Kino ginge. Und mit neugewonnenen Freunden traf sie sich nicht mehr. Weil sie viel zu dick war, sich hinters Lenkrad zu setzen und irgendwohin zu fahren.
Als beide am Abend im Bett lagen, streckte sie die Hand nach ihm aus. Er war schlaff. Sie zögerte einen Augenblick, sagte: »Was ist das? Sonst bist du doch immer mordssteif gewesen.«
Er konnte ihr unmöglich sagen, daß sie ihn nicht erregte. »Ich bin müde. Fünf Wochen lang habe ich Tag und Nacht gearbeitet, und die lange Zugfahrt hat mich nicht gerade munterer gemacht. Ich bin ja nicht Schlafwagen gefahren, sondern mußte mit einem normalen Sitz vorliebnehmen.«
»Dahinter steckt mehr, glaube ich. So wie ich jetzt aussehe, errege ich dich nicht.«
»Das ist es nicht«, behauptete er. »Im übrigen habe ich Angst, dir weh zu tun. Könnte doch irgendwie dem Baby schaden.«
»Der Doktor hat gesagt, wir können's tun, bis zum letzten Monat«, versicherte sie, ihn noch immer streichelnd.
Er zwang sich, die Berührung ihrer Finger zu fühlen. Mit ihren Händen war sie bei ihm immer besonders geschickt gewesen.

Das aufreizende Streicheln an seinem Penis und das sachte Drücken seines Hodensacks. Er spürte, wie er steif wurde.
Nach einer Weile versuchte er, sich über sie zu schieben. Doch wegen ihres dicken Bauchs war das nicht gerade eine zufriedenstellende Position. Schließlich drehte sie sich zur Seite, und er nahm sie von hinten. Fast sofort begann sie zu stöhnen und zum Orgasmus zu kommen. Er seinerseits empfand überhaupt nichts. Es war, als stecke er seinen Schwanz in ein riesiges Faß voll warmem Öl. An einen Höhepunkt war bei ihm nicht zu denken, doch er blieb in ihr, bis sie wieder und wieder gekommen war, erschöpft keuchend wie eine läufige Hündin.
Sie drehte sich zu ihm herum und küßte ihn. »Du weißt nicht, wie sehr ich dich gebraucht habe. Nie hat's mir einer so machen können wie du.«
Er schwieg. »War's auch für dich gut?« fragte sie eifrig. »Hab gar nicht gespürt, wie du gekommen bist.«
»Wie solltest du auch?« log er. »Bist ja selbst so stark gekommen, daß du's nicht mal gemerkt hättest, wenn das Dach eingestürzt wäre.«
»Ich liebe dich«, sagte sie und schlief schon, ehe die Wörter noch ganz heraus waren.
Am nächsten Tag ging er mit ihr zum Arzt. Während sie sich wieder anzog, kam der Doktor aus dem Behandlungszimmer. »Mr. Huggins?«
Daniel erhob sich. »Ja?«
»Kein Anlaß zur Beunruhigung«, sagte der Arzt. »Allerdings könnte es sein, daß es sich um eine ausgesprochene Steißlage handelt.«
»Und was bedeutet das ganz konkret, Doktor?«
»Sollte sich die Vermutung bestätigen, so mag ein Kaiserschnitt notwendig werden«, lautete die Antwort. »Aber das ist kein Grund, in Panik zu geraten. Derartiges gehört für uns zum Alltäglichen.«
»Wenn's keinen Grund zur Besorgnis gibt, warum betonen Sie das dann so sehr?« fragte Daniel.
Der Arzt lächelte. »Wir haben so unsere Erfahrungen mit werdenden Vätern. Die brauchen eine Menge Zuspruch.«
»Nun gut, den habe ich ja jetzt. Wie sieht es konkret aus? Sie sprachen von einer Möglichkeit. Wann werden Sie's genau wissen?«
Plötzlich sprach der Arzt sehr von oben herab. »Wir haben da ein Problem. Ihre Frau ist viel zu schwer. Ich habe sie auf strikte Diät

gesetzt. Bis zu ihrer Niederkunft muß sie abnehmen — zumindest nicht weiter zunehmen. Auch Sie werden mit dafür sorgen müssen, daß sie sich an die Diät hält.«
Daniel schwieg. Er überlegte. Schließlich nickte er.
»Noch etwas«, sagte der Arzt. »Aber lassen Sie mich zunächst betonen, daß auch hier kein Grund zur Beunruhigung besteht — doch habe ich festgestellt, daß es bei Ihrer Frau ein leichtes Herzflimmern gibt. Sie verstehen, ja? Die Ursache dafür mag ihr jetziges Übergewicht sein, und das Ganze mag sich sehr bald regulieren, wenn sie — wie von mir gewünscht — abnimmt.«
»Zwei Monate sind's noch für sie?« fragte Daniel.
»So ungefähr«, erwiderte der Arzt. »Ich schätze, noch so sechs, sieben Wochen. Bis dahin werden wir genau wissen, wie das mit dem Kind ist, und auf alles vorbereitet sein. Bestätigt sich das mit der schwierigen Steißlage, so würde ich einen Eingriff ins Auge fassen, noch bevor die Wehen einsetzen.«
»Sechs Wochen?« fragte Daniel.
Der Arzt nickte. »Das wäre mir wohl das liebste. Aber bitte, fühlen Sie sich nicht beunruhigt. Dazu besteht kein Anlaß. Dem Baby geht's gut, und Ihre Frau befindet sich — allgemein gesprochen — bei bester Gesundheit. Es sollte überhaupt kein Problem geben, ganz gleich, was geschieht.«
Daniel sah ihn an und nickte. »Danke, Doktor.«
Der Arzt ging zurück ins Behandlungszimmer. Wenige Minuten später kam Tess heraus. »Was hat er gesagt?« fragte sie.
»Wir sollten uns weiter keine Sorgen machen. Ein bißchen abnehmen mußt du, sonst bist du in guter Verfassung.«
Das lag inzwischen fast zwei Monate zurück, und jetzt fuhr der Zug in Los Angeles ein. Während er aufstand, kam der Schaffner durch den Gang. »Los Angeles. Endstation. Alles aussteigen.«
Er nahm den Koffer vom Gepäcknetz, und noch bevor der Zug hielt, sprang er hinaus auf den Bahnsteig. Tess würde ihn hier nicht abholen. Er hatte sie gebeten, zu Hause zu bleiben. Bei ihrem Zustand wäre dieses Menschengedränge wahrhaftig nicht das richtige gewesen. Rasch ging er zum Taxistand. Dort nannte er einem Fahrer seine Adresse. Dann lehnte er sich müde in den Sitz zurück.
»Kommen wohl vom Osten, wie?« fragte der Fahrer.
»Ja«, erwiderte er.
»New York?«
»Nein, Pittsburgh.«
»Viel Schnee dort?«

»Ein bißchen schon.«
»Einfach unschlagbar, dieses Wetter hier«, sagte der Fahrer. »Nur Sonnenschein. Das beste Wetter auf der ganzen Welt, sage ich immer.«
Daniel gab keine Antwort. Er schloß die Augen. Plötzlich war er sehr müde. Bloß — die richtige Art heimzukehren, war das ja wohl nicht. Er straffte sich, tippte dem Fahrer auf die Schulter. »Halten Sie beim ersten Schnapsladen.«
Als er, eine kleine Flasche Bourbon in der Tasche, wieder hervortauchte, entdeckte er unmittelbar nebenan ein Blumengeschäft. Dort kaufte er einen großen Rosenstrauß, dann stieg er ins Taxi und zog mit den Zähnen den Korken aus der Flasche. Als das Auto vor dem Haus hielt, war sie leer, doch der Viertelliter hatte ihm kräftig auf die Beine geholfen. Er fühlte sich ganz und gar nicht mehr müde.

»Du hast dich verändert«, sagte Tess, als er sich zum Essen an den Tisch setzte. »Wenn ich mit dir rede, scheinst du mir überhaupt nicht zuzuhören.«
»Mir geht so vieles durch den Kopf«, entschuldigte er sich. »Murray will einen Streik ausrufen, und ich habe Angst, daß wir noch alle irgendwo in einer Notunterkunft landen.«
Sie nahm das Steak vom Grill und stellte es vor ihn auf den Tisch. »So schlimm könnte es kommen?«
»Ja, so schlimm.« Er probierte ein Stück. Das Steak war genauso, wie er das mochte, halb durchgebraten, noch saftig. Er lächelte sie an. »Geht doch nichts über gute Hausmacherkost.«
Sie schien geschmeichelt, lachte. »Und was ist mit einem guten Hausmacherfick?«
Er blickte auf ihren mächtigen Leib. »Das werde ich dir sagen, sobald du wieder im Geschäft bist«, scherzte er.
»Wird nicht mehr lange dauern«, versicherte sie. »Der Doktor hat gesagt, vielleicht nur 'n paar Wochen nach dem Baby.« Sie nahm ihm gegenüber Platz, aß ihr Steak, bediente sich reichlich mit Quetschkartoffeln und Soße.
Er beobachtete sie. »Was ist mit deiner Diät?«
»Mußte damit aufhören. Wurde einfach zu nervös«, erklärte sie. »Außerdem haben mir verschiedene Bekannte gesagt, daß die Ärzte immer hinter den Frauen her sind, damit sie abnehmen, weil ihnen das die Arbeit leichter macht, und nicht, weil's wirklich nötig wäre.«
Er schwieg.

»Du hast dafür Pfunde geschmissen«, sagte sie.
»War ja auch viel unterwegs.«
»Wäre nett, wenn du 'n Job hier irgendwo in der Nähe finden könntest«, sagte sie. »Ein Mann namens Browne hat angerufen. Wollte dich sprechen. Ist bei einer Filmgewerkschaft, der IA oder so was. Du möchtest dich telefonisch bei ihm melden.«
»Hat er eine Nummer hinterlassen?«
»Habe ich notiert. Vielleicht will er dir einen Job anbieten.«
»Vielleicht.«
»Wäre doch wunderbar«, sagte sie. »Dann müßtest du nicht wieder zurück.«
»Ich muß aber zurück. Ich habe Murray mein Wort gegeben.«
»Aber wenn ihr sowieso verliert, was für einen Unterschied macht das dann?«
»Es bleibt dabei, ich habe ihm mein Wort gegeben.« Er sah sie an. »Und selbst, wenn mir George Browne einen Job anbieten würde, ich würde ihn nicht akzeptieren. Er ist eine miese Type, ein kleiner Gauner mit billigen Massenparolen. Der eigentliche Boß ist ein gewisser Willie Bioff, und der erhält seine Anweisungen direkt aus Chicago.«
Sie starrte ihn an. »Wenn das so ist, warum lassen sie sich das dann gefallen?«
»Weiß ich nicht und interessiert mich auch nicht. Im Augenblick haben wir selbst zuviel um die Ohren. Vielleicht werden wir uns später drum kümmern.«
»Du solltest ihn trotzdem anrufen«, sagte sie. »Vielleicht ist es ja gar nicht so schlimm wie du meinst.«
»Ich werde ihn anrufen«, sagte er.
Sie räumte die leeren Teller ab. »Als Nachtisch gibt's noch Apfelstrudel und Eiscreme«, sagte sie.
»Da muß ich passen. Ich kann einfach nicht mehr.«
»Ich werde mir nur ein kleines Stück gönnen«, versicherte sie. »Aber nach dem Essen muß ich unbedingt noch was Süßes haben. Kaffee?«
Er nickte. Bald darauf kam sie mit der Kaffeetasse. »Wann sollst du morgen beim Arzt sein?« fragte er.
»Um zehn.«
Er stand auf, trat zum Sideboard und goß sich Whisky in ein Glas. Dann kam er zum Tisch zurück.
»Du solltest nicht soviel trinken«, sagte sie. »Schadet deiner Leber.«
»Ich fühle mich okay.« Er leerte das Glas und saß dann dort, vor

sich die Tasse Kaffee, während sie noch beim Nachtisch war. »Hast doch nichts dagegen, wenn ich früh einschiebe, wie? Bin von der Reise ganz schön kaputt.«
»Ja, geh nur«, sagte sie. »Ich werde hier aufräumen und dann vielleicht noch ein bißchen Radio hören. Dann komme ich ins Bett.«
»Okay«, erwiderte er und ging ins Schlafzimmer. Langsam zog er sich aus, legte seine Hose säuberlich über die Stuhllehne, hängte sein Hemd darüber. Armbanduhr und Portemonnaie fanden ihren Platz auf der Kommode — unmittelbar neben der Vase mit den Rosen, die er mitgebracht hatte. Im trüben Licht des Zimmers schimmerten die Rosen in sanftem Dunkelrot, und in der Luft schwebte ihr schwacher Duft. Daniel setzte sich auf den Bettrand, zog Schuhe und Strümpfe aus. Noch in Unterwäsche, streckte er sich lang.
Sacht ließ er seine Augen durch den Raum gleiten. Ja, sie hatte recht. Er war anders geworden. Doch nicht nur er. Alles war anders. Oder? Nun ja, sie hatte nie begriffen, was er eigentlich tat. Und sie begriff es noch immer nicht. Aber zumindest hatte sie auch nie vorgegeben, irgend etwas zu kapieren.
Kurz bevor er die Augen schloß und einschlief, war er es, der plötzlich begriff. Allerdings — gewußt hatte er es schon lange, nur sich selbst niemals eingestanden. Sie waren Fremde füreinander. Und würden es immer bleiben.

»Warten hat keinen Sinn«, sagte der Arzt. »Sie stopft sich weiter voll und nimmt mit jedem Tag weiter zu.«
»Haben Sie mit ihr gesprochen?« fragte Daniel.
Der Arzt nickte. »Sie sagt, sie kann einfach nicht anders. Hätte ja keine Beschäftigung außer Radiohören und Essen. Ohne Sie sei ihr alles so stinklangweilig.« — »Wann wollen Sie es tun?«
»Morgen früh«, erklärte der Arzt. »Bringen Sie sie heute abend in die Klinik. Ich werde ihr ein halbprivates Zimmer reservieren.«
»Hat sie zugestimmt?«
»Ja«, sagte der Arzt. »Sie erklärte sogar, sie fühle sich erleichtert, da sie nun weiß, daß es bald vorüber sein wird.«
Daniel schwieg.
»Kein Grund zu irgendwelcher Beunruhigung«, betonte der Arzt. »Ein Kaiserschnitt ist für uns etwas ganz Normales. Viele Frauen ziehen das den Mühen der üblichen Geburt vor. Natürlich wird Ihre Frau weitere Kinder haben können. Es macht da nicht den geringsten Unterschied.«

»Eine Wahl bleibt uns ja wohl nicht, oder?«
Der Arzt schüttelte den Kopf. »Ich fürchte, nein. Bei dieser Art von Steißlage nicht.«
»Okay«, sagte Daniel.
»Die Schwester wird Ihnen eine Einlaßkarte für die Klinik geben«, erklärte der Arzt. »Sehen Sie zu, daß Sie mit Ihrer Frau um fünf Uhr dort sind. Und nur keine Sorge — sie ist bei uns in guten Händen.«

Die Klinik — das *Sunnyside Maternity Hospital* — befand sich nahe Fairfax auf dem Pico Boulevard: ein zweistöckiges rosafarbenes Stuckgebäude inmitten hübscher Rasenflächen und Gärten. Daniel fuhr das Auto auf den Parkplatz und stellte es dort ab, wo stand: PATIENTEN UND BESUCHER. Sie stiegen aus, und er nahm ihren kleinen Koffer.
Sie sah ihn an. »Ich komme mir komisch vor. Habe noch nie in einem Krankenhaus oder einer Klinik gelegen.«
»Macht doch einen wirklich guten Eindruck«, betonte er, während sie zum Eingang gingen. »Gar kein Vergleich zu den Krankenhäusern, die ich kennengelernt habe. Die waren alle grau und dreckig.«
»Krankenhaus bleibt Krankenhaus«, sagte sie.
»Ist ein spezielles Krankenhaus«, beharrte er. »Ist eine Entbindungsklinik. Und das ist doch ganz was anderes.«
Sie traten ein. Vorhalle und Gänge waren in zartem Rosa gehalten, und an den Wänden sah man hübsche Gemälde. Eine Art Empfangsschwester in weißer Tracht lächelte ihnen entgegen.
»Willkommen in Sunnyside. Die Aufnahme ist gleich dort drüben.« Das Büro, das sie jetzt betraten, war gleichfalls ausgesprochen sympathisch eingerichtet. Man sah eine Reihe von Schreibtischen mit Stühlen dahinter und davor, und an den Wänden standen bequeme Couches.
Aus einem benachbarten Raum trat eine weißgekleidete Schwester ein. Sie setzte sich hinter einen Schreibtisch und lud die Neuankömmlinge mit einer Handbewegung ein, ihr gegenüber Platz zu nehmen.
»Willkommen in Sunnyside.« Sie lächelte. »Sie sind Mr. und Mrs. Huggins?«
»Ja«, antwortete Daniel.
»Wir haben Sie erwartet und für Sie ein hübsches Zimmer reserviert«, sagte sie. »Doch zunächst einmal müssen wir ein paar Formulare ausfüllen.«

Etwa zwanzig Minuten waren sie damit beschäftigt. Dann entschuldigte sich die Schwester und verschwand. Wenig später kam sie wieder zurück. »Scheint alles in Ordnung zu sein«, erklärte sie und schob ihnen über den Schreibtisch einige Papiere zu. »Wenn Sie und Mr. Huggins so freundlich sein wollen, sie jeweils beide zu unterzeichnen. Handelt sich um die Standarderklärung, die uns autorisiert, uns in entsprechender Weise um Mrs. Huggins zu kümmern und alles für ihr Wohlergehen Notwendige zu tun.«
Sie unterschrieben. Die Schwester nahm die Papiere, prüfte die Unterschriften und legte dann alles mit den übrigen Formularen ab. »Nur eines noch, Mr. Huggins«, sagte sie. »Eine Vorauszahlung von zweihundert Dollar ist unerläßlich, Bankscheck genügt. Das deckt die Kosten für das Zimmer für acht Tage, die Benutzung des Operationssaals sowie weitere Dienstleistungen im Krankenhaus. Selbstverständlich werden Sie beim Verlassen der Klinik eine genaue Abrechnung erhalten, und im Falle einer Ihnen zustehenden Rückzahlung erfolgt diese sofort.«
Daniel zog seine Brieftasche hervor. In Zwanzig-Dollar-Noten zählte er zweihundert Dollar ab. Sie zählte die Scheine nach und tat sie in einen Hefter. Dann drückte sie auf eine Klingel.
»Gleich kommt eine Schwester und bringt Sie zu Ihrem Zimmer«, sagte sie und blickte die beiden lächelnd an. »Was soll's denn werden, ein Junge oder ein Mädchen?«
»Daniel meint, es wird ein Junge«, erklärte Tess.
»Na, wenn's ein Mädchen werden sollte, wird er sich sicher auch nicht beschweren.«
Während sie noch lachten, schob eine Schwester einen Rollstuhl herein. »Das ist wirklich überflüssig«, betonte Tess. »Ich kann gehen.«
»Klinikvorschrift, Mrs. Huggins«, sagte die Aufnahmeschwester. »Sie sind jetzt unsere Patientin, und wir tragen für Sie die Verantwortung. Kommt schon vor, daß der Fußboden irgendwo ziemlich schlüpfrig ist.«
Schwerfällig nahm Tess im Rollstuhl Platz. »Kann Daniel mich begleiten?«
»Selbstverständlich«, erwiderte die Aufnahmeschwester. Als sie den Raum zu verlassen begannen, Daniel hinter dem Rollstuhl, den kleinen Koffer in der Hand, lächelte sie wieder. »Viel Glück. Hoffentlich wird es ein Junge.«
Im Fahrstuhl gelangten sie zur ersten Etage. Unmittelbar vor dem Zimmer brachte die Schwester den Rollstuhl zum Stehen.

»Ein Stückchen weiter befindet sich ein Warteraum, Mr. Huggins. Wenn Sie uns ein paar Minuten Zeit lassen wollen, bis wir's Ihrer Frau bequem gemacht haben?«
Daniel nickte.
Während die Schwester mit Tess im Zimmer verschwand, ging er zum Warteraum, wo sich bereits drei Männer befanden. Zwei spielten Karten, und der dritte lehnte sich müde und gelangweilt auf einem Stuhl zurück. Die Kartenspieler blickten nicht einmal auf.
Daniel ließ sich auf einen Sitz sacken. Am liebsten hätte er sich eine Zigarre angezündet, doch er entschied dagegen. Die Schwester hatte ja gesagt, es würde nur ein paar Minuten dauern, und auf den Gängen sah man überall die bewußten Zeichen: RAUCHEN VERBOTEN.
Nach einigen Sekunden richtete sich der dritte Mann auf seinem Stuhl gerade und blickte zu Daniel. »Haben wohl gerade Ihre Frau hergebracht?«
Daniel nickte.
»Ich bin schon seit gestern abend hier«, erklärte der Mann. »Hoffentlich haben Sie mehr Glück.«
Daniel schwieg.
»Reden eine Menge Mist zusammen, diese Ärzte«, sagte der Mann. »Jedesmal erzählen sie mir, wird nur 'n paar Stunden dauern, und jedesmal bin ich dann so zwei Tage hier.«
»Schon mal hier gewesen?« fragte Daniel.
»Dreimal«, erwiderte der Mann ärgerlich. »Dies ist unser viertes Kind. Ich muß doch wirklich bescheuert sein. Aber dies ist das letzte, das schwöre ich.«
Einer der Kartenspieler lachte heiser. »Nur wenn sie ihm den Schwanz kupieren.«
»Scheiße«, sagte der Mann. Er blickte zu Daniel. »Was hat Ihnen der Arzt gesagt, wann ist Ihre Frau dran?«
»Morgen früh.«
»Sind Sie sicher?«
»Sie bekommt einen Kaiserschnitt.«
Der Mann starrte ihn an. »He, warum habe ich nicht daran gedacht? Jedesmal gehen mir drei Tage Lohn flöten. Muß mit dem Doktor reden.«
Die Schwester erschien in der Tür. »Sie können jetzt zu Ihrer Frau, Mr. Huggins.«
Als er ins Zimmer trat, saß Tess aufrecht im Bett, um die Schultern eine kleine seidene Schlafjacke. Sie befand sich in unmittel-

barer Nähe des Fensters. Das zweite Bett war nicht belegt. Er trat zu ihr und küßte sie. »Scheinst dich soweit ganz wohl zu fühlen.« Sie lächelte. »Die sind hier wirklich nett.« Plötzlich kicherte sie verlegen. »Ich muß in eine Flasche pinkeln. Und sieh mal ...« Sie hielt einen Arm hoch. In ihrer Ellenbogenbeuge sah er eine Art Pflaster. »Die haben mir auch Blut abgezapft. Hat aber gar nicht weh getan.«
Daniel nickte wortlos.
»Aber Abendessen wollen sie mir nicht geben«, erklärte sie. »Sie haben gesagt, sie wollen mich ausräumen. Mein Magen müßte leer sein.«
»Stimmt so ziemlich, Mrs. Huggins«, sagte die Schwester, die jetzt eintrat. »Und da wollen wir uns auch gleich dranmachen.« Aus einem Schränkchen beim Bett holte sie einen Klistierapparat hervor. Dann blickte sie zu Daniel. »Sie müssen jetzt gehen, Mr. Huggins. Wir möchten, daß sie hinterher schläft, damit sie am Morgen frisch und stark ist.«
Aus Tess' Stimme klang plötzlich Furcht. »Heißt das, daß ich ihn erst nachher wiedersehe?«
Die Schwester lächelte. »Natürlich werden Sie ihn sehen. Am Morgen, bevor's soweit ist. Aber jetzt müssen Sie sich erst einmal unbedingt ausruhen.« Sie blickte zu Daniel. »Wenn Sie um sieben Uhr hier sind, bleibt Ihnen noch viel Zeit.«
»Ich werde hier sein«, sagte Daniel. Er beugte sich zu Tess und küßte sie. »Sei ein braves Mädchen und tu, was man dir sagt. Morgen früh sehe ich dich wieder.«
»Wirst du auch nicht zu spät kommen?« fragte Tess ängstlich. »Stell lieber den Wecker.«
»Ja, mach ich«, versicherte er. »Mach dir keine Sorgen. Alles läuft nach Wunsch.«

14

Als er die Eingangstür öffnete, läutete das Telefon. Rasch und ohne die Tür hinter sich zu schließen, ging er ins Wohnzimmer und hob ab. »Hallo?«
Es war eine Männerstimme. »Mr. Huggins?«
»Ja.«
»Hier ist George Browne«, sagte die Stimme.
»Ja, Mr. Browne.«

»Hat Ihre Frau Ihnen gesagt, daß ich angerufen habe?«
»Ja, das hat sie.«
»Ich würde mich gern mit Ihnen treffen«, sagte Browne.
»Auch das hat sie mir ausgerichtet.«
»Sie haben sich nicht telefonisch gemeldet«, sagte Browne.
»Ich bin gerade von der Klinik zurückgekommen«, erwiderte Daniel. »Meine Frau bekommt ein Baby.«
»Verstehe«, sagte Browne. »Hoffentlich geht alles glatt.«
»Danke.«
»Wann, meinen Sie, könnten wir uns sehen?«
»Vielleicht, wenn das Baby da ist«, erwiderte Daniel.
»Es wäre wichtig«, betonte Browne. »Warten Sie einen Augenblick.« Daniel hörte, wie er mit jemandem sprach. Dann erklang seine Stimme wieder nah und deutlich. »Haben Sie fürs Dinner heute abend schon was vor?«
Daniel blickte sich unwillkürlich um. Die Räume wirkten bedrückend leer. »Nein.«
»Gut«, sagte Browne. »Kennen Sie Lucey's in der Melrose Avenue.«
»Werd's schon finden.«
»Ich kann Sie mit dem Auto abholen lassen.«
»Ich habe ein Auto.«
»In einer Stunde. Okay?«
»Okay.«
»Fragen Sie einfach nach meinem Tisch. Freue mich darauf, Sie kennenzulernen.«
Daniel legte auf und ging zur Eingangstür zurück. Kaum hatte er sie geschlossen, läutete wieder das Telefon.
Diesmal war es Chris, und sie sprach sehr gedämpft: fürchtete auf seiner Seite offenbar Zuhörer. »Ich mußte dich unbedingt anrufen.«
»Ist okay«, sagte er.
»Wenn deine Frau an den Apparat gekommen wäre, hätte ich sofort aufgelegt.«
»Sie ist in der Klinik.«
»Geht's ihr gut?«
»Ja.«
»Das freut mich«, sagte sie. »Guter Gott!«
»Was ist denn?« fragte er.
»Nicht mal telefonieren kann ich mit dir, ohne daß ich unten feucht werde.«
Er lachte. »Hast du bloß nicht allzuviel davon, in Chikago.«

»Ich bin nicht in Chikago«, sagte sie.
»Wo, zum Teufel, bist du dann?« fragte er — und kannte die Antwort, noch bevor er die Frage ganz ausgesprochen hatte.
»Hier«, erwiderte sie. »Ich wohne im Ambassador Hotel, Wilshire Boulevard, und habe meinen eigenen Bungalow.«
»Du bist verrückt.«
»Nein, bin ich nicht. Aber du mußt verrückt sein, wenn du meinst, ich lasse dich eine Woche allein, während deine Frau in der Klinik ist — wo's hier von Filmflittchen wohl nur so wimmelt.«
»Mir sind noch keine über den Weg gelaufen«, sagte er.
»Na, egal. Was hast du für heute abend vor? Wir könnten hier bei mir Dinner haben. Ist ein prächtiger Bungalow, samt Speisezimmer und so weiter.«
»Ich bin verabredet.«
»Glaub ich dir nicht.«
»Ist aber so. Und zwar mit George Browne, dem Präsidenten der IA hier.«
»Dann komm nach dem Dinner her«, sagte sie.
»Nein. Ich muß morgen früh um sieben in der Klinik sein.«
»Ich wecke dich schon rechtzeitig auf.«
»Nein.«
»Ich werde die ganze Nacht an mir herumspielen und bestimmt durchdrehen.«
Er lachte. »Denk nur schön an mich.«
Sie wurde plötzlich ernst. »Daniel, deine Stimme klingt so anders. Irgend etwas nicht in Ordnung mit dir?«
»Mit mir ist alles in Ordnung.«
»Was ist es dann? Machst du dir Sorgen um Tess?«
»Ja«, sagte er. »Morgen früh wird man bei ihr einen Kaiserschnitt vornehmen.«
Sie schwieg einen Augenblick. »Oh. Aber da brauchst du dir keine Sorgen zu machen. Meine ältere Schwester hat auf diese Weise zwei Kinder zur Welt gebracht. Sie sagt, das sei viel leichter als auf die übliche Art.«
»Wenn's nur erst überstanden wäre«, sagte er.
»Natürlich, ich verstehe. Wirst du mich dann anrufen?«
»Ja.«
»Viel Glück, Daniel.« Sie zögerte einen Augenblick. »Du weißt, daß ich das aufrichtig meine, nicht wahr?«
»Ja, ich weiß«, sagte er.
»Ich liebe dich, Daniel.«

Er schwieg.
»Daniel?« — »Ja?«
»Ruf mich morgen an.«
»Sicher«, sagte er und legte auf. Dann trat er zum Sideboard, goß sich Bourbon in ein Glas und trank langsam, grübelte. Sie war verrückt. Und doch gab es etwas, das er mit ihr tun konnte, wie noch nie mit einer Frau: Er konnte mit ihr reden.
Unwillkürlich strich er sich übers Kinn. Verdammte Stoppeln. Er mußte sich rasieren. Das Glas noch in der Hand, ging er ins Schlafzimmer, wo er sich auszuziehen begann. Dann, im Bad, starrte er in den Spiegel.
Siebenunddreißig Jahre war er alt — und im Begriff, Vater zu werden. Damit änderte sich eine Menge. Schon jetzt fing er an, intensiver an die Zukunft zu denken. Wie sollte es weitergehen? Bei seinem Verdienst würde es alles andere als leicht sein, ein Kind großzuziehen. Früher oder später mußte er Murray dazu bringen, daß der ihm einen eigenen Bezirk gab. Das ließ sich dann weiter ausbauen. So machten sie es ja alle. Lewis, Murray, Green; auch Browne hatte sich hier an der Westküste eine entsprechende Basis geschaffen. Inzwischen war er einer der Vizepräsidenten von der AFL, dem Dachverband der Gewerkschaften.
Ein weiterer Gedanke: Ein aufwachsendes Kind brauchte den Vater in der Nähe. Vielleicht hatte Tess also recht. Falls Browne ihm ein gutes Angebot machte, sollte er wohl akzeptieren. So wie es bis jetzt gewesen war, konnte es unmöglich weitergehen. Dauernd im Einsatz — und am Arsch der Welt.
Blieb auch die Möglichkeit, von der Chris gesprochen hatte. Die Fronten wechseln. Ein Sprung, der schon für so manchen von der Gewerkschaft recht lohnend gewesen war. Gutes Geld sackten sie ein.
Noch immer in Gedanken, rasierte er sich zu Ende, spülte sich dann das Gesicht ab. Mit ein wenig Puder versuchte er, die stets vorhandenen bläulichen Schatten unsichtbar zu machen. Als er in sein Hemd schlüpfte, grübelte er noch immer, nach wie vor unentschlossen.
Während der Oberkellner ihn zu dem Tisch im hinteren Teil des Restaurants führte, fragte sich Daniel unwillkürlich, warum ihm ein Großteil der Gäste so bekannt vorkam. Plötzlich begriff er. Die meisten waren Filmschauspieler und Filmschauspielerinnen, die er oft auf der Leinwand gesehen hatte. Einige erkannte er auf Anhieb. An einem Tisch saß Joel McCrea, an einem zweiten Lo-

retta Young. Bei anderen Stars fielen ihm im Augenblick die Namen nicht ein.
Sie waren jetzt im hinteren Teil. Zwei Männer erhoben sich. Der größere, schon etwas kahlköpfig, reichte Daniel die Hand. »Ich bin George Browne. Und dies ist Willie Bioff, mein Vize.«
Man schüttelte sich die Hände und nahm Platz. Browne sah Daniel an. »Wie ich höre, sollen Sie einen Stiefel vertragen können. Stimmt das?«
»Jedenfalls habe ich noch nie einen Drink ausgeschlagen«, erwiderte Daniel.
»Was mich betrifft, so bin ich ein Biertrinker«, sagte Browne. »Magengeschwüre. Harte Sachen vertrage ich nicht. Aber bestellen Sie sich nur, was Sie wollen.«
»Danke.« Daniel bickte zu dem Oberkellner, der noch in der Nähe wartete. »Jack Daniels, bitte.«
»Einfach oder doppelt, Sir?«
»Weder noch«, erklärte Daniel. »Bringen Sie eine Flasche. Und eine Karaffe mit Wasser. Kein Eis.«
Browne starrte ihn an. »Wenn das übrige, was man mir von Ihnen erzählt hat, gleichfalls zutrifft, dann müssen Sie wirklich ein Mann von Format sein.«
»Was hat man Ihnen denn von mir erzählt?« fragte Daniel.
»Daß Sie der beste Organisator sind, den Murray hat. Daß er Sie von einem Krisenherd zum andern schickt, damit Sie die Gruppen unter Kontrolle halten. Und daß der Erfolg des Stahlarbeiter-Organisationskomitees zum großen Teil auf Ihr Konto geht.«
»Stimmt nicht«, widersprach Daniel. »Wir haben überall gute Leute. Ich helfe nur mit, ihre Arbeit zu koordinieren.«
»Auch sollen Sie ein enormer Weiberheld sein.«
Der Oberkellner brachte den Whisky und schenkte ein. Daniel wartete mit der Antwort, bis der Mann wieder verschwunden war. Dann hob er sein Glas, sagte: »Cheers!« Er trank und goß sofort nach.
Er lächelte. »Über Sie und Ihren Freund hier habe ich auch so einiges gehört.«
»Zum Beispiel?« fragte Browne.
»Daß ihr beide den Hals nicht voll genug kriegen könnt. Daß ihr die Jungs in Chikago kräftig schmiert. Daß ihr für einen Vierteldollar eure eigene Großmutter verkaufen würdet.« Daniel lächelte noch immer.
»Was, zum Teufel...!« begann Browne. Und verstummte, als Bioff ihm hastig die Hand auf den Arm legte.

»Haben Sie auch gehört, wie sich unsere Mitglieder stehen?« fragte Bioff. »Daß sie mehr verdienen und in ihren Jobs besser geschützt sind als je zuvor?«
»Ja.«
»Warum sprechen Sie dann nicht auch davon?«
Daniel trank einen Schluck Whisky. »Schien mir überflüssig. Dachte, das würden Sie schon selber tun.« Er leerte sein Glas, goß nach. »Wo wir jetzt mit den Komplimenten fertig sind, können Sie mir ja vielleicht sagen, weshalb Sie mich sprechen wollen.«
»Lassen Sie uns erst bestellen«, sagte Bioff. »Hier gibt's ganz ausgezeichneten Spaghetti.«
»Ich nehme ein Steak«, erklärte Daniel.
Sie aßen rasch, sprachen kaum. Während Daniel keinen Bissen zurückließ, stocherten die anderen eher lustlos herum. Schließlich servierte der Kellner den Kaffee, und Daniel zog seine Zigarre hervor. »Stört es Sie, wenn ich rauche?«
Sie schüttelten die Köpfe. Er zündete seine Zigarre an und lehnte sich zurück. »Gentlemen, das war eine ausgezeichnete Mahlzeit. In so piekfeine Restaurants komme ich sonst nicht. Meistens esse ich in billigen Lokalen oder Buden. Danke.«
Bioff blickte zu Browne. »Soll ich reden?«
Browne nickte. »Nur zu.«
Bioff wandte sich zu Daniel herum. »In der Filmindustrie gibt es rund 7000 Büroangestellte. 3000 davon sind hier in den Studios beschäftigt, die übrigen arbeiten teils bei Verleihfirmen überall im Land oder in den Zentralbüros in New York. Wir haben gerade erst angefangen, sie zu organisieren. Dabei müssen wir uns mit einem Haufen Vorurteilen herumschlagen. Vorurteile, die nicht zuletzt von diesen Leuten selbst kommen. Sie meinen, es sei unter ihrer Würde, sich gewerkschaftlich zu organisieren. Sie seien ja schließlich Angestellte und keine Arbeiter. Die Firmen wissen das und bestärken sie in dieser Haltung. Wir machen zwar Fortschritte, aber nur sehr langsam. Jetzt hören wir, daß sich Distrikt 65 reinhängen will, und dort sitzt ein Haufen Geld. Die Filmschreiber haben sie in New York bereits im Sack, doch das ist ein kommunistischer Verein, und damit werden wir schon fertig. Bloß — weitere Aktionen aus dieser Richtung wollen wir nicht.«
Daniel schwieg. »Und wozu brauchen Sie mich?« fragte er schließlich. »Sie hatten sonst doch immer Ihre ganz eigenen Methoden.«

»Sie genießen großes Ansehen«, betonte Bioff. »Praktisch sind Sie Ihr Leben lang für Lewis und Murray tätig gewesen. Sie kennen sich also auch mit Distrikt 65 und dem CIO aus, wissen, wie man dort arbeitet. Wenn Sie zu uns kommen, können wir bestimmt die ganze Industrie unter Kontrolle bekommen.«
»Wie sieht Ihr Angebot an mich aus?« fragte Daniel.
»Wir bieten Ihnen den Vorsitz — die Präsidentschaft — der Gewerkschaft der Büroangestellten der Filmindustrie. Außerdem — für den Anfang — fünfzehntausend Dollar pro Jahr plus Spesen.«
Daniel sah ihn an.
»Wissen Sie, wieviel ich jetzt verdiene?«
»Sechstausend pro Jahr«, erwiderte Bioff.
»Stimmt«, sagte Daniel. Wieder schenkte er sich Whisky ein. »Und Sie können mir glauben, Gentlemen, ich würde Ihr Geld mit Kußhand nehmen. Nur bin ich für den Job nicht der richtige Mann.« Er kippte den Drink. »Sie haben gesagt, daß ich ein gewisses Ansehen genieße. Richtig. Aber nicht, weil ich ein Lump bin, der's mal mit diesem hält und mal mit dem. Sondern weil ich noch immer für die Leute arbeite, mit denen ich aufgewachsen bin. Die Hunkies und die Pollacken und die Gebirgler. Ich spreche ihre Sprache, und sie verstehen mich. Bei solchen Angestellten, da wäre ich wie ein Fisch ohne Wasser.« Er goß sich den Rest des Whiskys ins Glas. »Die würden überhaupt nicht kapieren, wovon ich rede. Und ich würde nichts von dem kapieren, was die zu mir sagen.«
»Das haben wir uns alles durch den Kopf gehen lassen«, erklärte Bioff. »Aber wir wissen auch, daß Sie intelligent sind und schnell lernen. Wer von dem Gewerkschaftscollege in New York als Jahrgangsbester abgeht, muß schon ein bißchen was auf dem Kasten haben. Ich glaube, Sie begehen einen Fehler.«
»Glaube ich nicht«, erwiderte Daniel.
»Was würden Sie zu zwanzigtausend Dollar pro Jahr sagen?«
»Nein, danke. Sie sollten sich für den Job einen Mann aus Ihrer eigenen Organisation suchen. Jemanden, den die respektieren können. Der würde garantiert viel bessere Arbeit leisten als ich.«
»Wir möchten Ihre Antwort nicht als endgültig ansehen«, sagte Bioff. »Überschlafen Sie die Sache doch erst mal. Wenn Sie morgen Vater geworden sind und in Ruhe darüber nachdenken, was für Vorteile ein solcher Job auch Ihrer Familie bringen kann — nun, vielleicht überlegen Sie's sich dann anders.«

»Glaube ich kaum«, sagte Daniel. Er stand auf. »Noch einmal, Gentlemen, besten Dank.«
Bioff musterte ihn. »Mitunter kann man auch allzu klug sein.«
»Stimmt«, sagte Daniel. »Nur zu ehrlich kann man niemals sein.«

15

Als er ins Zimmer trat, schien sie zu schlafen. Rasch drehte sich die Schwester zu ihm herum, legte einen Finger über die Lippen: das Zeichen, nicht zu sprechen. »Wir haben ihr ein leichtes Beruhigungsmittel gegeben«, flüsterte sie. »Sie wird benommen sein.«
Er nickte und setzte sich, dicht am Bett, auf einen Stuhl. Ihr Gesicht wirkte sonderbar kindlich, sehr verletzlich. Ruhig ging ihr Atem, gleichmäßig hob und senkte sich die Bettdecke. Er hob den Kopf und blickte durchs Fenster. Blauer Himmel und strahlende Sonne. Golden hereinströmende Helle.
Dann nahm er die Bewegung wahr und sah wieder zum Bett. Sie hatte die Augen geöffnet und blickte ihn an. Gleich darauf schloß sie die Augen wieder. Sie sprach nicht, doch ihre Hand kroch gleichsam über die Bettdecke auf ihn zu. Er nahm sie und spürte, wie sich die Finger fest um seine Hand schlossen.
Erst nach Minuten begann sie zu sprechen. »Ich habe Angst«, sagte sie undeutlich, die Augen noch immer geschlossen.
»Brauchst keine Angst zu haben«, erwiderte er leise. »Ist alles in Ordnung.«
»Das Atmen fällt mir so schwer«, flüsterte sie. »Und in meiner Brust, da sticht es manchmal so sehr.«
»Beruhige dich«, sagte er. »Es sind nur die Nerven.«
Sie drückte seine Hand. »Ich bin froh, daß du hier bist.«
»Ich auch«, sagte er.
Die Schwester ging hinaus, und eine Zeitlang herrschte Schweigen. Dann öffnete Tess plötzlich die Augen und sah ihn an. »Es tut mir leid.«
»Da braucht dir nichts leid zu tun«, sagte er.
»Aber ich habe dich angelogen. Daß ich schwanger war, wußte ich schon sechs Wochen, bevor ich es dir sagte.«
»Das spielt jetzt keine Rolle.«
Sie schloß die Augen wieder, blieb sekundenlang stumm. »Ich

hatte Angst, du wolltest mich verlassen — und das hätte ich nicht ertragen.«
»Ich wollte dich nicht verlassen«, sagte er. »Aber das ist jetzt egal. Denk nicht mehr dran.«
»Du solltest die Wahrheit erfahren — bevor ich in den Operationssaal muß.« Sie schwieg einen Augenblick. »Falls mir dort etwas passiert — ich möchte, daß du es weißt. Daß du weißt, wie sehr ich dich liebte. So sehr, daß ich dich nicht gehenlassen konnte.«
»Nichts wird dort passieren, außer daß du das Kind bekommst.«
Wieder sah sie ihn an.
»Du bist nicht böse auf mich?«
»Nein, ich bin nicht böse.«
»Dann bin ich froh.« Sie schloß die Augen und schlief, bis die Schwester eintrat. Hinter ihr kam ein Gehilfe mit einer fahrbaren Krankentrage.
»Mrs. Huggins«, sagte die Schwester mit fröhlicher Stimme, »es wird Zeit, daß wir uns hinaufbegeben.«
Tess öffnete die Augen. Sie sah die Trage, und ein Ausdruck von Furcht trat in ihr Gesicht. »Was ist das?«
»Ein Rollbett«, erwiderte die Schwester, während sie die fahrbare Trage dicht heranschob. »Wir befördern Sie natürlich erster Klasse.« Gemeinsam mit dem Gehilfen legte sie Tess rasch und geschickt auf die Trage, deckte sie zu, schloß die dort befestigten Gurte.
Fragend blickte Tess die Schwester an. »Kann mein Mann mit nach oben kommen?«
»Natürlich«, versicherte die Schwester lächelnd. »Und er wird unmittelbar neben dem Raum warten, wo Sie Ihr Kind kriegen. Sobald Sie wieder herauskommen, sehen Sie ihn.«
Sie schoben das Rollbett aus dem Zimmer, und während es den Korridor entlangging, blieb Daniel dicht bei Tess und hielt ihre Hand. Dann fuhren sie im Fahrstuhl nach oben, und sie sah ihn an. »Mir ist so komisch«, sagte sie. »Irgendwie benommen. Als ob ich schwebe, dahintreibe.«
»Das ist völlig normal«, versicherte die Schwester. »Das macht das Pentothal. Nicht dagegen ankämpfen. Entspannt bleiben, sich treiben lassen. Ist eine Art Schlaf. Und wenn Sie aufwachen, sind Sie Mutter.«
Sie verließen den Fahrstuhl. Wieder ging es einen Gang entlang. Dann hielten sie vor dem Operationssaal. »Drüben am anderen

Ende ist ein Warteraum«, sagte die Schwester zu Daniel. »Der Herr Doktor wird anschließend mit Ihnen sprechen.«
Tess wandte ihm ihr Gesicht zu. »Versprich's mir, Daniel. Falls mir irgendwas zustößt. Daß du dich um das Baby kümmern wirst.«
»Dir wird nichts passieren.«
»Versprich's mir«, beharrte sie.
»Ich verspreche es«, sagte er. Plötzlich wirkte sie ruhiger. »Ich liebe dich. Vergiß das nicht — bitte.«
»Und ich liebe dich, Tess, denke daran.« Er beugte sich über das Rollbett, küßte sie. Während die Schwester und der Gehilfe sie durch die Schwingtür schoben, sah er ihr nach. Dann ging er durch den Korridor zum Warteraum.

Eine Ewigkeit schien vergangen zu sein (in Wirklichkeit war es knapp eine Stunde), als der Arzt ins Wartezimmer trat. Mit einem Lächeln streckte er Daniel die Hand entgegen. »Gratuliere, Mr. Huggins. Sie sind Vater eines Sohnes. Kräftiger Bursche, genau wie Sie. Wiegt stramm seine neun Pfund und hundertzwanzig Gramm.«
Daniel grinste breit. Glücklich griff er nach der Hand des Arztes, schüttelte sie. »Kann's gar nicht glauben.«
»Sie werden's glauben, wenn Sie ihn sehen«, versicherte der Arzt lächelnd.
»Und Tess — wie geht's ihr?«
»Gut, wirklich gut«, versicherte der Arzt. »Für die nächsten ein, zwei Stunden befindet sie sich in einem separaten Raum, wo sie sich erst einmal ein wenig erholen kann. Dann wird man sie wieder nach unten in ihr Zimmer bringen. Bleibt Ihnen also genügend Zeit, irgendwo draußen ein Kistchen Zigarren zu kaufen, die Sie als stolzer Vater ja verteilen müssen. Auch für ein paar Telefonanrufe sollte es reichen. Wenn Sie zurückkommen, werden Sie beide sehen können.«
Erleichtert atmete Daniel auf.
»Danke, Doktor.«

Er überquerte die Straße und betrat dann das Restaurant schräg gegenüber der Klinik. Niemand war zu sehen — außer dem Mann hinter der Bar, der eifrig Gläser polierte. Daniel trat an die Theke. »Einen doppelten Jack Daniels, bitte.« Er fügte hinzu: »Und ein Glas Wasser.«
Gleichsam im Handumdrehen hatte er beides vor sich, das Glas

Whisky und das Wasser. »Was ist es denn?« fragte der Bartender. »Ein Junge oder Mädchen?«
Daniel starrte ihn an. »Ein Junge. Aber woher wußten Sie . . .?«
Der Bartender lachte. »Die einzigen Gäste, die wir früh um neun haben, kommen von der Klinik drüben.« Er langte unter die Theke, hielt plötzlich eine Zigarre in der Hand. »Gratuliere. Mit den besten Empfehlungen des Hauses.«
»Danke.« Daniel blickte auf die Zigarre, auf die Bauchbinde mit Goldaufdruck: ES IST EIN JUNGE!
»Wir verkaufen die auch«, sagte der Bartender. »Das 25er-Kistchen zu zwei Dollar.«
»Ich nehme ein Kistchen«, erklärte Daniel. »Außerdem möchte ich Ihnen einen Drink spendieren.«
Der Bartender lächelte ihn an. »Vor zwölf trinke ich nie, aus Prinzip. Aber diesmal werde ich eine Ausnahme machen. Ich stamme aus New York, und außerdem ist es dort schon zwölf.« Er goß sich einen Drink ein und legte, mit einer gleichzeitigen Bewegung, eine Zigarrenkiste auf die Theke. »Wie soll er denn heißen, der Junge?«
»Daniel. Daniel B. Huggins junior.«
Der Bartender hob sein Glas. »Auf den jungen Daniel.«
Sie kippten ihre Drinks. Daniel bestellte den nächsten. Er trank ihn, zur Hälfte. Dann schüttete er etwas Wasser hinterher. »Falls Sie irgendwen anrufen wollen«, sagte der Bartender, »dort drüben ist ein Telefon.«
Daniel ließ seinen Blick durch den Raum gleiten und schüttelte dann den Kopf. »Ich habe Zeit«, sagte er, während er wieder nach dem Glas griff. »Noch einen Drink. Und auch einen für Sie.«
Der Bartender schüttelte den Kopf. »Nein, danke, Mr. Huggins. Ich habe noch acht Stunden vor mir. Und wenn ich jetzt schon mit dem Kippen anfange, überstehe ich kaum die Mittagszeit.«
Daniel nickte. Er riß die Bauchbinde von der Zigarre und steckte sie sich an. Dann blies er den Rauch von sich. Nicht übel. »Gutes Kraut«, befand er.
»Für den Fall, daß Sie noch frühstücken möchten«, sagte der Bartender, »die Küche steht Ihnen zur Verfügung.«
Plötzlich hatte Daniel das Gefühl, fast verhungert zu sein. »Steak mit Eiern und brauner Soße.«
Lächelnd drehte sich der Bartender um und rief in Richtung Küche: »He, Charlie, hiev deinen Arsch hoch und deck hier einen Tisch. Wir haben hier echt einen Gast.«
Auf dem Rückweg zum Krankenhaus kaufte er einen Strauß

Frühlingsblumen. Als er den Korridor entlangschritt, fand er die Tür geschlossen. Behutsam drehte er den Türknopf und öffnete die Tür.

Tess lag auf dem Bett, Kopf und Oberkörper auf Kissen gestützt. Auf ihrem Gesicht sah er Make-up und Lippenstift. Dennoch wirkte ihre Haut blaß und durchsichtig. Die Augen hielt sie geschlossen, und sie schien zu ruhen: nahm die Schwester, die ihre Bettdecke straffte, offenbar nicht einmal wahr.

Wie auf Zehenspitzen durchquerte er den Raum und stand dann neben dem Bett, blickte auf sie hinab. Sie öffnete die Augen. Er lächelte, hielt ihr den Blumenstrauß hin. »Glückwunsch, Mutter.«

Sie betrachtete die Blumen. »Wunderschön sind sie.« Ihrer Stimme schien jegliche Kraft zu fehlen.

Er küßte sie. »Wie fühlst du dich?«

»Okay«, erwiderte sie. »Aber schwach. Kriege nicht richtig Luft. Schnürt mir irgendwie die Brust ein.«

»Kommt alles in Ordnung, wenn Sie sich erst einmal ein bißchen erholt haben«, sagte die Schwester. »Dieser Verband um Ihren Unterleib, der kann durchaus solche Gefühle auslösen.« Sie blickte zu Daniel. »Ich werde Ihren Blumenstrauß in eine Vase stellen, Mr. Huggins.«

Daniel gab ihr die Blumen. Und sah, wie sie aus dem Wandschrank eine Vase nahm, diese am Becken mit Wasser vollaufen ließ und sodann die Blumen hineintat.

»Hast du das Baby schon gesehen?« fragte Tess.

»Nein«, erwiderte Daniel. »Und du?«

Sie schüttelte den Kopf.

»Der Doktor hat gesagt, er ist ein großer Bursche«, erklärte Daniel. »Neun Pfund und hundertzwanzig Gramm.«

»Meine Brüder haben alle so um die zehn Pfund oder mehr gewogen«, sagte Tess. Sie blickte zur Schwester. »Können wir?«

Die Schwester lächelte. »Genau das wollte ich gerade tun. Bin gleich wieder da, mit Ihrem Sohn.« Sie schloß die Tür hinter sich.

Daniel rückte einen Stuhl ans Bett, nahm dann ihre Hand. »Ein Kistchen Zigarren habe ich gekauft, siehst du?« Er hielt eine Zigarre hoch. »Da, die Bauchbinde! ›Es ist ein Junge‹, steht drauf.«

Sie lächelte schwach. »Warst du heute morgen hier? Bevor die mich nach oben schafften?«

»Natürlich war ich hier — weißt du das nicht mehr? Ich habe dich bis zum Operationssaal begleitet.«

»Ja, ja — ich dachte es mir. Aber alles war so undeutlich wie im Nebel. Bevor es nach oben ging, gaben die mir eine Spritze, und so richtig erinnere ich mich an gar nichts mehr.« Sie musterte ihn aufmerksam. »Habe ich irgend etwas gesagt — irgendwas Schlimmes?«
Er schüttelte den Kopf. »Nein, überhaupt nicht. Nur, daß du mich liebst. Vielleicht meinst du, das ist etwas Schlimmes.«
»Nein, nein. Das ist etwas Gutes.« Sie drückte seine Hand. »Ich liebe dich. Und du bist immer so gut zu mir gewesen.«
Er lachte. »Du hast mich auch nicht gerade schlecht behandelt.«
Hinter ihm ging die Tür auf. Die Schwester trat mit dem Baby ein. Und sie näherte sich dem Bett auf der Daniel gegenüberliegenden Seite. »Mrs. Huggins, Ihr Sohn«, sagte sie und zog das schützende Tuch weg.
Vorsichtig nahm Tess das winzige Bündel in Empfang. Und zog das schützende Tuch noch weiter zurück und starrte dem Kleinen fragend ins Gesicht. Sie blickte zu Daniel, und während es wie ein Leuchten über ihre Züge glitt, sagte sie: »Oh, Daniel, er ist ja so schön. Schau nur, er sieht genauso aus wie du...«
Plötzlich verzerrte Schmerz ihre Züge. »Daniel!« schrie sie. Das Baby begann ihren schlaffen Fingern zu entgleiten, und Daniel fing es auf, während sie in die Kissen zurücksackte. Leichter Schaum trat auf ihre Lippen. Sie drehte den Kopf und sah ihn an. Ihre Augen wirkten hell und starr. Ihre Lippen bewegten sich, schienen Worte formen zu wollen. Doch dann blickten ihre Augen plötzlich völlig leer, ihr Kopf kippte herum, seitlich lag ihr Gesicht auf den Kissen — der Mund geöffnet für Wörter, die sie nie mehr aussprechen würde.
Die Schwester stürzte herbei, zu seiner Seite des Bettes; rücksichtslos drängte sie ihn beiseite und drückte auf einen Knopf an der Wand.
Gleich darauf begann irgendwo draußen eine Glocke zu läuten. Und sofort drängten Ärzte und Schwestern herein. Sauerstoffbomben und weiteres Gerät wurde hereingeschafft.
Daniel stand dicht an der Wand und beobachtete alles. Die Schwester hob den Kopf, fing seinen Blick auf. Er schüttelte den Kopf. »Hilft ja doch nichts mehr«, sagte er leise und wie für sich. »Sie ist tot.«
Dann hüllte er das Kind sacht in die Decke. »Komm, mein Sohn«, sagte er und trug das Baby hinaus.

16

Barhäuptig stand Daniel im Regen und hüllte sich fester in seinen Mantel. Die Stimme des Geistlichen klang so laut und so voll, als habe er eine ganze Gemeinde von Trauergästen vor sich und nicht nur diesen einen, einsamen Mann. »Asche zu Asche, Staub zu Staub...«
Daniel starrte auf den rötlichen Mahagonisarg. Regentropfen trommelten auf die lackierte Oberfläche und liefen dann über die Seiten, um ins offene, gähnende Grab zu fließen. Wie klein wirkte die Grube doch, wie klein. Irgendwie wollte das nicht zusammenpassen. Denn eine kleine oder gar winzige Frau war sie wahrhaftig nicht gewesen.
Der Geistliche brach ab. Er wandte sich an Daniel. »Sie können jetzt Ihr eigenes Gebet hinzufügen«, sagte er.
»Hab nie viel gebetet, Reverend«, erklärte Daniel.
»Macht nichts. Was immer Sie sagen, der Herr wird darauf hören.«
Daniel holte tief Luft. »Du warst eine gute Frau, Tess. Möge der Herr dich bei sich aufnehmen.«
Erwartungsvoll blickten die beiden Totengräber zu dem Geistlichen. Nach diesem Job hieß es für sie Feierabend, und so waren sie begierig, möglichst schnell damit fertig zu werden. Der Geistliche sah zu Daniel, wie weit der wohl mit seinem Gebet war, und nickte dann.
Routiniert entfernten die beiden Männer die Metallstangen, auf denen der Sarg geruht hatte. Dann ließen sie diesen tiefer in die Grube, bis er mit einem eigentümlich satten, fast glucksenden Geräusch unten auf dem regennassen Boden aufsetzte. Sie griffen zu ihren Schaufeln.
»Das mache ich«, sagte Daniel und trat auf sie zu. Und als er ihre fragenden Blicke sah, erläuterte er: »Daheim haben wir unsere Toten immer selbst begraben.«
Wortlos traten sie zurück und beobachteten ihn. Er nahm eine Schaufel, und es war ein gutes Gefühl. Irgendwie trug ihn die Erinnerung zurück durch Zeit und Raum. Er war ein junger Bursche, und in den Zechen war es dunkel. Als die erste Schaufel Sand auf den Sarg klatschte und die Blumen dort regelrecht zersprengte, blickte er hinunter in die Grube. Bald würde auch sie bedeckt sein von Dunkelheit. Er verfiel in einen sich steigernden Rhythmus. Die Erde war schwer, von Regen durchtränkt, und er spürte, wie er in Schweiß geriet, fühlte gleichzeitig ein eigentüm-

liches Gemisch aus Leichtigkeit und Kraft. Fast war er, so schien es, vereint mit der Erde — mit dem Erdreich. Doch bevor es ihm recht bewußt wurde, war es auch schon vorbei: Säuberlich häufte sich ein kleiner Hügel über der Grabstätte.
Er gab einem der Totengräber die Schaufel. »Danke«, sagte er. Der Mann nickte wortlos.
Der Geistliche begleitete Daniel zum Auto. Dort blieben sie stehen. Daniel zog einen Zwanzig-Dollar-Schein hervor.
»Ist wirklich nicht nötig«, beteuerte der Geistliche. »Forest Lawn hat meine Dienste bereits mitberechnet.«
»Nehmen Sie nur«, sagte Daniel. »Irgend jemand in Ihrer Gemeinde kann bestimmt Hilfe brauchen.«
»Danke«, sagte der Geistliche. Und fügte, während Daniel sich hinter das Lenkrad schob, hinzu: »Daß Sie nicht verbittert sind, mein Sohn.«
»Bin ich nicht, Reverend«, versicherte Daniel, während er den Motor anließ. »Der Tod und ich, wir sind keine Fremden. Und werden's auch nie sein.«

Um in den Fahrweg zu seinem Haus einbiegen zu können, mußte er um die schwarze Limousine, die dort am Bürgersteig parkte, einen Bogen machen. Er warf einen Blick zu dem Chauffeur, der dort unbeweglich hinter dem Steuer saß; dann fuhr er im strömenden Regen durch die offene Einfahrt.
Im Wohnzimmer sah er eine Menge zugeschnürter Kartons. Sie waren aufeinandergehäuft, standen wie zum Abholen bereit. Er ging zum Schlafzimmer. Dort sah er Chris und eine andere Frau — eine Frau mittleren Alters, die ihr blondes Haar zu einer Art Dutt gebunden trug.
Als die beiden Frauen seine Schritte hörten, drehten sie sich zu ihm um.
Aus Chris' Stimme klang keinerlei Überraschung. »Auf dem Tisch steht eine frische Flasche Bourbon«, sagte sie. »Bediene dich nur. Wir sind hier gleich fertig.«
Er musterte sie kurz. Dann blickte er zur offenen Schublade der Kommode und zu dem Karton, der unmittelbar daneben stand: Die letzten Reste von Tess' Kleidung wurden eingepackt. Ohne ein Wort ging er ins Wohnzimmer zurück.
Als sie dann hereinkam, stand er am Fenster und starrte in den Regen, das halbvolle — oder halbleere — Whiskyglas in der Hand. »Irgend jemand mußte es tun«, sagte sie.
»Weißt du — den ersten Tag, als wir nach Kalifornien kamen,

hat's geregnet«, sagte er. Und drehte sich um und sah sie an. »Da paßt es irgendwie, daß es auch jetzt regnet.«
»In einer halben Stunde wird der Laster hier sein, um die Sachen abzuholen«, erklärte sie. »Außerdem habe ich fürs Kinderzimmer neue Möbel bestellt — und auch so eine Klappcouch, die sich im Handumdrehen in ein richtiges Bett verwandeln läßt.«
»Ich war der einzige auf dem ganzen Friedhof«, sagte er. »Von ihren Freunden oder Bekannten habe ich nie einen kennengelernt, und so wußte ich auch nicht, wen ich hätte anrufen sollen. Und genauso ist es, was ihre Familie, ihre Verwandten betrifft.«
»Die Anstreicher kommen gleich morgen früh. Sie haben gesagt, sie werden einen Tag brauchen. Die neuen Möbel werden übermorgen geliefert.«
»Sie hatte niemanden außer mir.«
»Daniel!« sagte sie scharf.
Er sah sie an.
»Sie hatte einen Sohn. Deinen Sohn. Aber jetzt ist sie tot, und daran läßt sich nichts ändern. Versuche also, dich davon zu lösen. Du hast die Verantwortung für deinen Sohn, und du mußt alles umsichtig planen.«
In seinen Augen zeigte sich Schmerz. »Ich habe Angst. Ich weiß nicht einmal, wo ich anfangen soll.«
»Ich werde dir helfen«, sagte sie. »Deshalb habe ich ja auch Mrs. Togersen mitgebracht.«
»Mrs. Togersen?«
»Ja, die Frau dort drinnen. Sie ist eine erfahrene Kinderschwester. Und wird sich für dich um das Kind kümmern.«
Er musterte sie mit wachsender Achtung. »Chris.«
Sie lächelte.
»Danke«, sagte er.
Sie reckte sich zu ihm empor und küßte ihn auf die Wange. »Ich liebe dich. Und das ist mehr als bloß — ficken.«
Sekundenlang sah er ihr in die Augen, dann nickte er. »Ich glaube, ich beginne zu lernen.« Dann griff er zur Flasche und kippte sich einen Whisky ins Glas. »Aber ich habe andere Probleme. Ich weiß nicht, ob ich mir all dies leisten kann. Vielleicht muß ich doch den Job annehmen, den Bioff und Browne mir hier angeboten haben.«
»Aber du hast doch gesagt, das sind Lumpen.«
»Deshalb muß ich ja noch keiner sein.«
»Das weißt du doch wohl besser, wie?« fragte sie. »Sei wenigstens dir selbst gegenüber aufrichtig. Wenn du schon die Fron-

ten wechselst, dann wechsle sie klar und eindeutig. Akzeptiere einen Job bei Onkel Tom. Alles andere wäre doch nur halbe Sache.«
»Vielleicht sollte ich das Baby mitnehmen nach Osten.«
»Unsinn«, sagte sie. »Was soll das? Willst du das Kind im Koffer mit dir herumschleppen? Und wie wohl wolltest du für den Kleinen sorgen?«
Er schwieg.
»Hier hast du eine schöne Wohnung, und hier kann das Kind auch auf vernünftige Weise aufwachsen. Bei deinem unsteten Leben hast du doch gar keine Möglichkeit, dich um das Kind zu kümmern. Da ist es schon das beste, wir überlassen das Mrs. Togersen. Sie verfügt über die notwendige Erfahrung, also über genau das, was dir fehlt. Jahrelang hat sie für meine kleine Schwester, beziehungsweise für deren Kinder gesorgt.«
»Wieviel muß ich ihr zahlen?«
»Wird nicht viel sein. Sie wollte nach Kalifornien kommen. Die Kälte und das Eis im Osten, das ertrug sie nicht länger. Mit zweihundert im Monat begnügt sie sich. Meine Schwester hat ihr dreihundertfünfzig gezahlt.«
»Das sind zweitausendvierhundert im Jahr«, sagte er. »Und was Lebensmittel und weitere Kosten betrifft, so kommen bestimmt noch einmal anderthalb bis zweitausend hinzu. Da bleibt für mich nicht mehr viel übrig.«
»Wofür brauchst du Geld?« fragte sie. »Wenn du unterwegs bist, zahlt die Gewerkschaft die Spesen. Und wann wärst du schon mal nicht unterwegs?«
Er trank einen Schluck Whisky. »Hast wohl alles genau auskalkuliert, wie?«
»Nicht alles«, sagte sie.
»So? Was denn nicht?«
Aus ihrer Stimme klang leise Gereiztheit. »Wenn du zu dumm bist, das selbst zu wissen, so werde ich es dir bestimmt nicht sagen.«
Er schwieg, und sein Blick suchte ihre Augen. Dann drehte er sich abrupt von ihr fort, wieder dem Fenster zu. Seine Stimme klang eigentümlich angespannt, voll mühsam unterdrückter Gefühle. »Ich bin noch nicht bereit, darüber zu reden.«
Sie ging zu ihm und legte ihm sacht die Hand auf den Arm. »Ich weiß«, sagte sie leise. »Aber eines Tages wirst du bereit sein.«

Mrs. Togersen war eine Frau, zu deren Beruf es gehörte, daß man ihr entscheidende Dinge anvertraute, in die Obhut gab. Knapp fünfzig, war sie schon seit zwanzig Jahren Witwe, seit der Zeit, da ihr Mann, zweiter Maat auf einem Handelsschiff, mit eben diesem Schiff untergegangen war, nachdem ein deutsches Torpedo es entzweigebrochen hatte. Sie sprach ein fast perfektes Englisch, nur ganz leise klang ihr schwedischer Akzent durch, und es gab praktisch nichts, was sie nicht konnte: kochen, nähen, Auto fahren, saubermachen, waschen, den Garten versorgen. Und all dies tat sie mit einer Tüchtigkeit, die jegliche Arbeit geradezu mühelos erscheinen ließ.

»Sie brauchen sich keine Sorgen zu machen, Mr. Huggins«, sagte sie. »Ich bin sehr zuverlässig, sehr verantwortungsbewußt. Und ich werde mich um Ihr Kind kümmern, als sei es mein eigenes.«

»Davon bin ich überzeugt«, erklärte Daniel. »Aber ich möchte auch sicher sein, daß Sie alles haben, was Sie brauchen.«

»Ich wüßte nicht, was mir hier fehlen könnte«, sagte sie. »Das Haus ist sehr behaglich. Ich werde mich darin bestimmt wohl fühlen.«

»Bevor wir morgen früh zur Klinik fahren, um das Baby abzuholen, möchte ich mit Ihnen zur Bank. Dort werden wir ein Konto für Sie einrichten, damit Sie nicht jede Woche auf Geld warten müssen. Ich bin viel unterwegs, und es könnte schon sein, daß es mit Geldüberweisungen manchmal Schwierigkeiten gibt.«

»Ganz wie Sie meinen, Mr. Huggins«, sagte sie. »Und wenn Sie nach Hause kommen, kann ich hier auf der Couch schlafen.«

Er lächelte. »Nicht nötig. Ein paar Tage halte ich's darauf bestimmt schon aus.«

Sie zögerte, sagte dann: »Wird Miß Chris mit uns zur Klinik kommen?«

Er sah sie überrascht an. »Daran habe ich gar nicht gedacht. Und sie selbst hat kein Wort gesagt.«

»Entschuldigen Sie schon, Mr. Huggins.« Ihre Stimme hatte einen behutsamen Klang. »Aber ich kenne Miß Chris seit fast zehn Jahren, seit sie fünfzehn war. Sie würde von sich aus nie etwas sagen. Doch bestimmt würde sie gern mitkommen.«

Er nickte langsam. »Danke, Mrs. Togersen. Ich werde sie heute abend beim Essen fragen.«

»Nein«, sagte sie. »Ich reise morgen früh zurück nach Chikago.«
Sie saßen im Speisezimmer des Bungalows. Verdutzt hob er den Kopf, starrte sie an. »Ich dachte...«

Sie unterbrach ihn. »Tut mir leid. Ich habe alles getan, was ich tun konnte. Mehr geht nicht. Mehr halte ich nicht aus.« Sie sprang auf und lief in ihr Schlafzimmer.
Er folgte ihr. Die Hände vor das Gesicht geschlagen, stand sie in einer Ecke. Er legte den Arm um sie und drehte sie zu sich herum.
»Habe ich irgend etwas Verkehrtes gesagt?«
Stumm schüttelte sie den Kopf.
»Was ist es dann?«
»Ich habe nur über mich selbst nachgedacht. Und bin zu dem Schluß gekommen, daß ich im Kopf nicht ganz richtig sein kann. Sonst hätte ich mich bestimmt nicht in all dies eingelassen.« Sie hob den Kopf, und er sah, daß ihre Augen feucht waren. »Der Gedanke an das Zusammensein mit dir war schön. Doch das war, bevor ich hierherkam, und irgendwie war es eine abstrakte Vorstellung. Doch dann — das Hier-bei-dir-Sein, das war auf einmal gar nicht abstrakt. Es war nur zu wirklich. Ich sah deinen Schmerz. Ich sah deine Trauer. Ich liebe dich. Und ich weiß, daß das, was du mir gesagt hast, wahr ist. Daß du Zeit brauchst. Aber ich bin auch nur ein Mensch. Und es tut mir weh, allzu weh. Es ist besser, wenn ich nach Hause zurückkehre, wenn ich fern von dir bin. Vielleicht ist es dann nicht so schlimm.«
Er zog sie an sich, hielt sie ganz fest. »Ich wollte nicht, daß es dir so sehr zusetzt.«
»Es ist ja auch nicht deine Schuld. Es ist ganz und gar meine eigene. Du hast nie etwas gesagt, um falsche Hoffnungen in mir zu wecken.« Ihre Stimme klang undeutlich, kaum verständlich.
Das Telefon begann zu läuten. Sie sah ihn kurz an und ging dann zur anderen Zimmerseite, hob den Hörer ab. »Hallo?« sagte sie und lauschte dann einen Augenblick. »Gut, ich werde es ihm ausrichten.« Sie legte wieder auf.
»Es war Mrs. Togersen. Sie sagte, Mr. Murray habe soeben angerufen. Er möchte, daß du sofort zurückrufst. Es sei dringend.«
»Ich kann die nicht länger hinhalten«, sagte Murray, und seine Stimme klang sehr angespannt. »Da ist zuviel Druck, von allen Seiten. Wann kommen Sie zurück?«
»Am Sonntag könnte ich abreisen«, erwiderte Daniel.
»Kommen Sie nach Chikago«, sagte Murray. »Dort treffen wir uns.«
»Okay.«
»Alles in Ordnung?« fragte Murray. »Was ist es denn? Ein Junge oder ein Mädchen?«

»Ein Junge«, erwiderte Daniel, dem jetzt erst bewußt wurde, daß Murray ja in keiner Weise auf dem laufenden war.
»Gratuliere«, sagte Murray. »Alles Gute für Ihre Frau, und am Montag sehen wir uns dann in Chikago.«
Daniel legte auf und blickte zu Chris. »Vielleicht sollte ich lieber nach Hause fahren«, sagte er mit eigentümlich ungelenker Stimme.
»Nein.« Er sah sie an.
Sie begegnete seinem Blick. »Ich habe dir ja gesagt, daß ich verrückt bin. Und ohne einen Abschiedsfick lasse ich dich hier nicht raus.«

17

Als Daniel in der Union Station aus dem Zug stieg, kündeten die Schlagzeilen bereits vom Streik gegen *Little Steel*. Er kaufte sich eine *Tribune* und las dann während der Taxifahrt zu den Gewerkschaftsbüros.
Auf der ersten Seite standen gleich zwei Interviews. Das erste, in großer Aufmachung, oben auf der Seite, war mit Tom Girdler, dem Präsidenten von Republic Steel, geführt worden; das zweite, ziemlich weit unten in einem Kästchen (mit Fortsetzung auf irgendeiner hinteren Seite, wo es schwer zu finden war), hatte man mit Phil Murray, dem Gewerkschaftsvorsitzenden, gemacht.

> *Die Kommunisten, Anarchisten und Agitatoren, die dieses Land in ihre Gewalt zu bekommen versuchen, um es der Gier und der Macht der Sowjetunion auszuliefern, werden zu ihrem Erschrecken erkennen müssen, daß sie der unabsehbaren Menge wirklicher Amerikaner gegenüberstehen, die bereit sind, ihre Ideale und den* American Way of Life *für sich und ihre Kinder zu verteidigen. Und wir werden nicht wanken und nicht weichen, um dieser unserer Aufgabe gerecht zu werden. Wir sind für sie bereit, und wir werden sie überall bekämpfen, sei es auf den Feldern oder auf den Straßen, selbst bei den Fabriktoren; und wir werden sie schlagen, genau wie die amerikanischen Soldaten im Krieg den Feind geschlagen haben. Den irregeleiteten Streikenden möchte ich sagen: »Hört nicht auf falsche Propheten, die euch euren Feinden verraten werden. Kehrt an eure Arbeitsplätze zurück und nehmt eure Arbeit*

wieder auf. Wir sind Amerikaner, stets bereit, zu vergeben und unsere Nachbarn aufzunehmen als unsere Brüder.«

Im Gegensatz dazu wirkten Murrays Feststellungen sehr zurückhaltend und gemäßigt.

Wir fordern für den Arbeiter nur eines: Gerechtigkeit. Er soll in den Genuß jener Arbeitsplatzsicherung sowie der übrigen Vorteile kommen, welche man seinen Kollegen bei der U.S. Steel *bereits zugestanden hat, von anderen Gesellschaften ganz zu schweigen. Dort sind diese Forderungen auf einfache und faire Weise erfüllt worden. Es ist nicht im mindesten unsere Absicht, irgend etwas zu einer fremden Macht oder einer fremden Ideologie zu überantworten. Es geht uns einzig darum, die Arbeitsbedingungen für den amerikanischen Arbeiter zu verbessern. Er ist es schließlich, der aufgrund seiner Anstrengungen den* American Way of Life *möglich macht und zur Wirklichkeit werden läßt.*

Als er vor der Gewerkschaftszentrale aus dem Auto stieg, ließ Daniel die Zeitung auf dem Sitz liegen. Seinen Koffer in der Hand, durchquerte er jene Etage, die jetzt mit ihren vielen Räumen dem Stahlarbeiter-Organisationskomitee diente. Und unwillkürlich richteten sich seine Gedanken auf den Unterschied zwischen damals und jetzt: 1919 hatte der letzte echte Versuch stattgefunden, die Arbeiter in der Stahlindustrie zu einen. Danach schien alles irgendwie zu verschwimmen, sich aufzulösen. Jetzt jedoch war alles geplant. Allein die Informationsabteilung hier — über vierzig Angestellte arbeiteten dort, standen den Zeitungen und Nachrichtenagenturen mit allerneuesten Berichten zur Verfügung. Es gab sogar eine statistische Abteilung, die sich über sämtliche ökonomischen Trends, von denen die Gewerkschaft betroffen werden könnte, auf dem laufenden hielt. Auch gab es einen Streikfonds, der Streikenden gegebenenfalls finanzielle und sonstige Hilfe zukommen ließ. Gar kein Zweifel: All dies war völlig anders als früher. Doch was war es eigentlich?
Irgendwie fehlte etwas — aller finanziellen Unterstützung sowie der Anwendung modernster Geschäftsprinzipien zum Trotz. Daniel spürte es und konnte dennoch nicht den Finger darauf legen. Vielleicht lag es ja an der Gewerkschaft selbst, die allzu vertrauensvoll dahinsegelte auf der Woge der progewerkschaftlichen Tendenzen der letzten Jahre. Die Entschlossenheit der Opposition schien man jedenfalls nicht zu begreifen. Das plötzliche

Nachgeben von *Big Steel* im letzten Jahr, der Erfolg der Textilarbeiteraktionen unten im Süden, die Organisation der Automobilarbeiter bei General Motors — all dies stellte einen Trend dar, der möglicherweise zu einer Illusion verführte. Bei jedem dieser Siege war es die größte Firma gewesen, mit der man ein Übereinkommen erzielte. Und es handelte sich dabei jeweils um jene Firma, die den betreffenden Markt so gut wie ausschließlich beherrschte. Doch die kleineren Gesellschaften, bei denen sich der »Unterschied« gewaltig zu Buch schlug, hatten allen Grund, sich nicht so einfach zufriedenzugeben. Was die *Ford Motor Company* betraf, so war sie von einer Einigung soweit entfernt wie eh und je. Das gleiche galt für *Little Steel*. Und bei jeder dieser Gesellschaften verstand man den Kampf als etwas regelrecht Persönliches: als eine Schlacht, bei der es darauf ankam, seine eigene Freiheit und sein eigenes Geschäft zu wahren. Weder Henry Ford noch Tom Girdler dachten auch nur im mindesten daran, vor den »Leibeigenen« das Knie zu beugen. Ganz im Gegenteil: Sie hatten das Gefühl, daß jene, die für sie arbeiten durften, allen Grund zur Dankbarkeit hatten. Wem anders als ihnen verdankten sie denn diese Möglichkeit?

Die wichtigsten Büros befanden sich im hinteren Teil der Etage, ein Stück von den Fahrstühlen entfernt. Jedes besaß ein Fenster, durch das man auf die Stadt blickte. Auch war es ordentlich, wenn auch nicht gerade kostspielig möbliert. Auf dem Fußboden sah man Teppiche — wozu die Masse der Menschen irgendwie einen sonderbaren Gegensatz bildete. Hier und dort sah man dreißig oder vierzig Schreibtische, in einem Raum, der höchstens für die Hälfte berechnet war. Und was die leitenden Köpfe der Gewerkschaft betraf — sie waren vom Fußvolk genauso isoliert wie die Bosse der großen Firmen, gegen die sie kämpften. Eine neue Hierarchie war im Begriff, sich zu entwickeln — urplötzlich begriff Daniel diese Wahrheit. Früher oder später verlor der Mann dort im Büro, hinter den verschlossenen Türen, den Kontakt zu den Menschen draußen — zu den Menschen, deren Vertreter er angeblich war. Was für eine Verbindung gab es da noch? Ganz gewiß keine emotionale Beziehung. Nur noch die kalkulierte Darstellung eines Ideals, das längst verkommen war zu einer Form von Big Busineß.

Jetzt begriff Daniel, was für ein Druck auf Phil Murray lastete, damit er »aktiv« werde. In ihrer Organisation glichen sie weitgehend der Grundstruktur von General Motors. Es galt, bestimmte Ziele zu erreichen, und wenn ihnen dies aus irgendeinem Grund

nicht gelang, so holte man sich neue Manager, die mehr Erfolg zu versprechen schienen. Wie auch immer: In die Schlacht mußte man marschieren, auch wenn der Ausgang mehr als ungewiß war.
Murray hatte bewiesen, daß er keine Angst hatte. Und daß er sich vor seiner Aufgabe keineswegs drückte. Doch die ganze Zeit blieb er sich bewußt, daß Lewis abwartend in Washington saß: sorgfältig darauf bedacht, sich seine Position zu erhalten als der Mann, dem es gelungen war, mit *Big Steel* ohne jedweden Streik abzuschließen. Im übrigen hielt er sich sorgfältig von den Fronten fern, ob nun Pro-Streik oder Anti-Streik. All das überließ er bereitwillig Murray. Im Falle einer Niederlage hatte er weiter keinen Teil daran, im Falle des Ruhmes konnte er Anspruch auf Lorbeer erheben: weil er ja den Weg dorthin gezeigt und Murray gegenüber Vertrauen bekundet hatte.
Daniel ging zu der Tür, auf der in Goldbuchstaben MR. MURRAY stand, und er blickte zu der Sekretärin, die unmittelbar davor an einem Schreibtisch saß. Sie war neu, zumindest hatte er sie noch nie gesehen. »Ist Mr. Murray da?«
Sie blickte von ihrer Schreibmaschine auf. »Darf ich fragen, wer es ist, der ihn zu sehen wünscht?«
»Daniel Huggins.«
Sie hob den Telefonhörer ab. »Mr. Huggins möchte Sie sprechen, Mr. Murray.« Sofort legte sie wieder auf. Aus ihrem Blick sprach plötzlich Achtung. »Sie dürfen sofort zu ihm hinein, Sir.«
Murray wirkte müde und erschöpft. Als Daniel eintrat, erhob er sich, ging auf seinen Besucher zu. Herzlich schüttelte er ihm die Hände. »Ich bin froh, daß Sie wieder hier sind«, betonte er.
»Ich auch«, versicherte Daniel. Und er meinte es so, wie er es sagte.
»Setzen Sie sich auf irgendeinen Stuhl«, sagte Murray und ging zu seinem Sessel hinter dem Schreibtisch zurück. »Wie geht's dem Baby?« — »Gut.«
»Ihre Frau muß sehr stolz sein. Erklären Sie ihr, daß es mir leid tut — weil ich Sie so rasch wieder hierhergeholt habe, meine ich.«
Daniel sah ihn an. »Meine Frau ist tot.«
Murray betrachtete ihn schockiert. »Davon haben Sie mir nichts mitgeteilt.«
»Es gab da auch nichts weiter mitzuteilen. Es ist geschehen — und vorbei.«

Murray schwieg einen Augenblick. »Tut mir leid, Daniel. Wäre ich im Bilde gewesen, hätte ich Sie nicht so gedrängt.«
»Ist schon in Ordnung«, versicherte Daniel. »Was zu erledigen war, habe ich erledigt, und jetzt bin ich wieder hier — zur Arbeit.« — »Ist Ihr Kind in guten Händen?«
»Die Frau, die sich um ihn und um das Haus kümmern wird, ist sehr zuverlässig. Da ist nichts zu befürchten.«
Murray schien tief Luft zu holen. »Falls es irgend etwas gibt, das ich für Sie tun kann — bitte, sagen Sie's mir.«
»Danke.« Daniel wartete. Den Austausch von Höflichkeiten hatten sie jetzt hinter sich; doch seit dem Betreten des Büros spürte er, daß irgend etwas nicht stimmte. Was es war, ließ sich nicht genau sagen. Aber es schien, als fühle sich Murray in seiner Gegenwart irgendwie unbehaglich.
Murray suchte zwischen den Papieren auf seinem Schreibtisch. Schließlich fand er ein Blatt, blickte darauf. Dann sagte er: »Ich habe einen neuen Job für Sie. Und zwar als Koordinator hier im Büro. Für die Unterbezirke im Mittleren Westen. Wird Ihre Aufgabe sein, dafür zu sorgen, daß die nichts Halbgares auf eigene Faust unternehmen.«
»Weiß nicht, ob ich mich für die Büroarbeit eigne«, erwiderte Daniel. »War bisher ja immer im — äh — Außendienst. Warum kann's dabei nicht bleiben?«
»Sie sind inzwischen ein viel zu wichtiger Mann, als daß man Sie draußen bei den Organisatoren lassen dürfte. Wir brauchen hier jemanden, der für uns das Ganze im Auge behält.«
»Wem habe ich zu berichten?«
»David McDonald in Pittsburgh. Der ist für die tagtäglichen Operationen zuständig. Ich werde nach Washington zurückkehren, wo ich auf die Regierung Druck ausüben kann.«
Daniel nickte. McDonald war ein guter Mann, ein alterprobter Kämpfer in der Stahlindustrie. Manchen galt er sogar als Murrays Kronprinz, genauso wie nicht selten behauptet wurde, Murray sei Lewis' Thronfolger. Nun, zumindest ersteres schien sich jetzt zu bestätigen. Und Daniel hatte daran auch nichts auszusetzen. McDonald war der logische Kandidat.
»Verfüge ich im neuen Job über irgendwelche Entscheidungsgewalt?«
»Ich dachte mir, daß Sie das am besten mit Dave selbst vereinbaren«, erwiderte Murray.
Daniel zog eine Zigarre hervor, biß ein Ende ab, steckte sie dann bedächtig — und den Blick unverwandt auf Murray gerichtet —

an. Schließlich lehnte er sich zurück. »Okay, Phil«, sagte er ruhig, »wir kennen uns schon ziemlich lange. Also mal raus mit der Sprache. Warum falle ich auf einmal so betont die Treppe hinauf?«
Auf Murrays Gesicht zeigte sich ein Hauch von Röte. »Das ist es ja gar nicht unbedingt.«
»Aber es ist auch nicht unbedingt etwas anderes«, beharrte Daniel.
Langsam schüttelte Murray den Kopf. »So leicht lassen Sie wohl nicht locker, wie?«
Daniel schwieg.
»Allzu vielen Leuten ist bekannt, daß Sie sich gegen den Streik ausgesprochen haben. Allzu viele Leute wissen von Ihrem Verhältnis mit dieser Girdler. Sie trauen Ihnen nicht über den Weg.«
»Und Sie? Trauen Sie mir auch nicht über den Weg?«
»Eine alberne Frage«, brauste Murray auf. »Wenn ich kein Vertrauen zu Ihnen hätte, würde ich Ihnen auch keinen neuen Job geben.«
»Vielleicht sollte ich besser einen Schlußstrich ziehen«, sagte Daniel. »So im dunkeln herumtappen — das ist nicht nach meinem Geschmack.«
Murray sagte voll Nachdruck: »Sie werden schön bei der Stange bleiben. Daß Sie aufhören, kommt gar nicht in Frage. Ich will es nicht — und Dave und Lewis genausowenig. Sie sind der einzige Mann, von dem wir wissen, daß er in sämtlichen Unterbezirken gearbeitet hat; der einzige, der uns ein klares Bild vermitteln kann von dem, was dort vor sich geht. Im übrigen wird das nicht für lange Zeit sein. Sobald der Streik beigelegt ist, werden wir — nun, Sie sind für etwas ganz anderes vorgesehen.«
»So bald wird er nicht beigelegt sein, der Streik«, sagte Daniel. »Offenbar kann ich keinem von euch klarmachen, was für ein zäher Hund dieser Girdler ist. Er hat es geschafft, mit anderen Unabhängigen eine Unheilige Allianz zu bilden, und die folgen ihm durch dick und dünn.«
Murray wirkte nachdenklich. »Eine Unheilige Allianz. Das ist ein Ausdruck, den ich nächste Woche bei meiner Pressekonferenz in Washington verwenden kann.«
»Bitte, bedienen Sie sich«, sagte Daniel.
»In drei Wochen ist *Memorial Day*. Für diesen Tag planen wir Demonstrationen im ganzen Gebiet. Und ich glaube, diese Unheilige Allianz, von der Sie sprechen, wird sich's zweimal überle-

gen, wenn die Kerle die Masse der Arbeiter sehen, die hinter uns steht.«
»Ich fürchte, denen ist das scheißegal«, sagte Daniel. »Die sind darauf aus, diesen Streik niederzubrechen — koste es, was es wolle.«
»Daniel, hören Sie auf, gegen mich anzukämpfen.« Plötzlich klang Murrays Stimme müde. »Mir sitzen wahrhaftig genügend Leute im Nacken. Machen Sie's mir nicht unmöglich, Sie zu halten. Helfen Sie mir lieber.«
Nie zuvor hatte Murray so unverblümt zu ihm gesprochen. Und nur Freunde sprachen derart offen miteinander. Wann immer er, Daniel, Hilfe gebraucht hatte — Murray war für ihn da gewesen. Nahezu zwanzig Jahre lang. Jetzt war die Reihe an ihm.
»Okay«, sagte er. »Was soll ich als erstes tun?«
»Diese Demonstrationen am *Memorial Day* — dafür sorgen, daß es da keinen Ärger gibt.«
»Werde mein Bestes tun.« Daniel stand auf. »Wenn ich in Chikago bleiben soll, muß ich mich hier wohl nach einem Quartier umsehen.«
Murray sah ihn an. »Danke, Daniel.«
»Keine Ursache, Phil«, sagte Daniel. »Das bin ich Ihnen schuldig.«
Murray lächelte erschöpft. »Darüber werden wir uns ein andermal streiten — wer wem was schuldig ist, meine ich. Im Augenblick ist nur eines wichtig — daß die Arbeit getan wird. Übrigens habe ich vergessen, zu erwähnen, daß der Exekutivausschuß für den neuen Job ein Jahresgehalt von achttausendfünfhundert Dollar gebilligt hat.«
Daniel lachte. »Das hätten Sie man gleich sagen sollen. Dann hätten Sie's bestimmt leichter mit mir gehabt.«
Auch Murray lachte. »Wenn's Ihnen ums Geld ginge, hätten Sie ja den Job bei der Filmgesellschaft annehmen können. Ich kenne Sie besser.«

18

Das Büro, das man ihm zuwies, war klein. Mit Mühe und Not hatten sein Schreibtisch sowie ein Stuhl dahinter und davor darin Platz. In einer Ecke stand ein winziger Kleiderständer. Die weißgestrichenen Wände waren völlig kahl. Immerhin gab es ein Fen-

ster — und wäre dieses Fenster nicht gewesen, vielleicht hätte er gleich in der ersten Woche durchgedreht.
Hat ja doch alles keinen Zweck. Dieses Gefühl drängte sich unabweislich auf. Er begann damit, sämtliche Unterbezirke, sämtliche Ortsgruppenbüros anzutelefonieren, um seine Kontakte mit den lokalen Organisatoren zu festigen und zu nutzen. Gewiß, sie waren alle freundlich, doch keiner dachte auch nur im Traum daran, einen Fingerbreit Boden preiszugeben von seiner Verfügungsgewalt, solange es keine ausdrückliche Anweisung von oben gab, und von dergleichen konnte noch nicht die Rede sein: Das Zentralbüro hatte über seine Position bisher niemandem Aufklärung erteilt. Dabei versuchte er es unablässig mit Telefonanrufen bei McDonald in Pittsburgh. Aber nie konnte er ihn erreichen. Immer und immer wieder versicherte ihm die Sekretärin, Mr. McDonald werde zurückrufen, was jedoch nie geschah — und gegen Ende der Woche war er schließlich bereit, sich damit abzufinden.
Am Freitagnachmittag berichteten die Zeitungen von Murrays Pressekonferenz in Washington. Das Schlagwort »Unheilige Allianz« schien zu zünden. Für Journalisten mit chauvinistischem Einschlag war es offenbar so etwas wie das gefundene Fressen. Daniel griff zum Telefon und rief Murray in Washington an. Zu seiner leisen Überraschung kam dieser selbst an den Apparat.
»Gratuliere«, sagte Daniel. »Die Pressekonferenz scheint ein voller Erfolg gewesen zu sein. Die Zeitungen hier berichten jedenfalls in großer Aufmachung.«
Murray schien sehr angetan. »Gut. Wir machen offenbar Fortschritte. Die öffentliche Meinung schwenkt langsam auf unsere Seite. Wie geht's denn so?«
»Ich werde wohl bald überschnappen«, erwiderte Daniel kurz. »Tun tu ich gar nichts. Weil ich ignoriert werde.«
»Verstehe ich nicht.« Aus Murrays Stimme klang echte Überraschung. »Haben Sie denn nicht mit Dave gesprochen?«
»Kann ihn einfach nicht ans Telefon kriegen. Und was die Unterbezirke betrifft — die wissen offiziell überhaupt nichts von meiner neuen Position. Als hocke ich hier und drehe Däumchen.«
»Ich werde mit ihm reden«, sagte Murray.
»Will Ihnen keine Schwierigkeiten machen«, erklärte Daniel. »Sie haben so schon genug um die Ohren. Vielleicht wär's das beste, wenn ich mich von hier einfach verdrücke.«
»Kommt nicht in Frage«, sagte Murray mit Nachdruck. »Bleiben Sie bei der Stange. Ich werde das klären.«

»Sie sind mir nichts schuldig«, versicherte Daniel. »Außerdem habe ich das Gefühl, ich sollte in Kalifornien sein, bei meinem Kind. Schlimm genug, daß der Junge keine Mutter hat. Er sollte nicht auch noch ohne Vater sein.«
»Lassen Sie mir Zeit bis zum Ende des Monats«, sagte Murray. »Falls es bis dahin nicht gelingt, alles ins Lot zu bringen — nun, dann können Sie noch immer Ihre eigenen Wege gehen.«
»Okay, das erscheint mir fair.« Er legte auf, holte dann aus dem untersten Schreibtischfach eine Whiskyflasche hervor. Rasch goß er ein Glas voll.
Dann saß er und trank, den Blick aufs Fenster gerichtet. Draußen regnete es, die Dämmerung brach herein über Chikago, und je tiefer sich die Stadt trotz der aufflammenden Lichter ins Dunkel hüllte, desto verlorener kam er sich vor, wie eingekerkert.
Schließlich stand er auf und öffnete mit einem Ruck die Tür zum großen Büro. Zu seiner Überraschung war es fast leer. Nur ganz hinten, über ihre Schreibmaschine gebeugt, saß eine Stenotypistin. Er warf einen Blick auf seine Uhr. Fünf war es jetzt.
Wie sich die Zeiten doch geändert hatten. Es schien noch gar nicht so lange her, daß Gewerkschaftsangestellte so gut wie überhaupt nicht nach Hause gingen. Nach den eigentlichen Bürostunden saßen sie beisammen und sprachen über das, was sie taten und zu erreichen hofften. Doch jetzt — jetzt war das wie in irgendeinem Gewerbe, irgendeiner Branche: Fünf Uhr, und jeder machte, daß er nach Hause kam.
Das volle Whiskyglas in der Hand, durchquerte er das große Büro. Das Mädchen hörte seine Schritte und hob den Kopf.
»Was tun Sie da?« fragte er.
»Mr. Gerard möchte diesen Bericht auf seinem Schreibtisch haben, wenn er Montag früh ins Büro kommt«, erwiderte sie.
»Mr. Gerard?« Es war ein neuer Name für ihn. »Welche Abteilung?«
»Rechtsabteilung.«
»Und wie heißen Sie?«
»Nancy.«
»Nancy, arbeiten Sie gern für eine Gewerkschaft?«
Sie blickte auf ihre Schreibmaschine. »Es ist ein Job.«
»Aber warum gerade bei der Gewerkschaft?« fragte er. »Haben Sie das Gefühl, irgend etwas beitragen zu können zur Arbeiterbewegung und zur Verbesserung der Arbeitsbedingungen?«
»Von all so was weiß ich nix«, erwiderte sie. »Ich habe auf eine

Zeitungsannonce geantwortet, obwohl die pro Woche bloß fünfzehn Dollar geboten haben.«
»Ist das keine anständige Bezahlung für Ihre Arbeit?«
»Na, für so einen Job kriegt man meistens so neunzehn Dollar. Bloß, daß es jetzt kaum andere Jobs gibt.«
Er grinste plötzlich. »Scheint mir fast, daß Sie eine Gewerkschaft brauchen.« Er leerte sein Glas. »Möchten Sie einen Drink, Nancy?«
Sie schüttelte den Kopf. »Nein, danke. Ich muß hiermit fertig werden.«
»Okay«, sagte er und drehte sich um, bewegte sich langsam zu seinem Büro zurück.
Dann hörte er ihre Stimme und blieb stehen. »Mr. Huggins.« Er sah sie an. »Darf ich Sie etwas fragen?« —
»Sicher.«
»Seit Sie dort eingezogen sind und Ihr Name an der Tür steht, fragen sich alle, was Sie eigentlich tun und zu welcher Abteilung Sie wohl gehören. Sie sind für uns so etwas wie ein wandelndes Geheimnis.«
Er lachte. »Schon mal von der Inferno-Abteilung gehört?«
»Inferno?« Sie schien verwirrt. »Nicht daß ich wüßte.«
»Nun, jetzt wissen Sie's«, sagte er und ging in sein Büro zurück und schloß die Tür.

Als er aus dem Gebäude trat, regnete es noch immer. Er ging zum Parkplatz, stieg in sein Auto, ließ den Motor an, schaltete die Scheinwerfer ein — und blieb dann sitzen, bewegungslos, unschlüssig. Der Gedanke, allein in der leeren Wohnung zu hokken, hatte wahrhaftig nichts Verlockendes. Was sollte er dort tun? Eine Flasche Whisky, Radio hören, denn mit den Zeitungen für diesen Tag war er längst durch? Nein. Irgend etwas mußte sich doch unternehmen lassen.
Einige Sekunden lang spielte er mit dem Gedanken, irgendwo ins Kino zu gehen. Doch das liefe letzten Endes aufs gleiche hinaus: war keine Alternative zum Gefühl der Ruhelosigkeit, der Leere.
Einem Impuls folgend, fuhr er nach Südchikago, zu einer Kneipe bei dem Werk der *Republic Steel,* wo er als Organisator eingesetzt gewesen war. Männer drängten sich — Stahlarbeiter, die einen großen Teil des Tages als Streikposten im Regen verbracht hatten. An die Wände gelehnt standen dicht an dicht ihre Transparente. REPUBLIC STEEL IM STREIK! GEGEN HUNGERLÖHNE UND FÜR DIE

GEWERKSCHAFT! Zum Teil handelte es sich um vorgefertigte Schilder, doch viele hatten die Männer selbst beschriftet.
Er drängte sich zur Theke durch und bestellte einen doppelten Whisky. Während er darauf wartete, glitt sein Blick den Tresen entlang. Er sah zwei oder drei Whiskygläser, sonst nur Bier. Der Streik hatte bereits das Seine getan, um die Trinkgewohnheiten der Männer zu verändern. Stahlarbeiter tranken Whisky. Bier benutzten sie für gewöhnlich nur zum Nachspülen.
Der Barmann stellte einen Whisky vor ihn hin und nahm den Dollarschein, auf den er fünfundzwanzig Cents herausgab. Daniel wollte sich mit seinem Drink gerade in einen Winkel zurückziehen, als er plötzlich, vom Ende der Theke, eine Stimme hörte.
»He! Big Dan!«
Er erkannte den Mann, einen der Altgedienten im Werk, der auch als einer der ersten der Gewerkschaft beigetreten war.
»Hallo, Sandy, wie geht's denn so?«
Sandy nahm sein Bierglas und arbeitete sich Stück für Stück näher. »Okay, Big Dan«, sagte er. »Hätte nicht erwartet, dich hier noch mal zu sehen.«
»Wieso nicht?« fragte Daniel.
»Es hieß, daß du ab bist nach Kalifornien.«
»War ich auch. Aber seit über einer Woche bin ich wieder zurück.«
»Aber im Gewerkschaftsbüro bist du noch nicht gewesen.« Er meinte das Büro des Unterbezirks.
»Die haben mich in der Zentrale in Chikago behalten«, erklärte Daniel. »Ich habe einen neuen Job.«
»Davon haben wir auch schon gehört«, sagte Sandy mürrisch.
Daniel musterte ihn. »Wußte gar nicht, daß sich die Leute so für mich interessieren. Was erzählt man sich denn sonst noch über mich?«
Sandy schien verlegen. »So Sachen.«
»Noch einen Whisky«, sagte Daniel zum Barmann. Dieser brachte den Drink, und Daniel nahm die beiden Gläser und sagte: »Komm, Sandy, setzen wir uns.«
Der Stahlarbeiter folgte ihm in eine Nische, und Daniel stellte eines der Gläser vor ihn hin. »Prost.« Sie tranken. »Wir sind immer Freunde gewesen, Sandy«, sagte er. »Du kannst mir ruhig erzählen, was so geredet wird.«
Sandy starrte in sein Glas. Dann hob er den Kopf und sah Daniel an. »Daß wir uns richtig verstehen — ich habe davon sowieso nix geglaubt.« Daniel schwieg.

Sandy trank wieder einen Schluck. »Also — es heißt, daß du gegen den Streik warst. Auch sollste mit wem von der Girdler-Familie ziemlich intim gewesen sein. Und so behalten sie dich jetzt in der Zentrale.«
Mit dem Kopf wies Daniel auf die Männer an der Theke. »Was denken die?«
Aus Sandys Stimme klang Verachtung. »Hunkies, Schweden und Nigger. Die können doch nicht denken. Die glauben, was man ihnen erzählt.«
»Und man sagt ihnen, daß mir nicht über den Weg zu trauen ist?«
Diesmal schwieg Sandy. Daniel hob die Hand, winkte den Kellner herbei. Als zwei frische Drinks vor ihnen standen, leerte er sein Glas mit einem Zug. »Was ist mit dem Werk?« fragte er. »Haben die den Laden dichtgemacht?«
»Nicht die Spur. Da wird noch gearbeitet. So zu vierzig Prozent. Gab 'ne Menge Männer, die Schiß kriegten, als Girdler sagte: Wer streikt, wird nicht wieder eingestellt.« Er trank einen Schluck. »Das wäre die Lage hier an der Streikfront. Und wie sieht man das Ganze in der Zentrale?«
»Ich habe heute mit Murray gesprochen«, erwiderte Daniel. »Er meint, das Pendel fängt an, nach unserer Seite auszuschlagen. Dabei baut er auf die Demonstrationen, die am *Memorial Day* im ganzen Land stattfinden sollen. Der öffentliche Druck, glaubt er, wird groß genug sein, um die Stahlgesellschaften an den Verhandlungstisch zu bringen.«
Sandy nickte. »Für den Tag haben wir ein großes Meeting angesetzt. Werden alle da sein, die beim *Republic*-Werk im Ausstand sind. Wir erwarten so dreihundert Leute, drüben in Sam's Place.«
»Das ist der große Versammlungssaal, den wir früher benutzten?«
Sandy nickte und hob sein Glas. »Wär mir wohler, wenn du wieder hier bei uns wärst.«
»Mir auch«, versicherte Daniel.
»Dieser Davis, den sie uns als Ersatz für dich geschickt haben. Ist so'n Buchhaltertyp, 'n Studierter. Glaub nicht, daß der schon mal 'ne Schaufel in der Hand gehalten hat.« Sandy leerte sein Glas. »Es heißt ja, er hätte was auf'm Kasten. Sagt ja auch nichts Falsches. Bloß — irgendwie habe ich das Gefühl, das ist alles nur eingepauktes Zeug. Besteht denn überhaupt keine Chance, daß sie dich wieder herschicken?«

Daniel erhob sich. »Weiß ich nicht«, sagte er undeutlich. »Weiß wirklich nicht, was die tun werden.« Er schüttelte Sandy die Hand. »Viel Glück.«
»Dir auch«, erwiderte Sandy.
Im Regen überquerte Daniel die Straße. Während er die Tür seines Autos öffnete, lösten sich drei Männer aus dem Schatten eines Hauses. Plötzlich spürte er, wie sich seine Nackenhaare zu sträuben begannen.
Wenige Schritte vor ihm blieben sie stehen. »Big Dan?«
»Ja?«
»Laß dich hier nicht wieder blicken«, sagte einer der Männer. »Wir haben nämlich nichts übrig für Streikbrecher und Überläufer.«
»Was soll der Quatsch!? Ich arbeite nach wie vor für die Gewerkschaft, und ihr habt mir keine Vorschriften zu machen!«
»Hör zu«, sagte der Mann, »wir scheißen auf dich. Du bist ein gottverdammter Spitzel, der uns für diese Girdler-Fotze verkauft hat. Für Lumpen wie dich haben wir hier keine Verwendung.«
Sie näherten sich. Mit raschem Griff zog er seine Pistole aus dem Schulterhalfter. »Bleibt stehen«, sagte er ruhig. »Oder ich knall euch die Eier ab.«
Sie gehorchten, starrten ihn an.
»Jetzt rüber mit euch auf die andere Straßenseite«, befahl er. »Und tut nichts, was euch leid tun könnte.«
Wieder gehorchten sie, und er sah ihnen nach. Als sie den gegenüberliegenden Gehsteig erreichten, stieg er ein und ließ den Motor an.
Sie hörten die Geräusche und drehten sich um, rannten dann hinter dem davonfahrenden Auto her. »Schweinehund!« riefen sie, brüllten sie. »Fotzenlecker!« Dann bog er um die Ecke und konnte nichts mehr hören.
Er kam am Stahlwerk vorbei und verlangsamte die Fahrt. Die Streikpostenkette bestand jetzt, zu später Stunde, nur aus wenigen Männern. Verloren marschierten sie im Regen hin und her. Hinter den Toren sah er die uniformierten Wachen in ihrer bequemen, wasserdichten Regenkleidung. Er zählte rund zwanzig Wächter. Und die Streikposten? Es waren ganze vier Männer. Er fuhr weiter, bog um eine Ecke.
Wieder in Chikago, vor seiner Wohnung, wollte er soeben den Schlüssel ins Schloß stecken, als er bemerkte, daß die Eingangstür wie von selbst nachgab. Er stieß sie ganz auf und trat ein, in der Hand wieder die Pistole.

Aus der Küche klang Chris' Stimme. »Wo, zum Teufel, hast du gesteckt, Daniel? Seit fast drei Stunden versuche ich, dieses Essen für dich warm zu halten.«

19

Gegen zwei Uhr früh öffnete er plötzlich die Augen. Und schloß sie sofort wieder. Doch es nützte nichts. Er war hellwach. Vorsichtig wälzte er sich herum, denn er wollte sie nicht aufwecken.
Im schwachen Schein sah er die Umrisse ihres ruhenden Körpers. Und er roch ihr Parfüm, das sich vermischte mit jenen Gerüchen, die wie eine Erinnerung waren an das, was sie vorhin miteinander genossen hatten.
Leise glitt er aus dem Bett und ging ins Wohnzimmer, schloß sacht die Tür hinter sich.
Auf den Gedanken, das Licht anzuknipsen, kam er gar nicht. Wo sich die Flasche befand, wußte er auch so. Er füllte ein Glas und trank. Und setzte sich dann ans Fenster und starrte hinaus in den Regen, der wie in goldenen Tropfen vor den gelblichen Straßenlaternen fiel. Er schenkte sich nach, trank wieder. Doch es half nicht. In ihm war so ein Gefühl der Leere, des Ausgehöhltseins. Und nicht einmal der Gedanke an die Umarmungen und die Zärtlichkeiten konnte es völlig verdrängen.
Die Schlafzimmertür ging auf, Licht fiel herein. Er drehte den Kopf und sah sie dort stehen, nackt. »Ich wollte dich nicht wachmachen«, sagte er leise. »Zieh dir lieber etwas an. Es ist kühl.«
»Was beunruhigt dich, Daniel?«
»Zieh dir erst etwas über«, sagte er.
Sie verschwand und kam gleich darauf zurück, noch immer nackt. »Bei dir gibt's so etwas wie einen Morgenrock ja nicht, und ich habe mir keinen mitgebracht.« Er lachte.
In der Tat: Er besaß weder einen Morgen- oder Bademantel, noch einen Pyjama. Wenn er beim Schlafen überhaupt etwas anhatte, so bestenfalls Unterwäsche. »Nimm eins von meinen Hemden.«
Das Hemd reichte ihr bis zu den Knien. »Ich komme mir ziemlich albern vor.«
»Immer noch besser, als wenn du dich erkältest.« Wieder goß er sich einen Drink ein. »Willst du auch einen?«

Sie schüttelte den Kopf und wartete, bis er getrunken hatte.
»Was ist los, Daniel? So habe ich dich noch nie erlebt.«
»Es ist, als ob ich plötzlich — ja, als ob ich plötzlich überhaupt nicht da wäre«, sagte er.
»Macht das der neue Job?«
Er starrte sie an. »Du weißt Bescheid?«
»Ja, natürlich.«
»Woher?«
»Nun, woher schon? Die Quelle ist dieselbe wie für deine Adresse. Die sogenannten Geheimakten im Büro von Onkel Tom.«
»Dort ist man über solche Dinge also im Bilde?«
»Aber genau. Die sind über jedes und jeden auf dem laufenden«, sagte sie.
»Dann weiß er auch über uns Bescheid?«
Sie nickte.
»Hat er jemals was gesagt?«
»Zuerst war er wütend. Aber dann hat er sich beruhigt. Gefallen tut's ihm noch immer nicht. Aber er meint, es hätte schlimmer kommen können. Du hättest ja auch ein jüdischer Kommunist oder ein Nigger sein können.«
Er lachte, doch sein Lachen klang bitter. »Würde mich nicht überraschen, wenn er über meinen neuen Job mehr wüßte als die meisten Gewerkschaftsmitglieder.«
»Er hat mir gesagt, die wollen dich kaltstellen, weil du gegen den Streik warst. Er meint auch, du hättest es nur den Umständen zu verdanken, daß die dich nicht gleich rausgeschmissen haben. Bei der augenblicklichen Situation trauen sie sich nicht. Weil das zu viele von den Männern, die du organisiert hast, beunruhigen würde.«
Er schüttelte den Kopf. »Da täuschen sie sich. Gestern abend habe ich herausgefunden, daß niemand auch nur einen Pfifferling für mich gibt. Irgendwer hat's verstanden, mich bei den Leuten so richtig anzuschwärzen. Alles, was ich gesagt habe, wird verdreht und durch die Gerüchteküche gejagt. Auch was dich und mich betrifft, wird gelogen, was das Zeug hält. Daß ich dir zuliebe die Kumpels verrate.«
»Die sollten dich eigentlich besser kennen.«
»Nun, Phil Murray schon. Glaube ich jedenfalls. Aber die anderen?«
»Tut mir leid für dich«, sagte sie. »Was wirst du tun?«
»Weiß ich nicht, ganz ehrlich. Murray möchte, daß ich warte. Er

meint, wird schon alles ins Lot kommen. Aber ich bin nicht sicher, daß ich so warten kann, wie er das möchte. Ich bin nicht gewohnt, in einem Büro zu sitzen und Däumchen zu drehen.«
»Warum sprichst du nicht mit Onkel Tom?« fragte sie. »Nach allem, was er mir gesagt hat, weiß ich, daß er dich respektiert, auch wenn er dich vielleicht nicht besonders mag.«
Er sah sie an. »Ausgeschlossen. Ich lebe schon so lange auf dieser Seite der Straße, daß es für mich keine Möglichkeit mehr gibt, sie zu überqueren. Und nur mal angenommen, ich würde es tun — damit wären doch all die schlimmen Verleumdungen über mich bestätigt.«
Sie kam näher. »Ich liebe dich. Und es gefällt mir ganz und gar nicht, dich so verstört zu sehen.«
Er schwieg, sah sie nur an.
»Ich weiß«, sagte sie. »Ich weiß, daß ich gesagt habe, ich würde warten, bis du dich meldest. Aber ich konnte es nicht. Du hast mir zu sehr gefehlt, Daniel. Und ich wollte hier mit dir zusammensein.«
Er holte tief Luft. »Auch ich hätte nichts dagegen. Aber es würde alles nur noch schlimmer machen.«
»Was sollen wir also tun?«
»Warten«, sagte er. »Genauso, wie es mir Phil Murray geraten hat. Wenn dies erst vorüber ist — vielleicht geht dann alles besser.«
»Und wenn du's nicht aushältst, so zu warten, wie er das wünscht? Wenn du dich entschließt fortzugehen?« fragte sie.
»Für den Fall«, begann er und fuhr mit Betonung fort: »Für den Fall verspreche ich dir, daß ich dich mitnehme.«
Er sah die Tränen in ihren Augen und zog sie an sich. »Sei nicht albern«, sagte er und küßte sie auf die Wange.
»Ich bin überhaupt nicht albern«, erklärte sie und zog die Nase hoch. »Ich bin nur glücklich.« Sie sah ihn an. »Du liebst mich doch, ja?«
Er lächelte, zog sie auf. »Nun werde man nicht gleich persönlich.«
»Nur ein bißchen?« fragte sie leise.
»Nicht nur ein bißchen.« Er lachte, küßte sie auf den Mund. »Sehr.«

Er blickte auf den Kalender auf seinem Schreibtisch. Freitag, der 28. Mai 1937. Die letzten beiden Wochen hatten sich endlos hingezogen. Und er, er hatte unablässig auf den Anruf gewartet, der

jedoch niemals kam. Murrays Versicherung zum Trotz rief McDonald nicht an. Inzwischen spürte er überall rundum die steigende Erregung. Er wußte, daß man Pläne schmiedete für die Demonstrationen am *Memorial Day*. Doch niemand sprach mit ihm, niemand dachte daran, ihn in irgendwelche Unterredungen oder Besprechungen einzubeziehen. Aus den Zeitungen erfuhr er über den Streik mehr als hier im Büro.
Er warf einen Blick auf seine Armbanduhr. Es war halb sechs.
Er öffnete die Tür seines Büros und schaute hinaus. Das große vordere Büro war leer. Er schloß die Tür und ging zu seinem Schreibtisch zurück. Dann griff er zum Telefon und rief Phil Murray in Washington an. Die Antwort: Mr. Murray sei nach Pittsburgh gefahren und werde erst am Montag zurückkehren. Nun, er versuchte es in Murrays Wohnung in Pittsburgh, doch niemand meldete sich.
Er nahm die Whiskyflasche, die auf seinem Schreibtisch stand. Sie war fast leer. Er hielt sie an die Lippen, trank sie aus. Der Rest hätte kaum noch ein Glas gefüllt. Wieder blickte er auf den Kalender. Murray hatte ihn gebeten, bis zum Ende des Monats zu warten. Nun, jetzt war es praktisch Monatsende. Ein Gedanke schoß ihm durch den Kopf.
Montag war der einunddreißigste. Konnte es sein, daß man ihn hier sozusagen in Reserve hielt, bis die Demonstrationen am Sonntag vorbei waren? War es möglich, daß zutraf, was Girdler zu Chris gesagt hatte? Daß man fürchtete, er könne letztlich den Ausschlag geben?
Was wohl würde am Montag geschehen? Würde Murray ihn anrufen und voll Bedauern versichern, es habe sich keine Lösung finden lassen? Oder würden sie sich bis dahin sicher genug fühlen, um ihm einen richtigen Job zu geben? Nun, wie auch immer — es spielte jetzt keine Rolle. Er preßte die Hände flach auf die Schreibtischplatte, starrte darauf. In ihm hatte sich irgend etwas verändert, doch seine Hände sahen genauso aus wie eh und je. Groß waren sie, richtige Pranken, die Hände eines Arbeiters. Und nicht die Hände eines Mannes, der grübelte und tüftelte. Guter Gott, ja. Es waren Arbeiterhände, nichts sonst.
Wut stieg in ihm hoch. Er ballte die Hände zu Fäusten, ließ sie auf den Schreibtisch niederkrachen. Schmerz schoß die Arme empor. Er hielt sich die Fäuste dicht vors Gesicht, betrachtete sie. Die Knöchel waren weiß, Blut drang durch die aufgeplatzte Haut. Langsam öffnete er die Fäuste — und gab wieder frei, was er in ihnen gepackt zu haben meinte.

Zeit, sich davonzumachen, Zeit, den Weg fortzusetzen; Zeit, endlich zu entdecken, was in seinem eigenen Kopf vorging. Er hatte gerade die oberste Schublade geöffnet, als es an die Tür klopfte.
»Mr. Huggins?« Es war die Stimme einer jungen Frau.
Er ging zur Tür, öffnete sie. Draußen stand Nancy, sah ihn aus großen Augen an. »Ja?« fragte er mürrisch.
»Ich kam zurück, um etwas aus meinem Schreibtisch zu holen«, sagte sie hastig. »Und dann hörte ich aus Ihrem Zimmer so ein Krachen. Ist alles in Ordnung?«
Er nickte. »Sicher.«
Auf ihrem Gesicht zeigte sich Erleichterung. »Nun gut, dann kann ich ja gehen. Tut mir leid, daß ich Sie gestört habe.«
»Schon gut, Nancy«, versicherte er. »Danke für Ihre Anteilnahme.«
Sie wandte sich zum Gehen. Er hielt sie zurück. »Nancy.«
Sie drehte sich zu ihm herum. »Ja, Mr. Huggins?«
»Hätten Sie wohl Zeit, einen Brief für mich zu tippen?«
»Wird's lange dauern? Ich bin für heute abend verabredet und muß erst noch nach Hause, um mich umzuziehen.«
»Sollte nicht lange dauern«, erklärte er. »Aber er wäre für mich sehr wichtig.«
»Okay. Lassen Sie mir eine Minute. Dann bin ich mit dem Stenoblock wieder da.«
Er sah ihr nach, während sie zu ihrem Schreibtisch ging. Dann trat er zu seinem eigenen Schreibtisch und begann, die Schubladen zu leeren.

20

Kurz nach zwölf war sie in der Wohnung. Sie kam ins Schlafzimmer und sah ihn über den offenen Koffer gebeugt. »Kann ich irgendwie helfen?«
Er schüttelte den Kopf. »Bin praktisch fertig. War ja auch nicht viel.« Er stopfte ein paar Reste hinein, drückte den Koffer zu. »Erledigt.«
Er trug den Koffer ins Wohnzimmer und stellte ihn zu dem anderen, der bereits dort stand. »Mein Gepäck liegt im Auto«, sagte sie.
Er richtete sich auf. Der Zug fuhr erst um sechs. »Ich habe noch

eine halbe Flasche Whisky. Warum das gute Zeug vergeuden?«
Sie nickte. Er holte die Flasche und zwei Gläser. Dann gab er ihr ein Glas und kippte den Flaschenhals darauf zu. »Nur ein bißchen«, sagte sie.
Er ließ ein wenig Whisky in ihr Glas laufen, bedachte sich selbst recht üppig. »Glück«, sagte er.
Sie nippte und zog ein Gesicht. »Wie kannst du nur so ein Zeug trinken? Schmeckt ja scheußlich.«
Er lachte. »Sieh nur zu, daß du dich dran gewöhnst. Ist Arme-Leute-Whisky. Martini dry kostet das Doppelte.«
Sie schwieg.
Er sah sie an. »Bist du sicher, daß du mitkommen möchtest? Wird für dich ein völlig anderes Leben sein. Kannst es dir noch immer überlegen. Ich würde es verstehen.«
Sie lächelte. »So leicht wirst du mich nicht los.« Sie trank noch einen Schluck. »So übel ist dieser Whisky gar nicht.«
Er lachte.
»Hast du mit Mrs. Togersen gesprochen?« fragte sie.
»Ja. Sie ist bereits ins Kinderzimmer gezogen, so daß uns das andere Schlafzimmer bleibt. Im übrigen scheint sie sich sehr zu freuen, daß du mitkommst. Sie mag dich.«
»Sie kennt mich auch schon ziemlich lange. Wie geht's denn dem Baby?«
Aus seiner Stimme klang Stolz. »Soll sich prächtig machen. Wächst und gedeiht. Nimmt gehörig zu — fast ein Pfund inzwischen. Und macht ihr keinerlei Sorgen. Schläft brav die Nacht durch.«
»Bist begierig darauf, ihn zu sehen?«
Er sah sie an, nickte dann. »Ja. Eigentlich komisch. Nie hatte ich mich selbst als Vater gesehen. Aber als ich ihn in den Armen hielt und ihn so sah, da wurde mir plötzlich klar, daß ich ihn ja mitgezeugt hatte. Und irgendwie hatte ich das Gefühl, ich würde bis in alle Ewigkeit leben.«
Sie hielt ihm ihr Glas hin. »Noch ein bißchen.«
Er schenkte ihr ein, kaum einen halben Fingerbreit voll. »Wie ist eigentlich das Wetter?«
»Sonnig und warm«, erwiderte sie.
»Gut. Dann haben die Streikenden wenigstens in dieser Hinsicht Glück. Ist wirklich nicht leicht, optimistisch zu sein, wenn dir der Regen ins Gesicht pißt. Das Mädchen, das den Brief für mich tippte, sagte mir, ihr Boß sei sehr zufrieden. In der Wochenschau von Paramount zeigen sie die Demonstration in Südchikago. Am

kommenden Dienstag läuft sie zugleich in sechstausend Kinos.«
»Bin nur froh, daß du nicht dabeisein wirst«, sagte sie. »Heute morgen beim Frühstück hörte ich Onkel Tom am Telefon. Er sprach mit irgendwem von der Polizeizentrale in Südchikago. Beim Werk müsse man mit Schwierigkeiten rechnen, erklärte er. Und forderte zum Schutz einhundertundfünfzig Polizisten an. Als er zum Tisch zurückkam, lächelte er und sagte zu meiner Tante, falls die Roten Krach suchten, würden sie ihr blaues Wunder erleben.«
Er musterte sie.
»Im Werk hat er doch bereits an die hundert Wächter. Wozu braucht er da denn noch draußen die Bullen?«
»Keine Ahnung«, erwiderte sie. »Und ich habe auch nicht weiter darüber nachgedacht. Ich hatte viel zuviel damit zu tun, mein Gepäck hinauszuschmuggeln, ohne daß die was merkten.«
»Er wird enttäuscht sein«, sagte Daniel. »Das Meeting findet in einem Saal statt, der mehrere Straßen entfernt liegt. Die Männer werden nicht mal in die Nähe des Werkes kommen.«
Sie schwieg.
Ein Gedanke zuckte ihm durchs Gehirn. »Dein Onkel Tom war ziemlich sicher, daß sie beim Werk zu finden sein würden?«
Sie nickte.
Abrupt stellte er sein Glas auf den Tisch. »Dann muß ich sehen, daß ich sofort hinkomme — darf keiner auch nur in die Nähe des Werks, dafür muß gesorgt werden.«
»Das geht dich nichts mehr an, Daniel«, sagte sie. »Du hast den Kram hingeschmissen, vergiß das nicht.«
»Muß an Pittsburgh denken, 1919«, sagte er. »Da ist es vielen Männern schlimm ergangen. Weil keiner den Mumm hatte, sie zur Vernunft zu bringen.«
»Jetzt haben wir 1937«, hielt sie ihm entgegen. »Und es ist nicht mehr dein Kampf.«
»Vielleicht nicht«, erwiderte er. »Aber viele von den Männern, die jetzt mitmachen, habe ich dazu gebracht, in die Gewerkschaft einzutreten, und wenn denen übel mitgespielt wird — das möchte ich nicht auf dem Gewissen haben.«
Sie schwieg.
»Gib mir die Autoschlüssel«, sagte er.
»Laß doch, Daniel«, bat sie ihn. »Wir fangen ein neues Leben an. Das hast du gestern zu mir gesagt.«
»Chris. Wie soll ich ein neues Leben anfangen, solange meine

Freunde in Gefahr sind? Ich muß versuchen, das schlimmste zu verhindern. Gib mir die Schlüssel.«
»Ich komme mit«, sagte sie.
»Nein. Warte hier auf mich.« — »Du hast gesagt, du würdest mich überallhin mitnehmen.« Ihre Stimme klang fest und unnachgiebig. »Und das fängt hier und jetzt an.«

Auf den Straßen bei Sam's Place reihte sich Auto an Auto. Nirgends fand sich ein Platz zum Parken. Schließlich hielt Dan mitten auf dem Fahrdamm und stieg aus. »Parke das Auto auf der anderen Seite und warte auf mich.«
Chris nickte. Ihr Gesicht war blaß.
Dan drehte sich um und strebte auf den Versammlungssaal zu. Es war erstaunlich warm geworden, und die vielen Menschen auf den Straßen glichen eher Ausflüglern als einer Schar von Streikenden. Nicht wenige der Männer hatten ihre Familien mitgebracht, und so sah man auch eine große Menge von Frauen und Kindern.
Daniel drängte sich in den Versammlungssaal. Hier standen die Menschen bereits dicht an dicht. Am anderen Ende saß, auf einer Tribüne, eine Reihe von Männern, und am Rednerpult war ein einzelner Mann, der mit lauter Stimme rief.
»Es gibt für uns nur eine Möglichkeit, der Polizei zu beweisen, daß wir uns nicht einschüchtern lassen und daß Girdler für uns nicht das Gesetz ist. Die Polizisten müssen sehen, daß wir, das Volk, die Streikenden, stark und mutig genug sind, um ihnen ins Auge zu blicken und ins Gesicht zu spucken!«
Zustimmendes Getöse wurde laut.
Der Redner warf einen Blick auf den Zettel in seiner Hand.
»Seien wir, die Mitglieder der Stahlarbeitergewerkschaft des hiesigen Bezirks, uns also einig in unserer Verurteilung der Willkür- und Unterdrückungsmethoden der Chikagoer Polizei, die mit allen Mitteln versucht, die Arbeiter an der Wahrnehmung ihrer verfassungsmäßigen Rechte der freien Rede und des Streiks durch Einschüchterung und Drohung zu hindern — unseres Streiks für eine Verbesserung des *American Way of Life*. Wer dem zustimmt, bekunde dies mit einem lauten ›Ja‹.«
Das Ja-Gebrüll schwoll zum ohrenbetäubenden Dröhnen.
»Zeigen wir's ihnen jetzt!« schrie eine Stimme mitten aus der Menge. »Ja«, fiel eine zweite Stimme ein. »Die sollen mal sehen, was eine richtige Streikpostenkette ist. Nicht bloß zehn Männer, sondern tausend!«

Inzwischen war es Daniel gelungen, sich zur Tribüne durchzuarbeiten. Gerade noch zur rechten Zeit, wie es schien. Denn aus dem Saal hallten Beifallsrufe. Resolut schob er den Mann am Rednerpult beiseite. »Halt mal!« rief er der Menge zu. »Halt mal!«
Doch unten im Saal brodelte es. Der Redner sah Daniel an. »Scher dich hier raus, Huggins«, sagte er. »Wir wollen dich hier nicht mehr haben.« Doch seine Stimme drang nicht weiter als bis zu Daniel.
»Du bist Davis«, sagte Daniel. »Und jetzt hör mir mal zu. Ich habe herausgefunden, daß einhundertfünfzig einsatzwütige Bullen bereitstehen. Sorg dafür, das Meeting hier und nur hier abzuhalten. Wenn die Männer zum Werk marschieren, werden viele zu Schaden kommen. Und nicht nur die Männer. Auch Frauen und Kinder.«
»Niemand kann den Arbeitern verwehren, für ihre Rechte zu demonstrieren«, sagte Davis.
»Aber die Arbeiterführer, die tragen eine Verantwortung. Dafür nämlich, daß niemand unsinnigerweise zu Schaden kommt. Ich habe 1919 erlebt, was passiert, wenn die Führer ihre Pflicht vernachlässigen. Es kann auch hier passieren.«
»Nein«, erwiderte Davis. »Dafür sind wir zu viele. Außerdem würden die Polizisten schon wegen der Wochenschaukameras nichts wagen. Deshalb haben wir ja auch dafür gesorgt, daß sie dort sind.«
»Kameras können Kugeln nicht aufhalten«, sagte Daniel. Er blickte zur Menge. »Brüder!« rief er. »Ihr kennt mich. Viele von euch sind erst durch mich mit dieser Gewerkschaft in Kontakt gekommen. Und ich möchte diesen Streik gewinnen, genau wie ihr alle. Aber glaubt mir, das schaffen wir nicht, indem wir gegen die Chikagoer Polizei demonstrieren. Wir können es nur schaffen, wenn wir dafür sorgen, daß die im Werk die Produktion ganz einstellen müssen — indem wir auch die restlichen Kollegen auf unsere Seite ziehen. Jawohl, dort müssen wir ansetzen! Sinnen wir also auf Mittel und Wege, um unsere Brüder davon zu überzeugen, daß unser Kampf auch ihr Kampf ist. Hier in der Gewerkschaftshalle wird die Schlacht gewonnen werden. Nicht dort draußen vor dem Werk.«
Aus der Menge scholl eine sarkastische Stimme. »Wir kennen dich, Big Dan. Wir wissen, daß du uns für 'n Stück Girdler-Fotze verkauft hast. Wir wissen, daß du gegen unseren Streik bist.«
»Das ist nicht wahr!« rief Daniel.

»Wenn's nicht wahr ist«, schrie eine andere Stimme, »dann mach doch mit. Statt gegen uns zu kämpfen.«
Daniel blickte in den Saal, in dem plötzlich Stille herrschte. »Ich mache mit«, sagte er. »Aber nur die Männer marschieren. Sorgt dafür, daß keine Frauen und keine Kinder dabei sind.«
Ein Dröhnen wurde laut, ein Brüllen. Zwei junge Männer sprangen auf die Tribüne, packten die amerikanischen Fahnen, zogen damit durch den Gang.
Daniel blickte zu Davis. »Du mußt mir helfen, Mann. Versuchen wir, sie wenigstens eine Straße vor dem Werk zu stoppen.« Ohne die Antwort abzuwarten, sprang er von der Tribüne herunter und marschierte zwischen den beiden Fahnenträgern.
Die Sonne draußen war grell und heiß. Daniel zog sich die Jacke aus, trug sie über dem Arm. »Quer übers Feld!« schrie jemand. »Die Straßen werden von den Bullen blockiert.«
Langsam und zielstrebig marschierten sie auf das Werk zu, das sich am anderen Ende des offenen Feldes befand, etwa anderthalb Kilometer entfernt. Daniel wendete den Kopf. Hinter sich sah er die Männer in langem, unordentlichem Zug. Aber auch Frauen und Kinder waren dabei, seiner Warnung zum Trotz. Eine sonderbare Fröhlichkeit herrschte, unbeschwert, arglos. Nicht zu einer Streikpostenkette schien es zu gehen, sondern zu einem Sonntagspicknick.
»Laßt die Frauen und Kinder zurück!« schrie er, doch im allgemeinen Lärm war seine Stimme verloren.
Er spürte eine Hand auf seinem Arm und drehte sich herum. Es war Sandy. Dicht an seiner Seite befand sich Davis.
»Big Dan«, sagte Sandy. »Hab ja gewußt, daß du kommen würdest.«
Daniel antwortete nicht. Er blickte zu Davis. »Schau dir das an. Dort wartet eine ganze Armee von Polizisten auf uns. Habe ich etwa übertrieben?«
Davis starrte. »Ja, ich sehe sie. Aber die werden nichts unternehmen. Direkt hinter ihnen ist der Wagen der Wochenschau postiert. Wir müssen so dicht wie möglich heran, damit die das auch richtig aufs Zelluloid kriegen — was für eine große Menge wir sind.«
»Was ist wichtiger? Menschenleben — oder ein belichteter Film?«
»Der Film wird helfen, daß man uns im ganzen Land versteht«, sagte Davis.
Daniel betrachtete ihn. Es hatte keinen Zweck. Und war doch so

grauenvoll unsinnig. Wie Lämmer marschierten sie zur Schlachtbank. »Bei der nächsten Straße«, sagte er mit schwerer Stimme, »bei der nächsten Straße muß man unbedingt versuchen, sie zu stoppen.« Doch ein Halten gab es nicht. Jetzt nicht — längst nicht mehr. Der Druck der nachdrängenden Menge schob auch die vorderste Reihe weiter. Daniel sah, wie mehr und mehr Polizisten Pistolen und Schlagstöcke bereithielten. Blitzartig zuckte ein Bild durch seinen Kopf: wie im Krieg, auf der anderen Seite vom Niemandsland, der Feind gewartet hatte.
Sie waren höchstens noch sechzig oder siebzig Meter von den Polizisten entfernt, als Daniel sich plötzlich umdrehte und beide Hände hob, um die Menge zum Stehen zu bringen.
»Jetzt!« rief er. »Hier die Streikpostenkette bilden!«
Überraschend erhielt er Beistand. »Ja«, rief auch Davis, »hier die Kette bilden, an den Flanken die Fahnenträger.«
Die Folge war ein wirres Durcheinander; niemand wußte, was er tun sollte. Daniel gab einem der Fahnenträger einen Stoß. »Los, Mann, setz dich in Bewegung!« Der Fahnenträger begann davonzumarschieren. »Okay jetzt«, rief Daniel der Menge zu. »Folgt ihm!«
»Folgt ihm!« rief Davis.
Daniel warf ihm einen Blick zu. »Danke.«
Die Antwort klang wie ein undeutliches Knurren. »Keine Ursache. Ich habe die Hosen voll.«
»Vielleicht haben wir ja Glück«, sagte Daniel, »und schrammen grad so vorbei.«
Doch sie hatten kein Glück. Er hörte die ersten Schüsse. Dann krachte etwas mit der Wucht eines Vorschlaghammers gegen seinen Rücken und schleuderte ihn zu Boden. Er versuchte, sich hochzustützen, doch die Beine wollten sein Gewicht nicht tragen. Wilde Panik herrschte, Stimmen schrien, gellten, brüllten. Und überall waren blauuniformierte Polizisten, die gegen alle und jedes ihre Knüppel schwangen. Er sah, wie Davis und Sandy unter einem Hagel von Schlägen zu Boden fielen; und die Polizisten droschen noch auf sie ein, als sie schon längst bewegungslos lagen, offenbar ohne Bewußtsein.
Er fühlte, wie ihm Tränen übers Gesicht liefen. »Oh, Scheiße!« schrie er, und der körperliche Schmerz war nichts gegen das, was er im Inneren spürte. »Scheiße, Scheiße, Scheiße.«
Dann gaben seine Arme nach, und er sackte tiefer und tiefer wie in eine Sonnenfinsternis.

Jetzt

Vielleicht lag es daran, daß Sonntag war. Und Mittagszeit. Vielleicht auch wirkte noch immer das arabische Ölembargo vom letzten Frühjahr nach, jedenfalls psychologisch: Seit fast einer Stunde saß ich auf der niedrigen Mauer, ohne daß auch nur ein einziges Auto vorübergekommen war.
Ich erinnere mich noch an die Empörung meines Vaters, als es losging mit den langen Schlangen vor den Tankstellen und der Schließung von Fabriken. Auf einer Pressekonferenz schoß er volle Breitseiten ab gegen alle, den Präsidenten, den Kongreß, die Ölkonzerne. »Es ist das alte Lied«, hatte er geknurrt. »Sie stecken alle unter einer Decke. Arbeiten Hand in Hand, um die Preise in die Höhe zu treiben und dem Arbeiter das Geld aus der Tasche zu ziehen. Demselben Arbeiter, der all die Ölfelder erschlossen hat. Und dem man jetzt die Früchte seiner Arbeit vorenthält. Wir haben den Arabern ihre Macht gegeben, indem wir ihre Ölquellen entwickelten. Das geschah auf Kosten unserer eigenen Ölvorkommen und auf Kosten des amerikanischen Arbeiters. Weil man behauptete, so sei es billiger. Jetzt zeigt sich, wie billig es in Wahrheit ist. Es gibt nur ein Wort dafür: Erpressung. Und mit Erpressern kann man nur auf eine Weise fertig werden, man muß sie unschädlich machen. Das Recht ist völlig auf unserer Seite. Es gilt, die Bedrohung unserer nationalen Sicherheit, unseres Wohlstands, ja unseres Lebens abzuwenden. Schickt Marineinfanteristen hin!«
Als ihn die Presse beschuldigte, ein Chauvinist und Säbelraßler zu sein, pro-zionistisch und anti-arabisch, erwiderte er voll Verachtung: »Wenn wir in zwei Weltkriegen mitgekämpft haben, so ganz gewiß nicht für das ›Recht‹ der Araber und der Ölgesellschaften, sich auf unsere Kosten zu bereichern. In unserer Geschichte gibt es genügend Beispiele dafür, daß wir zusammenstehen und für unsere fundamentalen Lebensrechte kämpfen. Sollten wir das diesmal versäumen, so könnte es sein, daß wir in

fünf Jahren zurückblicken und entdecken, daß wir uns — und vielleicht die ganze westliche Zivilisation — Kains Händen überantwortet haben.«

Es war noch gar nicht lange her. Doch es war vorbei, für immer, jedenfalls für meinen Vater. Er war tot, und niemand mehr hörte seine Stimme. Außer mir. Und ich fragte mich, wie lange es noch dauern würde, bis sie auch für mich verstummte.

»Bis du mich kennst, Jonathan.«
»Ich kenne dich, Vater. Ich habe dich immer gekannt.«
Seine Stimme war leise, sacht. »Das hast du dir nur eingebildet. Doch jetzt fängst du an zu begreifen.«
»Zu begreifen? Was denn?«
»Wo ich herkomme? Wer ich bin.«
»Wer du warst«, sagte ich mit Nachdruck.
Er lachte leise. »Ansichtssache.«
»Nichts hat sich geändert. Du bist nach wie vor der, der du immer für mich warst.«
»Und daran wird sich in der Tat nichts ändern. Ich werde für dich immer der sein, als den du mich siehst. Genau wie du immer sein wirst, wofür du dich selber hältst.«
»Ich will nach Hause, Vater. Hab's allmählich satt, auf Mauern oder Zäunen oder sonstwo am Straßenrand zu warten. Gibt ja doch nichts Neues mehr zu entdecken.«
»Du fühlst dich einsam. Aber habe Geduld. Die Reise wird bald zu Ende sein. Dann kehrst du nach Hause zurück und fügst alles zusammen, was du erfahren hast.«
»Zusammenfügen? Zu was für einem Bild? Zu welcher Erkenntnis?«
»Liebe, mein Sohn! Und daß nur ein Narr sie wegwirft.«
»Ehrlich, Vater. Ich hab ihn satt, den ganzen Scheiß. Ich will nach Hause. Jetzt.«
»Nein.« Seine Stimme klang stark und scharf. »Blicke die Straße hinauf, mein Sohn, und entdecke, weshalb in der letzten Stunde hier keine Autos vorbeigekommen sind; und warum du auf dieser Mauer gesessen hast, gerade jetzt, gerade um diese Zeit.«

Etwa einen Kilometer entfernt tauchte ein Auto auf. Das Band der Straße führte über eine Hügelhöhe, und von dort strebte das Auto in rascher Fahrt in meine Richtung. Auf dem silbernen Kühler glänzte Sonnenlicht. Der Wagen schoß an mir vorüber, ein weißes Rolls-Corniche-Kabriolett mit herabgeklapptem Verdeck. Am Steuer saß ein Mädchen mit weizenhellem, windzer-

zaustem Haar. Ein paar hundert Meter weiter bremste sie plötzlich, schaltete den Rückwärtsgang ein.
Sie stieß zurück, brachte den Wagen dann unmittelbar vor mir zum Halten. Sekundenlang saßen wir beide stumm, starrten einander an.
Sie war schön. Sonnenbraune Haut und fast weißblondes Haar, das ihr jetzt, wo es nicht mehr vom Wind zerzaust wurde, bis über die Schultern fiel. Sie hatte hohe Jochbögen, üppige Lippen, ein gutgemeißeltes Kinn. Doch das wichtigste, das allerwichtigste waren ihre Augen. Helles Grau vermischt mit Blau. Tausendmal hatte ich sie schon gesehen, diese Augen. Nur wußte ich nicht, wo.
Schließlich lächelte sie, und die weißen Zähne und die Lachfältchen ließen ihre Augen noch blauer erscheinen. Ihre Stimme, leise und tief, klang dennoch klar und deutlich. »Humpty Dumpty saß auf einer Mauer«, sagte sie.
»Humpty Dumpty fiel und brach entzwei«, erwiderte ich.
»Und alle Rösser des Königs...«
»Und alle Mannen des Königs...«
»Brachten Humpty Dumpty nicht mehr in die Reih«, sagten wir zusammen und lachten.
»Sind Sie Humpty Dumpty?« fragte sie.
»Weiß nicht«, sagte ich. »Glauben Sie, daß ich's bin?«
»Könnte doch sein«, erklärte sie ernsthaft.
»Nein. Das ist ein Kindervers.«
»Und warum sitzen Sie dann so auf der Mauer?«
»Wußte ich selber nicht. Bis Sie kamen. Jetzt weiß ich's. Ich habe auf Sie gewartet. Eigentlich wollte ich schon weg. Aber das hat mir dann jemand ausgeredet.«
Rasch blickte sie sich um. »Wer denn? Ich sehe niemanden.«
»Ein Freund. Ist inzwischen verschwunden.«
Sie sah wieder zu mir. »Ich meinte, Sie hätten gerufen. Deshalb hielt ich an.«
Ich schwieg.
»Ich habe jemanden rufen hören«, beharrte sie.
Ich sprang von der Mauer herunter. »Ich habe Sie gerufen, Prinzessin.« Mein Rucksack lag griffbereit. Ich schleuderte ihn auf den Hintersitz, stieg dann ein und setzte mich neben sie.
»Prinzessin«, sagte sie nachdenklich. »So hat mich außer meiner Mutter nie jemand genannt. Mein Name ist —«
Ich unterbrach sie. »Sagen Sie's mir nicht, Prinzessin. Ich will's nicht wissen.«

»Und wie soll ich Sie nennen? Humpty Dumpty?«
»Jonathan.«
Sie nickte. »Gefällt mir. Paßt zu Ihnen.« Sie lenkte auf die eigentliche Fahrbahn zurück, erhöhte das Tempo. Im Handumdrehen fuhren wir so an die neunzig. »Ich werde Sie nach Hause bringen.«
»Okay.«
Sie warf mir einen Blick zu. »Wie alt sind Sie?«
»Achtzehn«, erwiderte ich. Und übertrieb ja auch nicht. Jedenfalls kaum. Nur um zwei Monate.
»Sie wirken älter«, erklärte sie und holte dann ein goldenes Zigarettenetui hervor, das sie aufklappen ließ. »Zünden Sie für mich auch gleich eine an.«
Ich sah: schokoladenbraunes Papier, goldenes Mundstück, mit der Maschine gefertigte Joints. Ich war beeindruckt. Und ich steckte mir so ein Ding an. Prächtiger Stoff, ausgezeichneter Shit, vielleicht das beste Marihuana, das ich je gekifft hatte. Ganze zwei Züge, und — Mann! — ich war richtig high. Ich reichte ihr den Joint. Sie klebte ihn sich richtig in einen Mundwinkel und ließ ihn dort hängen. Als ich so zwei oder drei Sekunden später auf den Tacho blickte, waren wir schon bei einhundertunddreißig. Ich streckte die Hand aus und nahm ihr den Joint aus dem Mund.
»Was soll das?« fragte sie.
Ich deutete auf den Tacho. »Sie haben doch gesagt, Sie wollen mich nach Hause bringen. Und ich — nun, nach Möglichkeit möchte ich dort auch heil ankommen.«
Im Nu ging sie herunter. Auf etwa neunzig. »Damit komm ich schon klar«, behauptete sie.
»Aber sicher«, erklärte ich, während ich den Joint ausdrückte. »Ist bloß so — ich bin nun mal 'n vorsichtiger Typ.«
Sie schwieg. Wenige Minuten später bog sie in die Ausfahrt nach West Palm Beach ein. Hielt an der Gebührenkabine, wo alle sie zu kennen schienen.
Sie reichte dem Diensthabenden ihre Karte und einen Fünf-Dollar-Schein. Er tauchte aus der Kabine hervor, das Wechselgeld in der Hand. Auf der Anzeigetafel ließ sich, in Rotlicht, ablesen: 3,50 Dollar. »Schöner Tag heute, Mrs. Ross«, sagte er. »Wie macht sich das neue Auto denn?«
»Ganz ausgezeichnet, Tom«, erwiderte sie.
»Ein Stück zurück hat die Radarkontrolle Sie bei hundertdreißig und mehr erwischt«, sagte er. »Aber Sie gingen ja gleich wieder

herunter. Wir haben denen erklärt, sie sollten kein Geschrei machen.«
»Danke, Tom«, sagte sie und streckte ihm die Hand hin. Diesmal befand sich zwischen ihren Fingern ein Zwanzig-Dollar-Schein. Schon war er verschwunden. Und der Mann sagte höflich: »Lassen Sie's lieber nicht drauf ankommen, Mrs. Ross. Ich meine, es könnte ja mal wer Dienst haben, der Sie nicht kennt.«
»Will's mir merken«, versicherte sie und fuhr weiter. Wir rollten die Rampe hinunter, erreichten die Schnellstraße. Zehn Minuten später überquerten wir eine kleine Brücke und bogen dann in eine schmale Privatstraße ein. Sie betätigte irgendeinen Knopf, und vor uns öffnete sich — offenbar per Funk — ein Tor. Kaum waren wir hineingefahren, da schloß es sich wieder. Wir hielten vor dem Gebäude.
Sie sah mich an. »Wir sind zu Hause«, sagte sie.
»Okay.« Ich stieg aus, ging um den Wagen herum und öffnete die Tür für sie.
»Ihr Gepäck werden Sie selber tragen müssen«, erklärte sie. »Jetzt im August ist das ganze Personal im Urlaub — bis auf den Gärtner.«
»Kein Problem.« Ich hob den Rucksack vom Hintersitz und folgte ihr ins Haus. Sie ging einen Gang entlang, öffnete eine Tür.
»Dies ist Ihr Zimmer«, sagte sie. »Dort drüben geht's zum Bad, und die Tür neben dem Fenster führt hinaus zum Swimmingpool oder auch zum Strand, was immer Ihnen lieber ist. Die Wandschränke sind gleich hier vorn.«
Da war noch eine Tür, und ich fragte mich ... »Wo führt die denn hin?« wollte ich wissen.
»Zu meinem Zimmer«, erwiderte sie. »Dieses Zimmer hier war das Zimmer meines früheren Mannes. Möchten Sie sonst noch etwas wissen?«
Ich musterte sie kurz. »Wo befindet sich die Waschmaschine? Ich habe einen Haufen dreckiger Wäsche.«

Ich wälzte mich im Bett herum und öffnete die Augen. Die Sonne war verschwunden, im Raum herrschte Dämmerlicht. Sehr langsam bewegte ich mich, genoß den Luxus echter Bettwäsche. Wie lange hatte ich schon nicht mehr in einem richtigen Bett geschlafen? Erst jetzt begriff ich, wie verdammt gut das tat.
Ich setzte mich auf. Was meinen Plunder betraf, den hatte ich

sämtlich in die Waschmaschine getan. Noch war Zeit, das Zeug in die Trockenschleuder zu verfrachten, damit ich mir heute abend was andres anziehen konnte als das eine Paar Shorts, das ich zurückbehalten hatte. Okay. Schon war ich aus dem Bett und schlüpfte eben in meine kurzen Jeans, als ich entdeckte, daß mein Zeug ordentlich gebügelt und zusammengelegt auf der Couch an der Wand lag.
Offenbar war ich total weg gewesen. Denn daß sie ins Zimmer gekommen war, nein, das hatte ich überhaupt nicht mitgekriegt. Konnte gar nicht lange her sein, denn die Sachen fühlten sich noch warm an. Ich strich mir über die Wangen. Eine Rasur und noch mal eine Dusche — viel mehr fehlte mir nicht, um mich wieder so ziemlich als Mensch zu fühlen. Das Duschbad, bevor ich ins Bett gefallen war, hatte bloß den Dreck runtergespült. Jetzt brauchte ich noch mal die gleiche Prozedur, um richtig frisch zu werden.
Und dann stand ich dort, in der Duschkabine. Heiß sprühte der Wasserstrahl herab, Dampf beschlug die Glasscheibe, und als ich wieder hervortauchte, hing in der Luft der leise Geruch von Marihuana, und in bequemer Reichweite für mich lag ein großes Badetuch. Ich nahm es und begann, mich abzutrocknen. Dann ging ich in mein Zimmer zurück. Die Tür zu ihrem Zimmer war nach wie vor geschlossen. Ich trat zum Fenster und blickte hinaus auf den vorderen Fahrweg. Der Rolls war nicht zu sehen. Ich zog mich an und klopfte an ihre Tür.
Keine Antwort. Ich klopfte wieder. Noch immer nichts. Ich öffnete die Tür und trat ein. Der Raum war leer. Ich ging in mein Zimmer zurück, trat dann hinaus auf den Gang. Streifte durchs ganze Haus. Doch fand ich sie nirgends.
Schließlich holte ich mir aus dem Kühlschrank eine Dose Bier und ging durchs Wohnzimmer auf die Veranda. Dort setzte ich mich hin und blickte hinaus aufs Meer. Am Horizont strebte ein Frachter langsam südwärts, und während ich noch starrte, wurde es Nacht, der Frachter war verschwunden, und langsam traten die Sterne hervor. Bald glich der Himmel einem blauschwarzen Zelt aus Samt, bestickt mit Diamanten. Alles, ja, alles paßte irgendwie genau zusammen. Der Rolls Corniche, dieses Haus, jetzt der diamantenfunkelnde Himmel. Reich war reich.
Hinter mir erklang ihre Stimme. »Hungrig?«
Ich stand auf und drehte mich um. Sie trug eine große, weiße Tasche.
»Hab verschiedenes besorgt«, erklärte sie. »Rippenspeer, Hühn-

chen, Salat und Pommes frites. Zum Selberkochen hatte ich nicht die geringste Lust.« — »Ich meckere ja gar nicht«, versicherte ich. »Wenn ich vielleicht helfen darf.«
Es war wenigstens viermal soviel, wie wir verdrücken konnten. Schließlich hob ich die Hände. »Wenn ich nicht aufhöre, platze ich noch.«
Sie lachte. Gegessen hatte sie nicht allzuviel. Vielleicht ein Stück Rippenspeer und ein bißchen was vom Huhn. »Wir werden den Rest in den Kühlschrank tun. Vielleicht bekommen Sie später wieder Appetit.«
Wir trugen das schmutzige Geschirr ins Spülbecken. Dann goß sie sich ein Glas Rotwein ein, ich mir ein Glas Bier, und wir kehrten zur Veranda zurück. Sie setzte sich auf den Stuhl neben mir. Wie aus dem Nichts erschien das goldene Zigarettenetui. Sie steckte sich einen schokoladenbraunen Joint an.
»Sie kiffen wohl viel, wie?« fragte ich.
Sie hob die Schultern. »Besser als Valium.«
Sie reichte mir das Kraut. Ich machte ein paar Züge. War noch besser als vorher. Fühlte mich bombig. So richtig schnuckelig high. »Läßt sich nix gegen sagen. Trotzdem: Warum eigentlich?«
Sie sah mich an. »Macht's einem leichter, die Einsamkeit zu ertragen.«
Ich verpaßte mir noch 'n Hieb und gab ihr das Ding dann zurück. »Einsam? Sie? Wieso denn? Sie scheinen doch alles zu haben.«
»Sicher«, sagte sie und sog am Joint. »Armes kleines reiches Mädchen.«
»So meine ich das nicht«, versicherte ich hastig. »Sie sind schön; Sie brauchen nicht allein zu sein.«
Ihre Stimme klang bitter. »Ist eigentlich nicht meine Gewohnheit, am Sunshine State Parkway junge Burschen aufzulesen.«
»He, mal langsam«, protestierte ich. »Sie sind völlig auf dem falschen Gleis. Ich habe ja gerufen — bitte, nicht vergessen.«
»Ich war doch duhn«, sagte sie. »Ziemlich high. Da habe ich mir das alles eingebildet, und Sie sind darauf eingegangen.«
»Prinzessin.«
Aus ihrer Stimme klang Zorn. »Hören Sie schon auf damit! Mein Name ist...«
Ich beugte mich zu ihr. Nahm ihr mit der einen Hand den Joint fort, zog mit der anderen ihren Kopf näher. Und küßte sie. Zuerst waren ihre Lippen hart. Dann wurden sie weich und warm, und schließlich spürte ich ein Zittern.

Ich richtete mich auf und sah, daß ihre blauen Augen feucht waren.
»Du hast die Augen deiner Mutter, Christina«, sagte ich.
Sie schluckte kurz. »Wenn du meinen Namen kennst, wieso hast du mich dann Prinzessin genannt?«
Ich sagte die Wörter, doch es war mein Vater, der sie sprach: »Wärst du meine Tochter, so hätte ich dir diesen Namen gegeben.«
Ängstlich packte sie meine Hand. »Jonathan, was hat all dies zu bedeuten? Entweder bin ich dabei, überzuschnappen, oder — oder dieser Stoff bringt mich zum Halluzinieren.«
Ich nahm ihre Hände, küßte sie. »Du brauchst keine Angst zu haben«, sagte ich. »Wir spielen nur das Einholespiel.«
»Einholespiel?« fragte sie verwirrt.
»Wir führen etwas zu Ende, das unsere Eltern offen gelassen haben«, erklärte ich und stand auf. »Befinden sich die Papiere deiner Mutter noch in der Bibliothek? Du weißt schon: die Alben, die Sammelbücher.«
Sie nickte. »Ganz oben in der Ecke.«
Insgesamt waren es fünf. Groß, in Leder gebunden, übereinandergestapelt. Ich holte sie alle herunter und legte sie auf den Schreibtisch. Doch nur das zweite schlug ich auf — um sofort zur gesuchten Seite zu blättern. »Da, bitte«, sagte ich und deutete auf das Foto.
Sie starrte auf die junge Frau und den jungen Mann, die einander im Viertelprofil anlächelten. Überrascht sagte sie: »Das könnten wir beide sein, du und ich.«
»Sicher«, sagte ich. »Bloß — wir sind's nicht. Es ist deine Mutter. Und es ist mein Vater.« Ich blätterte weiter. »Da sind noch mehr Bilder.«
»Aber ich will keine mehr sehen!« rief sie plötzlich wütend. Und rannte hinaus und warf die Tür hinter sich zu.
Ich klappte das Album zu, folgte ihr dann. Und fand sie in ihrem Schlafzimmer, wo sie schluchzend auf ihrem Bett lag. »Tut mir leid«, sagte ich. »Es ist wohl besser, wenn ich jetzt gehe.«
Sie drehte sich herum, stützte sich hoch. »Nein.«
»Ich will dich nicht weiter beunruhigen«, sagte ich.
»Das weiß ich. Und wenn ich beunruhigt bin, so liegt das wirklich ganz und gar an mir selbst. Ich bin zehn Jahre älter als du. Und sollte mit meinen Gefühlen besser fertig werden können.«
Ich schwieg.
»Daniel«, sagte sie. Ich hob den Kopf, und als ich in die vertraute

Tiefe ihrer Augen blickte, wußte ich, daß nicht sie es war, die sprach. Es war ihre Mutter. »Ich liebe dich noch immer. Und ich will dich noch immer.«
Mit aller Mühe mußte ich mich dagegen wehren, eingesogen zu werden vom Wirbel in ihren Augen. Ich beugte mich über das Bett und küßte sie sacht auf die Stirn. »Versuche, ein wenig zu schlafen.«
»Ich will nicht schlafen«, sagte sie. »Ich habe dir so viel zu erzählen.« Sie zog mich zu sich aufs Bett. »Du warst so voll Zorn. Nie hatte ich einen Mann gekannt, der so voll Zorn war. Darum habe ich mich ja auch von dir getrennt.«
Sacht drückte ich sie aufs Kissen zurück. »Du hast dich nie von mir getrennt«, sagte ich ruhig. »Nein, du hast mich nie verlassen.«
Sie tastete nach meiner Hand, drückte sie. Ihre Stimme war nur ein Flüstern. »Ja, in gewisser Weise ist das wahr. Ich habe dich niemals verlassen.« Dann schlief sie.
Ich wartete sekundenlang, minutenlang. Dann ging ich leise in mein Zimmer und begann, meinen Rucksack zu packen.

»*Jonathan.*«
»*Hör endlich auf, in meinem Kopf herumzuspuken. Laß ab, Vater. Du bist tot.*«
»*Ich spuke nicht in deinem Kopf herum. Ich brauche dich.*«
»*Für dich ist es vorbei, Vater. Du brauchst jetzt niemanden und nichts.*«
»*Ich liebe sie, Jonathan.*«
»*Du bringst da was durcheinander, Vater. Sie ist nicht ihre Mutter.*«
»*Sie ist genauso sehr ihre Mutter, wie du ich bist.*«
»*Ich kann dir nicht helfen, Vater. Scher dich fort und laß mich mein eigenes Leben leben.*« Ein Gedanke zuckte mir durch den Kopf. »*Ist sie deine Tochter, Vater!*«
»*Nein.*« Es klang wie ein leises Seufzen. »*Wenn sie's wäre, dann würde ich dich nicht brauchen, um ihr zu sagen, was ich empfinde.*«
»*Ihre Mutter ist tot, Vater. Warum sagst du's ihr nicht selbst?*«
»*Die Toten können mit den Toten nicht reden. Nur die Lebenden sprechen miteinander.*«

»Hast du gerade mit jemandem gesprochen, Jonathan?«
Sie stand in der offenen Tür, die unsere beiden Zimmer miteinander verband.
Ich gab keine Antwort.

Sie trat ein. »Ich dachte, ich hätte Stimmen gehört.«
»Hier ist niemand«, erwiderte ich.
Sie blickte auf den halbgepackten Rucksack auf dem Bett. »Du willst doch nicht fort?«
Ich hob den Rucksack hoch, kippte einen Teil des Inhalts aufs Bett. »Nein«, sagte ich.
Aus ihrer Stimme klang Neugier. »Was war da zwischen meiner Mutter und deinem Vater?«
»Weiß ich nicht. Ich lass' mich bloß von Gefühlen leiten, von Instinkten. Und irgend etwas hat mich hierhergeführt. Offenbar, weil's wichtig ist, daß ich etwas erfahre.«
»Ja, das Gefühl habe ich auch«, sagte sie. Wie ein plötzliches Begreifen kam es in ihre Augen. »Meine Mutter hat Tagebuch geführt. Vielleicht...«
»Genau darin könnte stehen, was wir wissen wollen«, sagte ich hastig. »Weißt du, wo es sich befindet?«
»Ja«, erwiderte sie. »Dies war der Wohnsitz meiner Mutter. Nach ihrem Tod wurden all ihre persönlichen Dinge eingepackt und fortgeschafft. Das einzige, was zurückblieb, waren diese Erinnerungsalben. Die lagen unberührt oben im Fach, und wir entdeckten sie erst später. Da lohnte sich dann irgendwelcher Aufwand nicht mehr.«
»Können wir an das Tagebuch oder die Tagebücher heran?«
»Ist alles in Miami gelagert. Wir können uns gleich morgen auf die Fahrt dorthin machen.«
Mir war wohler zumute. »Innerhalb des vorgeschriebenen Limits von neunzig Stundenkilometern?«
Sie lächelte. »Aber sicher, das verspreche ich.« Sie drehte sich um, ging in ihr Zimmer zurück. »Gute Nacht, Jonathan.«
»Gute Nacht, Christina.«
Ich wartete, bis sich die Tür hinter ihr schloß.
Dann zog ich mich aus, kroch ins Bett, spürte die knochentiefe Müdigkeit. Und schlief auch schon.

30. Juni 1937
Heute kam Philip Murray ins Krankenhaus, um Daniel zu besuchen. Seit fast einem Monat liegt er dort, und es war das erste Mal, daß sich jemand von der Gewerkschaft blicken ließ. Vor knapp einer Woche eröffneten die Ärzte Daniel, daß er nie wieder würde gehen können. Philip Murray wurde von zwei Männern begleitet, Mr. McDonald und Mr. Mussman. Ich saß beim Bett und sah sie sofort, während sie an den Vorhängen vorüber-

schritten, die die einzelnen Patienten voneinander trennen. Als sie dann vor Daniels Bett stehenblieben, erhob ich mich.
Daniel machte uns miteinander bekannt. Eine verlegene Pause trat ein, als sie meinen Namen hörten. Und so entschuldigte ich mich und ging zum Ende des Saals. Sie blieben etwa eine Viertelstunde. Dann verschwanden sie wieder, bedachten mich jedoch mit keinem einzigen Blick. Ich ging zu Daniel zurück.
Auf seinem Gesicht entdeckte ich einen mir völlig unbekannten Ausdruck. Es war, als sei dort jeder Muskel zu Stein erstarrt. Nur die Augen lebten, und sie brannten wie in kohlschwarzem Zorn. Vor ihm auf dem Bettlaken lagen ein paar verstreute Papiere, und seine mächtigen Hände hatte er zu Fäusten geballt. So hart spannte sich die weiße Haut über den Knöcheln, daß ich meinte, sie müsse jeden Augenblick platzen. Nach Sekunden nahm er ein Blatt Papier und hielt es mir hin. Nur mit äußerster Anstrengung schien er in seinen Händen ein Zittern zu unterdrücken.
Es war das Briefpapier des Stahlarbeiter-Organisationskomitees. In Anbetracht seiner früheren wertvollen Dienste, so hieß es dort, sei der Ausschuß nicht bereit gewesen, seine vor der Verletzung eingereichte Kündigung zu akzeptieren. Statt dessen sei man übereingekommen, ihn nunmehr in den unvermeidlichen Ruhestand zu schicken mit einer einmaligen Abfindung in Höhe eines Monatslohns plus Trennungszulage sowie einer für zwei Jahre zu zahlenden Rente in Höhe von 25 Dollar wöchentlich. Im übrigen werde man auch die Krankenhauskosten übernehmen sowie alle einschlägigen Spesen. Man wünsche ihm für den künftigen Lebensweg, wie immer dieser sich auch gestalten möge, alles Gute. Gezeichnet: Philip Murray.
Ich sah ihn an. Es gab nichts, was ich hätte sagen können.
»Der Streik ist verloren«, erklärte er. »Das weißt du.«
Ich nickte.
»Zehn Tote am *Memorial Day* in Chikago, kaum einen Monat später zwölf Tote in Youngstown, dazu über einhundert Verkrüppelte und Verwundete; und jetzt ist es vorbei. Während die Männer wie geprügelt an ihre Arbeitsplätze zurückkehren, waschen die gewissenlosen Anführer ihre Hände in Unschuld. Das nächste Mal werden wir's schaffen, heißt es. Inzwischen spielen sie weiter ihre Machtspielchen, und die Männer, die für sie Streikposten standen, die für sie geblutet haben und für sie gestorben sind, die kehrt man auf den Abfallhaufen. Wie ausgequetschte Zitronen, zu nichts mehr nütze.«
Seine Augen, soeben noch voll dunkler Glut, hatten plötzlich ei-

nen eisigen Glanz. Und aus seiner Stimme klang eine Besessenheit, wie ich sie noch nie gehört hatte. »Sie glauben, daß ich erledigt bin. Daß ich niemals wieder laufen, niemals wieder funktionieren kann. Aber das ist nur ein weiterer Irrtum, den sie werden verbuchen müssen. Genau wie bei dem Streik, den sie niemals hätten anfangen dürfen. Sie wußten ja von vornherein, daß er nicht zu gewinnen war.«
Sein Blick saugte sich an mir fest. »Ich werde wieder laufen. Und du wirst mir helfen.«
Ich nickte.
»Das erste, was du tun mußt — schaff mich hier raus. Das einzige, was man hier hört, ist: ›Tut uns leid.‹«
»Wohin wollen wir?« fragte ich.
Seine Stimme klang plötzlich sehr sanft. »Nach Hause.«

16. Juli 1937
In Fitchville stiegen wir aus. Ich ließ ihn auf dem Bahnsteig zurück, in seinem Rollstuhl inmitten von lauter Gepäck, während ich die Straße hinabging und für zweihundertfünfundneunzig Dollar einen fünfunddreißiger Dodge-Tourenwagen kaufte. Dann fuhren wir über allerlei Landstraßen zu dem, was er »Zuhause« nannte. Nicht mal mehr eine verfallene Hütte stand dort. Da waren nur niedergebrannte, verkohlte Reste. Sekundenlang starrte er ausdruckslos darauf, dann blickte er zu mir.
»Morgen früh fährst du in die Stadt zurück und engagierst die vier kräftigsten Neger, die du für einen Dollar pro Tag plus Unterkunft und Verpflegung finden kannst. Dann gehst du zum *General Store* und kaufst für jeden Mann einen Hammer, eine Säge, eine Axt sowie jede Menge Nägel und Zeug, auch Holz. Besorge ihnen genügend Proviant für eine Woche. Bohnen, Speck, Kaffee und Zucker. Und für uns, was immer du für richtig hältst.«
Er stutzte kurz, als er den Ausdruck in meinen Augen sah. »Nur keine Sorge«, sagte er. »Wird schon alles gut werden.«
»Willst du dies auch wirklich tun, Daniel?« fragte ich. »Es steht uns noch immer frei, Onkel Toms Angebot zu akzeptieren.« Erst vor ein paar Tagen hatte sich Onkel Tom erboten, die gesamten Behandlungskosten zu übernehmen — allerdings unter der Voraussetzung, daß Daniel sich schriftlich verpflichtete, nie wieder für die Gewerkschaftsbewegung tätig zu werden.
Doch Daniel hatte sich geweigert. »Keinerlei Abmachungen, mit wem auch immer. Nicht für, nicht gegen die Gewerkschaften. Ich

halte mir meine Möglichkeiten offen. Der einzige, dem ich vertraue, bin ich selbst.«
Jetzt ignorierte er meine Frage. »Heute nacht werden wir im Auto schlafen. Wenn morgen die Männer hier sind, werden sie für uns schon irgendwie Quartier schaffen.«
So gut es ging, streckte er sich auf dem Rücksitz aus. Ich blieb vorn, weil ich dort, unter dem Lenkrad, Platz für meine Beine hatte. Irgendwann in der Nacht wurde ich wach. Er hatte sich auf dem Rücksitz aufgerichtet und blickte zu den Resten des ehemaligen Hauses.
Dann hörte er mich und sah mich an.
»Alles in Ordnung?« fragte ich.
Er nickte. »Würdest du mir einen Gefallen tun?«
»Natürlich. Welchen denn?«
»Meinst du, du könntest dich auf mein Gesicht setzen?«
»Nur, wenn ich dich hinterher saugen darf.«
Zum erstenmal seit langer Zeit hörte ich ihn lachen. In diesem Augenblick begriff ich, daß er wirklich wieder in Ordnung kommen würde.
Er streckte mir die Arme entgegen.
»Komm her, Baby«, sagte er. »Wir sind daheim.«

28. August 1937
Dr. Pincus, der Orthopäde, beendete seine Untersuchung. Am Nachmittag hatte er alle möglichen Tests gemacht. Hatte abgetastet, befühlt. Hatte Daniel beobachtet. Wie er sich an Krücken voranbewegte. Dann ohne Krücken, im langen Laufbarren, mit steifen Beinen, sich mit den Händen abstützend, doch mit richtiger Eigenbewegung in den Beinen. Dann wieder an Krücken, diesmal mit einem Gewicht an jedem Fuß, um die Bewegungen der Beine noch zu erschweren. Schließlich war die Untersuchung zu Ende, Daniel streckte sich erschöpft aus, und Ulla begann, seine Beine von oben bis unten zu massieren und durchzukneten.
Der Arzt ging mit mir hinaus ins Freie. »Ich kann's nicht glauben. Noch vor einem Monat hätte ich gesagt, eine solche Besserung sei absolut unmöglich.«
»Sie kennen Daniel nicht«, sagte ich.
»Aber er hat's doch völlig falsch angepackt. All das widerspricht unseren Grundsätzen vom Wiederaufbau der Muskulatur.«
»Könnte ja sein, daß Ihre Grundsätze falsch sind«, sagte ich.
Er sah mich an. »Woher hat Daniel seine Methoden?«

»Aus zwei Büchern, die er sich schicken ließ.«
»Und die Therapeutin? Wo haben Sie die her?«
»Mrs. Togersen, die in Kalifornien Daniels Sohn versorgt, hat sie uns empfohlen. Beide waren einmal im selben Krankenhaus tätig. In ihrem Heimatland arbeitete Ulla als Spezialistin für orthopädische Massagen.«
Dr. Pincus schüttelte den Kopf. »Obwohl ich's mit eigenen Augen gesehen habe, kann ich's noch immer nicht richtig glauben. Aber nun gut, die Wirkung läßt sich nicht leugnen. Wenn sich das weiter so erfreulich entwickelt, sollte er bereits in einem Monat wieder gehen können.«
»Genau das sagt auch Daniel. Bis zum 30. September will er imstande sein, dieses Haus auf seinen eigenen zwei Beinen zu verlassen.«
Dr. Pincus nickte. »Da sollte ich wohl besser jede Woche herkommen und ihn unter die Lupe nehmen. Ich möchte nicht, daß er übertreibt und einen Rückschlag erleidet.«

10. September 1937
Daniel hat die Krücken fortgeworfen. Jetzt stützt er sich beim Gehen nur noch auf zwei Spazierstöcke. Manchmal versucht er's schon ganz ohne, doch dann knicken ihm nach wenigen Schritten die Beine ein. Ulla hebt ihn hoch wie ein Baby und schimpft mit ihm: Er bewege sich zu schnell, er müsse es langsamer angehen lassen. Trotzig schüttelt er den Kopf und versucht es erneut. Diesmal fängt sie ihn auf, bevor er hinfallen kann. Dann bugsiert sie ihn, die Hände unter seinen Achselhöhlen, zu einem Stuhl und zwingt ihn, sich auszuruhen. Ich weiß wirklich nicht, wer von uns beiden verblüffter war, Daniel oder ich. Sie ist eine große Frau, gut einsachtzig, mit mächtigem Busen, breiten Hüften und starken Beinen.
Sie kniete zu seinen Füßen, löste die Schnürsenkel. »Knöpfen Sie Ihre Hose auf«, befahl sie.
Er blickte zu mir. Ich lachte. »Gehorche lieber, sonst legt sie dich noch übers Knie.«
Er öffnete seinen Gürtel und knöpfte sich die Hosen auf. Geschickt streifte Ulla sie herunter. Dann bugsierte sie seine Beine auf ihre Knie und begann, sie zu massieren. »Es kommt darauf an, die Blutzirkulation in Gang zu halten, so daß die Muskeln nicht steif und hart werden.«
»Sicher«, sagte er und sah mich an. Voller Mißbehagen.
Wieder mußte ich lachen. Dann ging ich ins Haus. Es wurde

Zeit, das Abendessen zu bereiten. Ulla und ich, wir wechseln uns beim Kochen ab. Heute war ich an der Reihe.

27. September 1937
Insgeheim wußte ich wohl, daß er Ulla fickt. Bloß eingestehen wollte ich's mir nicht. Dabei war da diese Erinnerung: Wie sie ihm die Hose herunterzog, um seine Beine zu massieren, und es unter seiner Unterhose zu schwellen begann. Aber erst als ich beide miteinander erwischte, gingen mir wirklich die Augen auf.
Ich kam aus Fitchville zurück, wo ich Dr. Pincus zum Bahnhof gebracht hatte. Noch immer staunte der gute Doktor über die Fortschritte, die Daniel machte. So etwas hatte er noch nie erlebt. Daniel machte bereits kurze, wenn auch unsichere Spaziergänge ohne Stock.
»Die menschliche Willenskraft«, hatte Dr. Pincus während der Fahrt nach Fitchville zu mir gesagt. »Ich glaube nicht, daß ich das jemals verstehen werde. Da waren, in beiden Beinen, zersplitterte Knochen, zerfetzte Nerven, Muskeln und Sehnen. Theoretisch — nein, theoretisch gibt es keinerlei Erklärung für das, was ihm gelungen ist.« Er blickte zu mir, zwinkerte. »An nichts kann man noch glauben. Nicht einmal an Kinderverse. Denn wie es scheint, kommt Humpty Dumpty durchaus wieder in die Reih. Vorausgesetzt allerdings, er schafft es aus eigenen Stükken.«
Auf der Rückfahrt hatte ich dann eine Panne und mußte den letzten Kilometer zur Hütte zu Fuß zurücklegen. Nackt lagen sie auf dem Fußboden. Sie auf dem Rücken, die Beine auseinandergespreizt und dicht an den Leib gezogen, in den Kniekehlen von den Händen gestützt. Er lag über ihr, auf ihr. Die Hände flach auf dem Boden, stützte er sich auf die Arme. Sie stöhnte vor Lust, während er wieder und wieder in sie hineinstieß, bis er schließlich, im Orgasmus, über ihr zusammensackte und auf ihrem junoartigen Körper ruhte.
Zart streichelte sie ihn, sprach zu ihm wie zu einem Kind. Deutlich schlug ihr Akzent durch. »Das war sähr gutt. Wänn wir sind fertig, deine Beine wärden sein so stark wie dein Schwanz.«
Ich versuchte die Tür zu schließen, bevor sie mich sehen konnten. Doch im allerletzten Sekundenbruchteil hob er den Kopf und entdeckte mich. Ich schloß die Tür und setzte mich auf der Veranda auf einen Stuhl.
Etwa zehn Minuten später ging die Tür auf, er trat heraus. An

zwei Spazierstöcken bewegte er sich auf mich zu, setzte sich mir gegenüber.
Wir saßen schweigend da, viel Zeit verging. Schließlich sagte er: »Du fragst dich sicher, was wir da getan haben?«
»Ich weiß, was ihr getan habt. Gefickt habt ihr.«
Er lachte. »Richtig. Aber was sonst noch?«
»Was sonst noch?« Meine Stimme troff vor Sarkasmus. »Ficken ist ficken.«
»Gehört zu meiner Rehabilitierung«, erklärte er.
»Und ob«, erwiderte ich. »Bloß — im Gegensatz zu deinen Beinen hat dein Schwanz ja nie was abbekommen.«
»Sind ja nur so 'ne Art Liegestütze.«
»Das konnte ich sehen.«
»Wirklich. Ist auch eine Belastung für die Beine.«
Ich konnte nicht anders. Ich mußte lachen. »Und der Spaß dabei war reiner Zufall?«
Er grinste. »Kennst mich doch. So einem bißchen Möse konnte ich noch nie widerstehen.«
»Das war nicht ein bißchen Möse«, sagte ich. »Das war eine Menge. Selbst für deine Verhältnisse.«
Er lachte und griff nach meiner Hand. Dann wurde er ernst. »Wenn du willst, schicke ich sie fort.«
»Nein«, sagte ich. »Eines werde ich allerdings ändern.«
»Was denn?«
»Wenn du Übungen machst, wirst du sie mit mir machen. Mit mir hast du's zu leicht gehabt. Immer war ich über dir, bloß um dich nicht anzustrengen. Jetzt kannst du wieder an die Arbeit gehen, während ich mich bequem zurücklehne und alles in Ruhe genieße.«

10. Oktober 1937
Er geht. Wenn er müde ist, mit einem Spazierstock. Doch er geht. Heute brachte ich Dr. Pincus und Ulla zum Zug. Der Arzt ist von ihr so beeindruckt, daß er sie mitnimmt in seine Praxis in Washington. Was er noch nicht wissen kann: Bei der Therapie, die sie seinen Patienten bereitwillig verpaßt, wird er bald total überlaufen sein.
Als ich wieder zur Hütte kam, fand ich Daniel draußen auf der Veranda: einen Drink in der Hand, eine Zigarre zwischen den Lippen. Neben ihm auf dem Tisch standen eine Flasche Whisky und ein zweites Glas. Er schenkte ein, zwei Fingerbreit für mich.
»Wir haben's geschafft.«

»Du hast es geschafft«, erwiderte ich und hob mein Glas. Wir stießen an, tranken. »Was tun wir jetzt?«
»Als erstes reise ich nach Kalifornien, um meinen Sohn zu besuchen. Dann muß ich mich nach einem Job umsehen.«
»Gehst du wieder zu Murray?«
Er schüttelte den Kopf, aus seinen Augen blitzte Zorn. »Der kann mich mal!«
»Zu Lewis?«
»Nicht, solange er mit Murray zusammenarbeitet.«
»Du könntest noch immer mit meinem Onkel Tom reden.«
»Was fängst du wieder damit an? Weißt doch, daß es keinen Zweck hat. Werde schon was finden. Vielleicht gründe ich bald meine eigene Gewerkschaft.«
»Deine eigene Gewerkschaft? Ja, für welchen Industriezweig denn? Scheint mir, daß es da praktisch für alles schon was gibt.«
»Nicht für alles«, erwiderte er. »Ich habe darüber nachgedacht. Und bin zu dem Schluß gekommen, daß die Gewerkschaftsmitglieder Schutz brauchen: gegen ihre eigenen Führer.«
»Was soll der Unsinn?« fragte ich. »Eine Gewerkschaft innerhalb einer Gewerkschaft.«
Er lachte. »Wer weiß. Es könnte dazu kommen. Wenn ich so sehe, was den Gewerkschaftsmitgliedern von ihren Führern zugemutet wird, dann beginne ich mich zu fragen, zu wessen Nutzen das eigentlich geschieht. Aber ich habe keine Eile. Es bleibt genügend Zeit. Genügend Zeit für mich, um mich umzutun. Denn es gibt noch vieles, das ich lernen muß.«
»Und was ist mit mir?« fragte ich. »Was soll ich tun, während du mit deinen Dingen beschäftigt bist?«
Er goß wieder sein Glas voll. »Du hast ja deinen Job bei deinem Onkel.«
»Den habe ich aufgegeben«, sagte ich. »Ich kann nicht zu ihm zurückgekrochen kommen. Das weißt du auch.«
»Nun, Geld brauchst du jedenfalls nicht. Du hast ja eigenes.«
»Du beantwortest meine Frage nicht — was ja wohl kaum Zufall ist.« Ich wurde wütend. »Ich spreche nicht von einem Job. Ich spreche von dir und mir.«
Er schwieg.
»Du weißt, daß ich dich heiraten will.«
Er schwieg noch immer.
»Ich bin schwanger. Im zweiten Monat. Das hat Dr. Pincus bestätigt.«
Das Glas zersplitterte in seiner Hand. Zornig schleuderte er die

Scherben fort, und von seiner Hand sprühten Blut und Splitter gegen das Geländer. Seine Stimme hatte einen dicken Klang.
»Nein, verdammt noch mal! Das wirst du mir nicht antun! Ihr Weiber seid doch alle gleich. Ihr Fotzen glaubt, einen Mann festnageln zu können. Tess hat's versucht — und mir das ganze Leben versaut. Ich denke nicht daran, mir das ein zweites Mal gefallen zu lassen.« Er stand auf und ging zur Tür. »Arrangiere eine Abtreibung oder tu, verdammt noch mal, was du willst. Es ist dein Baby und nicht meins.«
Hinter ihm knallte die Tür zu, und dann hörte ich das Krachen, als er stolperte und fiel. Ich riß die Tür auf und sah ihn dort am Boden liegen. Er drehte den Kopf und starrte mich wütend an.
»Scheiß auf dich«, sagte ich und knallte meinerseits die Tür zu. Zum erstenmal, während er so lag, war niemand da, um ihn aufzuheben.

15. Oktober 1937
Heute hatte ich meine Abtreibung. Der Arzt wollte mir nicht sagen, ob's ein Junge war oder ein Mädchen. In Chikago regnet es. Daniel hat nichts von sich hören lassen. Warum ich überhaupt nicht aufhören kann zu heulen, verstehe ich nicht. Der Arzt hat mir gesagt, daß er zurückkommen wird, um mir eine Spritze zu geben. Damit ich schlafen kann.

Nach diesem Datum fanden sich im Tagebuch nur noch wenige Eintragungen.
Im nächsten Jahr hatte sie dann ein neues Tagebuch angefangen. Doch daraus wurde nicht viel; wenige Vermerke nur. Weitere Tagebücher gab es offenbar nicht. Und was meinen Vater betraf: der wurde nirgendwo mehr erwähnt.
Christina starrte in den roten Wein in ihrem Glas. »Ob sie ihn wohl noch jemals wiedergesehen hat?«
»Glaube ich nicht.« Ich tat das Tagebuch wieder in die Kiste, in der wir es vom Lagerhaus geholt hatten. »Wann haben deine Eltern geheiratet?«
»1945. Nach dem Krieg. Mein Vater war Oberst in Eisenhowers Hauptquartier in London. Er lernte meine Mutter kennen, während sie im Beschaffungsamt tätig war. Als sie dann in die Staaten zurückkehrten, heirateten sie. Ein Jahr später kam ich zur Welt. Und deine Eltern?«
»Die haben 1956 geheiratet. Zehn Jahre, nachdem mein Vater CALL gegründet hatte. Fast neun Jahre brauchte er, um die Ge-

werkschaft ins Leben zu rufen, von der er deiner Mutter erzählte.«
»Was hat er denn getan in diesen neun Jahren?« fragte sie.
»Weiß ich nicht«, erwiderte ich. »Aber ich habe ja praktisch nie was über ihn gewußt. Wir sprachen nur wenig miteinander.«
»Aber jetzt sprichst du zu ihm«, sagte sie.
»Wie kommst du denn darauf?«
»Weil ich's fühle.« Sie schlürfte den Wein. »Manchmal bist du ein ganz anderer Mensch. Und wenn ich dich dann ansehe, sehe ich auch gar nicht dich. Ich sehe einen anderen.«
Ich warf einen Blick auf meine Uhr. Zwei in der Frühe, schon ein Stück vorbei. »Ich finde, wir sollten ein bißchen schlafen.«
»Ich bin so unruhig. Wollen wir uns erst einen Joint teilen?«
Ich zögerte.
»Nur ein paar Züge«, sagte sie. »Wird mich beruhigen.«
»Okay.«
Während sie ging, um die schokoladenbraunen Stäbchen zu holen, trat ich hinaus auf die Veranda. Eine samtblaue Nacht war es, vom Ozean strich eine warme salzige Brise herbei. Ich streckte mich auf der Chaiselongue aus.
Sie kam, setzte sich ans Fußende. Während sie von ihrem Wein schlürfte, zündete ich das Schokoladenstäbchen an, nahm ein paar Züge, reichte ihr den Joint. Mann, sie verstand sich wirklich drauf. Füllte die Lunge fast bis zum Platzen. Und verhielt reglos, für Sekunden. Blies dann langsam den Rauch von sich.
Jetzt war ich wieder an der Reihe. Ich machte zwei, drei Züge, in meinem Kopf begann es zu wirbeln. Rasch gab ich ihr den Joint zurück. »Danke, mir reicht's.«
Sie lächelte.
»Mußt dich halt dran gewöhnen.«
»Weiß nicht, ob ich mir das leisten kann.«
Sie lachte, sog wieder an dem Schokoladenstäbchen. Dann sah sie mich an: »Wohin willst du eigentlich, Jonathan — von hier?«
Ich verschränkte die Arme hinter dem Kopf, lehnte mich zurück. »Eigentlich? Eigentlich wollte ich nach Hause. Aber jetzt weiß ich nicht so recht.«
»Hast du gefunden, was du hier gesucht hast?«
»Ich weiß nicht, wonach ich suche«, erwiderte ich. »Falls ich denn überhaupt nach etwas suche.«
»Deinen Vater«, sagte sie.
»Der ist tot. Dafür ist es jetzt zu spät.«

Wieder sog sie am Schokoladenstäbchen. »Du redest Quatsch. Aber das weißt du selber.«
Ich nahm ihr den Joint aus den Fingern. Diesmal pumpte ich mich richtig voll mit dem Stoff. Himmelarsch — mir platzte die Schädeldecke. Meine Zunge war total aus Filz. »Reden wir nicht weiter über ihn. Okay?«
»Okay. Worüber reden wir dann?«
»Übers Reichsein. Wie das so ist.«
»Ich kenne nichts anderes.«
»Dein Mann, war der auch reich?«
»Ja.«
»Und dein Vater?«
»Ja.«
»Dann bist du sozusagen mit einem Dutzend goldener Löffel im Mund geboren worden.«
Sie überlegte einen Augenblick. »Ja, so ungefähr könnte man es nennen.«
»Weshalb hast du dich scheiden lassen?«
»Willst du die Wahrheit hören?«
Ich nickte. »Ja. Aus eben diesem Grund habe ich gefragt.«
»Ihm hat sein Reichtum Skrupel bereitet. Mir nicht.«
Ich lachte.
»Ist überhaupt nicht komisch«, sagte sie. »Nie konnte er sich entspannen und einfach genießen. Dauernd war er verkrampft.«
»Und deshalb hast du dich scheiden lassen. Wann war das?«
»Voriges Jahr.«
»Fühlst du dich jetzt besser?«
Sie zuckte mit den Achseln. »In gewisser Weise. Zumindest kann er mich nicht mehr so von oben herab mustern. Mich mit Verachtung strafen, weil ich der Gesellschaft den notwendigen Respekt schuldig bleibe, wo ich doch arbeitslos geblieben bin. Nun, ich sehe das so: Ich nehme jedenfalls niemandem seinen Job weg.«
»Will gar nicht dagegen argumentieren«, erwiderte ich — und sog am Schokoladenstäbchen und gab ihr den Stengel zurück. »Mir wirbelt der ganze Kopf. So'n Ding hab ich noch nie weggehabt.«
»Fühlst dich gut?«
»Na, prächtig.«
»Dann genieße es.« Sie beugte sich zu mir und küßte mich. Ihr Mund war warm. Fest preßte ich sie an mich. Dann, nach Sekunden, hob sie den Kopf und sah mich an. »Ich möchte, daß du eine Weile bei mir bleibst, Jonathan. Wirst du das tun?«

»Ich weiß nicht, ob ich das tun kann.«
»Nun, solange du's kannst. Ich brauche dich.«
Tief blickte ich in die mir so vertrauten Augen. »Ist ja fast Inzest. Es ist mein Vater, den du willst, nicht ich.«
»Was wäre daran so falsch? Du bist genauso sehr dein Vater, wie ich meine Mutter bin. Hast du nicht von einem Einholespiel gesprochen? Jetzt erst begreife ich das richtig. Da gibt es in der Tat noch etwas nachzuholen, einzuholen. Mit dem Spiel sind wir noch längst nicht fertig.«
Ich schwieg.
»Hast du schon jemals richtig geliebt, Jonathan?«
Ich überlegte einen Augenblick. »Nein, ich glaube nicht.«
»Ich auch noch nicht«, erklärte sie. »Doch ich weiß, daß es sie irgendwo gibt, diese Liebe. Meine Mutter hat sie bei deinem Vater gefunden. Vielleicht können wir sie gemeinsam finden.«
Diesmal tauchte ich ganz tief in ihre Augen. Und plötzlich war ich nicht mehr ich. Weit öffnete ich meine Arme, und sie schmiegte sich an mich und preßte ihren Kopf gegen meine Brust. Sacht strich ich ihr über das lange, weiche Haar. »Ich glaube, wir haben es bereits gefunden, Christina.« Ich drehte ihr Gesicht zu mir empor. »Aber es ist nicht unsere Liebe, unser Glück. Und wird's auch niemals sein. Das weißt du.«
»Ja«, erwiderte sie leise, und ihre Augen füllten sich mit Tränen. »Doch das macht nichts. Solange wir's nur fühlen können.«

Drittes Buch
Damals

1

»Du bist ein gottverdammter Gauner, Big Dan.« Daniel lachte und griff nach der Flasche Bourbon, schenkte sich nach. Dann blickte er zu dem anderen der beiden Männer, die ihm gegenübersaßen. »Und welcher Ansicht bist du, Tony?«
»Derselben.«
Wieder lachte Daniel. Mit einem Zug leerte er sein Glas und stand auf. Während er sich über den Tisch beugte, fiel ihm eine eisgraue Haarsträhne in die Stirn. »Dann brauchen wir uns ja wohl nicht weiter zu unterhalten.«
»Moment«, wehrte der erste Mann ab. »Das habe ich nicht gesagt. Nimm wieder Platz. Wir können drüber reden.«
Daniel musterte ihn kurz, nickte dann. Langsam glitt er auf seinen Sitz zurück, goß sich wieder Bourbon ins Glas. »Okay. Schieß los.«
»Du verlangst zuviel«, sagte der Mann.
»Zuviel was? Geld? Das ist doch nichts im Vergleich zu dem, was ich für euch tun kann. Ich kann euch respektabel machen.«
»Wir sind respektabel«, erwiderte der Mann störrisch.
Daniel fixierte ihn. »Aber für wie lange? Solange du im Hintergrund bleibst. Sobald du dich hervorwagst, bist du glatt am Arsch.« Er schwieg einen Augenblick. »Ich sehe das ganz einfach. Dave Beck wird stürzen. Als nächster Präsident der *Teamsters,* der Transportarbeitergewerkschaft, wärst eigentlich du an der Reihe. Aber wie sieht's denn aus mit deiner Position? Mal angenommen, du stinkst Meany*, dem großen Boß, dieser Kreuzung zwischen einer Bulldogge und einem Stier. Die Dachgewerkschaften kannst du nicht mehr gegeneinander ausspielen,

---

* George Meany, 1894—1980, Architekt des Zusammenschlusses der beiden großen Gewerkschaftsorganisationen AFL und CIO und seit 1955 Präsident des AFL—CIO, sorgte 1957 für den Ausschluß der korruptionsverdächtigen Teamsters (zwei Millionen Mitglieder) aus dem Verband.

AFL und CIO haben sich inzwischen vereinigt. Also bist du — wie schon gesagt — ganz schlicht am Arsch.«
Er blickte zu dem anderen Mann. »Bei dir ist es ähnlich, Tony. Oder glaubst du, John L. Lewis wird dich bei seinem Rücktritt als Nachfolger vorschlagen für den Vorsitz der Bergarbeiter? Vor dir ist Tom Kennedy an der Reihe. Vorerst könntest du nur Stellvertreter werden — gar keine schlechte Ausgangsposition für den Zeitpunkt, wo Kennedy abtritt.«
»Hast dir alles genau überlegt, wie?« sagte Jimmy Hoffa.
»Bin ja nicht erst seit gestern in der Branche«, erwiderte Daniel.
Tony Boyle lachte. »Und warum hast du's dann nicht schon längst zu Reichtümern gebracht.«
»Hatte keine Eile«, erklärte Daniel mit einem Lächeln. »Ich habe darauf gewartet, daß ihr Burschen erwachsen werdet.«
»Glaubst du denn wirklich, mit Lewis klarkommen zu können?« fragte Tony. »Mann, der geht durch die Decke, wenn er nur deinen Namen hört. Nach allem, was du über ihn gesagt hast.«
»Sind doch alle stinksauer auf mich, die großen Bosse — Meany, Beck, Reuther. Schon seit Jahren versuchen sie, mich abzuservieren. Aber ich bin noch immer auf der Matte. Mit CALL.«
Boyle schüttelte verwundert den Kopf. »Wie machst du das bloß? Viele Mitglieder habt ihr doch nicht — höchstens so vierzig- bis fünfzigtausend.«
Daniel lächelte. »Wohl eher an die hunderttausend. Aber die Zahl ist gar nicht weiter wichtig. Es handelt sich um lauter kleine Gewerkschaften. Um unabhängige. Und um die haben sich die *Big Boys* nie gekümmert, weil sich das für sie nicht lohnte. Doch zusammengenommen haben sie ihr Eigengewicht und stellen etwas dar, was es sonst kaum gibt.«
»Und was wäre das?« fragte Hoffa.
»Ein Gleichgewicht an Macht. Bei uns hat's nie Ärger, nie Skandale gegeben. Niemand hat sich mit irgendwelchen Geldern davongemacht.«
»War ja nicht genug Geld da, daß es sich für irgendwen gelohnt hätte«, sagte Boyle lachend.
»Schon möglich«, erwiderte Daniel. »Doch es ist und bleibt eine Tatsache. Und die Öffentlichkeit hat Vertrauen zu uns. Wir sind die einzige Gewerkschaftsgruppe, die sich allgemeinen Ansehens erfreut, aus gutem Grund. Und ich spreche für die Gruppe.«
»Die Teamsters machen da bestimmt nicht mit«, erklärte Hoffa.
»Bezirk 299 wird mitmachen«, sagte Daniel. »Das ist dein Bezirk,

und der pariert ja aufs Wort. Nun, zweihunderttausend Mitglieder genügen garantiert, um die Sache ins Rollen zu bringen. Und nach und nach schließen sich dann die übrigen an.«
»Schon mit den anderen Gewerkschaften gesprochen?« fragte Hoffa.
»Ihr seid die ersten. Danach kommen die übrigen an die Reihe.«
»Nun gut, wir wissen, was du davon hast. Aber was haben wir davon?« — »Hilfe und Rat«, erklärte Daniel. »Ihr seid beide jung und ehrgeizig. Ich kann euch bei der Erreichung eurer Ziele behilflich sein. Und ich kann euch auch beschützen — praktisch gegen alles, außer gegen euch selbst.«
Sie schwiegen einen Augenblick. »Warum hast du gerade uns gewählt?«
»Weil ihr beide in Organisationen arbeitet, die für das Wohl des Landes wichtig sind.«
Wieder schwiegen sie. Schließlich blickte Boyle zu Daniel. »Können wir uns das erst mal durch den Kopf gehen lassen?«
Daniel nickte. »Natürlich.«
»Und wenn wir nicht zum Mitmachen bereit sind?«
»Es gibt andere Männer, genauso jung, genauso ehrgeizig — in anderen Bezirken derselben Gewerkschaft.«
»Das ist Erpressung«, sagte Hoffa, ohne besonderen Vorwurf.
Daniel nickte verständnisvoll. »Genau.«
»Bleibt uns eine Woche?« fragte Boyle.
»Eine Woche bleibt euch«, erwiderte Daniel.
Man schüttelte einander die Hände, und Daniel blickte ihnen nach, während sie gemeinsam die Bar verließen. Durch das offene Fenster konnte er sehen, wie jeder in seinen eigenen Wagen stieg. Die Autos fuhren los, und er blickte auf sein Glas. Ob sie wohl gespürt hatten, wie verzweifelt er in Wirklichkeit war? Seit zehn Jahren kämpfte er für den Aufbau seiner eigenen Machtbasis. Und plötzlich — mit einem Schlag im letzten Jahr — schien das alles zunichte. Durch die Vereinigung der beiden Dachgewerkschaften. So nach und nach drifteten die Einzelgewerkschaften davon, die er längst unter Dach und Fach geglaubt hatte. In der Kasse war kaum noch genug Geld, um für weitere zwei Monate auszukommen. Danach war alles vorbei. Die vergangenen zwanzig Jahre — durch den Ausguß gejagt. Die Träume, die Ideale, die Hoffnung — vernichtet, zerronnen.
Müde erhob er sich. »Schreib's an, Joe«, sagte er zu dem Bartender, während er hinausging. »Und vergiß auch nicht die zehn Dollar extra für dich.«

»Danke, Big Dan«, rief der Bartender hinter ihm her.
Er trat auf die Straße. Und blinzelte gegen das gleißende Sonnenlicht. Dann ging er hinüber zur anderen Straßenseite. Und blickte zu den verfleckten Aluminiumbuchstaben über dem Gebäudeeingang. CALL. Wahrhaftig — viel machten sie nicht mehr her. Der Hausmeister würde sie mal richtig putzen müssen.
Er betrat das Gebäude und gelangte über die hintere Treppe zu seinem Büro. Daniel junior wartete schon auf ihn. »Wie ist es gelaufen, Vater?«
»Sie haben sich's angehört«, erwiderte er, während er sich hinter seinem Schreibtisch niederließ.
»Meinst du, sie werden drauf eingehen?«
»Weiß ich nicht«, sagte er. »Ich weiß überhaupt nichts mehr.« Er zog eine Schublade auf, nahm eine Zigarre heraus, zündete sie an. »Irgendwelche Nachrichten von der Universität?«
Daniel junior lächelte. »Ich bin an der Harvard-Universität aufgenommen worden. Volkswirtschaft, fortgeschrittenes Semester.«
Unwillkürlich sprang Daniel auf. Zerquetschte die Hände seines Sohns fast in seinen Pranken. »Gratuliere. Ich bin stolz auf dich.«
»Ist mir ein angenehmes Gefühl«, sagte der Junge. »Aber . . .« —
»Aber was?«
»Ich muß ja nicht hin, Vater.« Der Junior zögerte. »Ich kenne die finanzielle Situation. Und ich bin alt genug, um zu arbeiten.«
»Du wirst ja auch arbeiten«, sagte Daniel. »Eines Tages wirst du all dies hier übernehmen müssen. Und dafür mußt du bereit sein.«
»Aber was ist, wenn Hoffa und Boyle nicht auf deine Linie einschwenken? Dann bist du am Ende.«
»Ich werde schon einen Ausweg finden«, sagte Daniel. »Du jedenfalls wirst studieren. Das ist dein Job.« Das Telefon läutete. »Geh du ran, Junior. Ich gehe erst mal pinkeln.«
Als Daniel zurückkam, klang die Stimme seines Sohnes sehr beeindruckt — obschon Junior sich alle Mühe gab, gelassen zu erscheinen. »Das war ein Anruf aus dem Weißen Haus. Ein Mr. Adams.«
»Sherman Adams?« Junior nickte.
»Was wollte er?«
»Du bist für den 6. September beim Präsidenten zum Frühstück eingeladen. Und sie möchten, daß du zurückrufst, um die Einladung zu bestätigen.«

»Hat er gesagt, wer sonst noch eingeladen ist?«
Junior schüttelte den Kopf. »Ich habe nicht gefragt.«
Daniel griff zum Telefon und bat seine Sekretärin, eine Verbindung zu Adams herzustellen. Während er wartete, blickte er zu seinem Sohn. »Eisenhower wird sich allmählich Sorgen machen«, sagte er. »Praktisch alle Gewerkschaften haben sich für die nächste Präsidentschaftswahl für seinen Gegenkandidaten ausgesprochen, für Stevenson.« Er hob den Hörer dichter ans Ohr, Adams war am Apparat. »Ja, Sherman, was gibt's?« fragte Daniel.
»Der Präsident meint, es könnte nichts schaden, wenn man sich zusammensetzt und ein wenig plaudert.«
»Wer kommt sonst noch?«
»John L. Lewis. Vielleicht auch Dave Beck.«
»Beck laden Sie man lieber nicht ein«, sagte Daniel. »Garantiert kommen ein paar Dinge zur Sprache, die für Sie peinlich sein könnten.«
»Könnten Sie nicht darüber reden?« fragte die rechte Hand des Präsidenten.
»Nicht am Telefon.«
»Verstehe.« Adams' Stimme klang nachdenklich. »Werden Sie kommen können?«
»Ja, ich komme.«
»Gut. Der Präsident wird sich freuen, wenn ich ihm das sage.«
»Beste Grüße an ihn«, erklärte Daniel. »Wir sehen uns dann also am sechsten.«
»Um acht Uhr«, sagte Adams und legte auf.
Daniel blickte seinen Sohn an. Und lächelte. »Hat sich offenbar noch nicht bis zum Weißen Haus herumgesprochen, wie gewaltig wir in der Scheiße sitzen.« Er blickte auf die Papiere auf seinem Schreibtisch. »Ich muß mich an die Arbeit machen.«
»Bin schon nicht mehr da, Vater«, erklärte Junior. Er ging zur Tür, blickte von dort zurück. »Wirst du heute abend zum Essen zu Hause sein?«
»Weiß ich nicht«, erwiderte Daniel. »Sage Mamie, ich werde später anrufen, um ihr Bescheid zu geben.«
Sein Sohn ging hinaus, zog die Tür hinter sich zu. Sekundenlang starrte Daniel darauf. Dann holte er eine Whiskyflasche hervor, nahm einen langen Schluck. Langsam schraubte er die Flasche wieder zu, stellte sie zurück und griff dann zum Telefon. Ob man irgend etwas für ihn hinterlassen habe, fragte er.

2

»Für den Rest des Monats geht's bergab«, sagte Moses. »Wenn wir nicht irgendwie Geld in die Pfoten kriegen, sind wir erledigt.«
Daniel blickte zu seinem Assistenten.
»Ich dachte, für wenigstens zwei Monate wären wir noch auf Nummer Sicher.«
»Da gibt's alle möglichen Zahlungsverpflichtungen.« Das Gesicht des Schwarzen wirkte tiefbesorgt. Seit über zwanzig Jahren waren sie Freunde, und Moses war überdies der erste gewesen, den Daniel aufgefordert hatte, bei CALL mitzumachen. »Ich glaube, wir sollten darangehen, unsere Leute rechtzeitig zu kündigen.«
Daniel überlegte einen Augenblick. »Ausgeschlossen. Sobald sich das rumspricht, sind wir endgültig erledigt.«
»Dann weiß ich wirklich nicht, was ich tun soll«, erklärte Moses.
»Wir müssen uns was pumpen.«
Moses lachte trocken. »Von wem denn, bitte schön? Da spuckt doch keiner was aus. Schon gar nicht, wenn sie unsere Bilanz fürs letzte Jahr sehen.«
»Ich weiß, von wem wir was kriegen können«, sagte Daniel. »Lansky.« Der Schwarze schwieg.
Daniel sah ihn an. »Gefällt dir nicht?«
»Gefällt's etwa dir? Wer die erst mal im Pelz hat, wird sie nie wieder los. Das hast du selbst oft genug gesagt.«
»Sicher.« Aus Daniels Stimme klang Bitterkeit. »Doch was hat uns das eingebracht? Wird wohl langsam Zeit, daß wir den Tatsachen ins Auge sehen. Genau wie die anderen. Und sie scheinen dabei gar nicht mal so schlecht gefahren zu sein.«
»Du bist doch nicht wie die«, sagte Moses.
»Vielleicht ist's an der Zeit, daß ich mich ändere«, erwiderte Daniel müde. »Oder soll ich mir vielleicht einreden, die ganze Welt hätte falschen Tritt, bloß ich nicht?«
Moses schwieg.
»Steh nicht so da wie Mr. Gerechtigkeit persönlich«, sagte Daniel plötzlich wütend. »Hat nicht sogar Gott einen Pakt mit dem Teufel geschlossen? Zur Sicherung der Zukunft?«
»Wir sprechen über die Gegenwart«, erklärte Moses.
Daniels Stimme klang hart, fast tonlos. »Wenn's dir nicht paßt, kannst du ja jederzeit aufhören.«

»Du weißt genau, daß ich das nicht tun würde.« Aus Moses' Stimme klang verletzter Stolz.
»Entschuldige«, sagte Daniel zerknirscht. »So war das nicht gemeint. Es ist nur — wenn ich mit Boyle und Hoffa klarkomme, sind wir durch den gröbsten Dreck. Natürlich lasse ich mir inzwischen nächste Woche dieses Frühstück im Weißen Haus nicht entgehen. Das kann wahrhaftig nicht schaden. Ist schließlich ein nachdrücklicher Beweis, daß uns auch der Präsident für ziemlich wichtig hält.«
Moses schwieg einen Augenblick. »Okay. Und wann willst du dich mit Lansky treffen?«
»Morgen, falls sich das arrangieren läßt. Am frühen Vormittag könnte ich nach Miami fliegen und am Abend schon wieder zurück sein.«

Als er sich anschickte, das Büro zu verlassen, war es bereits fast sechs. Plötzlich hörte er den Summer: seine Sekretärin. »Miß Rourke ist hier.«
Der Name sagte ihm nichts. »Miß Rourke?«
»Letzte Woche rief sie an. Und Sie haben mit ihr gesprochen. Hatte irgendwas mit ihrem Vater zu tun und mit der Rente, die er von dieser Gewerkschaft bezieht. Sie hatten sie gebeten, Ihnen die Details vorzulegen. Ich habe sie für heute abend um sechs vorgemerkt.«
Plötzlich erinnerte er sich wieder. Der Vater des Mädchens war von einem Traktor überfahren worden und hatte ein Bein — oder doch den Gebrauch eines Beins — verloren. Und jetzt gab es Schwierigkeiten beim Einkassieren der Rente. »Okay«, sagte er müde. »Schicken Sie sie zu mir herein.«
Die Tür ging auf, und das Mädchen trat ins Büro. Er erhob sich, nicht ohne Mühe. »Ich bin Daniel Huggins.«
Sie war sehr jung. Höchstens neunzehn, wie ihm schien. Schwarzes Haar, das ihr glatt und sanft bis auf die Schultern fiel; blaue Augen und die für Iren so typische helle Haut. »Margaret Rourke«, sagte sie und nahm seine ausgestreckte Hand. Ihre Stimme klang leise und kühl. »Vielen Dank, daß Sie mich empfangen.«
Er deutete auf den Stuhl auf der anderen Schreibtischseite, setzte sich. »Das ist doch selbstverständlich. Aber kommen wir gleich zur Sache.«
Sie öffnete ein großes, braunes Kuvert und zog etliche Papiere hervor, die sie auf den Schreibtisch legte. »Über den Unfall mei-

nes Vaters sind Sie ja im Bilde. Hier sind all die Belege, um die Sie mich gebeten hatten.«
Rasch blätterte er alles durch. Sie war wirklich sehr gründlich. Nichts schien zu fehlen, ganz gleich, ob Unfallbericht oder Beitragskarte — pünktliche Entrichtung, Monat für Monat. Nur eines stimmte nicht. Der Bezirk, zu dem er gehörte, hatte keinen Penny in der Kasse. Das Geld aus dem Rentenfonds war verschwunden, zusammen mit dem Gewerkschaftsvorsitzenden und dem Schatzmeister.
Er hob den Kopf und blickte zu dem Mädchen, das ihn aufmerksam beobachtet hatte. »Da gibt's ein Problem.«
»Die haben kein Geld«, sagte sie.
Er nickte. »Genau.«
»Aber mein Vater hat gesagt, daß Sie es sind, der für die den Rentenplan aufstellt — und daß die an das Geld gar nicht rankönnten.«
»So war's auch gedacht«, erwiderte er. »Bloß — das haben die im Bezirk dann aus eigenen Stücken geändert.«
»Wie konnten sie das?« fragte sie. »Wenn ihr hier dafür die Verantwortung habt...«
Er unterbrach sie. »Wir haben nur eine beratende Funktion. Wir können denen nichts befehlen oder so. Das steht nicht in unserer Macht. Wir liefern ihnen, was wir für einen guten, narrensicheren Plan halten. Wenn er der betreffenden Gewerkschaft in den Kram paßt — okay. Wenn nicht, dann nicht.«
»Da ist nicht fair«, sagte sie zornig. »Mein Vater hat mir erklärt, daß Sie von der Gewerkschaft für Ihre Arbeit bezahlt werden. Da tragen Sie doch auch wohl die Verantwortung.«
»Für die Durchführung hat man uns nicht bezahlt. Wir hätten auch einen solchen Auftrag angenommen. Doch man wünschte nur unseren Rat.«
Sie blickte auf die Papiere, die auf dem Schreibtisch lagen. »Dann sind all diese Belege wohl nicht einmal das Papier wert, auf das man sie gedruckt hat.«
Er schwieg.
Sie sah ihn an, in den Augen Tränen der Enttäuschung. »Was sollen wir jetzt tun? Mein Vater kann nicht arbeiten, und zu Hause sind noch zwei Kinder, jünger als ich. Wir hatten auch schon Unterstützung beantragt. Doch das wurde abgelehnt, weil ich Arbeit habe. Bloß — von den dreißig Dollar, die ich in der Woche verdiene, können wir nicht leben.«
»Was ist mit der Gewerkschaft? Hat Ihr Vater dort angefragt, ob

sie nicht vielleicht einen Job als Wächter in einer Fabrik für ihn hätten?«

»Da gibt's keinen, der was für ihn tun kann«, erwiderte sie voll Bitterkeit. »Die haben mir nur gesagt, sie wissen überhaupt noch nicht, was werden soll, nachdem der Vorsitzende mit der Kasse durchgebrannt ist.«

»Mal sehen, ob ich vielleicht irgendwas tun kann«, sagte er.

Sie erhob sich wütend. »Ihr seid alle gleich. Beiträge kassiert ihr gerne ein. Bloß wenn's um Gegenleistungen geht, dann ist Fehlanzeige.«

»Stimmt nicht«, erwiderte er hastig. »Die meisten Gewerkschaften nehmen's mit ihrer Verantwortung ernst. Um so bedauerlicher, daß Ihr Vater zu einer gehörte, deren Vorsitzender ein Halunke war.«

»Ihr seid alle Halunken«, behauptete sie. »Von dieser Meinung können auch Sie mich nicht abbringen.«

Er schwieg einen Augenblick. »Hat doch keinen Sinn, in Wut zu geraten«, sagte er dann nachsichtig. »Wenn Sie wieder Platz nehmen wollen — vielleicht finden wir doch noch eine Lösung.«

Widerstrebend setzte sie sich, sah ihn an. »Glauben Sie wirklich, daß Sie etwas tun können?«

»Weiß ich nicht«, räumte er ein. »Aber versuchen werde ich's jedenfalls.« Er griff nach dem Telefonhörer. »Zunächst einmal ein paar Anrufe.«

Fast eine Stunde verging, ehe er den Hörer endgültig wieder auflegte. Über den Schreibtisch hinweg blickte er sie an. »Zumindest haben wir ein paar Möglichkeiten in Gang gesetzt. Jetzt müssen wir abwarten und sehen, was sich tut.«

Sie erwiderte seinen Blick. »Ich möchte mich entschuldigen, Mr. Huggins. Ich hätte nicht sagen sollen, was ich — was ich gesagt habe.«

»Schon gut. Ich verstehe. Sie hatten allen Grund, so zu empfinden.« Plötzlich fühlte er sich sehr müde. »Falls Sie bis Anfang nächster Woche nicht von mir gehört haben, rufen Sie mich bitte an.«

Aus ihrer Stimme klang Besorgnis. »Fehlt Ihnen was, Mr. Huggins?«

»Bin nur müde«, versicherte er. »War ein ziemlich anstrengender Tag.«

»Tut mir leid«, sagte sie. »Bestimmt haben Sie viele ähnliche Probleme. Wollt's für Sie nicht noch schlimmer machen, aber mir blieb ja keine Wahl.«

»Ist okay, Margaret«, erklärte er und zog die Schreibtischschublade auf. »Sie haben doch nichts dagegen, wenn ich mir einen Drink genehmige?«
Sie schüttelte den Kopf und sah, wie er eine Flasche und zwei Gläser hervorholte. Dann goß er ein Glas halbvoll und sah sie fragend an. »Nein, danke«, sagte sie.
Er kippte den Drink, und sie beobachtete, wie die Farbe in sein Gesicht zurückkehrte. Während er sich nachschenkte, fragte er: »Wo arbeiten Sie?«
»Im Tippbüro bei der Wohnungsvermittlung«, erwiderte sie. Er nahm einen Schluck. »Guter Job?«
»Ist okay«, sagte sie. »Bin noch Ersatzkraft. Aber ich habe zugegriffen. War das einzige, was ich kriegen konnte.«
»Wie weit wohnen Sie von Ihrem Arbeitsplatz?«
»Mit dem Bus brauche ich zwei Stunden. Ist aber gar nicht so schlimm. Um vier Uhr habe ich Feierabend, und zum Abendessen bin ich für gewöhnlich wieder zu Hause.«
»Was ist mit Ihrer Mutter?«
»Die ist tot.«
»Tut mir leid«, sagte er. »Ich sollte Sie wohl nicht länger aufhalten. Wird sowieso einige Verspätung geben, bis Sie heute abend das Essen fertig haben.«
»Ist schon okay. Ich habe mit einer Nachbarin verabredet, daß sie sich heute abend darum kümmert.«
Er leerte sein Glas, tat die Flasche wieder in den Schreibtisch. Dann erhob er sich. »Mein Auto steht draußen. Ich kann Sie zur Bushaltestelle bringen.«
»Ich kann zu Fuß hingehen«, sagte sie. »Der nächste Bus fährt erst um neun.«
Er warf einen Blick auf seine Uhr. Es war gerade erst sieben vorbei. »Wie wär's, wenn wir zusammen zu Abend äßen? Ich bringe Sie schon zur Zeit zum Bus.«
Sie zögerte. »Ich habe Ihnen so schon genügend Mühe bereitet.«
»Unsinn«, erwiderte er mit einem Lächeln. »Ich hatte ohnehin nichts weiter vor.« Er streckte die Hand nach dem Telefon. Seine Sekretärin meldete sich. »Rufen Sie bei mir zu Hause an und sagen Sie Mamie, daß ich heute abend auswärts esse.« Er bemerkte den fragenden Ausdruck auf ihrem Gesicht. »Mamie ist meine Köchin.«
Sie nickte wortlos.
»Ich bin nicht verheiratet«, erklärte er.

»Das weiß ich«, sagte sie.
»Was wissen Sie denn sonst noch über mich?«
Sie gab keine Antwort.
»Können Sie mir ruhig sagen. Ich nehme da nichts krumm.«
Sie zögerte, sagte dann:
»Mein Vater wollte nicht, daß ich zu Ihnen gehe. Er sagte, Sie hätten viele — äh — Weiber.«
Er lachte. »Und was hat er sonst noch gesagt?«
»Daß Sie mich wahrscheinlich zum Dinner einladen würden.«
»War nicht gelogen. Genau das habe ich getan. Was hat er sonst noch gesagt?«
»Falls ich mit Ihnen zum Dinner gehe, hat er gesagt, soll ich auf der Hut sein.«
»Nun, bis jetzt sind wir noch nicht zum Dinner, so daß sich darüber noch nicht befinden läßt, oder?« Er lächelte.
Nach einem Augenblick lächelte auch sie. »Ja, stimmt.«
»Nun, somit bleibt Ihnen die Gelegenheit, das zu überprüfen.«
Sie lächelte noch immer. »Dann darf ich mir die Chance wohl nicht entgehen lassen.«
»Zu einem hochfeudalen Restaurant werden wir uns nicht begeben«, erklärte er. »Auf der anderen Straßenseite ist eins, wo man ordentliche Steaks bekommen kann.«
»Klingt nicht übel.« Sie erhob sich. »Gibt's hier irgendwo eine Damentoilette?«
»Durch das Büro meiner Sekretärin. Auf dem Gang dann nach rechts.« Er sah ihr nach, holte dann wieder die Flasche hervor und schenkte sich ein. Kippte rasch. Die Art, wie sie ging, jetzt ging. Vorhin, als sie eingetreten war, hatte sie sich bewegt wie ein junges Mädchen. Nun war das plötzlich ganz anders. Sie bewegte sich wie eine Frau.

3

Als er auf dem Airport von Miami die Gangway hinabkletterte, in der Hand eine kleine Aktentasche und trotz des leichten Sommeranzugs sofort schwitzend, sah er zwei junge Männer, die sich ihm zielbewußt näherten. Der eine war groß und blond, der andere klein und dunkelhaarig, und beide trugen Leinenanzüge. Es war der Kleine, der sprach. »Mr. Huggins?«
»Ja«, erwiderte er.

»Draußen wartet ein Auto auf uns. Haben Sie irgendwelches Gepäck?«
»Nein.«
Der Kleine nickte. »Okay. Hier entlang, bitte.«
Sie begleiteten ihn durch das Flughafengebäude, der eine links, der andere rechts. Drinnen wimmelte es von Urlaubern. Vor dem Gebäude wartete eine Cadillac-Limousine mit laufendem Motor. Die Tür wurde aufgerissen, er stieg hinten ein, und der Blonde setzte sich zu ihm, während der Dunkelhaarige vorn neben dem Fahrer Platz nahm.
»In einer Viertelstunde sind wir dort«, erklärte der Blonde. Das Auto setzte sich in Bewegung. »Hatten Sie einen guten Flug?«
»Sehr angenehm«, erwiderte Daniel.
»In wenigen Monaten wird das noch besser werden. Bis zum Beginn der Wintersaison will man Jets einsetzen.«
»Ich dachte, die hätte man bereits.«
»Nur ein paar«, erklärte der Blonde. »Doch im Herbst wird der ganze Flugbetrieb auf Jets umgestellt.«
Daniel blickte durch das Fenster. In raschem Tempo fuhr das Auto über den Damm nach Miami Beach. Viel Verkehr schien es nicht zu geben. Kurz hielten sie am »Zollhäuschen«, wo eine Gebühr entrichtet werden mußte. Dann ging es weiter, vorüber an kleinen Inseln in der Bucht, welche das Festland vom *Beach* trennte. Schließlich verlangsamte sich die Fahrt, und über den Damm ging es auf eine der Inseln zu.
Was Daniel sofort auffiel, waren die beiden uniformierten Wächter unten bei der Ausfahrt. Augenscheinlich kannten sie das Auto, denn sie ließen es in unvermindertem Tempo passieren. Es ging an mehreren flachen Häusern vorbei, typische Florida-Architektur. Dahinter sah man grünen Rasen und gestutzte Hecken. Schließlich bogen sie in eine Privatstraße ein. Ganz am Ende befand sich ein hohes Eisentor, vor dem das Auto zum Halten kam.
Aus dem Torhäuschen tauchte ein Mann auf und warf einen Blick auf das Auto. Dann ging er wieder zurück, und das eiserne Tor schwang auf. Das Auto fuhr hindurch, das Tor schloß sich wieder, und über einen langen Fahrweg rollten sie auf das Haus zu, das von der Straße aus nicht zu sehen gewesen war.
Die beiden Männer stiegen aus und warteten auf Daniel. »Nur einen Augenblick, Sir«, sagte der Große höflich. »Wir müssen dies tun.«
Daniel nickte wortlos und streckte die Hände vor. Der Blonde ta-

stete ihn rasch ab, richtete sich wieder auf. »Dürfen wir bitte auch Ihre Aktentasche sehen?«
»Ist unverschlossen«, sagte Daniel und reichte sie ihm.
Schnell blätterte der Blonde die Papiere durch, spürte sorgfältig nach doppelten Böden, gab Daniel dann die Tasche zurück. Mit höflichem Nicken sagte er: »Hier entlang, bitte.«
Im Haus war es angenehm kühl, Klimaanlage. Die Männer führten Daniel in ein Zimmer mit zwei wandhohen Fenstern, durch die man Ausblick hatte auf einen Swimming-pool. Und dahinter, in der Bucht, sah man einen Anlegesteg, bei dem ein etwa fünfzehn Meter langer Kabinenkreuzer vertäut war.
»Mr. L. wird sofort erscheinen«, sagte der Blonde. Er wedelte mit der Hand. »Dort drüben ist die Bar. Bedienen Sie sich.«
»Danke«, erwiderte Daniel. Die Männer gingen hinaus, und er trat auf die Bar zu. Ungläubig starrte er einen Augenblick. Es schien nichts zu geben, was es nicht zu geben schien. Anders ausgedrückt: es gab praktisch alles. Jedes nur denkbare Getränk, jeden nur denkbaren Getränkezusatz. Alkoholika jeglicher Art, aber auch Fruchtsäfte und Tomatensaft, Gefäße mit Eiswürfeln, mit zerstückten Zitronenschalen, mit Oliven, mit Perlzwiebeln, mit Tabasco und Worcester-Sauce. Natürlich waren es die alkoholischen Getränke, die Daniel faszinierten. Angebrochene Flaschen gab es nicht. Nur volle, noch versiegelte. Er griff nach einer Flasche Old Forester, öffnete sie, goß davon in ein Glas, fügte aus einer Karaffe Wasser hinzu. Dann trank er einen Schluck und trat ans Fenster.
Die Aussicht war herrlich. Himmel und Wasser verschmolzen miteinander zu einem mannigfach getönten Blau, Motor- und Segelboote glitten umher wie in schwebender Fahrt. Wieder nahm er einen Schluck. Verdammt guter Whisky. Dann hörte er hinter sich die Stimme. »Mr. Huggins.«
Dort stand Lansky, ein kleiner Mann, vorzeitig gealtert, die Florida-Bräune wie eine künstliche Tarnfarbe über der Leichenblässe der Haut. Daniel erschrak für einen Augenblick. Sie waren etwa gleichaltrig, doch Lansky wirkte wesentlich älter.
»Mr. Lansky.« Daniel streckte ihm die Hand hin.
Lansky schüttelte sie, fest, doch unverkrampft. Dann ging er zur Bar, füllte ein Glas mit Orangensaft und begann, langsam zu schlürfen. »Florida-Orangen«, erklärte er. »Lasse sie stündlich frisch auspressen. Einfach unübertrefflich.«
Daniel nickte. Sie nahmen einander gegenüber Platz. »Wie geht es Ihnen, Mr. Lansky?«

»Besser, wenn auch nicht besonders gut.« Er klopfte gegen seine Brust. »Die alte Pumpe will nicht mehr so recht.«
»Sie werden uns noch alle überleben«, sagte Daniel.
Lansky lächelte dünn. »Schon möglich — wenn man mich nur in Ruhe läßt. Aber die sitzen mir ja dauernd im Genick.«
»Eines der Risiken, wenn man Erfolg hat«, sagte Daniel.
Lansky nickte.
Plötzlich hatte seine Stimme einen sehr entschiedenen Klang. »Wie ich höre, haben Sie große Probleme.«
»Das stimmt«, bestätigte Daniel.
»Ich habe Sie seinerzeit gewarnt. Vier Jahre ist das jetzt her. Sollte es zu einer Verschmelzung der beiden Gewerkschaftsbünde — AFL und CIO — kommen, sind Sie raus aus dem Geschäft. Das habe ich Ihnen damals gesagt.«
»Richtig.«
»Sie hätten auf mich hören sollen.« Lansky schien ein aufsässiges Kind zurechtzuweisen. Daniel schwieg.
»Hat keinen Sinn, einer Sache nachzutrauern«, erklärte Lansky abrupt. »Wie ist die augenblickliche Situation?«
Rasch setzte Daniel ihn ins Bild. Lansky nickte. Irgendwie schien er einer weisen alten Eule zu gleichen. »Ihre Idee ist gar nicht mal so schlecht, bloß — Hoffa und Boyle brauchen Sie nicht wirklich. Was bedeutet denen im Grunde Respektabilität? Einen Scheiß. Die sind beide Straßenkämpfer. Wenn die dazu überredet werden sollen, mit Ihnen mitzumachen, muß schon kräftig nachgeholfen werden.«
»Wenn Sie ein Wort für mich einlegen — mehr braucht's vielleicht gar nicht«, sagte Daniel.
Lansky nickte. »Möglich. Aber Sie haben noch andere Probleme. Selbst wenn die mitmachen, wo soll das Geld herkommen? Mit Ihren Honoraren oder wie Sie's nennen wollen, kommen Sie nicht weit.«
»Wenn die meinen Plan akzeptieren, übernehmen wir einen guten Teil ihres Renten- und Versicherungsfonds.«
»Na, ganz kriegen Sie den jedenfalls nicht.«
»Nein«, sagte Daniel. »Habe ich auch gar nicht vorgeschlagen. Nur, daß wir Mitverwalter werden. Und dann würde genug vorhanden sein, um jedem entsprechend Spielraum zu garantieren.«
Lansky schwieg einen Augenblick. »Und wie passe ich dort hinein?«
Plötzlich fühlte Daniel große Zuversicht. Lansky wußte ver-

dammt genau, wie er »hineinpassen« konnte. Banken, Versicherungsagenturen, Baugesellschaften — die hatte er alle unter dem Daumen. Daniel feuerte sein bestes Geschoß ab. »Wenn ich das erst erklären müßte, Mr. Lansky, dann wäre meine Reise hierher umsonst gewesen.«
Wieder schwieg Lansky einen Moment. Dann sagte er: »Es heißt, Sie hätten eine Einladung ins Weiße Haus.«
Daniel nickte. Es schien kaum etwas zu geben, das Lansky nicht erfuhr. »Zum Frühstück mit dem Präsidenten, am 6. September.«
»Sie haben mit Adams gesprochen?«
Daniel nickte abermals.
Aus Lanskys Stimme klang Anerkennung. »Guter Kontakt. Sollten Sie sich warmhalten.«
»Ist auch meine Absicht.«
Diesmal schwieg Lansky längere Zeit. »Eisenhower wird's wieder machen. Wenn Sie Ihre Karten richtig spielen, können Sie sich in eine Prachtposition manövrieren.«
»Ich drücke mir selbst die Daumen.«
Zum erstenmal lachte Lansky. Es war ein trockenes, fast humorloses Lachen. »Für einen Mann, der sich am Rande der Katastrophe befindet, machen Sie einen erstaunlich ruhigen Eindruck.«
Daniel schenkte sich wieder ein, diesmal pur. Auch er lachte, doch sein Lachen klang anders, rauher, lauter. »Was soll schon passieren, außer daß ich auf den Arsch falle?«
Lansky musterte ihn. »Wieviel, meinen Sie, werden Sie brauchen?«
»Zweihundertundfünfzigtausend. Damit kommen wir für ein Jahr über die Runden — bis alles im Lot ist.«
»Das ist ein Haufen Geld.«
»Es ist wenig, wenn man bedenkt, was da winkt. Der Rentenfonds der Vereinigten Bergarbeitergewerkschaft muß bereits über sechzig Millionen Dollar betragen, und der von den Teamsters kann nicht viel darunter liegen. Nur mal zwanzig Prozent davon gerechnet — das könnte an Einnahmen pro Jahr über zwei Millionen ergeben.«
Lansky war offenbar zu einem Entschluß gekommen. »Okay. Sie bekommen das Geld.«
»Danke, Mr. Lansky.«
»Sie brauchen mir nicht zu danken«, erwiderte Lansky ruhig. »Vergessen Sie nur die Spielregeln nicht. Wir sind Partner. Fifty-Fifty.«

»Zuviel«, sagte Daniel. »Soviel Geld kann ich nicht abzweigen, ohne daß ich mich in die Nesseln setze.«
»Wieviel also?«
»Fünfundzwanzig Prozent.«
»Nicht gerade überwältigend.«
»Vielleicht«, sagte Daniel. »Aber es werden Ihre Gesellschaften sein, denen das Busineß zufällt. Und da läßt sich ja wohl der Hebel ansetzen.«
Lansky überlegte einen Augenblick. »Sie stellen harte Forderungen.«
»Keine harten, sondern praktische«, versicherte Daniel. »Schließlich haben wir beide so schon genügend Ärger. Es ist nur vernünftig, wenn wir uns nach Möglichkeit weiteren Kummer ersparen.«
»Okay, abgemacht«, sagte Lansky. Er drückte auf einen Knopf seitlich an der Couch. Gleich darauf trat der Blonde ein, der Daniel vom Flugplatz abgeholt hatte. Er trug einen schwarzen Aktenkoffer, den er auf den Couchtisch zwischen den beiden Männern legte. Nachdem er wieder verschwunden war, gestikulierte Lansky kurz. »Öffnen Sie.«
Daniel drückte auf die Knöpfe, und der Deckel schnellte hoch. Im Koffer befanden sich, säuberlich nebeneinander und noch von Bankbanderolen zusammengehalten, Stapel von Geldscheinen. Er warf Lansky einen Blick zu.
»Eine Viertelmillion Dollar«, sagte Lansky wie nebenhin. »Sie können nachzählen.«
»Ihr Wort genügt mir.« Daniel klappte den Koffer zu und erhob sich. »Sie hatten es parat, Mr. Lansky.«
Lansky lächelte. »Mußte ich doch. Man kann nie wissen, ob sich nicht plötzlich eine Gelegenheit bietet.«

4

Michael Rourke blickte von der Sonntagszeitung auf und betrachtete seine Tochter, die gerade ins Zimmer getreten war. Sie trug ein neues Kleid und hatte sich frisch geschminkt. »Gehst du heute abend aus?« fragte er.
Margaret nickte. »Ich habe alles vorbereitet. Der Braten steht in der Röhre und wird um sechs fertig sein. Die Kinder wissen, wann sie ihn herausnehmen müssen.«

Er schwieg einen Augenblick. »Big Dan?«
»Ja.«
Er legte die Zeitung beiseite.
»Hast du gelesen, daß er in dieser Woche zum Präsidenten ins Weiße Haus eingeladen war?«
»Er hat mir davon erzählt«, sagte sie.
»Du warst mit ihm verabredet?«
»Am Donnerstagabend. Ich hatte dir ja gesagt, daß ich außerhalb essen würde.«
»Du kamst erst nach Mitternacht heim. Und davon, daß du mit Big Dan zum Dinner warst, hast du mir nichts gesagt.«
»Wozu auch? Ich meine, du hast doch sicher nichts auszusetzen. Er ist sehr nett.«
»Er ist älter als ich.«
»Aber so wirkt er gar nicht. Er ist aufgeschlossen, an allem interessiert.«
»Gefällt mir nicht«, sagte ihr Vater. »Ich meine, du solltest lieber mit jungen Leuten ausgehen — Burschen in deinem eigenen Alter.«
»Die interessieren mich nicht Daddy. Sie sind so unreif, und alle wollen ja doch immer nur das eine.«
»Er nicht?«
»Er benimmt sich völlig korrekt, ein richtiger Gentleman.«
Er schüttelte den Kopf. »Hat er was von einem Job für mich gesagt?«
»Er sagt, er kümmert sich drum, und bestimmt würde sich schon bald was ergeben.«
»Wer's glaubt, wird selig«, sagte er sarkastisch.
Sie musterte ihn. »Ja, weshalb sollte er denn lügen?«
»Weshalb wohl? Weil er dir an die Wäsche möchte!«
»Daddy!« sagte sie scharf.
»Ach, hör schon auf!« Seine Stimme klang verbittert. »Du weißt genauso gut wie ich, worauf er aus ist.« Er betrachtete sie mit einem eigentümlichen Blick, fast lauernd. »Und es könnte ja sein, daß auch du das willst.«
»So etwas höre ich mir nicht länger an.« Sie wandte sich zum Gehen.
»Margaret!« rief er hinter ihr her.
Bei der Tür drehte sie sich um. »Ja?«
»Hab's nicht so gemeint«, sagte er entschuldigend. »Ist nur — ich mache mir Sorgen um dich. Weißt ja, was man sich über ihn erzählt. Suffkopp und Weiberheld. Ich will nicht, daß du eine

von denen wirst, die er nur mal so — durchs Bett schleift. Dafür bist du mir wahrhaftig zu schade, Mädchen.«
»Ich bin kein Kind mehr, Daddy«, sagte sie förmlich. »Ich kann auf mich selbst aufpassen.«
Er betrachtete sie, ein oder zwei Sekunden lang, griff dann wieder zur Zeitung. »Okay«, sagte er. »Vergiß nur nicht, daß ich dich gewarnt habe.«
Hinter ihr schloß sich die Tür, und er saß und brütete vor sich hin. Was sollte er tun? Er war nun einmal nicht mehr der Mann, der er früher gewesen war. Sonst würde hier so manches anders laufen. So wie die Dinge nun einmal lagen, hatte sie die ganze Last zu tragen — ob es sich nun um den Haushalt handelte oder um die anderen Kinder. Vielleicht hatte sie ja recht. Sie war kein Kind mehr. Dazu blieb ihr gar keine Zeit.

John L. Lewis saß im Sessel hinter seinem Schreibtisch. Es war ein überaus schwerer, ein »massiver« Schreibtisch in einem eichegetäfelten Raum, dessen Fenster hinausblickten auf die weißen Marmorgebäude der Regierung im Zentrum Washingtons. Wie gewöhnlich trug er einen schweren, dunklen Anzug und einen steifen, weißen Kragen mit entsprechender Krawatte: In seiner Person verkörperte sich, schwer und massiv und — quasi eingleisig — zweckgerichtet, das Gefühl der Macht.
Gleichsam flankiert wurde er von seinen beiden Hauptassistenten — Tom Kennedy, inzwischen an die siebzig, mit weißem Haar und sanften Manieren, sowie Tony Boyle, jung, aggressiv, voller Energie. Daniel betrachtete die beiden Männer. Kennedy war der Denker, der Planer, untadelig in seiner Art. Boyle hingegen kannte kaum irgendwelche Rücksichtnahmen. Er verstand es, verfügbare Machtmittel einzusetzen und die Opposition wie mit einer Dampfwalze zu überrollen. Zwischen ihnen thronte als logisches Zentrum John L., der all dies umschloß, eine Führerfigur, die keinen Widerspruch duldete.
Lewis sagte: »Die TVA* ist der größte Abnehmer für Kohle auf der ganzen Welt. Sie hat einen unersättlichen Bedarf. Das zieht eine Reihe von Konsequenzen nach sich. Viele der sogenannten unabhängigen Zechen — diejenigen, die sich auch gewerkschaftlich nicht gebunden haben — verkaufen unter Preis. Unter

---

* TVA, *Tennessee Valley Authority*, im Rahmen von Präsident Roosevelts *New Deal* geschaffene Behörde, die die Energieversorgung und wirtschaftliche Entwicklung der gesamten Tennesseestromregion bewerkstelligen sollte.

dem Preis, den die gewerkschaftlich gebundenen Zechen vereinbarungsgemäß verlangen. Folge Nummer eins: Die gewerkschaftlich gebundenen Zechen verkaufen weniger Kohle. Folge Nummer zwei: Viele Gewerkschaftsmitglieder verlieren ihren Job, während viele Nicht-Gewerkschaftsmitglieder plötzlich die Chance erhalten, einen Job zu bekommen.
Von der Regierung haben wir da keine Hilfe zu erwarten. Unsere Bitten sind auf taube Ohren gefallen. Die Lage wird immer verzweifelter. Wenn wir zulassen, daß die Entwicklung so weitergeht, wird nach und nach zusammenbrechen, was die Gewerkschaft über so viele Jahre hinweg aufgebaut hat. Dann werden sich unsere Mitglieder fragen, was ihnen die Zugehörigkeit zu unserer Organisation eigentlich einbringt. Und damit wäre das Ende der Vereinigten Bergarbeitergewerkschaft in Sicht.«
Kennedy nickte ernst, sprach jedoch nicht. Boyle hingegen betonte mit Nachdruck: »Uns bleibt keine Wahl. Wir müssen uns denen mit voller Wucht entgegenwerfen.«
Daniel musterte ihn. »Was haben Gewaltaktionen euch schon eingebracht? Hat doch genügend davon gegeben, 1946 und 1947, und dann von 48 bis 52. In den gewerkschaftsgebundenen Zechen kletterte der Preis für Kohle, bis er überhaupt nicht mehr marktgerecht war und die ihr Produkt nicht mehr absetzen konnten. Die Folgen, um nur einige zu nennen: Die Gewerkschaft verlor einen Haufen Mitglieder, eine Menge Geld und — nicht zuletzt — viel von ihrem Ansehen. Es wäre noch mehr dazu zu sagen, doch lassen wir's vorerst dabei.«
Boyle zeigte sich streitbar. »Haben Sie vielleicht einen besseren Vorschlag? Was sollen wir denn tun? Stillhalten, während die uns mehr und mehr das Wasser abgraben?«
»Im Augenblick«, erwiderte Daniel, »habe ich in der Tat keinen Vorschlag. Aber ich weiß, was sich nicht machen läßt. Dies ist ein Wahljahr. Wir können es uns nicht leisten, irgend etwas zu tun, das Eisenhower in eine feindselige Position uns gegenüber zwingen würde. Und er müßte sie gegebenenfalls einnehmen, um der Unterstützung der Konservativen sicher zu sein.«
»Dann lautet Ihre Parole also: Abwarten«, sagte Boyle.
»Genau«, erwiderte Daniel.
»Wofür, zum Teufel, brauchen wir Sie dann?« fragte Boyle gereizt. »Wir hatten Sie hergebeten in der Erwartung, daß Sie uns ein paar Antworten geben könnten.«
»Tut mir leid, Sie enttäuschen zu müssen«, erklärte Daniel. »Aber ich habe nie behauptet, irgendwelche Patentantworten parat zu

haben. Im übrigen stimmt Ihre Feststellung: Sie haben um diese Unterredung gebeten, nicht ich.« Er erhob sich. »Mr. Lewis, es ist immer eine Ehre, mit Ihnen zusammenzutreffen.«
John L. musterte ihn mit gerunzelten Brauen. »Setzen Sie sich, Daniel. Hab nichts davon gesagt, daß die Unterredung zu Ende ist.« Er wartete, bis Daniel wieder Platz genommen hatte. »Unsere Zusammenkunft mit dem Präsidenten hat mir immerhin in einem Punkt klare Erkenntnisse gebracht: er scheint Sie in außergewöhnlichem Maße zu schätzen.«
Daniel schwieg.
»Um's kurz zu sagen: Wenn wir uns miteinander verständigen könnten, so wäre das für unser Image beim Präsidenten beziehungsweise bei der Regierung garantiert nicht übel. Schon von daher empfiehlt sich also eine Vereinbarung zwischen der Vereinigten Bergarbeitergewerkschaft und CALL. Das würde mithelfen, den Präsidenten davon zu überzeugen, daß wir keineswegs darauf aus sind, uns radikal zu gebärden.«
Daniel betrachtete den Alten, und sein Blick war sehr direkt. »Was Sie meinen, ist doch wohl dies: Wir erzeugen eine Nebelwand, hinter der Sie fortfahren können, Ihre eigenen Ziele zu verfolgen.«
Lewis räusperte sich. »Das ist eine ziemlich plumpe Formulierung.«
»Aber sie entspricht der Wahrheit.«
Lewis blickte zu seinen Assistenten, nickte dann. »Ja.«
»Mr. Lewis, Sie kennen meinen Ruf«, sagte Daniel. »Sie wissen, daß ich keineswegs dafür bekannt bin, das Maul zu halten, wenn's um die Rechte und Vorteile der Gewerkschaftsmitglieder geht.«
»Ist schon gut«, versicherte Lewis. »Vergessen Sie nur nicht, daß auch ich mein Leben lang für die Verbesserung der Lebensbedingungen des Arbeiters gekämpft habe. Mag ja sein, daß es zwischen uns Meinungsverschiedenheiten gibt, was die Methoden betrifft — nur, die Triebfeder ist doch wohl bei uns dieselbe.«
»Mr. Lewis, ich danke Ihnen für die Chance, die Sie mir geben. Es ist mir eine Ehre, Ihnen und der UMW zu Diensten sein zu können.« Daniel streckte seine Hand vor. »Wann sollen wir anfangen?«
Lewis nahm seine Hand, lächelte. »Gestern. Einzelheiten müssen Sie mit Tony und Tom besprechen.«
Boyle war es, der ihn hinausbegleitete zu seinem Auto. »Sie werden mit mir zusammenarbeiten — das wissen Sie sicherlich.«

»Ja, das weiß ich.«
»War meine Idee. Was John L. betrifft, der hat ja sofort angebissen, bedingungslos. Er wird nun mal alt. Das einzige, was ihn noch wirklich interessiert: sich bloß nicht die Hände schmutzig machen.«
»Und dabei werde ich ihm nach Möglichkeit helfen«, sagte Daniel. »Allerdings — bei finanziellen Angelegenheiten werde ich kaum von Nutzen sein können. Dafür hat John L. seine Gewerkschaft in allzu viele Geschäfte verwickelt. Mit der Nationalbank in Washington, mit den Kohlenzechen in Kentucky und Nashville — und so weiter und so fort. Ich meine, da steckt doch eine gewaltige Menge Gewerkschaftsgeld drin, und früher oder später wird sich die Regierung dafür interessieren — was dann zur Katastrophe führen könnte.«
»Sind Sie bereit, ihm das zu sagen?« fragte Daniel.
»Dürfte ihm kaum gefallen.«
»Kann's nicht ändern«, sagte Daniel. »Er hat mich gebeten, ihm zu helfen. Und genau das werde ich versuchen. Im übrigen hat er mir ja versichert, er werde genauso weitermachen wie bisher. Hab verstanden.«
»Und worüber wir gesprochen haben — hat sich da nichts verändert?«
Daniel sah ihn an.
»Überhaupt nichts. Ich werde weiter mit dir zusammenarbeiten, damit du Präsident wirst. Allerdings möchte ich dir jetzt einen kostenlosen Rat geben. Du bist nicht John L. und wirst es auch niemals sein. Was das praktisch heißt? Nun, mit neunzig Prozent von der Scheiße, mit der er glatt durchgekommen ist, werdet ihr glatt auf den Arsch fallen. Wenn er stirbt, wird die Scheiße nur so wirbeln. Und das heißt, daß es klug von euch wäre, mit möglichst reinen Händen dazustehen.«
»Überlaß das nur mir«, sagte Boyle selbstsicher. »Ich weiß schon, was ich zu tun habe. Diese Gewerkschaft läßt sich nicht führen, indem man auf Mr. Liebenswürdig macht.«
»Ich will ja gar nicht streiten«, versicherte Daniel. »Ist nur so'n kleiner Rat.«
»Okay. Schick erst mal 'n Team nach Middlesboro. Wir wollen wissen, wie's dort steht, mit all den neuen Zechen und so. Was wir brauchen — genaue Abschätzungen der Arbeitskräfte sowie der Produktionsquoten. Ich habe so das Gefühl, daß wir da bald eingreifen müssen. Sonst unterbieten die die gewerkschaftsgebundenen Zechen bis zum Geht-nicht-Mehr!«

»Okay, alles klar«, sagte Daniel, während er in sein Auto stieg. »Wird aber Geld kosten.«
»Sag mir, wieviel«, erklärte Boyle. »Und morgen früh hast du's.«

5

Als er das Auto am Rinnstein zum Halten brachte, sah er, daß sie vor dem Bürogebäude wartete. Er stieg aus und trat auf sie zu.
»Warum bist du denn nicht hineingegangen?« fragte er.
»Das Büro war geschlossen, und es war niemand weiter dort.«
»Du hättest doch im Empfangsraum warten können.«
»Das Mädchen, das dort saß, machte Feierabend. Und sie sagte, sie wüßte nicht, wann Sie zurückkommen würden.«
»Tut mir leid«, versicherte er, während er die Tür für sie aufhielt. Sie stiegen die Treppe hinauf, zu den Büros im zweiten Stock.
»Wartest du schon lange?«
»Seit sechs.«
Er warf einen Blick auf die Uhr an der Wand. Es war bereits sieben vorbei. »Ich wurde bei einer Unterhaltung aufgehalten.« Er zog einen Schlüssel hervor und öffnete die Tür. Sie folgte ihm in sein Büro.
Sofort holte er aus seinem Schreibtisch eine Flasche Whisky und schenkte sich ein.
»Hat mir nichts weiter ausgemacht, die Warterei«, erklärte sie. »Ich wußte ja, daß Sie's nicht vergessen würden.«
Er schluckte. »Ich hätte dich rechtzeitig anrufen sollen.«
»Macht mir nichts weiter aus. Wirklich nicht.«
Er lächelte sie an. »Besonders hübsch siehst du heute aus.«
Sie spürte, wie ihr die Hitze in die Wangen stieg. »Danke.«
»Ich glaube, ich habe für deinen Vater einen Job, sofern er interessiert ist. Hier gibt's einen Haufen zu tun, und wir könnten einen Nachtwächter gebrauchen, der ein Auge auf alles hat und gegebenenfalls auch mal einen Telefonanruf entgegennimmt.«
Sie lächelte. »Das wird ihn sicher freuen.«
»Es wäre allerdings ein ziemlich langer Dienst. Von sieben Uhr abends bis sieben Uhr früh.«
»Das macht ihm nichts aus.«
»Bringe ihn nächste Woche her, zu Mr. Barrington. Der wird sich um alles kümmern.«

»Danke, Mr. Huggins.«
Er schenkte sich einen Drink ein. »Nun werde bloß nicht gleich wieder so förmlich. Für dich bin ich Daniel.«
Eine eigentümliche Schüchternheit schien sie zu überwältigen. »Ja, wenn Sie wollen.«
»Ich will, Margaret.«
Ihre Stimme war fast unhörbar. »Okay, Daniel.«
»Schon besser«, sagte er. »Ich muß ein paar Anrufe machen. Bist du sehr in Eile — was das Dinner betrifft, meine ich.«
»Ich habe Zeit.«
Er griff nach dem Telefon und wählte eine Nummer. Es war Moses, der sich meldete. »Barrington.« Im Hintergrund wurden die lauten Rufe von Kinderstimmen laut.
»Störe ich beim Dinner?«
»Noch nicht«, erwiderte Moses. »Sonst würden die Kinder nicht mehr so rumschreien.«
»Will dich nicht weiter aufhalten«, sagte Daniel. »Dachte mir nur, daß dir zur Abwechslung auch mal eine angenehme Nachricht willkommen sein könnte.«
»Wie denn?« fragte Moses, und seine Stimme klang plötzlich ziemlich aufgeregt. »Zeigt sich Boyle auf einmal interessiert?«
»Noch viel besser. John L. möchte, daß wir für sie arbeiten.«
Moses zeigte sich ungläubig. »Soll das ein Scherz sein? Also bitte, Daniel, keine faulen Witze. Das hält mein Herz nicht aus.«
Daniel lachte. »Hat alles seine Ordnung, schon rein juristisch. Wir sollen objektive Studien betreiben. Das heißt, daß wir bei den Middlesboro- und Kentucky-Distrikten anfangen. Stelle also sofort ein Team zusammen und schicke die Jungs los.«
»Da werde ich mehr Leute brauchen«, erklärte Moses.
»Beschaff sie dir. Und nimm den Junior mit, als deine Nummer zwei. Wird Zeit, daß er seine Feuertaufe besteht.«
»Und seine Studienzeit an der Harvarduniversität?«
»Er muß auch so klarkommen. Wichtiger ist, daß er einige echte Erfahrungen sammelt. Das Studium kann er immer noch nachholen. Sobald du das Gefühl hast, daß er richtig engagiert ist, überlasse ihn sich selbst und komm ins Büro zurück.«
»Okay, Big Dan.« Die Stimme am anderen Ende der Leitung klang jetzt sehr gedämpft. »Da war ein Anruf aus Miami. Du sollst sofort zurückrufen.«
»Okay, werde mich drum kümmern.«
»Im übrigen«, Moses' Stimme klang jetzt weniger angespannt,

»möchte ich gratulieren. Ähnelt wahrhaftig diesem Trick: Hervorzaubern eines Kaninchens aus einem Zylinder. Weiß wirklich nicht, wie du das geschafft hast.«
Daniel war sehr erfreut. »Ist erst ein Anfang. Gleich morgen früh sehen wir uns.«
Er legte auf, blickte über den Schreibtisch hinweg. »Nur noch ein Anruf, dann können wir gehen.«
»Ich habe keine Eile.«
Es war ein Ferngespräch, und während er verbunden wurde, legte er die Hand auf die Telefonmuschel. »Ist das ein neues Kleid, Margaret?«
Sie schüttelte den Kopf.
»Es ist sehr hübsch«, versicherte er. »Genau wie du.«
Sie wurde unwillkürlich rot. »Danke.«
Vom anderen Ende der Leitung erklang eine Stimme. Sie nannte die gewählte Nummer.
»Sieben, sechs, drei, drei.«
»Hier Daniel Huggins.«
»Einen Augenblick, Sir.« Es klickte. Dann erklang Lanskys Stimme. Er kam sofort zur Sache. »Tun Sie mir einen Gefallen.«
»Schießen Sie los«, sagte Daniel.
»Bei den Transportarbeitern von New Jersey steht eine Wahl an. Sorgen Sie dafür, daß der richtige Mann gewinnt.«
»Werde mein Bestes tun«, versicherte Daniel. »Wie heißt er?«
»Tony Pro.«
Daniel schwieg einen Augenblick. Tony Pro; Anthony Provenzano. Einer von der »Familie«, sprich: Mafia. »Sie suchen sich wahrhaftig nicht die leichtesten Kandidaten aus«, sagte er. »Sein Gegenkandidat ist Dave Beck, wie Sie wissen.«
»Das ist Ihr Problem«, erklärte Lansky ohne Umschweife. »Sagen Sie Hoffa — wenn Tony Pro nicht Bezirksvorsitzender wird, kann er auch nicht mehr auf die Teamsters an der Ostküste rechnen.«
»Werde mich sofort drum kümmern«, versicherte Daniel.
»Halten Sie mich auf dem laufenden.« Schon hatte Lansky aufgelegt.
Nach einem Augenblick begann Daniel wieder Moses' Nummer zu wählen, besann sich dann jedoch: Damit hatte es noch bis zum Morgen Zeit. Jetzt hieß es Prassen oder Fasten; vorher hatten sie zuwenig zu tun, jetzt war es plötzlich zuviel.
Auf einmal fühlte er sich sehr müde.
»Irgendwas nicht in Ordnung, Daniel?« fragte sie.

Er sah sie an. »Bloß ein bißchen geschlaucht. War ein ziemlich langer Tag.«
»Also das Dinner, das muß nicht sein. Ich meine, wenn Sie lieber nach Hause fahren wollen, um sich auszuruhen, dann habe ich wirklich nichts dagegen.«
»Ich habe eine Idee«, sagte er. »Warum fahren wir nicht beide zu mir? Mamie kann uns ein schönes Dinner bereiten, und anschließend können wir sitzen und fernsehen.«
Wieder spürte sie, wie ihr die Hitze ins Gesicht stieg, doch der Ausdruck ihrer Augen signalisierte, daß sie bereit war. »Wenn Sie das wollen.«
Plötzlich lächelte er, und mit diesem Lächeln schienen die Jahre von ihm abzufallen. Er hob den Telefonhörer ab und wählte seine eigene Nummer. »Mamie, große Steaks, so mit allem Drum und Dran. Ich bringe ein hübsches Mädchen zum Dinner mit.«

Es war ein kleines Haus, ganz und gar nicht das, was sie erwartet hatte. Da es keinerlei Auffahrt gab, parkte er das Auto auf der Straße. Alle Häuser rundum sahen einander zum Verwechseln ähnlich. Sie stiegen aus. Ein schmaler Weg führte zum Vordereingang.
Noch bevor sie die Tür erreichten, schwang sie auf, und eine füllige, schwarzhäutige Frau tauchte hervor. In einem breiten Lächeln ließ sie ihre großen, weißen Zähne sehen.
»'n Abend, Mister Dan.«
»Mamie, dies ist Miß Rourke«, sagte Dan, während er eintrat.
»Hallo, Miß Rourke«, grüßte Mamie.
»Erfreut, Sie kennenzulernen, Mamie«, versicherte Margaret lächelnd. »Hoffentlich bereiten wir Ihnen keine Probleme.«
»Oh, nein, Miß Rourke. Wenn man für Mister Dan arbeitet, gewöhnt man sich an so Sachen. Bei dem weiß man ja nie, wen er so mitbringt. Setzen Sie sich nur schön an den Tisch, und ich kümmer' mich ums Dinner.« Sie blickte zu Daniel. »Genug Zeit für Sie zum Duschen und Umziehen, wenn Sie wollen.«
»Okay, Chefin«, sagte Daniel. Er blickte zu Margaret. »Mamie hält sich für meine Mutter. Sie verfügt einfach über mich.«
Mamie spielte die Zornige. »Irgendwer muß sich ja um ihn kümmern. Und nun mal los — oder muß ich erst Beine machen? Ich werde schon dafür sorgen, daß es diesem hübschen, kleinen Ding an nichts fehlt.«
Margaret nickte. »Gehen Sie nur, Daniel. Ich komm' schon klar.«

Er stieg die Treppe hinauf, und Mamie führte sie in das Wohnzimmer. »Jetzt nehm' Sie man nur Platz, und ich bring Ihn' 'n Drink, ganz wie Sie woll'n.«
»Ich brauche nichts. Aber wenn ich irgendwie helfen könnte . . .«
Mamie lächelte. »Schon alles fertig. Sie können's ganz mit der Ruhe nehmen.« Sie ging zur Tür. Dort blieb sie stehen und drehte sich um. »Kennen Sie ihn schon lange, Mister Dan?«
Margaret schüttelte den Kopf. »Noch nicht lange. Vielleicht zwei Monate.«
Mamie grinste breit. »Muß irgendwas an Ihn' sein. Ist nämlich das erste Mal, daß er eins von seinen Mädchen nach Hause mitbringt.«
Sie ging hinaus, und Margaret starrte hinter ihr her. Von oben kam ein Geräusch: das Knallen einer Tür. Langsam blickte sie sich im Zimmer um. Altmodisches Mobiliar, dunkel und schwer. Den größten Teil des Raums nahmen die Couch und die Sessel ein. Aber da war auch noch ein Schreibtisch mit einem Telefon in der einen Ecke, und der Couch gegenüber stand ein Fernsehgerät, umrahmt von Regalen voller Bücher, die so aussahen, als seien sie noch niemals gelesen worden. Im übrigen gab es an den Wänden eine Reihe von Gemälden, die man vergaß, kaum daß man sie sah. Und das war auch alles.
Plötzlich schoß ihr ein Gedanke durch den Kopf. Rasch blickte sie sich im Zimmer um. Sonderbar. Nirgendwo im Raum fand sich eine Fotografie, das Bild eines menschlichen Gesichts. Gab es so etwas überhaupt? War nicht in jedem Haus irgendwo wenigstens ein Foto zu sehen? Bei ihr daheim gab es davon jedenfalls mehr als genug.
Von der Treppe her erklangen Schritte, und sie drehte den Kopf. Er trug jetzt ein Sporthemd. Die obersten Knöpfe standen offen, und deutlich war seine dichtbehaarte Brust zu sehen, feucht noch von der Dusche. Außer dem Sporthemd hatte er ein Paar dunkle Hosen an, Freizeithosen, wie man so etwas nannte.
Er bemerkte den Blick, der an seinem offenen Hemd festzukleben schien, und fragte:
»Stimmt irgendwas nicht?«
Irgendwie wirkte er jünger. Sie schüttelte den Kopf. »Es ist nur — ich sehe Sie zum erstenmal ohne Anzug und Krawatte.«
»Nun, davon trenne ich mich auch, wenn ich ins Bett gehe«, sagte er.
Sie wurde unwillkürlich rot.

»Will mal sehen, ob's Dinner inzwischen fertig ist«, sagte er.
»Möchtest du hier essen oder in der Küche?«
»Ganz wie Sie wollen.«
»In der Küche also«, erklärte er. »Dort wird in der Regel gegessen. Ist praktischer.«

Nach dem Dinner gingen sie ins Wohnzimmer zurück. Er schaltete den Fernseher an und holte eine Flasche Whisky hervor, aus der er sich einschenkte.
Eine Quiz-Show war zu sehen, die sie voller Anspannung verfolgte. Daheim gab es keinen Fernseher. Er wirkte gelangweilt, sah jedoch gleichfalls zu und schenkte sich immer wieder ein. Anschließend kam dann noch ein Film und, um elf Uhr, die Nachrichten. Den ganzen Abend hatten sie kaum mehr als zehn Worte miteinander gewechselt, während sie nebeneinander auf der Couch saßen — allerdings in respektabler Entfernung voneinander.
Schließlich erhob er sich. »Ist schon spät«, sagte er. »Wird Zeit, daß ich dich zur Bushaltestelle bringe.«
Sie blickte zu ihm empor, rührte sich jedoch nicht von der Stelle.
»Hast du nicht gehört?«
»Doch, ich habe gehört«, erwiderte sie.
»Dann sollten wir uns langsam aufmachen.«
In glatter, geschmeidiger Bewegung erhob sie sich, trat auf ihn zu. »Daniel.«
»Was ist denn?«
»Nur zum Dinner brauchte ich nicht hierher zu kommen.«
Er sah sie an. »Ich bin alt genug, um dein Vater zu sein.«
»Aber du bist nicht mein Vater.«
»Du weißt doch, was man sich über mich erzählt. Selbst dein Vater hat dich gewarnt.«
»Das stimmt.«
»Hat das für dich keine Bedeutung?«
Sie nickte. »Doch.«
»Dann solltest du dich von mir zur Bushaltestelle bringen lassen, bevor wir etwas tun, das wir beide bereuen werden.«
Ihr Blick war direkt auf ihn gerichtet. »Willst du mich?«
Er gab keine Antwort.
»Ich will dich«, sagte sie. »Von dem Augenblick an, wo ich zum erstenmal dein Büro betrat, habe ich dich gewollt.«
»Mit Kindern gebe ich mich nicht ab«, erklärte er rauh.

»Dann werde ich dir dasselbe sagen, was ich meinem Vater gesagt habe. Ich bin kein Kind mehr.«
Wieder blieb er stumm.
»Jungfrau bin ich nicht, falls dir das Sorgen macht«, sagte sie. »Aber dies ist das erste Mal, daß ich jemanden wirklich will. So sehr will, daß es zwischen meinen Beinen wie Feuer brennt.«
Er starrte sie an, für einen langen Augenblick. Dann drehte er sich um und entfernte sich von ihr; ging zur anderen Seite des Zimmers. »Nimm dich zusammen«, sagte er grob. »Ich fahre dich nach Hause. Ich will mit deinem Vater reden.«
»Nein«, erwiderte sie mit fester Stimme. »Was immer du meinem Vater zu sagen hast, kannst du auch mir sagen.«
»Wie alt bist du?«
Sie zögerte kurz. »Fast siebzehn.«
»Dann muß ich mit deinem Vater reden«, sagte er. »Denn, verstehst du, ich will dich heiraten.«

6

Der Schneeregen hatte die Zufahrtsstraße zur Stadt in ein schwarzes, schlüpfriges Band verwandelt. Daniel blickte zu Moses, der neben ihm am Lenkrad saß. »Wo ist Junior?«
»In Green's Boardinghouse, wo er auf uns wartet«, erwiderte Moses, während er angestrengt durch die Windschutzscheibe spähte.
»Und die anderen?«
»Bei ihm.«
Wieder warf Daniel ihm einen Blick zu. Moses verhielt sich einsilbig, geradezu schweigsam. Und das sah ihm gar nicht ähnlich. Für gewöhnlich sprach er fast ununterbrochen. Daniel holte eine Zigarre hervor, zündete sie an. »Wann seid ihr voraussichtlich mit dem Bericht fertig?«
»Wir haben alles beisammen. Und wir warten nur darauf, daß du alles durchgehst und dich vielleicht auch selbst umsiehst, bevor wir ihn zu Papier bringen.«
Daniel nickte. Dem üblichen Verfahren entsprach dies keineswegs. Noch nie hatte Moses bei einer solchen Sache sein Urteil abgewartet. »Wie hat sich Junior geschlagen?« fragte er.
»Gut.« Moses sah ihn an. »Er hat was von dir. Ist durch den ganzen Mist gleich zum Kern vorgestoßen.«

»Kann's kaum erwarten, ihn wiederzusehen«, sagte Daniel. »Ich habe nämlich eine Neuigkeit für ihn.«
»Falls du damit Margarets Schwangerschaft meinst — ich glaube, das weiß er bereits.«
»Ja, wie denn? Ich weiß es ja selbst erst seit einer Woche.« Daniels Verblüffung war nicht zu überhören.
»Sie ist im zweiten Monat«, sagte Moses. »Gratuliere.«
»Danke«, erwiderte Daniel trocken. »Scheint ja alle Welt im Bilde zu sein. Woher? Hat man Mikrophone in mein Schlafzimmer gelegt?«
Moses grinste. »Gar nicht nötig. Frauen können ein Geheimnis nun mal nicht für sich behalten.«
»Scheiße.« Plötzlich begriff Daniel: Mamie. Sie war es, mit der Junior einmal pro Woche telefonierte, möglicher Botschaften wegen. Er lachte. »Da seid ihr sicher alle genauso überrascht gewesen wie ich.«
»Nein, wir waren nicht weiter überrascht«, erklärte Moses. »Eigentlich hatten wir uns schon längst gefragt, warum das bei dir so lange dauerte.«
An der Straßenseite tauchte ein Schild auf:

WILLKOMMEN IN JELLICO
1200 Einwohner

»Fünf Minuten«, sagte Moses, während er in die Hauptstraße einbog. Ein Stück voraus lag das Zentrum der Kleinstadt, und trotz des scheußlichen Wetters sah man viele Fußgänger. Nicht wenige betrachteten die Schaufensterauslagen.
»Eine Menge Betrieb«, sagte Daniel. »Kaum zu glauben, daß es nur zwölfhundert Einwohner geben soll.«
»Die meisten sind nicht von hier«, erklärte Moses. »Im Augenblick würdest du auf den Straßen kaum Einheimische finden.«
»Und was für Leute sind das?«
»Bergleute, Kumpels.«
»Wie Kumpels sehen die mir wahrhaftig nicht aus«, sagte Daniel. »Dafür sind sie viel zu sauber. Außerdem sind Bergleute für gewöhnlich zu müde, um so umherzuschlendern.«
Moses schwieg. »Wo arbeiten sie?«
»Nicht hier«, erwiderte Moses. »Sie kommen von außerhalb. Aber es sind tatsächlich Bergleute. Und sämtlich Gewerkschaftsmitglieder.« Er bog nach links ab und hielt dann vor einem großen Haus. »Da wären wir.«
Sie stiegen aus. Gleich hinter der Eingangstür wartete bereits Junior. »Vater«, sagte er mit einem Lächeln.

Daniel nahm seine Hand, schüttelte sie. Junior hatte sich entwickelt, wirkte längst nicht mehr so jünglingshaft wie noch vor drei Monaten. »Wie geht's dir, Sohn?«
Junior nickte. »Gut. Und dir?«
»Ausgezeichnet.«
»Komm«, sagte Junior. »Die warten alle im Speisezimmer.«
Von den fünf Männern an der Tafel kannte Daniel zwei. Sie arbeiteten für CALL — Jack Haney, ein junger Anwalt, auf Arbeitsrecht spezialisiert, der bereits seit dem vergangenen Jahr bei ihnen war, sowie Moses' Assistent, ein hervorragender Fachmann für die Auswertung von Statistiken, erst seit kurzem bei ihrer Truppe. Daniel wechselte einen Händedruck mit ihnen, und dann machte Junior ihn mit den übrigen bekannt.
Max Neal und Barry Leif, beide hierher gesandt von der Zentrale der Vereinigten Bergarbeitergewerkschaft in Middlesboro; und Hilfssheriff Mike Carson, ein alter Aktivist eben dieser Gewerkschaft, der UMW.
Daniel nahm am Kopfende Platz. Er kam sofort zur Sache. »Sie wissen alle, weshalb ich hier bin. John L. Lewis hat mich beauftragt, ihm über bestimmte Aspekte unserer Organisationsbemühungen in diesem Gebiet Bericht zu erstatten. Also gehen wir ans Werk. Erster Punkt der Tagesordnung: Wer hat den Whisky?«
Alle lachten. Hilfssheriff Carson holte unter dem Tisch einen Krug hervor. »Dachte schon, Sie würden's vergessen, Big Dan.« Wie aus dem Nichts erschienen plötzlich Gläser. Er füllte ein Glas und reichte es Daniel. »Echter Selbstgebrannter. Spitzenqualität.« Daniel probierte. Flüssiges Feuer rann ihm durch die Kehle. Er lächelte. »Da haben Sie recht, Sheriff. So 'n guten Schwarzen habe ich nicht getrunken, seit ich meinem Pa in unserer Destillationsanlage half.«
»Danke, Big Dan. Aus Ihrem Mund ist das für mich ein echtes Kompliment.« Carson füllte die übrigen Gläser und reichte sie weiter. Dann hob er sein eigenes Glas. »Willkommen daheim, Big Dan.«
Daniel nickte und nahm wieder einen Schluck. »Und jetzt setzt mich ins Bild.«
Jack Haney sah sich in der Runde um. »Sofern niemand einen Einwand erhebt, bin ich bereit, eine kurze Zusammenfassung zu geben.« Alle schienen einverstanden. Er blickte auf einen Stapel Papiere. »Das Hauptproblem sind die Osborne-Zechen. Es handelt sich um die größten in diesem Gebiet. Um Verträgen mit der Gewerkschaft aus dem Wege zu gehen, bedienen sie sich einer

Reihe kleinerer Transportgesellschaften, und sie verkaufen ihre Kohle der TVA — der Tennessee-Stromtal-Verwaltung — unterhalb jenes Preislimits, das sich die gewerkschaftsgebundenen Zechen leisten können. Die Gründe dafür liegen auf der Hand. Nicht gewerkschaftsgebundene Zechen brauchen keine Tariflöhne zu zahlen. Auch alle übrigen damit in Zusammenhang stehende Abgaben entfallen für sie. Damit jedoch sind die gewerkschaftsgebundenen Zechen ihnen gegenüber nicht mehr konkurrenzfähig. Und eben das ist des Pudels Kern.«
»Was ist mit den Zahlen? Habt ihr die genauen Zahlen?« fragte Daniel.
Es war Moses, der antwortete. »Ja.« Sein Assistent reichte ihm ein Bündel Papiere.
»Habt ihr sie analysiert?«
Moses nickte.
»Und?«
»Im Grunde hat der Besitzer recht. Bei seiner Art der Betriebsführung würde er pleite gehen, wenn er zahlt.«
»Was hast du da gesagt? Bei seiner Art der Betriebsführung?«
»Die ist altmodisch«, erklärte Moses. »Die Produktivität liegt bei acht Tonnen pro Mann, während sie in komplett ausgestatteten Gewerkschaftszechen dreißig Tonnen pro Mann beträgt. Wenn er seine technische Ausrüstung modernisieren könnte, wäre es ihm auch möglich, die von der Gewerkschaft geforderten Löhne aufzubringen. Doch er behauptet, dafür fehle es ihm an Kapital.«
»Stimmt das?«
»Ja«, erwiderte Moses. »So wie der das betreibt, hält er sich man gerade über Wasser.«
»Und die anderen?«
»Die sind nicht besser dran, eher schlimmer.« Moses legte die Papiere aus der Hand. »Meist handelt es sich um Familienbetriebe.«
Barry Leif meldet sich zu Wort. »Im Endergebnis sind wir alle am Arsch. Die gewerkschaftsgebundenen Zechen können bei den Preisen nicht mithalten, da graben ihnen die andern das Wasser ab. Kumpels müssen entlassen werden. Vier große Zechen haben wir mit über tausend Mitgliedern, und alle sind drauf und dran, den Laden dichtzumachen.«
»Bin eben durch die Stadt gefahren«, sagte Daniel. »Und hab dabei auf den Straßen einen Haufen Menschen gesehen. Sind das alles Bergleute?«

Leif nickte. »Die hier in der Umgebung arbeiten?«
»Nein«, erwiderte Max Neal. »Das sind Freiwillige, die wir von Middlesboro mitgebracht haben. Damit sie uns helfen, mit dem Mist hier klarzukommen.«
»Und wie soll das über die Bühne gehen?«
»Wir werden den verdammten Streikbrechern die Hölle heiß machen. Entweder schließen sie sich uns an — oder wir jagen sie auseinander.«
Daniel blickte von Gesicht zu Gesicht, nickte dann. »Gut«, sagte er, »bin jetzt im Bilde. Fürs erste. Morgen früh könnt ihr mich sicher herumführen, so daß ich mir einen eigenen Eindruck verschaffen kann.«
»Um welche Zeit?«
»Gleich nach dem Frühstück. Ist acht Uhr recht?«
Nachdem die beiden UMW-Leute und der Sheriff verschwunden waren, blickte Daniel zu den anderen. »Okay, und jetzt schenkt mir reinen Wein ein.«
Als erster sprach Moses. »Wir sitzen auf einem Vulkan. Auf einem Vulkan kurz vor dem Ausbruch. Gestern haben sie damit angefangen, die Laster zu stoppen, die die Kohle abtransportieren sollen. Wenn sie nicht prompt parierten, knallte der Sheriff ihnen eine Verfügung vor den Latz: sie seien nicht vorschriftsmäßig ausgerüstet. Auf dem Rückweg aus der Stadt wurden die Fahrer aus den Lastern gezerrt und zusammengeschlagen, während man die Kohlenladung kippte. Jetzt heißt es, daß Osborne bewaffnete Wachen angeheuert hat, die die Laster bis zur Staatsgrenze begleiten. Carson behauptet, er sei bereit, sich diese Burschen vorzuknöpfen. Genügend Leute habe er dafür zur Verfügung — über einhundert Freiwillige der UMW, denen er Waffenscheine aushändigt. Im übrigen: Es gibt Pläne, in einigen der kleineren Zechen Sprengladungen zu legen. Auch denkt man an fliegende Einsatztrupps, die die Leute dazu zwingen sollen, sich als Gewerkschaftsmitglieder einzutragen. Na, und so weiter und so fort. Es gibt Zechen, die so was wie ein ausschließlicher Familienbetrieb sind, wo praktisch nur die Besitzer und ihre Angehörigen malochen. Die sind garantiert bereit, ihre Rechte mit dem Gewehr in der Hand zu verteidigen. Es bestehen also sämtliche Voraussetzungen für ein regelrechtes Blutbad.«
Daniel blickte zu Jack Haney. »Wie sieht die Lage vom juristischen Standpunkt aus aus?«
»Nicht allzu günstig«, erwiderte der junge Anwalt. »Gemäß der jetzigen Rechtsprechung muß die UMW mit Schadenersatzan-

sprüchen rechnen. Auch wenn es ihnen gelingen sollte, die Zechen erzwungenermaßen zu ›vergewerkschaften‹ — die gegen sie geltend gemachten Ansprüche dürften nicht unerheblich sein. Womöglich wird es Jahre dauern, bis die Gerichte über die Geldstrafen endgültig befinden; doch wenn es soweit ist, dürfte das die finanzielle Basis der UMW ganz empfindlich treffen.«
»Wie steht's mit Verhandlungen?«
»Im Augenblick keinerlei Hoffnung. Weil keine Seite zu der anderen Vertrauen hat.«
»Irgendwelche Vorstellungen, wie ein möglicher Kompromiß zwischen beiden aussehen könnte?«
Sekundenlang herrschte Schweigen. Schließlich sagte Junior: »Ich hätte da schon einen Gedanken. Allerdings weiß ich nicht, ob er praktikabel ist.«
»Schieß schon los, Sohn.«
»Die UMW hat wenigstens fünfhundert Leute eingesetzt, was natürlich einen Haufen Geld kostet. Mindestens zweitausendfünfhundert muß die Gewerkschaft pro Tag für ihren Unterhalt berappen. Ich könnte mir denken, daß sich die Zechenbesitzer vielleicht für die Gewerkschaftslöhne erwärmen würden, wenn sich die übrigen Sozialabgaben ein Stück senken ließen.«
Daniel musterte seinen Sohn. Dann nickte er langsam. Von seinem Stolz ließ er sich nichts anmerken. Mochte durchaus sein, daß der Plan seine Fehler oder Nachteile hatte; doch zweifellos war er ein Schritt in der richtigen Richtung: ein Kompromiß, bei dem beide Seiten ihr Gesicht wahren konnten. Aber mehr noch. Erdacht hatte diese Lösung sein Sohn. Und niemand sonst. Er blickte sich in der Runde um. »Was meint ihr?« fragte er die anderen.
Moses war es, der für alle antwortete. »Ist eine gute Idee. Kann schon sein, daß es damit klappt. Aber zunächst heißt es — Lewis überzeugen.«
»Wieviel Zeit bleibt uns?«
»Nicht viel. Höchstens ein paar Tage. Neil und Leif sind bereit, die Sache zur Explosion zu bringen.«
»Können wir sie irgendwie daran hindern?«
»Rosig sieht's da nicht gerade aus. Bestenfalls bleiben uns ein paar Tage.«
»Haben wir noch eine Chance, ihnen wirksam in den Arm zu fallen?«
Moses schüttelte den Kopf. »Keine.«
Daniel schenkte sich wieder ein. Kippte den Drink. »Nun denn

— wenn's explodiert, können wir die Haltung der UMW irgendwie rechtfertigen? Dafür hat man uns schließlich engagiert.«
Moses blickte zu den anderen. Und wieder sprach er für sie. »Ich wüßte nicht, wie wir das tun könnten. Selbst wenn beide Seiten im Unrecht sind, können wir ja nicht behaupten, eine Seite habe recht.« Daniel wirkte müde, abgekämpft. »Wenn uns das nicht gelingt, verlieren wir Lewis und die UMW. Was uns praktisch völlig zurückwerfen würde. Von denen hätten wir keine weiteren Zahlungen zu erwarten, und wir wären wieder völlig pleite.«
»Wir brauchen doch nichts weiter zu tun, Vater«, sagte Junior. »Ich meine, wir können uns doch Zeit lassen mit der Abfassung des Berichts. Bis Lewis den in Händen hat, gibt's praktisch nichts mehr zu ändern. Doch inzwischen haben wir genau das getan, was man von uns erwartet.«
»An der Oberfläche, ja«, erwiderte Daniel. »Aber wir wissen alle, daß das so nicht stimmt. Wir sind nicht aufrichtig.«
»Niemand hat von uns Aufrichtigkeit verlangt, Vater.«
Daniel musterte seinen Sohn wortlos.
»So wie ich das jetzt sehe, handelt es sich um eine Überlebensfrage. Vielleicht können wir es uns das nächste Mal leisten, aufrichtig zu sein. Wenn wir uns jemals irgendwas erhoffen, müssen wir ja wenigstens existieren, um überhaupt eine Chance zu haben.«
Daniel schüttelte den Kopf. »Das ist ganz und gar nicht meine Art. Ich werde morgen nach Washington reisen, um Lewis ins Bild zu setzen.«
»Wozu denn, Vater? Warum läßt du uns nicht diesen Bericht fertigstellen, um ihn sodann in gewohnter Weise vorzulegen? Niemand erwartet von uns, daß du angaloppiert kommst wie ein Ritter auf einem Schimmel. Was hoffst du eigentlich zu erreichen?«
»Wenn diese Sache erst einmal ins Rollen kommt, wird es viele treffen, auf beiden Seiten. Und vielleicht läßt sich das verhindern.«
»Ist doch nicht unser Krieg, Vater«, sagte Junior. »Dein Leben lang hast du in den Kriegen anderer gekämpft. Und was hat dir das eingebracht?«
»Tut mir leid, Sohn«, sagte Daniel. »Was deine Idee betrifft — die ist wirklich gut. Bestimmt wird Lewis das zu würdigen wissen, wenn er hört, was sich hier tut.«
Der Junior schien seinen Vater zu fixieren. »Glaubst du im Ernst, daß der nicht Bescheid weiß? Der ist doch genau darüber im

Bilde, was sich abspielt, überall in seinem Machtbereich. Seit 44. Ob nun Dynamit, Terror, sonstige Gewaltaktionen. Ich könnte dir da eine Liste aufstellen, so lang wie mein Arm. John L. Lewis ist die UMW, und das wird er auch bleiben, bis er sich ins Privatleben zurückzieht oder stirbt. Auch wenn er die Schmutzarbeit Tony Boyle und seinen anderen Paladinen überläßt — glaubst du deshalb im Ernst, daß er nicht genau weiß, was vor sich geht?«
»Schon möglich. Trotzdem muß ich tun, was ich tun muß.«
»Nein, Vater. Und du bist nicht fair. Weder gegenüber dir selbst noch gegenüber all den Männern, die so viele Jahre zu dir gehalten haben. Die bereit waren, sich und ihre Familien und ihre Karriere aufzuopfern für ein Ideal, das in unserer Gesellschaft einfach nicht zu verwirklichen ist. Das hast du doch selbst erkannt, als du Boyle und Hoffa deinen Vorschlag machtest. Als du von deinem Freund in Florida das Geld annahmst. Du selbst hast den Handel abgeschlossen. Und davor kannst du dich jetzt nicht einfach drücken.«
Daniels Stimme klang sanft. »Du hast leicht reden, Sohn. Und vielleicht hast du sogar recht. Es ist nicht unser Krieg. Aber ich bin nun mal dort gewesen, inmitten der Gewalt, rund um mich die Verwundeten und die Toten. Und wenn ich ein neues Massaker verhindern kann, dann muß ich es tun.«
Sie schwiegen. Daniel ließ seine Augen von Gesicht zu Gesicht gleiten. »Das war etwas Persönliches, Privates«, sagte er. »Es bleibt uns der Job, für den wir engagiert worden sind. Wenn all dies vorbei ist, müssen wir der UMW die Rechtfertigung liefern, auf die sie Anspruch zu haben glaubt.« Er erhob sich. »Bitte, meine Verpflichtungen für morgen absagen. Erklärt denen, ich hätte wegen einer dringlichen Angelegenheit umgehend abreisen müssen.« Er blickte zu seinem Sohn. »Könntest du mich wohl zum Flughafen fahren?«
Inzwischen hatte der Schneeregen aufgehört, doch noch immer war die Straße schlüpfrig-glatt. Lange saßen Vater und Sohn schweigend nebeneinander. Als das Auto dann nicht mehr weit vom Flughafen entfernt war, blickte Daniel zu Junior.
»Du hast mich sehr stolz gemacht, Sohn.«
»Und ich dachte, du wärst wütend auf mich, Vater. Das möchte ich nicht. Ich möchte in deinem Sinne handeln. Selbst wenn wir nicht völlig übereinstimmen.«
»Ich war nicht wütend auf dich. Was du gesagt hast, entsprach der Wahrheit. Aber ich bin wohl altmodisch. Ich erinnere mich

noch, wie's früher war. An die Träume, die wir in meiner Jugend träumten. Aber du hast recht. Es ist eine andere Welt.«
»Es ist noch immer dieselbe Welt, Vater. Nur — man packt die Dinge halt anders an.«
»Wenn diese Sache vorbei ist«, sagte Daniel, »möchte ich, daß du wieder aufs College gehst.«
»Meinst du, das ist wirklich nötig, Vater? Ich könnte dir doch viel helfen.«
»Du hast gesagt, es sei eine andere Welt, Junior. Und darüber sollst du mehr wissen, als ich je gewußt habe.« Er zog eine Zigarre hervor, steckte sie wieder zurück. »Was soll ich mir erst so einen Glimmstengel anstecken? Im Flugzeug muß ich ihn ja doch wieder auslöschen.«
Junior lachte. Sie bogen in die Zufahrtstraße zum Flugplatz ein. »Wie geht's Margaret?«
»Na, ganz gut.«
»Freut sie sich auf das Baby?«
»Glaub schon.« Daniel blickte zu seinem Sohn hinter dem Steuer. »Und du?«
Junior nickte. »Sicher. Wenn du dich freust.«
»Natürlich. Margaret ist ein gutes Mädchen.«
»Sie ist sehr jung, Vater.«
Daniel lächelte. »Mag schon sein. Aber im Herzen bin ich noch immer ein Gebirgler. Und die suchen sich junges Blut.«
Junior schwieg. »Paßt dir nicht?«
»Du bist sechsundfünfzig, Vater. Ist ja nicht, als ob du keine Mädchen gehabt hättest. Mein Leben lang ist das so gewesen — du und irgendwelche Weiber. Bloß, daß ich damals nicht kapierte, wieso und warum.«
»Könnte sein, daß sie mich an die Mädchen erinnert hat, die ich kannte, als ich noch jung war. Mädchen, die das harte Leben nur allzu früh kennenlernten. Die praktisch von klein auf für ihre Familien sorgen mußten.« Junior blieb stumm.
»Könnte auch ganz einfach sein, daß ich sie liebe, Sohn.«
Während er vor dem Flughafengebäude bremste, warf Junior seinem Vater einen prüfenden Blick zu. »Das wäre der beste denkbare Grund, Vater. Mehr als das braucht's nicht — brauchst du nicht.«
Daniel stieg aus. Dann beugte er sich vor. »Du weißt, Sohn, daß ich auch dich liebe.«
In Juniors Augen schien es feucht zu schimmern. »Und ich liebe dich, Vater.«

7

Er wälzte sich auf dem Bett herum und öffnete die Augen. Margaret beobachtete ihn. Er lächelte. Dann beugte er sich über das Kissen und küßte sie.
»Du hast heute nacht geträumt.«
»Davon weiß ich nichts«, sagte er.
»Du hast im Schlaf geweint. Fühlst du dich unglücklich?«
Er schüttelte den Kopf. Dann schwang er herum und setzte die Füße auf den Boden. »Wie fühlst du dich?«
»Gut. Ich glaube, das Baby hat sich bewegt.«
Er wendete den Kopf, blickte sie an. »Du hättest mich wecken sollen.«
»Ich war mir nicht sicher. Ist ja noch keine fünf Monate.«
»Trotzdem«, sagte er. »Könnte ja sein. Vor allem, wenn's ein Junge ist.«
»Den wünschst du dir wohl.«
Er nickte und stand auf. »Ja.«
»Aber du hast doch schon einen Sohn«, sagte sie. »Bist du mit ihm denn nicht zufrieden?«
»Doch, doch. Es ist nur...« Er überlegte einen Augenblick. »Junior verkörpert nur eine Seite von mir. Die praktische Seite. Er macht sich ausgezeichnet, und in absehbarer Zeit wird er mich in dieser Beziehung übertreffen.«
»Was ist es dann?«
»Ich möchte einen Sohn haben, der so empfindet wie ich. Der so träumt, wie ich geträumt habe, als ich jung war. Der rundum die Schönheit in den Menschen und den Dingen spürt. Für den das Leben nicht in einer Folge logischer Erklärungen bestehen muß.«
»Kann nicht auch ein Mädchen so empfinden?«
Er lächelte. »Schon möglich. Doch es wird ein Junge werden.«
»Falls es ein Mädchen wird — wärst du darüber unglücklich?«
»Nein.«
Sie schwieg einen Augenblick. »Es wird ein Junge werden.« Langsam erhob sie sich, betrachtete sich dann im Spiegel. »Mein Bauch ist gar nicht so dick. Aber die Brüste sind's.«
»Wunderschön«, sagte er lächelnd.
»Du magst große Brüste?«
Er lachte. »Ich mag deine Brüste.«
Sie schlüpfte in den Morgenrock. »Ich werde nach unten gehen und mich ums Frühstück kümmern.«

»Das besorgt schon Mamie.«
»Ich mache gern Frühstück für dich. Alles übrige erledigt ohnehin sie.«
Er ging zu ihr und nahm sie in die Arme. »Nicht alles.«
»Hoffentlich«, sagte sie und küßte ihn auf die Wange.
Seine Hände glitten unter den Stoff des Morgenrocks, wölbten sich über ihre Brüste. Prall und schwer waren sie, und er fühlte, wie die Brustwarzen steif wurden, und spürte das plötzliche Brennen in seinen Lenden. »Komm wieder ins Bett.«
Sie hatte das Gefühl, ihm entgegenzufließen. »Du wirst zu spät zur Arbeit kommen.«
Er zog den Morgenrock von ihren Schultern, beugte sich zu den milchweißen Brüsten, ließ seine Zunge spielen. »Nicht, wenn du Mamie das Frühstück überläßt.«
Und dann lagen sie auf dem Bett, und während sie die Beine um ihn schlang und ihm half, zu ihr zu kommen, flüsterte sie mit halbgeschlossenen Augen. »Daniel, es ist so gut. So gut. So gut.«

Als sie in die Küche trat, saß nur Junior dort am Tisch. »Guten Morgen, Mutter Maggie«, sagte er lächelnd.
»Morgen, D. J.«, sagte sie und erwiderte sein Lächeln, während sie zum Herd ging und sich eine Tasse Kaffee einschenkte. Dann setzte sie sich an den Tisch. »Ist dein Vater schon zur Arbeit gefahren?«
Er nickte. »Unterwegs wird er Mamie absetzen, beim Markt.«
Sie schlürfte ihren Kaffee. »Kehrst du am Montag wieder zur Schule zurück.«
Er lachte. »Sofern es zu verantworten ist, daß man euch Turteltauben sich selbst überläßt.«
»D. J.«, sagte sie protestierend. Fast von Anfang an hatte sie ihn so genannt. D. J. war natürlich die Abkürzung für Daniel junior, und sie fand das besser als nur Junior. Er zahlte mit gleicher Münze zurück, indem er sie Mutter Maggie nannte; doch sie mochten einander, mochten sich wirklich — verbunden durch ihre Liebe zu dem Mann, der für sie beide so etwas wie der Zentralpunkt war. »Er hat letzte Nacht nicht gut geschlafen.«
D. J. sah sie an.
»Irgendwas beunruhigt ihn«, sagte sie. »Und seit voriger Woche trägt er eine Pistole mit sich herum, im Schulterhalfter unter dem Jackett.«
»Hat er dir dafür irgendeine Erklärung gegeben?«

Sie schüttelte den Kopf. »Nein. Und wenn ich ihn frage, dann sagt er, das hätte er schon immer getan.«
»Das stimmt. Ich meine, als ich noch ganz klein war, habe ich das schon bei ihm gesehen.«
»Was geht da vor sich, D. J.? Ich bin kein Kind, ich bin seine Frau, ganz egal, wie er das sieht.«
»Vater vertraut sich auch mir nicht an.« Er überlegte einen Augenblick. »Durch seine Unterstützung der Bergarbeiter nach den Unruhen in Jellico vor ein paar Monaten hat er sich einen Haufen Feinde geschaffen.«
»Meinst du, sie würden ihm drohen?«
D. J. schüttelte den Kopf. »Glaube ich kaum. Ich meine, diese Art Krieg ist er sein Leben lang gewohnt.«
»Aber was könnte dann der Grund sein?«
D. J. warf ihr einen hastigen Blick zu. »Jetzt fange auch ich an, mir Sorgen zu machen.«
»Das wollte ich nicht«, versicherte sie. In ihren Augen waren Tränen. »Ich liebe ihn, bete ihn an. Das weißt du. Er ist der wunderbarste Mann, der sich denken läßt.«
Er sprach eigentümlich unbeholfen. »Ist vielleicht gar nichts weiter. Er hat ja oft eine Pistole mit sich herumgeschleppt. Vielleicht machen wir aus einer Mücke einen Elefanten.«
Sie weinte jetzt, leise, lautlos. »Ich möchte ihm helfen. Ich möchte mit ihm reden. Aber ich weiß nicht, wie ich das tun soll. Er kennt sich in allem doch soviel besser aus. Ich weiß nicht, was ich sagen soll.«
Sacht tätschelte er ihre Hand. »Mußt dir keine Sorgen machen, Mutter Maggie. Wenn du dich so aufregst, das tut dem Baby bestimmt nicht gut.«
»Du bist genau wie dein Vater«, erklärte sie noch schluchzend, doch in den Mundwinkeln bereits ein zaghaftes Lächeln. »Genau dasselbe würde auch er sagen.«
»Das mag schon sein«, meinte D. J. »Trotzdem fürchte ich, daß ich durchaus nicht so bin wie er. So gern ich's auch wäre.«

Daniel parkte das Auto in der Gasse hinter dem Lagerhaus. Dann stieg er die wacklige Hintertreppe hinauf und klopfte gegen die eiserne Feuertür: dreimal kurz hintereinander und dann noch einmal.
Die Tür schwang auf. Ein vierschrötiger Mann erschien, starrte Daniel an. »Mr. Huggins?«
Daniel nickte.

»Hier entlang.«
Daniel folgte dem Mann durch das langgestreckte, leere Lagerhaus, wo sich nichts zu sammeln schien als Staub. Dann ging es, auf der anderen Seite, wieder eine Treppe hinauf. Durch eine weitere Metalltür gelangten sie schließlich in ein Büro. Dort sortierten an einem langen Tisch Männer und Frauen irgendwelches Papier. Niemand schaute auf, als die beiden Männer vorübergingen in einen anderen Raum. Auch hier gab es einen langen Tisch, an dem sich eine Anzahl von Männern und Frauen befand. Doch sortierten sie kein Papier, sie zählten Geld. Scheine und Münzen, wobei die Münzen in eine Maschine gelangten, die sie zu säuberlich umhüllten Rollen ordnete, ganz wie auf der Bank. Auch hier blieben die beiden Männer unbeachtet, während sie weitergingen zum nächsten Raum.
Im spärlich möblierten, weißgetünchten Zimmer saß Lansky hinter einem Schreibtisch. Noch zwei Männer waren zu sehen, Lanskys Leibwächter. Daniel kannte sie von Florida her. Auf einen Wink ihres Chefs verschwanden sie.
»Nehmen Sie Platz«, sagte Lansky.
Daniel rückte einen Stuhl heran und setzte sich.
»Sie haben gute Arbeit geleistet«, erklärte Lansky. »Zum erstenmal, so scheint mir, werden Gewerkschaftsmitglieder in Sachen Versicherung und Rentenfonds nicht über den Löffel balbiert. Doch daran sind sie so sehr gewöhnt, daß ihnen wohl noch gar nicht aufgegangen ist, was Sie für sie tun.«
Daniel schwieg.
»Auch wir stehen uns dabei nicht schlecht«, fuhr Lansky fort. »Allerdings beklagen sich einige der Versicherungsgesellschaften über allzu harte Forderungen von Ihrer Seite.«
»Sollen sie jammern«, sagte Daniel. »Ist ja genügend da, so daß sich keiner was untern Nagel reißen muß.«
Lansky musterte ihn aufmerksam. »Sie sind mir ein Rätsel, Big Dan. Ich meine, was haben Sie von alledem außer harter Arbeit? Sämtliche Zahlungen erfolgen pünktlich, die Provisionen wandern wieder in den Gewerkschaftstopf, Sie erhalten nur Ihre übliche Bezahlung, Ihre Spesen sind minimal. Was also springt für Sie dabei heraus?«
Daniel lächelte. Gar kein Zweifel: Lansky hatte das Gelände gründlich sondiert. »Geld ist nicht alles. Ich bin Idealist.«
Lansky betrachtete ihn nachdenklich. Er sprach nicht.
»Warum ziehen Sie sich denn nicht ins Privatleben zurück und genießen Ihre Tage?«

»So leicht ist das nicht«, erklärte Lansky. »Ich habe Verpflichtungen.«
»Die ließen sich mit Geld ablösen. Es muß mehr dahinterstecken. Da ist eine Sache, die Sie nicht aufgeben können.«
»Und was sollte das sein?« fragte Lansky.
»Macht«, erwiderte Daniel geradezu.
Lansky starrte ihn ein, zwei Sekunden an. »Und darum — um Macht — geht es Ihnen?«
»Ja. Allerdings bin ich nicht bereit, sie mir auf Kosten jener Menschen zu verschaffen, die ich vertrete.«
»Und wie wollen Sie sie erringen, die Macht?«
»Ganz einfach. Ich schließe Pakte mit den Teufeln.«
»Und Sie glauben, auf diese Weise verraten Sie es nicht, das Ihnen entgegengebrachte Vertrauen?«
»Nein. Vielmehr beschneide ich den Teufeln die Möglichkeiten, Böses zu bewirken. Ganz konkret: Aufgrund dessen, was ich im letzten halben Jahr unternommen habe, schauen für über sechshunderttausend Gewerkschaftsmitglieder sowohl in punkto Versicherung als auch punkto Renten runde zwanzig Prozent mehr heraus. Und hätte ich nicht soviel Dampf gemacht, wäre die Vereinigte Bergarbeitergewerkschaft wohl kaum bereit, im nächsten Juni in Virginia und Kentucky zehn Krankenhäuser zu eröffnen.«
»Aber heißt das nicht, die an der Macht befindlichen Teufel noch fester etablieren?«
»Ich bin kein Politiker, Mr. Lansky. Ich habe die nicht in ihre Positionen gewählt. Über ihre Vertreter müssen die Gewerkschaftsmitglieder schon selbst befinden.« Daniel zog eine Zigarre hervor, steckte sie sich zwischen die Lippen. Doch er steckte sie nicht an. Nachdenklich blickte er vor sich hin. »Ich stehe praktisch von frühester Jugend in der Arbeiterbewegung, Mr. Lansky. Und ich habe die Ungerechtigkeiten kennengelernt. Auf beiden Seiten. Ich bin zu dem Schluß gekommen, daß ich da von außen her nichts verbessern kann. Die einzige Möglichkeit, das System zu ändern, besteht darin, innerhalb dieses Systems zu arbeiten.«
Lansky sah ihn an. »Von mir aus können Sie ruhig rauchen.« Er wartete, bis Daniel sich die Zigarre angesteckt hatte. »Dann haben Sie wohl kein Interesse daran, pro Jahr fünf Millionen Dollar durch Ihren Rentenfonds zu schleusen, selbst wenn für Sie persönlich dabei eine Provision von fünf Prozent herausspränge?«

»Sie sprechen von dem Geld dort draußen?« Mit dem Kopf wies Daniel zur Tür.
»Ja.«
»Da haben Sie ganz richtig vermutet, Mr. Lansky.«
Lansky schwieg einen Augenblick. »Aber Sie hätten nichts gegen die Zusammenarbeit mit einer Einzelgewerkschaft, selbst wenn diese vom Dachverband — der AFL-CIO — wegen Korruption ausgeschlossen werden sollte?«
»Da meinen Sie die Gewerkschaften der Teamsters sowie der in Bäckereien und Wäschereien Beschäftigten?«
»Gewiß. Aber nicht nur die. Auch die Bauarbeiter und Hafenarbeiter und noch so manche mehr. Ich spreche von zweieinhalb Millionen Gewerkschaftsmitgliedern, die sich in den nächsten Jahren vermutlich nach einem neuen Nest umsehen werden.«
»Die Bedingungen, unter denen ich arbeite, werden die gleichen bleiben wie bisher. Ich habe nicht die geringste Absicht, einen neuen Gewerkschaftsverband zu gründen, um der AFL-CIO entgegenzuwirken. Ich hab's ja bereits gesagt. Mein Ziel ist es, für die Arbeiter mehr herauszuholen, indem ich mit den von ihnen gewählten Vertretern zusammenarbeite — sie jedoch nicht kontrolliere.«
Lansky lächelte. »Sie kennen ja die Geschichte von dem Teufel und Daniel Webster, nicht wahr? Sind Sie sicher, daß Sie nicht Daniel Webster Huggins heißen?«
Daniel lachte. »Nein. Wenn schon, dann Daniel Boone.«
»Und ich bin nicht der Teufel«, sagte Lansky leise. »Mit mir brauchen Sie nicht zu rangeln um die Seele der Arbeiterbewegung.«
»Freut mich zu hören«, versicherte Daniel. »Fing schon an, mir Sorgen zu machen, Mr. Lansky.«
»Apropos — Sie haben sich Feinde gemacht, Big Dan«, sagte Lansky. »Einige von den Leuten, denen Sie geholfen haben, nehmen es Ihnen übel, daß Sie unter deren Gefolgsleuten einen nicht ganz unbeträchtlichen Anhang gewonnen haben.«
»Ich habe mir mein Leben lang Feinde gemacht, Mr. Lansky«, sagte Daniel. »Und ich bin schon längst gewohnt, damit zurechtzukommen.«
»Genau wie ich, Big Dan«, erwiderte Lansky leise. »Und ich möchte Ihnen eigentlich raten, wie ich die entsprechenden Vorkehrungen zu treffen, um möglichst lange am Leben zu bleiben.«
Daniel schwieg. Dies war der Zweck ihres Zusammentreffens. Nach einem kurzen Augenblick erhob er sich. So ein leises »Ge-

wisper« war längst an seine Ohren gedrungen, weshalb er ja auch wieder das Schulterhalfter und die Pistole trug. Sonderbare Reaktion: Irgendwie war er froh, daß die Bedrohung nicht von dem kleinen Mann vor ihm kam. Mit ihm fühlte er sich auf eigentümliche Weise verbunden. Sie waren beide irgendwie Outcasts. Ausgestoßene. »Danke, Mr. Lansky«, sagte er. »Ich werde tun, was ich tun kann.«
Lansky lächelte und drückte auf einen Knopf. Die Leibwächter traten wieder ein. Die Unterredung war zu Ende.

8

»Zweihunderttausend Dollar pro Woche, und das ist erst der Anfang«, sagte Hoffa. »Und Dave Beck wird keine Gelegenheit haben, mit seinen klebrigen Fingern hineinzulangen.«
Daniel beobachtete ihn schweigend.
»Wenn ich euch hergebeten habe, so hat das seinen besonderen Grund«, fuhr Hoffa fort. »Ihr sollt mir dabei helfen, für die Staaten im Mittleren Westen einen eigenen Rentenfonds einzurichten.« Daniel blickte zu Moses und Jack Haney, seinen beiden Begleitern. Sodann suchten seine Augen Bobby Holmes und Harold Gibbons, die beiden Mitarbeiter von Hoffa. »Was genau erwartest du von uns?« fragte er.
»Ich erwarte von euch, daß ihr ein narrensicheres System aufbaut, damit unser Fonds ausschließlich unseren Mitgliedern zugute kommt.«
»Und wer soll über diesen Fonds verfügen?«
Hoffa zeigte sich überrascht. »Ich natürlich. Glaubst du vielleicht, ich würde irgendwem sonst soviel Geld anvertrauen?«
Daniels Gesicht blieb ausdruckslos. »Da könnte es Probleme geben. Interessenkonflikte. Und zwar zwischen privaten und gewerkschaftlichen Interessen.«
»Aber nicht die Spur«, versicherte Hoffa. »Was für mich gut ist, ist auch für die Gewerkschaft gut.«
»Ganz wie du meinst«, sagte Daniel. »Allerdings könnte es einige Mühe machen, auch andere davon zu überzeugen.«
»Genau das ist dein Job«, verkündete Hoffa. »Also — wie gehen wir's an?«
»Willst du die Antwort sofort?«
»Und ob, verdammt noch mal«, fauchte Hoffa. »Seit fast einem

Jahr haben wir dieses Geld zusammengeschaufelt, und es liegt auf der Bank und arbeitet nicht richtig.«
Daniel lächelte. »Das Geld brennt dir wohl langsam ein Loch in die Tasche, Jimmy, wie?«
Zum erstenmal lachte Jimmy. »Kannst du mir glauben. Wir haben da ein paar Möglichkeiten, bei denen für uns eine Menge Geld herausspringen würde.«
»Was für Möglichkeiten?«
»Na, in Las Vegas zum Beispiel. Da sind ein paar alte Freunde von mir ganz groß eingestiegen. Die können einen Haufen Kapital brauchen. Und sie sind bereit, gewaltig was auszuspucken. Weil sie mit den Banken jede Menge Schwierigkeiten haben.«
Daniel nickte. Er erinnerte sich an sein Gespräch mit Lansky im vorigen Monat. Ja, das reimte sich alles zusammen. Und er verfügte wirklich über weitreichende Beziehungen, dieser Lansky.
»Verstehe schon. Aber ganz so einfach ist das nicht. Ihr müßt eure Investitionen gut anlegen, müßt sie streuen. Ich meine, so mir nichts, dir nichts, da ist nichts zu wollen. Wie wär's, wenn ihr uns erst mal alle verfügbaren Informationen gebt? Innerhalb einer Woche liefern wir euch dann einen gangbaren Plan.«
»Länger dauert das nicht?« fragte Hoffa.
»Länger dauert das nicht.«
Hoffa blickte zu Gibbons. »Gib ihm die Papiere.«
»Genügen die Kopien?« fragte Gibbons. »Die Originale möchte ich nicht gern aus der Hand geben.«
Während er den Raum verließ, beugte sich Hoffa über den Schreibtisch. »Können wir uns einen Augenblick vertraulich unterhalten?«
Daniel nickte. Auf einen Wink verließ der andere Mann das Zimmer. Auch die übrigen verschwanden. Daniel wartete, bis sich die Tür hinter ihnen schloß. »Worum geht's denn?«
»Dave Beck«, sagte Hoffa. »Sieht nicht gerade gut aus.«
»Stimmt.«
»Wie lange wird's noch dauern, bis der endgültig im Knast sitzt?«
»Nun, bei den juristischen Möglichkeiten, die ihm bleiben — vielleicht noch ein Jahr, gut ein Jahr.«
Hoffa griff nach einem Bleistift, spielte nervös damit. »Es heißt, daß er vielleicht singen würde, um mit einer leichteren Strafe davonzukommen.«
»Glaube ich nicht«, sagte Daniel. »Anlasten können die ihm nur diese mickrige Steuersache. Und das heißt, daß er nicht ewig sit-

zen wird. Da wäre der Junge doch dämlich, wenn er singen würde. Weil er genau weiß, daß er dann seinen Rentenanspruch verliert und auch all die übrigen Vergünstigungen unter dem Teamsterkontrakt.«
»Dann sollte ich mich also vorbereiten, um im Herbst '57 bei der Generalversammlung meinen Vorstoß zu unternehmen?«
»Ja.«
»Kann ich's schaffen?«
»Sicher. Es ist ja niemand sonst da«, sagte Daniel. »Allerdings möchte ich dich auf etwas aufmerksam machen, falls du es nicht längst weißt. Du bist das nächste Ziel. Mit voller Wucht werden sie auf dich losgehen.«
»Scheiß auf sie«, sagte Hoffa. »Mir werden sie nichts anhängen können.«
»Derselben Meinung war auch Dave Beck. Doch die haben eine Möglichkeit gefunden, ihm ans Leder zu gehen.«
»Ich bin kein Idiot. Ich zahle meine Steuern.«
»Die Teamsters stehen ganz schön unter Druck. Und bei einer politischen Attacke gegen die Gewerkschaft können die Angreifer die Befürchtungen der Öffentlichkeit für sich nutzen. Befürchtungen wegen der Macht, die die Transportgewerkschaft auf unsere Wirtschaft ausübt. Gar kein Zweifel: Früher oder später wird irgendein Politiker diese Gelegenheit wahrnehmen. Die Teamster-Funktionäre haben oft genug verkündet, sie könnten mit einem einzigen Streik das ganze Land lahmlegen.«
»Können wir ja auch«, sagte Hoffa.
»Tut das, und es wäre das Ende der Gewerkschaft«, behauptete Daniel. »Dann schaltet sich die Regierung ein und übernimmt das Ganze.«
»Weiß ich«, räumte Hoffa ein. Er legte den Bleistift aus der Hand. »Aber was ist mit Meany, dieser Kreuzung aus Bulldogge und Stier, großer Gewerkschaftsboß, der er ist — oder jedenfalls zu sein glaubt?«
»Nun, er wird euch aus den Latschen kippen, wenn er eine Chance dazu sieht.«
»Der hat doch bloß Angst, daß wir ihn kippen«, sagte Hoffa.
»Vielleicht.«
»Kein Interesse. Kannst du ihm ruhig bestellen.«
»Werd's jedenfalls versuchen. Allerdings: Weshalb sollte er mir glauben? Seine Sympathie für mich ist in keiner Weise größer als seine Liebe zu dir.« Daniel musterte sein Gegenüber. »Der große Unterschied zwischen uns besteht darin — er kann mir nichts an-

haben. CALL ist keine Gewerkschaft. Wir sind ein Dienstleistungsunternehmen für die Gewerkschaften, eine Beratungsorganisation — und jeder Einzelgewerkschaft verfügbar, die unsere Dienste wünscht. Im übrigen geben wir nur Empfehlungen. Welchem Kurs sie folgen will, muß jede Gewerkschaft selbst entscheiden. Und aus eben diesem Grund können sie uns auch jederzeit kündigen.«
»Was ich gehört habe, ist dies: Meany soll einer ganzen Reihe von Einzelgewerkschaften bedeutet haben — wenn sie die Dienste von CALL in Anspruch nehmen, so ist das für ihn ein flagranter Vertrauensbruch.«
»Ist mir auch schon zu Ohren gekommen«, sagte Daniel. »Doch habe ich dafür keine Beweise. Im übrigen ist das nicht mein Problem.« — »Offenbar nicht.« Hoffa lächelte. »Wenn ich richtig unterrichtet bin, zählen inzwischen ja nicht wenige Gewerkschaften zu deinen Klienten.«
Daniel nickte. »Und allmählich scheint denen klarzuwerden, daß wir genau das leisten, was wir versprochen haben.«
»Für den Fall, daß ihr darangeht, eine neue nationale Arbeiterorganisation aufzubauen — auf die *Teamsters* könntet ihr zählen.«
»Danke«, sagte Daniel. »Doch für zwei getrennte Arbeiterorganisationen ist in diesem Land kein Platz. Das haben AFL und CIO erkannt, weshalb es zwischen beiden ja auch zu der Vereinigung kam. Was das Organisatorische betrifft, so bin ich mit den Dingen soweit zufrieden.«
Hoffa lachte. »Big Dan, entweder bist du in der Arbeiterbewegung der allerklügste — oder der allerdümmste.«
Daniel stimmte in sein Lachen ein. »Schon mal daran gedacht, daß ich vielleicht beides bin?«
Als sie später zum Flughafen fuhren, beugte sich Moses zu Daniel. »Ist dir ja wohl klar, daß Hoffa uns angelogen hat.«
»Inwiefern?«
»Nun, er hat von zehn Millionen Dollar gesprochen, die verfügbar seien. Dürfte sich eher um runde fünfzig Millionen handeln. Schließlich kontrolliert er noch eine ganze Reihe von wichtigen Bezirken.«
»Habe ich mir auch schon durch den Kopf gehen lassen«, erklärte Daniel. Leise, fast ehrfurchtsvoll befand Moses: »In drei Jahren werden die über eine Milliarde Dollar haben, mit der sie spielen können.«
»Und?«
»Nun, da kann Lewis mit seiner Vereinigten Bergarbeitergewerk-

schaft nicht mithalten. Da fällt er doch glatt hinten runter.«
»Das Geld, über das sie verfügen, braucht uns nicht weiter zu interessieren«, sagte Daniel.
»Na und ob«, widersprach Moses. »Ich meine, die wollen von uns doch wissen, was sie damit tun sollen.«
»Nicht direkt«, betonte Daniel. »Sie wollen, daß wir ihnen sagen, wie es sich womöglich am besten zum Nutzen ihrer Mitglieder anlegen läßt.«
»In Wirklichkeit wollen sie von uns einen Freifahrtschein, um sich möglichst viel unter den Nagel zu reißen.«
»Den werden sie von mir nicht bekommen. Sie kriegen genau das, was sie offiziell von uns verlangen.«
»Da kannst du dich doch gar nicht raushalten«, behauptete Moses. »Wenn sie in der Scheiße sitzen, werden sie bei dir Persilscheine anfordern.«
»Darüber mache ich mir jetzt wahrhaftig keine Sorgen«, erklärte Daniel.

9

Durch das offene Fenster klangen die Geräusche einer Autohupe. Daniel blickte von der Morgenzeitung auf. »Das Auto ist schon da.«
»Hab's gehört«, sagte Margaret.
Er kippte seinen Kaffee. »Muß mich beeilen.«
»Wirst du heute abend zum Dinner zurück sein?«
»Weiß ich nicht«, sagte er. »Wir stecken bis über beide Ohren in der Arbeit. Ich hätte diese Sache für die *Teamsters* niemals akzeptieren sollen. Guter Gott, was da alles zu überprüfen und noch mal zu überprüfen ist — und übermorgen sollen wir für diesen Exekutivausschuß bereits alles parat haben.«
»In den letzten zehn Tagen bist du an ganzen zwei Abenden zum Dinner zu Hause gewesen.«
Er sah sie an. »Ist nun mal nicht zu ändern. Ich trage eine bestimmte Verantwortung.«
»Auch mir gegenüber hast du Verantwortung«, sagte sie.
Er erhob sich. »Weiß ich. Doch über meine Arbeit warst du dir im klaren, bevor wir geheiratet haben.«
»Damals warst du längst nicht so beschäftigt. Du hattest mehr Zeit für dich selbst. Und für mich.«

»Da standen wir auch dicht vor der Pleite.«
»Und das Geld macht die Sache besser?«
»Zumindest können wir unsere Rechnungen bezahlen«, sagte er. »Und das neue Haus, das wir in Scarsdale, New York, beziehen werden, ist auch nicht gerade eine Armenbehausung.«
»Ich fühle mich hier glücklich«, erwiderte sie. »Warum müssen wir nach New York ziehen?«
»Das habe ich dir doch erklärt«, sagte er geduldig. »Je mehr wir es mit Geldgeschäften zu tun haben, desto nützlicher ist es, möglichst nahe bei New York zu sein. Denn das ist ja das Geldzentrum. Deshalb werden wir uns auch in unmittelbarer Nähe von Wall Street unsere Büros einrichten.«
Sie blieb stumm, während er in sein Jackett schlüpfte.
»Mach dir keine Sorgen«, sagte er. »Es ist alles in Ordnung. Der letzte Monat ist immer der schlimmste. Wenn das Baby erst einmal da ist, fühlst du dich wieder besser.«
Sie schüttelte den Kopf. »Ich sehe so häßlich aus.«
»Red keinen Unsinn«, sagte er und küßte sie. »Du bist schön.«
»Nie wieder werde ich meine alte Figur haben.«
Er lachte. »Und ob. Da mach dir bloß keine Gedanken.«
»Ich habe immer Angst, daß du ein attraktives Mädchen kennenlernst — und daß sie dich mir wegnimmt.« Sie betrachtete ihn aufmerksam. — »Totaler Unfug.«
»Es ist inzwischen über einen Monat her«, sagte sie. »Und ich kenne dich. Sehe doch, wie's mit dir ist, wenn wir morgens aufwachen.«
»Kurz mal pullern und dann eine kalte Dusche, damit hat sich's«, sagte er lachend.
»Und wie viele kalte Duschen mußt du dir dann noch den Tag über verpassen?« fragte sie.
Er schüttelte den Kopf. »Was soll ich bloß mit dir machen?«
Sie schwieg.
»Nun komm schon«, sagte er. »So schlimm ist es nicht.«
»Nicht mal mit dem Mund kann ich's dir mehr machen«, sagte sie. »Weil mir dauernd so übel ist.«
»Du bist wirklich albern«, erklärte er.
Tränen rollten ihre Wangen herab. »Angst habe ich, Angst. Ich werde dich verlieren. Das weiß ich.«
Er zog sie vom Stuhl hoch und küßte sie — wobei er sorgfältig darauf achtete, nicht gegen ihren Leib zu drücken. »Du wirst mich nicht verlieren.« Wieder klang die Autohupe durch das offene Fenster. »Bin spät dran. Muß mich wirklich beeilen.«

Sie begleitete ihn zur Tür. »Was ist mit dem Abendessen?«
»Ich werde versuchen, es einzurichten«, sagte er. »Am Nachmittag rufe ich dich an.«
Vom Türrahmen sah sie ihm nach, während er den Weg entlang ging, in Richtung Auto. Der Fahrer stieg aus und hielt ihm die Tür auf. Er nahm auf dem Hintersitz Platz. Sie wartete, bis das Auto ganz am Ende der Straße um die Ecke bog. Dann ging sie ins Haus zurück.
Mamie trat gerade aus der Küche. In der Hand hielt sie ihre Einkaufstasche.
»Will eben zum Einkaufen. Kann ich Ihn' irgendwas mitbringen, Mrs. Huggins?«
»Nein«, erwiderte Margaret. »Ich brauche nichts. Werde bloß nach oben gehen und mich noch ein bißchen hinlegen.«

Sie waren erst ein kurzes Stück gefahren, als George, der Chauffeur, den Kopf wendete und zu Daniel blickte. »Ein Auto folgt uns, Mr. Huggins.«
»Sind Sie sich Ihrer Sache sicher?«
George blickte in den Rückspiegel. »Völlig. Der blaue Dodge. Vorn sitzen zwei Männer. Als ich heute früh aus der Garage kam, klemmten sie sich hinter mich.«
Daniel drehte den Kopf. Doch so angestrengt er auch durch das Rückfenster spähte, im dichten Verkehr konnte er das Auto nicht ausmachen.
»Wo ist es?«
»So ungefähr an siebter Stelle«, erwiderte George.
Jetzt sah Daniel den Dodge. Ein unauffällig wirkendes Auto. Vorn saßen zwei Männer, doch ihre Gesichter konnte er nicht erkennen. »Haben Sie eine Ahnung, wer die sind?«
George schüttelte den Kopf. »Noch nie gesehen.«
»Sind Sie von der Garage direkt zu meinem Haus gekommen?«
»Nein, Sir«, erwiderte George. »Zunächst mußte ich Mr. Gibbons vom Hotel abholen und zum Büro der *Teamsters* bringen, zu einer Unterredung mit Mr. Beck. Anschließend bin ich dann zu Ihnen gefahren.«
Daniel nickte. Dieses Auto und sein Chauffeur standen im Dienst der Teamsters, der Transportarbeitergewerkschaft. Es war nur normal, wenn die zunächst einmal ihre eigenen Leute versorgten. Im übrigen hatte Hoffa es so arrangiert, daß Daniel bei Bedarf Wagen und Fahrer zur Verfügung standen. »Was könnten das für Typen sein?«

»Schwer zu sagen«, erwiderte George. »Vielleicht Bullen. Die benutzen manchmal so Durchschnittsautos.«
»Haben Sie Mr. Gibbons etwas davon gesagt?«
»Nein. Da war ich meiner Sache noch nicht sicher. Erst nachdem ich ihn abgesetzt hatte und die mir immer noch folgten, gab's für mich keinen Zweifel mehr.«
»Tragen Sie eine Pistole bei sich?« fragte Daniel.
»Nein, Sir.«
»Wer außer Ihnen wußte, daß Sie mich heute morgen abholen würden?«
»Alle«, erwiderte George. »Welcher Fahrer wem zugeteilt ist, steht immer schon am Abend zuvor am Schwarzen Brett.«
Wieder blickte Daniel durch das Rückfenster. Der Dodge war nähergerückt. Er befand sich jetzt an fünfter Stelle. »Bei der nächsten Ampel, die Rot zeigt — weiterfahren und rechts abbiegen. Dann rein in die erste beste Querstraße und halten. Lang auf den Vordersitz legen.«
George drehte den Kopf. Er sah, wie Daniel die Pistole aus dem Schulterhalfter zog. »Glauben Sie«, fragte er und schluckte hart, »daß es eine Schießerei geben wird?«
Daniel prüfte seine Schußwaffe. »Eigentlich nicht. Aber ich habe schon vor vielen Jahren gelernt, daß man nie wissen kann und besser auf alles gefaßt ist.«
Angespannt saß George hinter dem Steuer. Bei der dritten Ampel war es soweit. Obwohl sie Rot zeigte, fuhr er weiter und bog dann scharf nach rechts ab. Daniel, der durchs Rückfenster spähte, konnte den blauen Dodge nicht mehr sehen, denn schon lenkte George in eine andere Straße.
Eine kleinere Nebenstraße war es, und er stoppte und drehte dann den Kopf.
»Hinlegen!« befahl Daniel scharf.
George tauchte nach unten weg, und Daniel spähte wieder durch das Rückfenster. Etwa eine Minute verging. Dann sah er, wie der blaue Dodge — in leidlich sicherer Entfernung — vorüberjagte, ohne ihnen in die schmale Nebenstraße zu folgen.
»Okay«, sagte Daniel. »Und jetzt ab die Post und zu meinem Büro!«
Er steckte die Pistole ins Halfter zurück, und George richtete sich auf, fuhr dann los.
»Allmächtiger!« sagte er.
»Was tun Sie, nachdem Sie mich abgesetzt haben?« fragte Daniel.
»Haben Sie schon irgendwelche anderen Aufträge?«

»Ich sollte mich Ihnen den ganzen Tag zur Verfügung halten.«
»Okay. Dann bringen Sie mich erst mal hin. Anschließend fahren Sie zu Ihrer Garage zurück. Und von dort rufen Sie mich an und sagen mir, ob diese Kerle Ihnen noch immer folgen.«
George blickte in den Rückspiegel. »Die sind wieder hinter uns.«
»Damit habe ich gerechnet«, sagte Daniel. »Wollte mir nur ein klares Bild verschaffen.« Im Spiegel sah er das besorgte Gesicht des Fahrers. »Kein Grund zur Beunruhigung«, versuchte er zu beschwichtigen. »Denen ist jetzt klar, daß wir Lunte gerochen haben. Da werden sie nichts unternehmen.«
Das Auto hielt vor einem niedrigen Gebäude. Daniel stieg aus und ging sofort zu seinem Büro. Während er noch mit der frühen Post beschäftigt war, kam der Anruf.
»Dies ist George, Mr. Huggins. Ich bin in der Garage. Die sind mir nicht gefolgt.«
»Okay, George. Danke.«
»Sonst noch was, das ich für Sie tun soll?«
»Nein, George. Aber wenn sich was ergibt, rufe ich Sie an. Nochmals vielen Dank.« Er drückte auf einen Knopf. Gleich darauf traten Moses und Jack bei ihm ein. »Irgendwo draußen auf der Straße steht ein blauer Dodge, in dem zwei Männer sitzen. Die haben mich beschattet, seit ich heute morgen das Haus verließ.«
»Was für Leute sind das?« fragte Moses, unverkennbare Beunruhigung in der Stimme.
»Keine Ahnung. Am besten notiert sich irgendwer die Zulassungsnummer. Dann können wir durch unsere Freunde bei der Polizei herausbekommen, wem das Auto gehört.«
»Das übernehme ich persönlich«, sagte Moses sofort.
»Nein. Wenn die mich kennen, kennen sie auch dich. Beauftrage jemand anders damit, einen Büroboten oder so. Und schärfe denen ein, daß sie nicht auffallen dürfen. Nur so vorbeigehen und sich die Nummer merken. Weiter nichts.«
»Okay«, sagte Moses und ging hinaus.
Daniel blickte zu Jack. »Wie würden wir uns zu verhalten haben, wenn man uns offiziell über die Angelegenheiten irgendeines unserer Klienten befragte?«
Jack erwiderte seinen Blick. »Nun, sofern man juristisch einwandfrei vorgegangen ist und es um eine Aussage unter Eid geht, so werden alle Fragen wahrheitsgemäß beantwortet werden müssen.« Daniel schwieg.
»Du darfst bei allem eins nicht vergessen — das Recht auf

Schweigepflicht oder Aussageverweigerung kannst du nicht geltend machen, anders als ein Arzt seinem Patienten oder ein Anwalt seinem Mandanten gegenüber. So etwas wird dir nun mal nicht eingeräumt.«
»Und was ist mit den Unterlagen, die uns unsere Klienten anvertraut haben?«
»Sofern das laut Gerichtsbeschluß verlangt wird, mußt du sie aushändigen.«
Daniel nickte. Nachdenklich starrte er auf seinen Schreibtisch. »Dann sollten wir wohl alles, was wir hier haben, umgehend an jene Gewerkschaften zurückgehen lassen, die das jeweils betrifft. Bis heute abend möchte ich bei unseren Akten nichts haben außer unseren ureigenen Sachen.«
»Das ist viel verlangt«, sagte Jack. »Zuviel eigentlich. Denn von den Papieren brauchen wir eine gewaltige Menge, um überhaupt unsere Arbeit tun zu können.«
»Mir egal, scheißegal sogar«, erklärte Daniel. »Ich denke nicht im Traum daran, auch nur einen einzigen unserer Klienten ans Messer zu liefern. Also sorge dafür, daß sie rechtzeitig wegkommen, all diese Akten und Unterlagen. Morgen werden wir weitersehen. Werden nach Möglichkeit direkt bei unseren Klienten kleine Stoßtrupps einsetzen. Mag ein bißchen unbequem sein. Aber wir werden die Arbeit schon schaffen.«
»Wird einen Haufen Geld kosten«, sagte Jack.
Daniel musterte ihn. »Was wohl kostet kein Geld?«
Moses kam zurück. »Wir wissen, wem das Auto gehört. Da brauchten wir uns gar nicht erst an die Polizei zu wenden. Steht ja direkt auf den Nummernschildern. US Government — Regierungsautos.«
Daniel betrachtete ihn einen Augenblick. »Kennt ihr irgendwen in der Branche, der uns sagen kann, für welche Abteilung das Auto im Einsatz ist?«
»Glaub schon.« Moses hob den Telefonhörer ab. Rasch wählte er eine Nummer. Dann sprach er mit ruhiger Stimme. Schließlich bedeckte er die Muschel mit der Hand. »Der prüft jetzt nach.« Wenig später sagte er: »Danke.« Er legte auf. »Ist für das McClellan-Komitee im Einsatz«, verkündete er.
Vollständig lautete die Bezeichnung für diesen Ausschuß: Ausgewählter Senatsausschuß zur Untersuchung unrechtmäßiger Aktivitäten im Bereich von Gewerkschaften und Management.*
»Okay«, sagte Daniel. »Zumindest wissen wir, mit wem wir's zu tun haben. Aufs Korn genommen haben die mit Sicherheit nur

zwei Gewerkschaften, die Automobilarbeiter sowie die *Teamsters*. Allem Anschein nach wollen die uns mit den *Teamsters* sozusagen in einen Topf werfen.« Er hob den Kopf, blickte zu Jack. »Seht zu, daß ihr die Unterlagen der Transportarbeiter als erstes hier herauskatapultiert.«

10

»Wir sind Idioten«, sagte Daniel und schob den ausführlichen Bericht über die Tischplatte zurück.
»Was ist denn?« fragte Moses begierig.
»Ach, nichts weiter«, erwiderte Daniel. »Es ist nur — wir sitzen auf einer Goldmine und kapieren das nicht einmal. Für den Rentenfonds der *Teamsters* empfehlen wir allerlei Investitionen, doch wir selber unternehmen da überhaupt nichts.«
»Ja, was könnten wir denn unternehmen?« fragte Jack.
»Wir könnten unseren eigenen Fonds gründen.«
»Dafür fehlt es uns an Geld«, meinte Moses.
»Können wir uns beschaffen.« Daniel steckte sich eine frische Zigarre an und blies den Rauch zur Decke. »*Union Mutual Funds.* Allgemeiner Gewerkschaftsfonds. Das werden wir praktisch so aufziehen, daß jedes Gewerkschaftsmitglied davon seinen Nutzen haben kann. Wird einen Haufen Leute geben, die sich diese Chance nicht entgehen lassen wollen.«
»Trotzdem — einen Haufen Startkapital braucht's«, erklärte Jack. »Wenigstens so zehn bis fünfzehn Millionen Dollar.«
»Die kann ich beschaffen«, sagte Daniel zuversichtlich. »Dürfte nicht mal besonders schwerhalten, wenn ich die Transportarbeiter und die Bergleute richtig rankriege. Aber mehr noch: wäre für die Armleuchter doch eine ganz ausgezeichnete Öffentlichkeitswerbung. Könnte wahrhaftig nichts schaden, wenn die ihr Image ein bißchen aufbesserten.«
»Hört sich nicht uninteressant an«, kommentierte Jack vorsichtig. Und vorsichtig gab sich auch Moses. »Weiß nicht so recht. Mög-

---

* Der von Senator McClellan geleitete Senatsausschuß, der auf eine Initiative des berühmten »Hexenjägers« McCarthy zurückging und wesentlich vom späteren Justizminister Robert Kennedy geprägt wurde, führte von 1957 bis 1959 eine aufwendige Kampagne gegen Korruption und Mafia-Einfluß in den Gewerkschaften.

licherweise würde das die Art unserer Unternehmung völlig umstülpen — quasi auf den Kopf stellen. Wir wären nicht mehr Ratgeber, sondern Manager.«
»Was sollte daran wohl falsch sein?« fragte Daniel. »Mit unserem Ziel läßt sich das sehr wohl vereinbaren. Und dieses Ziel lautet — mehr Sicherheit für das einzelne Gewerkschaftsmitglied.«
»Könnte einen Haufen Probleme aufwerfen«, meinte Moses. »Ich will nur sagen — mit der Verwaltung eines Fonds dieser Art kennen wir uns überhaupt nicht aus.«
»Dafür kann man ja Fachleute engagieren. Es ist doch so: die mit uns verbundenen Gewerkschaften haben einen Mitgliederbestand von über drei Millionen. Mithin steckt darin ein gewaltiges Kapital. Bei nur hundert Dollar pro Mitglied hätten wir eine Summe von rund dreihundert Millionen Dollar zu investieren. Und da braucht man wohl kaum noch einen Experten, um zu wissen, daß bei Investitionen von solchem Format nur noch die allerbesten Vorzugsaktien in Frage kommen — so zu acht Prozent et cetera pp. Kurz über den Daumen gepeilt würde uns das summa summarum runde drei Millionen Dollar pro Jahr einbringen.«
»Was so ziemlich das Doppelte von dem wäre, was wir jetzt einnehmen«, sagte Moses. »Und dafür müßten wir nicht mal mit dem Hut in der Hand umherschleichen.«
»So langsam scheinst du zu kapieren«, befand Daniel. Er griff wieder nach dem Bericht auf der Schreibtischplatte. »Jack, du klemmst dich sofort hinter diese Sache. Mach dich mit allem vertraut, was wir wissen müssen, um diese Sache in Angriff zu nehmen.«
»Okay.«
Daniel blickte zu Moses. »Sorge dafür, daß die Statistische Abteilung eine Liste zusammenstellt, auf der sämtliche Mitglieder der jeweiligen Bezirke aufgeführt sind. Namen und Adressen.«
»Die können wir uns von den Gewerkschaften besorgen«, erklärte Moses. »Sollte nicht allzu schwierig sein aufgrund der Mitgliedsbeiträge.«
»Okay, dann schafft sie heran.«
»Andererseits«, meinte Moses, »wie sollen wir's denen plausibel machen? Von sich aus rücken die ja nicht gerne mit irgendwelchen Mitgliedernamen und so weiter heraus.«
»Himmelarsch — sagt ihnen, wir seien dabei, eine Studie über

die tatsächlichen Lebensbedingungen der Mitglieder anzufertigen. Mir doch egal, was ihr denen ums Maul schmiert. Hauptsache, sie spucken die für uns wichtigen Informationen aus.«
»Okay.«
Die beiden Männer erhoben sich. Jack deutete auf den Bericht.
»Soll ich den Hoffa schicken?«
»Nein«, erwiderte Daniel. »Ich glaube, den werde ich höchstpersönlich abliefern.«

»Du hast doch irgendwas auf dem Herzen«, sagte Hoffa schlau. »Sonst wärst du doch nicht eigens hergekommen, um mir dies hier zu bringen.«
»Stimmt«, räumte Daniel ein. »Außer den Empfehlungen, die sich dort in dem Hefter finden, habe ich noch ein dringendes Anliegen. Ich möchte, daß ihr fünfzehn Millionen investiert in den Allgemeinen Gewerkschaftsfonds, den wir gründen wollen.«
Hoffa musterte ihn. »Wie kommst du auf den Gedanken, daß wir bereit sein könnten, zu eurem Fonds soviel Geld beizusteuern, wo wir ja nicht mal unseren eigenen auf die Beine kriegen?«
»Weil's für euch eine prächtige Propaganda wäre.« Er lächelte. »Überleg mal, was euch die Öffentlichkeit dann so alles abkaufen würde. Daß ihr ums Gemeinwohl besorgt seid, um das Wohl der Gesamtgewerkschaft — und nicht nur um euer eigenes, das Wohl der *Teamsters*.«
»Worauf läuft dieser Scheiß hinaus?« fragte Hoffa.
Daniel lachte. »Soll ich dir reinen Wein einschenken?«
Hoffa nickte. »Na, sicher. Schieß los.«
»Seit vierzehn Tagen werde ich beschattet. Und zwar von Agenten, die für das McClellan-Komitee arbeiten. Unsere Freunde in Regierungskreisen versichern mir, ich würde nur beobachtet, weil man hinter dir her sei; man hoffe, auf diese Weise irgendwelches brauchbare Material gegen dich zu finden. Folglich ist jeden Tag damit zu rechnen, daß sie hier hereinschneien und sich auf deine Unterlagen stürzen.«
»Wonach, zum Teufel, suchen sie?«
»Weiß ich nicht. Und wenn mich nicht alles täuscht — das wissen die selber nicht. Sie glauben nur, wo soviel Geld reinfließt, da muß irgendwas faul sein.«
»Na, in meinen Akten finden sie da bestimmt nichts.«
»Genausowenig wie bei mir«, versicherte Daniel. »Vor vierzehn Tagen habe ich jedes Stück Papier, das mir die *Teamsters* schickten, an dich zurückgehen lassen.«

»Wieso weiß ich nichts davon?«
»Keine Ahnung. Hab alles an Gibbons zurückgeschickt.«
Hoffa griff nach dem Telefonhörer. »Gibbons soll zu mir kommen.«
»Das kann warten«, sagte Daniel. »Im Augenblick ist das nicht so wichtig. Du solltest besser tun, was ich getan habe. Knöpf dir deine Rechtsabteilung vor und lasse dich präzise über deine Rechte informieren, für den Fall, daß dir hier die Staatsmacht hereinflattert.«
Hoffa starrte ihn an. Dann nickte er. »Jaah.«
Daniel schwieg.
»Wer bringt denn noch Kapital ein in diesen Allgemeinen Fonds, den ihr gründen wollt?« fragte Hoffa.
»Die Bergarbeitergewerkschaft — die kommen mit fünf Millionen rüber.«
»Und warum soll ich gleich fünfzehn Millionen ausspucken?«
»Weil ihr dreimal so reich seid wie die.«
Hoffa lachte. »Du fährst gleich das ganz große Geschütz auf, Big Dan.«
Er schlug den Aktendeckel auf, betrachtete den Bericht, blätterte darin. »Aus welchem Grund glaubst du, das sei eine bessere Investition als irgendeine von denen, die hierin empfohlen sind?«
»Ob's eine bessere Investition sein wird, weiß ich nicht. Aber sie wird sicherer sein, soviel ist klar. Ich meine, bei allem ist doch ein Haufen Spekulation dabei. Wie's nun mal so ist. Man kann viel Geld verdienen, man kann auch eine Menge verlieren. Nun, mit dem Kapital, das wir haben, konzentrieren wir uns naturgemäß auf besonders gute und aussichtsträchtige Papiere. Keine Wunderaktien, damit wir uns recht verstehen — auf Papiere, die einen ruhigen und gleichmäßigen Ertrag versprechen. Mag sein, daß das gar nicht so übermäßig viel abwirft. Aber es ist eine sichere Sache, praktisch ohne irgendein Risiko.«
»Und was für einen Sonderbonus erhalten wir, wenn wir so früh bei euch einsteigen?«
»Ihr könnt einen Delegierten ins Investitionskomitee entsenden.«
Hoffa lachte. »Na, was wir davon wohl hätten! Kenne sie doch, diese Typen, von meinem eigenen Ausschuß. Da muß ich noch immer jede Entscheidung selber treffen. Weil diese Arschlöcher total unfähig sind.« Er lehnte sich zurück. »Bei fünfzehn Millionen Dollar müßte für uns schon mehr rausschauen.«
Daniel schüttelte den Kopf. »Nichts zu wollen. Dies soll ein all-

gemeiner — ein sozusagen öffentlicher — Fonds sein. Und da gibt's für niemanden Extrawürste. Alles wird sehr genau genommen. Präzise nach Vorschrift.«
»Okay, Big Dan«, sagte Hoffa. »Präzise nach Vorschrift.«

»Fünf Millionen Dollar«, sagte Lewis nachdenklich. Über seinen Schreibtisch hinweg blickte er zu seinen Mitarbeitern. »Was meinst du, Tom?«
Kennedy nickte. »Hat durchaus was für sich.«
»Tony?« fragte Lewis.
»Ich finde, daß Big Dan nicht übertreibt. Wäre für sämtliche Gewerkschaftsmitglieder eine Chance, sozusagen an der Börse zu profitieren. Und im übrigen — im übrigen bedeutet das für uns alle einen Haufen positiver PR — oder auch schlicht: Werbung.«
»Fünf Millionen Dollar sind ein Haufen Geld«, sagte Lewis.
Daniel schwieg. Der »Alte« war ein gewiefter Taktiker. Schließlich verfügte er, dazu noch in Washington D.C., längst über eine gewerkschaftseigene Bank, die ihre runden zweihundert Millionen Dollar wert war. Er wußte also nur zu genau, wovon die Rede war. — Lewis beugte sich über seinen Schreibtisch. »Wieviel Kapital haben Sie denn bereits auf dieses Projekt vereinigen können, Mr. Huggins?«
Daniel lächelte. »Wenn Sie mir die fünf Millionen geben, habe ich zwanzig Millionen Dollar Anfangskapital.«
»Und wenn ich sie Ihnen nicht gebe?«
»Dann habe ich nichts«, erwiderte Daniel ohne Umschweife.
»Wo kriegen Sie die anderen fünfzehn Millionen her?«
»Von den *Teamsters*.«
Aus Lewis' Stimme klang Unglauben. »Dave Beck?«
»Nein, Sir. Jimmy Hoffa.«
»Und wenn ich Ihnen das Geld nicht gebe, kriegen Sie auch von Jimmy Hoffa nichts?«
»Ganz recht, Sir. Irgendwelche Bedingungen hat er an seine Investition nicht geknüpft. Nur: Wenn Sie nicht über die Theke kommen, dann nehme ich sein Geld nicht.«
»Aus welchem Grund?«
»Für diese Sache brauche ich eine breite Basis. Dafür genügt eine Einzelgewerkschaft nicht. Mir geht es darum, möglichst viele Gewerkschaften zu erreichen. Damit sich das am Ende zum Wohle eines jeden Mitglieds auswirkt, ganz gleich, zu welcher Gewerkschaft es gehört.«

John L. Lewis musterte ihn. »Klingt ziemlich idealistisch.«
»Mag sein, Sir. Bloß — gegen Ideale ist ja wohl nichts weiter zu sagen. Hätten Sie sie nicht gehabt, dann würden die Bergarbeiter vielleicht noch immer dort stehen, wo sie vor fünfundzwanzig Jahren gestanden haben: Als ich als junger Bursche zum erstenmal in die Grube fuhr.«
Lewis nickte.
»Stimmt schon. Manchmal vergessen wir den Kampf, der all dies erst möglich gemacht hat. Ein Kampf, der niemals enden wird und der unsere dauernde Wachsamkeit erfordert.« Er blickte zu Kennedy. »Tom, regeln Sie alles mit Mr. Huggins. Ich glaube, daß er für die Arbeiterbewegung in Amerika einen sehr konstruktiven Schritt unternimmt.«

11

»Der Schlüssel zu Erfolg oder Mißerfolg des Fonds werden die privaten Investoren sein. Falls es damit nicht klappt, wird man uns vorwerfen, es handle sich um eine der üblichen Machenschaften der großen Gewerkschaften zwecks Monopolisierung ihres Vermögens.« Jack Haneys Stimme klang nüchtern, geradezu klinisch. »Auch in anderer Hinsicht wird das mitentscheidend sein: wie man uns in Wall Street beurteilt. Momentan sind die dort über unseren Plan nicht allzu froh.«
»Scheiß auf die«, sagte Daniel. »Wen interessiert schon, was die denken?«
»So kann man das nicht sagen«, widersprach Jack. »Ohne deren Hilfe wären wir nicht so schnell vorangekommen. Und in den Klub muß man erst einmal aufgenommen werden. Mit Geld kann man sich den Eintritt nicht erkaufen.«
Daniel schwieg einen Augenblick. »Wir brauchen die Finanzierung von seiten der *Teamsters* und der Bergarbeiter, sonst kriegen wir nicht mal den Arsch hoch.«
»Das ist denen klar«, sagte Jack. »Und dagegen haben sie auch gar nichts. Es ist nur — sie sind der Ansicht, daß der Fonds, zumal am Anfang, eine breitere Basis haben sollte. So etwa fünfzigtausend Aktieninhaber mit minimalen Besitzanteilen, das würde sie zufriedenstellen.«
»Wird einige Zeit brauchen, bis wir die zusammenhaben«, sagte Daniel. »Bis das alles ordnungsgemäß in die Wege geleitet ist,

werden mindestens sechs bis zehn Monate vergehen. Und so lange will ich nicht warten.«
»Wüßte wirklich nicht, wie man das beschleunigen könnte«, meinte Jack.
Jetzt meldete sich Moses zu Wort, der bisher geschwiegen hatte. »Ich weiß, wie es sich bewerkstelligen läßt.« Er blickte zu Jack. »Du hast das ja nicht erlebt — wie Big Dan überall im Land umhergereist ist, um für CALL Mitglieder zu werben — damals, als wir anfingen. Er ist der beste Handelsreisende der ganzen Welt. Du kannst sicher sein: Sie fressen ihm aus der Hand. Er ist einer von ihnen.«
Daniel blickte von einem zum andern. »Ich weiß nicht. Dies ist eine andere Sache.«
»Ach was, ist genau dasselbe, Big Dan«, sagte Moses. »Du mußt genau dort ansetzen, wo deine Stärken liegen. Zeig dich denen, und sie werden dir folgen.
»Trotzdem — es würde einige Zeit brauchen«, sagte Daniel.
»Ich kann alles arrangieren. Innerhalb von zwei Monaten könntest du praktisch im ganzen Land gewesen sein«, versicherte Moses. »Und wir haben dort noch viele Freunde. Wenn wir die örtlichen Funktionäre noch ein klein wenig schmieren, kann da überhaupt nichts schiefgehen.«
Daniel überlegte einen Augenblick. »Wie lange würde es dauern, das Programm in Gang zu setzen?«
»Könnte schon nächste Woche soweit sein«, versicherte Moses. »In spätestens zwei Monaten wärst du wieder hier — und hättest genügend Aktienbesitzer, um alle, auf die es nun mal ankommt, glücklich zu machen.«
»Ich muß spätestens Mitte des nächsten Monats wieder hier sein«, sagte Daniel. »Um die Zeit erwartet Margaret nämlich das Baby.« — »Das Programm ließe sich ja um diesen Termin herum arrangieren«, betonte Moses. »Aber das mußt du natürlich selbst entscheiden.«
Daniel blickte zu Jack. »Welche Möglichkeiten bleiben uns sonst?«
Jack schüttelte den Kopf. »Praktisch keine, fürchte ich.«
Wieder überlegte Daniel. Schließlich nickte er. »Okay. Arbeitet ein entsprechendes Programm aus. Aber nicht vergessen. Die Mitte des nächsten Monats muß offen bleiben.« Er warf einen Blick auf seine Armbanduhr. Es war bereits nach sieben. »Ich muß jetzt nach Hause. Hatte Margaret versprochen, nicht zu spät zum Abendessen zu kommen.«

Als er die Treppe hinunterging, sah er, daß unten in der Lobby zwei Männer auf ihn warteten. Einen von ihnen erkannte er: Lanskys Leibwächter — jener große Blonde, der ihn in Miami vom Flughafen abgeholt hatte.
»Mr. Huggins«, sagte der Blonde höflich, »der Boß möchte Sie gern sehen.«
»Gut«, erwiderte Daniel. »Sagen Sie ihm, er soll mich daheim anrufen. Dann können wir etwas verabreden.«
»Er möchte Sie jetzt sehen«, beharrte der Blonde.
»Ich bin so schon spät dran zum Dinner«, sagte Daniel. »Meine Frau erwartet mich.«
»Genau wie der Boß«, lautete die lässige Antwort.
Daniel musterte den Mann. »Dann wird er halt noch weiter warten müssen.« — »Nein, wird er nicht.«
In der Jackettasche des Blonden zeichnete sich der Lauf einer Pistole ab. Daniel lachte. »Nun gut, da haben Sie wohl recht.«
»Draußen steht ein Auto für uns.« Während der Blonde an Daniels Seite blieb, schritt sein Kollege voraus: ging auf die schwarze Limousine zu, die draußen geparkt war. Hinter dem Steuer saß ein Chauffeur. Die beiden Männer kletterten mit Daniel nach hinten. Das Auto setzte sich in Bewegung.
Als Daniel zufällig durch das Rückfenster blickte, sah er, daß ihnen der blaue Dodge folgte. Er drehte sich zu dem Blonden herum. »Mr. L. wird über diese Sache nicht gerade glücklich sein«, sagte er. »Ihr schleppt die Bundespolizei direkt vor seine Haustür.«
»Wovon reden Sie?« fragte der Blonde.
»Schauen Sie doch mal durchs Rückfenster«, forderte ihn Daniel auf. »Sehen Sie den blauen Dodge? Und erkennen Sie das Nummernschild? Klarer Fall, wie? FBI. Die beschatten mich schon seit Wochen.«
Der Blonde wirkte einen Augenblick unschlüssig. Er blickte zu Daniel, dann zum Fahrer. »Schüttel die Bullen ab.«
»Würde ich nicht unbedingt empfehlen«, sagte Daniel. »Eure Zulassungsnummer haben sie bereits. In dem Augenblick, wo die euch nicht mehr sehen, setzen die so etwas wie eine Generalfahndung in Gang.«
Der Blonde machte ein besorgtes Gesicht.
»Ich meine, ihr solltet euch lieber irgendwo an die Strippe hängen und Mr. Lansky melden, was los ist«, sagte Daniel.
»Okay, schon gut«, erklärte der Blonde hastig. Dann, zum Fahrer: »Halte drüben beim Drugstore an der Ecke.«

Sofort stieg er aus. »Paß gut auf ihn auf«, sagte er zu seinem Komplizen und verschwand dann im Laden. Wenige Minuten später tauchte er wieder auf und stieg ein.
Unsicher blickte er zu Daniel. »Mr. Lansky sagt, wir sollen Sie nach Hause bringen.«
»Finde ich ausgesprochen klug«, meinte Daniel, während sich das Auto erneut in den Verkehrsstrom einordnete.
»Außerdem hat er gesagt, daß er Sie noch irgendwann heute abend anrufen wird.«
»Nun, ich werde daheim sein«, versicherte Daniel. »Ich habe keinesfalls die Absicht, noch auszugehen.«
Eine Viertelstunde später hielt das Auto vor seinem Haus. Daniel stieg aus. Dann drehte er den Kopf, blickte zu dem Blonden. »Vielen Dank für die freundliche Heimfahrt.«
Der Blonde gab keine Antwort. Er saß mit finsterem Gesicht da.
Daniel lächelte. Und plötzlich, ohne daß er auch nur die geringste Bewegung gemacht zu haben schien, hielt er seine Pistole in der Hand. Schob den Lauf dicht an den Kopf des Blonden.
»Wenn ihr's das nächste Mal versucht«, sagte er leise, »ballert ihr am besten gleich los. Denn im selben Moment, wo ich deine Visage sehe, knall' ich dir eins vor den Latz. Das kannst du deinem Mr. Lansky getreulich ausrichten.«
Er schlug die Autotür zu, drehte sich um und ging zum Haus. Noch bevor er es erreichte, war das Auto verschwunden.
Als sie sich dann zum Abendessen setzten, läutete das Telefon. Mamie nahm den Hörer ab. »Da ist ein Mr. Miami am Apparat, der Sie sprechen will«, meldete sie.
Daniel hob den Kopf. »Soll sich in einer Stunde noch mal an die Strippe hängen. Beim Essen laß ich mich nicht gern stören.«
Margaret blickte zu ihm. »Wer ist Mr. Miami?«
Daniel schnitt sich ein Stück vom Steak ab. »Lansky.«
»Warum nennt er nicht seinen richtigen Namen?«
Daniel zuckte die Achseln.
»Was will er?«
»Sein Stück vom Schinken.«
»Wie meinst du das?« fragte sie verwirrt.
»Nun, vermutlich hat er gehört, daß wir einen allgemeinen Fonds einrichten wollen, einen Genossenschaftsfonds. Und da wird er der Meinung sein, daß er ein Anrecht besitzt auf ein kräftiges Stück.«
»Und — hat er ein Anrecht?«
»Nein.«

»Damit wäre das erledigt«, erklärte sie. »Brauchst's ihm doch nur zu sagen.«
Daniel verkniff sich ein Lächeln. »Weißt du, einem Mann wie ihm so etwas zu sagen, ist — jedenfalls nicht das leichteste auf der Welt.«
Margaret schwieg einen Augenblick. »Daniel, du sitzt doch nicht etwa in der Klemme, oder?«
»Nein.«
»Ich habe über diesen Mr. Lansky in der Zeitung gelesen«, sagte sie. »Er ist doch wohl ein Gangster.«
»So heißt es, ja.«
»Was hast du dann geschäftlich mit ihm zu schaffen?«
»Was ich mit ihm geschäftlich zu tun habe, ist völlig okay. Was er im übrigen treibt, geht mich nichts an.«
»Also ich an deiner Stelle würde keine Geschäfte mehr mit ihm machen«, sagte sie.
Er lächelte sie an. »Ist auch nicht meine Absicht.« Vom Steak war nur noch ein Rest übrig. Er aß, schob den Teller dann von sich fort. »War ausgezeichnet.«
Schwerfällig erhob sie sich. »Geh schon ins Wohnzimmer und mach's dir dort bequem. Ich bringe dir den Kaffee.«
Während sie sich vorbeugte, um seinen Teller abzuräumen, strich er ihr sacht über den Leib. »Wird nicht mehr lange dauern.«
»Acht Wochen, sagt der Doktor.«
»Achtest du auf dein Gewicht?« fragte er.
»In diesem letzten Monat habe ich keine Unze zugenommen.«
»Gut«, sagte er. Dann trat er zum Sideboard und holte eine Flasche Bourbon und ein Glas hervor. »Bring auch etwas kaltes Wasser mit«, rief er, während er ins Wohnzimmer ging.
Und dann saß er da. Saß mit dem halbleeren Whiskyglas in der Hand im Sessel, während sie den Kaffee vor ihn auf den Cocktailtisch stellte. »In der nächsten Woche fange ich an, überall im Land Versammlungen abzuhalten.«
Sie musterte ihn überrascht. »Wozu denn das?«
»Ich muß den verschiedenen Gewerkschaften sowie Gewerkschaftsbezirken unseren Fonds schmackhaft machen«, erklärte er.
»Ja, mußt du das persönlich tun? Könntest du das nicht Moses oder Jack überlassen?«
»Ich muß es tun«, betonte er. »Ich bin der einzige, der sie auf unsere Seite ziehen kann.«

»Und wie lange wirst du fort sein?«
»Ich werde nicht die ganze Zeit fort sein«, sagte er. »Ich arbeite gerade ein Programm aus, das es mir ermöglicht, hier zu sein, wenn das Baby kommt.« Plötzlich wurde sie wütend. »Na, wie reizend von dir«, sagte sie sarkastisch.
»Was hast du denn?« fragte er. »Ich habe dir doch gesagt, daß ich hier sein werde, wenn das Baby kommt.«
»Und was soll ich tun, wenn du unterwegs bist von Versammlung zu Versammlung? Hier herumsitzen und meinen Bauch mit den Händen halten?«
»Das gehört zu meiner Arbeit«, fauchte er. »Hör auf, dich wie ein Kind zu benehmen.«
»Sicher, ich bin erst siebzehn«, sagte sie, und ihre Stimme klang gekränkt. »Doch benehme ich mich nicht wie ein Kind, sondern wie eine Frau, die ein Baby erwartet und ihren Mann möglichst nahe bei sich haben will.«
Für einen Augenblick starrte er sie wortlos an. Fast hatte er es vergessen. Siebzehn war sie. Und er war sechsundfünfzig. Ein gewaltiger Altersunterschied, eine Kluft, die sich vielleicht niemals überbrücken ließ. Er griff nach ihrer Hand. »Tut mir leid, Margaret«, sagte er langsam. »Ich würde dies nicht tun, wenn es irgend jemanden gäbe, der es an meiner Stelle tun könnte. Doch es gehört nun mal zu meinem Job.«
Das Telefon begann zu läuten. Sie zog ihre Hand zurück. »Das ist dein Freund Mr. Miami Lansky Gangster oder wer immer, zum Teufel, er ist«, sagte sie kalt. »Melde dich lieber. Er hat sonst niemanden, mit dem er sprechen kann.«

12

Lansky formulierte es vorsichtig. »Sie erinnern sich, wo wir uns das letzte Mal getroffen haben?«
»Ja.«
»Könnten Sie dort hinkommen — ohne Beschattung?«
»Ich kann's versuchen. Und ich werde mich nur blicken lassen, wenn ich sicher bin, die Burschen abgeschüttelt zu haben.«
»Ich muß Sie unbedingt sehen«, sagte Lansky.
»Wie lange werden Sie dort sein?«
»Zwei Stunden.«
»Okay.«

»Falls Sie's nicht schaffen, rufen Sie mich morgen früh in Florida an. Über einen Münzfernsprecher.«
»Okay.«
Daniel legte auf und ging ins Wohnzimmer zurück. »Ich muß noch einmal fort«, sagte er.
Margaret sah ihn an. »Ich habe Angst.«
»Brauchst keine Angst zu haben«, versicherte er. »Ist sozusagen rein geschäftlich.« Er trat ans Fenster. Draußen war es bereits dunkel, doch noch immer stand dort der blaue Dodge, unter einer Straßenlaterne. Was sollte das? Offenbar lag denen daran, ihm unzweideutig vor Augen zu führen, daß er beschattet wurde. Sonst würden sie das Auto naturgemäß an einer unauffälligen Stelle geparkt haben. Schien fast, als käme es ihnen hauptsächlich darauf an, ihm Angst zu machen.
Wieder läutete das Telefon. Diesmal war es Hoffa. Er rief aus Detroit an. »Hast richtig gelegen mit deinem Tip«, sagte er. »Hatte heute meinen ersten Besuch vom McClellan-Komitee.«
»Was wollten die?« — »In meinen Akten schnüffeln. Ich habe sie rausgeschmissen. Die haben nichts erreicht.«
»Was für Leute waren das?«
»Nun, ein Jungchen namens Bob Kennedy, der sich selbst als den Hauptrechtsberater des Senatsausschusses bezeichnete. Ein richtiges Arschloch. Hatte noch zwei so Schleimer bei sich.« Hoffa brach ab. »Beschatten die dich noch immer?«
»Parken direkt vor meinem Haus«, erwiderte Daniel. »Und zwar so, daß ich sie sehen kann, ja muß.«
»Was hältst du von der Sache?« fragte Hoffa.
»Die fischen auf gut Glück. Wissen selbst nicht, was sie suchen. Und hoffen, daß wir uns irgendeine Blöße geben, so daß sie uns einen Strick drehen können.«
»Ich bin deinem Rat gefolgt und habe mit meinem Anwalt gesprochen. Und der hat zu mir gesagt, Ohren steif halten und nichts rausrücken, nicht mal die Speisekarte, wenn die nicht einen entsprechenden Gerichtsbescheid vorweisen können. Und freie Hand, sagte er, haben die dann immer noch nicht. Es bleibt ihm ein Haufen Möglichkeiten, denen die Hölle heiß zu machen.«
Daniel überlegte einen Augenblick. »Ich glaube, diese Idee mit dem allgemeinen Fonds ist jetzt noch wichtiger als bisher. Es handelt sich um eine klare und saubere Sache, an der es nichts auszusetzen gibt.«
»Aus Florida hört man, daß die Sache nicht gar so sauber sein

wird. Die wollen beteiligt werden, und sie sind stinksauer, weil du sie ignoriert hast.«
»Pech«, sagte Daniel. »Aber ich werde mit denen schon klarkommen.«
»Die gehen aufs Ganze«, sagte Hoffa.
»Wir vielleicht nicht?« Daniel lachte.
Hoffa stimmte in sein Lachen ein. »Okay. Falls du Hilfe brauchst, dann brülle.«
»Wenn ich Hilfe brauche, wird's zum Brüllen zu spät sein«, sagte Daniel.
»Paß jedenfalls gut auf dich auf«, betonte Hoffa. »Viel Glück.«
»Danke.« Daniel legte auf. Einen Augenblick blieb er grübelnd stehen. Dann griff er wieder zum Hörer und wählte Moses' Privatnummer. »Komm mit deinem Auto her. Parke den Wagen in der Straße hinter meinem Haus. Warte dort auf mich.«
»Was ist los?«
»Nichts Besonderes. Ich muß bloß von hier fort, ohne daß mir meine Wachhunde folgen.«
»In einer Viertelstunde bin ich dort.«
Daniel trat wieder ins Wohnzimmer. Margaret saß auf der Couch. »Moses holt mich in zirka fünfzehn Minuten ab. Ich werde durch die Hintertür verschwinden und dann durch den Hof unserer Nachbarn gehen, zur Straße hinter dem Haus.«
»Warum kannst du nicht die Vordertür benutzen?«
»Weil dort ein paar Leute auf mich warten. Sie beschatten mich schon seit Wochen, und ich will auf keinen Fall, daß sie mir jetzt folgen. Sie arbeiten für diesen Senatsausschuß, du weißt schon, zur Aufdeckung von Unregelmäßigkeiten bei den Gewerkschaften.«
Sie schwieg. Er goß sich einen Drink ein, kippte ihn sofort. Jetzt erst sagte sie: »Warum hast du mir bisher nichts erzählt von diesen Männern?«
»Wollte dich nicht beunruhigen. Ist ja auch nicht weiter wichtig.«
»Nicht wichtig? Willst du wirklich, daß ich das glaube? Und weil's nicht wichtig ist, trägst du dauernd eine Pistole mit dir herum? Ja, was meinst du denn, was für Gedanken mir durch den Kopf gehen? Das bringt mich fast um Sinn und Verstand — dich in einer Gefahr zu vermuten, über die ich nichts weiter weiß.«
»Ich habe praktisch immer eine Pistole bei mir gehabt.«
»Das hat mir auch D. J. gesagt. Aber ich dachte, er wollte mich bloß beruhigen.«

»Stimmt aber«, versicherte er. »Ich meine, ich schleppe das Ding mehr oder minder aus reiner Gewohnheit herum.« Wieder füllte er sein Glas. »Hat seinen Grund. Vor langer Zeit hat man mich mal gekidnappt und drei Tage lang gefangengehalten. Schließlich wurde ich irgendwo in einer gottverlassenen Gegend aus dem Auto geworfen, inmitten von Eis und Schnee. Damals habe ich mir geschworen, daß mir so etwas nie wieder passieren sollte.«
»Du willst dich mit Lansky treffen?«
Er nickte.
»Wird das nicht gefährlich sein?«
»Nein. Wir haben etwas Geschäftliches zu besprechen.«
»Wie lange wird das dauern?«
Er warf einen Blick auf seine Uhr. Es war schon fast zehn. »Nicht sehr lange. Vor Mitternacht sollte ich wieder hier sein. Falls es doch länger dauert, rufe ich dich an.«
»Ich werde auf dich warten.«
Er lächelte und beugte sich zu ihr, küßte sie auf die Wange. »Mach dir keine Sorgen, Margaret. Mir passiert schon nichts.«

Moses manövrierte das Auto auf den Parkplatz hinter dem Lagerhaus. »Soll ich dich begleiten?« fragte er.
Daniel schüttelte den Kopf. »Nein. Warte hier im Auto auf mich.« Er stieg ein paar Stufen hinauf und klopfte gegen die eiserne Tür. Sie schwang auf, und derselbe Mann, der ihn seinerzeit eingelassen hatte, nickte ihm zu. Daniel trat ein, folgte dem Mann. Alles schien sich genauso abzuspielen wie damals. An den Tischen wurde Geld gezählt, und niemand schaute auf, während sie durch die Räume gingen und dann das Büro betraten — wo Lansky, genau wie seinerzeit, hinter dem Schreibtisch saß.
Der blonde Leibwächter trat Daniel entgegen. »Haben Sie eine Pistole bei sich?« fragte er mit kalter Stimme.
»Nein. Nicht, wenn ich Freunde besuche«, erklärte Daniel.
Über die Schulter blickte der Blonde zu Lansky.
Lanskys Stimme klang sehr leise. »Wenn er sagt, er hat keine Pistole, dann hat er auch keine.«
Der Leibwächter nickte. Dann schlug er, im Ansatz kaum erkennbar, Daniel die rechte Faust in den Unterleib. Der Schmerz ließ Daniel fast zusammenklappen. Er kämpfte an dagegen, auch gegen die aufsteigende Übelkeit. Ein oder zwei Sekunden stand er noch vorgebeugt, zwang sich zu langsamem Atmen. Dann verschwand der Brechreiz, und er richtete sich wieder auf.

Auf Lanskys Gesicht zeigte sich ein schwaches Lächeln. »Mein Mann ist bloß allergisch — gegen mögliche Ballermänner.«
»Kann man ja verstehen«, sagte Daniel.
Er schien, um den Leibwächter herum, auf den Schreibtisch zugehen zu wollen. Der Blonde versuchte, ihn in jeder Sekunde im Auge zu behalten. Doch eben das hinderte ihn an einer elementaren Wahrnehmung: Er bekam überhaupt nicht mit, daß Daniel von tief unten Schwung holte. Es handelte sich um einen guten, altmodischen Aufwärtshaken, und deutlich spürte Daniel den Aufprall, als seine mächtige Faust gegen die Kinnlade des Leibwächters krachte. Es schien den Mann buchstäblich ein Stück in die Luft zu heben, dann stürzte er, schräg über die Schreibtischecke hinweg, nach hinten und knallte gegen die Wand, wo er langsam zu Boden glitt. Seine Kinnlade wirkte wie ausgerenkt, gelockerte Zähne bissen in die Unterlippe, aus Nase und Mund quoll Blut, die Augen waren glanzlos, stumpf.
Daniel betrachtete ihn kurz, dann blickte er wieder zu Lansky. Und er sprach, als habe es nicht die geringste Unterbrechung gegeben. »Bin gleichfalls allergisch — gegen mögliche Ballermänner.«
Lansky starrte ihn einen Moment lang an, blickte dann zu dem Leibwächter auf dem Fußboden. Den beiden anderen Männern in seinem Büro gab er ein Zeichen. »Schafft ihn raus und säubert ihn.«
»An Ihrer Stelle«, sagte Daniel, »würde ich einen Arzt kommen lassen. Der Junge hat ein Glaskinn. Hab doch gehört, wie's da geknackt hat. Wenigstens an drei verschiedenen Stellen.« Er bewegte sich auf einen Stuhl zu. »Sie haben doch wohl nichts dagegen, wenn ich mich setze.«
Lansky machte eine stumme Handbewegung. Sie warteten, bis sich die Tür schloß und sie allein waren.
»Okay«, sagte Daniel. »Was sollte das Ganze?«
»Tut mir leid«, erklärte Lansky. »Aber Sie wissen ja, wie das ist. Der wollte sich unbedingt beweisen.«
Daniel schüttelte den Kopf. »Und was hat er nun bewiesen? Einen Scheiß.«
»Er hat bewiesen, daß dies nicht der richtige Job für ihn ist«, sagte Lansky. »Für Leibwächter mit Glaskinn habe ich keine Verwendung.«
Daniel lachte. Doch dann klang seine Stimme plötzlich ernst. »Also gut, Spaß muß sein — oder? Sie wollten mich unbedingt sehen?«

Lansky kam sofort zur Sache. »Dieser allgemeine Fonds. Muß schon sagen, daß ich mich gekränkt fühle. Sie haben mir keine Beteiligung angeboten.«
»Ganz recht.«
»Aber ich bestehe darauf.«
»Gehört nicht zu unserer Abmachung«, sagte Daniel.
»Das behaupte ich ja auch nicht«, erwiderte Lansky. »Trotzdem möchte ich da einsteigen.«
»Lassen Sie's mich möglichst einfach erklären, Mr. Lansky. Wenn ich Sie nicht zum Mitmachen aufgefordert habe, so hat das seinen einfachen Grund: Ich möchte nicht, daß Sie mitmachen. Dies ist eine Sache, die absolut sauber bleiben muß.«
»Tun Sie nicht so naiv«, erwiderte Lansky. »Sie laden sich einen Haufen Ärger auf den Hals. Wir können Sie wegpusten, einfach so.« Er schnippte mit den Fingern.
Daniel lächelte. »Und was hätten Sie davon? Nichts. Jedenfalls nichts von diesem allgemeinen Fonds, den wir ansteuern.«
»Nun«, sagte Lansky. »Und was hätten Sie davon? Soviel ich weiß, ist Ihre Frau schwanger, während Ihr Ältester noch studiert.«
»Okay«, sagte Daniel leise, »dann darf ich die Frage wohl zurückreichen. Was bleibt Ihnen, Mr. Lansky? Ein Leben im Schatten. Inmitten von Leibwächtern mit einem Glaskinn — oder? Was schützt Sie im Grunde davor, in alle vier Windrichtungen gepustet zu werden? Bilden Sie sich wahrhaftig ein, immer nur von Getreuen umgeben zu sein? Was ist, wenn der Metzger oder der Krämer Waren liefert? Wenn der Elektriker kommt oder der Mann von der Telefongesellschaft — sind das samt und sonders Gewerkschaftsmitglieder! Zwanzig Millionen gibt es davon. Und wenn ich ein entsprechendes Wort fallenlasse, dann gibt es für Sie auch nicht die leiseste Chance, ihnen zu entkommen, es sei denn, Sie sterben vorher an natürlichen Ursachen.«
Lansky starrte ihn wortlos an. Daniel erhob sich. Schließlich schien sich Lansky zu fassen. »Ich bin in dieser Sache nicht allein. Ich muß mich mit meinen — äh — Partnern besprechen.«
Daniel musterte ihn. »Sie können Jiddisch, wie?«
Lansky nickte.
»Als ich vor vielen Jahren dieses Arbeiter-College in New York besuchte, schnappte ich so ein paar Redewendungen auf, die eigentlich alles ausdrückten. Und dies ist eine davon. Sagen Sie Ihren — Mitarbeitern oder Verbündeten, daß ich der Schabbes-Goj bin. Daß ich der einzige bin, der in den Augen der Öffentlichkeit

die Arbeiterbewegung so verkörpern kann, wie man sie am liebsten sehen möchte — als sauber und unanfechtbar. Bloß: Da möchte sich nach Möglichkeit keiner was versauen. Will schließlich keiner die Gans schlachten, die die goldenen Eier legt.«
»Weiß nicht, ob die mir das abkaufen werden.«
»Wenn sie's nicht tun«, sagte Daniel, »werden wir vielleicht beide Trauer tragen.«
Lansky musterte ihn nachdenklich. Schließlich huschte ein Lächeln über sein Gesicht. »Sind Sie wirklich sicher, daß Sie nicht Daniel Webster sind?«

13

Daniel blickte auf die Berichte, die sich auf seinem Schreibtisch häuften. Rasch blätterte er sie durch — und empfand so etwas wie ein Gefühl der Ausweglosigkeit. Schließlich legte er den Papierstapel auf den Schreibtisch zurück, schlug dann mit der Faust darauf. »Klappt nicht richtig. Himmelarsch noch mal.«
Moses und Jack starrten ihn an. Doch sie schwiegen. D. J. lehnte sich gegen die Wand und blickte zu seinem Vater. Es war Ende Juni, und Vorlesungen gab es erst wieder im Herbst.
»In den vergangenen zehn Tagen bin ich über sechstausend Kilometer gereist und habe in mindestens fünfzehn verschiedenen Gewerkschaftsbezirken gesprochen, mit mindestens acht- oder neuntausend Mitgliedern. Doch die Ausbeute war lausig. Ganze fünfhundertundsiebzig Leute haben sich bei uns eingeschrieben. Wie soll ich den Idioten bloß klarmachen, daß dies das beste Angebot ist, daß sie je hatten? Eine derart ehrliche Chance hat ihnen doch noch niemand offeriert!«
Moses versuchte zu beschwichtigen. »Stimmt wohl — ich meine, daß ein Prophet in seinem eigenen Vaterland nichts gilt.«
»Hilft uns auch nicht weiter«, sagte Daniel. »Wir brauchen wenigstens achtzigtausend bis hunderttausend eingeschriebene Interessenten.«
»Mußt halt dicker auftragen«, sagte Jack. »Die wollen doch, daß du ihnen das Blaue vom Himmel versprichst — und am Ende des Regenbogens dann noch einen goldenen Pott.«
»Entspricht nicht meinem Stil«, erklärte Daniel. »Ich bin kein Volksverführer.« Er biß das Ende einer Zigarre ab. »Was kommt als nächstes?«

»Große Sache«, versicherte Jack. »Detroit. Fünfzehntausend Teilnehmer erwarten wir diesmal. *Teamsters* und Automobilarbeiter. Die Sache wird sowohl vom Fernsehen als auch vom Rundfunk übertragen und kommentiert.«
Einen kurzen Augenblick kaute Daniel an seiner Zigarre. »Vielleicht sollten wir das Ganze lieber abblasen. Hab wirklich keine Lust, mich vom ganzen Land dabei beobachten zu lassen, wie ich auf den Arsch falle.«
»Vater.« D. J. trat auf den Schreibtisch zu. »Ich habe eine Idee. Ob's damit klappen wird, weiß ich allerdings nicht.«
Daniel drehte den Kopf. »Schieß los. Im Augenblick bin ich bereit, mir alles anzuhören.«
»Mag ja sein, daß dies keineswegs eine praktische Lösung ist«, sagte D. J. »Bloß — ich hatte da auch so einen Kursus über Kredit- und Abzahlungskäufe. Weißt schon — Autos, Mobiliar, Einrichtungsgegenstände und so weiter.« Daniel zeigte sich plötzlich interessiert. »Erzähle mir mehr.«
»Nun ja. Da wird also als Anzahlung und dann pro Woche oder Monat soundsoviel bezahlt, bis alles beglichen ist. Im selben Moment, wo der Vertrag abgeschlossen wird, kann der Verkäufer diesen einer Bank überlassen, wo er dann sofort sein Geld bekommt. Und dem Käufer bleibt die Ware.«
»Läßt sich nicht direkt vergleichen«, sagte Daniel.
»Mag schon sein. Trotzdem ergeben sich da gewisse Parallelen. Und du weißt genauso gut wie ich — vor einer Zahlung von hundert Dollar auf einen Schlag schreckt der Normalbürger zurück. Aber zwei Dollar pro Woche — das hört sich ganz akzeptabel an.«
Jack schaltete sich hastig ein. »Scheint mir, daß D. J. da ein gutes Argument hat.«
»Wir sind nicht darauf vorbereitet, die Sache auf eine solche Weise zu handhaben«, erklärte Daniel.
»Aber wir könnten es tun«, versicherte Moses. »Die zahlen jeweils an ihre Gewerkschaft, und von der kriegen wir allmonatlich unser Geld.«
»Richtig.« Jack nickte. »Und ich bin sicher — wenn wir das vertraglich jeweils richtig absichern, finden wir auch Banken, die uns da zu günstigen Bedingungen vorfinanzieren.«
Daniel steckte endlich seine Zigarre an und nickte wie für sich: Ja, das schien eine Möglichkeit zu sein. »Habe auch schon die Bank, die wir brauchen. Die Nationalbank in Washington. An der ist die Bergarbeitergewerkschaft nicht zu knapp beteiligt,

und sicher wird John L. Lewis dort für uns ein gutes Wort einlegen.«
Er blickte zu D. J. »Ist ein ausgezeichneter Vorschlag, Sohn.«
D. J. wurde rot. »Wollen erst mal abwarten, Vater. Wer weiß, ob's damit auch klappt.«
»Dafür müssen wir selber sorgen«, betonte Daniel. Er sah zu Jack. »Wie kommt's, daß die von Funk und Fernsehen sich so intensiv um diese Sache kümmern wollen?«
»Sie meinen, es sei eine interessante Story. Ist ja wohl das erste Mal, daß Gewerkschaftsmitglieder ihr Geld in einen Gemeinschaftsfonds einbringen, um auf dem kapitalistischen Markt zu investieren.«
Daniel musterte ihn. Und lächelte plötzlich. Aus seiner Stimme klang Zuversicht und Selbstvertrauen. »Klare Sache. Das geht glatt über die Bühne. Auch wenn die's noch nicht mal ahnen — sie geben uns eine Gelegenheit, das ganze Land zu organisieren.«

»Du bist nervös«, sagte Margaret, während sie zusah, wie er den Koffer packte, für die Reise nach Detroit.
Er holte tief Luft. »Wenn's nicht hinhaut, können wir die ganze Idee über Bord werfen. Und dann stehen wir wieder ganz am Anfang.« — »Wäre das wirklich so schlimm?« fragte sie. »Ich meine, wir kommen doch zurecht.«
Er sah sie an. »Du begreifst das nicht. Im selben Augenblick, wo man in der Arbeiterbewegung stillsteht, kann man auch das Handtuch werfen. Weil's dann nur noch Rückschritte gibt.«
»Aber es kommt doch genügend Geld ein — von den regulären Beitragszahlungen, nicht? Und davon können wir doch ganz angenehm leben.«
»Im Augenblick ist das so«, erklärte er. »Aber was glaubst du wohl, wie lange das so weitergehen wird? Früher oder später gibt's für uns von den Gewerkschaften keine Aufträge mehr. Und falls es uns bis dahin nicht gelungen ist, die anderen an uns zu binden, sind wir aus dem Geschäft. Ist ein Teufelskreis, aber nun mal nicht zu ändern: Nichts ist erfolgreicher als der Erfolg. In dem Augenblick, wo sich unsere Mitglieder zu fragen beginnen, wieso wir keine weiteren Mitglieder gewinnen, fragen sie sich auch, ob sie uns überhaupt brauchen. Und damit wären wir dann prompt und präzise erledigt.«
Er klappte den Koffer zu, und sie fragte: »Ist das für dich wirklich so wichtig, Daniel?«

»Ja«, erwiderte er. »Mein Leben lang habe ich davon geträumt, in der Arbeiterbewegung irgend etwas Bedeutsames leisten zu können. Bloß — immer wenn ich's versucht habe, flog mir die Scheiße um die Ohren. Um Politik ging's, immer und immer wieder um Politik. Ich hätte eine Ausgangsbasis, einen eigenen Bezirk gebraucht — hat ja jeder von denen seine Hochburg. Aber so was haben die mir nie überlassen. Weil ich seit jeher ein Einzelgänger war, der ihre Spielchen nicht mitspielte. Und genau davor hatten sie Schiß. Dies ist meine große Chance, sie alle auszumanövrieren. Und sie zu zwingen, mir zuzuhören. Das ist die einzige Sprache, die sie verstehen. Geld und Macht.«
Er nahm den Koffer und stieg die Treppe hinab. Sie folgte ihm. In der Diele setzte er den Koffer ab und ging ins Wohnzimmer. Dort nahm er die Flasche Whisky aus dem Sideboard und schenkte sich ein. »Was ist mit deiner Rede — hast du die schon fertig?« fragte sie.
»Nein. Muß noch dran arbeiten. Aber ich habe ja noch bis morgen nachmittag Zeit. Und bis dahin bin ich garantiert damit fertig.«
»Ich wünschte, ich könnte dich begleiten«, sagte sie.
»Wünschte ich auch.« Er trank wieder einen Schluck. »Aber lange wird's jetzt nicht mehr dauern. Nur noch zwei Wochen.«
»Kommt mir wie eine Ewigkeit vor.«
Er lächelte. »Ist schneller vorbei, als du denkst.« Kurz schwieg er, stellte das leere Glas auf den Tisch. »Du weißt, wie du mich notfalls erreichen kannst?«
Sie nickte. »Ich habe die Telefonnummer deines Hotels, und sie liegt direkt neben dem Apparat.«
»Ich werde dich anrufen und dich auf dem laufenden halten.«
»Und ich werde die Fernsehberichte im Auge behalten«, versicherte sie. »Jack hat mir gesagt, daß in den Abendnachrichten bestimmt was von deiner Rede sein wird.«
»Wollen's hoffen. Das Fernsehen übt auf die Menschen ja eine sonderbare Faszination aus.«
»Bestimmt hast du Erfolg«, erklärte sie.
»Du bist voreingenommen«, erklärte er und lächelte.
»Vielleicht. Doch ich bin fest davon überzeugt, daß du Erfolg haben wirst. Mach mir ohnehin schon genügend Sorgen, weil Frauen so auf dich fliegen. Und jetzt wird's damit doppelt so schlimm.«
Er lachte. »Mach dir da bloß keine Sorgen. Denke an die Lust von morgen.«

Sie stimmte in sein Lachen ein. »Kann's kaum erwarten. Ich glaube, wenn wir das erste Mal wieder miteinander schlafen, werde ich gar nicht aufhören können zu kommen.«
»Versprechungen, Versprechungen. Werde sie nicht vergessen.«
»Daniel.«
Er sah sie an. Ihre Stimme klang plötzlich sehr ernst. »Selbst wenn's nicht klappt damit — ist gar nicht so wichtig. Wir haben ja immer noch einander. Und ich brauche dich so sehr.«
Er küßte sie auf die Wange. »Das weiß ich, Baby. Und das ist einer der Gründe, warum ich dich liebe.«
Sie lächelte leise. »Schön, das aus deinem Munde zu hören. Bis vor kurzem hätte ich fast gedacht, dich interessiere nur mein schöner Körper.«
»Na, sicher. Der auch.« Er lachte. Von draußen ertönte der Klang einer Autohupe. »Der Wagen ist da. Ich muß jetzt los.«
Sie begleitete ihn zur Tür. Er nahm seinen Koffer. »Grüße D. J. und die anderen von mir«, sagte sie.
»Natürlich.« Er sah sie an. »Beinahe hätte ich's vergessen. Für den Fall, daß du Hilfe brauchst — Jack Haney bleibt hier in der Stadt. Zögere nicht, ihn gegebenenfalls anzurufen. Entweder erreichst du ihn im Büro oder unter seiner Privatnummer.«
»Ich dachte, er würde dich begleiten«, sagte sie.
»Wir mußten unsere Pläne in allerletzter Minute ändern. Er wartet auf einen neuen Vertrag von der Druckerei. Das muß nachgeprüft werden, und erst dann könnte er zur Versammlung kommen.«
»Da wirst du also nur D. J. und Moses bei dir haben?«
»Mehr brauche ich von hier ja auch nicht. Hoffa hat mir einige seiner Leute zur Verfügung gestellt.« Er beugte sich vor und küßte sie auf die Wange. »Paß gut auf dich auf. Übermorgen bin ich wieder hier.«
»Viel Glück.« Sie küßte ihn. »Und mache einen Bogen um miese Weiber. Ich liebe dich.«
»Ich liebe dich auch«, sagte er lachend.
Von der Haustür aus sah sie ihm nach, während er ins Auto stieg. Er beugte sich aus dem Fenster und winkte. Sie winkte zurück. Das Auto setzte sich in Bewegung und bog um die Ecke und verschwand. Einen Augenblick stand sie noch und starrte. Dann hörte sie das Läuten des Telefons und schloß die Tür und hob den Hörer ab.
Es war Jack Haney. »Ist Big Dan schon fort?«
»Gerade abgefahren.«

»Okay. Ich werde ihn anrufen, wenn er in Detroit ist.«
»Irgendwelche Probleme?«
»Nein. Eher so eine Art Sprachregelung, über die ich mich mit ihm einigen wollte.« Er zögerte einen Augenblick. »Werden Sie morgen zu Hause sein?« — »Ja.«
»Ich werde Sie anrufen. Um zu hören, wie es Ihnen geht. Big Dan hat mich gebeten, ein wenig auf Sie zu achten.«
»Hat er mir gesagt«, bestätigte sie — und zögerte jetzt ihrerseits. »Hören Sie, wenn Sie für morgen abend nichts Besonderes vorhaben, dann könnten Sie doch zum Essen kommen — und wir könnten ihn zusammen im Fernsehen sehen?«
»Möchte nicht, daß Sie sich so viele Umstände machen.«
»Ist doch weiter keine Mühe«, versicherte sie. »Mamie kümmert sich um alles — und ich fühle mich nicht so allein wie sonst, wenn er fort ist.«
»Okay«, sagte er. »Aber ich melde mich morgen noch mal — für den Fall, daß Sie's sich anders überlegen.«
»Werd's mir nicht anders überlegen.«
Er zögerte wieder. »Okay. Um welche Zeit soll ich kommen?«
»Paßt Ihnen sieben Uhr?«
»Werde dort sein«, erwiderte er. »Danke.«
Sie legte auf und ging nach oben ins Schlafzimmer. Langsam zog sie sich aus und griff nach ihrem Morgenrock. Ein unwillkürlicher Blick in den Spiegel zeigte ihr ihren dicken Bauch. Guter Gott, wie unförmig sah sie aus! Wenn nicht alles täuschte, so hatte sich ihr mächtiger Leib ein wenig gesenkt. Sie hüllte sich in den Morgenrock und kletterte so ins Bett, wo sie sich lang in die Kissen zurücklegte.
Daß sie Jack zum Abendessen eingeladen hatte, darüber freute sie sich. Zum erstenmal war niemand in der Nähe gewesen, als sie mit ihm sprach. Ein wirklich netter Mann schien er zu sein — ein wenig scheu vielleicht, was allerdings daran liegen mochte, daß sie die Frau seines Chefs war. Doch stets benahm er sich ihr gegenüber höflich und zuvorkommend. Was sich längst nicht von allen sagen ließ. Denn so mancher behandelte sie wie eines dieser cleveren jungen Mädchen, die ihren Sexappeal skrupellos ausnutzen, um einen älteren Mann an sich zu binden.
Fast hörbar ließ sie die Luft ab. Die konnten ihr alle mal. Wenn das Baby erst auf der Welt war, würde sie beweisen, wie sehr die sich irrten.

14

Daniel stand oben auf der Bühne in einem Seitenflügel der Versammlungshalle. Unten drängte und drängelte eine Masse von Menschen. Die Gewerkschaften der Bergarbeiter und der *Teamsters* hatten ausgezeichnete Arbeit geleistet. Ihre Mitglieder strömten nur so herbei. Jetzt war es an ihm, sie für sich zu gewinnen. Falls ihm das nicht gelang, falls er scheiterte, so war das ganz und gar sein persönliches Versagen.
Er warf einen Blick auf die Notizen in seiner Hand. Sie waren in Großbuchstaben getippt, auf Karteikarten mittlerer Größe. Jede einzelne Karte umfaßte einen thematischen Punkt. Sicherheit. Altersversorgung. Kapitalzuwachs. Zusätzliche Einkommensquellen. Weitere Vergünstigungen. Überdies ein für alle akzeptabler Beitragsplan. Zwei Dollar wöchentlich pro Einheit.
Ja, alles war beisammen. Falls er abblitzte, konnte er das niemandem sonst in die Schuhe schieben. Erfolg oder Mißerfolg — das würde er ganz und gar auf seine Kappe nehmen müssen. Er holte tief Luft.
Schon seit einer halben Stunde waren verschiedene Redner im Gange. Sie sprachen von diesem Allgemeinen Fonds; versuchten, den Zuhörern zu erklären, was es damit auf sich hatte. Der letzte Redner war der Vorsitzende eines der Bergarbeiterbezirke. Über die Lautsprecher drang seine Stimme bis zu Daniel.
»Und jetzt kommt der Mann, der euch mehr sagen wird über diese wunderbare Möglichkeit für uns alle, am Wachstum und am steigenden Wohlstand unseres Landes teilzuhaben; der Mann, dem wir diesen genialen Plan verdanken und dessen lebenslanges unermüdliches Wirken für die Gewerkschaftsbewegung allgemein bekannt ist; ein Mann, den ich voll Stolz meinen Freund nenne — der Präsident von CALL, Big Dan Huggins.«
Daniel betrat die Bühne. Mit einem strahlenden Lächeln kam ihm der Redner entgegen. Sie schüttelten einander die Hände, und der Redner sagte leise: »Zieh sie rüber, Big Dan. Wir haben sie schon ganz gut eingestimmt.«
Daniel lächelte und trat ans Rednerpult. Die Kärtchen mit den Stichworten plazierte er vor sich, in bequemer Entfernung. Dann hob er die Hand und winkte, quittierte lächelnd den Applaus. Schließlich drehte er die Handfläche nach außen, und allmählich ebbte der Beifall ab, im Saal wurde es still.
Einen Augenblick stand er schweigend, und aufmerksam betrachtete er die Menge. Über die Hälfte der Männer war noch in

Arbeitskleidung. Wahrscheinlich hatten sie ihre letzte Schicht gerade hinter sich. Die übrigen saßen ohne Jackett im Hemd: Draußen herrschte eine Temperatur von etwa 27 Grad. In dem Raum zwischen der vordersten Sitzreihe und der Bühne begannen sich die Fernsehkameras zu bewegen. Sie gingen für Daniel in Stellung.
Wieder blickte er zu den Zuhörern. Der Arbeiter. Irgendwie hatte er das Gefühl, jeden einzelnen zu spüren, ja, ihn fast buchstäblich zu berühren. Dies waren die Männer, mit denen er zusammen aufgewachsen war; mit denen er gegessen und getrunken hatte. Er fühlte sich eins mit ihnen allen und mit jedem einzelnen.
Er versuchte, sich auf seine Stichwortkarten zu konzentrieren. Doch es gelang nicht recht. Irgendwas stimmte nicht. Plötzlich schien er nicht mehr der Redner zu sein, der seinem Publikum eine praktikable Idee von sozialer Sicherheit verkaufen wollte. Nein, unversehens war er wieder ganz einer von denen: gehörte dazu. Und so wußte er, daß sie — so gut die Idee auch immer sein mochte — nicht gekommen waren, um sich irgendwelche Werbesprüche anzuhören. Sie waren gekommen, um ihn zu sehen. Sie waren gekommen, um ihn zu hören; und frisches Vertrauen zu schöpfen für die Gewerkschaftsarbeit. Im Grunde waren sie hier, um eines zu hören, und nur dies: daß er noch daran glaubte, daß er noch dafür eintrat.
Langsam streckte er die Hand aus und nahm die Kärtchen und hielt sie hoch, so daß alle sie sehen konnten. »Meine Brüder, meine Freunde. Auf diesen Karten stehen die Stichworte für die Rede, die ich halten sollte. Wie wichtig es für jeden von euch sei, sich uns anzuschließen. Welche Vorteile er davon hätte und was für ein beruhigendes Polster das Geld auch für euch sein könnte.«
Er schwieg einen Augenblick. »Aber ich habe es mir anders überlegt. Diese Rede werde ich nicht halten. Darauf verstehen sich andere weit besser als ich. Im übrigen hat ja jeder von euch beim Betreten des Saals ein Merkblatt erhalten, auf dem alles Wesentliche steht. Also kann ich euch und mir diese Rede ersparen.«
Er öffnete seine Hand und ließ die Kärtchen zu Boden flattern. Kurz blickte er darauf. Dann hob er den Kopf und sah wieder zu seinen Zuhörern. »Das bißchen Zeit, das uns miteinander bleibt, ist viel zu kostbar, um es darauf zu verschwenden. Ich möchte zu euch lieber über etwas sprechen, das ich für viel wichtiger halte — über etwas, das das Leben und die Alltagsexistenz eines jeden

einzelnen von uns tief beeinflußt — etwas, das ich die Herausforderung an die Demokratie nenne.«
Er unterbrach sich. Seine Augen glitten über die Gesichter seiner Zuhörer. Ja, dies waren Menschen von seinem Schlag. Er sprach weiter, sehr langsam, sehr deutlich.
»Ein Mensch kommt zur Welt, er arbeitet, er stirbt. Dann ist da nichts... Dies ist der Lebenslauf eines jeden von uns, die wir hineingeboren wurden in die Klasse derer, die arbeiten. Wir haben es hingenommen. Denn so war es ja schon immer gewesen.
Aber dann kam der Tag, es ist schon eine Weile her, wo sich eine Gruppe von Männern zusammensetzte, um ein paar Grundsätze aufzuschreiben. Die Sache, um die es dabei ging, nannten sie Demokratie, und sie sprachen von gleichen Rechten für alle Menschen, unabhängig von Rasse oder Herkunft. In diesem Ziel liegt die Herausforderung der Demokratie — und an die Demokratie. Denn es ist ja immer viel leichter, ein Ideal aufzustellen, als es zu verwirklichen.
Der Versuch der Verwirklichung wird zum Kampf, und dieser Kampf ist unser Kampf. Denn wir sind die Menschen, die arbeiten, und wir sind es, die sich der Herausforderung der Demokratie stellen müssen.«
Er schwieg ein oder zwei Sekunden. Langsam glitt sein Blick über seine Zuhörerschaft.
»Meine Brüder, wir haben Gewerkschaften gegründet, um unsere Lebensbedingungen zu verbessern. Es scheint an der Zeit, die Gewerkschaften zu verbessern und neue zu gründen, um den Bedürfnissen jener gerecht zu werden, die sie brauchen. Doch die gewerkschaftliche Bewegung ist längst nicht die einzige Antwort auf die Herausforderung. Ja, die eigentliche Antwort liegt im Leben. Wir verdienen mehr als bloß Geburt, Arbeit und Tod. Denn die Welt, in der wir leben, ist auch unsere Welt. Und jeder von uns muß in ihr seine Spur hinterlassen, durch sein Tun. So daß sich alle seiner erinnern, für immer. Damit er niemals vergessen werde.«
Er griff nach dem Wasserglas auf dem Pult. Im Saal herrschte tiefe Stille, und für einen Augenblick hatte er das Gefühl, sie begriffen überhaupt nicht, was er ihnen zu sagen versuchte. Dann jedoch wurde Beifall laut, rollte über ihn hinweg wie eine Woge, und er wußte, daß er sie erreicht hatte.
Er hob die Hand, und der Applaus ebbte ab.
»Wir sind Kämpfer in einer Schlacht. Diese Herausforderung an

die Demokratie, wir müssen sie schaffen — und gleichzeitig müssen wir uns ihr stellen. Denn nur, wenn wir unsere eigenen Ziele verstehen, werden wir imstande sein, anderen bei der Erreichung ihrer Ziele zu helfen.«
Wieder scholl Beifall auf. Er hob die Hand. »Genau darauf kommt es an. Genau das müssen wir tun. Füreinander so besorgt sein wie für uns selbst . . .«
Über eine Stunde stand er oben auf der Rednertribüne. Von entschwundener Jugend sprach er und von verlorenen Träumen, vom Glauben, den niemand mehr teilte. Und dann erzählte er ihnen von seinem Traum. Von dem Traum von der Zukunft. Von dem Traum von einer Welt, die sie — und nur sie — Wirklichkeit werden lassen konnten, weil es ja auch ihr Traum war. Und die einzige Möglichkeit, den Traum zu verwirklichen, bestehe darin, die Herausforderung anzunehmen. Seien sie dazu nicht bereit, so legten sie die Verantwortung für ihr Leben in andere Hände — und würden bald wieder dort stehen, wo alles inzwischen Erreichte zweifellos verloren sei, unwiederbringlich verloren.
Er brach ab, und nirgends rührte sich Beifall. Langsam drehte er sich um und begann, die Bühne zu verlassen. Und plötzlich brach es los. Wie eine donnernde Brandung rollte es über ihn hinweg. Der Applaus. Ein Applaus von gewaltigen Dimensionen. Sprechchöre, die immer und immer wieder riefen: »Big Dan! Big Dan! Big Dan!« Er drehte den Kopf, blickte zurück. Und dann sahen sie, wie ihm die Tränen über die Wangen rollten. Das Sprechen fiel ihm schwer. »Danke! Ich danke euch!«
Als er dann hinter die Bühne kam, herrschte dort ein sonderbares Schweigen. Nichts war zu sehen vom üblichen Händeschütteln, vom begeisterten Schulterklopfen. Statt dessen spürte er eine eigentümliche Fremdheit, ein Mißtrauen. Jene Männer, die zuvor so zuversichtlich vorausgesagt hatten, er werde allein aufgrund dieser Versammlung eine runde halbe Million Dollar an Beiträgen einkassieren können, die hatten starre Gesichter, und ihre Mienen sprachen Bände: Er hatte die Sache vermasselt.
Während der Rückfahrt zum Hotel verhielten sich sogar Moses und D. J. betont schweigsam. Die Suite, die man dort gemietet hatte, war sehr geräumig — wegen des ursprünglich angesetzten Treffens mit den lokalen Gewerkschaftsgrößen, die eigentlich hierher kommen sollten — nach erfolgreicher Massenversammlung.
Still fuhren sie im Fahrstuhl hinauf, betraten die leere Suite; und

dann stand Daniel inmitten des großen Wohnzimmers und starrte auf die Vorbereitungen, die getroffen worden waren für den Empfang. Dort war die stattliche Bar, und auf den Tischen häuften sich die Sandwiches für die Männer, bei denen man mehr voraussetzen durfte als nur Appetit: Sie würden Kohldampf haben, einen wahren Wolfshunger.
Würden gehabt haben.
Er blickte zu Moses.
»Ist wohl das beste, wenn du denen vom Hotel mitteilst, daß sie dies wieder abräumen sollen. Ich werde sofort darangehen, meine Sachen zu packen. Hat ja keinen Zweck, noch länger hierzubleiben. Mal sehen, ob ich noch einen Flug erwische, der mich heute abend nach Hause bringt.«
Moses nickte wortlos.
»D. J., kümmere dich um Zeitungen und sonstige Papiere. Auszusortieren brauchst du sie allerdings nicht. Pack das ganze Zeug zusammen und laß es hier. Wir werden den Kram jetzt wohl nicht mehr brauchen.«
»Ja, Vater.«
Das Telefon begann zu läuten, während er in sein Schlafzimmer ging. Er zog die Tür hinter sich zu, und das Läuten war nicht mehr zu hören. Müde sackte er auf die Bettkante. Weshalb, zum Teufel, hatte er sich darauf eingelassen? Praktisch hatte er die Zügel in den Händen gehalten. Und alles wieder fortgeworfen. Für nichts und wieder nichts. Bloß, um denen zu sagen, wie er wirklich empfand: Etwas, das sie zweifellos bereits vergessen hatten, noch bevor sie sich an diesem Abend zum Dinner hinsetzten. Wie nur, Teufel noch mal, hatte er nur so verblendet sein können, an seine eigenen Worte zu glauben, als handele es sich um etwas Wichtiges? Ideale — das waren schöne Worte. Nur: Menschen bewegten sie schon lange nicht mehr. Nicht einmal solche, die eigentlich an sie glaubten. Macht und Moneten — einzig dies war noch der Glaube, der alle erfüllte.
Die Schlafzimmertür ging auf, und Moses steckte den Kopf herein. »Der Präsident möchte dich sprechen«, sagte er leise.
»Der Präsident?« fragte Daniel wie benommen.
»Jawohl, der Präsident der Vereinigten Staaten«, erklärte Moses.
Daniel starrte ihn an. Dann drehte er sich herum und griff nach dem Telefonhörer an der Seite des Betts. »Hallo.«
Eine Frauenstimme erklang. »Mr. Huggins?«
»Ja.«

»Nur noch einen Augenblick, für den Präsidenten der Vereinigten Staaten.«
Es klickte in der Leitung, und dann ertönte Eisenhowers vertraute Stimme. »Mr. Huggins, ich rufe an, um Ihnen zu Ihrer großartigen Rede zu gratulieren. Ich habe sie gerade im Fernsehen verfolgen können.«
»Ich danke Ihnen, Mr. President.«
»Es handelte sich um eine großartige Bestätigung all jener Grundwahrheiten, die Amerika so groß gemacht haben. Um eine Wiedereinsetzung all jener Ideale, mit denen wir aufgewachsen sind: um Ideale, welche die Begrenzung durch die Arbeiterschaft längst durchbrochen haben, so daß sie alle Amerikaner erreichen, die ihr Land — und ihre Landsleute — lieben. Sie haben wahrhaftig nicht nur für sich gesprochen — oh, nein, Sie haben auch für mich gesprochen. Und ich wäre sehr stolz, wenn ich Ihre Rede gehalten hätte.«
»Vielen Dank, Mr. President.«
»Nochmals meinen Glückwunsch, Mr. Huggins. Goodbye.«
Die Leitung in Daniels Hand war plötzlich tot. Er hob den Kopf und sah, daß Moses und D. J. im Türrahmen standen. »Dem Präsidenten hat's gefallen«, sagte er verwundert.
Und dann schienen alle Telefone in der Suite auf einmal zu läuten, und gleichzeitig quoll ein Strom von Menschen herein.

Irgendwann, während er noch sprach, begannen die Wehen. Sie saßen im Wohnzimmer und beobachteten ihn auf dem Fernsehschirm.
Jack musterte sie überrascht. »Die Rede, die er da hält — das ist nicht die Rede, die wir ausgearbeitet haben. Hat er gesagt, daß er sie umkrempeln wollte?«
Sie schüttelte den Kopf. »Er hat mir nie etwas gesagt über seine Reden. Und so kann ich mich dazu auch nicht äußern. Ich meine, ob sie anders sind als geplant — oder was.«
Wenige Minuten später setzte zum erstenmal der Schmerz bei ihr ein. Wie der Stich eines Messers schien es ihren Leib zu durchschneiden. Mit aller Macht nahm sie sich zusammen. Es war ihr peinlich, daß Jack sie so sah. Sie atmete tief, und der Schmerz verschwand.
Zwei Minuten später war er wieder da. Stärker als zuvor. Unwillkürlich keuchte sie; beugte sich auf ihrem Sessel vor.
Jack betrachtete sie aufmerksam. »Alles in Ordnung?«
Sie fühlte den Schweiß auf ihrem Gesicht. »Das Baby. Ich glaube,

es kommt. Rufen Sie den Arzt. Seine Nummer ist direkt neben dem Apparat vermerkt.« Jack sprang auf. »Mamie«, rief er. Die Negerin erschien im Eingang. »Ich glaube, Mrs. Huggins' Baby kommt. Bleiben Sie bei ihr, während ich den Arzt anrufe und ihn frage, was wir tun sollen.«

Die Hotelsuite glich jetzt einem Tollhaus. Woher sie auf einmal alle herbeigeströmt waren, diese Leute, wußte er nicht. Doch da waren sie nun einmal, und sie schienen geradezu außer sich. Über eine Million war inzwischen hereingeflossen, und wenn nicht alles täuschte, so kam da immer noch mehr.
»Du raffinierter Hund«, sagte der Redner, der Daniel den Zuhörern vorgestellt hatte. »Hast uns alle gewaltig angeführt — während wir dachten, du hättest sie nicht mehr alle, wußtest du von vornherein, wie's aussehen mußte, dein Erfolgsrezept.«
Moses trat auf ihn zu, in der Hand ein Bündel Telegramme. »Hagelt nur so. Anrufe und Telegramme. Aus dem ganzen Land. Und alle wollen dich. Dave Dubinsky in New York (für eine Massenveranstaltung im Madison Square Garden) ebenso wie Harry Bridges, der möchte, daß du zu den Schauerleuten in San Francisco sprichst. Sogar George Meany hat ein Glückwunschtelegramm geschickt und Unterstützung gelobt für all unsere gemeinnützigen Ziele und Zwecke.«
Plötzlich fühlte sich Daniel sehr müde. Durch das überfüllte Wohnzimmer drängte er in Richtung Schlafzimmer. Er kam an einem hochgewachsenen Mann vorbei, der, offensichtlich betrunken, Daniel begeistert auf die Schulter klopfte. »Big Dan«, sagte er, »wenn du nur willst, kannst du der nächste Präsident der Vereinigten Staaten sein.«
Er schlüpfte in das Zimmer und schloß die Tür hinter sich. Dann ging er zum Bett und setzte sich auf den Rand. Was er jetzt unbedingt brauchte, war ein paar Minuten Ruhe. Passiert war ja nicht allzuviel. Die Höhen und Tiefen hatten ihn erschöpft. Die Tür ging auf, und D. J. trat ein.
»Alles in Ordnung, Vater?«
»Nur ein bißchen müde, Sohn.«
»War eine brillante Idee, Vater«, versicherte D. J. »Instinktiv hast du gewußt, wie du's denen am besten verkaufst. Ich glaube, keiner von uns ahnte auch nur im mindesten, wie er's hätte anstellen müssen, um einen ähnlichen Erfolg zu erzielen.«
Daniel musterte ihn. Guter Gott, die begriffen noch immer nicht. Selbst D. J. meinte, es habe sich um einen raffiniert ausgeklügel-

ten Plan gehandelt. Er schwieg. Das Telefon an der Seite des Betts begann zu läuten. Mit einer Handbewegung bedeutete er D. J., er solle abheben.
D. J. hob den Hörer ab. »Ist für dich, Vater. Jack Haney.«
Daniel nahm den Hörer. »Ja, Jack?«
»Margaret bekommt das Baby. Ich habe sie gerade ins Krankenhaus gebracht. Dort befindet sie sich jetzt im Kreißsaal.«
»Alles in Ordnung bei ihr?«
»Der Doktor hat gesagt, alles in bester Ordnung. Absolut normal. Mit dem Baby kann's jeden Augenblick soweit sein.« Am anderen Ende der Leitung hörte Daniel ein Knackgeräusch, dann Jacks Stimme. »Warte einen Moment.« Danach undeutliche Laute. Wieder erklang Jacks Stimme. »Ist ein Junge, Daniel«, rief er erregt. »Runde sechs Pfund. Gratuliere.«
Daniel holte tief Luft. »Ich werde mich sofort aufmachen. Sag Margaret, daß ich noch heute abend bei ihr bin.« Er legte auf und blickte zu D. J. »Du hast einen Bruder«, sagte er.
D. J. lächelte breit. »Meinen Glückwunsch.« Er packte die Hand seines Vaters, hielt sie. »Ich freue mich für dich. Wirklich.«
»Hol Moses«, beschied ihn Daniel. »Ich möchte ihm sagen, daß ich sofort zurückkehre. Ihr beide bleibt hier und wickelt das Ganze ab.«
Gerade als Daniel seinen Koffer schloß, kamen Moses und D. J. ins Zimmer zurück. »Ich werde durch die Schlafzimmertür hinausschlüpfen. Fällt bestimmt keinem auf.«
Moses nickte, grinste. »Gratuliere, Daniel.« Er deutete auf den Koffer. »Den brauchst du nicht mitzunehmen. Wir können ihn morgen mitbringen.«
»Gute Idee«, sagte Daniel. Er ging zur Tür. »Ich werde mit einem Taxi zum Flughafen fahren.« Er öffnete die Tür, trat auf den Korridor hinaus, und sie folgten ihm.
Vor dem Haupteingang zur Suite lungerten etwa zehn oder zwölf Männer herum. »Und es kommen noch immer mehr«, erklärte Moses. »Du fährst also besser in einem Fahrstuhl auf der anderen Seite hinunter.«
Daniel nickte. Aber noch während er sich fortdrehte, klickte plötzlich ein Bild in seinem Gehirn. Er zuckte zurück, und seine Hand langte nach seiner Pistole. Mit der anderen Hand stieß er Moses schroff in den offenen Türrahmen zurück. Moses krachte gegen D. J., und beide stolperten ins Zimmer zurück — im selben Augenblick, als der erste Schuß erklang.
Daniel fühlte den Schlag gegen den Solar Plexus, er hatte das

Bild des Blonden noch genau vor Augen. Angestrengt versuchte er, seine Pistole in Schußposition zu bringen. Dann knallte der zweite Schuß und zwang ihn in die Knie. Jetzt hielt er die Schußwaffe, hielt sie mit beiden Händen. Und er brauchte all seine Kraft, um den Abzug durchzukrümmen. Dann explodierte das Bild des Blonden: Sein Gesicht verschwand inmitten einer Detonation, einer zweiten Detonation, während er wie besinnungslos rückwärts taumelte — eine Masse von Knochen und Blut wirbelte, und er stürzte besinnungslos zu Boden.

»*Ich sterbe, mein Sohn. Und du wirst geboren. Ich werde dich niemals sehen. Wir werden einander niemals kennen.*«
»*Diesmal wirst du nicht sterben, Vater. Ich bin gerade gekommen. Der Zukunft wegen. Und du bist nach wie vor hier, Vater.*«
»*Du wirst meine Träume haben, mein Sohn.*«
»*Ich werde auf sie warten, Vater. Doch du wirst mir den Weg weisen müssen.*«

Er wand sich wie durch ein Labyrinth aus Schmerz. Deutlich spürte er die Hände, die ihn auf eine Bahre legten. Und als er die Augen öffnete, sah er gerade noch, wie die Tragbahre hochgehoben wurde, und er bemerkte D. J. und Moses, die sich besorgt über ihn beugten. Mit Mühe brachte er ein schwaches Lächeln zustande. »Ich komme mir dämlich vor. Auf irgend etwas in dieser Art hätte ich wohl gefaßt sein müssen.«
»Nur mit der Ruhe, Vater«, sagte D. J. »Du wirst bald wieder okay sein. Der Arzt hat gesagt, so richtig ernst sei keine einzige deiner Wunden.«
»Weiß ich.« Daniel nickte schwach. »Das hat mir dein kleiner Bruder bereits mitgeteilt.«

Jetzt

Wie gut sie mir doch tat, die frische Oktoberluft, mit der ich meine Lunge füllte. Rund um uns, überall auf den Hügeln von Westvirginia, glühte es rot und gold und orange — das fallende Herbstlaub. Und so manches Blatt verharrte noch zitternd oben im Gezweig. Wir erklommen die Hügelhöhe. »Hier«, sagte ich.
Christina lenkte den weißen Rolls dicht an den Straßenrand. Sie sah mich an. »Ist dies wirklich das, was du tun möchtest?«
»Ja. Das habe ich mir fest vorgenommen, bevor ich nach Hause zurückkehre.« Vom Rücksitz nahm ich meinen Schlafsack. »Ich habe Blumen gepflanzt«, sagte ich und stieg aus.
»Morgen früh um acht Uhr«, sagte sie. »Da werde ich wieder hier sein, um dich abzuholen. Verspäte dich nicht. Du hast deiner Mutter versprochen, rechtzeitig zur Hochzeit zu Hause zu sein.«
Mutter und Jack wollten morgen abend heiraten, in unserem Haus. Und die Zeremonie sollte vorgenommen werden von Richter Paul Gitlin, in dessen Büro Jack einmal gearbeitet hatte. Der Richter kam zu diesem Zweck eigens aus der Stadt.
»Werde mich nicht verspäten«, versicherte ich, während ich mir die Traggurte des Schlafsacks über die Schultern streifte.
»Hast du auch alles, was du brauchst?« fragte sie.
Ich lächelte. »Ich habe meine Zahnbürste. Ist ja nur für eine Nacht, Christina.«
Und dann wartete ich, bis der weiße Rolls-Royce hinter dem Hügel verschwunden war, bevor ich die Straße überquerte. Ich kletterte über die Umzäunung auf der anderen Seite und stieg dann langsam den Hang hinunter. Was Christina betraf: Sie hatte in einem Motel auf der anderen Seite von Fitchville für diese Nacht ein Zimmer reserviert. Sehr lange brauchte ich diesmal nicht nach dem Pfad zu suchen. Ich kannte den Weg.
In knapp einer Stunde war ich bei dem kleinen Friedhof oben auf der Anhöhe. Betty May hatte Wort gehalten. Überall waren Blu-

men. Sie säumten den Friedhof, sie schmückten die Gräber: sattes Rot und Gelb und Blau und Purpur, das dem Himmel entgegenzulächeln schien. Lange stand ich, in Betrachtung versunken. Und irgendwie wirkte alles gar nicht mehr so vergessen und verloren.
Ich blickte den Hügel hinab. Im Wind des Nachmittags bogen sich die kahlen Stiele auf dem Maisfeld. Und von unten her, vom winzigen Schornstein des Hauses, wehte ein schwaches Rauchwölkchen herbei. Nicht weit von der Haustür sah ich den kleinen, verstaubten Lieferwagen.
Während ich noch starrte, trat Jeb Stuart aus dem Haus; er blieb stehen und sah sich um. Sein Blick glitt auch die Anhöhe empor, er entdeckte mich und winkte. Mit breitem Grinsen begrüßte er mich, während ich tiefer stieg, und öffnete dann die Tür. Es war der Wind, der seine Stimme zu mir herübertrug. »Betty May! Jonathan ist wieder da!«
Sie tauchte hinter ihm im Eingang auf und blieb dort stehen, winkend und lächelnd. Irgendwie wirkte sie verändert. Doch erst als ich näher kam, begriff ich, was es war. Sie war jetzt schlanker, der große Bauch war verschwunden.
Jeb Stuart stieg die Stufen herunter und schüttelte mir überschwenglich die Hand. »Ja, wie geht's denn, Jonathan? Ja, wie denn?«
Ich lächelte ihn an. »Schön, Sie wiederzusehen, Jeb Stuart.«
»Wir haben praktisch jeden Tag auf Sie gewartet«, versicherte er. »Glaubte schon fast, Sie hätten uns vergessen.«
»Aber woher denn«, sagte ich und blickte zu Betty May. »Gratuliere. Darf ich die hübsche Mutter küssen?«
»Na, klarer Fall«, sagte er.
Ich stieg die Stufen hinauf und küßte Betty May auf beide Wangen. »Wunderschön sehen Sie aus. Ist die Kleine auch so hübsch wie Sie?«
Betty May wurde rot. »Woher wußten Sie, daß es ein Mädchen ist?«
»Hab's halt gewußt«, sagte ich. »Aber Sie haben meine Frage noch nicht beantwortet.«
»Und ob sie hübsch ist«, erklärte Jeb. »Ihrer Ma direkt aus dem Gesicht geschnitten. Aber kommen Sie und sehen Sie selbst.«
Ich folgte beiden in die Hütte. Allerdings, jetzt glich das Ganze eher einem kleinen Haus, einem Zuhause. An den Fenstern waren Vorhänge, das Mobiliar war repariert, teils frisch gestrichen; eine Art Schiebewand trennte das Schlafquartier vom übrigen

Teil, und auf dem Tisch sowie auf Holztruhen standen die neuen Sturm-Petroleumlampen.
Betty zog die Zwischenwand, einen Vorhang, zurück. »Dort ist sie«, verkündete sie stolz.
Das Baby lag in einer altmodischen Wiege — selbstgemacht, teils aus den Brettern eines Whiskyfasses, sodann weiß angestrichen und auf den üblichen Einheitsstützen ruhend. Ich beugte mich über die Wiege. Das kleine, rote Gesicht wirkte im Schlaf affengleich verschrumpelt. Die Hände waren zu winzigen Fäusten geballt, und das fast weiße Haar ließ die Kleine geradezu kahlköpfig erscheinen. »Und ob sie hübsch ist«, sagte ich. »Wie alt ist sie denn jetzt?«
»Sechs Wochen«, erwiderte Betty May. »Sie kam am Tag, wo wir mit der Ernte fertig waren.«
»Fast, als ob sie gewußt hätte, daß sie vorher nicht kommen durfte, damit Betty May noch bis zum Ende bei der Ernte mithelfen konnte«, sagte Jeb Stuart.
»Haben Sie schon einen Namen für sie?« fragte ich.
»Wir haben hin und her überlegt. Aber uns noch nicht entschließen können. Wir möchten sie nach Fitchville bringen und dort richtig taufen lassen«, sagte Betty May. »Bis jetzt nennen wir sie nur so — Baby.«
Ich lächelte. »Ist gut genug. Ich habe ein Geschenk für sie mitgebracht.« Zur Tür zurückgehend, rollte ich meinen Schlafsack auf. Darin befand sich eine Schachtel, die Christina für mich in einem Geschäft auf der Worth Avenue gekauft hatte. Ich gab die Schachtel Betty May.
»War nu aber wirklich nich nötig«, sagte sie.
»Machen Sie nur auf«, drängte ich.
Sorgfältig wickelte sie die Schachtel aus dem Einschlagpapier. »Is so schön, das Papier, werd's aufheben«, erklärte sie und hob den Deckel hoch. In der Schachtel lag eine komplette Babyausstattung — Kleidchen, Mützchen, Söckchen, Stiefelchen sowie Laken und Decke und Kissen, alles rosa. Betty May blickte zu mir, dann wieder in die Schachtel. »Is ja alles so wunderschön. So was Feines hab ich noch nie gesehn.«
»Ist für sie, daß sie's bei der Taufe trägt«, sagte ich.
Jeb Stuart stand dort, schweigend. Dann berührte er meinen Arm, und ich drehte mich zu ihm herum. »Betty May und ich, also auf so Wörter verstehn wir uns nich weiter, aber wir möchten, daß Sie wissen, daß wir mächtig dankbar sind, Jonathan.«
»Ja, genau«, stimmte Betty May ein, und im selben Augenblick

kam von der Wiege ein Schrei. Betty May reagierte sofort. »Das ist die Zeit, wo sie genährt wird. Da ist sie pünktlich wie ein Wecker.«
Während sie zur Wiege ging, folgte ich Jeb Stuart nach draußen. »Läuft alles wunschgemäß?« fragte ich.
»Ja, bestens«, versicherte er. »Die Ernte war wirklich gut. Hab die Maische praktisch nur in die Fässer reinzutun brauchen, alles andere kam so gut wie von selbst. Im Wald lagern jetzt dreißig Fässer echte Spitzenqualität, daß sie so'n gutes Alter kriegen. Könnt ja auf der Stelle hundert Fässer losschlagen. Aber ich halt sie zurück bis nächstes Jahr. Da krieg ich dann vielleicht das Doppelte. Oder noch mehr.«
»Aber . . .«
»Nun ja, so zehn Fässer werde ich wohl bald abstoßen, damit wir über den Winter kommen. Im kommenden Frühjahr kommt dann der Rest dran.«
»Klingt vernünftig«, sagte ich und holte ein Zigarettenpäckchen hervor. Er nahm eine, und ich riß ein Streichholz an. »Mal wieder was vom Sheriff gehört?«
Er schüttelte den Kopf. »Kein Wort. Ich dachte immer, er würde mal aufkreuzen. Hat's aber nie getan.«
»Diese gerichtliche Verfügung — hat er die, wie versprochen, unter den Tisch fallen lassen?«
»Nehm's an«, erwiderte er. »Aber das spielt jetzt weiter keine Rolle. Meine frühere Frau hat die Scheidung durchgesetzt und inzwischen irgend so 'nen Ladenbesitzer geheiratet. Also, wenn wir nach Fitchville fahren, um das Baby taufen zu lassen — da meine ich, da ist alles klar, daß Betty May und ich uns richtig trauen lassen können.«
»Klappt ja auch alles, wie?« fragte ich.
»Und ob«, erwiderte er. »Wär aber alles für die Katz gewesen, wenn wir Sie nicht hier gehabt hätten, wo der Sheriff plötzlich auftauchte.«
»Ist ja nun vorbei«, sagte ich.
»Wollen Sie noch 'n Weilchen bleiben?« fragte er.
»Bloß über Nacht. Gleich morgen früh geht's weiter. Morgen abend muß ich zu Hause sein.«
»Vielleicht könn' Sie zurückkommen, zur Taufe. Ich und Betty May, also wir wär'n mächtig stolz, wenn Sie 'n Taufpaten machen würden.«
Irgendwie saß mir plötzlich ein Kloß in der Kehle. »Soll mir eine Ehre sein. Sagen Sie mir das Datum, und ich bin zur Stelle.«

Aus der Tür hinter uns tauchte Betty May hervor. »In 'ner halben Stunde is Abendbrot fertig.«
»Na, gut.« Jeb Stuart erhob sich. »Wollen Sie sich das da oben mal ansehen — die Destillationsanlage, Sie wissen schon?«
Ich nickte. Wir folgten dem fast unsichtbaren Pfad durch den kleinen Wald. Alles war so, wie ich es in Erinnerung hatte, mit einem Unterschied. Die Holzfäßchen, in mehreren Schichten übereinander, standen jetzt gegen aufgestapelte Klafter gelehnt. Sorgfältig zog Jeb Stuart eine Plane über die Fäßchen.
»Soll mir nicht feucht werden, das Holz«, erklärte er.
Ich trat zum Bach, schöpfte eine Handvoll Wasser und ließ es mir übers Gesicht rinnen. Kühl war es, kühl und süß.
»Nächstes Jahr, wenn ich das Geld hab, leg ich 'ne Rohrleitung von hier zur Hütte unten, fürs Wasser«, sagte Jeb.
»Gute Idee.« Ich ging zum Destillierapparat zurück. Draußen begann es, dunkel zu werden. Hinter dem Apparat, an der einen Wand des Schuppens, sah ich ein Regal. »Dort hatte mein Großvater immer eine Schußwaffe liegen, ganz oben.«
Jeb Stuart starrte mich an. »Woher wissen Sie 'n das?«
Ich zuckte mit den Achseln.
»Ich weiß es halt.«
Er trat zum Regal und streckte die Hand zum obersten Fach. »Da liegt auch bei mir immer eine«, sagte er. »Aber eine, wie sie Ihr Großvater bestimmt noch nicht gehabt hat.«
Es war ein automatisches Gewehr, mit bereits eingeführtem Magazin. »Wo haben Sie denn das Ding her?« fragte ich verblüfft.
»Ein Freund von mir war in Vietnam. Dem hab ich's für zehn Dollar abgekauft. Mitsamt vier Magazinen, wo jedes dreißig Patronen hat.« Er richtete den Lauf der Waffe nach unten, fuhr dann jedoch blitzschnell herum und tat, als drücke er ab. »Bab-bab-bab-bab! Das fetzt 'n Mann glatt mittendurch.«
Ich schwieg.
»Diesen Whisky kriegt kein *Hijacker* nich«, sagte er.
Ich spürte ein Frösteln.
»Gehen wir zurück.«
»Okay.« Er legte das Gewehr wieder ins Regal, und wir gingen den Hügel hinab.
Zum Abendessen gab es Rauchfleisch, Blattgemüse und Bohnen. Als Nachtisch warme Maismuffins und dampfenden schwarzen Kaffee. »Tut mir leid, daß wir nix Besseres für Sie haben«, erklärte Betty May. »Aber seit's Baby da is, sind wir nich mehr unten gewesen in Fitchville.«

»War doch ein feines Essen«, versicherte ich. »Richtig gut.« Ich nahm meinen Schlafsack. »Werd mich jetzt hinhauen. Muß schon früh wieder am *Highway* sein.«
»Is aber nich nötig, daß Sie im Freien schlafen«, sagte Jeb Stuart. »Sie könn' sich hier aufm Fußboden langmachen, wo wir jetzt doch den Zwischenvorhang haben.«
»Ist schon okay«, behauptete ich.
»Nein, is es nich«, erwiderte Betty May mit Entschiedenheit. »Is jetzt ja nich mehr Sommer, und aufm Boden draußen is es kalt und feucht. Da würden Sie sich 'n Tod holen.«
»Sie hörn, was die Dame des Hauses sagt.« Jeb Stuart lächelte. »Machen Sie sich also mit Ihrem Schlafsack hier auf dem Fußboden lang — beim Herd, wo's schön warm is.«
Erst als ich hineingekrochen war in den Sack und die herbeiflutende Wärme spürte, wurde mir bewußt, wie verdammt müde ich doch war. Ich schloß die Augen — und in derselben Sekunde war ich auch schon weg.
Ich fühlte die Hand auf meiner Schulter und öffnete die Augen. Jeb, an meiner Seite kniend, beugte sich über mich. Im grauen Licht, kurz vor Morgenanbruch, konnte ich ihn kaum erkennen. Doch ich sah, daß er einen Finger gegen seine Lippen preßte: das Zeichen, ich solle schweigen. Plötzlich war ich hellwach. Ich setzte mich auf.
»Da sind so fünf Männer und 'n Kleinlaster«, sagte er leise. »Gut 'n Kilometer von hier, unten auf der Straße.«
»Und was für Leute sind das?«
»Keine Ahnung. Könnten welche von der Steuerfahndung sein. Oder auch *Hijacker*. Ich hörte so Geräusche, und da bin ich raus, um nachzusehen.«
»Was tun die dort?«
»Im Augenblick gar nichts. Stehen nur so rum und scheinen auf wen zu warten.«
»Auf den Sheriff vielleicht?«
»Könnte schon sein. Jedenfalls geh ich auf Nummer Sicher. Wir werden machen, daß wir hochkommen zum Schuppen. Weiß außer uns ja keiner, wo der is.«
Ich kroch aus dem Schlafsack und zog mir die Schuhe an. Mehr brauchte es nicht: Ich hatte in meinen Kleidern geschlafen. Auf der anderen Seite des Raums hatte Betty May das Baby inzwischen in Decken gewickelt.
Sie blickte zu uns. »Fertig«, sagte sie mit ruhiger Stimme.
Jeb nickte. »Wir werden durchs Hinterfenster steigen. Könnt ja

sein, daß wer inzwischen die Vordertür beobachtet. Is besser, nix zu riskieren.«
Wir gingen zu dem Fenster, das Jeb vorsichtig öffnete. »Sie zuerst«, sagte er zu mir. »Und dann gibt Betty May Ihn' das Baby.«
Ich kletterte hinaus. Scharf spürte ich die Morgenkälte. Dann drehte ich mich um und nahm das Baby in Empfang. Gleich darauf stand Betty May neben mir, und noch während sie das Kind wieder an sich nahm, folgte Jeb.
»Kopf runter«, zischte er. In der Hand hielt er seine lange Jagdflinte. »Wir müssen hinten am Maisfeld vorbei und dann den Hügel hinauf.«
Wir liefen gebückt, erreichten den Waldrand praktisch im selben Augenblick, wo — vom östlichen Horizont — der erste Sonnenstrahl herüberschoß.
Jetzt keuchten wir den Pfad hinauf. Ich sah, wie groß die Anstrengung für Betty May war, und streckte die Arme aus, um ihr das Baby abzunehmen. Doch sie schüttelte den Kopf, mit geradezu ingrimmiger Entschlossenheit.
Jeb tauchte neben mir auf. »Geht ihr nur weiter. Ich bleib ein Stück zurück, um die Spuren zu verwischen. Möchte die nicht gleich im Genick haben.«
Ich nickte. Während wir weitergingen, bewegte er sich in entgegengesetzter Richtung. Bei den Büschen, die Schuppen und Destillieranlagen verbargen, blieb Betty May stehen, sackte auf die Knie. »Geh'n Sie erst durch. Ich geb Ihn' dann das Baby.«
Ich drängte mich durch das Buschwerk, drehte mich um, nahm das Baby. Sie folgte sofort, und ich reichte ihr das Kind. Dann waren wir im Schuppen, dicht bei der Wand mit dem Regal. Sie setzte sich, hielt das Baby in den Armen.
»Alles okay?« fragte ich.
Sie nickte. »Ja, danke.« Ihre Ruhe, ihre Gelassenheit verblüffte mich. Es war, als sei überhaupt nichts Ungewöhnliches geschehen. Das Baby meldete sich mit einem leisen Schrei. Betty May reagierte sofort, öffnete ihre Bluse. »Hunger hat sie, das arme Ding. Will ihr Frühstückstittchen.«
Und hungrig wölbten sie sich um die dicke Brustwarze, die Lippen des Kindes. Heftig begann die Kleine zu saugen, schmatzend, ja schlürfend. Ich konnte nicht dagegen an: Tränen stiegen mir in die Augen. Hastig wandte ich mich ab. Und stand auf und atmete tief. Schönheit — an diesem Morgen schien sie hier so fehl am Platz.

Vom Buschwerk her kamen Geräusche. Jeb Stuart tauchte auf. Kurz blieb er stehen, blickte zu Betty May und dem Baby. Dann war er beim Regal und langte nach dem automatischen Gewehr, das er mir gestern gezeigt hatte. Er nahm das Magazin heraus, überprüfte es, führte es wieder ein. Dann blickte er zu mir. »Es ist der Sher'f.«
»Wirklich?« fragte ich. Er nickte. »Ich hab sein Privatauto gesehen. Der ist nicht dienstlich hier.«
»Wie wollen Sie das wissen?«
»Er ist nicht in Uniform. Und wenn die andern so Fahnder wären, da hätten sie Äxte und Picken bei sich. Nein — der kommt, weil er sich den Gebrannten untern Nagel reißen will.« Vom Regal nahm er die restlichen drei Magazine und steckte sie ein. »Wußte ja, daß das auf die Dauer nicht gutgehen konnte«, sagte er bitter.
»Vielleicht findet er uns nicht«, sagte ich.
»Der findet uns.« Seine Stimme klang eigentümlich ausdruckslos. »Ist verdammt gut vorbereitet. Hat die Hunde mit. Wo ich das gesehen hab, da hab ich darauf verzichtet, die Spuren zu verwischen.« Ich blickte zu Betty May. Noch immer hatte sie das Baby an der Brust, schien unser Gespräch überhaupt nicht zu hören. Ich sah wieder zu Jeb. »Was tun die jetzt?«
»Die kamen die Straße hoch, gingen zu Fuß in Richtung Haus — das war's letzte, was ich gesehen hab.«
»Und wenn ich nun zu ihnen gehen und mit ihnen reden würde?« fragte ich.
»Die würden Sie umbringen. Haben alle Gewehre. Und sind nicht gekommen, um zu reden. Die wollen den Hochprozentigen.«
»Na, dann überlassen Sie denen das Zeug doch. Ist es doch nicht wert, daß man deshalb das Leben aufs Spiel setzt.«
Er betrachtete mich. »Sie kennen die nicht, Jonathan«, sagte er nachsichtig. »Wenn die den Gebrannten kriegen, können sie's sich nicht leisten, irgendeinen möglichen Zeugen gegen sich am Leben zu lassen.«
Plötzlich dröhnte eine Stimme: die Stimme des Sheriffs durch ein Megaphon oder einen Lautsprecher. »Jeb Stuart. Hier ist der Sheriff. Kommt alle raus da und hebt schön brav die Hände hoch, dann passiert auch keinem von euch nix.«
Jeb lauschte, blickte dann zu uns. »Er wird so zehn Minuten brauchen, um herauszufinden, daß wir nicht im Haus sind. Dann läßt er die Hunde los. Bringen Sie Betty May und das Baby über

den Hügel zum Highway. Ich bleibe hier, um die Kerle zu beschäftigen.«
»Ich geh nich ohne dich, Jeb Stuart«, erklärte Betty May.
»Du wirst gehorchen, Frau«, sagte er streng.
»Kannst mich nich zwingen«, widersprach sie. »Eine Frau hat ihren Platz an der Seite von ihr'm Mann, egal, was kommt.«
Wieder dröhnte die Stimme über die Hügel hinweg. »Jeb Stuart, wir geben dir noch zwei Minuten, um herauszukommen. Sonst holen wir dich raus.«
»Das würden die doch nie wagen«, sagte ich. »Die bluffen. Schließlich müssen sie doch damit rechnen, daß in der Hütte ein Baby ist.«
»Vom Baby wissen die nix«, erwiderte Jeb Stuart. »Nach ihrer Geburt waren wir ja noch nicht in der Stadt — und also auch noch nicht im Rathaus, um sie ins Geburtenregister eintragen zu lassen. Nein, außer uns hier weiß keiner, daß sie überhaupt existiert — also auch die Männer dort unten nicht.« Er schwieg einen Augenblick. »Und selbst, wenn sie's wüßten — das würde für die keinen Unterschied machen.«
»Deine letzte Chance, Jeb Stuart!« dröhnte die Stimme. »Die Zeit ist abgelaufen!« Gleich darauf knallten Schüsse. Dann ertönte Rufe und wildes Gefluche; und wieder Schüsse. Schließlich: Stille.
Jeb Stuart musterte uns. »Jetzt wissen sie, daß das Haus leer ist. Und werden die Hunde loslassen.«
Er wußte wirklich genau, was sie vorhatten. Das Bellen und Schnappen und Wedeln von Hunden wurde laut. Die Tiere nahmen Witterung. Und unverkennbar näherten sie sich dem Hügel. Jeb Stuart blickte zu seiner Frau. »Okay, Betty May. Du willst doch wohl nicht, daß die dein Baby umbringen. Mach also, daß du fortkommst.« Starrsinnig schüttelte sie den Kopf.
»Wie wär's, wenn wir uns alle davonmachen?« fragte ich. »Scheiß doch auf die. Sollen sie die Beute haben. Ist ja bloß Whisky.«
Jeb Stuart blickte mir in die Augen. »Is nich nur mein Whisky, wo sie kriegen, is auch meine Ehre. Ein Mann, der nicht kämpft für das, was ihm gehört, der taugt nichts.«
Das Hecheln der Hunde klang immer näher, und jetzt hörte man auch die Geräusche der Männer auf dem Pfad ganz deutlich. Doch plötzlich, in unmittelbarster Nähe, verstummten sie. Für einen Augenblick herrschte Stille. Dann dröhnte wieder die Stimme.

»Wir wissen, wo du steckst, Jeb Stuart. Du hast nicht den Hauch einer Chance. Hier sind fünf Männer. Komm also mit hocherhobenen Händen, und wir werden alles friedlich klären. Wird keinem nichts passieren.«
Jeb Stuart blieb stumm.
Wieder dröhnte die Stimme des Sheriffs. »Bin 'n friedlicher Mensch, Jeb Stuart. Bestimmt könn'n wir uns einigen.«
Jeb Stuart wölbte die Hände vor dem Mund. »Wie denn, Sher'f?«
»Fünfundzwanzig Dollar pro Fäßchen von dem Gebrannten, und wir scheiden als Freunde.«
»Nichts zu wollen«, rief Jeb Stuart zurück. »So billig ist die Freundschaft nicht.«
»Dreißig Dollar pro Fäßchen«, erklärte der Sheriff. »Is aber auch nur, weil ich nich will, daß Betty May was passiert.«
»Nichts zu wollen«, brüllte Jeb Stuart wieder.
»Komm her, damit wir uns drüber unterhalten können«, sagte der Sheriff.
»Komm du doch hierher — ohne Schießeisen —, dann können wir in Ruhe drüber reden«, gab Jeb Stuart zurück.
»Bin schon unterwegs«, bekundete der Sheriff.
»Damit hat sich's.« Jeb Stuart blickte wieder zu uns. »Betty May, mach jetzt, daß du mit dem Baby fortkommst.«
Kurz starrte sie ihn an. Dann drehte sie sich plötzlich um und legte mir das Kind in die Arme. »Jonathan wird sich um die Kleine kümmern. Ich bleibe bei dir.« Sie griff nach der Jagdflinte, die er aus der Hand gelegt hatte, um das automatische Gewehr vom Regal zu nehmen.
Ich blickte zu ihm. Er schien zu zögern, nickte dann. »Ist nicht ihr Kampf, Jonathan. Nehmen Sie das Baby und machen Sie, daß Sie fortkommen.«
Ich rührte mich nicht von der Stelle.

»Tu, was er dir sagt, Sohn. Deshalb bist du hierhergekommen. Wegen des Kindes, das du nicht gezeugt hast.«

Die Stimme des Sheriffs schien unmittelbar vor uns aufzudröhnen. »Hier bin ich, Jeb Stuart. Zeige dich.«
Jeb Stuart hob einen toten Ast vom Boden auf, eine Art Stock, lang und kräftig. Dann drang er vor in das Buschwerk, nur ein kurzes Stück von ihm, von uns entfernt. Doch den Ast warf er zuvor auf eine bestimmte Stelle.

Sofort hallten Schüsse: Und das mörderische Gewehrfeuer richtete sich gegen jene Stelle, an der man ihn vermutete.
»Ihr Schweinehunde!« schrie er. Und warf sich zu Boden und zielte, lang auf dem Bauch liegend, mit seinem automatischen Gewehr durch das Buschwerk. Dann drückte er ab. Kurz und heftig bellte sein Gewehr auf.
»Jippie!« schrie er. »Hab den Hundesohn in tausend Stücke geblasen.«
Dann sah er mich. »Mach, daß du fortkommst! Himmelarsch noch mal! Soll mein Baby vielleicht sterben?«
Es war alles nur Reflex. Ohne ein weiteres Wort begann ich, den Pfad hinter dem Schuppen entlangzulaufen; und drückte das Kind fest an meine Brust, während wieder Schüsse hallten und die Kugeln hinter mir in den Destillierapparat schlugen. Ich hörte, wie das automatische Gewehr wieder feuerte. Und lief weiter, mehr und mehr außer Atem, doch ohne mich ein einziges Mal umzudrehen. Gerade als wir uns oben auf der Anhöhe befanden, kam die Explosion.
Hinter mir, ich sah es, schien ein Feuerball in den Himmel zu steigen, gefolgt von einer Wolke aus Rauch. Dann gab es eine zweite Explosion, und wieder stieg ein wirbelnder Feuerball himmelwärts. Ich gaffte mit offenem Mund. Vom Hochprozentigen hatte er gesprochen. Und dann brauchte es nur einen Funken, nur eine Sekunde, bis alles in die Luft flog.
Ich sackte zu Boden, keuchend. Es war vorbei. Es gab sie nicht mehr. Nichts und niemand konnte eine solche Explosion überleben. Ich zog einen Zipfel der Decke vom Gesicht des Babys. Friedlich schlummerte die Kleine, und gewiß war sie noch warm in ihrem Bauch, die Milch aus der Brust ihrer Mutter. Tränen stürzten mir in die Augen, und ich beugte mich vor, küßte das Kind auf die winzige Stirn.
»Kommt schon alles in Ordnung, Danielle«, sagte ich und deckte sie wieder zu. »Ich nehme dich mit nach Hause.« Dann raffte ich mich hoch und stieg den Hügel hinab: dorthin, wo Christina mit ihrem Rolls am Highway auf mich wartete.

Es war vier Uhr nachmittags, und als ich in die Straße zu meinem Haus einbog, sah ich dort, dicht an dicht geparkt, Wagen auf Wagen. Ich fuhr am Haus vorbei, fuhr um den Block herum und bog dann in den Fahrweg von Annes Haus. Während ich den Motor abstellte, blickte ich zu Christina. Auf dem Schoß hielt sie eine kleine Wiege, in der Danielle schlief. Und in Reichweite be-

fand sich die Flasche, die genau das enthielt, was uns der Drogist empfohlen hatte, als wir am Morgen in einem Einkaufszentrum in Virginia hielten. Weitere zwei Flaschen, gleichfalls gefüllt, befanden sich im Thermosbehälter, um dort warm gehalten zu werden. Ich öffnete die Tür und stieg aus. Im selben Augenblick tauchte Anne von der Hinterveranda her auf.
Sie stand da und sah mich an. »Ich wußte, daß du hier hereinkommen würdest«, sagte sie. »Ich habe auf dich gewartet.«
»Wo sind denn deine Eltern?« fragte ich.
»Drüben in deinem Haus«, lautete die Antwort. Sie trat auf mich zu, und ich nahm sie in die Arme und küßte sie. »Hast mir so gefehlt«, sagte sie. »Manchmal hab ich mich schon gefragt, ob du überhaupt noch mal zurückkommen würdest.«
»Na, aber sicher«, betonte ich.
Sie küßte mich wieder. »Ja.«
»Komm«, sagte ich und führte sie zum Rolls. Christina stieg aus. »Anne, dies ist Christina. Christinas Mutter war eine sehr enge Freundin meines Vaters. Christina, dies ist Anne, meine Freundin.«
Sie schienen einander auf Anhieb zu mögen. Zunächst schüttelten sie sich die Hände, dann, irgendeinem Impuls folgend, küßten sie sich. »Ist mit ihm alles in Ordnung?« fragte Anne. »Ja«, versicherte Christina lächelnd.
»Anne, schau her.« Ich hob den Zipfel der Decke, und sie sah das schlafende Baby. »Dies ist Danielle.«
Annes Augen weiteten sich. »Wessen Baby ist das? Wo kommt sie her?«
»Nun, jetzt ist sie wohl mein Baby. Sicher erinnerst du dich an ihre Eltern, Jeb Stuart und Betty May?«
Sie nickte. »Ja. Wo sind sie?«
Es fiel schwer, die Worte zu sagen. War alles noch zu frisch. »Sie sind tot.« Sie musterte ihn verwirrt. Er sah die Frage in ihrem Gesicht. »Ich werde dir später alles erklären. Aber was ich dich fragen möchte — könntest du sie wohl bei euch im Haus behalten, bis die Hochzeit vorüber ist? Möchte meiner Mutter wirklich nichts vermasseln, wenn sich das verhindern läßt.«
»Natürlich.« Sie blickte zu Christina. »Wir werden sie in mein Zimmer bringen.« Ihr Blick suchte mich. »Mach mal, daß du rüberkommst zu euch. Die Trauung muß jeden Augenblick beginnen. Und deine Mutter hat allen erzählt, du hättest versprochen, dabeizusein.«
Ich schwang mich über den Zaun, wie eh und je. Während ich die

Stufen zur Hinterveranda emporstieg, blickte ich zurück. Sie waren gerade dabei, mit dem Baby im Haus zu verschwinden. Ich öffnete die Küchentür und trat ein.
Mamie, am Herd, drehte sich um. Für einen Augenblick schien es, als wolle sie ohnmächtig werden. Ihr Gesicht wurde blaß, richtig grau. Dann stürzte sie auf mich zu und drückte mich an ihren üppigen Busen. »Jonathan, mein Baby. Bist nach Hause gekommen. Ganz erwachsen, jawohl, und ein mächtiger Mann, genau wie dein Daddy!«
Ich küßte sie, halb lachend, halb weinend. »Weiß wirklich nicht, was all das Getue soll. Ich habe doch gesagt, daß ich wieder nach Hause komme — oder nicht?«
»Deine Mutter wird ja so glücklich sein«, sagte sie. »Will sie gleich mal holen.«
»Nein. Laß mich erst mal nach oben gehen, damit ich mich waschen kann. So wie ich jetzt aussehe — da würde sie sich vor mir ja zu Tode erschrecken.«
»Hab dir deinen blauen Anzug gebügelt«, sagte Mamie.
Ich lief die Hintertreppe zu meinem Zimmer hinauf. Und ich hatte Glück: Niemand begegnete mir. Von unten kamen Geräusche, Stimmengemurmel und das Aneinanderklirren von Gläsern. Sofort ging ich ins Bad, wo ich mich rasierte und duschte. Kaum zehn Minuten später war ich beim Ankleiden. Ich betrachtete mich im Spiegel. Mamie hatte recht. Immer mehr begann ich, meinem Vater zu gleichen. Sorgfältig band ich mir die Krawatte, schlüpfte dann in mein Jackett und ging hinunter in die Diele, zum Zimmer meiner Mutter. Ich klopfte an die Tür. Von innen erklang die Stimme meiner Mutter. »Wer ist dort?«
»Dein Sohn«, erwiderte ich.

Die Trauung fand um Punkt fünf Uhr statt. Gegen sieben waren sämtliche Gäste bereits verschwunden, nur die Familienangehörigen und die engsten Freunde blieben. Mein Bruder Daniel und seine Frau Sally; Moses Barrington; Richter Gitlin und seine Frau Zelda; und Annes Eltern, die Forbes'.
Daniel blickte zu Moses. »Glaubst du wirklich, daß wir ihn für drei Wochen entbehren können? Wenn ich mich nicht sehr irre, ist doch schon nächste Woche ein wichtiger Prozeß fällig.«
Moses ging auf den Scherz ein. »Da könntest du recht haben. Das müssen wir uns noch einmal genau durch den Kopf gehen lassen.«
Jack grinste. »Nun macht mal halblang, Jungs.«

Ich stand auf. »Bin gleich wieder da.« Rasch ging ich hinaus. Verschwand durch die Hintertür, schwang mich über den Zaun. War gleich darauf in Annes Haus und in ihrem Zimmer.
Das Baby lag auf dem Bett, gurgelte glücklich. Anne sah mich an. »Ist sie nicht wirklich wunderschön?«
Christina lächelte. »Wir haben uns gerade unterhalten. Steht noch längst nicht fest, ob wir sie dir wiedergeben.«
»Hört auf damit«, sagte ich. »Und wickelt sie ein. Wir gehen rüber zu meinem Haus.«
Anne hielt das Baby, während ich den Rolls sorgsam hinauslenkte aus dem Fahrweg, um sodann um den Block herum zu unserem Haus zu fahren. Wir stiegen aus, gingen zur Vorderveranda und läuteten.
Meine Mutter öffnete. Und sie stand und starrte verblüfft. Ihr Blick fiel auf Danielle, die ich in den Armen hielt, tastete sich dann empor zu meinem Gesicht. Zum erstenmal in meinem Leben fand ich sie sprachlos. Ich trug das Baby ins Zimmer, und dann schienen alle überzuschnappen. Von allen Seiten hagelte es Fragen. Richter Gitlin gelang es schließlich, die allgemeine Ruhe wiederherzustellen.
Ich mochte ihn. Irgendwie erinnerte er mich an meinen Vater. Stets hatte er eine Flasche Whisky bei sich. Genau wie mein Vater, in dessen Gepäck sich immer eine Flasche Bourbon befand. Der Richter hielt es mehr mit Scotch. Doch genau wie mein Vater konnte er alles um sich her vergessen, während er einen Schluck aus der Flasche nahm — anstelle des Umwegs über das Glas. Und genau, wie meine Mutter meinen Vater scharf angefahren hatte, erging es Richter Gitlin: Seine Frau Zelda zankte mit ihm.
»Nur mit der Ruhe«, sagte er, während er sich nachdenklich über seinen eisgrauen, überaus gepflegten Van-Dyke-Bart strich. »Was mich betrifft, so flimmert es gleich bei mir.«
»Was hat das damit zu tun?« wollte Zelda wissen.
»Nichts, gar nichts«, erwiderte er. »Ich meinte nur, es sei womöglich von einem gewissen Interesse.« Er lächelte mir zu. Ich wußte genau, worauf er abzielte. Er wollte erst einmal alle gründlich irritieren. »Okay, Jonathan.«
Ich reichte Danielle meiner Mutter. Wieder gurgelte die Kleine glücklich, meiner Mutter praktisch ins Gesicht. »Also im Auto draußen haben wir Wegwerfwindeln, falls die gebraucht werden«, sagte ich.
»Jetzt fehlt ihr nichts«, sagte meine Mutter, während sie Danielle betrachtete. »Sie hat so wunderschöne blaue Augen.«

Richter Gitlin lächelte mir zu. Er begriff, worum es mir ging. »Lassen Sie sich Zeit, Jonathan. Fangen Sie ganz von vorne an.«
Ich sah mich im Zimmer um. Sorgfältig wählte ich meine Worte. Schließlich ging es mir darum, niemanden zu verletzen. »Angefangen hat das alles mit Vaters Begräbnis. Wieviel haben wir wirklich von ihm gewußt? Jeder von uns sah ihn mit anderen Augen. Weil jeder einzelne in seiner Beschränkung nur das sehen wollte, was ihm ins Konzept paßt. Und jeder von uns hatte recht. Er war all das, was jeder einzelne in ihm sah. Aber er war noch mehr. Mehr als irgendeiner von uns begriff. Er war er selbst.«
Sehr lange sprach ich. Ich begann mit dem Morgen, an dem Anne und ich aufgebrochen waren, als wir unsere erste Etappe per Anhalter zurücklegten. Als ich damit schließlich fertig war, schlug die Uhr in der Diele zehn.
Wieder blickte ich mich um. Inzwischen war ich am Ende der Geschichte. »Einen Namen hatten sie dem Baby noch nicht gegeben. Also habe ich das getan. Danielle — nach Vater. Jetzt möchte ich sie behalten. Sie hat ja niemanden, keine Familie, nichts. Nicht mal einen Geburtsschein. Weil Jeb Stuart nicht die Zeit fand, nach Fitchville zu fahren, um dort ihre Geburt registrieren zu lassen. Ihre Eltern hatten zwar die Absicht, sie taufen zu lassen, wenn sie hinfuhren. Aber dazu kam's nicht mehr.«
Richter Gitlin nickte nachdenklich und bediente sich direkt aus der Flasche Scotch. Diesmal fuhr ihn Zelda nicht an. »Ist nicht gar so leicht, wie das aus deinem Munde klingt, Jonathan«, sagte er ruhig. »Zunächst einmal bist du selbst noch minderjährig, und im ganzen Land gibt es kein Gericht, das dir die Verantwortung für ein Neugeborenes übertragen würde.«
»Wieso denn nicht?« fragte ich. »Ich brauche doch nur einen Geburtsschein beizubringen, auf dem steht, daß ich der Vater bin.
»Geht nicht«, behauptete der Richter. »Da wären vielerlei juristische Probleme zu überwinden. Man würde nach möglichen Verwandten, nach Familienangehörigen fahnden. Sofern es welche gibt, muß deren Zustimmung eingeholt werden. Sind jedoch keine vorhanden, so wird sie zu einem Mündel des Staates, bis die Verhältnisse irgendwie geklärt sind.«
»Idiotisch«, sagte ich. »Und was sollte mich davon abhalten, mit ihr einfach durchzubrennen?«
»Du weißt, daß das unvernünftig wäre, Jonathan.« Nachdenklich musterte er mich. »Aber da wäre vielleicht eine Möglichkeit, daß du sie in deiner unmittelbaren Nähe hast. Allerdings braucht's dafür die Hilfe von Jack und von deiner Mutter.«

»Und wie sähe das aus?« fragte ich.
»Nun, sofern beide bereit sind, sie zu adoptieren, so wäre das gewiß die bequemste Lösung.« Er schwieg einen Augenblick. »Doch das ist eine Entscheidung, die sie selbst treffen müssen. Dazu kann sie niemand drängen — wir schon gar nicht.«
Ich drehte mich herum. Meine Mutter blickte auf Danielle, und sie weinte. Jack ging zu ihr. Sein Blick wanderte hin und her. Von der Frau zum Kind — und wieder zurück zu meiner Mutter. Schließlich räusperte er sich. »Ich habe mir schon immer ein kleines Mädchen gewünscht.«

Noch eine Aufgabe blieb. Im folgenden Monat, zwei Tage vor *Thanksgiving*, brachten mein Bruder Daniel und ich meinen Vater nach Hause. Der erste winterliche Frost hatte sich in den Boden gebissen, und während das Grab ausgehoben wurde, ging ich mit Daniel den Hügel hinauf: dorthin, wo früher der Schuppen mit der Destillieranlage gestanden hatte.
Jetzt gab's dort nichts weiter als ein schwarzes Loch in der Erde und einen Haufen verbranntes und geradezu irrwitzig zusammengeschmolzenes Zeug, letzte Überbleibsel. Ich stand dort einen Augenblick, wandte mich dann ab. Fast schien es, als sei ich erst gestern hier gewesen; doch gestern, das war gleichsam für ewig.
Wir gingen zur Hütte zurück. Sie begann bereits auseinanderzufallen. In Fetzen hingen die Vorhänge, auf die Betty May so stolz gewesen war, und von den Wänden blätterte die neue Farbe. Die meisten Fenster waren zerbrochen, kalte Luft strich herein.
Daniel sah mich an. »Hier also hat alles angefangen. Ich hatte keine Ahnung.«
»Keiner hatte eine Ahnung«, sagte ich. »Auch ich hätte es niemals gewußt, wenn er's mir nicht gezeigt hätte. Und hier fing ich an zu lernen — wie verdammt gut er war und wie sehr ich ihn in Wirklichkeit liebte.«
Wir gingen wieder zu dem Friedhof auf der Anhöhe. Das Grab war fast fertig. Schließlich kletterten die beiden Totengräber aus der Grube heraus und legten ein paar Bretter quer rüber. Darauf befestigten sie mehrere kräftige Leinengurte. Anschließend verließen sie uns: gingen nach unten, wo der Leichenwagen stand.
Wir beobachteten alles. Zusammen mit dem Fahrer und seinem Gehilfen schafften sie den Sarg heraus. Langsam und vorsichtig begannen sie den Aufstieg zum Hügel. Trotz der Kälte, ich sah es deutlich, als sie an uns vorübergingen, perlte ihnen der Schweiß

von der Stirn. Sie legten den Sarg auf die Bretter, traten dann zurück, jeder ein Gurtende in der Hand, und sahen uns erwartungsvoll an.
Ich blickte zu Daniel. Wir hatten uns darauf geeinigt, keinen Geistlichen um seine Dienste zu bitten. Daniel nickte. Die Gurte wurden angezogen, und der Sarg schien sich ein wenig zu heben. Ich stieß das eine Stützbrett fort, Daniel das andere. Langsam ließen die Männer den Sarg in die Grube hinab. Er setzte unten auf dem Boden auf, und die Leute zogen die Gurte hoch.
Daniel bückte sich, ich folgte seinem Beispiel. Jeder nahm eine Handvoll Erde und warf sie in die Grube, auf den Sarg. Dann begannen die beiden Totengräber in aller Eile, Erdboden ins Grab zu schaufeln. Die Batzen prallten gegen das Holz, und es gab ein hohles Geräusch; doch nach und nach wurde es immer dumpfer. Schließlich waren die Männer fertig. Mit ihren Geräten klatschten sie die Erde flach und fest, dann gingen sie alle den Hügel hinab und ließen uns beide allein.
Daniel sah mich an. Ich nickte. Er wandte sich wieder zum Grab. Seine Stimme hatte einen rauhen, einen heiseren Klang.

Hier ruht er, hierher sehnte er sich;
heimgekehrt ist der Seemann von der See,
heimgekehrt der Jäger aus den Hügeln.

Ich sah, wie Daniel die Tränen über die Wangen liefen. Rasch griff ich nach der Hand meines Bruders, hielt sie sehr fest. »Wenn du genau hinhörst, Daniel, kannst du ihn verstehen.« Es war wie ein Wispern im Wind.

»Danke euch, meine Söhne.«

Die Romane von Harold Robbins bei Blanvalet und C. Bertelsmann

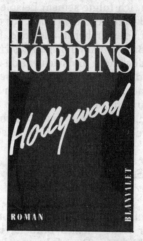